오시리스의
신비

**LES MYSTÈRES D'OSIRIS**

Volume 2: LA CONSPIRATION DU MAL by Christian Jacq

Copyright © XO editions 2003.
Korean Translation Copyright © MUNHAKDONGNE Publishing Corp., 2008

이 도서의 국립중앙도서관 출판시도서목록(CIP)은
e-CIP 홈페이지(http://www.nl.go.kr/cip.php)에서 이용하실 수 있습니다.
(CIP제어번호: CIP2007004085)

# 오시리스의 신비

*Les Mystères D'Osiris*

## 신비 2

악의 음모

**크리스티앙 자크** 장편소설

**임미경** 옮김

문학동네

**이케르** ❖ 자신을 암살하려던 자들을 찾다가 카훈까지 온 그는 마침내 '라피드 호'의 이름이 새겨진 칼자루를 발견한다. 자신을 죽이려 한 것이 파라오라는 증거가 하나둘 나타나고, 이케르는 카훈에서 승진을 거듭하면서도 남몰래 복수의 칼날을 갈며 폭군 세소스트리스를 처단하겠다는 열망에 불타오른다.

**여사제 이시스** ❖ 하토르 여신을 모시는 사제로, 아비도스에서 오시리스의 아카시아나무를 되살리기 위한 제의를 맡고 있다. 사제로 남고자 하면서도, 단 한 번 마주쳤던 이케르에 대한 연모를 버리지 못해 갈등한다.

**세소스트리스 3세** ❖ 오시리스의 아카시아나무에 저주를 건 세력을 찾기 위해 위험한 여행에 나선다. 각 지방 총독을 평화적으로 복속시켜 외면적으로는 상하 이집트를 재통합하나 고사 위기에 처한 생명의 나무로 인해 계속 번민한다.

**예고자** ❖ 사막 괴수의 능력과 여왕 터키석의 정기까지 흡수하여 막강해진 주술적 힘으로 점점 자신의 세력을 확대해나가며, 파라오 체제에 정면도전할 때를 노리고 있다. 자신과 비슷한 자를 처형한 후 방심하고 있는 이집트를 뒤흔들 음모를 키워나가고 있다.

**수호자 소벡** ❖ 파라오 세소스트리스의 친위대장. 이집트를 전복하려는 세력의 기도에서 파라오를 보호하기 위해 노심초사한다. 그러다가 함정에 빠져 곤경에 처한다.

**네스몬투 장군** ❖ 세속의 명예나 재물에는 무심한 채 오직 이집트의 안녕과 파라오에 대한 충성심으로 똘똘 뭉친 강직한 성품의 군인. 시리아 팔레스타인 지역을 감시하라는 파라오의 명을 받들어 이집트군 원정 사령관에 임명된 후 반란 조직을 소탕하기 위해 최선을 다한다.

**수석 재정 관리관 세난크흐** ❖ 이집트의 재정을 총괄하고 있는 사십 대의 혈기왕성한 인물. 자신을 함정에 빠뜨리려는 음모에 슬기롭게 대처함으로써 파라오의 신임을 얻는다.

**국왕 인장 책임자 세호테프** ❖ 국왕의 수석 비서관이기도 한 삼십대의 미남 관리. 파라오의 측근들을 음해하려는 적의 음모에 걸려들었으나 냉철한 판단력을 발휘하여 위기를 모면한다.

**세카리** ❖ 카훈에서 이케르의 하인으로 배정되면서 이케르와 재회한다. 파라오에 대한 복수와 미지의 여사제에 대한 열망을 억제하지 못하는 이케르를 현실 세계로 이끌려고 애쓰지만 아무런 소득도 거두지 못한다. 이케르의 절친한 벗이자 그의 신변을 보호해주기도 하는 보디가드.

**메데스** ❖ 국정원 수석 비서가 된 후 자신의 직위를 이용해 더 큰 부패와 탐욕 속으로 빠져들고 있다. 재물을 모으는 데 그치지 않고 예고자의 궁정 밀정 노릇을 하며 국정원 위원들을 몰락시킬 암중공작을 펴고 있다.

**제르구** ❖ 메데스의 지시라면 무조건 따르는 메데스의 어두운 그림자 같은 인물. 메데스의 힘으로 곡식 저장소 책임 감독관이 된 후, 이 직함을 이용해 재산가들을 상대로 뒷주머니를 챙기고 있다.

**비나** ❖ 아시아에서 온 매력적인 갈색 머리 여인. 글을 배우고 싶다며 이케르에게 접근한 뒤, 파라오 세소스트리스가 처단해야 할 폭군이라고 끊임없이 이케르를 세뇌시킨다. 자신의 부족들을 끌어들여 이집트에서 봉기를 일으키려고 준비하는, 위험한 매력을 가진 여인.

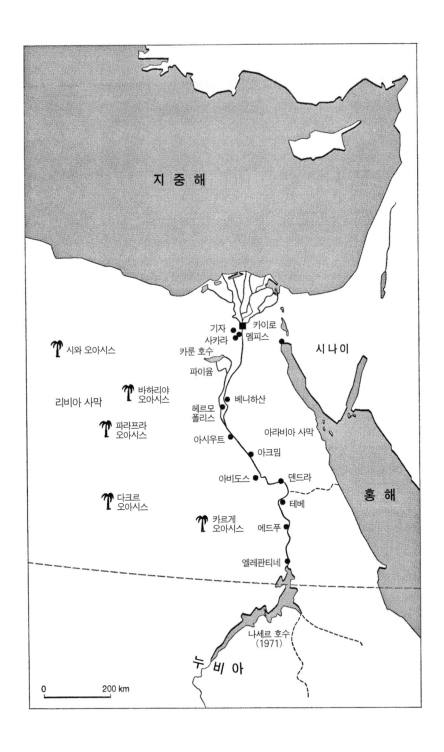

지 중 해

기자
사카라
카룬 호수
카이로
멤피스
시 나 이

시와 오아시스

파이윰

리비아 사막

바하리야
오아시스

베니하산

헤르모
폴리스

아라비아 사막

파라프라
오아시스

아시우트

아크밈

아비도스

덴드라

홍 해

다크르
오아시스

테베

카르게
오아시스

에드푸

엘레판티네

나세르 호수
(1971)

누 비 아

0        200 km

# 아비도스

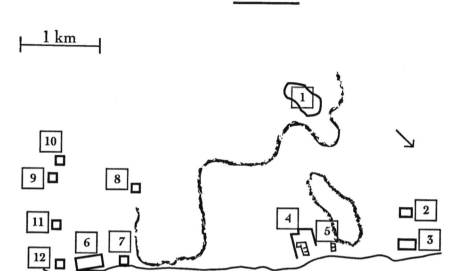

| | |
|---|---|
| **1** | 제1왕조 왕들의 무덤 |
| **2** | 초기 왕조 시대 무덤들 |
| **3** | 오시리스 신전 |
| **4** | 세티 1세 신전과 오시레이온 |
| **5** | 람세스 2세 신전 |
| **6** | 중왕국 시대와 신왕국 시대 도시 유적 |
| **7** | 세소스트리스 3세 신전 |
| **8** | 세소스트리스 3세 묘비 |
| **9** | 아흐모세 묘비 |
| **10** | 아흐모세 신전 |
| **11** | 아흐모세 피라미드 |
| **12** | 테티셰리 제실 |

타락이 위세를 떨칠 수는 있다
그러나 악(惡)은 언젠가 반드시 응징된다


프타호테프, 잠언 5

# 1

오시리스의 아카시아나무가 죽어가고 있었다.

이 생명의 나무가 죽으면 신비로운 부활의 제의는 더이상 수행될 수 없을 것이고, 그렇게 되면 이집트도 존속할 수 없을 것이다.

파라오 세소스트리스 3세가 선대로부터 물려받은 이 소중한 유산을 지켜 자신의 계승자에게 전해주기 위해 마지막 순간까지 싸우려는 것도 바로 이 때문이었다. 파라오는 어려운 싸움을 벌이고 있었다. 하지만 그것은 그가 파라오로서 부여받은 권위, 또 그 자신의 용기와 결단성에도 불구하고 승리를 장담할 수 없는 싸움이었다.

움푹 들어간 두 눈과 무겁게 처진 눈꺼풀, 튀어나온 광대뼈, 곧고 날렵하게 뻗은 코, 활처럼 휜 입의 세소스트리스는 결코 얼굴에 속내를 드러내는 법이 없었다. 사람들은 그의 커다란 두 귀를 보고 누군가가 깊은 동굴 속에서 말소리를 죽이며 소곤거리더라도 그러면 충분히 알아들을 수 있을 거라고 입을 모았다.

파라오가 생명의 나무 밑동에 물을 부었고, 왕비는 우유를 부었다. 왕과 왕비는 금은 팔찌나 목걸이도 걸치지 않고 있었다. 아비도스의

11

법에 따르면 이 오시리스의 영토*에서는 그 어떤 금속도 몸에 지녀서
는 안 되기 때문이다.

이집트 정신세계의 중심지인 아비도스는 침묵의 땅이자 올바름의
영역, 영혼의 새들이 노닐고 불멸의 별들이 보호하는 의인의 섬이었
다. 탄생이 있기 이전에 태어나 끊임없이 부활하는 존재, 하늘과 땅
의 창조자인 오시리스가 이곳에 군림해 있었다. 죽음과 겨루어 승리
한 그는 모든 형태의 생명이 태어나는 생기의 대양인 눈(Noun) 속으
로 뿌리를 뻗어 내린 큰 아카시아나무로 부활한 것이다. 만일 이 나
무가 깊이를 알 수 없는 대양 속으로 빨려든다면 인간 세상 역시 당
장이라도 가라앉을 것이다.

그래서 세소스트리스는 신전과 영생의 집을 건축함으로써 아카시
아나무를 구할 영적인 생기를 일으키고자 했다. 그 결과 나무가 더이
상 말라 죽지 않게 하는 데는 성공했지만, 나무 전체에서 푸른빛을
되찾은 건 겨우 나뭇가지 하나뿐이었다.

세소스트리스는 이 재앙의 원인과 그 주모자를 찾아내기 위해 노
력을 쏟아 부어왔다. 그리고 이 범죄의 장본인으로 의심되는 크눔호
테프 총독을 상대로 조만간 총공격을 퍼부을 예정이었다.

파라오는 황금 팔레트를 받쳐들고 거기에 새겨진 앎의 말을 큰 소
리로 읽었다. 이 황금 팔레트는 아비도스 사제단을 이끄는 대사제의
역할을 상징하는 것이었다. 파라오의 뒤에는 몇 명의 종신 사제가 서
있었다. 이들은 이 신성한 땅에 거주할 권한을 부여받은 사람들이었
다. 그러나 그럴 권한이 없는 임시 사제들은 매일 위병들의 검문을

---

* 아비도스는 카이로에서 남쪽으로 사백팔십오 킬로미터, 룩소르에서 북쪽으로 백육십
킬로미터 떨어진 곳에 있다.

받으며 이곳을 오가야 했다.

왕의 공식 대리인 자격으로 대사제직을 수행하는 탁발 사제는 왕의 허가 없이는 그 어떤 결정도 내릴 수 없었다. 생명의 집에 소장된 고문헌의 관리자이기도 한 그는 지금까지 자신의 전 생애를 아비도스에서 보내왔다. 그는 이곳 이외의 다른 세상을 알고 싶어한 적도 없는, 능란한 구변과는 거리가 먼 무뚝뚝한 사람이었다. 그는 오로지 종신 사제들에게 맡겨진 임무를 완벽히 수행하는 일에만 골몰했고, 또한 이 일에 조금의 태만도 허용하지 않았다.

왕이 물었다.

"조상들을 경배하는 일은 잘 지켜지고 있는가?"

"카의 종복 사제가 그 직무를 수행하고 있습니다, 폐하. 빛의 존재들은 우리에게 여전히 영적인 힘을 전해주고 있으며, 보이지 않는 것과의 관계도 굳건히 유지되고 있습니다."

"제단에 봉헌물은 바쳤는가?"

"매일 신선한 물을 제단에 바치고 있습니다."

"오시리스의 무덤은 아무 이상 없는가?"

"담당 사제가 영생의 집 문에 붙은 봉인을 확인하였습니다."

"앎은 제의를 통해 전수되고 있는가?"

"비밀리에 움직이며 비밀을 읽는 사제는 자신의 역할을 드러내는 법이 없습니다, 폐하."

사실 이 네 명의 사제 가운데 한 사람은 자신의 신성한 의무를 수행하는 데 더이상 관심이 없었다. 스스로 모범적이라고 자부하는 경력을 쌓았음에도 불구하고 대사제 자리에 오르지 못해 크게 실망한 이 사제는 이제까지 수련으로 얻은 지식을 이용해 부를 모으기로 마음먹고 있었다. 세소스트리스가 자신의 자질을 인정해주지 않은 이상 자신도 왕과 아비도스에 복수하고 말리라 결심한 터였다.

탁발 사제가 탄식했다.

"하늘의 문이 닫히고, 오시리스의 나룻배*도 별들 사이를 운항하지 않습니다. 그 나룻배마저 점차 퇴락하고 있습니다."

파라오는 이런 보고를 듣게 될 것을 두려워하고 있었다. 그러나 이런 사실에 귀를 막고 눈을 가린다는 건 무책임하고 비겁한 행동이었다.

왕이 명했다.

"하토르 여신의 일곱 여사제를 불러 왕비를 돕게 하라."

이 여사제들 역시 아비도스에 상주했고, 남성 동료 사제들처럼 절대 비밀을 지킬 것을 맹세했다. 탁발 사제는 다른 사제들을 대할 때만큼이나 여사제들에 대해서도 엄격했으며, 이들의 자그마한 실수 하나 용납하지 않았다. 이들은 신전 깊숙한 곳에 살았다. 각자의 역할이 분명하게 나뉜 건 아니었지만, 무능한 여사제는 탁발 사제의 관용이 없는 한 신전에 머물 수 없었다.

일곱 여사제 가운데, 얼마 전 이집트의 왕비에 의해 '눈을 뜬 여인'으로 승격된 가장 나이 어린 여사제는 이 세상 사람이라고는 믿을 수 없을 만큼 아름다웠다. 그녀의 얼굴은 눈부시게 섬세했고, 피부는 윤이 날 정도로 매끄러웠다. 매혹적인 초록빛 눈과 가느다란 허리를 지닌 그녀가 우아하게 발걸음을 옮길 때면 돌이나 나무토막들조차 넋을 빼앗길 정도였다.

---

\* 네셰메트(neshemet).

그녀는 어릴 때부터 신비에 입문하기를 원했고, 세속의 세계에는 관심을 두지 않았다. 그래서 그녀는 상형문자를 익혔고, 사제로서 거쳐야 할 단계들을 하나하나 통과해왔다.

지금 그녀가 맡은 역할은 생명의 집의 여군주이자 신성한 글의 지배자인 세샤트 여신이었다. 이 신성한 글은 눈에 보이지 않는 적들과 유일하게 맞서 싸울 수 있는 마법의 말들로 이루어져 있었다.

가야 할 길이 정해진 만큼 이 젊은 여사제의 삶은 평온할 수도 있었을 것이다. 그러나 몇 가지 사건이 그녀의 삶을 흔들어놓고 말았다. 우선 생명의 나무가 병이 들었고 이 때문에 평화로워야 할 아비도스에 근심이 퍼져나가고 있었다. 또 한 가지는 그녀가 다른 여사제들처럼 평범하게 신을 섬기며 살 수 없을 거라는 예언을 듣게 된 일이었다. 그녀에게 상상할 수 없을 만큼 중요하고 위험한 임무가 주어져 있기 때문이라고 했다. 마지막으로 한 젊은 서기관을 만난 일이었다. 그녀는 그를 잊을 수 없었다. 잊기는커녕 그의 모습은 오히려 그녀의 상념 속에서 한층 더 생생해지고 있었다.

"일곱 하토르 여사제는 생명의 나무를 둥글게 에워싸라."

왕비가 지시했다.

여사제들이 나무를 둘러싸자 왕비가 아카시아나무 밑동에 붉은 띠를 감았다. 붉은 띠 안에 악의 세력들을 가두려는 것이었다. 하지만 이런 방어책만으로는 충분하지 않다는 걸 파라오는 알고 있었다. 아카시아나무를 구하기 위해서는 아비도스의 황금원을 소집해야 했다.

탁발 사제를 제외한 다른 사제들은 자리에서 물러갔다. 왕과 왕비, 탁발 사제는 생각에 잠긴 채 황금원 회원들이 도착하기를 기다렸다. 이들은 세소스트리스가 건설한 운하를 이용해서 오는 중이었다. 이

15

운하 양옆으로는 일 년 내내 봉헌되는 천상의 향연을 의미하는 삼백육십오 개의 제단이 늘어서 있었다.

크지 않은 배 한 척에서 세피 장군과 네스몬투 장군, 세난크흐, 세호테프가 내렸다. 황금원 회원 가운데 한 사람은 특별 임무를 수행하는 중이어서 자리를 함께할 수 없었다.

이 충성스러운 신하들은 사자 네 마리가 서로 등을 맞댄 형상의 함 하나를 가져왔다. 비어 있는 이 원통형 함 한가운데에 꼭대기가 가리개로 덮인 가느다란 기둥 하나가 꽂혀 있었다. 이 기둥은 최초의 시간에 창조된 거룩한 기둥, 이 나라 전체의 중심축을 상징했다.

네 사람은 함을 아카시아나무 가까이에 놓았다. 이제 지칠 줄 모르는 수호자인 이 사자들이 어떤 공격자라도 이 생명의 나무에 접근할 수 없도록 늘 눈을 크게 뜨고 지킬 것이다.

왕과 왕비가 각자 타조 깃털을 하나씩 기둥 위의 가리개에 꽂았다. 타조 깃털은 이집트의 초석인 마아트, 즉 정의로움과 올바름, 그리고 조화로움을 의미했다. 신성한 빛의 발현인 마아트는 파라오들의 땅을 풍요롭게 하는 자양분으로서 그 무엇보다 귀한 봉헌물이었다.

한줄기 차가운 바람이 불어왔다.

네스몬투 장군이 외쳤다.

"저기를 보십시오!"

사막이 시작되는 부근의 모래언덕 위에 자칼 한 마리가 모습을 드러냈다. 눈 가장자리가 불그스름한 검은 눈의 자칼이 의식에 참여한 사람들을 조용히 응시하고 있었다.

왕비가 말했다.

"이것은 아비도스의 정령께서 우리가 행한 일을 승인한다는 의미

입니다. 죽어서 의인으로 인정받은 사람들, 즉 서쪽세상 사람들의 군
주께서 우리 앞에 모습을 나타내어 계속 노력하라는 격려를 보내주
는 것입니다."

다른 세상으로부터 온 이 격려에 힘을 얻은 세소스트리스는 이 성
역 주변을 바꾸어보기로 결심했다.

그가 명을 내렸다.

"동서남북 각 방향에 아카시아나무를 심어라."

황금원 회원들이 파라오의 명을 받들었다. 이렇게 해서 생명의 나
무는 호루스의 네 아들로부터 수호를 받게 되었다. 이제부터 호루스
의 네 아들이 오시리스의 집을 지킬 것이다. 이들은 부활의 증인으로
소멸의 힘에 맞서는 강력한 부적이 될 것이다.

새로 심은 아카시아나무들을 축성한 후 왕은 새로 건설한 도시인
'굳건히 견디는 곳'을 방문했다. 이 도시에는 그의 신전과 무덤의 건
설을 맡은 장인들이 거주하고 있었다. 도시 안에는 무거운 분위기가
감돌았지만 자신에게 주어진 일에 얼굴을 찌푸리는 사람은 없었다.
이곳에 이집트의 운명이 달려 있는 것이다.

시찰을 마친 왕이 한 제실로 들어가, 그곳으로 젊은 여사제를 불
렀다.

왕이 치하했다.

"네가 고문헌에서 채록한 처방들 덕분에 아카시아나무의 생명을
연장시킬 조치를 최대한 취할 수 있었다. 하지만 이건 임시방편일 뿐
이다."

"계속 방법을 찾아보겠습니다, 폐하."

"쉬지 말고 노력해다오. 아비도스에 닥친 불행은 결코 우연이 아니

17

다. 분명 여러 원인이 있을 것이고, 그 가운데 일부는 아마 아비도스 내에 숨어 있을 것이다."

"좀더 자세히 말씀해주십시오."

"아비도스의 사제들은 한 치의 흠도 없이 처신해야 한다. 만약 그렇지 못할 경우, 오시리스 신을 보호하기 위해 세운 마법의 방벽에 틈이 생길 것이다. 그러므로 너는 감시를 게을리 해서는 안 된다. 지극히 사소한 사고라도 그냥 넘겨서는 안 된다는 말이다."

"폐하의 뜻을 받들겠습니다. 이상한 점이 보이면 지체 없이 탁발 사제님께 알리겠습니다."

"네가 알려야 할 사람은 다른 누구도 아닌 바로 나다. 네게 아비도스를 자유롭게 통행할 권리를 주겠다. 아마도 한 번 이상은 아비도스 밖으로 나가야 할 것이다."

괴로운 임무를 부여받았지만 여사제는 복종했다. 다른 어느 곳도 아닌 아비도스에서만 그녀의 삶은 의미를 지닐 수 있었다. 그녀는 시간의 흐름을 초월한 이곳의 풍경을 사랑했다. 그녀는 대신전의 돌 하나하나에 새겨진 명상과 매일 수행되는 제의들을 사랑했다. 그녀는 이곳 아비도스가 처음 세워진 이래로 신비제의에 참여해온 사제들의 사유를 생생하게 호흡하곤 했다. 아비도스는 그녀의 터전이자 세계, 그녀의 우주였다.

그러나 아비도스의 수호자인 파라오가 내린 명령에 이의를 제기한다는 건 결코 있을 수 없었다.

# 2

각진 얼굴과 짙은 눈썹, 불룩한 배를 한 세카리는 요령을 피우며 느릿느릿 밭일을 하고 있었다. 등이 아픈 것도 싫었고, 물지게를 나르느라 목살이 짓무르는 것도 싫었다. 그래서 그는 작물의 상태를 봐가며 적당히 힘든 일을 피하곤 했다. 그가 일손을 빨리 놀린다고 밭의 파들이 더 빨리 자랄 리는 없었다.

세카리는 밭에서 가장 굵은 파를 뽑아 당나귀 등에 실은 자루에 담았다. 큰 밤색 눈을 가진 북풍이라는 이름의 이 당나귀는 그의 친구인 이케르의 것이었다. 무슨 일을 해도 지치는 기색 없는 이 힘센 짐승은 자신의 목숨을 구해주었던 이케르의 말만 따랐다. 당나귀가 세카리를 도와서 이 힘들고 하찮은 일을 하고 있는 것도 이케르가 시켰기 때문이었다.

날이 더울 때면 세카리는 늘 해가 진 다음에야 밭에 물을 주곤 했다. 그래야 작물들이 밤새 이 귀한 자양분을 빨아들여 태양의 열기를 이겨낼 수 있기 때문이었다.

양파밭의 면적을 늘려볼 셈으로 세카리는 쭈그리고 앉아 잡초들을 뽑기 시작했다. 하지만 잠시 후 일할 마음은 눈 녹듯 사라지고 말았다. 어떤 물체가 그의 눈에 들어왔던 것이다.

이케르는 무슨 수를 써서든 파라오 세소스트리스를 없애겠다는 생각에 사로잡혀 있었다. 잔인한 왕 때문에 그렇게 고통받은 이상 다른 방법은 없었다.

파이윰* 지방 카훈 시의 고위 서기관이 된 만큼 이케르는 자신의 현재 위치에 만족할 수도 있었을 것이다. 그러나 그는 몇 번이나 죽을 고비를 맞았던 자신의 과거를 잊을 수 없었다. 악령을 몰아내주는 하마 송곳니 부적을 도둑맞은 이후로 그는 밤새 악몽에 시달렸다.

꿈속에서 그는 예전처럼 라피드 호의 돛대에 묶여 폭풍우 치는 바다에 제물로 바쳐질 때를 기다리고 있었고, 이어서 예기치 않은 난파를 만나 홀로 살아남곤 했다. 전설의 땅 푼트를 향해 가고 있던 그 배는 왕의 소유라고밖에 볼 수 없었다. 가짜 감찰관을 시켜 자신을 없애려고 한 사람 역시 왕인 게 분명했다. 왕은 자신의 자리를 위태롭게 할 수도 있을 추문을 막고 진실을 은폐하기 위해 그 자객을 보냈을 것이다. 이 폭군은 이렇게 마아트의 법을 유린하면서 이집트를 억압하고 있었다.

이케르가 가야 할 길은 단 하나였다. 이 살인마가 폭정으로 더이상 이집트에 해를 끼치지 못하도록 막아야 했다.

하지만 많은 의문들이 여전히 남아 있었다. 그 해적들은 어째서 그를 납치했던 것일까? 카의 섬에서 거대한 뱀이 그에게 자신의 세상

---

* 멤피스(카이로) 남서쪽으로 약 백 킬로미터 거리에 위치.

을 구할 수 있겠느냐고 물었던 이유는 무엇일까? 어째서 라피드 호의 선장은 이케르를 납치한 일을 '국가 기밀'이라고 말했던 걸까? 메다무드 마을의 서기관이었던 노스승이 그에게 남긴, '그 어떤 시련이 닥치더라도 내가 항상 네 곁에서 도울 것이다. 네가 아직 모르고 있는 어떤 운명을 완성할 수 있도록 말이다' 라는 말도 의문이었다. 시련이라면 이제껏 수없이 겪어왔지만, 수수께끼는 여전히 풀리지 않은 채로 남아 있었다. 어쨌든 그가 세소스트리스를 죽인다면, 적어도 세상에 유익한 보탬은 될 것이다.

자신의 관사에서 이케르는 부족한 것 없이 지낼 수 있었다. 그는 승진만을 생각하며 착실히 경력을 쌓기만 하면 되었다. 하지만 이케르는 물질적 안락함이 눈에 들어오지 않았다. 그의 정신은 자신의 유일한 목표에만 쏠려 있었다. 도달하기가 그토록 어려워 보이는 그 목표에 말이다.

종종 그는 자신이 사랑하는, 그러나 아마도 다시는 보지 못할 그 여사제를 생각했다. 그가 서기관으로 승진하려 한 것은 그녀 때문이었다. 언젠가 다시 만나게 되었을 때 그녀를 실망시키지 않기 위해, 그리고 그녀에 대한 자신의 감정을 전할 수 있기 위해 그는 고위 서기관이 되려고 했던 것이다. 오랫동안 그는 이 기적이 일어날 수 있을 거라 믿어왔다. 하지만 이제 그는 알고 있었다. 그녀는 아름답지만 잡을 수 없는 꿈에 불과하다는 사실을.

북풍이 히힝거리는 소리에 이케르는 서글픈 상념에서 깨어났다.

세카리가 말했다.

"나 왔다. 당나귀에게 먹을 것 좀 줘. 나는 수프를 끓일게."

"수확은 어때?"

"아주 좋아."

세카리는 자신이 자랑하는 특별 요리를 만들었다. 채소와 살코기 그리고 생선 토막, 빵을 넣은 다음 커민과 소금으로 간을 맞춘 이 음식은 다음 날 아침식사 때까지 속을 든든하게 채워주고 편안한 밤을 보낼 수 있게 해주었다.

이케르는 북풍을 축사에 데려다놓은 뒤 무거운 발걸음으로 되돌아왔다.

친구를 바라본 세카리가 말했다.

"우울해 보이는구나. 어째서 삶의 좋은 면을 보려고 하지 않는 거야? 좋은 옷을 해 입고 아름다운 정원으로 나들이를 가봐. 꽃향기를 들이마시고 기분 좋게 술에 취해서 축제를 즐기란 말이야! 인생은 너무 짧아. 꼭 꿈처럼 지나가버린다고. 내가 아주 예쁜 여자를 소개해 줄 수도 있어. 그 여자는 자신의 머리카락으로 올가미를 만들어서 사내들을 낚아채지. 그러고는 그들에게 자신의 반지로 낙인을 찍는 거야. 그녀의 손가락은 백합 잎사귀 같아. 입은 연꽃 봉오리 같고. 그녀의 가슴은? 그야말로 만드라고라*라니까! 하지만 유혹을 당하더라도 그전에 배를 채우는 게 우선이야."

이케르는 세카리가 만든 특별 요리를 조금 뜨는 시늉을 했다.

"비쩍 말라서야 기운을 내볼 수도 없잖아. 다른 걸 해줄까?"

"아냐, 네가 만든 수프는 정말 맛있어. 내가 입맛을 잃어버린 거지."

"무슨 고민이 있는 거니, 이케르?"

"파라오가 왜 나를 죽이려 했는지 그 이유를 알아낼 순 없어도 나

---

* 마법의 힘이 있다고 알려진 가지과 식물.(옮긴이)

는 행동해야 해. 하찮은 서기관에 불과하지만 그래도 행동해야 해."

"행동한다? 대체 그 말이 무슨 뜻이야?"

"악의 뿌리를 안 이상 그걸 없애야만 한다고."

"너희 서기관들은 무슨 일에든 늘 명분을 갖다 붙인다니까! 나는 단순한 사람이야. 그래서 충고하는 건데, 복잡하게 생각하지 마. 너는 집과 직업이 있고, 앞날도 훤해! 어째서 골치 아픈 일을 찾아다니는 거야?"

"중요한 건 내 양심을 따르는 일이야."

"네가 그런 거창한 말을 쓰기 시작하면 난 아주 난감해진다고! 하여간 이 사실은 알려줘야 될 것 같은데……"

세카리는 말을 꺼내기가 조심스러운 듯 이케르의 눈치를 살폈다.

"뭔가를 찾아내긴 했지만 네가 모르는 편이 나을 것 같다."

"그렇지 않아!"

"잠잘 때 너를 지켜준다던 그 하마 송곳니 부적 말인데……"

"그걸 다시 찾아낸 거니?"

"그렇기도 하고 아니기도 해. 도둑놈이 그 부적을 산산조각 내서 잡초밭에 뿌렸거든. 너를 죽이려다가 송장이 되어 운하 속에 처박힌 그자가 한 짓이 분명해. 그 조각들을 다시 이어 붙이는 건 불가능해. 내 생각에 이건 좋지 않은 징조야. 네가 계획한 일이 뭔지는 모르지만 그만두는 게 좋겠어."

이케르가 대답했다.

"걱정 마. 네가 준 작은 부적들이 아직 남아 있어. 하늘의 신 호루스의 현신인 매와 서기관들의 수호자 토트 신의 현신인 비비원숭이 부적들이 나를 지켜줄 거야."

"그 부적들은 별 힘이 없어! 내가 너라면 그것들을 그리 믿진 않을 거야."

세카리는 다른 생각에 잠긴 이케르를 앞에 두고 수프를 후루룩 다 먹어치웠다.

"다음번에는 여기에 다른 양념을 넣어봐야겠다. 그만 잘까? 내일도 일찍부터 일해야 하니까."

이케르가 고개를 끄덕였다.

세카리는 문지방에 두툼한 자리를 펼쳐 깔았다. 이케르가 공격을 받아 목숨을 잃을 뻔한 이후로 세카리는 경계를 늦추지 않고 있었다.

세카리가 깊이 잠든 걸 확인한 후 이케르는 테라스를 통해 집을 빠져나왔다. 그는 미행하는 자가 없는지 살피고 나서 어느 깨끗한 골목으로 재빨리 미끄러져 들어갔다.

카훈은 특별한 도시였다. 두 개의 큰 구역으로 나뉘어 있는 이 도시의 서쪽 구역에는 소박한 규모의 가옥 이백 채가 들어섰고, 동쪽 구역에는 상당수의 고급 주택이 자리 잡고 있었다. 북동쪽 아크로폴리스 위에는 거대한 시장 관사가 버티고 있었다.

이케르는 시장이 어떤 사람인지 도무지 감을 잡을 수 없었다. 그는 자신에게 능력을 발휘할 기회를 주고 승진을 시켜준 사람이었다. 그러나 그는 또한 파라오의 충복임이 분명했다. 이케르는 자신이 장기판의 말처럼 상황이 어떻게 돌아가는지도 모르는 채 이리저리 조종당하고 있는 게 아닐까 의심했다.

골목길은 여전히 조용했다. 마음을 놓은 이케르는 약속 장소로 발을 옮겼다. 시장이나 직속상관 헤렘사프는 자신이 비나와 만나고 있다는 사실을 몰랐다. 하녀 일을 하는 비나는 읽을 줄도 쓸 줄도 몰랐지만, 이케르 자신처럼 세소스트리스의 폭정에 맞서 싸우려 했다.

비나는 한 폐가에서 그를 기다리고 있었다. 그가 집 안으로 들어서자 비나는 문을 닫은 다음 그를 항아리 저장실로 데려갔다. 그곳에선 그들이 나누는 말을 아무도 엿들을 수 없었다.

"따라오는 사람은 없는지 잘 살폈겠지, 이케르?"

"내가 그렇게 허술한 사람으로 보이니?"

"아냐, 그래서 물어본 게 아냐! 겁이 나서 그래, 아주 많이…… 나를 안심시켜주지 않을래?"

비나가 이케르에게 몸을 바짝 붙여왔다. 하지만 이케르는 아무런 반응도 보이지 않았다. 그녀의 유혹을 받을 때마다 여사제의 얼굴이 떠올랐고, 그러면 이 반역 동지의 제안에 굴복하고픈 마음이 사라지곤 했던 것이다.

"시간이 별로 없어, 비나."

"언젠가는 이 도시가 우리 손에 들어올 거야. 그러면 우린 더이상 숨어서 만날 필요가 없겠지. 하지만 그 길은 너무 멀어, 이케르. 오직 너만이 우리를 목적지로 이끌 수 있어."

"그건 장담할 수 없어."

"아직도 망설이는 거니?"

"나는 살인자가 아냐."

"세소스트리스를 죽이는 건 정당한 행동이야!"

"그의 죄를 입증할 증거가 있어야 해."

"뭐가 더 필요한데?"

"문서 보관소를 뒤져봐야겠어."

"얼마나 걸릴 것 같아?"

"잘 모르겠어. 현재의 내 지위로는 문서 보관소에 출입할 수 없어. 시장과 헤렘사프의 주의를 끌지 않고 그곳에 들어가려면 좀더 높은 자리로 올라가야 해."

"도대체 뭘 찾고 싶은 거니, 이케르! 네가 겪은 모든 불행은, 그리고 네 나라의 모든 불행 역시 파라오 한 사람 때문이라는 걸 이미 알잖아. 너는 상황이 얼마나 심각한지 충분히 알고 있어. 그렇기 때문에 너는 이 일을 그만둘 권리가 없어."

"너는 내가 사람의 심장에 단도를 꽂을 수 있을 거라 생각하니?"

"너라면 충분히 해낼 수 있을 거야, 난 믿어!"

이케르는 몸을 일으켜 항아리 조각들을 밟으며 몇 걸음 걸었다. 항아리 조각 하나가 그의 발아래서 산산조각이 났다. 문득 그 폭군을 없애는 일도 이렇게 쉬웠으면 좋겠다는 생각이 들었다.

비나가 감정이 북받쳐 말했다.

"세소스트리스는 계속해서 우리 가나안인들을 죽음으로 몰아넣고 있어. 내일은 너희 나라 백성이 그에게 죽임을 당할 차례지. 이제 곧 내전이 일어날 테니까 말이야. 크눔호테프 총독이 군사를 일으켜 그 폭군과 맞서 싸울 거라는 소문이 돌고 있어. 하지만 총독이 과연 몇 주일이나 버틸 수 있겠어?"

"그런 소식은 어디서 들었니?"

"곧 카훈에 도착할 우리 동지들한테서. 그들이 어서 왔으면 좋겠어. 그들과 합류하면 우리의 힘은 열 배는 더 커질 거야."

"성안에는 어떻게 들어오지?"

"나도 몰라. 하지만 그들은 꼭 성공할 거야. 우리에게 아주 든든한 지원군이 되어줄 거란 말야."

"이 계획은 미친 짓이야, 비나."

"그렇지 않아! 이 길 외에는 압제에서 벗어날 방법이 없어. 그러니까 너는 무기를 들고 행동에 나서야 해. 그래서 우리를 해방시켜야한단 말이야. 이보다 더 멋진 운명이 있겠니? 세소스트리스는 너를해치려다가 결국 자신의 파멸을 자초한 꼴이 되었어."

비나의 마지막 말은 이케르에게 자신이 올바른 길로 가고 있다는확신을 심어주었다. 그러나 목표물은 너무나 멀리 있었고, 거기에 도달하기란 낙타가 바늘구멍에 들어가는 일만큼 어려워 보였다.

"내가 네 의심과 불안을 나눠서 짊어질게, 이케르. 어쨌든 우린 곧동지들과 함께할 수 있을 거야."

이케르는 잠을 이루지 못한 채 테라스에 누워 계속 뒤척이고 있었다. 이번에는 계획이 구체적 형체를 갖추고 떠올랐다. 그리고 그것을잘해낼 수 있다는 자신감도 들었다. 불의를 보고도 그냥 넘어갈 수는없었다. 그것이 왕이든 평범한 사람의 소행이든 말이다. 그 불의에저항하기 위해 나설 사람이 자신밖에 없다면 그는 기꺼이 그 일을 떠맡을 것이다.

아래에서 아픔에 겨워 내지르는 비명 소리가 들렸다. 이케르는 소스라치며 벌떡 몸을 일으켰다.

세카리가 화가 나서 퍼부어 대는 소리가 들렸다.

"당신네들 때문에 호리병에 금이 갔단 말이오! 잠자는 사람의 엉덩이를 걷어차서 깨우다니, 해도 너무하는군!"

이케르는 무슨 일인가 싶어 내려와보았다.

감찰관 두 명이 그의 집 앞에 서 있었다. 그들은 곤봉을 든 채 난처해하고 있었다. 아직 잠에서 덜 깬 세카리가 엉거주춤 서서 엉덩이를 문지르고 있었다.

나이가 더 많은 감찰관이 물었다.

"이자는 누구입니까?"

"세카리라고, 내 하인이오."

"이자는 늘 문지방에서 잡니까?"

"안전을 기하려는 것이오."

"아무리 깨워도 시체처럼 꿈쩍도 않는 사람을 믿느니 차라리 문을 활짝 열어놓고 주무시는 게 낫겠소! 하여간 이 사람 때문에 온 건 아니니까 이 문제는 그냥 넘어가지요. 헤렘사프 나리께서 서기관님을 급히 찾습니다."

이케르는 제자리에 얼어붙었다. 헤렘사프가 이케르의 속마음을 알아차린 걸까? 이제 체포되어 처벌을 받는 것일까? 유일한 해결책은 달아나는 것뿐이다. 하지만 과연 성문을 통과할 수나 있을까?

28

# 3

　파라오 세소스트리스가 아비도스 땅에 새로 건설한 도시에 '굳건히 견디는 곳'이라는 이름을 붙인 이유는 파라오 체제의 토대를 이루는 두 가지 가치 중 하나인 항구성을 구현하기 위해서였다. 또다른 가치인 각성, 즉 오시리스가 부활할 때의 눈뜸은 이 체제에 초자연적 영역을 부여해주었고, 이를 통해 시간의 비바람을 능히 견뎌내는 기념물들이 축조될 수 있었다.

　파라오는 임시 사제들의 근무일지를 직접 검사했다. 임시 사제들은 다섯 조로 나뉘어 교대로 임무를 수행하고 있었다.

　임시 사제들을 책임지고 있는 업무 주임은 체구가 작고 예민한 성격의 사내였다. 근무일지 작성자이기도 한 그는 풍채 좋고 위엄 있는 파라오 앞에 불려나와 벌벌 떨고 있었다.

　"내 지시에 따라 임무를 정확히 수행했다면 무엇 때문에 그리 겁을 내는 것인가?"

　"이렇게 폐하를 뵙는 특권을, 폐하, 이 특권을……"

　"너에게도 나에게도 특권이란 건 없다. 우리는 모두 오시리스의 충실한 신하다."

"그야 모를 리 있겠습니까, 폐하, 그래도……"

"임시 사제들은 임무를 잘 수행하고 있는가?"

"관례대로 하고 있습니다. 임시 사제들은 각 조마다 여러 반으로 나뉘어 특정 임무를 수행하고 있습니다. 다른 반의 임무 수행에 지장을 주지 않도록 자신에게 주어진 임무를 모두 정시에 완료하고 있습니다."

업무 주임은 임시 사제들의 업무에 관해 세세한 이야기를 늘어놓았다. 석상들을 씻고, 몸을 정결히 하기 위해 물을 담아둔 항아리를 씻고, 탈 때 그을음을 내지 않는 횃불 기름을 미리 부어놓고, 제단에 올렸다가 엄격하게 분배될 제물들을 고르는 일들에 대한 것이었다. 그런 다음 그는 수위와 직공장, 석공, 화공, 과수 재배인, 제빵공, 맥주 제조자, 푸주한, 낚시꾼, 조향공(調香工), 제물을 나르는 말단 운반원에 이르기까지 일일이 그 이름과 인적 사항을 주워섬겼다.

"이들은 모두 위병들로부터 신병을 확인받은 뒤에야 이곳에 들어올 수 있습니다. 위병소에는 이들이 들어오고 나간 날짜와 시간, 결근이나 지각 사유가 기록된 대장이 비치되어 있지요."

"지금까지 직무상의 과실을 저질러 해고된 임시 사제는 몇 명인가?"

"한 명도 없습니다, 폐하!"

업무 주임은 자랑스러운 듯 대답했다.

"그 점이 바로 네가 무능하다는 증거다."

"폐하, 소인은……"

"어떻게 단 한순간이라도 완벽하다는 생각을 할 수 있단 말인가? 나를 속이려 들었다면 그건 용서받을 수 없는 잘못이다. 수하들이 눈

가림으로 써낸 보고를 곧이곧대로 믿은 것이라 해도 역시 용서받을 수 없다. 네 후임자가 새로 임명되는 즉시 너는 아비도스를 떠나라."

세소스트리스는 공방과 저장소, 푸줏간과 맥주 제조장을 둘러보면서 안전 수칙에 여러 가지 문제가 있음을 확인했다. 친위대장 소벡이 즉시 필요한 조치를 취했다. 이어서 왕은 신전 건축을 책임진 현장 감독을 만났다. 현장 감독의 얼굴에는 피곤이 짙게 드리워져 있었다.

"새로운 문제가 생겼는가?"

"하토르 여신의 여사제들이 도와준 덕분에 이제 연장이 부러지거나 석공들이 다치는 일은 없습니다. 그리하여 오늘에야 기쁘게도 폐하께 작업이 완성되었음을 고할 수 있게 되었습니다. 신들의 모습을 그리던 화공들이 오늘 아침 마지막으로 남아 있던 이시스 여신을 다 그렸습니다. 영생의 집처럼 폐하의 신전에도 이제 카의 기운을 불어넣을 만반의 준비가 되었습니다. 이 의식은 언제 치르시겠습니까?"

"내일 하겠다."

테베에서는 제의가 일반 시민들의 참여 속에 축제처럼 거행되곤 했다. 그러나 아비도스에서는 맥주 제조자가 맥주를 빚는 일조차 오시리스를 섬기는 종교적 행위로 여겨질 정도로 제의에 대해 엄숙한 태도를 취했다. 따라서 지금 같은 어려운 상황에서 조금이라도 즐거운 기색을 보인다는 건 어울리지 않았다.

종신 사제들과 여사제들이 지켜보는 가운데 세소스트리스는 신전 초석 위에 금, 은 주괴와 청금석, 터키석, 벽옥, 홍옥수 같은 보석의 원석 스물여덟 개를 놓았다. 산의 심층부에서 꺼내온 이 보물들은 이 자리에 놓임으로써 가장 강력한 부적인 호루스의 눈이 되었다.

그런 다음 제물을 나르는 남녀가 행렬을 지어 지성소로 갔다. 신전에서 가장 성스러운 장소인 이곳에 필요한 물품을 갖춰놓기 위해서였다. 천장은 금과 청금석으로, 바닥은 은으로, 문은 구리로 만들어진 지성소에는 세정을 위한 대야, 술잔, 항아리, 뚜껑이 달린 궤, 제단, 향로, 마포, 나룻배 등이 갖춰져 있었다.

세소스트리스가 말했다.

"오늘 너는 아침 점심 저녁 세 번의 의식을 올려 초자연적 힘들에게 이 신전의 정기를 지켜달라고 기원할 것이다. 이 신전은 신들의 거처이지 인간이 머무는 곳이 아니다. 이곳의 역할은 생기를 퍼뜨리는 것이다."

젊은 여사제는 아비도스 생명의 집 고문헌들에서 해독한 내용이 그대로 실현되고 있음을 알았다. 그 문헌들에는 제의 창출자로서의 이집트 국왕의 중요한 역할이 기록되어 있었다. 무질서가 횡행하는 곳에 질서를 세우고, 거짓을 몰아내 진실을 세우고, 오류를 고쳐 올바름을 세우는 것이 파라오의 임무였다. 인간 세상에 천상의 조화로움을 구현하는 일은 때맞춰 제의를 올리고 또한 자신의 역할을 충실히 수행할 수 있는 파라오가 있을 때에야 가능했다.

세소스트리스가 명을 내렸다.

"제단에 불을 밝혀라."

향로에서 그윽한 향기가 퍼져나왔다. 꽃, 정육, 야채, 향신료, 우묵한 그릇에 담긴 물, 맥주와 포도주, 갖가지 크기와 형태의 빵이 섬록암과 화강암, 흰 대리석을 깎아 만든 제단 위에 차려졌다. 신들이 이것들을 흠향하고 소화시킴으로써 눈에 보이는 존재와 보이지 않는 존재를 잇는 끈이 두터워질 수 있었다.

세소스트리스는 지성소로 들어갔다. 그곳에는 태초의 언덕이 있었다. 이 언덕을 향해 천장은 내려오고 바닥은 솟아올랐다. 세상이 생긴 첫날 아침에 태초의 물에서 솟아오른 이 언덕은 위대한 창조자 신이 끊임없이 자신의 작품을 만들어 세우는 받침대였다.

　이 지성소의 희미한 불빛 속에서 빛의 나라*가 모습을 드러내자, 파라오가 그곳으로 들어가는 문들을 열었다. 왕은 신들의 하늘 한가운데서 또하나의 태초의 문을 연 것이다.

　왕이 창조자 신을 향해 말했다.

　"이 신전의 네 기둥이 우주를 든든히 떠받치고, 나일 강이 때맞춰 범람하며, 해와 달이 번갈아 낮과 밤을 지배하고, 별들이 제자리에 놓여 있고, 데칸스**들이 각각의 임무를 수행하며, 오시리스께서 오리온 별자리로 모습을 보이시는 한, 이 신전은 하늘처럼 영속할 것입니다."


　신전에 생명을 불어넣자 나날이 시들어가던 오시리스 아카시아나무도 잠시 기운을 되찾았다. 세소스트리스가 의도한 것은 이렇게 신전이 발산하는 생기로 생명의 나무를 둘러싸서 나무의 원기를 북돋우려는 것이었다. 이 마법의 벽은 나무가 시드는 근본적 원인을 차단하지는 못하더라도, 새로 가해질 저주들만큼은 막아낼 것이다.

　이것 말고도 왕이 풀어야 할 또다른 문제가 있었다. 이제 그 문제를 논의할 순간이 다가왔고, 왕은 그 결정을 내리고자 아비도스 황금

---

　* 아크헤트(akhet). '빛나는, 유용한'이라는 의미의 아크흐(akh)에서 나온 말.
　** 고대 이집트인이 시계로 이용한 서른여섯 개의 별을 가리키는 말. 열흘 간격으로 뜨는 이 별들은 각각의 시간을 주관하는 영(靈)으로 여겨졌다.

원 회원들을 모아들였다.

괄괄한 성격의 네스몬투 장군이 단도직입적으로 의제를 꺼냈다.

"단 한 명의 총독만이 폐하께 복종하기를 거부하고 있습니다. 크눔호테프에게 대규모 공격을 가해서 그 반역 의지를 뿌리 뽑아야 합니다. 이집트가 진정으로 하나가 되어야 생명의 나무가 다시 살아날 것입니다."

네스몬투 장군은 세속의 명예에는 무관심했고, 오직 이집트의 영광을 지키는 일에 평생을 바쳐왔다. 파라오 세소스트리스가 아니라면 누가 이집트의 영광을 구현하겠는가? 그렇기 때문에 이 군인은 파라오를 위해 기꺼이 목숨을 바칠 준비가 되어 있었다.

세피 장군이 말했다.

"저도 네스몬투 장군과 같은 생각입니다. 이 전쟁은 피할 수 없어 보입니다. 이로 인해 서로의 진영에 많은 희생자가 생긴다 할지라도 말입니다."

리에브르 주의 가장 훌륭한 서기관 학교 교장이기도 한 그는 사려 깊고 침착했다. 호전적인 자들을 싫어하는 그가 무턱대고 전쟁을 주장할 리 없었다.

국왕 인장 책임자인 세호테프가 말했다.

"저는 전쟁만큼은 피하고 싶습니다만, 두 장군의 의견에 따르지 않을 수가 없군요. 크눔호테프는 절대 물러설 인물이 아니니까요. 협상의 가능성도 없습니다. 혼자 남았는데도 이렇듯 버티고 있는 걸 보면 그는 자신의 잘못을 인정하지 않고 있는 게 분명합니다. 자신의 특권을 유지하기 위해 차라리 피를 흘리는 편이 낫겠다고 생각하겠지요."

수석 재정 관리관 세난크흐가 자신의 생각을 밝혔다.

"대단히 치열한 전투가 될 것입니다. 크눔호테프는 부유하며 그의 의용대는 막강합니다. 그러므로 그의 저항은 만만치 않을 것입니다. 싸우기도 전에 승리를 자신하는 건 섣부른 일입니다."

네스몬투 장군이 말을 받았다.

"틀린 말은 아니지만, 그렇다고 공격을 미룰 수는 없소. 파라오의 과업을 미완성으로 놓아둘 수는 없지 않겠소!"

왕비가 물었다.

"여러분은 크눔호테프가 세트의 힘을 빌려 오시리스의 아카시아 나무를 고사시키려 하는 장본인이라고 확신하시오?"

네스몬투가 대답했다.

"그 점은 의심할 여지가 없습니다. 다른 총독들이 죄가 없다는 사실이 이미 밝혀졌으니까요. 그자의 과도한 공명심이 남부 이집트를 지배하려는 야욕으로 이어진 것입니다. 파라오께서 그 계획을 가로막자, 그자는 이집트의 생명의 중심을 공격함으로써 복수하고자 한 것이지요."

"그에게 공모자들이 있지 않을까요?"

세호테프가 물었다.

"그럴 가능성은 충분합니다."

세피 장군이 우려 섞인 목소리로 말했다.

"크눔호테프는 오랫동안 교역로를 관리해왔고 이를 통해 아시아와 접촉해왔습니다. 분명 그에게는 파라오 체제를 와해시키기로 뜻을 함께한 외부 동맹자가 있을 것입니다."

세난크흐가 말을 가로막았다.

"그건 단지 가정일 뿐입니다."

네스몬투가 말했다.

"그건 곧 밝혀질 겁니다. 우선 크눔호테프의 의용대를 무찌릅시다. 그리고 그를 사로잡아 심문하는 겁니다. 제가 그자의 입을 열겠습니다."

세난크흐는 다른 질문을 했다.

"지금 비밀 임무를 부여받고 황금원 모임에 참석하지 않은 회원이 있습니다. 폐하, 그의 의견이 어느 쪽인지 아십니까?"

"그를 대신해서 말할 생각은 없다."

세피 장군이 나섰다.

"제가 아는 그의 성격으로 본다면, 그는 즉각 공격하자는 의견일 것입니다."

왕이 세난크흐에게 물었다.

"그대의 유보적인 태도는 이 공격에 반대한다는 의미인가?"

"물론 그렇지는 않습니다, 폐하. 그러나 내전으로 인해 수많은 목숨이 희생될 것을 생각하면 참담한 마음이 듭니다. 하지만 전쟁이 불가피한 만큼 이로 인해 국가 재정이 최소한의 타격만을 받도록 힘쓰겠습니다."

세소스트리스가 선언했다.

"황금원은 만장일치로 결론을 내렸다. 크눔호테프를 공격할 준비를 하라. 우리는 오릭스 주를 정복할 것이다. 왕비와 세난크흐는 멤피스로 돌아가서 다른 현안들을 처리하라. 만약 내가 이 전쟁에서 죽는다면 왕비는 섭정을 맡고, 이어서 아비도스 황금원과 국정원의 구성원 중 살아남은 사람들과 함께 논의하여 왕위 계승자를 결정하도록 하라."

이집트를 피로 물들일 전쟁을 앞두고 세소스트리스는 아비도스의 평화와 고요를 음미하고 있었다. 아카시아나무가 처한 상황은 분명 큰 걱정을 자아내고 있었지만 이곳에는 여전히 예전 황금시대의 기억이 남아 있었다. 오시리스 신비에 입문하여 그 제의를 수행함으로써 죽음을 극복해온 그 시절의 기억 말이다.

바로 이 생명의 가치를 지키기 위해서 파라오는 크눔호테프의 반역을 평정하고, 그의 항복을 받아내고, 그로 하여금 자신의 죄를 실토하게 해야 했다. 세트 신의 보루인 크눔호테프의 주를 무너뜨리고 상하 이집트를 다시 통합하게 되면 세소스트리스는 새로운 힘을 행사할 수 있을 것이다. 아직까지는 이 파라오에게 부족한 그 힘을 말이다.

젊은 여사제는 부두에서 왕의 선박 뱃머리에 최근 다시 그려 넣은 눈을 바라보며 여행이 무사하기를 기원하는 주문을 외고 있었다. 수호자 소벡은 출발 전 자신이 직접 선원 한 사람 한 사람의 신원을 확인했다. 그러고는 앞서 두 번이나 살펴보았는데도 세번째로 파라오의 선실을 점검했다.

여사제가 물었다.

"언제 다시 오십니까, 폐하?"

"잘 모르겠다."

"곧 전쟁이 벌어지는 것입니까?"

"최초의 파라오이신 오시리스께서는 통일된 왕국을 통치하셨다. 내게는 오시리스의 대업을 이어가야 할 의무가 있다. 내가 다시 오든 오지 않든 너는 네 의무를 다하라."

왕이 탄 배가 부두에서 점점 멀어져 갔다. 왕은 오시리스의 영원한 광휘로 빚어진 아비도스의 아름다운 풍광이 시야에서 사라질 때까지 오랫동안 뭍을 바라보았다.

# 4

　카훈 시의 각 성문을 지키는 위병들은 석 달에 한 번씩 전원이 교체되곤 했다. 이들은 신원이 확인된 사람과 거주 허가를 받은 사람들만 통과시켰다. 이케르는 몸을 꼿꼿이 펴고 헤렘사프의 관사를 향해 발걸음을 옮겨놓았다. 위병들이 쳐놓은 방책을 뛰어넘어 달아날 생각은 이미 단념한 뒤였다. 붙잡힐 게 뻔했던 것이다.

　감옥에 갇히게 되면 이어서 강제노동형을 선고받을 것이고, 그것은 곧 사형선고를 의미했다. 그래서 이케르는 감옥에 들어가기 전에 마음속에 있는 생각을 헤렘사프에게 밝히고 싶었다. 물론 그래봤자 소용없다는 걸 모르진 않았다. 헤렘사프는 세소스트리스의 충복이 아닌가. 하지만 자신이 그 폭군의 정체를 폭로함으로써 누군가가 양심의 눈을 뜰지도 몰랐다. 그렇게 되면 자기 대신 그 누군가가 폭군을 암살하기 위해 나설 수도 있지 않겠는가?

　자신을 단죄할 판관 앞에 서기 위해 이케르는 스승인 세피 장군에게서 받은 필기도구를 다 갖추어 왔다. 죄를 묻는 헤렘사프에게 서기관의 팔레트와 붓, 지우개칼, 지우개, 잉크 단지들을 반납할 생각이었다.

그렇게 해서 그는 자신이 살아온 날들을 매듭짓게 될 것이다.


헤렘사프는 마늘을 곁들인 생치즈와 얇게 썬 파를 넣어 만든 그라탱을 맛보고 있었다. 이케르가 앞에 와서 섰지만 그는 자신이 좋아하는 요리에만 관심을 쏟을 뿐 이케르를 쳐다보지도 않았다.

각진 얼굴에 작은 콧수염을 공들여 다듬은 헤렘사프는 세소스트리스 2세 피라미드와 아누비스 신전의 책임자로, 매일 고기와 빵, 맥주, 유지, 향의 보급 상황을 점검하고, 회계 담당 서기관들의 장부를 검토하고, 관리들의 초과 근무 시간을 조정하며, 식량 배급이 공정하게 이루어지고 있는지를 감시했다. 아침 일찍 일어나고 밤늦게 잠자리에 드는 그는 휴식이라는 것을 모르는 사람이었다.

이케르는 그의 휘하에서 처음으로 보직을 얻었고, 또 승진할 수 있었다. '매사를 철저히 확인하라'는 그의 조언에 따라 일을 처리한 결과였다. 그런데 헤렘사프가 맡긴 업무를 수행하던 중 이케르는 라피드라는 이름이 새겨진 칼손잡이를 발견했다. 라피드는 그를 죽음으로 몰고 가려 했던 배의 이름이었다. 이건 단순한 우연이었을까, 아니면 헤렘사프가 미리 짜놓은 각본이었을까? 이케르가 문서 보관소의 자료들을 볼 수 없게 막은 것으로 보아 헤렘사프가 세소스트리스의 충복인 시장과 결탁하고 있다는 것은 분명했다. 그렇지만 이케르는 헤렘사프를 대놓고 비난할 근거를 찾지 못하고 있었다. 그가 이 음모에서 어떤 역할을 맡고 있는지 몰랐기 때문이다.

오늘 헤렘사프는 그동안 써온 가면을 벗을 것이다. 이케르는 헤렘사프가 덫을 쳐놓고 자신이 꼼짝없이 걸려들기를 기다렸을 거라고 생각했다. 결정적인 정보를 손에 넣은 그는 이제 자신에게 최후의 일격을 날릴 것이다.

"할 이야기가 있네, 이케르."

"처분에 따르겠습니다."

"신경이 날카로워 보이는군! 무슨 걱정이라도 있는가?"

"그걸 제게 묻는 대신 말씀해주셔야 하는 게 아닙니까?"

"내가 자네의 업무 실적을 낮게 평가할까봐 걱정하고 있군, 그렇지? 그렇다면 어디 한번 볼까? 자네는 곡식 저장소의 부정을 밝혀냈고, 이 도시의 쥐를 박멸했고, 옛 창고를 개축했고, 아누비스 신전 도서관의 재정리 작업을 아주 빠른 시간 안에 끝냈어. 내가 빠뜨린 일이 있는가?"

"없습니다."

"대단한 성과야, 그렇지?"

"그걸 판단할 사람은 제가 아닙니다."

"자네가 아무리 어긋나가기로 마음먹었다 해도 내 생각이나 결정을 바꿀 마음은 없어."

"바꿔달라고 요구하는 것은 아닙니다. 여기 제 필기도구를 가져왔습니다."

헤렘사프가 마침내 고개를 들었다.

"무슨 이유로 이것들을 내놓는 것인가?"

이케르는 아무 대답도 하지 않았다.

"이보게, 난 그 누구한테든 선물 같은 건 받지 않는 사람이야! 이런 어리석은 행동에 대해 어서 사과하게. 이건 정말 자네답지 않은 일인걸. 좋아, 없던 일로 하자고. 만약 내가 카훈에서 가장 뛰어난 젊은 서기관에 대해 약간의 험담이라도 흘린다면 시장님이 나를 나무랄 거야. 그분이 자네에게 부여하는 특권은 내가 보기에는 좀 지나친 감이 있어. 하지만 나로서는 복종할 수밖에 없지. 그렇다고 자네가 최고라고 으스대진 말게! 나한테도 질투심이라는 게 있거든. 자네가 조금이라도 실수하는 날에는 따끔하게 혼을 낼 수도 있단 말이야. 그러니 좀더 신중하게 처신하도록 해. 이번의 성공을 자랑하지 말라는 말이네."

"이번의 성공이라니요? 무엇을 말씀하시는 겁니까?"

"자네는 이사를 하게 되었어. 시장님이 자네에게 새집을 내리셨네. 넓고 전망이 아주 좋은 집이지. 이제 자네 소유야."

"왜 그런 혜택을 제게 베푸시는 겁니까?"

"자넨 이제 카훈의 고위 서기관이야. 자네는 이 도시의 모든 기관에 자유롭게 출입할 수 있네."

"저의 임무는 아누비스 신전 도서관을 관리하는 게 아닙니까?"

"물론이지. 그렇지 않아도 이번 주에 새로운 필사본들이 도서관으로 운송되어 올 거야. 자네가 그 필사본들을 분류할 적임자야. 자네는 머지않아 시장님의 측근으로 승진하게 될 걸세. 그렇게 되면 나는 더이상 자네의 상관이 아니지. 그리고 자네는 혼자 힘으로 고참 관리들을 감당해야 할 거야. 그자들을 경계하게. 자신들의 자리를 빼앗길까 염려하고 있으니까. 그나저나 자네 하인은 마음에 드는가?"

"세카리 말씀입니까? 그는 친구나 다름없습니다."

"그렇다면 이제부터는 그를 전일제로 일하게 하겠네. 자네의 살림을 계속 돌볼 사람이 있어야 하니까 말이야. 이건 자네의 명성과도 관련된 문제야. 그럼 그만 가보게, 이케르 서기관. 자네나 나나 해야 할 일이 아주 많은 사람들이니까."


"이상한 꿈을 꾸었어."

세카리가 이케르에게 털어놓았다.

"꿈속에서 내가 당나귀를 먹어치웠다고! 꿈 풀이하는 사람한테 물어보니까 아주 좋은 꿈이라고 했어. 내가 운이 트이거나 나와 가까운 사람 누군가가 한몫 챙길 의미라던데."

"네 꿈이 맞았나보다. 시장이 내게 넓은 집을 내렸거든."

세카리는 감탄한 듯 휘파람을 불었다.

"그렇다면, 넌 이제 확실한 거물이 된 거구나! 이사는 언제 하니?"

"지금 바로."

"그럼 짐을 꾸리자!"

"그건 시장이 보낸 일꾼들이 해줄 거야."

이케르와 세카리, 북풍은 헤렘사프가 알려준 곳으로 갔다. 그곳은 카훈 고급 주택가에 위치한 집으로, 시장 관사에서 멀지 않았다.

세카리가 깜짝 놀라며 물었다.

"이 집이니?"

"그래."

"세상에…… 정말 멋진 집이구나. 온통 하얗게 회칠을 한 이층집이라니! 테라스가 얼마나 넓은지 너도 보이지! 너 출세했다고 나 괄시하면 안 된다."

"물론이지, 너도 이 집에서 살 거니까. 이 집의 관리인으로 말야."

"근사한 일인데! 그렇다면 야만인처럼 들어갈 수야 없지. 잠깐 기다려봐."

세카리는 향기로운 물이 가득 담긴 대야를 들고 곧 돌아왔다. 그가 대야를 문지방에 내려놓고 말했다.

"누구든 이 집에 들어오려면 손과 발을 씻어야 해. 자 집주인, 네가 먼저 씻어."

조상에게 제사를 올리는 방으로 들어선 세카리가 코를 킁킁댔다.

"마늘을 빻아서 맥주에 담근 다음 그 즙을 벽에 바른 게 틀림없어. 이렇게 하면 뱀이니 전갈, 집귀들이 얼씬도 못 하지."

세카리는 연방 탄성을 지르며 응접실 하나, 침실 세 개, 새로 설치한 위생시설들, 넓은 주방과 지하 저장실 등을 몇 번씩 들락거렸다.

"그런데 가구가 없네?"

"지금 밖에 온 것 같은데."

시에서 보낸 일꾼 여러 명이 상당한 부피의 짐을 날라 왔다. 세카리는 일꾼들에게도 일을 시작하기 전에 손과 발을 씻으라고 잔소리를 늘어놓았다.

음식물이나 옷가지, 샌들, 화장용품 들을 담아둘 바구니와 함은 취향이 아주 까다로운 사람일지라도 반할 만한 것들이었다. 네모난 것, 길쭉한 것, 계란처럼 둥근 것, 원통형인 것 등등 모양도 다양했다. 파피루스 줄기를 엮어 종려나무 잎사귀로 동여맨 것도 있었고, 나무로 만든 것도 있었다. 모두가 딱 맞는 뚜껑이 달려 가느다란 끈으로 여미게 되어 있었다. 일꾼들이 가져온 자리들 역시 최고급품이었다. 파피루스 줄기와 아마 실을 씨실과 날실로 해서 짠 것들로, 각각 사각형이나 마름모꼴의 색깔 무늬가 들어가 있었다. 이 자리들은 바닥에 깔거나, 창에 걸어 햇빛을 가리는 차양으로 쓰일 것들이었다.

낮은 탁자와 세 발 의자들 역시 모양새가 우아하면서도 튼튼했다.

44

하지만 세카리가 무엇보다도 마음에 들어한 것은 밀짚을 채운 키 낮은 의자들이었다. 그 의자들의 발은 정방형이었고, 등받이는 등의 형태에 맞춰 부드러운 곡선을 이루고 있었다. 나무에 홈을 판 다음 다른 나무로 촉을 만들어 직각으로 끼워서 틀을 만든 이 의자들은 이음새들이 튼튼해 수백 년을 써도 끄떡없을 것 같았다. 석회 받침에 파피루스 줄기 모양의 작은 나무 기둥들을 세우고 그 위에 기름을 부을 청동 그릇을 올려놓은 등잔들도 근사하긴 마찬가지였다.

놀라서 입을 다물 줄 모르던 세카리가 의자에 걸터앉았다.

"네가 시장의 측근으로 임명되는 게 아닐까?"

놀랄 일은 아직 남아 있었다. 일꾼들이 각각의 침실에 들여놓을 침대 세 개를 날라 왔다. 침대마다 세카리가 한 번도 본 적이 없는 호사스러운 침구가 갖춰 있었다. 세카리는 베스 신*과 하마의 여신 투에리스**의 형상이 조각된 나무틀에 삼실을 엮어서 만든 침대 밑판을 손으로 조심스레 쓰다듬어보았다. 베스 신과 투에리스 여신은 단검으로 무장하고 손에 잡은 뱀들을 흔들며 사람들의 단잠을 지켜주는 신들이었다. 세카리는 베개 위에 머리를 얹어보고 고급 아마 이불을 만져보면서 좋아 어쩔 줄을 몰랐다.

"잘 때 이 이불을 덮고 여기에 향유를 몇 방울 뿌리고…… 생각만 해도 황홀하지 않니, 이케르? 어떤 여자라도 안 넘어올 수 없을걸! 이불 속에서 여자들이 다 녹아서……"

세카리의 이 흐뭇한 상상은 북풍이 히힝거리는 소리에 중단되었다. 북풍은 작은 텃밭이 있는 이 집의 서쪽 귀퉁이에서 종려나무 잎

---

* 악령과 불운을 쫓아주는 신.(옮긴이)
** 풍작과 순산의 수호여신.(옮긴이)

사귀로 지붕을 덮은 작은 마구간을 발견했던 것이다. 마구간 바닥에는 쾌적한 짚이 깔려 있었고, 여물통에는 곡물과 채소, 맛난 열매와 엉겅퀴가 가득 담겨 있었다. 북풍도 새로 바뀐 집이 마음에 든 것 같았다. 그때 힘이 세 보이는 장정 셋이 문 앞에 나타났다.

맨 앞에 있는 장정이 소리쳤다.

"지하 저장실이 어디요?"

세카리가 문으로 달려 나갔다.

"왜 그러시오?"

"시장님께서 맥주 항아리들을 보내셨소."

세카리는 목이 좁고 두툼한 항아리들이 운반되어 오는 것을 바라보았다. 항아리 입구가 진흙으로 봉해져 있는 것을 보니 품질이 아주 좋은 맥주인 게 분명했다.

"날 따라오시오."

맥주 항아리들을 쌓아놓자마자 짐꾼이 또 한 사람 나타났다. 이번에는 생아마포 두 조각을 대칭으로 맞대서 가운데를 박음질한 하의들이었다.

"이런 옷이 요즘 유행이야."

세카리가 아는 체했다.

"이 옷은 가슴까지 추켜올려 입는 거야. 그러면 길이가 장딴지까지 내려오거든. 우선 삼각형 천 중에서 길이가 긴 두 귀퉁이를 허리에 둘러서 묶어. 그러면 길이가 짧은 쪽은 뒤로 늘어지게 되는데 그걸 허벅지 사이로 앞으로 빼내서 허리에 묶은 매듭과 배 위에서 만나게 하는 거야. 이렇게 하면 옷으로 몸을 두 번 휘감은 모습이 되지."

이케르는 즉시 시키는 대로 따라했다. 그가 보기에도 썩 마음에 드는 옷이었다.

"이건 나한테 보내온 거야. 하인을 위한 거니까."

세카리가 긴 종려나무 줄기를 실타래처럼 묶어 만든 빗자루를 들어 보였다. 손으로 잡는 부분을 두 번씩 여섯 번 동여매서 튼튼하게 만든 빗자루였다.

세카리가 새 청소 도구를 시험해보는 동안 이케르는 화장 도구에 포함된 기묘한 물건 하나를 이리저리 들여다보고 있었다. 자신이 지니기에는 어울리지 않아 보이는 화장 연고용 숟가락으로, 오리 모양의 타원형 잔을 든 채 머리를 똑바로 들고 몸을 길게 늘여 수영하는 여인의 형상을 하고 있었다. 여인은 하늘의 여신인 누트였고, 오리는 대지의 신인 게브였다. 대기와 빛은 이 두 신이 결합함으로써 순환하여 지상의 만물에 생명을 주는 것이다.

그녀.

이 작은 물건을 바라보던 이케르의 눈앞에 불현듯 그 여사제의 얼굴이 떠올랐다. 이 영상은 그저 운명의 장난일까, 아니면 어떤 징조인 것일까?

"그걸로 뭘 할 생각이니?"

세카리가 장난스럽게 물었다.

"네 여자 친구 누군가에게 가져다주렴."

"넌 아직도 다시는 만나지 못할 그 여자를 생각하고 있구나! 내가 다른 여자 열 명을 소개해줄게. 예쁘고 이해심도 많은 여자들로만."

이케르는 예전에 산에서 여왕 터키석을 캐냈을 때를 떠올렸다. 그 특별한 돌 한가운데 사랑하는 그 여인의 얼굴이 있었다. 대체 누가 그녀를 대신할 수 있단 말인가.

"넌 쓸데없이 네 자신을 괴롭히고 있어."

세카리가 투덜거렸다.

"그러면서 자신이 얻은 행운을 누릴 줄도 모른단 말이야. 넌 이렇게 근사한 집이 있고, 또 고위 서기관이라는 직업을 가지고 있는데 말이야."

"네가 나한테 해준 아비도스의 황금원 이야기 기억하니?"

세카리가 눈썹을 찌푸렸다.

"난 기억이 안 나. 하지만 그게 뭐가 대수야? 누구든 한 번쯤은 그말을 들은 적이 있을 거야. 그건 아비도스의 신비제의에 입문한 사람들을 가리키는 말이고, 우린 거기에 속한 사람들이 아냐. 또 그래서 다행이지! 넌 신전 안에 틀어박혀서 아무 즐거움도 누리지 못하고 사는 걸 상상할 수 있어? 포도주든 여자든 구경도 못 하고 말이지."

"만약 그녀가 황금원의 일원이라면?"

"그녀는 잊어버려. 그리고 네 출세에나 신경 써! 행복해지기 위한 모든 걸 손에 넣었으면서 무엇 때문에 그렇게 풀이 죽어 사는 거니?"

"너에겐 미안한 말이지만, 넌 이 산더미 같은 선물에 무슨 꿍꿍이속이 있는지 모르고 있어."

세카리는 의자에 걸터앉았다.

"넌 능력 있는 서기관으로 인정받았고, 그래서 네 직위에 따른 혜택을 누리는 거야! 이상할 게 뭐가 있어?"

"그들은 나를 재물로 매수하려는 거야!"

"말도 안 돼!"

"내가 문제를 더 캐내지 못하게 하려는 거야. 그러다 결국 진실을 발견할까봐 두려운 거지. 높은 지위에 근사한 집, 물질적인 풍족

함…… 사실 더 바랄 게 뭐가 있겠어? 그들은 이런 교묘한 계산을 끝내고 자기들끼리 낄낄거렸겠지만, 난 속지 않아. 나는 절대 포기하지 않을 거야, 세카리."

"그럴 수도 있겠구나. 하지만 그건 지나친 생각이 아닐까?"

"이 도시의 권력자들 눈에는 내가 위험인물로 보이겠지. 그래서 내 입을 막으려는 거야."

"네 말이 맞다 치자. 그렇다면 이런 상황을 이용해야지! 네가 진실을 찾아내봤자 결국 재앙만 불러들일 거라면, 여기서 슬그머니 져주는 척하고 얻은 것이나 누리면 되잖아."

"내 말을 이해하지 못하는구나. 난 절대로 재물에 팔리지 않을 거란 말이야."

"그래, 알았어. 머리만 복잡하다. 어쨌든 그럼 난 내 일을 시작해야겠다. 집 안을 정돈한 다음 식사를 준비할게."

이케르는 테라스로 올라갔다. 집이 편하게 느껴지지 않았다. 적들은 그를 회유하려 들었다가 오히려 그의 결심을 더 단단하게 만들었을 뿐이었다.

이케르는 허리춤에서 단도를 꺼내들었다. 이 칼로 그는 세소스트리스를 죽일 것이다. 칼날이 햇빛을 받아 반짝였다.

# 5

과부는 자신의 세 아이를 부족함 없이 키우기 위해 쉬지 않고 일했다. 멤피스 시 북쪽에 외따로 떨어져 있는 자신의 밭에서 그녀는 두 명의 일꾼과 더불어 채소를 길러 시장에 내다 팔곤 했다.

그녀가 탐스런 호박을 광주리에 담고 있을 때 난폭해 보이는 털북숭이 사내 하나가 그녀 앞에 와서 버티고 섰다. 과부는 겁이 많은 성격이 아니었는데도 자신도 모르게 몇 걸음 뒤로 물러섰다.

"어이, 아줌씨! 밭뙈기가 작아도 기름져 보이는데, 응? 수입이 꽤 짭짤하겠어."

"왜 그러시오?"

입비뚤이가 흉악한 미소를 지었다.

"나는 마음씨 좋은 사람이야. 누가 고통을 당하는 건 그냥 두고 못 보거든. 그래서 내가 나서서 보호해주지. 아줌씨도 분명 내 도움이 필요할 텐데."

"웃기는 소리 집어치우시지."

"허허, 이봐, 내가 지금 웃기는 소리를 하고 있는 것 같아?"

"어서 꺼져!"

"그딴 식으로 대답하면 나도 마냥 호의적일 순 없다고. 네 일꾼들이 널 도우러 올 거라는 기대는 하지 마. 녀석들은 내 부하들에게 잡혀 있으니까. 네 새끼들은 무사할 거야. 네가 내 말귀를 잘 알아듣는 한에서는 말이야."

과부의 낯빛이 하얘졌다.

"원하는 게 뭐요?"

"내 보호를 받는 대가로 수입의 10분의 1을 내놓으면 돼. 꿍꿍이수작을 부릴 생각은 꿈도 꾸지 말라고. 그랬다가는 네 막내딸이 무사하지 못할 줄 알아!"

입비뚤이의 협박 기술은 이미 농익을 대로 농익어 있었다. 그는 겁을 집어먹은 밭주인들에게서 거둬들인 돈으로 자신이 이끄는 무자비한 도적 무리들과 함께 주머니를 불려나갔다.

지나간 자리에 살인이라는 행적을 남기지 않았기 때문에 입비뚤이는 감찰대의 추적으로부터 벗어나 있었다. 또한 그로부터 '보호받는 자들'의 수도 많이 늘어나서 그가 거둬들이는 수입도 상당했다. 이제 시작일 뿐이었지만 그는 자신이 해낸 일을 뿌듯해했다. 자신이 섬기는 두목도 만족할 거라고 생각하면서.


입비뚤이는 멤피스 북쪽 변두리 지역으로 들어갔다. 거기서는 첫 번째 파라오인 '확고한 자' 메네스가 건설한, 흰색 벽의 유서 깊은 성채가 보였다. 그들의 대두목인 예고자는 그 외곽 지역에 임시 거처를 마련해놓고 있었다. 어느 상점 위층에 자리 잡은 조촐한 집으로, 그 상점은 예고자의 부하들이 장사꾼으로 위장하여 꾸려나갔다.

입비뚤이는 타고난 망나니에 포악한 도적이었다. 그는 예고자와 그의 부하들 덕분에 광산 노역형에서 벗어난 다음 자신에게 주어진 새로운 삶을 마음껏 즐기고 있었다. 유일한 의무라고 해봤자 정기적으로 멤피스로 가서 예고자와 면담하고 또 이 두목이 좋아하는 음식을 구해서 주는 게 다였다.

어떤 파라오가 멤피스를 수도로 정했는지 정확히는 모르지만, 이 도시는 나일 강가에 자리 잡은 덕분에 그 큰 부두를 통해 이집트 경제의 중심지가 되어왔다. 크레타, 레바논, 아시아에서 실려 온 상품들이 멤피스 부두에 하역되어 분류 작업과 목록 작성 작업을 거친 다음 큰 창고로 옮겨졌다. 곡물들이 수많은 곡식 저장소를 가득 채웠고, 축사마다 살진 소들이 들어찼다. 보물 창고에는 금, 은, 구리, 청금석, 향료, 의약품, 포도주, 갖가지 종류의 기름과 사치품들이 쌓였다.

입비뚤이는 이 보물 창고들을 털어 이집트에서 가장 큰 부자가 될 꿈에 부풀었다. 예고자는 그의 이런 계획에 아무런 반대도 하지 않았다. 그 말은 곧 두목도 그것을 은근히 바라고 있다는 뜻이었다.

예고자의 잔인성은 입비뚤이 자신도 감히 미치지 못할 만큼 두려운 것이었다. 그러나 그는 예고자가 설파하는 믿음에는 무관심했다. 그가 생각하는 건 거기서 얻을 소득뿐이었다. 두목은 명령하고 자신은 재물을 챙기면 되는 것이다. 앞길을 가로막는 자들의 목을 잘라 본때를 보여줘야 한다면 그는 열성적으로 그 일을 해낼 것이다.

예고자가 묵고 있는 집이 가까워올수록 입비뚤이는 자신을 지켜보는 눈이 있다는 사실을 분명히 알 수 있었다. 예고자의 부하들이 경계 임무를 맡아 주변을 어슬렁거리다가 수상한 무리를 발견하면 두목에게 위험을 알리곤 했던 것이다. 여기 보이는 빵 장수, 저기 서 있는 구경꾼, 멀찍이 떨어진 청소부들이 바로 예고자의 부하들이었다.

입비뚤이는 거침없이 상점 안으로 들어갔다. 샌들이며 자리, 질 낮은 옷감들이 쌓여 있는 게 보였다. 예고자의 지시에 따라 부하들은 친절하고 싹싹한 상인 행세를 하며 동네 사람들로부터 인심을 얻고 있었다. 몇몇은 이집트 여인과 결혼해서 가정을 꾸리기도 했고, 일시적으로나마 내연 관계를 맺고 있는 부하들도 있었다. 그들은 일 년 내내 끊이지 않는 수많은 축제의 제의에 참여했으며, 선술집에 드나들며 사람들을 사귀었다. 이렇게 해서 그들은 이집트 사회에 스며들었다. 적을 무너뜨리려면 우선 적의 내부에 잠입해야 하는 것이다.

붉은 머리 사내가 말을 걸어왔다.

"어떻게 지냈어, 입비뚤이?"

"나야 좋은 세월이지. 너는?"

말을 건 사내는 얼간이 스합이었다. 그는 예고자의 오른팔로 단검을 쓰는 솜씨가 기가 막혔다. 그의 주특기는 상대가 방심하고 있을 때 달려들어 등을 찌르는 것이었다. 스합은 피도 눈물도 없는 냉혹한 범죄자였지만 신이 보낸 사람이라고 자처하는 예고자의 말만은 마른 솜이 물을 빨아들이듯이 받아들였고, 또 그의 명이라면 무슨 일이든 저지를 준비가 되어 있었다.

"우리 일도 착착 진행되고 있어. 뒤를 밟는 자들은 없었겠지?"

"내가 어떤 사람인지 알잖아, 스합. 그렇게 허술하지 않다고."

"하기야 아무리 기를 써봐도 여기까지 따라붙을 수 있는 자는 없을 거야."

"뭐든 의심부터 하고 보는 네 버릇은 여전하구나!"

"우리의 과업을 달성하려면 그 정도는 기본 아니겠어? 지금 불경한 자들이 사방에서 날뛰고 있다고. 언젠가는 우리가 그자들을 다 쓸어버릴 수 있겠지."

입비뚤이는 두목을 찾아 고개를 두리번거렸다. 그로서는 믿음이니 불경이니 하는 말보다 따분한 게 없었던 것이다.

"예고자께서는 지금 설교 중이셔. 발소리 내지 말고 날 따라와."

두 사람은 이층으로 올라갔다. 스무 명가량의 추종자들이 예고자의 말을 귀 기울여 듣고 있었다.

"유일한 신께서 내게 말씀하셨다."

예고자가 말했다.

"오직 나만이 신의 말씀을 세상에 전할 사람이라고 말이다. 신은 자신을 믿는 자들을 사랑과 자비로 보살피신다. 하지만 믿지 않는 자들은 가차 없이 벌하여 이 땅에서 사라지게 하실 것이다. 신은 너희 참된 믿음을 지닌 자들에게 큰 시련을 내리셨다. 너희로 하여금 이집트인들과 섞여 살아가도록 하신 것이다. 가짜 신들을 떠받들면서 음욕에 빠져 사는 이집트인들과 말이다. 우리가 갈 길은 하나뿐이다. 위대한 전쟁을 준비하라. 그리하여 내가 전해주는 이 절대적이고도 흔들림 없는 진리를 세상에 드높게 떨치도록 하라. 이 진리를 받아들이지 않는 자는 죽음을 면치 못할 것이고, 그들을 멸하는 일은 우리의 기쁨일 것이다. 우리는 불경한 자들의 목을 칠 것이며, 그 가운데 가장 먼저 파라오를 죽일 것이다. 이 목표가 불가능할 거라는 생각은 버려라. 내일이면 우리는 이 나라를 손에 넣을 것이다. 그런 다음 모든 국경선을 무너뜨려 이 지상에 단 하나뿐인 왕국을 건설하게 될 것이다. 여자는 누구든 문밖으로 나다니지 못할 것이며 방탕한 자들은 가차 없이 벌을 받을 것이다. 그렇게 되면 신께서 우리를 은총으로 채워주시리라."

'늘 똑같은 이야기로군.'

입비뚤이는 생각했다. 하지만 예고자의 열렬한 어조에는 어쩐지 마음을 끄는 구석이 있었다. 예고자는 앞으로도 저런 방식으로 여러 사람을 설득해나갈 것이다.

설교가 끝나자 추종자들은 조용히 방을 빠져나갔다. 다시 자기 자리로 돌아가 빵 장수, 신발 장수, 이발사 노릇을 하려는 것이었다.

예고자의 강건한 신체는 입비뚤이가 그를 대할 때마다 번번이 감탄하는 부분이었다. 크고도 호리호리한 몸에 무성한 수염, 움푹 들어간 붉은 눈, 두툼한 입술이 눈에 들어왔다. 그는 터번을 머리에 두르고 발목까지 내려오는 모직 튜닉을 입고 있었다. 그가 매 같은 눈으로 쏘아보면 아무리 용기 있는 사람이라도 겁을 집어먹곤 했다. 그의 어조는 칼날처럼 단호했고 또 때로는 감미롭고 유혹적이었다. 추종자들은 그가 사막의 괴수들을 제압하고 그것들의 무시무시한 힘을 빨아들일 능력도 있다고 믿었다.

"내가 말한 걸 가져왔느냐?"

"물론입죠, 여기 있습니다."

입비뚤이가 예고자에게 자루 하나를 내밀었다. 그러자 얼간이 스합이 끼어들었다.

"잠깐만, 제가 먼저 열어보겠습니다."

"네가 뭔데 나서는 거야?"

입비뚤이가 버럭 화를 냈다.

"안전을 기하는 데는 예외가 없어."

예고자가 중간에 나서서 둘을 말렸다.

"그만두어라. 입비뚤이는 결코 나를 배신할 사람이 아니다. 안 그런가?"

"두말하면 잔소립니다요."

예고자는 자루를 열고 거기서 오아시스 소금 한 줌을 꺼냈다. 포도주나 맥주, 그 어떤 종류의 술도 입에 대는 법 없이 아주 약간의 물만 마시고 사는 그는 지금 손에 쥔 세트 신의 땀으로 갈증을 풀곤 했다. 이 흰 가루는 여름날의 용광로 같은 열기 속에서 땅 표면에 만들어지는 것이었다.

"품질이 좋구나, 입비뚤이."

"일등품입니다. 서부 사막에서 난 거라고 하던데요."

"장사꾼이 거짓말을 하진 않았군."

"누구도 저한테 허튼짓은 못 하죠."

"네 사업은 잘되어가느냐?"

"이보다 더 좋을 순 없을 정도지요! 농사짓고 사는 놈들은 겁이 많아서 뭐든 요구만 하면 척척 알아서 내놓습니다."

"저항하는 자들은 없었느냐?"

"한 놈도 없었습니다, 주인님!"

"감찰관들에게 꼬리를 밟힐 일은 없었겠지?"

"그런 염려는 붙들어 매십시오! 주인님이 지시한 대로 절대 흔적을 남기지 않았습니다. 제가 우리 사업에 짭짤한 밑천을 마련해드릴 수 있을 겁니다."

"부하들은 훈련을 계속하고 있겠지?"

"저를 믿으십쇼. 제 아이들은 한창 물이 올랐습니다. 분부만 내리시면 언제든지 나설 준비가 되어 있습니다."

"너희는 여기서 날 기다리거라."

예고자는 어리둥절해하는 입비뚤이와 얼간이 스합을 방에 남겨놓고 나갔다. 그리고 예고자는 광주리가 빼곡히 쌓인 구석방으로 들어갔다. 광주리마다 조악한 품질의 거적자리가 가득 담겨 있었다. 예고자는 가나안 지방의 도시 시켐에서 일으켰던 반란을 떠올리며 회심의 미소를 지었다. 이집트군은 반란이 완전히 진압되었다고 믿고는 재 밑에 여전히 불씨가 남아 있다는 걸 잊었다. 예고자는 붙잡혀 감옥에 갇혔지만 기지를 발휘해 거기서 벗어났다. 이집트군은 예고자의 말에 넘어가 예고자 행세를 한 촌뜨기를 처형함으로써 소요 사태의 주모자를 제거했다고 믿었다. 하지만 예고자는 이렇게 공식적으로 세상에 없는 사람이 됨으로써 오히려 음지에서 아무 방해도 받지 않고 움직일 수 있었다.

구석방의 안쪽 벽을 밀자 벽이 빙그르르 돌아가면서 비밀 방이 나타났다. 예고자는 거기서 아카시아나무로 만든 궤짝을 꺼냈다. 말이 새나갈 우려가 있다는 이유로 살해당한 카훈의 그 목수가 만든 궤짝이었다.

아카시아나무 궤짝은 대신전의 보물 창고에나 놓일 법한 훌륭한 것이었다. 궤짝 안에는 몇 개의 문서와 주술용 작은 조각상들 그리고 빛나는 돌 하나가 들어 있었다. 예고자는 그 돌을 아주 조심스럽게 집어 들고 입비뚤이와 얼간이 스합이 기다리고 있는 방으로 돌아갔다. 그러고는 두 사람 앞에 빛나는 돌을 내밀었다.

"여기 여왕 터키석이 있다."

크기나 광채에서 비길 데가 없는 보석이었다. 예고자는 빛을 향해 여왕 터키석을 내밀어 생기를 흡수했다.

"이 터키석의 힘을 빌려 우리도 이제 공격을 개시할 것이다. 이 공격은 파라오도 두 손 놓고 바라볼 수밖에 없을 재앙이 될 것이다."

입비뚤이가 말을 거들었다.

"이 돌이라면 저도 압니다요. 감찰대 밀정이었던 이케르라는 녀석이 하토르 여신의 산을 깊이 파고 들어가 캐낸 것 아닙니까. 광산을 습격했을 때 그 녀석도 끝장이 났죠. 시체도 불태워버렸으니까요."

"이 돌이 얼마나 아름다운지 잘 봐라. 너희들이 내 심복들이라 특별히 보여주는 것이다."

하지만 입비뚤이는 아름다움을 감상하는 일에는 취미가 없었다.

"지시하실 건 뭡니까, 주인님?"

"더 많은 농가를 보호해주고 수입을 늘리도록 해라. 그래서 네 부하들의 무장을 강화하고 냉혈 전사들을 계속해서 길러내야 한다. 상황은 점점 우리에게 유리해지고 있어."

예고자의 명령이 이런 거라면 입비뚤이가 마다할 이유가 없었다. 입비뚤이는 평범한 손님으로 보이기 위해 샌들 몇 켤레를 챙겨 들고 상점을 나왔다.

예고자는 소금을 다시 한 줌 집었다.

얼간이 스합이 그에게 말했다.

"소문에는 세소스트리스가 크눔호테프를 공격할 준비를 하고 있답니다. 어떻게 될지 확실치는 않지만 만약 전쟁이 벌어진다면 피비린내가 진동할 겁니다. 오릭스 주 의용대는 병사의 수도 많고 무기도 막강하니까요."

"잘된 일이다."

"아마 세소스트리스는 이 전쟁에서 지게 될 겁니다. 그가 죽는다면……"

"그가 죽을 경우 크눔호테프가 대신 그의 자리를 차지할 테니, 우리의 적이 새롭게 바뀌는 거지. 무너뜨려야 할 것은 파라오 체제 그자체야. 이 체제를 움직이는 인물 몇 명을 없애는 게 문제가 아니다."

"주인님은 입비뚤이를 정말로 믿으시는 겁니까? 그는 재물을 손에 넣고 나면 오만 방자해져서 제멋대로 행동할지도 모릅니다."

"안심해라. 그 도적 녀석은 나를 배신하면 어떻게 된다는 걸 알고 있으니까. 사막 괴수의 발톱에 숨통이 끊기는 꼴은 당하고 싶지 않겠지."

"그는 참된 믿음에 대해서도 콧방귀나 뀐단 말입니다!"

"그건 우리에게 협력하는 사람들 상당수도 마찬가지다. 그들은 그저 신께서 쓰시는 도구일 뿐이지. 하지만 넌 달라. 내 가르침이 너의 운명을 바꾸어주었으니까. 이제 너는 참된 길로 나아가게 될 것이다."

예고자의 부드러운 어조에 스합은 너무 기뻐서 정신이 아득해졌다. 두목이 이런 식으로 말해준 것은 이번이 처음이었다. 스합의 신념은 더욱 단단해졌다. 그는 불꽃같은 눈길을 지닌 이 두목을 끝까지 따르며 더욱 충실하게 복종할 것이다.

예고자가 말했다.

"멤피스에 가나안인들이 구축한 조직이 행동에 착수할 준비가 되었는지 확인해야겠다. 그들 조직에 임무 하나를 맡길 생각이다. 중요한 장애물 하나를 제거하는 임무지. 가나안 전사들이 카훈에 침투하는 데 방해가 되는 인물이 있다."

# 6

네스몬투 장군의 두 정찰병은 열아홉 살 동갑이었다. 바람처럼 빠르고 갈대처럼 유연한 그들은 아무것도 두려워하지 않았다. 자신들이 맡은 임무가 얼마나 중요한지 아는 두 사람은 그 어떤 위험도 무릅쓸 자세가 되어 있었다. 목적은 크눔호테프 총독의 방어체제를 정탐해 오는 것이었다. 이번 전쟁에 승리하기 위해 그들은 반드시 정확한 정보를 얻어내 장군에게 보고해야 했다.

가장 먼저 살펴볼 곳은 나일 강이었다. 두 병사는 아무 무기도 없이 물고기 비린내가 풍기는 허리옷만을 둘러 어부로 위장하고 나룻배를 저었다. 놀라운 광경이 그들의 눈에 들어왔다. 크눔호테프가 주도의 부두 앞에 온갖 배들을 집결시켜놓았던 것이다. 대규모의 선단을 이룬 그 배들 각각에는 십수 명의 궁수들이 타고 있었다.

배 한 척이 두 사람이 탄 나룻배를 향해 다가오고 있었다. 위병 하나가 그들에게 소리쳤다.

"왜 거기서 알짱거리고 있는 거야?"

"어…… 고기를 잡고 있는데요."

"고기를 잡아 뭐 하려고?"

"저희가 먹으려고요. 가족을 먹여 살려야 하거든요."

"크눔호테프 각하가 내리신 명을 모르는 거냐? 나일 강의 이쪽 수역에는 그 어떤 배도 얼씬거려선 안 돼."

"저흰 저기 저 마을에 삽니다요. 그리고 늘 여기서 고기를 잡아왔고요."

"지금은 안 된다."

"그럼 저흰 뭘 먹고살라고요?"

"제일 가까운 감시초소에 가봐. 양식을 줄 거다. 이곳에 한 번만 더 얼씬거렸다간 당장 잡아들일 줄 알아!"

두 정찰병은 새로 생긴 법이 마땅치 않아 투덜거리는 어부 시늉을 하면서 느릿느릿 그 자리를 벗어났다. 두 사람은 감시초소 못 미친 지점에 배를 댄 후 뱀과 악어가 우글거리는 파피루스 덤불로 들어갔다. 살 냄새를 맡고 달려드는 벌레들을 손으로 떨어내면서 둘은 경작지 근방까지 걸어갔다.

크눔호테프는 그곳에도 역시 방어체제를 갖춰놓고 있었다. 깊은 구덩이를 파서 그 위에 나뭇가지들을 걸쳐놓고 흙을 덮어 위장한 함정들이 만반의 태세를 갖추고 적들을 기다리고 있었다. 갈대 움막에 웅크리고 앉은 자들도 농부가 아니라 병사들이었다. 농가에도 마찬가지로 병사들이 보였다. 두 정찰병은 나무 위 여기저기에 궁수들이 몸을 숨기고 있다는 걸 알아차렸다.

두 사람은 여기저기 정탐을 마친 후 한 운하 속으로 뛰어들었다. 이 운하는 주도로 이어지고 있었다. 둘은 가끔씩 숨 쉴 때를 빼곤 계속해서 물밑을 헤엄쳐서 앞으로 나아갔다. 저편에 많은 수의 병사들이 지키고 있는 굳건한 요새들이 보였다.

크눔호테프는 조금의 허점도 없이 방어체제를 갖춰놓고 있었다. 이제 가장 어려운 일이 남아 있었다. 무사히 돌아가서 수집한 정보를 전해야 하는 것이다.

바로 그때 화살 한 대가 두 사람의 귓가를 스쳐 날아갔다.


제후티 전임 총독은 왕이 자신의 궁정에 들어섰다는 전갈을 받자마자 왕을 마중하러 달려 나갔다. 긴 망토로 몸을 휘감은 그는 나이와 관절염의 고통을 무릅쓰고 자신이 섬기는 왕을 예의를 갖춰 맞이했다.

"한시바삐 오시기를 기다리고 있었습니다, 폐하."

"좋지 않은 소식이라도 있는가?"

"전 병력을 동원하여 주 경계선을 봉쇄하고 크눔호테프를 고립시켰습니다. 하지만 언제 크눔호테프가 공격을 감행해 이 봉쇄를 무너뜨릴지 걱정스럽습니다. 그의 병사 수가 저의 병사보다 많은 이상, 제가 오래 버티기는 어렵습니다."

"아직 눈앞에 닥친 일은 아니니 너무 걱정할 것 없다."

"제 눈에는 희망이 보이지 않습니다, 폐하. 제 군사들조차 그리 미덥지 못합니다. 크눔호테프의 군대와 싸워야 한다는 것에 상당수가 두려워하고 있습니다. 그러니 근래에 폐하께 연합해온 의용대 병사들은 절대 신뢰하지 마십시오. 그들은 이제 겨우 폐하의 군에 합류한 데다 또 크눔호테프의 위용에 짓눌려 있습니다. 그들 대부분은 크눔호테프가 결국 승리할 것이라고 생각합니다. 그러니 실제로 폐하가 믿을 수 있는 건 폐하의 군사들뿐입니다."

"솔직하게 말해줘서 고맙다."

"분명 폐하께서는 이 나라가 그토록 필요로 하는 위대한 파라오의 재목이십니다. 하지만 지금 폐하의 앞을 가로막고 있는 장애는 넘을 수 없을 것 같아 보입니다. 폐하께서 이번 전쟁에 승리한다 해도 그 상처는 지울 수 없을 것입니다."

제후티는 자신의 조언을 과연 왕이 진지하게 받아들일지 염려스러웠다. 왕에게 등을 지고 있던 주들을 이만큼이나 이집트의 품에 다시 끌어들인 일은 대단한 성과였다. 그러나 실질적인 통합이 이루어지려면 시간이, 그것도 많은 시간이 필요했다. 혹시 세소스트리스는 완전한 승리를 거둘 욕심으로 참극일 게 뻔한 전쟁을 불사하는 게 아닐까? 그러나 왕이 크눔호테프를 앞에 두고 망설일수록 왕의 힘은 약화될 것이고, 또 크눔호테프는 어김없이 이런 정황을 이용할 것이다.

수호자 소벡은 왕이 리에브르 주에 도착한 이후로 잠을 제대로 자본 적이 없었다. 그는 이 광활한 지방에서 왕을 안전하게 경호하기 위해 파악해야 할 정보들을 아직 손에 넣지 못한 상태였다. 게다가 제후티의 사병들을 흡수하여 군대를 재편성해야 했는데, 이 혼합 부대를 도무지 신뢰할 수 없었다. 적어도 왕의 숙소 주변에만큼은 자신의 정예 부하들을 배치해야겠다는 것이 그의 강경한 입장이었다.

분명 크눔호테프는 파라오가 공격을 개시하기 전에 그를 미리 제거하려고 시도해올 것이다. 만약 세소스트리스가 암살당한다면 통솔자를 잃은 파라오의 군대는 한순간에 무너지고 말 것이다. 그러니 언제 어디서 있을지 모를 암살 기도에 대비해 항상 삼엄한 경계를 유지해야 했다.

주도인 크헤므누의 분위기는 무거웠다. 네스몬투 장군이 적지로 보낸 정찰병들은 아직까지 아무도 귀환하지 못했고, 그래서 세소스트리스는 크눔호테프 군대의 규모나 배치 상황에 대한 정보를 전혀 손에 넣지 못하고 있었다. 적의 동태가 어떤지 아무런 정보도 없이 전장에 나갔다간 제대로 싸워보지도 못하고 패전할 게 뻔했다.

소벡은 이른 아침부터 궁정 고용인들을 직접 조사했다. 기력이 쇠한 노인들도 조사 대상에서 예외가 아니었다. 소벡은 궁정 주방으로 갔다. 요리사의 조수들이 음식을 펼쳐놓고 먹고 있었다.

소벡도 잠시 여유를 부려 누에콩으로 속을 채운 전병을 하나 집어 들었다. 그때 소벡의 부관들 가운데 용모가 볼품없는 부하 하나가 머뭇거리며 소벡에게 다가왔다.

"무슨 문제라도 있는가?"

"아닙니다, 대장님, 문제는 아니고…… 다만 대장님께서 뭐든 빠짐없이 보고하라고 명하셔서요."

"말해봐라."

소벡이 손에 집어 들었던 전병을 내려놓자, 아까부터 고개를 길게 잡아 뺀 채 군침을 삼키고 있던 다리 짧은 개 한 마리가 전병을 덥석 물고 한쪽 구석으로 내뺐다.

"그게 말입니다, 대장님, 그러니까……"

"뭐든 말해라."

"그냥 사소한 일입니다. 어제 저녁, 그러니까 해가 막 지기 시작할 무렵에 궁정에 출입하는 이발사가 들어왔었는데, 그자가 나가는 건 아무도 보지 못했거든요. 평소대로라면 그는 점심식사를 하기 전에 일을 끝마쳤을 텐데 말입니다."

"그렇다면 궁정 어딘가에 숨어 있단 말이군!"

"안심하십시오. 제가 그자의 이발 도구를 가지고 있습니다. 누구든 무기라든가 위험한 물건을 들고 궁정 안을 돌아다닐 수는 없습니다."

"멍청한 녀석, 그자는 면도용 칼 같은 것을 어딘가 다른 장소에 숨겨놓았을 것이다!"

소백과 그의 부관은 세소스트리스의 숙소를 향해 달려갔다. 가는 도중 복도에서 부관이 그 이발사의 모습을 발견했다.

"저자입니다!"

자그마한 가죽자루를 메고 있던 그 남자는 깜짝 놀라 그 자리에 못 박힌 듯 멈춰 섰다. 소백이 몸을 날려 남자의 등을 덮쳐서는 땅바닥에 꼼짝도 못하게 내리눌렀다. 부관이 밧줄로 남자의 손과 발을 꽁꽁 묶었다.

"네놈이 폐하를 해칠 마음을 먹었으렷다!"

"아닙니다요, 맹세코 아니고말고요!"

"이 속에 뭐가 들었는지 보면 알 수 있지."

소백이 자루를 열었다.

자루 안에 칼날은 보이지 않았다. 다만 홍옥수로 만든 아름다운 스카라베 하나가 들어 있을 뿐이었다.

"훔친 것이냐?"

이발사는 머리를 깊숙이 조아렸다.

"예, 제가 훔쳤습니다요."

"누구에게서?"

"어떤 시녀한테서 훔쳐낸 것입니다요."

"그래서 네 범행을 숨기려고 밤새 숨어 있었단 말이냐?"

"저를 본 사람이 아무도 없을 줄 알았습니다요. 용서해주십시오, 저는……"

"감옥 맛을 단단히 보게 해줄 테니 잔말 마라."


세소스트리스가 네스몬투 장군과 함께 장군이 세운 공격 계획을 검토하고 있을 때, 소벡이 두 성찰병이 돌아왔다는 소식을 가지고 왔다. 두 정찰병은 부상을 입은 채 최전방 보병 진지에 막 돌아와 있었다. 소벡은 안전을 기하기 위해 네스몬투 장군에게 두 병사의 신원을 확인해줄 것을 청했다. 확인도 없이 파라오 앞에 데려올 수는 없는 일이었다.

한 병사는 왼쪽 어깨에 화살촉이 박혀 있었고, 다른 병사는 오른쪽 다리가 피투성이였다. 이들은 치료도 나중으로 미루고 먼저 왕과 장군에게 보고하러 온 것이었다. 왕과 장군은 이들이 가져온 정보를 주의 깊게 들었다.

네스몬투 장군이 두 사람을 치하하고 장교로 특진시켰다. 두 영웅은 자신들보다 키가 머리 하나만큼은 더 큰 왕의 포옹을 받자 떨어지는 눈물방울을 숨기지 못했다.

두 병사를 의무 부대로 데려가게 한 뒤 세소스트리스는 국정원을 소집했다. 네스몬투 장군, 세피 장군, 세호테프, 그리고 수호자 소벡이 한자리에 모였다.

네스몬투 장군이 심각한 어조로 조금 전 들은 정보를 요약했다. 모두들 한참 동안 침묵했다.

세피 장군이 먼저 입을 열었다.

"크눔호테프는 난공불락의 방어체제를 갖추고 있습니다. 그를 무너뜨리려면 그보다 몇 배나 더 강한 군대가 있어야 할 것입니다. 그래도 막대한 손실을 피할 수는 없지요. 지금의 병력으로는 승산이 없습니다."

네스몬투가 말을 이었다.

"이번 작전이 어렵다는 건 저도 압니다. 하지만 이대로 물러선다는 건 있을 수 없는 일입니다. 제가 정예부대를 이끌고 진두에 서겠습니다. 분명 적의 방어진을 뚫을 수 있을 것입니다."

"장군이 진두에 나설 수는 있겠지요."

세호테프가 한발 물러서듯이 대꾸했다.

"하지만 그러다 장군에게 무슨 일이라도 생기면 어떻게 합니까? 최정예 병사들을 잃게 되면 우리에게 무슨 희망이 남겠습니까?"

"적의 배치 상황을 알았으니 상당한 도움이 될 것이오. 그걸 잘 이용하기만 하면 분명 승산이 있습니다."

소벡이 나섰다.

"그건 헛된 희망에 불과합니다. 장군께서는 우리가 싸우기도 전에 이미 질 수밖에 없는 이유를 직접 말씀하시지 않았습니까."

세호테프가 제안했다.

"한 번 더 협상을 시도해보는 건 어떨까요. 제가 크눔호테프를 회유해보겠습니다."

"아마 그자는 자네를 볼모로 잡아둘 것이네. 그 총독 나리의 머리는 화강암보다 더 단단해."

세피 장군이 예측했다.

"크눔호테프는 협상 같은 걸 할 사람이 아니오. 자기가 누리고 있는 특권을 절대 양보할 생각이 없을 테니까요."

모두가 세피 장군의 말에 수긍했다.

그러자 네스몬투 장군이 확고한 어조로 말했다.

"우리는 선택의 여지가 없습니다. 위험을 무릅쓰고라도 공격을 감행해야 합니다. 그렇지 않으면 파라오의 권위에 돌이킬 수 없는 상처가 생길 것입니다."

세호테프가 다시 나섰다.

"저는 현재와 같은 상황을 당분간 계속 유지해나갈 것을 제안합니다. 주 경계선을 봉쇄하여 크눔호테프를 고립시킨 다음 압박을 가해 항복하지 않을 수 없게 하는 것입니다."

"허황된 꿈이오! 그의 주는 몇 달이고 몇 년이고 끄떡없이 버틸 수 있을 만큼 풍요한 곳입니다. 만약 우리가 먼저 움직이지 않으면, 그가 움직일 겁니다."

수호자 소벡이 말했다.

"폐하의 안전이 가장 중요합니다. 공격 시에도 폐하의 신변이 노출되어서는 안 됩니다."

네스몬투 장군이 단호한 어조로 못을 박았다.

"내 생각도 바로 그렇소. 그렇기 때문에 내가 병사들을 진두지휘하겠다는 것이오."

세소스트리스가 자리에서 몸을 일으켰다.

"최종 결정은 내가 내리겠다. 내일 아침 토트 신전에서 제의를 올린 후 내 뜻을 알려주겠노라."

# 7

짧은 소매의 주름옷과 베이지색 코르사주*를 입은 여사제는 생명의 나무를 위해 하프를 연주했다. 무화과나무를 목재로 쓴 길이 오십 센티미터의 이 하프에는 네 줄의 현이 달려 있었다. 하프는 이 악기를 보호해주는 두 개의 작은 조각물로 장식되었는데, 하나는 이시스 여신의 주술 매듭 형상이었고, 다른 하나는 마아트 여신의 머리 형상이었다.

현을 퉁기는 여사제의 손끝에서 아주 느리지만 리듬이 살아 숨 쉬는 곡조가 흘러나왔다. 그 소리는 고통을 진정시키고 평온함을 가져다주었다. 마지막 연주 소리가 울려퍼지기를 기다려 탁발 사제는 제단에 우유와 향유를 부었다.

탁발 사제가 말했다.

"하늘과 별들이 생명의 나무를 위해 음악을 연주하오. 해와 달은 이 나무를 향한 찬가를 부르고, 여신들은 이 나무를 위해 춤을 추지

---

* 가슴에서 허리까지 내려오는 몸통에 꼭 맞는 상의.(옮긴이)

요. 진정한 악사라면 창조의 신이 품은 의도를 알고 그가 세상에 질서를 부여하는 방법을 깨달으며 천지만물을 조화롭게 합니다. 이 질서로부터 천상의 음악이 탄생하여 우리가 이 음악을 그대로 옮기는 것이지요. 그대의 연주가 생명의 나무를 위안하기를."

아비도스에 도착한 제르구는 의기소침해지고 말았다. 제르구는 미신을 믿는 데다가 신들과 마법사들이 지닌 주술적인 힘을 두려워해서 수많은 부적들을 몸에 지니고 다녔는데도, 이 오시리스의 영토에 발을 들여놓는 순간 어떤 보이지 않는 것이 자신을 노리는 듯한 느낌에 움츠러들었던 것이다.

뛰어난 뱃사람이자 능란한 사냥꾼이기도 한 제르구는 위험한 일들에 무모하게 뛰어드는 걸 싫어했다. 그런데 메데스가 그를 또다시 이곳으로 보낸 것이다. 메데스의 지시를 따르지 않을 수 없었던 그는 사제들의 식량 공급을 핑계 삼아 다시 돌아온 참이었다.

사실 그가 메데스의 지시로 아비도스에 돌아온 데는 내심 다른 목적이 있었다. 어느 종신 사제와 접촉해서 그를 매수하려는 것이었다. 아비도스 신전의 보물을 빼돌리기 위해선 그를 확실하게 한편으로 끌어들여야 했다.

앞서 아비도스에 왔을 때 그 종신 사제를 만나본 후 제르구는 자신의 계획이 성공할 가능성이 높다는 자신감을 가졌다. 하지만 곰곰이 생각해볼수록 그가 함정을 놓은 거라는 의심이 들기도 했다. 그런 데다가 이 계획에 대해 아무리 설득을 해봐도 메데스는 미심쩍어했다.

제르구는 독한 맥주를 퍼마시고 나서야 마침내 선실에서 나왔다. 지난번과 마찬가지로 도시 경비를 맡은 치안부대의 검문은 삼엄했다. 대체 아비도스에 무슨 일이 일어난 걸까? 외부에서 들어오는 사람들은 빠짐없이 검문을 받았고, 배들은 갑판에서 배 밑바닥에 이르기까지 샅샅이 수색당하고 있으니 말이다!

제르구도 예외는 아니었다. 장교 한 사람과 곤봉을 든 네 명의 건장한 병사가 자신에게로 다가오자 제르구의 이마에 식은땀이 맺히기 시작했다.

장교가 말했다.

"증명서 좀 봅시다."

"여기 있소."

제르구는 떨리는 손으로 파피루스 문서 한 장을 장교에게 내밀었다. 장교는 천천히 문서를 펼쳐 읽었다.

"곡식 저장소 시찰관 제르구, 식료품 운송선으로 공무수행 중이라…… 적재품들이 기재 내용과 일치하는지 확인해봅시다."

장교가 제르구를 흘깃 보더니 이상하다는 표정을 지었다.

"몸이 어디 불편하시오?"

"상한 음식을 먹은 것 같소."

"지휘본부에 가면 군의관이 있소. 만약 상태가 나빠지면 주저하지 말고 가서 진료를 받으시오. 내 부하들이 배의 화물을 검사할 테니, 그동안 나와 함께 내 사무실로 갑시다."

"무엇 때문이오?"

"당신에 대해 특별 지시를 받았소."

제르구는 다리 힘이 풀려 주저앉을 뻔했지만 겨우 몸을 지탱했다. 그의 운명은 이미 결판난 게 분명했다. 병사의 수를 세어보니 달아나는 건 불가능해 보였다. 그는 체념하고 장교를 따라 어느 큰 방으로 갔다. 십여 명의 서기관들이 그 방에서 일하고 있었다.

장교는 선반에 놓여 있는 나무 서판을 하나 집어 들어 제르구에게 건네주었다.

"아비도스에 자주 드나드는 처지이니 임시 사제 신분증을 내드리겠소. 아비도스에 머무는 동안 이 증명서를 늘 지니고 다니시오. 하지만 이 증명서가 있다 해도 속인들의 출입이 금지된 구역에 들어가서는 안 되오."

제르구는 한마디도 못 하고 그저 멍청한 웃음만 지어 보였다.

"당신의 면담 장소로 안내해드리겠소."

제르구는 여전히 얼이 빠져 있었던 터라 약속 장소에 상대방이 아직 나와 있지 않은 게 다행스러웠다. 상대방이 나타나기 전까지 마음을 추스를 시간이 필요했던 것이다.

또다시 의심이 고개를 들었다. 혹시 다른 사제가 와서 자신에게 죄를 묻는 것은 아닐까? 이집트에서 가장 폐쇄적인 사제단의 일원 한 명을 타락의 길로 끌어넣었다고 말이다. 목이 바싹 탄 제르구는 물을 한 모금 들이켜다가 사레가 들어 기침을 했다.

그때 그 사람이 나타났다. 이번에도 그 사제였다. 다가오는 사제는 여전히 엄격하고 정떨어지는 표정을 짓고 있었다.


아비도스 신전의 대사제로 임명받지 못한 데 대해 깊은 앙심을 품은 베가는 자신의 꿈을 좌절시킨 세소스트리스에게 복수하고 싶었다. 하지만 혼자 힘으로는 어려웠다. 아비도스처럼 폐쇄된 곳에 머물면서 어떻게 협력자를 구할 수 있단 말인가?

이때 눈앞에 나타난 제르구는 그야말로 하늘의 선물이나 다름없었다. 인물은 천박해 보였다. 그러나 베가는 그가 아비도스의 신비에 접근하고 싶어하는 어느 권력자의 수하일 거라고 짐작했다. 그 권력자는 아비도스에 줄을 댈 수 있을지를 알기 위해 제르구를 보냈을 것이다. 그 권력자가 연줄을 원한다면 자신이 그 역할을 해주리라. 베가는 자신의 신분을 십분 활용해서 그들이 원하는 것을 해주고, 그 대가로 부를 얻어 자신의 정당한 복수를 행할 계산을 했다.

베가가 제르구에게 말했다.

"당신에게 임시 사제 신분증을 준 건 우리가 좀더 쉽게 접촉하기 위해서요. 공급이 필요한 식량 목록을 앞으로도 계속해서 당신에게 넘겨줄 테니 열심히 일해주시오."

제르구가 대답했다.

"여부가 있겠습니까."

"서로가 본격적으로 협력하기에 앞서 우리의 관계를 확실하게 해둘 필요가 있소. 당신은 내가 건넬 물건을 팔아치울 판매망을 정말로 확보하고 있는 거요?"

"어떤 종류의 물건이든 맡겨만 주십시오."

"당신은 상당한 영향력을 지녔나보구려, 제르구 씨."

"나는 중개인일 뿐입니다. 어떤 분 밑에서 일하고 있는데, 그분이 고위층 인사이지요."

"파라오의 측근이오?"

"더이상은 묻지 마십시오. 그보다 먼저 우리가 서로에 대해 알아야 하지 않겠습니까. 우선, 사제께서 팔려는 귀중품은 무엇입니까?"

"따라오시오."

제르구는 긴장해서 뱃속이 오그라드는 것 같았다.

베가가 제르구를 향해 말했다.

"겁낼 것 없소. 근사한 곳을 보여줄 생각이니까. 임시 사제들은 그걸 보고 나면 감탄해서 어쩔 줄 모르지. 당신은 위대한 신 오시리스의 언덕으로 가고 있는 거요."

제의 행렬이 다니는 길 양편으로 수많은 무덤들이 자리 잡고 있었다. 제르구는 두려움과 놀라움이 뒤섞인 눈으로 두리번거리며 그 정경을 바라보았다. 벽으로 둘러싸인 그 무덤들은 각각 뜰과 나무가 심어진 정원, 그리고 지성소로 구성되어 있었다.

제르구가 물었다.

"이곳에 묻힐 특권을 가진 사람들은 대체 누구입니까?"

"그런 특권은 누구에게도 없소."

"하지만……"

"이 무덤들 중 한 군데에 들어가봅시다. 그러면 알게 될 거요."

벽에 낸 문을 통해 두 사람은 어느 큰 무덤 안으로 들어갔다. 정원이 나타났다. 하늘의 여신 누트에게 바쳐진 무화과나무 아래에 연꽃이 핀 수반이 있었다. 벽 쪽으로 묘석들과 석상, 여러 크기의 제단들이 보였다.

베가가 말했다.

"이 무덤에는 시신이 없소. 그렇지만 많은 세도가들이 이곳 오시리스 곁에 있을 수 있는 건 이 묘비와 제단, 석상들 덕분이오. 그들은 아비도스로 이것들을 보내고, 여기에 종신 사제들이 제의를 통해 생명을 불어넣는 것이오. 이렇게 해서 영혼의 순례가 이루어지는 거요. 자신의 묘석이나 석상을 오시리스의 언덕 가까이에 두면 이 위대한 신의 영원성을 함께 누릴 수 있소. 나와 동료들은 때때로 이 신성한 묘석과 제단들 위에 '신의 이슬'인 우유와 향유를 붓고 '성스럽게 하는 것', 즉 향을 피우지요. 그렇게 하면 이 선택받은 행복한 자들의 이름이 소생의 힘을 얻는 거요."

제르구는 이 장소의 위엄에 눌려 잔뜩 움츠러들었다.

"아주 재미있는 말이긴 한데, 내가 보고 싶은 건……"

"좀더 둘러보시오."

제르구는 유심히 살폈지만 어디를 봐도 석상과 석비, 제단들뿐이었다.

베가가 말을 이었다.

"이 석비와 석상, 제단들의 값은 돈으로 헤아릴 수 없는 것이오. 왜냐하면 이것들은 오시리스의 정기를 머금어 신성해졌기 때문이오."

제르구는 그의 말뜻을 얼른 알아듣지 못했다.

"그렇지만 사제께서는 돈을 벌려고……"

"아비도스로 들어오는 것은 모두 엄격한 검문과 통제를 받고 있소. 하지만 나가는 것에 대해서는 사정이 다르오."

"이 돌들을 밖으로 빼돌리자는 겁니까?"

"석상들은 안 되오. 큰 석비들도 안 되고. 또 파라오의 명에 따라 이곳에 파견된 고관들의 기념물들도 안 되오. 하지만 크기가 작은 석비들은 가능하오. 어떤 무덤에는 석비가 아주 많아서 그 가운데 몇 개가 없어진다 해도 알아차릴 사람은 아무도 없소. 이 석비들에는 불운을 막는 힘이 있소. 이 보물을 살 사람을 찾아내는 것이 당신의 일이오."

제르구는 속으로 중얼거렸다.

'그야 쉬운 일이지, 그것도 최고가로 쳐서 팔아먹을 수 있고말고.'

베가가 말을 이었다.

"앞으로 이보다 더 비싸게 거래할 수 있는 것을 건네주겠소. 하지만 그건 나중에 이야기합시다."

"날 믿지 못하겠다는 말이시오?"

"나는 큰 도박을 하고 있소. 그리고 이 도박에서 어떤 것도 잃고 싶지 않소. 당신이 이 첫번째 거래를 어떻게 해내는지 지켜본 다음 본격적으로 일을 진척시키겠소."

"절대 실망하지 않을 겁니다! 유능하고 신중한 인사가 내 뒤를 보살펴주고 있으니까요."

"그러길 바라오."

제르구가 슬쩍 물었다.

"그런데 무엇 때문에 저렇게 많은 군인들과 감찰관들이 아비도스 주위에 득실대는 겁니까?"

"내가 당신한테 팔려는 정보 중에는 그것에 관한 것도 있소. 소문들이야 무성하지만, 그 진상을 아는 사람은 종신 사제들과 파라오의 측근들뿐이오. 그건 아주 심각한 사안이기 때문에 엄중한 비밀에 붙여져 있소."

"그런 비밀을 넘겨주시겠다 이 말씀입니까?"

베가의 무표정한 얼굴은 한층 더 싸늘해졌다.

"글쎄요, 두고 봅시다."

두 사람은 느린 걸음으로 오시리스의 언덕을 떠났다. 사방이 너무나 평화로워, 한껏 곤두서 있던 제르구의 신경도 누그러졌다.

베가가 제르구를 향해 말했다.

"다음에 오면 첫번째 거래품으로 작은 묘석을 넘겨드리겠소."

"이윤은 어떤 비율로 나누면 되겠습니까?"

"조급하게 굴지 마시오. 이 거래가 마음에 들 경우, 나는 당신의 후견인이 누군지 물을 것이오."

"그럴 필요까지야……."

"당신도, 그리고 당신을 통해서 그 사람도 내 신분을 알고 있소. 따라서 나도 그가 누군지 알아야겠소. 그래야 우리가 신뢰를 가지고 계속해서 협력할 수 있을 것 아니오."

"사제님의 뜻을 그분에게 전하지요."

"여기 종신 사제들에게 다음번에 배급할 식료품 목록이 있소. 서두를 필요 없이 충분히 시간이 흐른 뒤에 오도록 하시오."

배로 돌아오는 길에 제르구는 자신이 더이상 검문이나 통제를 받지 않는다는 사실을 확인했다. 위병들은 그를 임시 사제로 대접했으며, 그들 가운데 하나는 그의 짐을 들어주기까지 했다.

제르구는 자신이 만난 사제의 대담함과 결단성에 내심 놀라고 있었다. 얼마나 큰 증오와 원한이 쌓였으면 이렇게 자신의 동료들을 배반한단 말인가. 그보다도 이거야말로 웬 횡재란 말인가? 이런 아비도스의 핵심 인사를 협력자로 갖게 될 줄은 메데스도 꿈에서조차 예상하지 못했을 것이다.

# 8

멤피스의 감찰관 루디는 머리카락이 불꽃처럼 붉은 삼십대 남자였다. 그의 이름은 사람들에게 두려움을 불러일으켰다. 수호자 소벡에 의해 아시아에서 온 이주민들을 감독하는 특별한 직책에 임명된 이 건장한 감찰관은 자신의 임무를 빈틈없이 수행하고 있었다.

루디는 근면하고 꼼꼼했으며, 매사에 의심이 많아 쉽게 속아 넘어가지 않는 성격이었다. 그는 시켐에서 일어났던 가나안인들의 반란에 대해 여전히 이를 갈고 있었다. 그 반란의 와중에 그의 가장 친한 친구가 학살당했던 것이다. 그 반란의 주모자인 '예고자'라는 미치광이가 처형되었다는 소식에 기뻐하긴 했지만, 그렇다고 그가 경계 임무를 게을리 하는 것은 아니었다.

다른 나라에서 온 카라반이 이집트 입국 허가를 요청할 때마다 그는 직접 나서서 상인 개개인의 신원을 조사하곤 했다. 그러다가 만약 의심스러운 점이 발견되면 멤피스 북쪽에 위치한 세관 초소로 가서 그곳에 억류되어 있는 상인들을 직접 심문했다.

루디는 가나안인들도 아시아인들도 좋아하지 않았다. 그가 보기에 이 두 부족은 거짓말을 일삼고 간교하다는 면에서 막상막하였다. 그래서 그는 이들을 될 수 있는 한 이집트에서 몰아내려 했다. 그것이 이 땅의 안전을 지키는 길이며, 또 무엇보다 안전이 보장되어야 행복한 삶이 가능하다고 확신했던 것이다.

부관이 루디에게 와서 알렸다.

"프타 신전 부근에서 수상쩍은 자 두 명을 붙잡았다고 합니다. 둘은 자기들이 신발 장수라고 우긴다는데, 정작 팔아야 할 신발들은 눈을 씻고 봐도 찾을 수가 없답니다."

"즉각 조사해봐야겠다."

"점심시간인데 식사부터 하고 가보시죠."

"일이 우선이다."


얼간이 스합이 두리번거리며 말했다.

"길엔 아무도 없는 것 같습니다."

스합은 예고자와 함께 멤피스 부두 뒤편으로 복잡하게 이어져 있는 골목길을 가고 있었다. 앞장서서 사방을 살피며 걷는 그의 모습은 사냥에 나선 맹수 같아 보였다. 게다가 그의 주인은 필요하다면 언제든지 맹금으로 변해 적의 몸뚱이를 갈기갈기 찢어놓을 능력이 있었으므로 스합의 걸음걸이에는 한층 힘이 실렸다.

스합은 어떤 낡은 집 앞에 멈춰 서더니 주위를 살폈다. 미행은 없는 것 같았다. 그는 작은 문을 네 번, 느린 간격을 두고 두드렸다. 안쪽에서 한 번 응답하는 소리가 났다. 얼간이는 또다시 두 번 빠르게 두드렸다.

문이 열렸다.

의심 많은 스합은 자신이 먼저 안으로 들어섰다. 실내의 맨 흙바닥에 수염을 기른 사내 둘이 웅크리고 있었다. 안전하다는 걸 확인한 스합은 예고자에게 신호를 보냈다. 예고자가 집 안으로 들어섰다. 문이 그의 등 뒤에서 삐걱거리며 닫혔다.

예고자가 문지기에게 지시했다.

"다른 사람들도 데려와라."

수염이 없는 서른 살가량의 남자 넷이 곧 모습을 드러냈다. 그들은 자신들의 우두머리 앞에 무릎을 꿇었다.

"이 둘은 어째서 아직 수염을 밀지 않았느냐?"

이 집의 표면적 임차인 행세를 하는 남자가 대답했다.

"주인님, 이 형제들은 이 망할 도시의 생활 방식에 적응하지 못하겠다고 합니다. 이들도 나름대로 애써보았지만 못된 여인네들이 거침없이 바깥에 나돌아다니는 건 도저히 참을 수 없다는 겁니다. 그래서 이들은 이곳에 틀어박혀 우리의 관습을 지키며 살겠답니다."

"네 일에는 어떤 수확이 있느냐?"

"그다지 만족스러운 건 없습니다. 저와 형제들은 부두에 나가서 뱃짐 부리는 일을 했는데, 이집트 놈들이 저희들을 자꾸 의심하더군요. 놈들은 술을 처먹고 상스러운 이야기를 지껄이고 입을 쩍 벌리고 웃습니다. 못된 여자들과 재미 보는 일에 이력이 난 놈들이에요. 그런 놈들과 어떻게 사귈 수가 있겠습니까? 생각만 해도 끔찍합니다! 저희는 시켐으로 돌아가고 싶습니다. 그곳으로 돌아가서 압제자들과 맞서 싸우겠습니다."

얼간이 스합은 이 무능한 자의 얼굴에 침을 뱉고 싶었지만, 그런 결정은 예고자의 권한이었으므로 참고 있었다.

예고자가 부드러운 목소리로 말했다.

"너희들이 겪는 고초를 다 알고 있다. 이집트는 타락한 땅이다. 그러니 옳은 길로 인도해야 하는 것이다."

모두가 자리에 앉았다. 예고자는 긴 설교를 시작했다. 그는 이 설교에서 사치를 비난하고, 여인네들이 누리는 음란한 자유를 수치스러워했다. 그는 유일한 신께서 자신에게 이런 파라오 체제를 멸하라고 명하셨다며 열변을 토했다. 가나안인들은 그의 설교를 들으며 무의식적으로 몇 번이나 고개를 끄덕였다.

예고자가 말을 이어갔다.

"우리는 적들을 쳐부술 것이다. 그리고 너희들은 이 싸움의 일등 공신이 되어 가나안 땅에 너희의 이름을 자랑스럽게 내걸게 될 것이다."

과연 그럴 수 있을까 반신반의하는 눈들이 예고자를 주시했다.

"저 폭군을 타도하려면 우리의 형제들을 카라반으로 위장시켜 카훈에 들여보내야 한다."

예고자가 설명했다.

"그런데 루디라는 이집트 감찰관이 우리의 길을 가로막고 있다. 나의 용감한 부하들이여, 이 장애물을 없애는 일을 너희들이 맡아야 한다."

"어떻게 처리할까요?"

수염을 기른 남자 하나가 물었다.

"함정을 쳐서 루디가 살아서는 빠져나가지 못하게 해라. 이 일에 성공하면 너희는 상을 받게 될 것이다."

가나안인들은 예고자가 일러주는 방법에 열심히 귀 기울였다.

"내가 행동 개시 신호를 보낼 때까지 너희는 숨소리 하나 없이 쥐

죽은 듯 기다려야 한다. 한 사람이라도 말소리를 내면 우리 모두가 위험에 빠지게 될 것이다."

사내 하나가 대답했다.

"저희는 여기서 꼼짝 않고 있다가 주인님의 지시에 따르겠습니다요."

얼간이 스합이 고개를 내밀어 골목길을 살폈다. 아무도 없었다. 예고자는 가나안인들의 은신처에서 나왔다.

다시 자신들의 거처로 돌아가는 길에 얼간이는 결국 못 참고 입을 열었다.

"비겁하고 무능한 놈들 같으니라고. 주인님, 저자들을 믿지 마십쇼."

"네 말이 옳다."

"저런 놈들에게 그런 중요한 임무를 맡기시다니요!"

"하지만 그 방법밖엔 없지 않느냐?"


"그러니까, 너희가 신발 장수들이란 말이지?"

루디가 물었다.

붙잡혀 있던 두 사람이 무릎을 꿇었다.

"그렇습니다."

나이가 더 많아 보이는 사내가 대답했다.

"제 아우는 말을 못 하므로, 제가 아우의 대답까지 하겠습니다."

"거짓말은 집어치우고 바른 대로 말해라. 내 속이 슬슬 뒤집어지려는 참이니."

"정말이지 저희는……"

"거짓말은 그만두라니까. 어떻게 이집트로 들어왔느냐?"

"호루스 신의 길로 왔습니다."

"그렇다면 그쪽 검문소에 입국 기록이 남아 있겠군. 어느 검문소냐?"

"기억이 나지 않습니다."

"너와 네 공범 놈은 우리 영토에 몰래 숨어들어왔다. 그 의도가 뭐냐?"

"이집트는 부유한 땅이고 저희는 가난합니다. 이곳에서 한 밑천 잡으려 했습니다."

"샌들을 팔아서 말이냐?"

"예, 그렇습니다."

"네가 직접 샌들을 만드느냐?"

"그렇습니다."

"그럼 너희 둘 다 샌들 제조공방으로 보내주마. 거기서 일하는 걸보면 알게 되겠지."

"그건…… 저, 바른 대로 고하겠습니다. 저희는 샌들에 대해서는 아무것도 모릅니다."

"좋아, 처음부터 다시 시작하지! 이번에는 조금의 거짓도 없겠지. 허튼수작을 부렸다간 내 부하들이 대신 심문을 맡을 거다. 부하들은 너희 같은 거짓말쟁이들을 다루는 방법을 잘 알거든."

두 사람은 바닥에 몸을 납작 엎드렸다.

"입을 열면 저희는 무사하지 못할 것입니다."

"입 다물고 있으면 더 끔찍한 일을 당하게 될 것이다."

"사실 저희는 아는 게 별로 없지만, 여기서 험한 꼴을 당하고 싶진 않습니다. 솔직하게 말씀드리면 제 아우와 저를 풀어주시렵니까?"

"그건 지나친 요구지, 안 그런가? 그건 말도 안 되는 거래야. 대신 네가 정말로 다 털어놓으면 너를 추방시켜주겠다."

"약속하시는 거지요?"

"약속하지."

"그렇다면 말씀드리겠습니다. 제 아우와 저는 시켐에서 왔습니다. 지난해 이집트에 와서 자리를 잡은 동향인이 저희더러 오라고 했거든요. 그자가 저희에게 일자리와 숙소를 마련해주겠다고 했습니다. 하지만 그자는 사실 저희를 범죄에 이용할 계획이었던 것 같습니다."

"어떤 범죄?"

"부두의 화물 창고 한 곳을 털 계획이랍니다. 그는 창고지기들을 죽이는 일도 서슴지 않을 위인입니다. 저희야 그런 짓은 꿈도 꾸지 못합니다. 차라리 이렇게 털어놓고 나니 맘이 편하네요. 고향으로 돌아갈 수 있다니 얼마나 좋은지 모릅니다. 저희 이야기는 이게 답니다."

"그 가나안 놈이 사는 곳은 어디냐?"

"프타 신전 뒤편에 종려나무 세 그루를 마주 보고 있는 집입니다. 문 앞에 한 사람이 지키고 있다고 들었습니다."

"집 안으로 들어갈 때 쓰는 암호는 뭐냐?"

"'복수'입니다."

"너는 네 아우를 데리고 오늘 당장 이집트를 떠나라."

원칙적으로는 자신의 상관인 소벡에게 이 일을 보고해야 했다. 그러나 루디는 늘 벌어지는 이런 감찰 업무는 자신이 혼자 처리하려 했다. 그 가나안 놈을 붙잡아 심문을 해보면 그자의 조직원들 이름을 캐낼 수 있을 것이다. 좀도둑 무리 하나를 붙잡으려고 감찰대 총수를 귀찮게 할 필요는 없다는 게 그의 생각이었다.

그렇지만 루디는 신중을 기해 감찰관 다섯을 데리고 갔다. 가나안 인들은 미꾸라지같이 빠져나가는 데 명수인 데다가, 이 도적 떼의 우두머리를 절대로 놓치고 싶지 않았던 것이다.

문제의 집을 찾아내기는 어렵지 않았다. 루디는 부하들을 매복시킨 후 집 문지방에 걸터앉아 졸고 있는 사내에게 다가갔다.

루디는 사내의 어깨를 두드려 깨웠다.

"주인은 안에 계시냐?"

"아마도 그럴걸요. 누구라고 말씀드릴까요?"

"복수라고 전해라."

"안에 계신지 보고 오겠습니다요."

문 앞을 지키던 사내는 문을 열고 모래가 깔린 통로를 따라 느릿느릿 집 안으로 들어가더니 잠시 후 여전히 느릿한 걸음걸이로 나왔다.

"들어오십쇼."

루디가 통로의 모래를 밟으며 안으로 들어갔다. 그곳에 수염을 깎은 가나안인 하나가 버티고 서 있었다. 예고자의 설교를 듣던 사내 가운데 하나였다. 예고자는 전날 그를 이곳에 보내놓고는 곧이어 두명의 공범을 프타 신전 부근으로 보내 어슬렁거리게 했다. 이들의 수상한 행동은 예고자의 계획대로 감찰대의 주의를 끌었고, 이들을 심문한 루디에게 거짓 정보를 흘려 그를 직접 이곳으로 끌어들였던 것이다. 이들이 쳐놓은 덫은 완벽했다.

수염 없는 가나안인이 말했다.

"암호를 한 번 더 말해보겠소?"

"복수."

"아무렴 복수이고말고. 바로 네놈에게 할 복수 말이다!"

뒤에 서 있던 문지기 사내가 루디의 몸을 덮치는 순간 집 안에 숨어 있던 다른 자들이 뛰어나와 루디를 칼로 찔렀다. 그는 쓰러지면서도 소리를 질러 부하들을 불렀다. 그의 부하들이 서둘러 집 안으로 뛰어 들어왔다.

유혈이 낭자한 격투 끝에 단 한 명의 감찰관만이 살아남았다. 큰 부상을 당한 그는 몸을 거의 끌다시피 해서 바깥으로 나와 어느 행인을 향해 소리 질러 도움을 청하고는 정신을 잃고 말았다.


얼간이 스합이 문을 두드려 약속된 신호를 보냈다. 수염을 기른 두 가나안인이 은신처인 낡은 집을 지키고 있다가 문을 열었다. 얼간이가 먼저 안으로 들어서고 이어서 예고자가 들어섰다.

안쪽에 쭈그리고 앉아 염소젖을 마시고 있던 다른 가나안인이 물었다.

"우리 형제들이 성공했습니까?"

"루디는 죽었다."

"그렇다면 우리 형제들은 시켐으로 벌써 떠난 것입니까?"

"아니다, 그보다 더 먼 곳으로 떠났지."

앉아 있던 사내가 몸을 일으켰다.

"그렇다면……"

"그들은 우리의 대의에 자신들의 목숨을 바친 것이다. 하나뿐인 신께서 그들을 영웅으로 맞아주실 것이다. 그들은 이제 모든 열락을 누리게 될 것이다."

"그러면 우리는…… 우리는 멤피스를 떠날 수 있는 것이지요?"

"너희들은 그들처럼 영웅이 되고 싶지 않은 거냐?"

얼간이 스합은 이미 가까이 있는 가나안인의 목을 가죽끈으로 졸라매고 있었다. 다른 가나안인이 달아나려고 했다. 하지만 예고자의 손이 사내의 가슴을 움켜잡았다. 달아나려던 가나안인이 비명을 질렀다. 날카로운 매 발톱이 그의 심장을 뽑아냈다. 스합이 물었다.

"놈들의 시체를 어떻게 할까요?"

"그냥 내버려둬라. 그리고 문을 활짝 열어놓고 가자. 누구든 지나가다가 시체를 발견하고 감찰대에 알릴 것이다. 감찰대는 가나안인들의 소굴을 발견했다고 반색을 하겠지. 필경 이주민 감독관 루디를 죽인 자들과 같은 패거리라고 생각할 것이다. 시켐은 불순분자들의 온상으로 주목받아 또 한번 탄압을 받을 것이다. 파라오는 가나안 땅에 반란의 원흉이 있다고 믿고 한층 엄중하게 감시하겠지. 그 사이에 우리는 자유롭게 움직일 수 있을 것이다."

# 9

크눔호테프는 얼마 전에 완성된 자신의 무덤이 있는 언덕 꼭대기에서 오릭스 주를 내려다보고 있었다. 이 아름다운 땅은 몇 시간 혹은 며칠이 지나면 핏빛으로 얼룩진 참혹한 무대가 될 것이었다.

오색영롱한 새들로 장식된 이 무덤에도 아직까지는 평화가 감돌고 있었다. 그러나 세소스트리스가 승리하게 된다면 이 무덤이 온존하게 보존될 수 있을까? 세소스트리스는 분명 무덤의 돌 하나 남기지 않고 파괴하여 자신에게 마지막까지 대항한 적의 흔적을 깡그리 지우려 할 것이다. 또 주도인 메나트쿠푸는 어떤 운명을 맞게 될 것인가? 저 거대한 피라미드를 건설한 왕 쿠푸가 탄생한 곳으로 '쿠푸의 어머니'라는 의미를 지닌 이 도시의 운명이 풍전등화의 위기에 처해 있다니.

하지만 세소스트리스는 아직은 승리를 거둔 것이 아니다! 암, 그는 이 지방의 비옥한 들판, 흰색의 작은 집들이 자리 잡은 아담한 언덕들, 종려나무 농장과 저수지를 여전히 손에 넣지 못하고 있다. 동부 사막에 구불구불 펼쳐진 대상로도, 잘 훈련된 막강한 주 의용대도 아직은 그의 것이 아니다. 자신의 의용대는 최후까지, 단 한 명의 전사도 무기를 버리지 않고 용맹하게 싸울 것이다.

크눔호테프는 양옆에 서 있는 시종 두 사람에게 명했다.

"부채를 부쳐라."

두 시종은 각각 들고 있던 연꽃잎 모양의 부채를 흔들기 시작했다.

크눔호테프는 생각했다.

'얼마나 아름다운 풍경인가. 사방에 기쁨이 깃들어 있지 않은가. 이 꿈이 그처럼 가혹하게 끝나야 한다는 말인가? 지금까지 내가 온몸을 바쳐 현실로 만들어놓은 이 꿈이.'

크눔호테프는 자신의 이런 상념 속에 계속 빠져 있을 수는 없었다. 모두가 그의 지시를 기다리고 있었던 것이다.

"궁정으로 돌아가자."

그가 기르는 개 세 마리가 달려와 주인에게 쓰다듬어달라고 졸랐다. 마음이 무거운 주인은 개들의 머리에 잠깐 손을 올렸다가 곧 내려놓았다.

네 명의 힘센 장정이 얼마 전 더 튼튼하게 손을 본 가마를 땅에서 들어올렸다. 가마는 개들을 앞세우고 궁정으로 돌아갔다.

크눔호테프가 즐겨 쓰는 화장 연고는 정제 유지를 향기로운 포도주에 담가 숙성시킨 것이었다. 이 연고를 몸에 발라 마사지 받은 후 크눔호테프는 높은 등받이가 달린 안락의자에 몸을 묻었다.

시종 하나가 달려와 그의 손을 씻겼고, 또다른 시종은 연꽃잎을 새긴 황금 잔에 백포도주를 따랐다. 세번째 시종이 무화과나무로 짠 궤에서 아주 값비싼 가발 두 개를 꺼내왔다. 하나는 짧게 땋은 머리 가발이었고, 다른 하나는 머리채가 길게 물결치는 가발이었다. 크눔호테프는 매일 머리 모양새를 바꾸는 걸 좋아했다. 그는 자신의 머리치장에 관한 한 아주 작은 실수도 용납하지 않았다. 그건 위엄과 관계된 일이었기 때문이다. 때로 그는 머리카락을 내려뜨려 이마나 귀, 목덜미를 덮었고, 때로는 세 갈래로 땋은 머리를 무겁게 늘어뜨리기도 했다.

크눔호테프가 가발 담당 시종에게 말했다.

"이것도 저것도 마음에 안 들어. 제일 오래되고 소박한 것을 가져오너라."

크눔호테프는 적과 맞설 힘을 얻기 위해 자신의 조상들과 같은 모습으로 치장하고 싶었다.

테샤트 부인이 들어왔다.

"지시하신 대로 어김없이 실행했습니다. 적의 공격에 대비한 방어 체제는 빈틈없이 구축되었고, 병사들은 각자의 위치에서 대기 중입니다."

"오릭스 주는 침략자들의 무덤이 될 거요. 침략자들은 우리가 파놓은 함정에 빠져 큰 대가를 치를 거요."

"외람되지만 각하, 그 말씀은 헛된 희망이 아닐까요? 저뿐 아니라 각하 역시도 세소스트리스가 그렇게 순진하지 않다는 사실을 압니다. 그가 보낸 정찰병들이 이미 우리를 염탐하지 않았습니까?"

"우린 그 염탐꾼들을 붙잡았소!"

"전부 붙잡은 건 아니지요. 그러니 왕은 우리의 강점과 약점을 파악하고 있지 않겠습니까?"

"그렇다면 약점들을 보완해야지!"

"우리에겐 그럴 만큼 충분한 병사가 없습니다."

"여자들과 어린아이들도 마땅히 우리 땅을 지키는 일에 나서야지."

"이미 그렇게 하고 있습니다."

크눔호테프의 눈빛이 어두워졌다.

"테샤트 부인, 당신 말은 우리가 이길 가능성이 없다는 거군!"

"어쩌면 우리의 용기가 침략자를 물리칠 힘을 줄지도 모르지요."

"항복하자는 것이오?"

"물론 아닙니다, 각하! 하지만 이 무서운 전쟁에서 어느 편이 이기고 지든 우리 땅이 피투성이가 될 거라는 사실을 어떻게 모를 수 있겠습니까? 저는 두렵습니다. 우리가 그토록 사랑하는 것들이 파괴당하는 것을 보기가 두렵습니다."

크눔호테프는 아무 말도 하지 않았다. 이 명민한 조언자의 말에 어떻게 반박할 수 있단 말인가?

"제가 궁정을 떠나는 걸 허락해주십시오, 각하. 저는 이 학살극을 지켜보고 싶지 않습니다. 우리 편이 진다면, 저는 그들에게 붙잡히기 전에 스스로 목숨을 끊을 것입니다."

크눔호테프는 의자 깊숙이 몸을 묻었다. 얼마 후면 세소스트리스가 공격을 개시했다는 전갈을 받게 되리라. 그러면 그는 자신의 최정예 병사들을 이끌고 힘이 다할 때까지 맞서 싸우리라.

그때 급하게 달려오는 발걸음 소리가 들려왔다.

"각하, 파라오입니다!"

총독의 부관이 떨리는 목소리로 외쳤다.

"그가 공격을 시작했단 말이냐?"

"공격을 시작한 게 아니라, 이곳에 와 있습니다."

크눔호테프가 눈살을 찌푸렸다.

"이곳이라니? 그게 무슨 말이냐?"

"바로 각하의 궁정 문 앞에 말입니다."

"내 병사들이 전멸한 모양이구나. 그런데 이제야 내게 그 사실을 알리다니!"

"그게 아닙니다, 각하! 죽은 사람은 아무도 없습니다."

"지금 온전한 성신으로 하는 말이냐?"

"파라오 혼자 왔습니다. 그러니까, 거의 혼자인 셈이나 마찬가지입니다. 수행원이라고는 수석 비서관밖에 없습니다."

미심쩍은 표정으로 몸을 일으킨 크눔호테프는 서둘러 궁정 출입문까지 갔다.

푸른색 왕관을 쓴 거인이 문 앞에 버티고 서 있었다. 파라오였다. 그가 허리에 두른 옷이 눈길을 붙잡았다. 그 허리옷에는 상형문자들이 빼곡히 쓰여 있었다. 그것은 이 신성한 옷이 지닌 능력에 대한 이야기로, 왕을 움직이는 빛으로 화하게 해서 그로 하여금 악을 물리치게 하고 창조의 전 면모를 보게 해준다는 내용이었다.

"여기까지 오는데 아무도…… 아무도 가로막는 자가 없었단 말이오?"

"누가 감히 상하 이집트의 왕을 가로막을 수 있겠는가?"

크눔호테프의 얼굴이 붉어졌다.

"이 땅은 자치권을 지니고 있소."

이렇게 대꾸한 총독은 자기 가문의 유구한 역사를 자질구레한 것까지 늘어놓기 시작했다. 그는 자신의 업적을 하나하나 열거하고 그 결과로 이 지방이 얼마나 큰 풍요를 누리고 있는지를 제시하며 자신의 뛰어난 통치를 자랑했다.

세소스트리스는 얼굴 표정 하나 바꾸지 않고 그대로 서서 이 장광설이 끝나기를 기다렸다. 초조한 기색은 전혀 찾아볼 수 없었다. 총독의 말이 끝난 다음에도 파라오는 한참 동안 침묵을 지킨 뒤 자신의 말을 시작했다.

"군중을 향해 장황한 말을 늘어놓는 사람은 위험하며, 수다스러운 사람은 말썽을 일으킨다. 군중을 말로써 자극하면 돌아오는 건 파괴뿐이다. 그렇기 때문에 통치자는 말을 신중하게 사용해야 한다."

그 자리에 있던 사람들은 크눔호테프가 이런 모욕을 당한 만큼 파라오를 즉시 체포하라는 명을 내릴 거라고 생각했다. 하지만 오릭스주 총독은 마치 번개를 맞은 듯 아무런 반응도 하지 않았다.

세소스트리스가 말을 이어갔다.

"파라오는 신들과 대화하는 존재이다. 그래서 파라오는 신들과 약속을 맺고 그 약속을 실행하는 것이지 그 자신을 위해 일하지 않는다. 파라오는 자신이 지닌 창조의 힘을 자신의 백성을 위해 쓴다. 이 나라의 융화는 모두가 마음을 합할 때, 각자의 권리를 요구하기보다 서로 간의 의무를 중시할 때 이루어진다. 인간의 생각은 신들의 정신과 합해져야 하고, 국정원은 의견의 합일을 이루어야 한다. 통치는 단결력을 북돋워야지 대립과 분열을 조장해서는 안 된다. 마찬가지로 모든 주는 하나로 뭉쳐 신전에 봉헌물을 바치고 이 이집트를 하나의 통합체로 만드는 데 헌신해야 한다. 하늘을 닮은 전체로 말이다. 파라오는 말하는 것에 그치지 않고 행동하는 사람이다. 나는 내 마음으로 깨달은 것을 끈기와 인내심을 가지고 실현하려 한다. 그대가 의무에 충실한 진정한 지도자라면 오릭스 주를 고립시키지 말라. 그런

데도 크눔호테프, 그대는 악에 사로잡혀 있지 않은가? 신들의 금을 훔친 자가 그대 아닌가? 그대가 생명의 나무에 저주의 마법을 걸지 않았는가? 그대가 오시리스의 부활을 막으려 하지 않았는가?"

또다시 침묵이 흘렀다.

이번엔 크눔호테프도 그냥 있을 수 없는 일이었다. 이것은 말싸움이 아니라 심각한 비난이었다. 이런 비난을 들은 이상 그는 왕을 용인할 수 없을 것이다. 자신의 약점을 간파당해서이든 명예를 더럽혀서이든 말이다.

마침내 총독이 반응을 보였다. 그러나 그가 보여준 행동은 예상을 뒤엎는 것이었다. 크눔호테프가 너털웃음을 터뜨린 것이다. 그 웃음소리는 너무 우렁차서 궁정 밖까지 들릴 정도였다.

마침내 웃음을 멈춘 크눔호테프는 여전히 영혼을 꿰뚫어보듯 자신을 응시하고 있는 파라오의 눈을 마주보았다.

"폐하, 말씀대로 제가 말이 많았습니다! 지금 제가 웃은 이유는 두 가지입니다. 첫째는 저 자신을 비웃기 위해서입니다. 폐하께서 단 몇 마디로, 그러나 그 무엇보다 강력한 말로 일깨워주신 그 이치를 저는 이제야 깨닫다니요! 그래서 이처럼 우둔한 저 자신을 비웃었습니다. 둘째는 폐하가 제게 휘두른 발톱이 너무 강력했기 때문입니다. 동부 사막 금광들의 채굴 작업은 오래전부터 그 성과가 미미했습니다. 그래서 저는 지니고 있던 적은 양의 금을 신전에 바쳤지요. 생명의 나무에 대해서는, 그것이 전설이 아니라 해도, 저로서는 그 나무가 어디에 있는지조차 모릅니다. 물론 저는 제 영생의 유일한 보증자인 오시리스를 숭배합니다. 그리고 저는 오시리스의 부활의 신비에 입문하지 않았습니다. 따라서 저는 오시리스 신에 대해서든 그의 신성한 영역인 아비도스에 대해서든 그 어떤 힘도 행사할 수 없습니다. 저는 폐하가 찾고 있는 그 범인이 아닙니다. 이번 폐하와의 만남은 제 생애에서 가장 중요한 순간입니다. 왜냐하면 이 만남을 통해 폐하와 저의 대결을 끝내고 유혈 참극을 피할 수 있게 되었기 때문입니다. 저는 진정한 파라오의 모습을 보고 그의 말을 들었습니다. 그러므로 이 순간부터 저는 파라오의 충실한 종복이 될 것입니다. 저는 오릭스 주를 폐하께 돌려드립니다, 폐하. 이 도시에서 지금까지 일찍이 없었던 성대한 향연을 열 것이니 부디 참석하여주십시오."

아직도 크눔호테프의 진심을 의심하고 있는 수호자 소벡에게 이 향연은 끔찍한 악몽이었다. 이 지방 유력 인사들이 부부 동반으로 참석한 이 넓은 방에서 무슨 수로 왕의 안전을 지킨단 말인가? 총독은 왕을 함정에 빠뜨리기 위해 연극을 하고 있는 건 아닐까?

네스몬투 장군도 소벡과 같은 생각을 하고 있었다. 무장한 몸에 어쩔 수 없이 예복을 껴입으면서도 장군은 크눔호테프에 대한 의심을 지우지 못하고 있었다. 이자는 자신의 병사들과 파라오의 병사들 간에 우애를 도모한다는 핑계로 향연을 벌여 파라오와 그의 측근들을 없애려는 궁리를 능히 할 수 있는 인물이었다. 그래서 네스몬투는 연회장에 조금이라도 수상한 기미가 보이면 즉각 출동하라는 엄명을 정예부대에 내려둔 상태였다.

세피 장군과 수석 비서관 세호테프는 위의 두 사람보다는 더 낙관적이었다. 세피 장군은 비극적인 전쟁을 피하게 된 사실에 모두가 안도하고 있음이 분명한 이상 크눔호테프를 믿어도 되지 않느냐는 생각이었다. 세호테프는 크눔호테프가 태도를 바꾸는 장면을 직접 본 덕분에 의심을 거둘 수 있었다. 누구라도 그렇게 감쪽같이 연극을 할 수는 없을 것이었다.

연회장은 화려하기 그지없었다. 수많은 꽃들로 장식된 실내에는 은은한 향기가 감돌고 수십 개의 등잔이 불을 밝히고 있었다. 크눔호테프의 위엄 있는 목소리가 들리자 모두가 입을 다물었다.

"파라오께서 오셨다. 파라오는 상하 이집트의 수장으로 붉은 땅과 검은 땅을 통치하며 파피루스와 꿀벌에 생명을 불어넣는 분이시다. 모두들 파라오 앞에 엎드려 경배 드리자."

네스몬투를 비롯하여 그때까지 의심을 풀지 못하고 있던 많은 사람들은 감동을 억누를 수 없었다. 지금 이 순간 이집트는 다시 하나가 되어 평화와 조화를 되찾은 것이다. 세소스트리스는 이 업적으로 이집트 역사에서 가장 위대한 파라오의 반열에 들게 될 것이다.

크눔호테프의 요리사들이 준비한 성찬에는 갖가지 생선 요리들이 포함되어 있었다. 석쇠에 구워서 아스파라거스를 곁들인 것, 소시지와 커민을 곁들인 것, 셀러리와 고수를 넣어 요리한 것들이었다. 길이가 이 미터나 되는 살진 농어는 무게만 해도 백오십 킬로그램이었다. 거친 싸움꾼인 이 농어들은 쉽게 잡히지 않았다. 하지만 겨울이 되어 농어들이 수면 가까이 올라오면 잡기가 한결 수월해졌다. 등은 올리브색이 감도는 갈색이고 배 부분은 은빛인 이 물고기는 맛이 아주 좋았다. 농어는 홀로 나일 강을 오가는 나룻배의 뱃머리를 지켜주는 물고기였다. 이들은 무시무시한 뱀이 나일 강의 물을 마시러 와 있음을 뱃사람들에게 알려주곤 했다.

네스몬투 장군은 머리가 둥글고 비늘이 큰 숭어를 맛보았다. 이 숭어는 나일 강이 바다와 만나는 어귀 늪지대와 삼각주 지역에 살았다.

몸놀림이 빠르고 민첩한 이 물고기는 종종 그물을 뚫고 달아나곤 했다. 세호테프는 몸통이 은빛으로 반짝이는 돌잉어의 부드러운 살을 맛있게 베어 물었다. 이 돌잉어를 잡을 때는 세 갈래 낚싯바늘을 사용했고 떡밥으로는 대추야자열매나 싹튼 보리를 둥글게 뭉친 것을 썼다. 세피 장군이 맛본 생선은 아주 귀한 것으로, 주둥이가 짧고 퉁방울눈을 뒤룩거리는 모뮈르였다. 강기슭에 사는 이 물고기는 야행성인 데다 겁이 많아서 수면으로 올라오는 적이 거의 없었다. 아주 노련한 어부들이나 이 물고기를 낚을 수 있었다. 수호자 소벡도 배와 옆구리는 은빛이고 등은 회청색인 시타린을 즐겼다. 숭어와 뱀장어, 잉어 요리가 나올 때마다 모두가 감탄하며 음식에 달려들었다.

숭어알을 소금물에 여러 번 씻어 판자로 눌러 물기를 뺀 다음 햇볕에 말려 만든 어란은 최고급품이었다. 이것은 주요리에 곁들여져 모든 사람들의 감탄을 자아냈다. 주요리에 따라나온 포도주에는 '여덟 배 좋은'이라는 꼬리표가 붙어 있었는데, 이것은 고급 포도주 가운데서도 최고등급이라는 표시였다. 네스몬투 장군조차도 오릭스 주의 포도주 상등품은 나일 삼각주의 것에 버금간다는 사실을 인정할 수밖에 없었다.

대화와 분위기가 무르익어가고 있을 때 크눔호테프가 왕에게 말했다.

"폐하, 어째서 그런 무서운 질문을 제게 던지셨는지 감히 여쭤봐도 되겠습니까?"

"아비도스에 있는 오시리스의 아카시아나무가 저주를 받아 죽어가고 있다. 만약 그 나무가 죽으면 이집트는 존속할 수 없다. 우리는 그 금을 찾아내야 하며, 또한 오시리스를 해치기 위해 세트의 힘을 조종하고 있는 범인을 색출해내야 한다."

"폐하께서는 그 범인이 바로 저라고 믿으셨던 것이군요!"

"나는 자신들의 특권에 집착하던 총독들 각각을 의심하고 있었다. 이 나라의 통합을 막기 위해 오시리스의 부활을 가로막은 게 아닌가 생각한 것이다. 오늘 상하 이집트는 다시 하나가 되었고, 그대와 그대 측근들의 무죄는 입증되었다."

"그렇다면 누가 범인일까요?"

"그걸 알아내지 못한다면 우리는 큰 위험에 처할 것이다."

"저도 있는 힘껏 폐하를 돕겠습니다."

"어떤 경우에도 변함없는가?"

"분부만 하십시오, 그대로 따르겠습니다."

후식으로 꿀을 바른 감미로운 과자들이 나왔을 때는 밤이 깊어 있었다. 파라오가 자리에서 몸을 일으켰다. 그러자 향연에 자리한 모든 사람들이 따라 일어나 그의 입에서 나올 중요한 선언에 귀를 기울였다.

"이제부터 각 주에는 총독이 존재하지 않을 것이다. 이 세습 지위는 사라졌다. 상하 이집트는 파라오의 품 안에서, 그리고 파라오의 통치 안에서 하나가 되었다. 상하 이집트의 행정을 총리*로 하여금 관할하게 하겠다. 총리는 아침마다 나와 면담을 갖고 업무 상황을 내게 보고할 것이며, 아래로는 대신들의 보좌를 받고 위로는 국정원의 감독을 받게 될 것이다. 총리의 임무는 고되고 거칠 것이며 담즙처럼

---

* 와지르. 세소스트리스 3세는 중앙정부의 권한을 강화하기 위해 이집트를 네 개의 행정구역으로 개편하고 와지르가 직접 관할하게 했다. 와지르에게는 모든 관리에 대한 재판권이 부여되었다. (옮긴이)

쓸 것이다. 총리는 마아트의 법을 적절하게, 모자라거나 지나침 없이 적용할 것이며, 불의를 추방하고, 가난한 자의 말도 부자의 말과 마찬가지로 귀 기울여 들을 것이다. 또한 합당한 위엄을 지키며 그 어떤 귀족에게도 고개 숙이지 않을 것이다."

자리에 있던 모든 사람들의 관심은 이제 과연 누가 이 위엄 있는 지위에 최초로 임명되는가에 모아졌다. 왕의 신임을 누리는 동시에 어려운 임무에 짓눌리게 될 이 지위에 말이다.

파라오가 선언했다.

"크눔호테프를 총리로 임명하노라."

# 10

해가 저물자 이케르는 폐가로 갔다. 그곳에서 이케르는 몰래 비나를 만나오고 있었다.

폐가의 분위기는 스산했다. 담은 곧 허물어질 듯했고, 금이 간 들보는 당장이라도 내려앉을 것 같았다. 얼마 후면 이 폐가는 헐리고 새로운 집이 들어설 것이다.

이케르는 목소리를 낮춰 자신이 왔음을 알렸다.

"나야, 어디 있니?"

아무도 대답하지 않았다.

이케르는 문득 그 갈색 머리 여인이 자신을 배반하고 관청에 고발했을지도 모른다는 생각이 들었다. 그녀가 시장이나 헤렘사프와 공모해서 자신을 파멸시키려는 계획을 짰던 게 아닐까? 파라오를 암살하려던 계획을 폭로해서 자신이 극형에 처해지도록 할지도 모른다. 그렇게 되면 그 폭군은 계속해서 이집트에 불행을 퍼뜨리며 파괴를 자행하게 될 것이다.

집 밖에 벌써 감찰관들이 기다리고 있는 게 아닐지 걱정하며 막 돌아서려고 할 때 등 뒤에서 손 두 개가 나와 그의 눈을 가렸다.

"나 여기 있어, 이케르!"

이케르는 황급히 몸을 뺐다.

"맙소사! 사람을 왜 이렇게 놀라게 하니?"

그녀가 뾰로통하게 입술을 내밀었다.

"난 재미있는 게 좋아. 그런데 넌, 정말 재미가 없어!"

"넌 내가 지금 장난칠 상황이라고 생각하니?"

"네 말이 맞아, 미안해."

두 사람은 나란히 앉았다.

"결심은 섰니? 이케르?"

"아직 확인해봐야 할 게 있어."

"좋은 소식이 있어! 우리 동지들이 곧 도착할 거래. 얼마 후면 카훈에 온단 말이야. 그들은 진짜 전사들이어서 순식간에 이 도시를 장악할 수 있을 거야. 그들이 이집트로 들어오는 걸 가로막던 관리 한 사람이 얼마 전에 물러나고 후임자가 왔는데, 덜 까다로운 사람인가 봐. 그래서 카라반이 쉽게 국경을 넘어올 수 있대."

"다른 도시들에서도 뭔가 같이 진행되고 있는 거니?"

"그건 몰라, 이케르. 나는 억압받는 자들을 위해 헌신하려는 보잘 것없는 하녀에 불과한걸. 내가 아는 것은 우리가 승리를 거둘 거라는 것뿐이야!"

이케르가 말했다.

"시장이 내게 근사한 집을 주었어."

"네 양심을 사고 싶었나보구나! 하지만 넌 자신을 팔아서 출세하려는 야심가는 아니지, 그렇지?"

"아무도 날 돈으로 사지는 못해, 비나. 내 스승이셨던 노서기관은 늘 올바름을 추구하며 그에 따라 행동하라고 가르치셨어."

"그렇다면, 그 폭군 세소스트리스를 없애버려!"

"아직 몇 가지 사실을 더 확인해봐야 한다니까. 무엇보다 문서 보관소에 있는 서류들을 조사해봐야 하는데, 그곳에 들어갈 허락을 얻지 못하고 있어."

"네 마음대로 해, 이케르. 하지만 너무 오래 끌지는 마."

세카리는 침대 위에 길게 누워 조금 전 새 애인의 품속에서 보낸 멋진 순간들을 생각하고 있었다. 그녀는 이웃집의 하녀였는데, 세카리가 늘어놓는 시시껄렁한 음담패설에 홀딱 넘어온 것이었다.

세카리는 좀더 그녀와 시간을 보내고 싶었지만 북풍에게 여물을 주어야 했다. 세카리가 주인의 당나귀를 굶긴 채 기다리게 하는 일은 없었다. 북풍에게 먹이를 준 다음 그는 푸짐한 저녁식사를 준비했다. 비록 이케르가 요즘 유난히 식욕을 잃은 듯해 보이긴 했지만 말이다. 한참 요리에 열중하고 있는데 이케르가 들어왔다.

이 젊은 서기관은 집에 들어오면 늘 그렇듯 손과 발을 씻고 의자에 앉았다. 그의 안색은 전날보다 더 어두워 보였다.

"마늘을 넣은 누에콩 요리와 호박 그라탱을 만들었는데, 네 표정을 보아하니 어떤 것도 맛있게 먹을 것 같지 않다."

"배가 고프질 않아."

"네가 바라는 게 뭔지는 모르지만, 그러다가 그걸 얻기 전에 먼저 굶어죽겠어."

귀에 익은 목소리가 들렸다.

102

"들어가도 되겠는가? 이케르 서기관을 찾아왔네."

"헤렘사프의 목소리야."

이케르는 생각했다.

'이번에는 집을 주려는 것도 승진을 시키려는 것도 아닐 거야. 나를 미행해서 비나와 만나는 것을 알아낸 게 분명해.'

세카리가 으쓱하며 말했다.

"안으로 모시고 들어올게."

"아냐, 나를 보러 온 거니까 내가 나가겠어."

이케르의 상관은 진지하고 단호한 표정이었다.

"좋은 집이군, 이케르. 그런데 자네는 피곤해 보이는군."

"오늘 일과가 힘들었습니다."

"아무것도 묻지 말고 나를 따라오겠나?"

"따라가지 않아도 된다는 말씀이십니까?"

"물론이지. 하지만 특별한 경험을 해보고 싶다면 따라오는 게 좋을 걸세."

이케르는 생각했다.

'특별한 경험이라…… 감옥을 가리키는 말치고는 색다르군.'

이 상황에서 도망친다는 건 무모했다. 더구나 자신이 감찰관들에게 붙잡혀 땅바닥에 웅크린 채 곤봉 세례를 받는 모습을 보면 헤렘사프는 얼마나 즐거워할 것인가! 상황이 이렇게 된 이상 의연하게 행동해야겠다고 이케르는 마음먹었다.

"함께 가겠습니다."

"절대 후회하지 않을 거야."

이케르는 헤렘사프가 자신을 교묘하게 놀리고 있다고 생각했지만 아무런 반응도 하지 않았다. 상대에게 자신의 약점을 보여서는 안 되는 것이다. 그러나 아무리 둘러봐도 감찰관은 보이지 않았다. 더군다나 헤렘사프는 이케르를 감옥이 있는 도성 밖이 아닌 남쪽 성벽 쪽으로 데려가고 있었다.

"어디로 가는 겁니까?"

"아누비스 신전에 가는 거야."

"제가 무슨 잘못을 한 것입니까? 일을 성실히 하지 않았다는 것인가요? 신전 도서관의 관리 상태가 마음에 들지 않으셨습니까?"

"그 반대야, 이케르, 그 반대라고! 자넨 일을 정말로 훌륭하게 해냈어. 그래서 아누비스 신전의 사제들이 자네를 만나고 싶어하네."

"지금 말입니까?"

"그들은 날짜 개념도 시간 개념도 없는 사람들이야. 하지만 자네가 그들을 만나고 싶지 않다면 거절해도 좋아."

헤렘사프는 대체 어떤 함정을 쳐놓은 것일까? 불안한 만큼 호기심도 커진 이케르는 계속해서 그를 따라갔다.

신전 입구에 탁발한 사제 하나가 횃불을 위로 높이 치켜들고 서 있었다. 다른 사제 하나가 파피루스 두루마리를 들고 그의 옆으로 와서 섰다. 사제는 헤렘사프를 보더니 허리를 굽혀 인사를 했다. 헤렘사프가 젊은 서기관을 돌아보며 물었다.

"이케르, 아누비스 신전의 사제가 되고 싶은 마음이 있는가?"

뜻밖의 물음에 놀랐지만 이케르는 주저 없이 대답했다.

"네, 물론입니다!"

허황돼 보였던 어떤 희망의 불꽃이 별안간 현실이 되려 하고 있었다.

두루마리를 들고 있던 사제가 이케르를 향해 물었다.

"신성한 문자의 신비에 입문하였소?"

"토트 신의 기본 문자와 말을 압니다."

"그렇다면 이 제의문을 읽어보시오. 그런 다음 서기관의 올바른 실천에 관한 교훈들을 써보시오."

이케르는 마아트, 즉 올바름과 정의로움을 역설하는 잠언들을 외어 보임으로써 이 시험을 통과했다.

횃불을 든 사제가 말했다.

"심의회를 소집해서 이 지원자의 자질을 심사합시다. 대사제께서 심의회를 이끌어주시겠습니까?"

헤렘사프가 고개를 끄덕였다.

이케르는 깜짝 놀랐다. 헤렘사프가 아누비스 신전의 대사제라니! 그것도 알지 못했으면서 자신은 이제껏 이 고위 서기관을 다 파악했다고 믿은 것이다.

두 사제가 이케르의 양팔을 잡아 신전의 첫번째 방으로 인도했다. 벽을 따라 늘어선 돌 의자 위에 날마다 제의를 수행하고 이 신전을 관리하는 종신 사제들이 앉아 있었다.

헤렘사프가 동쪽으로 자리를 잡아 앉은 후 첫번째 질문을 던졌다.

"아누비스 신에 대해 알고 있는 것을 말해보게."

"아누비스 신은 산 사람들의 세상과 죽은 사람들의 세상을 이어주는 안내자로서 부활의식의 비밀을 쥐고 있습니다. 그는 자칼의 모습으로 나타나 사막에서 시체들을 치웁니다. 시체들을 생명의 기운으로 바꾸어놓는 것이지요."

쉰 개의 엄밀한 질문들이 퍼부어졌다. 이케르는 그 질문들에 차분히 대답해나갔으며, 모르는 부분이 있어도 그것을 현학적인 수사로 감추려 들지 않았다.

사제단의 심의가 진행되는 동안은 마치 시간이 멈춘 듯했다. 이케르는 등잔불 하나만 덩그러니 밝혀진 작은 방에서 홀로 심의가 끝나기를 기다리며 평화로운 명상에 빠져들었다.

한 사제가 와서 이케르에게 긴 아마 옷을 내밀었다. 이케르는 옷을 갈아입었다.

사제가 말했다.

"그 부적들도 떼어내시오. 이제부터 갈 장소에서는 아무 쓸모도 없을 테니까. 당신을 심판할 유일한 판관은 아누비스요. 그리고 그의 판결은 결코 돌이킬 수 없다오."

사제는 이케르를 지하 무덤 입구로 인도하여 그 어두운 구멍으로 내려가게 했다.

"이제 이 동굴 깊숙한 곳을 응시하며 계속 걸어가시오. 분명 아누비스 신께서 당신 앞에 나타나실 겁니다."

혼자 남겨진 이케르는 어둠에 조금씩 익숙해졌다. 마침내 그는 놀라운 두 개의 형상을 식별할 수 있었다. 암수 자칼 두 마리가 앞다리를 들고 서서 마주 보고 있었다. 이케르는 자신도 모르게 자칼을 향해 나아갔다. 마주 보는 두 마리 자칼 사이의 빈 공간이 불가사의하게도 그를 끌어당겼던 것이다.

잡아먹힐지도 모르는 위험은 아랑곳하지 않고 그는 두 마리 맹수 사이에 섰다. 그러자 자칼들이 앞다리를 들어 그의 어깨 위에 걸쳤다.*

그 순간 이케르는 새로운 기운이 자신의 혈관을 타고 흐르는 것을 느꼈다. 자신의 육신이 다시 태어난 듯, 온몸에 붙은 살이 일찍이 없었던 강건한 무엇으로 새로 채워지는 것 같았다.

헤렘사프가 아카시아나무로 만든 함을 받쳐 들고 이 지하 무덤으로 들어왔다. 그는 나무함을 이케르의 발치에 내려놓고 천천히 뚜껑을 열었다. 그 안에는 금으로 된 홀인 세켐(sekhem)이 들어 있었다. 이 홀 모양의 상형문자는 통제와 지배력을 의미했다.

이케르는 아누비스 신전 앞에서 도기를 빚던 도공이 했던 말을 떠올렸다. 그 도공은 자칼의 머리를 한 신이 진정한 권능을 지녔으며, 그 권능은 아비도스에 보관된 이 홀로 구현되고 있다고 가르쳐주지 않았던가? 아누비스는 밤새 달을 빚어내어 이 은판으로 의인들의 앞길을 밝혀주며, 황금 돌, 즉 해도 빚어낸다고 했다.

헤렘사프는 함을 다시 닫은 뒤 지하 무덤에서 나갔다. 이케르도 그의 뒤를 따라 열주가 늘어선 방까지 갔다. 그 방의 바닥에는 큰 포석들이 깔려 있었다. 종신 사제들이 엄숙히 경청하는 가운데 대사제인 헤렘사프가 이 새로운 사제에게 말했다.

"눈을 들어 땅 위의 하늘, 저 최고의 신을 바라보아라. 이곳에 들어올 때는 반드시 몸을 정결하고 바르게 하라. 타인의 것이라면 생각이든 물질적 재화든 훔치지 말 것이며, 거짓을 퍼뜨리지 말 것이며, 비밀을 알게 되면 절대 누설하지 말라. 봉헌물에 손대지 말고, 마음속에 불경한 말을 담지 말라. 임무를 수행할 때는 규칙에 따라 할 것이며 네 멋대로 해서는 안 된다. 그 어떤 교리를 주장하거나 어떤 절대적 진리를 전파하고 누군가를 개종시키는 것은 너의 일이 아니다. 신전에 올 때는 흰색 샌들을 신고 올 것이며, 네가 맡은 일을 엄수하

---

* 이 기묘한 장면은 『목타르 잡문집』 I(카이로, 1985) p.156, 그림 3 참조.

라. 신은 자신을 위해 일하는 자를 알아보신다. 이케르, 서약할 준비가 되었는가?"

"준비되었습니다."

"제단 가까이 오라."

이케르는 앞으로 나아갔다.

"여기 이 신전의 초석이 있다. 네가 만약 거짓으로 서약한다면 이 초석이 뱀이 되어 너를 죽일 것이다. 내가 하는 말을 따라하라. '나는 이시스 여신의 아들로서, 계곡의 돌들 아래 숨겨진 일곱 개의 말을 누설하지 않겠습니다.*'"

이케르가 서약을 마치자 헤렘사프는 이 새 사제가 맡게 될 임무를 일러주었다.

"너의 일은 일주일에 한 번 이 제단에 봉헌물을 바치는 것이다. 아누비스 제의와 행렬이 있을 때 등잔을 밝히는 것도 네 임무다. 일에 대한 보수로는 보리와 등잔용 심지를 받게 될 것이다. 너는 이제부터 이 신전의 영적인 힘인 카를 섬기는 카의 종복 사제이다. 그러므로 의식을 올릴 때마다 카를 일깨우는 주문을 외어야 한다. 이 신전의 사제가 된 것을 환영한다, 이케르. 이제 축하의 만찬을 들자."

동료들이 다가와 새로 임명된 이 임시 사제를 가볍게 포옹했다.

밤은 평화롭게 깊어갔고, 만찬의 음식은 감미로웠다. 아누비스의 얼굴 형상으로 만든 제의용 과자를 함께 나눌 즈음 이케르는 자신이 그 어느 때보다 신성한 세계와 가까워져 있다고 느꼈다. 비록 진정한 비밀들에는 여전히 다가갈 수 없었지만 말이다.

---

* S. 오프레르, 『이집트 사상에 담긴 무기물적 우주』 I(카이로, 1991), p.109 참조.

메다무드 촌마을의 견습 서기였던 그가 카훈에서 아누비스 신전의 임시 사제가 되다니, 이런 운명을 어떻게 상상이나 할 수 있었던가?

헤렘사프가 이케르에게 홍옥수로 만든 작은 홀을 건네며 말했다. '지배력'이라는 홀이었다.

"자네에게 주는 새 부적이야. 이것을 늘 목에 걸고 다니게."

아누비스 신전의 사제들이 돌아가며 이케르에게 축복의 말을 건넸다. 신의 가르침을 한 걸음씩 깨달아나가라고 조용히 격려해주는 그들의 말을 들으며 이케르는 혹시 자신이 길을 잘못 들어선 게 아닐까 하는 생각이 들었다. 이렇게 되면 파라오를 암살하려던 계획은 잊고 이곳 카훈에서 새롭게 주어진 의무를 수행하며, 그리고 지혜로운 책들이나 연구하며 살아가는 데 만족해야 하는 게 아닌가?

이 마술적인 제의, 경건한 사제들, 이 신전의 아름다움. 이런 것이 약속해주는 미래란 얼마나 빛나 보이는가!

그러나 이케르의 생각은 너무 앞서 가고 있었다. 아무리 다른 길을 간다 한들, 세소스트리스의 방으로 칼을 품고 숨어들어 그를 죽여야 한다는 생각은 사라지지 않을 것이다. 비나 역시 엄연한 현실의 인물이었다. 그녀는 그의 옆에서 그의 진정한 임무가 무엇인지를 일깨워줄 것이다. 그 임무를 외면하고, 폭군에 의해 억압된 삶을 사는 불행한 사람들을 잊는다는 것은 너무 비겁해서 그 스스로 용납할 수 없을 것이다.

헤렘사프가 물었다.

"자네는 새롭게 주어진 임무를 정말로 수행할 능력이 있다고 생각하는가?"

"제가 그것을 수행할 수 없다면 대사제께서 저를 이 자리에 임명했겠습니까?"

"삶이란 끊임없는 시험의 연속 아닌가?"

"저를 임명하신 건 단지 한번 시험해보기 위해서라는 말씀을 하시는 건가요?"

"내가 자네에게 묻고 싶었던 질문일세, 이케르."

이케르는 어딘가 알 수 없는 곳을 둥둥 떠다니는 느낌이었다. 날이 몹시 더운 데다가 포도주가 그의 생각을 뒤죽박죽 섞어놓고 있었다. 헤렘사프…… 이 사람은 자신에게 오시리스 신비제의로 접근할 길을 열어주고 있는 아군일까, 아니면 자신을 파멸시키려는 적일까?

질문을 하기에도 대답을 듣기에도 적당한 시간이 아니었다. 아누비스를 섬기는 사제들이 모여 우애를 다지는 자리인 것이다. 밤이 무르익자 이케르도 그 우애라는 것을 마치 특별 요리를 대하듯 음미했다.

# 11

이집트 왕국 감찰대 총수는 분노하고 있었다. 이럴 때는 그의 앞에서 아무 말 없이 귀만 열어놓고 있다가 떨어지는 명령을 지체 없이 실천에 옮기는 게 상책이었다. 루디가 살해당한 사건에 대해 신속한 수사가 이루어진 것은 말할 나위 없었다.

살인자들의 정체는 의심할 여지가 없었다. 시켐에서 온 가나안인들인 것이다. 시켐은 반란을 일으켰다가 가혹한 탄압을 당한 도시가 아닌가. 그동안 방심하고 있었던 게 문제였다. 그래서 불순분자들이 멤피스로 숨어 들어와 테러를 저지른 것이다. 부두 뒤편의 한 낡은 집에서 수염 기른 가나안인들의 시신이 발견된 일도 루디의 살해사건과 연관되어 있는 게 분명했다. 분명 이 무리들의 은거지가 어딘가 다른 곳에 있을 것이다. 그런데 이 가나안인들은 어째서 죽은 것일까? 내분이 일어난 것일까, 도망치려다가 이들의 우두머리에 의해 죽임을 당한 것일까? 부분적인 손실을 입은 이들의 조직이 어딘가 다른 곳에서 복구를 꾀하고 있을까?

어쨌든 악의 근원을 뿌리 뽑아야 했다. 시켐을 철저히 수색하고 가나안 주둔 이집트군의 경계를 강화하는 것이 급선무였다. 소벡은 이런 내용을 정리해 파라오에게 보고서를 제출했다. 마침 멤피스에 돌아와 있던 파라오는 국정원을 소집했다. 총리 크눔호테프가 새로 국정원에 합류했다. 그는 자신과 협력하여 국정을 수행해나가야 할 세난크흐, 세호테프로부터 곧 믿음을 샀으며, 벌써부터 엄정하고 열성적인 총리로서의 면모를 확인시켜주고 있었다. 세난크흐와 세호테프의 도움을 얻어 그는 정예 서기관들을 수하에 불러 모아 효율적인 행정을 펴나갔다. 그를 시기하는 사람은 없었다. 그건 매일같이 무수한 어려움에 직면해야 할 자리였기 때문이다.

세소스트리스가 말했다.

"나는 생명의 나무를 치유할 금을 찾기 위해 세피 장군을 파견하였다. 장군은 소수의 대원을 이끌고 금이 있을 만한 지역을 탐색할 것이다. 이집트를 새롭게 통합한 덕분에 생명의 나무가 고사하는 속도는 늦출 수 있겠지만 나무를 소생시키기에는 역부족이다. 뿐만 아니라 우리는 나무에 사악한 주문을 걸어 오시리스의 부활을 막으려 한 범인을 아직 밝혀내지 못했다. 그 범인을 찾아내는 일이 가장 시급하다. 게다가 우리는 또다른 위험에 직면해 있다. 가나안인들이 이주민 감독관 루디를 살해한 사건을 놓고 소벡은 또다른 반란 음모가 진행되고 있다고 판단 내렸다. 그러므로 가나안과 시리아, 팔레스타인 전역에 대한 엄중한 감시가 필요하다. 나는 이집트군에 통합된 각 주의 용군들로 새로운 군대를 편성해 그곳에 파견할 생각이다. 이 새 군대를 이끄는 일은 네스몬투 장군에게 맡기겠다. 장군은 최대한 빨리 준비하라. 가서 무질서와 반역에 맞서 싸워라!"

이집트군 원정 사령관에 임명되었다는 영광을 대수롭지 않게 넘긴 유일한 사람은 네스몬투 그 자신이었다. 네스몬투는 자신의 참모부를 구성하는 일에 심혈을 기울였다. 노장군이 참모로 불러 모은 사람들은 실제 전쟁터에서 잔뼈가 굵은 백전노장들로 절도 있고 용감한 군인들이었다. 각 연대는 연대장 휘하에 궁수 사십 명과 창병 사십 명으로 구성되었고, 깃발을 드는 기수, 행정 담당 서기, 지도 담당 서기가 있었다. 기본 군비로 활, 투창, 곤봉, 장대, 도끼, 단검, 방패, 팔뚝에 대는 가죽 보호대, 그 밖에 멤피스에서 제조된 장비들이 갖춰졌다. 네스몬투는 직접 일선을 시찰하면서 병사들의 자세를 점검했다.

네스몬투 장군이 일을 추진해나가는 속도로 볼 때, 이집트군이 준비를 마치고 원정길에 오르기까지는 그리 오랜 시간이 걸리지 않을 것이다. 이제 곧 이집트군은 가나안인들에게 아무리 반란을 꿈꿔봤자 결국 성공할 수 없다는 것을 철저히 가르쳐주게 될 것이다.

메데스는 이번 군사 조치에 관한 파라오의 칙령을 작성하여 이집트 내 각 도시에 칙령 사본을 전달했다. 늘 그래왔듯 메데스는 세소스트리스가 조금도 불만거리를 찾을 수 없을 만큼 자신의 업무를 빈틈없이 수행했다.

둥근 머리통에 착 달라붙은 검은 머리카락, 희멀건 얼굴, 두툼한 가슴, 작달막한 두 다리와 포동포동한 두 발을 가진 메데스는 궁정에서 가장 주목받는 인사가 된 참이었다. 멤피스에 있는 그의 화려한 저택은 그를 성공한 사람의 표본처럼 만들어주었다.

그러나 메데스는 늘 불만과 결핍을 느끼고 있었다. 권력과 부에 대한 그의 욕심은 한이 없었다. 그는 자신의 가치가 제대로 평가받지 못하고 있다고 생각했다. 그가 푼트의 금을 손에 넣고자 한 건 그 때문이었다. 푼트는 전설로 전해지는 땅이지만 그는 그곳이 실제로 있다고 믿은 것이다. 그래서 그는 라피드 호라는 배를 마련하고 성난 바다에 제물로 바칠 한 견습 서기까지 납치해서 출항시켰지만, 이 배는 폭풍을 만나 난파하고 말았다. 그러나 그는 또다른 배를 출항시킬 형편이 아니었다. 새로 맡은 직위는 중요한 정보들을 취급하는 자리로, 이런 자리에 있으면서 사람들의 이목을 끌지 않고 배를 빼돌리기가 여의치 않았던 것이다.

세소스트리스가 이집트의 통합을 이룩하여 세상을 놀라게 한 이후, 메데스는 잠을 편히 잘 수 없었다. 몇 달 전까지만 해도 그는 파라오가 제거되기를 바라고 있었던 것이다. 그런 바람을 포기한 것은 아니지만, 이젠 그도 행동을 극도로 조심해야 했다.

메데스의 제일 큰 목표는 신전 가장 깊숙한 곳에서 행해지는 신비 제의에 접근하는 것이었다. 그는 지위를 이용해 재물을 횡령했고, 이 재물과 끊임없는 아첨을 수단으로 신전에 접근할 기회를 얻으려 했다. 하지만 그 어떤 대사제도 그가 신전의 지성소까지 들어가도록 허락해주지 않았다. 파라오가 가진 권력은 바로 그 신전 깊숙한 장소, 더 정확히 말해 아비도스 신전의 지성소에서 올리는 신비제의에 있었다. 조만간 메데스도 그곳에서 자신의 권력을 길어낼 수 있을 것이다. 하지만 현재로서는 그곳에 접근할 길이 막혀 있었다.

네스몬투 장군이 이집트군의 새 사령관으로 임명된 것도 별로 달갑지 않은 일이었다. 메데스는 이런저런 궁리를 해보았지만 네스몬투를 매수할 방법을 찾지 못하고 있었다.

집사가 와서 알렸다.

"제르구 님께서 오셨습니다."

"정자로 안내하고, 백포도주를 내와라."

제르구는 조종하기 쉬운 인물이었다. 때때로 이 난봉꾼의 기분을 적당히 북돋워주면 되었다. 제르구는 자신의 이익과 쾌락 외에는 그어떤 것에도 눈길을 주지 않는 사내였지만, 메데스에게는 아주 쓸모 있는 심부름꾼이었다.

포도주 한 잔을 들이켠 제르구는 얼굴에 스멀거리는 웃음을 떠올리며 뽐내듯 말했다.

"아비도스의 그 종신 사제와 만나봤지요. 일이 아주 잘되었습니다."

"함정이 아니란 게 확실한가?"

"그자가 제게 임시 사제 신분증을 마련해준 덕분에 오시리스의 그 신성한 땅을 조금 둘러볼 수 있었습니다. 무덤과 석비, 석상이 널려 있더군요. 그 광경을 보니 가슴이 뭉클해지지 뭡니까. 게다가 그 사제가 자신의 속셈을 슬쩍 내비치더군요. 그 신성한 물건들을 아비도스 밖으로 빼돌려서 팔자는 것이었습니다."

메데스는 깜짝 놀랐다. 제르구가 장난으로 해보는 말이 아닐까 의심도 들었지만 자세한 이야기를 들어보니 그런 건 아닌 듯했다.

"그 사제란 자는 뭔가에 원한이 있나보군!"

"선량한 인물이 아니라는 건 분명합니다. 하지만 이게 웬 횡재입니까! 나리께선 늘 아비도스에 끈을 하나 만들어두고 싶어하지 않았습니까?"

"바라긴 했지."

제르구가 자신만만하게 말했다.

"그 바람이 이제 이루어진 겁니다. 그리고 엄청난 이윤이 코앞에 있고요. 다만 그 사제가 한 가지 요구를 해왔습니다. 제 뒤를 봐주는 사람이 누군지 만나봐야겠다는 겁니다."

"어림없는 일이지!"

"나리, 이걸 아셔야 합니다. 그 사제도 자기가 덫에 걸린 게 아닐까 걱정하고 있고, 그래서 보증을 원하는 겁니다. 의심을 풀지 못한다면 그자는 다시 몸을 사리게 될 겁니다."

"지금의 내 직위에서 섣불리 모험을 할 순 없어."

"그건 그자도 마찬가지입니다요."

메데스는 순간 마음이 흔들렸다. 현재의 유력한 지위에 만족하고 자신의 야망을 잊을 것인가, 아니면 모든 걸 잃을 각오를 하고 모험을 감행해볼 것인가.

"이 문제는 생각을 좀 해봐야겠다, 제르구."


여느 아침과 마찬가지로 젊은 여사제는 동이 트자마자 아비도스의 신성한 호수로 갔다. 그곳은 기의 대양으로 생명이 태어나는 곳인 눈이 지상으로 솟아올라 만들어진 호수였다. 그녀는 호수 물로 몸을 정결히 한 후 오시리스의 아카시아나무에 줄 물을 단지에 담았다. 어느 순간 자신의 벗은 어깨에 머무는 눈길을 느낀 그녀가 뒤를 돌아보았다.

종신 사제 한 사람이 그녀를 바라보고 있었다.

"무슨 일이세요, 베가 사제님?"

"맑은 물이 필요하오. 이 단지들에 물을 담아주시겠소?"

"그건 임시 사제들이 할 일이 아닙니까?"

"여사제께서 길어준 물을 제단에 봉헌한다면 신들이 더 기뻐하실 거요."

116

"과분한 말씀입니다."

"당신은 하토르 여신의 여사제단 소속이고, 이집트 왕비의 깊은 신임을 받고 있는 사람이오. 전도양양한 길이 당신 앞에 열린 게 아니겠소?"

"제가 바라는 건 오시리스 신을 섬기는 일뿐입니다."

"그렇게 힘든 길을 택하기에는 당신의 나이가 너무 젊소."

"저는 이 길이 힘들다고 생각지 않습니다. 이 길에서 오히려 세상 모든 것을 비추어 풍요하게 하는 빛을 봅니다."

베가는 그녀의 대답이 마음에 들지 않는 눈치였다.

"훌륭한 생각이군. 하지만 아비도스의 앞날을 어떻게 기약할 수 있겠소? 만약 생명의 나무가 죽는다면, 이곳은 버림받은 땅이 되고 우리는 뿔뿔이 흩어질 것이오."

여사제가 대답했다.

"모든 희망이 사라진 것은 아닙니다. 나뭇가지 하나가 다시 생기를 찾지 않았습니까?"

"그걸 희망으로 삼기엔 너무 미미하오. 하지만 각자가 자신의 책임을 다하며 끝까지 싸워야 한다는 당신의 말은 맞소."

"임시 사제들이 단지에 물을 길어드릴 것입니다."

그녀는 미소 띤 얼굴로 이렇게 덧붙이고는 그 자리를 떠났다.

아카시아나무로 가보니 탁발 사제가 미리 와 있었다. 두 사람이 물과 우유를 붓기 전, 탁발 사제가 방금 알게 된 소식을 그녀에게 전했다.

"전령이 파라오의 칙령을 가져왔소. 총독들이 모두 파라오에게 복속하였다고 하오. 상하 이집트가 다시 굳건히 결합된 것이오."

부드러운 바람이 불었다. 아카시아나무 가지들이 바람에 조용히 흔들렸다. 바싹 말라 있던 나뭇가지들 가운데 또하나가 푸른빛을 띠기 시작했다. 두 사람은 감동에 젖어 새로 살아난 나뭇가지를 바라보았다.

탁발 사제가 말했다.

"폐하께서 택하신 방법이 효험이 있군요. 이 기쁜 소식을 어서 알려드려야겠소. 어쩌면 나무 전체가 살아날 수도 있지 않겠소?"

하지만 그로부터 며칠이 지났어도 나무가 생기를 되찾는 기색은 보이지 않았다. 나무에 내린 저주는 잠시 주춤했을 뿐 여전히 그 힘을 잃지 않았던 것이다.

나무를 살펴보던 탁발 사제가 여사제에게 말했다.

"생명의 집으로 가 고문헌들을 다시 찾아봅시다. 아카시아나무를 살릴 방법이 기록되어 있을지도 모르오."

이집트에서는 규모가 큰 신전들마다 '신성한 빛의 영혼들'*, 즉 신성한 고문헌들을 보관하는 생명의 집을 두고 있었다. 아비도스 신전 생명의 집에 보관된 문헌들은 그 양도 엄청나거니와 그 가치도 뛰어났다.

생명의 집에 들어가려면 파라오의 허락을 받아야 했다. 탁발 사제가 여사제에게 이런 일을 맡긴 것은 파라오의 명이었기 때문이다.

생명의 집의 높은 벽이 보였다.

"이 과자를 받으시오. 내가 '적' '모반자' '반역자'라는 단어를 새

---

* 바우 라(Baou Râ).

겨 넣은 과자요. 이들은 모두 마아트에 맞서는 부정과 파괴의 힘인 이제페트의 편입니다. 이 과자가 쓸모 있을 겁니다."

탁발 사제가 작은 문을 열어젖히자 눈앞에 좁은 복도가 펼쳐졌다.

곧 멋진 표범 한 마리가 나타났다. 생명의 집의 여주인이었다. 네 가지 직물이 표범의 등을 장식하고 있었다. 표범은 검은 눈으로 오랫동안 여사제를 응시하더니 느릿느릿 그녀 앞으로 걸어왔다.

여사제는 몸을 움직이지 않았다.

탐색하듯 그녀의 몸에 코를 대고 킁킁거리던 이 맹수는 왼쪽 앞발을 들어 여사제의 허벅지에 올려놓았다. 날카로운 발톱이 밖으로 드러나 있었지만 그녀의 살갗을 할퀴지는 않았다.

여사제는 신성한 고문헌을 지키는 마프데트 여신의 변신인 이 표범에게 과자를 내밀었다. 표범은 이제페트의 연합 세력들을 한입에 삼키고는 문 옆으로 가서 몸을 둥글게 말고 잠이 들었다.

이제 길을 가로막는 것은 없었다.

고문서 보관실로 들어온 여사제는 한참 동안 움직일 수 없었다. 이 넓은 도서관에는 옛사람들이 온갖 분야에서 쌓아올린 학문을 기록한 파피루스 문서들과 서판들이 선반마다 쌓여 있었다. 하늘과 땅, 별자리의 숨은 이치를 담은 책, 새와 물고기, 네발짐승들의 말을 이해하는 방법을 다룬 책, 꿈을 해석하는 법을 담은 책, 신들의 알려지지 않은 형상을 전하는 책, 사나운 암사자 세크메트 여신을 진정시키는 방법에 관한 책, 빛으로의 변신을 다룬 책, 나일 강을 연구한 책, 예언, 교훈, 그리고 연금술과 마법, 의학, 천문, 점성술, 산술, 기하학 책들, 신성한 문자들을 설명해놓은 사전들, 비밀제의와 민간 축제일을 기록한 달력, 사제들을 위한 지침서, 신성한 배의 보존 방법을 일러주는 책, 건축, 조각, 그림에 관한 입문서, 제의 물품 목록, 역대 파라오의 이름과 그들의 연감 등등, 문서의 제목만 살펴보아도 머리가 어지러울 지경이었다.

하지만 여사제로서는 임무를 맡은 이상 넋 놓고 있을 수만은 없었다. 그녀는 자신의 지식과 직감에 의지해 좀더 세밀히 조사해보아야 할 문헌들을 골라냈다. 창조의 에너지 카를 다룬 것들과 이 창조의 기운을 보존하는 방법에 대한 것들이었다.

여사제는 아주 잠깐씩 눈을 붙일 때를 제외하고는 밤낮으로 일에 매달렸다. 식사는 탁발 사제가 직접 가져다주었다. 고문헌을 뒤적여 찾아낸 내용을 확인하고 그걸 실마리로 삼아 또다른 문헌으로 넘어가면서 한순간도 희망의 끈을 놓지 않았다.

마침내 여사제는 자신이 원하던 것을 찾아냈다.

『피라미드의 서』의 한 필사본에 담긴 부활의 주문을 참조하여 그녀는 생명의 나무를 살릴 방법을 생각해냈다. 그녀의 설명을 들은 탁발 사제가 말했다.

"설득력이 있는 주장이오. 내일 당장 배를 타고 멤피스로 가서 파라오께 말씀드리시오."

# 12

피둥피둥한 몸 위로 화려하게 번쩍이는 긴 옷을 두르고 코가 아플 만큼 짙은 향수를 뿌린 이 레바논 상인은 영락없이 부유한 상인의 모습이었다. 많은 이윤을 남길 수 있는 거래라면 어떤 종류의 것이든 마다하는 법이 없는 이 상인은 멤피스 시내에 크고 화려하면서도 사람들 눈에 잘 띄지 않는 집을 마련하여 정착한 이래 무척 만족스러워하고 있었다. 불법적인 것이든 적법한 것이든 그의 사업이 번창하고 있었던 것이다.

그러나 걱정거리가 두 가지 있었다. 하나는 레바논에서 운반해온 귀중한 목재를 이집트 세관원들의 코앞에서 인도 받는 일이었다. 다른 하나는 당장 치료해야 할 극심한 치통이었는데, 정신을 바싹 차려야 할 이 중요한 시기에 여간 신경 쓰이는 게 아니었다.

문지기가 와서 알렸다.

"치과의사가 왔습니다."

발이 넓은 덕분에 그는 멤피스에서 가장 뛰어난 치과의사를 곧장 불러올 수 있었다. 하지만 체구가 작고 가냘픈 치과의사의 모습은 그

다지 믿음이 가지 않았다.

"아픈 부위가 어디요?"

"어디랄 것 없이 전체가 아프지만 왼편 윗니가 특히 쑤시는 것 같고, 오른편 아래 어금니도 아프고. 치료를 할 때도 아플까요?"

"그게 걱정된다면 잠드는 약을 드리겠소. 통증을 전혀 느끼지 못할 게요."

"그랬다가 못 깨어나면 어쩝니까?"

"그런 일은 거의 없습니다. 여기 앉아보시오."

치과의사는 해가 잘 드는 자리에 등걸이 의자를 갖다 놓고 거기에 레바논 상인을 앉게 했다. 그러고는 거울로 입속을 비춰서 아픈 부위를 살펴보았다.

"충치가 아직은 심하지 않지만, 계속해서 단 음식을 먹는다면 곧 악화될 거요. 구강위생도 엉망이고 잇몸도 벌겋게 부어 있군. 이런 상태로 몇 년 더 지나면 잇몸이 허물어져 치아의 뿌리가 드러나게 될 거요. 나를 만난 게 행운인 줄 아시오. 상아로 의치를 해 넣거나 금으로 이를 봉하는 데 전문가니까. 치아에 구멍을 뚫고 화농을 제거하는 것도 내 전문 분야지요."

레바논 상인이 말했다.

"그렇게까지 서두를 필요는 없는데. 더 나빠지지 않게 하는 방법도 있지 않겠소?"

"바닷소금이 들어간 치약으로 하루에 적어도 두 번씩 이와 잇몸을 닦으시오. 아니스, 콜로신트, 그리고 페르세아 열매 가루를 섞은 것으로 입 안을 닦아주는 것도 중요하오. 번거롭지만 효과적인 방법입니다."

"진료비로 얼마를 드리면 됩니까?"

"포도주 두 단지, 아마포 두 필, 질 좋은 샌들 한 켤레를 주시오."

이 도시에서 진료비가 가장 비싼 치과의사이긴 했지만 레바논 상인은 그의 처방에 믿음이 갔다. 상인은 하인을 시켜 치과의사가 요구한 물품을 가져오게 했다. 그런 다음 필요한 약품을 사오도록 가까운 약국으로 보냈다.

목재를 구매자의 손에 넘기는 문제가 남아 있었다. 먼젓번 목재 판매는 메데스라는 고관이 동업자로 협력한 덕분에 성공할 수 있었다. 메데스가 없었다면 세관의 검사를 피해 목재를 몰래 들여오기가 불가능했을 것이다. 메데스와 레바논 상인은 밀고 당긴 끝에 이윤을 반씩 나누기로 합의했다. 상인이 고급 목재를 배로 운반해오자 메데스는 손을 써서 세관의 눈을 가려주었다. 또 메데스는 부유한 고객의 명단을 상인에게 넘겨주기만 했고 실제 흥정은 상인이 맡아 했으므로, 이 이집트 고관으로서도 신변이 노출될 염려가 없었다.

이번에도 큰 화물선이 삼나무, 흑단, 여러 종류의 전나무 목재를 실어 오고 있었다. 까다로운 고객들조차 다투어 탐을 내며 돈주머니를 열게 만들 가구용 목재들이었다. 그야말로 돈이 굴러 들어오는 장사가 아닌가. 이번에도 메데스가 자신의 역할을 제대로 해주는 한 말이다.

"나리, 누가 찾아왔습니다."

레바논 상인은 아래층으로 내려갔다.

그가 기다리던 사람이 와 있었다. 가장 신임하는 정보원인 물장수였다. 이 물장수는 직업상 사방을 돌아다녀도 사람들의 의심을 살 염려가 없었다. 이런 점을 이용해 그는 메데스의 뒤를 밟아 정체를 알아냈고, 덕분에 레바논 상인은 자신과 손을 잡은 사람이 이집트의 유력한 고관으로 국정원 비서라는 사실을 알게 되었던 것이다. 하지만 상인은 이 고관에 대해 더 많은 정보를 얻고 싶었다.

"뭔가 더 알아낸 게 있는가?"

"그럼요, 메데스라 해서 제가 놓칠 리 있겠습니까요. 궁정에서 저와 선을 대고 있는 자들로부터 꽤 많은 사실을 얻어냈습죠. 메데스가 맡은 일은 파라오의 칙령을 작성해서 각 지방에 전달하는 일인데, 모두가 입을 모아 말하기를, 아주 유능한 관리랍니다. 업무 처리가 흠 잡을 데 없다더군요. 엄격하고 권위적인 사람이라서 부하들의 조그마한 실수도 결코 봐주는 법이 없답니다. 또 아주 부자라고 합니다. 결혼은 했고, 호사스러운 저택도 갖고 있습니다. 겉으로 봐서는 남부러울 게 없는 인물이죠. 하지만 제가 프타 대신전에서 임시 사제로 일하는 사람한테서 얻어들은 정보에 따르면, 메데스의 야심 가운데 하나가 잘 안 풀리고 있답니다. 신비제의에 참여하고 싶어서 몇 번인가 공을 들였는데, 뜻을 이루지 못했다고 하니까요. 이거야 별로 중요하지 않은 일이죠. 전도양양한 자리에 있는 만큼 그도 이제 한층 큰 야심을 품게 될 겁니다. 조만간 그가 국정원 위원이 될 거라는 소문이 돌고 있거든요."

"공금횡령이라든가 부정을 저지른다는 소문은 없는가?"

"그런 건 없습니다. 메데스는 아주 정직한 인물로 통하고 있습니다. 책임감 있고 청렴하며 가난한 자들에게 베풀 줄도 안다는 말이 나돌 정도로 평판이 좋습니다."

"그의 친분관계는 어떠한가?"

"관리나 유력한 인사들과 교분이 있는데, 이들은 메데스에게 상당한 빚을 졌고, 그래서 메데스가 이들을 마음대로 조종하고 있지요."

"배에 대해서는 들은 바가 없는가?"

"멤피스 부두에 도착해서 지금 정박 절차를 밟고 있답니다."

"부두로 나가보거라. 혹시 사고가 생기면 내게 지체 없이 알리고."

이번 일의 성패가 판가름 날 순간이 다가오고 있었다. 메데스가 협잡을 부린 게 아니라면 이제 곧 그가 자신을 찾아올 것이다. 그렇지 않고 만약 그가 밀수를 소탕할 생각으로 함정을 쳐놓은 거라면, 이 집 문을 두드릴 사람은 감찰관들일 것이다.

메데스는 레바논 상인이 예고자의 앞잡이라는 사실을 모르고 있었다. 레바논 상인의 임무는 예고자를 위해 고위 관리 하나를 매수하는 것이었다. 타도해야 할 적인 세소스트리스의 근황이나 습관에 대해, 그리고 궁정과 파라오의 측근에 대해 최대한의 정보를 물어다줄 사람이 필요했기 때문이었다. 이 국정원 비서와 거래를 시작하면서 레바논 상인은 겁이 더럭 났다. 그물에 걸려든 이 물고기는 기대했던 것보다 너무 큰놈이 아닌가? 그렇지만 만약 이 메데스라는 인물이 비열한 야심가인 게 분명해진다면 그보다 더 바랄 게 뭐가 있겠는가?

메데스는 멤피스 중심부에 있는 자신의 삼층 저택을 자랑거리로 여기고 있었다. 높은 담으로 둘러싸인 안뜰, 둘레에 무화과나무가 우거진 연못, 정원을 향해 난 발코니, 이 발코니를 떠받치는 초록 기둥들은 이 집을 한층 돋보이게 했다.

메데스의 아내는 최신 유행 화장품으로 몸을 치장하는 것이 유일한 취미였다. 그녀가 메데스에게 물었다.

"오늘 밤 저녁식사에 누가 오는 거야, 여보?"

"운하 관리국 간부들이 올 거야."

"물론 끔찍하게 재미없는 사람들이겠지?"

"상냥하고 친절하게 대해야 해. 그 사람들을 써먹을 데가 있을 테니까 말이야."

"머리카락에 바를 기름과 얼굴 주름을 가려줄 연고가 다 떨어졌어. 콩깍지와 호로파 씨앗, 벌꿀, 흰 대리석 가루를 섞어 만드는 건데, 오늘 내로 그걸 못 구하면 나는 저녁식사 자리에 나갈 수 없어. 문제는 거기 들어가는 흰 대리석 가루야. 나한테 물건을 대주는 상인은 질 낮은 대리석을 써서 도무지 마음에 안 들어."

"하인 하나를 왕실 석공장에 보내도록 해. 그곳 석공 우두머리가 질이 제일 좋은 대리석 조각을 내줄 거야. 그걸 가루로 빻아서 쓰면 되잖아."

그녀는 메데스의 목을 얼싸안았다.

"자기는 정말 멋진 남편이야! 지금 즉시 하인을 보내야겠어."

그 순간 제르구가 들어왔다.

"부두의 일은 잘되었습니다."

제르구가 알렸다.

"세관들이 우리를 위해 눈을 감아주었고, 당국에는 가짜 화물 명세서가 넘어갔습니다. 부두 인부들이 제가 관리하는 창고에 화물을 하역했지요. 그 레바논 상인이 물건은 제대로 된 것을 가져왔더군요. 이제 돈이 눈앞에 보입니다!"

"네 몫도 챙겨주마. 그 사제의 요구에 대해서는 결심이 섰다. 그를 만나기로 마음먹었다. 위험하기는 하지만 그냥 놓치기에는 너무 좋은 기회야. 가능한 한 빨리 아비도스로 가서 내가 그자와 만나도록 일을 주선해라."

멤피스의 밤하늘에는 보름달이 걸려 있었다. 두건으로 얼굴을 가린 메데스는 발걸음을 재촉했다. 뒤따라오는 자가 아무도 없다는 걸 확인한 그는 부두 뒤편 골목길에 숨어 있는 레바논 상인의 집 문을 두드렸다.

메데스가 나무 형상의 상형문자가 새겨진 작은 삼나무 조각을 꺼내 문지기에게 보였다. 문지기는 얼른 메데스를 집 안으로 들인 뒤 재빨리 문을 닫았다. 하인 하나가 그를 값비싼 가구들이 들어찬 응접실로 안내했다. 장방형 탁자들 위에는 과일과 과자가 담긴 그릇들이 놓여 있었다. 몇 개의 향로에서 그윽한 향기가 퍼져나왔다.

레바논 상인이 들뜬 목소리로 인사를 하며 들어왔다.

"어서 오십시오, 어서 오세요. 이렇게 저를 찾아주시니 정말 기쁩니다! 편히 앉으시지요. 저쪽 의자에…… 일등품 삼나무 목재로 만든 의자입니다. 쿠션도 이것만큼 푹신한 게 없을 겁니다. 포도주를 내오라고 할까요?"

"좋지요."

메데스는 이렇게 대답하면서도 경계를 늦추지 않았다.

레바논 상인이 말을 이어나갔다.

"얼마 전에 돌을 깎아 만든 멋진 식기를 샀습니다. 푸른색 편암으로 만든 것, 붉은 각력암으로 만든 것, 흰 대리석으로 만든 것, 장미색 화강암으로 만든 것, 그야말로 색채의 향연이지요! 좋은 포도주는 큰 화강암 단지에 담아 얼마간 숙성시키면 향기가 한층 진해집니다. 이 근사한 것들 좀 보세요. 이 술잔들은 수정을 깎아 만든 것들이지요!"

레바논 상인이 직접 포도주를 따랐다.

"아주 좋습니다, 좋고말고요. 이 포도주는 '세 배 좋은' 등급의 귀한 술이지요. 부드럽고 감미롭고 취하는 맛도 있고, 몇 해 묵어도 맛이 좋습니다. 익은 포도는 맑은 날 수확해야 합니다. 너무 더워도, 바람이 많이 불어도 안 돼요. 포도를 으깨서 그 즙을 솥에다 붓고 약한 불로 끓이고, 그런 다음 체에 여러 번 걸러서 위에 뜨는 것들을 걷어내고 맑은 액만 남깁니다. 두번째 끓일 때는 아주 세심하게 신경을 써야 합니다. 좋은 술을 만들기 위해서는 이 단계가 아주 중요하니까요. 그리고……"

메데스가 상인의 말을 잘랐다.

"나는 술 담그는 법을 들으려고 온 게 아니라, 우리의 새 사업에 대해 이야기하러 온 거요. 댁의 화물이 무사히 도착했으니 새 고객명단을 넘기겠소. 빠른 시일 내에 물건을 팔아치우는 건 댁이 할 일이오. 수익의 절반을 최대한 빨리 내게 넘겨주시오. 세번째 거래할 때는 하역지를 바꿀 생각이오."

"신중한 생각이십니다."

레바논 상인이 별안간 태도를 바꾸어 냉랭한 말투로 대답했다.

"하긴 국정원 비서 정도 되면 이런 은밀하면서도 불법적인 상거래를 할 때 극도로 신중을 기해야겠죠?"

메데스가 몸을 벌떡 일으켰다.

"무슨 말을 하는 거냐? 나를 염탐하다니!"

"이런 큰 사업을 벌이면서 동업자가 어떤 인물인지도 몰라서야 되겠습니까? 나리께선 저에 대해 다 알고 계신데 말입니다. 만약 제가 순진한 풋내기처럼 행동한다면 나리께서 계속해서 저를 상대하실 리 없지요. 앉으세요. 이 훌륭한 포도주나 맛보면서 우리의 성공을 축하합시다."

레바논 상인의 말에 말문이 막힌 메데스는 수정을 깎아 만든 잔을 내밀었다.

레바논 상인이 말했다.

"이번 목재 장사는 꽤 두둑한 벌이가 될 겁니다. 약속드리지요. 제게는 다른 계획들도 있습니다. 하지만 저 혼자서는 그걸 해낼 수 없어요. 나리가 도와주신다면 엄청난 수익을 올릴 수 있습니다."

"어떤 계획이오?"

레바논 상인이 군침을 삼키며 말했다.

"우선 키프로스에서 만든 임부(姙婦) 형상의 배불뚝이 도기를 들여오는 일입니다. 채색이 뛰어난 이 도기들은 이집트 상류사회가 아주 좋아하는 부적들이지요. 제가 수입권을 독점할 수 있으니, 높은 가격을 받을 수 있습니다."

"그렇게 합시다."

레바논 상인이 말을 이었다.

"그다음으로 시리아에서 재배한 아편을 전량 사들일 생각입니다. 두세 명의 경쟁자를 제거해야 하지만 그건 시간문제입니다. 이집트의 향료 제조업자들은 아편을 알코올에 녹인 아편정기를 제일로 치지요. 용연향 비슷하면서도 강력한 아편의 향을 당할 게 없으니까요. 하지만 저한테는 이집트 내에 아편정기를 독점적으로 공급할 유통망이 없습니다."

메데스가 대답했다.

"그건 문제없소."

"마지막으로 이윤이 가장 많으면서도 또 가장 어렵기도 한 품목이 있습니다. 바로 기름이지요. 이집트에서 소비되는 유지류의 양은 엄청납니다. 제가 관심 있는 건 참깨 기름과 모링가 기름입니다. 참깨 기름은 대부분 시리아에서 수입해오고 있습니다. 그리고 모링가 기름은 약사들과 향수 제조인들에게 꼭 필요한 귀한 기름으로, 저는 레바논에 있는 밀매 조직을 통해 상당한 양을 공급할 수 있습니다. 문제는 이집트에서 판매책과 창고를 충분히 확보할 수 있느냐는 것입니다."

"안 될 것 없지."

메데스가 대답했다. 그는 레바논 상인의 사업 계획에 이미 마음이 혹해 있었다.

"시간이 어느 정도 필요할까요?"

"몇 달은 걸릴 거요. 허점이 있으면 안 되니까. 불법적인 일일수록 조직이 견고해야 하고, 또 각자가 거기서 자기 몫을 챙길 수 있어야 하는 법이오."

"나리의 신변은 안전하겠습니까?"

"나는 신용이 있는 사람이오. 효과적이고 확실한 조치를 취할 수 있는 사람이란 말이오."

"죄송합니다만 궁금한 게 있습니다, 메데스 나리. 나리처럼 높은 지위에 있는 분이 어째서 이런 위험을 무릅쓰시는 겁니까?"

"내 혈관에 장사꾼의 피가 흐르고 있기 때문이오. 그리고 나는 부자가 되고 싶소. 나는 궁정에서 꽤 높은 지위에 있기는 하지만 그 보수는 보잘것없소. 나는 지금보다 더 좋은, 훨씬 더 좋은 대접을 받아야 마땅한 사람이오. 당신과 함께 일하면 내가 보는 손해를 어느 정도 메울 수 있겠지. 이제 당신은 내 친구이자 공범자요. 물론 우리는 앞으로도 계속 이 관계를 유지하게 될 것이오. 당신이 이 일을 절대 발설하지 않는 한."

"그야 두말할 나위가 없지요."

"특히 이 점을 명심하시오. 아무리 작은 거래라도 나 이외의 다른 사람과 할 생각은 말란 말이오. 이제부터 내가 당신의 유일한 협력자요."

"그 점도 잘 알겠습니다."

"이제 서로 의중을 터놓은 이상, 나도 당신의 조직망이 궁금해지는군. 또 매번 새로운 계획을 내놓는 능력에 대해서도 궁금하고. 뒤를 캘 생각은 아니지만, 혹시 당신 뒤에 누군가 치밀한 조종자가 있는 게 아니오?"

레바논 상인이 포도주를 홀짝였다.

"그것 참 대답하기 까다로운 질문이군요."

"우리가 앞으로 할 거래도 아주 까다롭지. 당신이 나에 대해 알고 있는 것보다 내가 당신에 대해 아는 게 적다는 사실이 나는 마음에 걸리오. 그러니 친애하는 동업자 양반, 진실을 밝히시지. 감추는 것 없이 전부 다 이야기해보시오."

"무슨 말씀인지 알겠습니다만 정말 난처하군요."

"얕은수를 쓸 생각은 마시오. 이 메데스한테 장난을 칠 수 있는 자는 없어."

레바논 상인이 자신의 발을 내려다보았다.

"그렇습니다. 제 뒤에서 일을 지시하는 분이 있어요."

"그가 누구요? 어디에 있소?"

"그건 밝힐 수 없습니다. 절대 입을 열지 않겠다고 맹세했습니다."

"그 마음이야 이해하지만, 그렇다고 이대로 넘어갈 순 없지."

레바논 상인이 말했다.

"한 가지 해결책이 있습니다. 그분께 나리를 만나보시라고 제안해보겠습니다."

"좋은 생각이군."

"그분이 제 제안을 받아들일지는 아직 모릅니다."

"꼭 그렇게 해야 할 거라고 그에게 전하시오, 알겠소?"

"알겠습니다."

하지만 이 만남도 사실은 레바논 상인이 메데스에게 상황의 주도권을 주는 척하면서 유도한 일이라는 것을 메데스는 모르고 있었다.

# 13

아비도스에서 배를 타고 멤피스로 가는 데는* 일주일이 채 안 걸렸다. 선장이 배를 신중하게 운항한 덕분에 젊은 여사제는 나일 강을 바라보며 휴식할 수 있었다.

쉼 없이 부산하게 웅성거리는 멤피스 부두의 풍경은 아비도스의 고요함과는 아주 달랐다.

선장이 부두 치안을 맡은 감찰대로 가서 한 장교에게 항해일지를 제시했다. 장교는 두 명의 감찰관을 시켜 여사제를 총리 집무실로 안내했다. 여사제는 하토르 여신 신전으로 가서 잠시 시간을 보내며 여신에게 의식을 올리고 싶었지만, 시급한 임무를 맡은 까닭에 그런 여유를 부릴 수 없었다.

여사제의 눈에 멤피스는 무엇이든 엄청나게 크고 잡다하게 뒤섞인 모습으로 다가왔다. 곡식 저장소, 화물 창고, 상점, 시장, 나란히 붙어 있는 크고 작은 집들 사이에 여러 신전들이 위엄 있게 서 있었는

---

* 두 도시 사이의 거리는 사백팔십오 킬로미터이다.

데, 그 가운데 가장 먼저 눈에 띄는 것은 프타 신전, 사자의 여신 세크메트 신전, 남부 이집트 무화과나무의 여신 하토르를 모신 신전이었다. 흰색 벽의 유서 깊은 성채와 일곱 개의 말로 세계를 창조한 네이트 여신 신전도 보였다. 행정기관들은 거기서 멀지 않았다. 서기관들이 바삐 움직이며 업무를 보고 있었다. 아비도스에서 멀리 떨어진 이 도시에서 이집트 왕국의 통치와 관련된 중요한 결정이 이루어지는 것이다.

총리 관저는 궁정 옆에 새로 붙여서 지은 건물이었다. 여사제는 감시 초소 두 곳에서 엄격한 신원 확인 절차를 거친 뒤 알현실에서 기다리라는 지시를 받았다. 알현실에는 서늘한 기운이 감돌고 있었다.

얼마 후 비서관 하나가 와서 그녀를 안내했다. 그녀가 들어간 곳은 정원을 향해 세 개의 창문이 나 있는 넓은 집무실이었다. 정원에는 무화과나무와 타마리스나무가 자태를 뽐내고 있었다.

여사제가 들어서자 개 세 마리가 짖지도 않고 그녀를 둘러쌌다. 그녀가 개들을 차례로 쓰다듬어주고 있을 때 큰 몸집의 크눔호테프가 모습을 드러냈다.

"미안하오, 개들이 귀찮게 굴었군요!"

"아닙니다, 아주 얌전한 개들인 걸요."

"나는 파라오 세소스트리스의 총리요. 무슨 용무인지 말씀해주시겠소?"

여사제는 나무 서판 하나를 크눔호테프 앞에 내놓았다. 탁발 사제의 봉인이 찍힌 서한이었다. 서판에는 여사제에게 파라오의 알현을 허락해달라는 청원이 담겨 있었다.

"파라오께 전할 말이 무엇이오?"

"죄송합니다. 파라오를 뵙고 직접 전해야 합니다."

"고집이 있는 분이로군. 하지만 나는 폐하의 총리이고 그분의 일을 최대한 맡아 해결할 임무가 있소."

"각하의 입장을 이해합니다만, 제 처지도 이해해주십시오."

"좋습니다. 비서관을 시켜 궁정으로 안내해드리라고 하겠소."

여사제는 비서관을 따라갔다. 대문을 지나자마자 궁정 위병과 마주쳤다. 위병이 상관에게 알렸다.

친위대장 소벡은 늘 그렇듯 까다로운 태도로 길을 막아섰다.

"누구든 폐하를 알현하려면 그 이유를 내게 정확하게 대야 합니다."

여사제가 대답했다.

"저는 아비도스에서 왔습니다. 대사제께서 파라오께 전해야 할 중요한 서신을 제게 맡기셨습니다."

"어떤 내용입니까?"

"그건 오직 폐하께만 전해야 합니다."

"그걸 말하지 않겠다면 폐하를 뵐 수 없습니다."

"제가 폐하께 전할 내용은 이 나라의 장래에 관계된 것입니다. 부탁드리오니 저를 폐하께 보내주십시오."

"그건 규칙에 어긋납니다."

"제게는 그 규칙을 면제해주셔야 합니다."

"그렇다면 몸수색을 해야 합니다. 감찰대 여성대원 한 사람에게 그 일을 맡기지요."

여사제는 순순히 몸수색을 받았다. 그런 다음 그녀는 무장한 두 명의 위병이 지키는 방으로 안내되어 그곳에서 또다시 기다렸다.

이 방은 파라오를 알현할 사람들이 대기하는 곳이었다. 집무실에서 나온 메데스가 마침 이 방을 가로지르다가 젊은 여사제를 보게 되었다. 호기심을 느낀 메데스는 그녀가 누구인지 알아봐야겠다고 생각했다. 그녀는 멤피스 궁정에 소속된 사람도 아니고 궁정에 드나드는 사람도 아니었다. 어디에서 온 여인일까? 저렇게 눈부시게 아름다울 수 있다니. 그리고 파라오가 저 여인을 만나주는 까닭은 무엇일까?

소백이 머리를 조아리며 신지한 목소리로 보고했다.

"폐하, 한 여사제가 뵙기를 청하고 있습니다. 자신이 가져온 서신을 총리께도 제게도 보이려 하지 않았고, 심지어 굴욕이 될 만한 몸수색을 당하면서도 물러서지 않습니다."

"그녀를 들어오게 하고, 모두 물러가라."

여사제가 파라오 앞에 몸을 숙였다.

"폐하, 상하 이집트가 재통합되었다는 소식을 접한 뒤 생명의 나무에서 가지 하나가 또 생기를 되찾았습니다. 게다가 제가 요행히 생명의 집 도서관에서 문제를 해결할 어떤 방법을 발견했습니다. 아카시아나무의 고사를 막기 위해서는 파라오께서 카를 발산하셔야 합니다. 분열되어 있던 주들을 폐하의 통치하에 하나로 묶어 폐하께서 강한 힘을 보유하게 되셨지만, 이것만으로는 충분하지 않습니다. 오시리스께서도 함께 강해지셔야 하니까요. 오래된 문헌들이 명시하기를, 오시리스는 파라오의 역작이니, 오시리스는 곧 피라미드라고 말하고 있습니다.* 대피라미드를 건설하던 시대는 이미 지났지만, 오시리스께서 피라미드의 형상으로 모습을 드러내시게 하는 일은 꼭 필

---

* 『피라미드의 서』, 1657a-b.

136

요하지 않겠습니까?"

세소스트리스가 대답했다.

"좋은 제안이다. 내 피라미드를 세울 장소를 찾아봐야겠다."

파라오는 여사제와 함께 친위병의 호위를 받으며 아부시르, 사카라, 기자, 리슈트의 묘역을 답사했지만, 그 지역에서는 아무런 징조도 찾아볼 수 없었다. 사카라 남쪽, 서부 사막 가장자리에 위치한 다슈르*에는 쿠푸 왕의 아버지인 스네프루 왕**의 거대한 피라미드 두 개와 아메넴헤트 2세의 작은 피라미드 하나가 서 있었다. 아메넴헤트 2세는 세소스트리스 3세가 즉위하기 십칠 년 전에 세상을 떠난 왕이었다.

다슈르 묘역으로부터 길 하나가 양편으로 수많은 묘석들을 거느린 채 파이윰 주의 북부를 완만히 가로질러 카스르 엘사가로 이어지고 있었다. 이곳은 채석 지대로 채석장들을 보호하기 위해 기묘한 신전 하나가 서 있었다. 다슈르에서 뻗어나간 또하나의 길은 포도주 생산으로 명성 높은 오아시스들로 통했다.

'스네프루는 영원하다'라는 뜻을 가진 제드스네프루는 스네프루 왕의 피라미드를 만든 사람들이 건설한 도시였다. 이곳에는 고왕국 시대의 가장 위대한 건축물을 남긴 이 유명한 파라오의 카를 보존하는 임무를 맡은 사제들의 발길이 여전히 끊이지 않고 있었다. 사제들은 이 파라오가 세운 두 피라미드의 동쪽면 앞에 높이 세워진 신전에 제단을 차리고 제의를 올리곤 했다. 두 개의 피라미드 가운데 하나는

---

* 카이로에서 남쪽으로 약 오십 킬로미터 떨어진 곳에 위치해 있다.

** 제4왕조의 첫번째 왕.(옮긴이)

완만한 경사를 이루고 있었고, 다른 하나는 경사가 가파르다가 꼭대기로 갈수록 완만해지고 있었다.

해가 저물었다. 이제 멤피스로 돌아갈 시간이었다.

사막에 우뚝 솟은 두 피라미드가 거대한 그림자를 길게 드리우고 있었다. 그 모습을 바라보던 세소스트리스가 불현듯 발걸음을 멈췄다.

"스네프루의 영혼은 평화롭게 쉬고 있다. 그 영혼은 이곳을 지키며 계속해서 이곳의 신성에 생명을 불어넣고 있다. '신성을 완성하는 사람'이라는 그의 이름처럼 그는 우리의 창조력을 북돋우고 있다. 바로 이 자리, 이 거대한 왕의 그림자가 놓인 곳에 내 피라미드를 세우겠다."


제후티 전임 총독은 멤피스에 거주하기 시작한 이후로 몸이 불편했다. 다행히 닥터 구아가 그를 따라 멤피스로 와 있었다. 이곳 수도에서도 닥터 구아의 의술은 점점 더 큰 명성을 얻어갔다. 작고 바싹마른 체구의 닥터 구아는 어딜 가든 자신의 무거운 가죽 가방을 메고 다녔다. 외과 수술 도구와 비상약품으로 가득 찬 가방이었다.

닥터 구아가 제후티에게 말했다.

"이런 생활을 계속하신다면 더이상 각하를 진료하지 않겠다고 제가 벌써 몇 번이나 말씀드렸습니까? 각하의 증상은 과식에다 과음, 운동 부족까지 겹쳐 생긴 것입니다."

제후티가 말을 막았다.

"이건 그저 관절염 증상일 뿐이라니까."

"단지 그것뿐이라면 좋게요! 관절염뿐이라면 버드나무 껍질에서 뽑아낸 즙 약간만으로도 각하의 통증을 덜 수 있을 겁니다. 하지만 더 나쁜 건 각하의 심장이 약해져 있다는 겁니다. 매일 밤 주무시기 전에 이 환약을 다섯 알씩 드세요. 포도, 쥐오줌풀, 벌꿀, 피레트르*를 섞어 만든 알약입니다. 그런 다음 저는 각하의 혈관을 청소해서 생명의 액체인 피가 잘 순환하게 하겠습니다. 혈관을 뻣뻣이 굳은 채로 두어서는 안 됩니다. 다시 유연하게 만들어야지요. 그런데 모든 혈관이 거쳐 가는 곳이 심장이란 말입니다. 그러니 각하는 반드시 충분한 휴식을 취해야 합니다! 그렇지 않으면 이젠 절대 각하를 진료하지 않겠습니다."

제후티의 집사가 들어와 닥터 구아의 말을 중단시켰다.

"죄송합니다, 그런데……"

닥터 구아가 화를 냈다.

"대체 뭐요?"

"파라오께서 지금 당장 제후티 각하를 뵙고자 하십니다."

닥터 구아는 자신의 가방을 챙겼다.

"폐하께 한 가지만 당부드리고 싶습니다. 제 환자에게 부디 아무 일도 맡기지 마시고 즉시 은퇴해서 쉴 수 있도록 해주십시오."

이렇게 닥터 구아가 불만스럽게 웅얼거리며 물러가는 사이 제후티는 머리에 흰색 가발을 썼다.

제후티가 말했다.

"늙음이야 다가오려 하지만, 저는 아직 그것을 맞이할 생각이 없습니다. 지금 나간 의사는 벌써 오래전부터 제가 머지않아 죽을 거라고 위협하면서도 계속해서 제 생명을 지켜주고 있지요."

---

* 국화과 식물.(옮긴이)

"세피 장군의 소식은 들었는가?"

"그의 여정은 길고도 험난합니다. 지도가 있다 해도 정확하지 않아 애를 먹을 수밖에 없을 겁니다. 그에겐 가장 뛰어난 광산 기술자들과 사막 전문가들이 필요합니다."

"조금 전에 나간 의사의 당부대로 해주고 싶지만, 그대가 맡아야 할 새로운 직무가 있다. 아주 중요한 일이다."

제후티는 진지한 얼굴로 대답했다.

"폐하, 저는 폐하의 종복입니다. 이집트의 영광을 위해 죽는 날까지 일할 것입니다."

"제후티, 나는 다슈르에 피라미드를 세우려 한다. 피라미드 건설의 책임자가 되어달라. 재정 문제는 세난크흐가 맡아서 해결해줄 것이다. 나와 함께 가자."

스네프루 왕의 두 피라미드가 드리운 서늘한 그늘 속에서 세소스트리스는 자신이 세울 피라미드를 머릿속으로 구상하여 그 주된 윤곽을 제후티에게 일러주었다.

세호테프가 말했다.

"파라오가 하나의 신전을 짓는다는 것은 이집트를 다시 만든다는 의미입니다. 건축을 통해 파라오는 최초의 아침에 행해졌던 창조를 연장하는 것이지요. 이 살아 있는 석재들은 폐하가 행하는 통치의 든든한 초석이 될 것입니다."

석양을 받아 황금빛으로 물든 석재 위에 젊은 여사제가 물을 부었다. 프타 신전의 신성한 호수에서 길어온 물이었다.

파라오가 둘러선 사람들을 향해 입을 열었다.

"이제 이 땅은 '천상의 청량한 물'*이라는 이름으로 불릴 것이다. 우리는 사카라에 있는 제세르 왕**의 피라미드를 본떠 이 땅을 보루가 있는 벽으로 둘러쌀 것이다. 피라미드는 카를 가장 빠르게 발산해야 하므로 암반이 있는 곳까지 땅을 파고 그 위에 진흙 벽돌을 쌓은 다음, 그 위를 투라의 석회석으로 덮을 것이다. '토대' '평화' '충만'이라는 의미로 호테프(Hotep)라 불릴 그 석회 반석에는 영혼이 '생명을 부여받는 곳', 즉 빛의 육신이 다시 태어나는 장소인 석관에 도달하기까지의 여정을 그려 넣을 것이다."

왕이 피라미드에 대한 자신의 구상을 이야기하는 동안 제후티는 파피루스에 그 내용을 옮겨 적었다.

왕이 말을 이었다.

"피라미드의 북쪽에는 크눔호테프 총리의 영생의 집을 건설할 것이다. 총리 아래 궁정 대신들의 무덤은 고왕국 시대의 무덤을 본떠 지을 것이다. 무덤 내부에는 그 황금시대에 지어진 글들이 벽화로 새겨질 것이다."

아비도스에 있을 때 젊은 여사제는 영생의 집을 지어야 하는 이유를 배운 적이 있었다. 이 상징적인 건축물만이 마법적 생명을 부여받아서 입문자들을 아크흐(Akh), 즉 우주를 순환하는 모든 힘들과 만날 수 있는 빛의 존재로 바꿔줄 수 있다. 육체의 죽음을 넘어 다시 소생한 사람은 이 세상에 머물면서 빛을 전하며 그 빛 속에서 새로운 삶을 살았다. 또한 파라오의 피라미드 주위에는 그를 섬기던 신하들

---

* 케베후트(kebehout).
** 제3왕조의 두번째 왕, 재위 기간은 BC 2630~2611. 그의 총리대신이었던 임호테프가 그를 위해 계단식 피라미드 무덤을 건설했다.(옮긴이)

의 무덤이 자리 잡고 초자연적 방어벽을 형성함으로써, 왕을 지키고 왕이 만들어내는 좋은 기운을 퍼뜨리는 것이다.

제후티가 말했다.

"피라미드 건축 인부들이 기거할 집들도 가능한 한 빨리 마련하겠습니다. 내일부터 당장 지반 고르는 작업을 시작하겠습니다."

메데스는 다슈르에 새로운 피라미드와 그 건축자들이 거주할 도시를 짓겠다는 칙령을 작성하면서 이 계획의 방대함에 놀랐다. 이 계획을 가능한 한 빨리 실현하기 위해 갖가지 방법들이 총동원되고 있었다. 세소스트리스는 자신의 치적에 중요한 의미를 지닌 작품을 하나 보태는 동시에 자신의 영향력도 키워나가고 있는 것이었다.

이런 막강한 적수를 무너뜨리는 일이 과연 가능할까? 메데스는 머릿속에 떠오른 이 질문을 잠시 미뤄놓고 대기실에서 본 젊은 여인이 누군지 알아보기로 했다. 몇 군데 수소문한 끝에 그녀가 아비도스에서 비밀 서신을 가지고 온 여사제라는 사실을 알아냈다.

메데스는 궁금해졌다. 그녀는 분명 신전의 말단 여사제일 뿐이었다. 그런 그녀를 대사제는 왜 멤피스로 보낸 걸까? 아마 제르구가 이 문제의 해답을 알아낼 수 있을 것이다. 다음번 그 종신 사제를 만날 때 물어보면 될 테니 말이다.

142

# 14

    나일 강이 범람하기 전에 낚시질을 하는 건 위험했다. 강의 수위는 아주 낮았고, 내리쬐는 태양의 열기는 견딜 수 없을 정도였으며, 물고기들은 사나웠다. 하지만 세카리는 이케르에게 카가 가득한 신선한 식사를 만들어주고 싶은 마음에 낚시 솜씨를 부려보기로 했다. 아쉽게도 낚싯대는 번번이 힘없이 딸려 올라왔다. 눈썰미와 재빠른 손놀림이 필요한 사내끼*를 쓰면 쉽게 잡을 수 있을 것도 같았다. 그러나 물고기들은 사내끼 안으로 들어왔다가도 곧바로 빠져나가곤 했다. 파피루스 덤불에 숨겨놓은 통발도 아무 소득이 없었다.

    빈 바구니를 짊어진 채 눈만 말똥말똥거리는 북풍을 바라보며 세카리가 머리를 긁적였다.

    "이거 영 시원찮은데. 이렇게 약아빠진 물고기들을 잡으려면 인내심이 필요한 법이지."

    당나귀는 세카리의 말을 이해한다는 듯 오른쪽 귀를 쫑긋 세웠다.

---

\* 긴 자루 끝에 철사나 끈을 망처럼 얽어 물에서 고기를 건져 뜨는 기구.(옮긴이)

"북풍아, 솔직히 말해서 나는 이케르가 걱정돼. 그는 명랑함과 활기를 잃어버리고, 아무 도움도 안 되는 어두운 생각에 빠져 있어. 그의 마음을 돌리려고 해봤니?"

당나귀가 그렇다고 대답했다.

"그래 좀 나아진 것 같았니?"

당나귀는 아무 소용도 없었다는 의미로 왼쪽 귀를 쫑긋 세웠다.

"걱정하던 대로구나. 네가 그렇게 걱정하는데도 그의 마음을 돌릴 수 없다니. 그는 새 모이만큼만 먹는 데다가 그것도 억지로 먹을 뿐이야. 또 너무 늦게 잠자리에 들고 너무 일찍 일어나. 내가 아무리 농담을 해도 웃지 않고 자신의 어리석은 계획에만 사로잡혀 있어. 하지만 그렇다고 포기할 순 없지! 그 친구는 심성이 올곧아. 그러니 그를 이 곤경에서 꼭 구해낼 수 있을 거야. 그건 그렇고, 양어장에 가서 저녁식사거리를 좀 사자."

카훈 시의 시장은 자신의 거대한 관사를 비우는 일이 거의 없었다. 관사는 늘 시정 업무로 분주했다. 서기관, 맥주 제조인, 조리사, 제빵인, 도공, 목공을 비롯한 여러 직인들이 이곳에서 일하고, 재능에 따라 적절한 보수를 받았다. 시장은 자신의 집무실에 틀어박혀 복잡한 서류들과 씨름했지만, 그럼에도 카훈 시에서 일어나는 모든 일을 파악하고 있었다. 승진을 비롯한 인사 조치는 반드시 시장의 승인을 거쳐야 했다. 시 행정상의 오류를 그가 모르고 넘어가는 일은 없었다.

시장의 호출은 문책하기 위한 것일 수도, 칭찬하기 위한 것일 수도 있었다. 칭찬받으러 불려간 경우일지라도 마냥 들뜨는 건 금물이었다. 시장은 칭찬과 함께 대개의 경우 먼젓번보다 한층 힘든 과제를

144

맡기곤 했기 때문이다.

　부름을 받고 온 이케르에게 시장이 말했다.

　"자네의 승승장구는 멈출 줄 모르는군! 그 나이에 아누비스 신전의 임시 사제가 된다는 건 엄청난 성공이지. 도서관 업무 처리에 대해서도 모두 입을 모아 칭찬하더군. 카훈에서 일찍이 없던 일이야! 자네보다 경력이 앞서는 동료들조차도 자네의 뛰어난 자질을 인정할 정도니. 그들은 질투를 느끼면서도 자네의 흠을 찾아내지는 못하고 있어. 자네의 유일한 결점은 너무 엄격하다는 거야. 좀 쉬고 싶은 마음은 없나? 아니면 아름다운 아가씨와 결혼을 해서 귀여운 아이들을 갖는 건 어때?"

　"제가 이곳에 온 건 뛰어난 서기관이 되기 위해서입니다."

　"이미 자네는 뛰어난 서기관이야! 그리고 자네의 사적인 생활은 자네가 알아서 할 일이지만, 공적인 생활은 내가 좌우할 수 있지. 헤렘사프가 자네에 대해 입에 침이 마르도록 칭찬을 하는 데다가 내 주변에는 변변한 인재가 없어. 이런 이유로 나는 자네를 시정 자문 위원으로 임명하려고 하네."

　"저를 신임해주시다니 큰 영광입니다만 저는 지금 하는 일에 만족합니다."

　"카훈에서 인사 결정권을 가진 사람은 나야. 자네가 재능과 역량을 충분히 보여준 이상 나는 그 능력을 최대한 활용할 생각이야. 내가 마음이 너그러워서 자네를 승진시켜주는 거라고는 생각하지 말게. 나는 너그러움을 모르는 사람이라네. 파라오께서는 내게 이 도시를 번영케 할 임무를 맡기셨어. 이곳에 이집트에서 가장 훌륭한 서기관 학교를 건립하는 것도 내게 주어진 임무지. 자네를 승진시키는 것도 이런 목적을 위해서라네. 이제 그만 가보게."

이케르는 시장의 말을 조금도 믿지 않았다. 자신을 고위직에 앉히는 이유는 자신을 길들이기 위해서일 것이다. 무거운 책임을 지워놓고 살살 구슬려가며 호의호식하게 하면 결국은 안이함에 빠져들어 과거의 일이나 이상 같은 건 잊어버릴 거라고 계산했을 것이다.

그런 수를 써봤자 자신을 속이지는 못할 것이다. 오히려 그런 상대의 술수를 되받아 자신이 이용하리라. 자신은 마음을 잡은 척 일을 열성적으로 훌륭히 수행할 것이다. 시장도 헤렘사프도 자신의 진짜 의도를 눈치 채지 못할 것이다. 그렇게 되면 이들이 기회를 만들어줄지도 모른다.


이런 집에서 산다는 건 얼마나 행복한가. 세카리로서는 집을 관리하는 것이 일이 아니라 즐거움이었다. 그는 최근에 유행하는 곡조를 흥얼거리며 집 안 여기저기를 쓸었다. 의자에 아무렇게나 걸쳐놓은 옷가지 하나 그냥 넘어가는 법이 없었다. 부엌과 욕실은 언제나 티끌 한 점 없이 깨끗했다. 어느 방이든 사람들에게 자랑스럽게 보여줄 수 있을 만큼 깔끔하게 정돈되어 있었다.

가구들은 얼마나 우아하면서도 견고한지! 바구니, 수납함, 의자와 낮은 탁자들은 시간이 흘러도 변함없는 것들이었다. 음식도 아름다운 그릇에 담겨 더욱 훌륭한 맛을 내곤 했다.

"주인은 안에 계시냐?"

더벅머리 서기관이 물었다. 수다스럽고 게으른 데다 남의 험담을 하기 좋아하는 더벅머리 서기관은 나쁜 소식을 도맡아 전하곤 했다. 세카리는 마침 악한 정령들이 들어오지 못하도록 출입문 틀에 붉은 물감을 다시 칠하던 중이었다.

"이렇게 온 걸 보니 달갑지 않은 소식이겠군요."

"사실 좋은 소식은 아니지. 하지만 난들 어쩌겠어? 이케르 서기관에게 전해야 해."

"들어오기 전에 발을 씻고 문간방에서 기다리시오. 주인에게 알릴 테니."

성가신 방문객에게서 되도록 빨리 벗어나고 싶은 마음에 이케르는 시원한 음료조차 권하지 않았다.

"무슨 일입니까?"

"시장님이 보내서 왔소. 급한 일이오. 나일 강이 범람할 것 같은데, 그것이 좀 걱정스러운 상황이라 하오."

"홍수가 날 것 같다는 말인가요?"

"그렇소. 어서 빨리 제방을 손보아야 하오."

"알겠습니다."

"내가 함께 일해도 되겠소?"

"재난이 닥쳐올지도 모르는 상황이니, 도와주신다면 좋은 일이지요. 파이윰의 수문이 있는 곳으로 가서 저수지 상황이 어떤지 상세히 알아보고 오세요."

"당장 다녀오겠소!"

이케르는 문서 보관소로 갔다. 예전에 그가 들어가고자 했다가 뜻을 이루지 못했던 곳이었다.

문서 보관소 소장은 신중하고 까다로운 사람이었지만 이케르를 정중하게 맞아주었다. 이케르가 이곳을 처음 찾아왔을 때와 비교해보면 소장의 태도는 많이 달라져 있었다.

"새로 시정 자문 위원이 되신 걸 축하하오. 서기관께선 충분히 그럴 자격이 있지. 그런데 내가 무엇을 도와드릴까요?"

"나일 강이 범람할 경우 어떤 위험이 닥칠지 알아보고 싶은데, 이 지방의 치수법에 대한 기록들을 봐도 될까요?"

"되고말고. 어떤 기록이든 마음대로 보시오."

하지만 서고에서 이케르가 뒤적인 것이 수리(水理) 관련 문서들만은 아니었다.

마침내 그는 파이윰 주에서 건조된 선박의 목록과 이들 선박에 승선한 뱃사람들의 명단을 찾아냈다. 그러나 라피드 호라는 이름은 보이지 않았다. 리에브르 주에서 그랬던 것처럼 이 배와 관련된 문서들은 폐기되었을 것이다.

하지만 한 가지 단서가 남아 있었다. 거북눈과 칼날이라는 이름이 파라오 상선단(商船團) 소속 선원 명단에 들어 있었던 것이다. 이것만으로도 충분한 증거가 아닌가! 이케르를 죽이라고 지시했던 사람은 그 폭군임이 분명했다.


"어디 있니, 비나?"

이케르가 비나와 늘 만나던 폐가의 여기저기를 기웃거리며 비나를 불렀다.

"네 뒤에 있어. 우선 네가 어떤 결정을 내렸는지 알려줘. 그래야 네 앞에 나타날 거야."

"이젠 확실한 증거를 찾았어."

"그 폭군을 없앨 거지?"

"그를 죽일 테야."

"그렇다면 나를 좀 봐."

이케르는 눈앞에 나타난 여인을 보았지만 비나인지 금방 알아보지 못했다. 정성껏 화장을 하고 눈가에 화장 먹까지 바른 그녀는 전혀 다른 여인 같아 보였다. 화장 먹은 방연광과 산화망간, 황토, 탄산납, 산화철과 산화동, 공작석, 안티몬, 규공작석을 배합하여 만든 것으로, 특히 해충이 달려드는 것을 막고 눈을 보호해주었다. 비나의 얼굴은 커다란 가발로 반은 가려져 있었다.

"너 맞니, 비나? 정말 너야?"

"나는 네가 이 일을 하겠다고 할 줄 알았어. 그래서 너를 우리 동지들에게 데려갈 생각이었지. 지나가는 사람들이 나를 알아보지 못하도록 이렇게 변장을 하고 말이야. 무기는 갖고 있니?"

"갖고 있어."

"내가 멀찍이 앞서 갈 테니 나를 따라와. 내가 어떤 대장간 안으로 들어가면 따라 들어와."

등잔불 몇 개가 대장간 내부를 밝히고 있었다. 집에서 쓰거나 무기로 사용될 여러 가지 칼들을 만드는 곳이었다. 어두침침한 구석에 웅크리고 있던 대장장이들이 경계하는 눈빛으로 이케르를 훑어보았다.

비나가 말했다.

"괜찮아, 우리 동지들이야. 이들은 여기서 만드는 칼의 일부를 우리 전사들 몫으로 빼돌리고 있어. 머지않아 우리 조직은 대단한 규모를 갖추게 될 거야. 카훈을 우리 손안에 넣게 될 거란 말이야, 이케르! 그렇더라도 그 폭군이 절대 권력을 쥐고 있는 한 모든 게 헛일이 되고 말아. 그 폭군을 처치하고 정의의 횃불을 밝힐 네 무기를 우리에게 보여줘."

이케르는 자신의 단도를 빼서 보였다.

비나가 이케르의 칼을 받아 우두머리 대장장이에게 건넸다.

"이 칼을 잘 벼려줘. 죽음처럼 예리한 칼이 되도록."


새로 맡은 시정 자문 위원의 역할은 고됐지만 이케르는 자신의 유
능함을 십분 발휘했다. 그는 서기관과 기술자, 그리고 임시 인부들로
구성된 작업대를 지휘하여 운하의 양편 제방에 흙덩이를 더 높이 쌓
아올렸다. 둑과 저수지도 튼튼한지 살폈다. 이어서 물이 스며들지 않
게 하기 위해 필요한 흙덩이의 양과 옮겨 쌓아야 할 면적을 계산했
다. 대홍수가 일어나더라도 주민들에겐 피해가 가지 않도록 대비한
것이다. 또 물이 차지 않는 높은 지대로 가축들을 옮기고 사료들도
그곳으로 운반해놓았다. 비상시에 주민들의 이동 수단이 될 나룻배
들을 점검하는 일도 빼놓지 않았다.

이 젊은 서기관이 보여준 뛰어난 능력에 모두가 감탄했다. 그는 결
코 지치는 법이 없었고, 모든 일을 자신이 직접 관장했다. 시장이 그
에게 지나치게 무거운 책임을 지웠다는 건 분명했지만 그는 꿋꿋이
버텼다. 하지만 범람에 대비한 이 모든 노력이 과연 효과가 있을지는
불확실했다.

일 년의 마지막 닷새*가 다가오자 모든 이들이 숨을 죽였다. 이 닷
새는 일 년 삼백육십 일의 한 주기를 끝맺음하고 새로운 주기가 시작
됨을 알려주는 날들이었다.** 이집트 전역의 대신전들에서는 사제들

---

* 에파고메네.

** 고대 이집트인들은 일 년을 삼백육십 일로 정하고, 일 년의 마지막에 닷새의 에파고

150

이 사나운 암사자 세크메트 여신을 달래는 주문을 외었다. 이 여신이 나쁜 정령을 보내 이집트 백성들에게 불행과 질병을 퍼뜨리는 일이 없도록 하기 위해서였다.

닷새 가운데 첫째 날은 오시리스의 탄생을 기리는 날이었다. 나일 강물이 불어 넘친다는 것은 오시리스가 부활했음을 상징하기 때문이었다. 둘째 날은 오시리스의 아들이며 이집트 왕국의 수호자인 호루스에게 바쳐진 날이었다. 그러나 셋째 날이 되면 재앙과 참사가 닥쳐올지도 몰랐다. 이날은 세트 신의 날이었기 때문이다.

종려나무들이 그늘을 드리운 작은 광장에서 이케르는 비나와 마주쳤다. 비나는 금방 알아보지 못할 만큼 짙은 화장을 하고 있었다.

"시내에 너에 대한 칭송이 자자해. 네 덕분에 범람의 피해를 막을 수 있게 되었다고 말이야."

"아무도 그걸 장담할 수는 없어. 모든 건 나일 강물이 얼마나 불어나느냐에 달려 있으니까."

"어서 빨리 세트의 날이 되었으면 좋겠어. 세트께서 이 빌어먹을 이집트를 벌하실 수 있도록 말이야!"

"'빌어먹을 이집트'라니…… 그게 무슨 말이니, 비나?"

이 아시아 여인은 자신이 방금 실수를 저질렀음을 깨달았다.

"내가 말한 건 그 빌어먹을 폭군에 대한 거야. 이 나라를 낭떠러지로 몰아가고 백성들을 불행에 빠뜨리고 있으니까 말이야. 혹시 생각이 바뀐 거니, 이케르?"

"내가 그렇게 경솔한 사람인 줄 아니?"

---

메네를 두어 축제와 제사 기간으로 보냈다.(옮긴이)

"그럴 리가!"

"세트의 무서운 힘을 함부로 생각해서는 안 돼. 세트가 그 폭군을 없애준다면 좋은 일이지만, 만약 농경지를 다 쓸어버린다면 어떻게 되겠니? 수많은 사람들이 굶주리게 될 텐데, 그걸 기뻐할 수 있겠어?"

"오해라니까! 난 그저 세트의 힘이 우리에게 도움이 되었으면 좋겠다고 생각한 것뿐이야."

세트의 날이 왔다. 총리는 모든 업무를 중단했다. 왕은 신전 안에 머물렀고, 모든 사람들은 각자의 집에 꼼짝 않고 틀어박혔다.

시간은 아주 더디게 흘러갔다.

마침내 그 긴 하루를 넘기고 이시스의 날이 되었다. 또 그다음 날은 네프티스의 날이었다. 이 자비로운 두 여신의 도움으로 새해가 만물의 조화 속에서 밝아왔다.

나일 강물은 엄청나게 불어났지만 제방에 미미한 피해만을 입혔을 뿐, 죽거나 다친 사람은 없었다. 카훈 시 전체가 이케르 서기관의 빈틈없는 홍수 대비책을 칭송했다. 그의 계산은 정확했고, 덕분에 카훈 일대는 나일의 범람을 아무 재난 없이 넘길 수 있었다. 풍요한 수확이 눈앞에 보였다. 창고에 곡식을 가득 채워서 흉년에 대비할 수 있게 된 것이다.

새해를 맞는 축제의 마지막 날에 가서야 이케르는 잠깐의 휴식 시간을 얻을 수 있었다.

"안색이 좋지 않아."

이케르의 얼굴을 보며 세카리가 말했다.

"시장님이 널 너무 혹사시키지 않으면 좋으련만."

"그렇게 되지는 않을 것 같아. 카훈 시의 곡식 저장 능력에 대한 보고서를 써내야 하거든. 문서 보관소의 문서들을 보면 일을 쉽게 할 수 있을 거야. 하지만 문서 내용을 일일이 확인해야 해."

"문서 보관소라면…… 네가 원하던 그 증거들을 찾은 거니?"

"이젠 내가 어떤 행동을 해야 할지 확실해졌어."

"넌 총명하고 아는 것도 많아. 나는 배운 게 없는 무식쟁이지. 하지만 나는 내 직감을 믿어. 넌 무엇 때문에 스스로 불행에 발을 들여놓는 거니? 지금처럼 행복이 너를 향해 손을 내미는 순간에 말이야."

"내 임무를 완수하지 못하는 한 행복해진다는 건 불가능해."

"'파라오는 세상에서 일어나는 모든 일을 안다'라는 잠언을 생각해봐. 하늘과 땅 사이에 파라오가 모르는 건 없어."

"그 폭군이 아무리 치밀한 정보망을 갖고 있다 해도 결국엔 정의가 승리할 거야."

세카리는 눈을 내리깔았다.

"이런 말을 해서 미안하지만, 내가 너를 도울 거라는 생각은 하지 마. 난 그동안 순탄하게 살아오지 못했어. 힘든 일을 많이 겪었지. 하지만 이곳에서만큼은 행복하다고."

"널 이해해. 너를 이 일에 끌어들이려는 생각은 조금도 없어. 그렇지만 날 배반하지는 않겠다고 맹세할 수 있겠지?"

"맹세할게, 이케르."

# 15

　이른 아침, 메데스의 화려한 저택은 안주인의 신경질적인 고함 소리로 가득 찼다. 그녀의 이런 발작은 매번 엄청난 재앙으로 이어지곤 했다. 일의 발단은 우선 침방에서 만들어 보내온 그녀의 겨울용 웃옷의 깃과 측선에 달린 장식줄이 제대로 바느질되어 있지 않은 데 있었다. 설상가상으로 전속 미용사가 꾀병을 부려 솜씨가 서툰 초보 미용사를 대신 보내왔다. 초보 미용사는 메데스 아내의 검은색 가발에 가채를 덧붙일 줄 몰라 쩔쩔맸다. 미용사의 서툰 솜씨에 화가 난 국정원 비서의 아내는 거울을 바닥에 집어던지고는 이 어리숙한 미용사를 보수도 주지 않고 쫓아냈다.

　그런 다음 참을 수 없는 편두통이 시작된 메데스의 아내는 머리에 회향풀 씨앗과 브리오니아, 고수로 만든 연고를 발라 두통을 가라앉히려 했으나 별 효과가 없었다.

　그녀는 성을 펄펄 내며 남편의 방으로 뛰어 들어갔다.

　"자기, 나 아파서 못살겠어! 닥터 구아를 불러줘. 내 편두통을 가라앉혀줄 사람은 그 의사밖에 없어."

154

"자기 몸은 자기가 알아서 챙기도록 해. 난데없이 사람 깨우지 말고. 난 할 일이 많아."

메데스의 무관심한 대꾸에 화가 난 그녀가 문을 쾅 닫고 나갔다.

메데스는 자리에서 일어나 욕실로 갔다. 평소 그는 아침 몸단장을 공들여 하고 푸짐한 아침식사를 즐기곤 했다. 그러나 오늘 아침에는 그럴 마음이 내키지 않았다. 간밤에 잠을 잘 이루지 못한 데다 생각이 아주 복잡했던 것이다.

아비도스로 간 제르구는 언제 돌아올 것인가? 그리고 그는 어떤 소식을 가져올 것인가? 메데스는 신전 내의 협력자를 얻게 되었다는 사실을 여전히 믿지 못하고 있었다. 아비도스의 종신 사제라면서 어떻게 사제단을 배반할 수 있단 말인가?

또다른 고민거리도 있었다. 크눔호테프가 대단한 성공을 거두고 있었던 것이다. 세소스트리스에 의해 총리로 임명된 후에도 그는 행정가로서 탁월한 능력을 선보이며 중앙정부와 지방 각 주 사이의 빈틈없는 결속을 이뤄내고 있었다. 다른 많은 사람들처럼 메데스도 총리의 앞길에 갖가지 사고와 충돌, 항의가 있을 거라고 예상했지만, 그 어떤 문제도 일어나지 않았다. 총리를 사심 없이 지지하는 국정원 위원들의 든든한 도움을 얻어 크눔호테프는 효율적이고 성실한 행정을 흔들림 없이 펼치고 있었던 것이다. 다행이라면 크눔호테프가 이미 나이가 많아서 오래 살지 못할 거라는 사실이었다. 그러니 메데스로서는 총리가 죽기 전까지 자신의 영향력이 줄어드는 것을 참으면서 대신 친분관계와 조직망을 다지는 데 주력해야 했다.

수많은 난관들이 메데스의 앞길을 가로막고 있었다. 그것들을 하나하나 치우는 것은 쉽지 않을 것이다. 지금 메데스가 가장 큰 기대를 걸고 있는 것은 바로 아비도스에서 진행되고 있는 협상이었다.

레바논 상인 배후에 있는 실력자를 만나볼 일도 그를 흥분시켰다. 어떤 작자이기에 그 상인이 그렇게 충성을 다할 만큼 솜씨가 능란하다는 말인가? 그런 자라면 평범한 인물일 리가 없었다. 메데스가 이용할 가치가 충분할 것이다.

메데스가 몸단장을 마쳐갈 즈음 그의 아내가 다시 들어왔다.

"닥터 구아가 오늘 밤 전에는 날 진찰하러 오지 못하겠대."

그의 아내가 징징거렸다.

"그가 다른 진료 약속을 미루고 나를 먼저 봐주도록 힘 좀 써봐!"

"닥터 구아는 성격이 괴팍해서 누가 압력을 넣는 걸 봐주지 않아. 게다가 당신의 편두통은 그리 심해 보이지 않는걸. 도로 자리에 누워 아침식사 때까지 있어봐. 곧 몰려올 당신 친구들과 같이 떠들어대다 보면 씻은 듯이 나을 거야."

그때 제르구가 왔다.

메데스는 하던 말을 끊고 다소 긴장하며 제르구를 서재로 데려갔다. 그러고는 아무도 엿듣지 못하도록 문을 닫았다.

"좋은 소식을 가져왔습니다."

제르구가 적이 만족스럽다는 듯 얼굴에 웃음을 흘리며 말했다.

"그 사제는 대단한 물건이에요! 그는 나리가 미심쩍어한다는 사실을 이해하고는, 자신이 나리와 손잡고 싶어한다는 걸 입증하려고 하더군요. 그래서 우리가 자신의 허가를 받지 않고도 상품 거래를 할 수 있게 방도를 마련해주지 뭡니까."

놀라운 소식을 전해들은 메데스는 제르구가 술에 취해 헛소리를 하는 게 아닐까 하고 생각할 정도였다.

"우선 여기 아비도스의 인장 하나를 가져왔습니다. 이게 있으면 갖가지 모조품에 찍어서 아비도스에서 온 진품인 것처럼 속여 팔 수 있습니다. 그리고 이 장사에 끌어들일 장인도 하나 찾아냈지요. 뿐만 아니라 그 사제는 선물을 하나 더 내주었는데, 이게 더 귀한 겁니다. 저세상 의인들의 환대를 기원하는 내용의 신성한 주문이지요. '오시리스의 나룻배를 노 저어 마음이 원하는 쪽을 향해 가면 아비도스의 의인들이 안녕과 평화를 빌어줄 것이니, 오시리스의 신비에 몸담게 되어 그를 따라 이 신성한 땅의 맑은 길을 가게 되리라.' 바로 이 주문을 우리가 만든 제품에 새겨서 아주 비싼 값으로 파는 겁니다!"

평범한 가문 출신의 이 포도주 상인은 자신의 건강이 악화되고 있음을 알아차리고 저세상으로 떠날 준비를 하고 있었다. 재산은 있었던 터라 훌륭한 석관을 마련하긴 했지만 그는 아비도스에 자신의 이름을 새겨 넣은 기념물을 세울 수 있는 특권층이 부러웠다. 그것은 오시리스 가까이 머물며 그의 보호를 받을 수 있다는 의미였으니 말이다. 영원한 행복을 보장받을 방법으로 이보다 더 좋은 것이 있겠는가?

상인이 이런 생각을 하고 있던 차에 제르구가 나타났다. 상인은 그가 이번에는 얼마나 값을 깎으려 할지 걱정스러웠다. 하지만 이렇게 영향력 있는 인물이라면 최대한 기분을 맞춰주는 편이 좋았다.

"제르구 님, 이번에 새로 포도주를 들여놨습죠! 맛 좀 보시겠습니까?"

"그야 물론이지. 그건 그렇고 어디 들어가서 조용히 이야기 좀 할까?"

"그렇다면 저장고로 가시지요."

포도주 상인은 긴장해서 목이 뻣뻣해졌다. 이자가 또 무슨 협박을 하려는 것일까? 시찰관의 요구를 미리 무마해보려고 상인은 최고급 포도주를 내왔다.

"나쁘지 않군."

포도주를 한 모금 맛본 제르구가 말했다.

"하지만 내 입맛에는 좀 달군. 영감이 일등품 석관을 주문했다던데, 그런가?"

"이젠 저세상으로 갈 준비를 해야 하니까요."

"아비도스는 어때?"

"아비도스라니요? 무슨 말씀인지 모르겠습니다."

"내가 영감을 위해 아비도스의 진품 석비를 얻어줄 수 있어. 신성한 주문이 새겨져 있는 것으로 말이야. 거기다가 영감 이름을 새겨넣기만 하면 영감은 영원히 오시리스 곁으로 갈 수 있단 말이지."

상인은 뜻하지 않은 소식에 숨이 멎는 것 같았다.

"정말이십니까?"

"값은 좀 나갈 거야. 내 수고비가 있으니까."

"얼마가 됐건 말씀만 하십시오!"

"그럼 우선 그 걸작품을 보고 나서 이야기하지."

제르구는 감동해서 어쩔 줄 모르는 상인을 한 창고로 데려가서 석비를 보여주었다.

"가격이 얼마든 말씀만 하십시오. 당장 내어드리겠습니다."

상인이 서둘러 말했다.

"자, 어떻습니까!"

제르구가 우쭐대며 말했다.

"잘 다듬은 돌비석 하나로 나리와 저의 돈주머니가 두둑해졌지요. 그 비석은 절대 아비도스로 보내질 일이 없을 겁니다. 오늘 밤에 우리가 고용한 석공 장인이 부숴버릴 테니까요. 그 장인에 대해서도 안심하세요. 품삯을 넉넉히 줘서 구워삶아놨거든요. 우리도 이젠 더이상 아비도스에 갈 필요가 없습니다. 그 사제 없이 이럭저럭 장사를 해나갈 수 있게 되었으니까요."

"어리석은 생각이야."

메데스가 말을 잘랐다.

"네 수법이 쓸모없다는 건 아냐. 하지만 더 좋은 수가 있어. 멤피스의 부자들은 아비도스의 진품 석비들에 침을 흘릴 거야. 우린 아주 비싼 가격을 매기고 배짱을 부리며 팔 수 있어."

메데스의 말에 제르구는 움찔했다.

"그렇다면 그 사제와 관계를 끊으면 안 되겠군요."

"그랬다간 큰 실수를 하는 거지. 그의 협조를 받는 게 우리한테는 여러모로 도움이 돼. 첫째, 그가 있어야 큰 이윤이 남는 거래를 할 수 있어. 둘째, 우리는 그를 통해 아비도스에 대한 정보를 얻고, 비밀에 부쳐진 오시리스 신비제의에 접근할 수 있어. 되도록 빠른 시간 안에 그 사제와 내가 만날 수 있게 일을 주선해봐."


세소스트리스가 아비도스에 새로 건설한 '굳건히 견디는 곳'은 활기차게 움직이고 있었다. 이곳에는 그의 신전과 무덤 건축에 동원된 인부들, 이 건축물들에 영혼을 불어넣는 역할을 맡은 사제들, 그리고 행정관과 그 가족이 거주했다. 집집마다 여러 칸의 방과 안뜰, 그리고 정원이 있었다. 폭이 오 쿠데인 길들은 바둑판 모양으로 나 있었다. 호사스러운 주택들은 사막 가까이 자리를 잡았다. 도시 남서쪽에 있는 시장 관사에는 관리들의 집무실과 수많은 작업장이 있었다.

이 집무실 중 한 곳에서 베가는 제르구와 그의 조수로 위장한 메데스를 만났다.

베가가 실내로 들어서는 순간 메데스는 몸이 오싹해지는 느낌을 받았다. 아비도스의 신비제의에 입문했다는 사제가 이렇게 추하고 냉혹한 인상을 풍길 것이라고는 미처 예상하지 못했던 것이다. 큰 키에 매부리코를 한 베가는 뻣뻣한 태도로 두 사람과 거리를 두고 앉았다. 그러고는 제르구는 본체만체 메데스를 향해 물었다.

"당신은 누구요?"

"나는 국정원 비서인 메데스요. 파라오의 칙령을 문서로 작성하여 각 주에 전달하는 일을 하고 있지요."

"아주 중요한 지위에 계시는군."

"당신의 지위도 그리 기울지는 않소."

"나는 우리가 더 많은 일을 함께했으면 하오. 당신도 아마 같은 생각일 거요."

"보내준 아비도스의 인장과 주문을 보고 사제께서 바라는 첫 거래를 할 결심이 섰소. 이제 우리 서로 협력해서 우리가 마땅히 얻어야 할 것을 손에 넣도록 합시다."

베가의 얼굴은 여전히 차갑게 굳어 있었다. 그러나 메데스는 그가 속으로는 흡족해하고 있다는 사실을 알아차렸다.

"제르구 저 양반이 내 제안을 당신한테 전달했겠지요?"

"아주 마음에 드는 제안이오. 우리가 가짜 석비를 제작한 다음 사람들에게 아비도스로 보낼 거라고 속여 팔아먹는 겁니다. 불상사가 생길 염려는 없지요. 우리가 직접 그 석비들을 폐기해버릴 거니까. 사제께서는 무슨 수로 아비도스에서 진품들을 빼낼 생각이시오? 그리고 그것들을 멤피스로 옮겨 가려면 어떤 방법을 쓰는 게 좋겠소?"

"제르구에게 설명했다시피 사람이든 물품이든 아비도스로 들어올 때는 통제가 심하오. 반면에 아비도스 밖으로 나가는 일은 별 어려움이 없지요. 내가 감찰관 하나를 매수해놓았소. 열흘마다 오시리스 계단의 경비 임무를 맡고 있는 자요. 내가 은닉처 한 곳을 골라 값지고 작은 석비들을 갖다 놓겠소. 믿을 만한 사람을 보내서 그것들을 가져가시오. 나일 강으로 가는 길을 일러드릴 테니 거기서 배를 이용하면 멤피스로 운반하는 건 문제없을 거요."

"좋은 방법이군요. 그런데 왜 이런 일을 하는 거요?"

"그건 내가 당신한테 묻고 싶은 말이오."

메데스가 말했다.

"이런 위험한 일에 뛰어든 이상 서로를 속이는 건 어리석은 일이겠지요. 나는 내 능력에 합당한 보수를 받지 못하고 있소. 그래서 이런 방식으로라도 내 가치를 증명해 보이고 싶은 것이오. 하지만 당신은 신전에 속한 사람인데……"

"나는 영적인 영역만으로도 만족할 수 있다고 오랫동안 믿어왔소. 그래서 내 욕망을 최소한으로 억압해왔지요. 하지만 세소스트리스가 내 일에 끼어들어 모든 것을 바꾸어놓았소. 대사제 자리에 나를 임명하는 대신 자기 멋대로 조종할 자를 앉히고 사제단 조직을 개편했소. 그가 맘대로 권력을 휘두른 덕분에 나는 당연히 내가 차지해야 할 특권을 빼앗겼단 말이오. 그래서 나는 복수를 하기로 결심한 거요. 그런데 그러려면 돈이 필요하거든."

"탁 터놓고 말해봅시다, 베가 사제. 그 복수라는 것이 정확히 어떤 것이오?"

"내 앞길을 망친 자를 파멸시키는 것이오."

"세소스트리스가 어떤 자인지 알고 있소? 나는 그를 자주 보기 때문에 그가 얼마나 결단력 있는 인물인지 잘 아오. 그는 들소보다 거칠고 사자보다 잔혹한 사람이오. 나 역시 그가 사라지기를 바라오. 하지만 그처럼 완강한 자의 발밑을 어떻게 파들어갈 수 있단 말이오?"

"싸워보지도 않고 포기하려는 것이오?"

"그게 아니라 그를 무너뜨릴 방법이 뭐냐고 묻는 것이오. 그는 충실하고 유능한 신하들에게 둘러싸여 있소."

"사람의 일이란 아무리 완전해 보인다 해도 빈틈이 있기 마련이오. 힘을 합해 약점을 공략해봅시다."

"그런데 군대와 감찰대가 왜 아비도스를 지키고 있는 거요?"

베가는 얼굴을 찌푸렸다.

"그건 국가 기밀이오."

메데스가 사제를 은근히 재촉했다.

"이렇게 서로 심중을 터놓은 상황에서 내게 그걸 감출 까닭이 없지 않소?"

"아비도스의 신비 가운데 하나가 생명의 나무요."

마침내 사제가 사실을 털어놓기 시작했다.

"이 오시리스의 나무가 병이 들어서 고사할 위기에 처해 있소. 세소스트리스와 사제들이 애를 써서 상태가 더이상 나빠지는 것은 막았지만 그런 상태로 얼마나 더 버틸 수 있겠소? 나무를 살리려면 뭔가 특별한 것이 필요한데 그것은 결코 인간의 눈에 띄지 않을 거요."

메데스는 사제의 이야기를 듣고 흥분을 억누를 수 없었다. 그 특별한 것이 바로 푼트의 금일 것이다.

"누가 그런 저주를 행한 거요?"

"그걸 알 수가 없소. 왕은 범인을 찾아내기 위해 여러모로 탐문을 벌였지요."

"누구 짚이는 사람이라도 있소?"

"전혀. 만약 아카시아나무가 죽게 되면 오시리스 신비제의는 더이상 수행될 수 없을 것이고, 따라서 오시리스도 부활할 수 없을 거요. 이집트의 몰락을 의미하는 것이지."

"이야기 좀 들어봅시다. 그 신비제의라는 것에 대해서 말이오! 그러니까 그 부활의 신비가 한갓 신기루는 아니란 거지요?"

"메데스, 당신이 그것에 대해 조금이라도 안다면 그런 질문은 하지 않을 거요."

"당신은 종신 사제니까 신비에 입문한 사람들만이 참여할 수 있다는 그 제의를 수행하겠군요."

베가는 아무 대답도 하지 않았다. 메데스가 대답을 재촉했다.

"나는 모든 걸 알고 싶소. 오랫동안 기다렸지만 나는 신전의 가장 깊숙한 곳에는 접근할 수 없었단 말이오. 아비도스 신전의 지성소야말로 모든 생명력의 원천인 가장 중요한 장소 아니겠소?"

사제는 미소만 지을 뿐 대답하지 않았다.

"맹세코 비밀을 지킬 테니 이야기해주시오."

"사람은 저마다 가격이 있는 법이오. 당신은 값나가는 것을 여러 개 가지고 있으니, 나는 그걸 받을 때마다 적절한 대가를 지불할 것이오."

"그 문제에 대해서는 천천히 이야기할 기회가 있을 것이오."

"당신 말이 옳소. 서두르다가는 일을 망치게 되지. 우선 우리 관계를 돈독히 하면서 각자 군자금을 비축하고, 그런 후에 다음 일을 도모하도록 합시다."

베가는 메데스를 한참 동안 응시했다.

"우리는 서로를 더 겪어봐야 하오. 모든 게 잘 풀리면 관계도 더 진척될 거요."

"한 가지만 더 물어보겠소. 멤피스에서 한 젊은 여인을 본 적이 있소. 아비도스에서 왕에게 전할 서신을 가지고 왔다고 하던데, 그 여인이 누군지 아시오?"

"생김새가 어떤 여인이었소?"

베가는 여인의 용모를 설명하는 메데스의 말을 주의 깊게 들은 다음 대답했다.

"그녀는 하토르 여신을 섬기는 여사제 가운데 하나요. 탁발 사제가 그녀에게 생명의 집 도서관 출입을 허락해주었지요. 고문헌들 속에서 뭔가 찾아내도록 말이오."

"그녀가 파라오에게 올린 보고에서 피라미드 건설 계획이 나온 게 분명하오. 그녀는 중요한 역할을 맡은 사람입니까?"

"아니오, 말단 여사제로서 탁발 사제의 심부름꾼일 뿐이오. 그녀는 자신을 드러내지 않는 사람이므로 그녀에 대해 걱정할 필요는 없소. 하지만 내 동료 사제들은 그리 만만하게 보면 안 되오. 그러니 나 역시도 행동을 조심해야 하는 것이오. 메데스, 당신도 부디 신중하게 움직여주시오."

"나는 여간해서 실수라는 걸 모르는 사람이오."

# 16

멤피스로 향하는 배 위에서 메데스는 베가와 손을 잡지 말아야 할 이유를 찾아보려 했다. 하지만 그 어느 이유도 타당성이 없었다. 이 사제는 더할 나위 없는 협력자였던 것이다. 심성이 비틀리고 앙심을 품은 데다 지성을 갖추었으되 불건강하고 집요했으며, 악을 경계할 감수성이 메말라버린 인물이었지만 그는 메데스가 줄곧 접근하고 싶어했던 비밀제의에 대해 알고 있었다. 그를 잘 구슬려놓을 필요가 있었다. 상황에 따라 적절히 치켜세워주면서 자신이 이 일에서 가장 중요한 인물인 것처럼 착각하게 만들어야 한다.

메데스는 푼트의 금을 단념하지 못하고 있었다. 모두가 푼트의 금 이야기를 허황된 전설로 치부할 때도 그만은 믿음을 버리지 않았다. 당분간 사람들의 이목을 끌지 않고 배를 출항시키는 건 불가능했다. 배를 건조하는 일은 시간이 좀더 흐른 뒤여야 했다. 그는 자신의 재산을 푼트의 보물을 얻는 일에 쏟아 넣을 것이다.

주인이 돌아오자 저택 외곽을 지키는 경비가 코가 땅에 닿도록 허리를 숙였다. 경비의 연락을 받은 집사가 곧 육중한 문을 열고 주인을 맞아들였다.

메데스는 제르구와 단 둘이 서재로 들어가서 문을 닫아걸었다.

제르구가 자신의 생각을 이야기했다.

"세소스트리스를 암살한다는 건 불가능합니다. 호위가 그렇게 철통같은데 누가 감히 공격할 수 있겠습니까? 우리가 자객을 고용한다해도 결국 붙잡혀서 우리 정체까지 다 불어버리고 말 겁니다."

"그럴 수도 있지. 하지만 방법이 없는 건 아냐. 파라오의 측근을 공략해서 파라오의 힘을 약화시키면 돼. 그가 방심하는 틈을 타서 그의 발밑을 파고 들어가면 그를 고립시킬 수 있어. 그러면 그도 우리 손아귀에 들어오게 될 거야. 네가 잘 아는 인물부터 시작하자. 수석 재정 관리관 세난크호 말이다."

"그를 잘 아는 건 사실이죠. 하지만 그에 대해 특별하게 말씀드릴 건 하나도 없어요. 아주 빈틈이 없는 자거든요! 유일한 결점이라면 지나치게 미식을 즐기는 것 정도랄까. 아무리 근사한 계집한테도 눈길 한번 주지 않는단 말입니다."

"제대로 봤군."

메데스가 대답했다.

"세난크호를 매수하기가 어렵기 때문에 함정이 필요한 거야. 내가 재무부에서 일했었다는 사실을 잊지 마라. 그의 업무에 관한 것이라면 내가 훤히 꿰뚫고 있다. 그러니 어떤 방법을 써야 할지도 알고 있어. 이번엔 내 안사람의 특별한 재능이 우리에게 도움이 될 거야."

양 볼이 투실투실하고 배가 푸짐하게 나온 세난크호는 겉으로는 유복하고 인정 많으며 다정한 사람 같아 보였지만, 실제로는 까다롭고 엄격한 통솔자였다. 그는 불굴의 추진력을 지니고 있었고, 그런 만큼 사람들과의 관계를 유연하게 풀어나가는 솜씨가 부족했다. 나태한 자들에게는 지나칠 정도로 가혹하게 대했고, 그래서 아첨꾼이나 게으름뱅이들은 그의 밑에서 오래 버티지 못했다.

매주 하던 대로 세난크흐는 총리 크눔호테프의 집무실로 갔다. 사정이 좋지 않은 지방에 어떤 지원을 해줘야 할지를 검토하기 위해서였다. 형편이 어려운 주에 번영을 가져다줌으로써 총리는 되찾은 결속을 한층 굳건히 다지고 있었다. 이것은 파라오의 뜻이기도 했다.

두 사람은 모두 솔직하고 직선적인 성격이었으므로 놀랍도록 마음이 잘 맞았다. 세난크흐의 도움이 없었더라면 크눔호테프는 중앙행정의 성가시고 잡다한 일들을 이겨내지 못했을 것이다. 두 사람은 모두 파라오가 맡긴 임무를 완벽히 수행해야 하는 자신들의 역할에 만족하고 있었다.

"특별한 문제가 있는가, 수석 재정 관리관?"

"곡식 저장소 몇 곳을 급히 만들어야 합니다. 제 동의 없이 항해세가 인상되었고, 횡포를 일삼는 징세관에 대한 투서가 열 통 남짓 들어와 있습니다. 항아리들을 테베에 보급하는 일이 지연되고 있고, 게으름뱅이 둘을 면책할 계획이고…… 그 밖에도 많습니다. 총리께서는 여전히 잘 지내고 계시지요?"

"나의 기력은 쇠해가지만 이집트는 잘되어가고 있지. 암, 잘되어가고 있다고 봐야지."

크눔호테프의 이 말 속에는 큰 근심이 서려 있었다.

"제가 도울 일이라도?"

"난 자네가 자신의 일을 좀더 성실히 해주었으면 좋겠네. 재물을 공정하게 분배하는 것이 자네의 첫번째 의무가 아닌가?"

"그걸 소홀히 한 적은 한 번도 없습니다!"

"고위 관리 여러 명으로부터 그 반대되는 이야기를 들었네."

"무슨 말씀입니까?"

"얼마 전 아주 복잡한 보고서 십여 통을 받았네. 거기엔 자네의 인장이 찍혀 있는데, 거기 지시된 곡물 분배 내용이 아주 무분별했어. 간단히 말하면 부유한 지주에게 4분의 3을 분배하고 나머지를 가난한 집과 형편이 좋지 않은 마을에 돌아가게 했더군. 그렇게 되면 가난한 이들은 배를 곯기 십상이야. 백성들은 이런 불공정한 일을 곧 알게 될 거고 사방에서 항의가 빗발칠 거야. 판관들은 이런 항의들을 보고해올 것이고 결국 내 귀에까지 들려올 테지. 그렇게 되면 나는 자네를 문책하지 않을 수가 없어."

"그런 무고를 정말로 믿으십니까?"

"나도 며칠 동안 밤잠을 설쳤네. 하지만 내게는 이 보고서를 없앨 권한이 없어."

"만약 그러신다면 직분을 남용하시는 일이 되겠지요. 그 보고서들을 제게 보여주십시오."

세난크흐는 문서들을 세밀하게 읽었다.

총리가 물었다.

"거기 찍힌 것이 자네의 인장이 맞지?"

"그렇습니다."

"필체도 자네의 것인가?"

"역시 그렇습니다."

"그렇다면 무슨 수로 자네의 결백을 입증할 건가?"

"폐하 앞에서 이야기하고 싶습니다."

"폐하께서도 그러길 원하실 테니 지체 없이 알현을 청하세."

근심에 지친 크눔호테프는 몸을 힘들게 일으켰다. 이 추문이 국정원의 힘을 약화시킬 건 뻔했다. 그렇지만 총리는 세난크흐의 결백을 절대적으로 믿고 있었다.


크눔호테프가 세소스트리스에게 보고서를 내밀었다. 왕은 아무런 감정도 드러내지 않았다.

"두말할 것 없이 전부 위조된 것이다."

총리가 되물었다.

"하지만 폐하, 여기 증거가 있지 않습니까?"

"제 인장과 필체를 감쪽같이 위조한 것입니다."

세난크흐가 대답했다.

"자신을 변호할 수 있겠는가?"

총리가 의심스러운 듯 반문했다.

"제 결백을 입증할 능력이 없다면 그럴 수 없겠지요."

총리는 다시 희망을 얻었다.

"어떻게 증명할 텐가?"

"오래전부터 저는 이런 방식으로 필체를 위조한 모함이 있을 걸 염려해왔습니다. 그래서 공식 서신을 작성할 때는 특별한 표지를 써왔지요. 서신의 셋째 행과 다섯째 행을 선에서 조금 빗겨나게 쓰는 것입니다. 그리고 문장을 닫는 S자를 여덟번째로 사용할 때는 오른쪽 선을 유난히 길게 늘여서 써왔습니다. 다리를 표현하는 B를 두번째 쓸 때는 이 문자의 밑 선을 줄여서 썼고요. 마지막으로 문서에 검은 점 세 개를 은밀히 찍어 중앙부에서 삼각형을 이루도록 해두곤 했습니다. 제가 쓴 것으로 위장된 이 문서들을 잘 살펴보십시오. 제가 말한 표지들이 전혀 없을 것입니다."

총리는 문서에 그런 표지가 없다는 걸 확인하며 물었다.

"거짓말로 둘러대는 건 아니겠지?"

"문서 보관소에서 제가 작성한 공문서들을 가져와 보시면 알 것입니다. 그런 표지들이 있을 테니까요. 그리고 믿을 만한 증인이 있으니 제 말을 확인해보십시오. 그 증인은 이 표지를 알고 있습니다."

"그가 누군가?"

"이집트의 파라오이십니다."

총리는 마른침을 삼켰다.

"다행이군, 정말 다행이야! 자네를 고발한 자들에게 지금 당장 이 사실을 알려야겠어. 대체 어떤 사악한 자가 이런 위조를 했을까?"

"피를 묻히지 않고 합법적인 방식으로 저를 제거하려던 자이겠지요. 교활한 술수인 만큼 여기 걸려들었으면 꼼짝없이 당했을 겁니다. 인장과 필체를 감쪽같이 위조하는 능력을 가지고 있으니까요. 이 일로 미루어볼 때 고위 관리 가운데 저를 적대시하는 자가 있는 게 틀림없습니다."

총리가 대답했다.

"아마도 자네를 쫓아내고 대신 자리를 차지하려는 자이겠지. 자네를 질투하거나 불만이 많은 자들 가운데서 찾아보게. 그전에 먼저 자네의 비밀 표지를 바꾸고 폐하 외에는 아무에게도 알리지 말게."


레바논 상인은 열번째로 시도해보았다. 그리고 이번에도 실패를 받아들여야 했다. 부드럽고 달콤한 백포도주, 쇠고기 스튜, 거위 기름으로 요리한 완두콩, 그리고 벌꿀과 무화과 잼이 든 과자를 어떻게 외면할 수 있단 말인가? 물론 예고자로부터 먹고 마시는 양을 줄이라는 말을 들었고, 그의 권고는 명령과 다를 바가 없긴 했다. 하지만 사는 즐거움이 없다면 부자라는 게 무슨 소용이 있겠는가? 그래도 예고자가 보는 앞에서는 금식 수행자처럼 행동해야 할 것이다.

자신의 수완 좋은 정보원인 물장수가 왔어도 상인은 고작 말린 무화과 몇 개만 내놓았을 뿐이었다.

"메데스가 멤피스에 돌아와 있습니다."

"어디에 갔었는지는 알아냈느냐?"

"제 끄나풀들 말로는 아비도스에 다녀오는 길이랍니다."

"아비도스라니, 거기는 신성한 오시리스의 땅 아닌가! 신비에 입문한 사람만 머물 수 있는 곳인데."

레바논 상인은 의아해했다.

"왜 거기 갔었는지는 아느냐?"

"거기까지는 모르겠습니다."

레바논 상인은 정보원을 내보내고 목욕을 했다. 하인을 불러 몸을 주무르게 하고 하늘하늘한 술 장식이 달린 가운을 입고 있자 비로소 졸음이 왔다. 상인은 방석 위에 누웠다가 깜빡 잠이 들었다.

문지기가 선장이 왔다는 걸 알리느라 상인을 깨웠다. 이 노련한 뱃사람은 레바논에서 목재를 싣고 방금 도착한 참이었다.

"화물을 새로 싣고 왔습니다, 나리. 나머지 화물도 함께요."

"세관에서는 문제가 없었는가?"

"전혀 문제가 없었습죠. 물 흐르듯이 잘됐습니다요."

172

산전수전 다 겪은 이 용맹한 뱃사람은 쉰 목소리로 천천히 말을 이어나갔다.

"배로 운반해오는 일은 아무 문제가 없습죠. 그런데 육로 쪽으로는 아직 문제가 있습니다요. 물론 이집트가 통합된 이후로는 상황이 나아지긴 했지만서도요. 각 주를 마음대로 넘나들 수 있게 되었으니까요. 요즘은 저도 정박하는 부두마다 연락원들을 심어놓아서 그때그때 정보를 듣고 있습니다요. 하지만 카훈에는 들어갈 길이 보이지 않습니다요."

"이유가 뭔가?"

"그곳 관리 하나가 우리 카라반에게 신용장을 발급해주지 않고 있거든요. 멤피스 당국의 통행증을 보여주는데도 들어갈 수가 없습니다요! 그 고집 센 관리는 그곳으로 들어오는 모든 카라반과 상품들을 직접 조사하려 들거든요."

"골치 아프군, 아주 골치 아파. 그자의 이름이 뭔가?"

"헤렘사프라고 하던뎁쇼."

"내가 처리해보겠네."

헤렘사프는 이 카라반 일행에 대해 의심쩍은 부분을 찾아내지 못하고 있었다. 물론 이들이 소지한 증명서는 흠잡을 데 없었고, 관계 당국의 인장도 제대로 찍혀 있었다. 헤렘사프는 카훈의 성문을 열고 이 이방인들을 맞아들여야 마땅했다. 그렇지만 그는 본능적인 의구심을 느끼고 철저한 심사를 지시했다. 어쩌면 그가 틀린 것일지도 몰랐으나, 이렇게 하면 적어도 후회하는 일은 생기지 않을 것이다. 카라반이 밀수품이나 수상한 물품을 카훈으로 몰래 감춰서 들어오려던 것이 이번이 처음은 아니었다. 최근만 해도 한 시리아 상인이 조잡한 파피루스를 일등품이라고 속여 팔아넘기려던 사건이 있었다.

헤렘사프는 이케르와도 이야기를 나눠볼 생각이었다. 그가 이케르와 대면한 것도 꽤 오래전이었다. 이 젊은 서기관은 꿈도 못 꾸었을 큰 출세를 했는데도 무슨 이유에서인지 우울하고 고통스러워 보였다. 어떤 번민이 그를 괴롭히고 있었다. 대체 그게 무엇일까?

말을 돌리지 않고 솔직하게 물어봐야 그로부터도 솔직한 대답을 들을 수 있을 것이다. 헤렘사프는 이케르를 불러 이유를 물으려고 결심을 굳히고 있었다. 그때 비서관이 헤렘사프에게 와서 한 젊은 여인이 찾아왔음을 알렸다.

"만나볼 테니 들어오게 해라."

정성 들여 화장한 예쁜 갈색 머리 여인이 들어와서 그에게 요리를 한 접시 바쳤다. 마늘과 향기로운 야채 소스를 곁들인 누에콩 요리였다.

"이케르 서기관님의 요리사가 가장 자신 있게 만든 음식입니다. 한번 맛을 보시라고 저를 보냈습니다."

"맛있겠군."

"따뜻할 때 드십시오. 아주 맛있는 음식입니다."

헤렘사프는 마침 일이 밀려서 점심식사를 거른 참이었고, 음식이 아주 먹음직해 보였기 때문에 사양하지 않고 먹었다. 그가 음식을 먹는 모습을 본 비나는 입가에 미소를 띤 채 물러갔다.

한밤중에 헤렘사프는 복통을 느꼈다. 처음에는 배탈이 난 것이라고 생각했다. 하지만 통증은 점점 심해져 숨쉬기가 힘들 지경이었고 잠자리에서 몸을 일으킬 수조차 없었다.

근육이 하나하나 마비되더니 마침내 심장이 멈춰버렸다. 레바논에서 들여온 독의 효과는 확실했다.

# 17

"더벅머리 서기관이 찾아왔어. 아주 큰일이 생긴 것 같아."

세카리가 이케르를 흔들어 깨웠다. 이케르는 깜짝 놀라 일어났다.

"무슨 일이야?"

"너한테만 말하겠대."

"무슨 일인가요, 더벅머리 서기관?"

이케르가 물었다.

"헤렘사프 님께서 지난밤에 돌아가셨소!"

"그럴 수가! 확실합니까?"

"도저히 믿을 수 없지만 그렇소."

"대체 무슨 이유로?"

"심장마비라 하오. 최근에 휴식도 없이 지나치게 무리하시더니. 이 일을 거울삼아 당신도 조심하시오. 비록 나이는 어리다 하지만 당신도 몸을 너무 혹사하고 있단 말이오."

이케르는 아누비스 신전으로 갔다. 새로운 대사제가 헤렘사프의 장례의식을 지휘하고 있었다. 그도 대사제의 지시를 따라 장례의식이 훌륭히 치러질 수 있도록 애썼다.

고인이 남긴 업무 문서들은 시장에게 보고된 다음 각 분야의 담당자에게로 넘겨졌다. 카라반 심사를 넘겨받은 관리는 수상한 점을 전혀 발견하지 못했고 그래서 카훈에 들어올 수 있도록 허가를 내주었다.

코브라 주의 총독 우아카가 세상을 떠났다는 소식은 파라오 세소스트리스에게 큰 상심을 안겨주었다. 우아카는 파라오가 자신에게 저항하는 주들을 상대로 싸움을 시작했을 때 가장 먼저 파라오를 지지하고 충성을 맹세했던 사람이었다. 이집트가 내전으로 전복될 위험에 처했을 때도 우아카의 지지는 확고했다. 그가 없다는 것은 이제 정세가 또다른 국면에 처하게 될지도 모른다는 걸 의미했다. 우아카의 가문, 그의 측근과 조력자들은 어떤 태도로 나올 것인가? 그들은 장례식에 참석하기 위해 그곳을 방문한 총리 크눔호테프에게 충성을 다짐할 수도 있고, 아니면 새로 총독을 내세우려 할 수도 있을 것이다.

만약 코브라 주가 반란을 일으킨다면 파라오가 무력을 써야 하는 상황이 올 것이다.

이런 불안한 전망 외에도 가장 중요한 근심거리는 여전히 해결되지 않고 있었다. 생명의 나무를 저주하여 오시리스의 부활을 막으려 음모를 꾸미는 자가 대체 누구란 말인가? 통합에 반대했던 총독들은 이 일과 관련이 없다는 것이 밝혀진 만큼, 이 일을 저지른 범인은 반란을 도모한 가나안인일 가능성이 높았다. 이집트의 멸망이 그자가 가장 바라는 것일 테니까 말이다. 네스몬투 장군이 현재 시리아 팔레스타인 지역을 수색하고 있으므로 그 범인을 밝혀낼 수 있을지도 모른다.

해질 무렵 멤피스로 돌아온 크눔호테프는 곧장 파라오에게 왔다.

그는 차분한 목소리로 보고했다.

"새 총독을 내세울 의도는 전혀 없어 보입니다, 폐하. 행정관 하나를 책임자 자리에 앉혀놓고 왔습니다. 그는 제 지시를 받아 움직일 것입니다."

"그곳의 세력을 예의 주시하라. 다른 주들과 마찬가지로 코브라 주도 마아트에 따라 통치되어야 한다. 그곳 주민 누구도 굶주림을 겪는 일이 없도록 하고, 불의가 있으면 엄하게 처벌받도록 하라. 나는 신들 앞에서 내 백성의 행복을 책임져야 할 사람이다. 그리고 총리, 그대는 내 앞에서 백성들의 행복을 책임진 사람이다."

"저는 그동안 폐하의 눈부신 업적을 앞장서서 찬양해왔고, 이제 그것은 제가 존재하는 이유가 되었습니다. 폐하를 중심으로 이집트가 굳건히 단결하는 것이야말로 저의 열렬한 소망입니다. 각 주들이 폐하에게 반기를 드는 일이 없도록 하겠습니다."

"뭐라고? 아무 일 없다고?"

메데스가 자신의 서재로 들어서며 화를 냈다.

제르구가 대답했다.

"정말이지 아무 일이 없나봅니다. 세난크흐는 여전히 자리를 지키고 있거든요."

"가벼운 징계조차 없단 말이냐?"

"전혀 없습니다. 총리는 여전히 그를 신임하고 있다던데요."

"빌어먹을, 파라오도 역시 그렇겠군! 파라오가 자기 체면을 지키고 국정원의 명예를 구하기 위해 광대 짓을 해주기를 바랐는데! 하지만 내 안사람이 위조한 세난크흐의 필체는 흠잡을 데 없었어. 인장도 감쪽같이 만들어내지 않았었나?"

별안간 메데스의 머릿속을 스치고 지나가는 것이 있었다.

"암호로군. 세난크흐가 암호를 쓰고 있었던 거야! 그 밖에는 달리 설명할 수가 없어. 그 덕분에 그자가 자신의 결백을 쉽게 증명할 수 있었던 거야."

"그가 작성한 문서들을 검토하면 그 암호를 알아낼 수 있을 겁니다."

"소용없는 짓이야. 분명 다른 걸로 바꾸었을 테니까."

"누군가 그 비밀 표지를 아는 자가 있겠지요."

"분명 파라오만이 알 테지!"

제르구는 낙심한 얼굴을 했다.

"그렇다면 세난크흐를 어떻게 할 방도는 없군요."

"현재로서는 그래. 하지만 좀더 뚫기 쉬운 과녁이 있겠지."

메데스는 자신의 새로운 계획을 제르구에게 말했다. 제르구는 감탄에 감탄을 거듭하며 즉시 실행에 옮기려고 자리를 떴다.

한 번 실패했다고 해서 단념할 메데스가 아니었다. 오히려 이번 실패가 도움이 될 것이다. 국정원은 난공불락의 요새인 만큼 하루아침에 무너뜨리기는 어려웠다. 하지만 지금 메데스에게는 아비도스의 협력자가 있었다. 그 협력자를 잘 이용하면 오시리스 신비의 심층부에 접근할 수 있을 것이고, 그러면 파라오에게 부여된 힘을 그 자신도 손에 넣을 수 있을 것이다.

레바논 상인은 여러 개의 거울을 세워놓고 옷매무새를 살폈다. 길게 주름이 잡힌, 품이 넉넉한 새 옷 덕분에 몸이 한결 덜 뚱뚱해 보였다. 만족스러운 것도 잠깐, 예고자가 거실로 들어와 그를 바라보자 상인은 허둥대며 어쩔 줄 몰라하다가 기어 들어가는 목소리로 물을 한 잔 권했다.

예고자는 물 잔을 밀쳐냈다.

"뭔가 다른 것을 내올까요, 주인님?"

"다른 건 필요 없다. 일의 경과가 어떤지 세세하게 보고하기나 해라. 속이려 들지 말고."

"장사는 아주 잘 풀리고 있습니다. 다음번 거래부터는 짭짤한 이윤을 남길 수 있을 겁니다. 제가 내건 조건을 메데스가 받아들였습니다. 말씀하신 대로 주인님께 그자를 데려오기 전에 시간을 끌 생각입니다. 그러면 그자는 안달이 나서 제게 졸라댈 겁니다."

예고자는 입가에 희미한 웃음을 지었다. 보는 사람을 한층 불안하게 만드는 미소였다.

레바논 상인이 말을 이어갔다.

"제가 심어둔 조직망도 차츰 자리를 잡아가고 있습니다. 세소스트리스가 각 지방들을 통합했다더니 헛소문이 아니었나봅니다. 이제 파라오에게 대항하는 주가 없다고 합니다."

"카훈에 들어가려던 카라반은 어떻게 되었느냐?"

이번에는 레바논 상인의 얼굴에 웃음이 피어올랐다.

"바로 그 일에서 제 조직망이 진가를 보여주었지요! 카훈에 믿을 만한 정보원을 심어두었는데, 비나라는 젊은 여자입니다. 헤렘사프라는 의심 많은 관리가 우리 카라반에게 신용장을 내주지 않는다고 보고해왔길래 비나에게 아주 효과 좋은 독약을 보내주었지요. 레바논에서 몇몇 성가신 인물을 처치할 때 사용했던 겁니다. 그 여자가 일을 아주 잘해냈습니다. 앞으로 쓸 만한 일꾼이 될 겁니다. 헤렘사프는 죽었고 우리 패거리들은 카훈 성문으로 들어갈 수 있게 되었습니다."

"잘했군."

칭찬을 들은 레바논 상인의 얼굴이 상기되었다.

"제 모든 힘을 다하겠습니다, 주인님. 이집트를 망하게 하는 건 최고의 기쁨이니까요."


카라반의 긴 행렬이 카훈 가까이 다가오자 감찰대가 길을 막고 통행증을 검사했다.

아시아인들은 수염을 기르고 웃통을 벌거벗은 채 아랫도리에 주홍색 옷을 걸쳤으며, 발에는 검은 샌들을 신고 있었다. 몇몇 사람들은 등에 거적자리를 짊어졌고, 또다른 사람들은 팔현금을 연주했다. 여인네들은 발목에 고리 장식을 달고 화려한 튜닉을 입고 가죽신을 신고 있었다.

감찰관들이 당나귀 등짐을 조사했다. 바구니, 항아리, 투창, 시나이 반도의 공작석 가루와 반짝이는 광물질로 만든 화장 분이 들어 있었다.

"이 카라반의 우두머리가 누구냐?"

검문을 감독하던 서기관이 물었다.

"입샤라는 분입니다."

생글거리며 웃는 얼굴로 소년 하나가 대답했다.

"지금 어디에 있느냐?"

"행렬 뒤쪽에 계십니다."

"그를 데려와라."

소년이 우두머리를 부르러 뛰어갔다.

입샤는 수염을 덥수룩하게 기른 건장한 남자였다.

"짐 가운데 어째서 무기가 있는 거냐?"

"활과 화살이 있어야 도적 떼를 만나도 우리를 지킬 게 아니겠습니까? 우리 일행 가운데 많은 사람이 제련 기술자들로 투창기에 금속 촉을 박을 줄 압니다."

"너희가 카훈에 머무는 동안 이 무기들은 내가 압수하겠다. 한 사람씩 심문을 해야 하니 각자 이름과 나이, 가족 관계, 맡은 일을 밝혀라. 그런 다음 숙소를 내주겠다."

아시아인들은 고분고분 심문에 응했다.

심문 절차가 끝나자 서기관이 다시 입샤에게 말했다.

"카훈에서는 치안 규칙을 엄격히 지켜야 한다. 규칙을 어길 시에는 아무리 사소한 경우라 해도 죄인과 그 가족은 추방될 것이다. 너희들끼리라도 주먹다짐을 벌이는 건 용서하지 않겠다. 또한 너희는 시장님의 지시에 절대 복종해야 한다. 나를 따라와라."

서기관은 입샤를 데리고 칼을 만드는 대장간으로 갔다. 작업장 선반마다 칼날이 수북히 쌓인 그곳은 이케르가 단도를 벼렸던 바로 그 대장간이었다.

서기관이 말했다.

"지금 생산하는 걸로는 양이 부족하다. 시장님은 치안 담당 병사들에게 품질 좋은 새 무기를 갖춰주고 싶어하시지. 필요한 금속은 제련해놨다. 물론 너희가 만드는 칼은 일일이 검사해서 번호를 붙일 것이다. 이틀의 휴식 시간을 줄 테니 짐을 풀어라. 그런 다음 곧장 일을 시작해. 너희에겐 숙련공 봉급을 주겠다. 너와 네 일행은 카훈에서 필요한 건 뭐든지 얻을 수 있을 것이다. 대신 말썽 부리지 말고 조용히 지내야 한다는 걸 명심해라."

멀지 않은 장소에서 비나가 이 모든 장면을 지켜보고 있었다. 그녀는 자신에게 주어진 첫번째 임무에 성공한 것이다. 이집트인들은 순진하게도 감시를 철저히 하고 있다고 자만하고 있었다. 그러니 앞으로도 이집트인들을 속여 넘기기는 어렵지 않을 것이다. 아시아인들은 무기를 만들면서 열 개 가운데 한 개꼴로 몰래 빼돌릴 것이고, 이렇게 해서 충분한 양의 무기가 쌓이면 이 도시의 임자는 바뀌게 될 것이다. 만약 이케르가 파라오를 제거하는 일에 성공한다면 혁명은 예상보다 더 빨리 이루어지게 될 것이다.


비나가 이케르에게 알렸다.

"우리 동지들이 또 도착했어. 앞으로는 이 허물어져가는 집에서 만나지 않아도 될 거야."

"그들이 무슨 계획을 세우고 있는데?"

"나도 잘 몰라. 하지만 믿어봐. 그들은 나와 너만큼이나 그 폭군을 증오해. 그 폭군을 무찌르기 위해서라면 서슴없이 목숨도 바칠 사람들이야."

이케르가 무심코 물었다.

"카훈에 들어온 외부인들은 엄격한 감시를 받고 있어. 네 동지들이란 사람들은 무슨 일을 할 생각이야?"

"모른다고 했잖아."

"그럼 네가 맡은 일은 뭔데?"

"나는 미천한 하녀에 불과해. 그들에게 음식과 옷을 가져다주는 걸로 족하지. 그건 그렇고 그들이 내게 고향에서 가져다준 예쁜 선물이 있어. 한번 볼래?"

이케르가 대답도 하기 전에 비나는 가장자리를 감친 작은 삼각형 천 조각을 꺼냈다.

비나가 달콤한 목소리로 설명했다.

"이걸 다리 사이로 넣어서 양쪽 귀퉁이를 모아 이렇게 묶으면 속옷이 되지. 한번 입어보게 좀 도와줄래?"

이 예쁜 아시아 여인이 웃옷을 벗었다. 어렴풋한 어둠 속에서 옷을 벗은 그녀가 이케르에게 다가왔다.

"이것 좀 잡아주겠니?"

"미안하지만…… 나는 바쁜 일이 있어서 그만 가봐야겠어."

여인은 가까스로 화를 참으며 한발 뒤로 물러났다.

"그럼 다음번에 입어봐야겠구나."


베스 신을 위한 제의가 절정에 달했다. 카훈의 모든 주민이 축제에 참가했다. 사방에서 포도주가 넘치고 거리마다 음악이 흘러나왔다. 사자 가면을 쓴 난쟁이 무희들이 거리를 돌며 춤을 추었다. 무성한 수염과 땅딸막한 다리를 가진 베스 신은 긴 칼을 휘둘러 불운을 막아주고 악령을 물리쳐주는 신이었다. 이런 이유로 장인들은 이 신의 형상을 침대와 베개, 등잔, 의자, 화장 용구에 새겨 넣곤 했다. 베스 신은 긴 혀를 쑥 내밀고 소리를 질러 부정한 것들을 쫓았으며 탬버린을 두들겨 상서로운 소리를 퍼뜨리곤 했다. 산모의 출산을 돕고 신전에서 입문자들을 지켜주는 것도 이 신의 일이었다.

사방에서 횃불이 타올랐다. 환한 불빛 속에서 카훈은 삶의 즐거움과 웃음, 식도락의 즐거움에 취해 있었다.

이케르는 다른 시정 자문 위원들과 더불어 술을 몇 잔 마신 다음 미열과 편두통이 있다는 핑계를 대고 슬며시 자리를 떴다. 그는 아시아인들이 자신의 칼을 벼려주었던 대장간 쪽으로 자신도 모르게 발걸음을 옮기고 있었다.

모두가 환희에 잠겨 있는 이런 밤, 그 대장간은 도시 안에서 가장 조용한 장소처럼 보였다.

이케르가 대장간으로 다가갔다. 한 점의 음악 소리, 노랫가락, 웃음의 기척조차 없이 흐릿한 불빛만이 새어나오고 있었다. 창문에는 장막이 내려져 있었다. 이케르는 장막의 찢어진 틈에 눈을 갖다 대고 안을 들여다보았다.

비나가 낮은 목소리로 무엇인가를 읽는 게 보였다. 열 명 남짓한 사람들이 그녀의 말에 귀 기울이고 있었다. 잠시 후 그녀는 붓을 잡더니 편지 한 통을 쓰기 시작했다.

깜짝 놀란 이케르는 황급히 몸을 뗐다. 그렇다면 글을 읽을 줄도 쓸 줄도 모른다고 했던 비나의 말은 거짓이 아닌가! 배운 것 없이 굽실거리는 구박덩이 하녀가 사실은 이 불온한 집단의 우두머리인 것이다.

이케르는 충격과 놀라움을 간신히 억누르고 집에 돌아왔다.


"이케르, 그만 일어나, 늦었어!"

지난밤의 축제로 여전히 머리가 몽롱한 세카리가 소리쳤다. 아무 대답도 없자 세카리는 이케르의 방문을 열어보았다.

방은 텅 비어 있었다. 욕실 역시 비어 있었다. 불안한 마음이 든 세카리는 집 안 구석구석을 찾아보다가 마구간으로 갔다. 북풍이 혼자 풀을 우물거리고 있었다.

"설마 북풍을 놓아두고 갈 리는 없지! 술을 너무 많이 마셔서 어디선가 쓰러져 자고 있나보군."

세카리는 카훈 곳곳을 돌아다니며 아낙들에게 이케르의 행방을 수소문했다. 하지만 소용없는 일이었다. 이케르는 이 도시를 떠난 것이다.


멤피스로 가는 배에 오른 이케르는 한 가지 일이 후회됐다. 북풍을 두고 온 일이었다. 하지만 자신은 살아서 돌아올 기약이 없지 않은가. 세카리가 북풍을 잘 돌보아줄 터이므로 차라리 잘한 것일지도 몰랐다.

이케르로서는 이렇게 해서라도 아시아인들과의 관계를 끊어야 했다. 그들과 자신은 결코 동지가 될 수 없었다. 그들의 진짜 목적은 자신과 상관없는 일이었다.

그는 홀로 행동에 나서야 하는 것이다.

# 18

한밤중에 비나의 지시에 따라 긴급한 회의가 열렸다. 아시아 제련공들에게 그녀가 알렸다.

"이케르가 이 도시를 떠났다."

제련공의 우두머리인 입샤가 걱정스러운 듯 말했다.

"그가 우리 모두를 고발할지도 몰라!"

"그럴 생각이었다면 우린 벌써 감옥에 들어가 있어야 해."

"그렇다면 왜 갑자기 사라진 거지?"

"그는 몹시 힘들어하고 있었어."

비나가 대답했다.

"또 혼자서 그 폭군을 처치하고 싶어했어, 아무의 도움 없이 말이야."

"그건 절대 불가능해!"

"그 서기관은 평범한 사람이 아냐. 그의 가슴에는 아무도 꺼뜨릴 수 없는 불꽃이 타오르고 있어. 내가 그를 그냥 놔둔 것도 그 때문이야."

"파라오에게 접근하려면 얼마나 많은 장애물을 넘어야 하는지 생각해봤어?"

"장애물이라면 그 서기관은 이미 수없이 넘었어! 그리고 내가 애쓴 덕분에 그는 철석같이 믿고 있어. 세소스트리스는 무자비한 괴물이라 이집트를 구하려면 수단과 방법을 가리지 않고 그를 죽여야 한다고 말이야."

"그 순진한 녀석이 네 말을 믿었군?"

"이케르는 세상에 존재하는 악을 경험했어. 그리고 세소스트리스가 바로 그 악의 원천이라고 생각하지. 그 악을 없애기 위해 자신을 희생해야 한다 해도 그는 주저하지 않을 거야."

"나는 그가 성공할 거라고 생각하지 않아. 하지만 성공한다면 우리로서야 그보다 좋은 일은 없지!"

비나가 털어놓았다.

"다른 걱정거리가 있어. 이케르를 죽이려다가 실패했던 자가 있어. 정체는 모르겠는데, 악어들이 그자의 시체를 먹어버렸지."

입샤가 말을 받았다.

"그 자객의 배후에 무슨 조직이 있었다면 동료들이 그냥 있지는 않았을 텐데. 그후로 무슨 특별한 기미는 없었어?"

"없었어. 카훈은 조용했고, 그 일은 아무 주목도 받지 못하고 넘어갔거든."

"누군가가 이케르를 질투한 걸까?"

"틀림없어. 그의 능력과 빠른 출세를 시샘했겠지."

"그렇다면 더 고민할 것도 없어. 뻔한 이야기잖아. 그 서기관은 자신을 해치려는 경쟁자를 피해 달아난 거야. 차라리 잘된 일이지! 그가 전투 기술을 안다면 세소스트리스를 처치하는 데 좀더 도움이 될 텐데."

서른두 살의 국왕 인장 책임자 세호테프는 멤피스에서 가장 매력적인 바람둥이로 통하고 있었다. 늘 최신 유행의 옷차림을 하고 다니는 그는 부유한 가문의 유일한 상속자이자 뛰어난 서기관이었다. 그는 머리 회전이 아주 뛰어났지만 주변 사람들로부터 신망을 얻지 못했다. 사람들은 그가 지나치게 쾌락을 탐한다고 생각했다. 무슨 일이건 끈기 있게 해낼 능력은 없을 거라는 게 그에 대한 세인들의 평가였다. 그러나 사람들은 지성으로 반짝이는 그의 눈빛과 복잡한 자료들을 순식간에 종합해서 이해하는 그의 비범한 능력을 간과하고 있었다. 파라오의 모든 업무를 총괄하는 수석 비서관이자, 또 신전들에서 제의가 잘 수행되고 있는지, 가축들이 잘 크고 있는지를 살피는 일을 맡은 그는 이 모든 과중한 임무를 겉보기에는 아무렇게나, 그러나 실제로는 지극히 엄정하게 수행해나가고 있었다.

궁정 관리들은 세호테프를 미워했다. 그들의 눈에는 세호테프가 너무나 손쉽게 출세 가도를 달리는 것으로 비쳐졌던 것이다. 세호테프도 이런 평판을 알고 있었지만 어떤 문제든 거칠 것이 없다는 식으로 행동했다. 물론 그는 멤피스의 중요 사교 모임이나 유명 인사가 여는 호사스러운 향연에는 빠짐없이 참석하곤 했다. 그런 곳에서는 자유로운 이야기가 오가기 때문에 많은 정보를 얻을 수 있었던 것이다.

세호테프는 멤피스에 새로 생긴 무용학교 개교식에 초대받아 참석했다. 춤을 가르치는 선생은 그녀의 젊은 학생들만큼이나 들떠 있었고, 무희들은 춤추는 데 방해되지 않도록 허리옷을 아주 짧게 감아올린 차림새였다.

예쁜 갈색 머리의 한 여인이 세호테프를 향해 매력적인 미소를 지었다. 세호테프도 마주 웃음을 보냈다. 여인은 숨이 멎을 정도로 절묘한 기예를 과시하며 다른 무희들과 함께 춤을 추었다. 무희들은 다리를 앞으로 들어 어깨높이까지 뻗어 올리는가 하면 가슴을 꼿꼿이 편 채 몸을 눕혔다가 놀랄 만큼 민첩하게 다시 뛰어오르곤 했다. 이어서 무희들은 활짝 펼친 손가락과 발끝으로 몸을 지탱하고 몸을 활처럼 굽히며 아슬아슬한 곡예를 펼쳐 보였다. 세호테프의 눈앞에서 무희들은 하나의 원을 그리며 빙글빙글 돌았지만, 그의 눈은 점점 더 분명하게 그 갈색 머리 여인에게로 가서 못 박혔다.

무희들의 춤이 끝나자 선생이 세호테프에게 다가와 물었다.

"어떻게 보셨습니까?"

"아주 훌륭한 공연입니다. 솜씨들이 무척 뛰어나군요."

"칭찬해주시니 영광입니다!"

세호테프는 서둘러 그 갈색 머리 여인에게로 다가갔다.

"참으로 유연하고 생동감 있는 춤이었어! 아주 어릴 때부터 춤을 배운 것 같구나."

"그렇습니다, 나리."

"네 이름이 무엇이냐?"

"올리비아입니다."

"나이는?"

"열여덟 살입니다."

"그럼 애인이 있겠구나."

"아뇨! 없어요. 선생님이 정말 엄격하거든요."

190

"저녁을 함께 먹을 수 있을까? 어디 보자, 오늘 밤은 어때?"

오아시스에서 생산되는 포도주는 알코올 도수가 십팔 도에 달하는 것으로 아주 달콤하고 향이 그윽했다. 세호테프는 하인들을 물린 후 여인과 마주 앉아 이 포도주를 곁들여 훌륭한 식사를 했다. 올리비아는 저택의 화려함에 연신 감탄했다. 그녀는 음식을 아주 맛있게 먹으면서 춤추는 일이 어렵다는 이야기를 쉴 새 없이 늘어놓았다.

세호테프가 그녀의 손을 부드럽게 잡았다. 그녀는 잡힌 손을 빼지 않았다. 여인의 눈 속에 정염이 어렸다. 그는 천천히 여인의 옷을 벗기고 자신의 침실로 이끌고 갔다. 무희는 금세 몸이 뜨거워졌다. 세호테프 역시 끝없는 애무로 시간을 허비하지 않았다. 그는 여인의 취향을 알아차린 다음부터 그녀를 즐겁게 하는 일에 모든 힘을 쏟았다. 두 사람의 움직임은 마치 2인무와도 같았고, 이 흐드러진 춤 속에서 두 사람은 서로의 재능을 겨루었다.

이윽고 두 사람은 나란히 누워 환희 다음에 찾아온 달콤한 순간을 음미했다.

"국왕 인장 책임자는 무슨 일을 하는 자리인가요?"

"내가 맡은 임무를 모두 이야기한다면 내 말을 믿지 않을 것이다. 예를 들면, 하토르 신전에 바칠 소들을 들여오는 것도 내가 할 일이지. 새로 입문할 여사제들을 위해 성대한 의식이 준비되고 있거든. 그것 말고도 나는 신전과 지성소 문의 보수공사를 감독한다."

"그렇다면 자기는 건축가인가요?"

"이집트의 모든 건축 기술자를 고용하는 사람이지. 그리고 각각의 건축 현장을 감독하고, 각 신전들의 지성소가 철저히 보호받고 있는지 감시하는 일을 하지."

세호테프가 웃으며 말했다.

"지성소가 그렇게 중요한 곳인가요?"

"네이트 여신의 지성소에 얼마나 많은 보물이 바쳐지는지 안다면 그런 질문은 하지 않을 것이다."

"보물이란 말을 들으니 가슴이 설레요! 그 보물은 어떤 것들인가요?"

"국가 기밀이야."

"더 궁금하게 만드는군요! 조금만 더 이야기해주면 안 돼요?"

"이번에 새로 들어올 보물은 신들도 반할 만큼 아주 귀한 것이지."

올리비아의 다정한 애무가 연인의 욕망을 일깨웠다. 두 사람은 또다시 서로 몸을 포개며 사랑의 향연을 펼쳤다. 성난 파도처럼 밀려왔던 환희가 다시 흩어질 무렵 올리비아가 침대에서 몸을 일으켰다.

"테라스로 나가볼래요? 야경이 대단히 멋질 거예요."

세호테프가 동의했다.

두 사람은 벌거벗은 몸으로 서로 껴안은 채 보름달이 비추는 멤피스를 내려다보았다.

여인이 속삭였다.

"너무 아름다워요. 신전이 이렇게 많을 줄은 몰랐어요. 저기 보이는 큰 신전이 프타 신전이지요?"

"그래 맞아."

"저 북쪽에 길게 펼쳐진 신전은요?"

"네이트 여신 신전이야."

"조금 전에 말한 그 보물을 받는 여신 말이에요?"

"바로 그 여신이지. 하지만 여신은 그 보물을 받아 잠시 가지고 있을 뿐이야."

"그럼 그다음엔 누구에게 주는데요?"

"보물은 속인들이 갈 수 없는 곳으로 보내지지."

"여기서 먼 곳인가요?"

"아비도스라는 곳이야."

"아비도스? 오시리스의 신성한 땅이라는 곳이요? 자기는 거길 잘 알아요?"

"아비도스를 안다고 떠들어댈 수 있는 사람은 아무도 없어."

여인은 자신의 몸을 세호테프에게 한층 가까이 붙였다.

"내일 밤에는 어느 향연에서 춤을 추어야 해요. 하지만 모레 밤에는 시간이 나요."

"그날은 내가 시간을 낼 수 없어."

"그러면 다음 주에 만날까요?"

"나는 제의에 바칠 소들을 검사하러 가봐야 해. 그러고 나서 네이트 여신 신전의 보물을 아비도스까지 이송해야 하고. 그 일이 끝난 다음에 다시 만나도록 하자."

여인이 그에게 뜨거운 키스를 퍼부었다.


한 시간이 채 안 되는 동안에 제르구는 세 번이나 올리비아의 몸에 달려들었다. 그는 비곗살이 출렁대는 데다가 난폭했지만 그녀에게 두둑한 돈을 쥐여주는 남자였다. 그녀가 섬세하고 자상한 세호테프와의 사랑을 더 좋아한다는 건 말할 나위도 없었다. 이 무희는 자신이 공주처럼 대접받았던 그날 밤의 달콤한 기억을 잊지 못할 것이다.

"이제 다 됐어요?"

"사람을 죽여주는구나, 귀여운 것! 너랑 하면 늘 화끈해서 좋거든."

"당신네 나리라는 사람은 언제 와요?"

"곧 오실 거야. 그분한테 하나도 빼먹지 말고 다 말씀드려야 해. 그분이 네 말에 흡족해하면 네 주머니도 한층 두둑해질 테니까."

제르구와 여인이 있는 방 안에 메데스가 들어왔다. 올리비아의 눈에 메데스는 추하고 뚱뚱해 보였다. 하기야 세호테프를 알고 난 다음인데 어떤 남자가 그녀의 눈에 근사해 보이겠는가?

"자, 아가씨, 네가 수석 비서관을 홀렸단 말이지?"

목소리만 듣고도 올리비아는 메데스가 위험한 인물이라는 걸 알아차렸다. 이런 자는 조심해야 하는 법이다.

"세호테프가 너를 잘 대해주더냐?"

"바라던 것 이상이었습니다."

"너처럼 예쁘장한 아이한테 그도 저항할 수는 없었겠지. 그에게서 알아낸 게 있느냐?"

"어떤 남정네들은 사랑을 나누고 나면 자신이 하는 일을 자랑하고 싶어하지요. 다행히 세호테프도 그런 남정네였습니다."

"말해봐라, 아가야. 네 이야기의 값어치에 따라 돈을 줄 테니."

"세호테프는 자신이 아주 많은 일을 하고 있다고 했습니다. 건축 현장도 감독하고, 또……"

"그건 나도 다 아는 일이야. 요 근래에 해야 할 일에 대해서는 별말 없었느냐?"

"그는 제의에 바칠 소들을 검사하러 간다고 했어요."

이 이야기를 듣는 순간 메데스는 뭔가 있다는 것을 감지했다. 왜냐하면 가까운 시일 내에 대축제가 열릴 일은 없었던 것이다.

"그 소들을 어디에 쓴다고 하더냐?"

"하토르 신전에서 열릴 어떤 의식과 향연에 필요한 거라고 하던데요."

"그가 네게 허튼소리를 지껄인 거야. 하토르 신전과 네이트 신전은 지금 보수공사 중이란 말이다."

"세호테프가 그 공사를 감독한다고 했어요. 네이트 신전에도 일이 있다고 했고요."

"어서 말해봐라!"

올리비아는 눈웃음을 흘리며 애교를 부렸다.

"제게 무슨 상을 주실 건지 말씀해주세요."

"너는 똑똑한 데다 수단도 보통이 아니구나. 하지만 네 재능을 남용하진 말아라."

"나리께서 그렇게 겁을 주시면 더이상 아무 말도 하지 않겠어요."

"네가 제일 갖고 싶은 게 뭐냐?"

"멤피스 시내 한가운데 아름다운 집을 갖고 싶어요."

"터무니없군!"

"그 정도 가지고 뭘 그러세요."

"좋아, 어디 팔려는 걸 내놔봐라. 좋은 물건이면 그 값으로 집을 주겠다."

"저는 차근차근 수단을 부려서 세호테프가 마음을 놓게 만들었지요. 허영심이 많고 자기 자랑이 대단한 사람인 만큼 제가 감탄하는 소리를 듣고 싶은 욕심을 결국 못 이기더라고요. 너무 관심 없는 척하면 이상하게 생각할 거고, 너무 세세히 캐물으면 경계심을 불러일으킬지도 모르고, 저도 아주 힘이 들었다고요. 하지만 우리의 궁합이 아주 잘 맞은 덕분에 그는 긴장을 풀고 결국 털어놓고 말았지요. 어떤 보물이 네이트 신전의 지성소에 곧 안치될 거래요."

"보물이라…… 그게 어떤 건지 아느냐?"

"신들도 반할 만큼 아주 귀하고 아름다운 것이라고 하던데요."

세호테프는 말을 가볍게 하는 사람이 아니었다. 그러니 그가 했다는 이 말은 메네스의 흥미를 끌기에 충분했다.

제르구가 맥 풀린다는 표정으로 끼어들었다.

"네이트 신전을 장식할 조각상이겠지요."

"그건 분명 아니에요."

올리비아가 대꾸했다.

메데스가 물었다.

"어째서 아니라고 확신하느냐?"

"그 보물이 신전에 남아 있을 게 아니기 때문이죠."

"어디로 보내질 건지도 안다는 말이지?"

"제게 집을 주시겠다는 확실한 증서를 주세요."

"제르구, 가서 파피루스를 가져와라."

메데스는 올리비아의 이름으로 된 정식 소유 증서를 제르구에게 받아쓰게 했다.

"이제 되었느냐?"

"나리의 인장을 찍지 않았잖아요."

"나도 그 보물이 어디로 옮겨질 건지 듣지 못했다."

여인은 여기서 더 버티면 안 된다는 걸 알아차렸다.

"아비도스로 보낼 거라고 했어요."

196

메데스는 하마터면 소리를 지를 뻔했다.

"확실하겠지?"

"세호테프가 말하기를 그 보물을 아비도스로 보내놓으면 속인들이 절대 접근할 수 없을 거라고 했어요."

금이다! 아카시아나무를 회생시킬 금! 올리비아가 물어온 이 정보는 멤피스 중심에 자리 잡은 호화 주택보다도 더 값나가는 것이었다.

"그와 언제 다시 만나기로 했느냐?"

"그가 아비도스에 보물을 가져다놓고 돌아오면 만나기로 했어요."

터질 듯이 흥분한 신경을 진정시키기 위해 메데스는 방 안을 이리저리 거닐었다.

"잘했다, 올리비아. 일을 아주 잘해냈어."

메데스는 방금 작성한 소유 증서를 손으로 북북 찢었다.

"무슨 짓이세요! 제게 집을 주겠다고 약속해놓고는……"

"그 집은 이미 네게 주었다. 오늘 저녁부터 당장 거기 가서 살거라. 이건 첫번째 상에 불과해. 네게 줄 게 더 있다."

"저를 놀리시는군요!"

"제르구가 너를 새집으로 데려다줄 거다. 하지만 너는 나를 위해 일을 더 해야 한다. 그래야 그 집의 소유 증서를 얻을 수 있어. 그 밖의 다른 상들도 함께 말이야."

"무엇을 더 원하시는데요?"

"그 보물. 내가 그것을 손에 넣을 수 있게 네가 도와주어야겠다."

"어떻게 하면 되죠?"

"네이트 신전 여사제로 위장해서 지성소로 숨어들거라."

"만약 실패하면요?"

"넌 성공할 거야."

"그러면 무엇을 주실 건데요?"

"오랫동안 먹고 입을 걱정 없이 살게 해주지. 네 시중을 들 하인과 하녀도 한 명씩 보내주겠다. 그들의 급료는 물론 내가 지불하고 말이다."

무희는 자신을 기다리는 호사스러운 삶을 눈앞에 떠올려보았다.

"네이트 신전에 그 보물이 안치될 시각은 내가 알아낼 수 있을 거다. 그 즉시 네게 알려줄 테니 너는 그때 움직이면 된다."

"그 일을 저 혼자 하라고요?"

"아니, 내 부하 하나가 너와 함께 움직이면서 혹시 있을지 모를 장애물을 해결해줄 거다. 지성소에서 보물을 꺼내오는 일도 그가 할 거야."

"너무 위험해요!"

"무희라는 직업보다 더 위험할 것도 없지. 중한 부상이라도 당하면 네 장래도 그 길로 끝장이니까 말이야."

올리비아는 그 말이 협박임을 알아차렸다. 이젠 물러설 수도 없었다.

"그럼 나리의 기별을 기다릴게요. 제 집에서 말이에요!"

"이 아이를 데려다줘라, 제르구. 프타 신전 북동쪽 구역 첫번째 골목의 두번째 집이다. 문에 칼 한 자루가 붉은색으로 그려져 있다. 맞은편 집 문지기가 네게 집 열쇠를 내줄 거다. 그에게 벨트랑의 심부름으로 왔다고 말해."

메데스는 벨트랑이라는 이름으로 멤피스에 집을 여러 채 소유하고 있었다. 그는 이 집들을 자신이 몰래 빼돌린 물품을 보관하는 창고로

사용했는데, 지금 말한 집은 가장 최근에 구입한 것이어서 아직 비어
있었다.

두 사람이 나가는 모습을 보면서 메데스는 흥분된 마음을 주체할
수 없었다. 그 귀하디귀한 보물을 도둑맞게 되면 세소스트리스는 그
책임을 세호테프에게 물을 것이고, 그러면 국정원도 흔들릴 것이다.
이 일만 성공하면 모든 상황이 유리하게 풀릴 것이고 메데스도 그 회
생의 금을 손에 넣게 되는 것이다!

# 19

메데스는 자나 깨나 그 보물을 손에 넣을 생각에 사로잡혀 있긴 했지만 그렇다고 벌여놓은 사업을 등한시할 수는 없었다. 그는 레바논 상인과의 약속이 빈틈없이 이행되고 있는지 확인하기로 했다. 밤늦은 시각, 늘 그렇듯 작은 삼나무 조각으로 신분을 확인받은 후에 메데스는 상인의 집으로 들어갔다. 집주인은 여전히 호들갑스럽게 반기며 메데스를 맞아들였다.

낮은 탁자 위에는 먹음직스러운 과자가 상발이 휘도록 쌓여 있었다. 메데스는 묵묵히 포도주 잔을 들어 입으로 가져갔다. 오래 묵은 포도주였다.

레바논 상인이 말했다.

"얼마 전에 구한 포도주이지요. 기쁘게도 나리께서 처음 맛을 봐주시는 겁니다. 이집트는 정말이지 멋진 나라예요! 살기 좋은 기후, 맛좋은 포도주, 체중 조절을 말끔히 잊게 하는 음식들…… 이집트에서는 아무리 비관적인 사람이라도 우울한 생각을 할 수 없을 겁니다."

"당신의 이집트론도 흥미가 없지는 않지만, 그보다 나는 우리 일이 계획대로 잘되고 있는지 알고 싶소."

레바논 상인이 입을 열었다.

"이집트인들이 삼나무 가구를 얼마나 좋아하는지 우리가 들여온 목재가 벌써 동이 났습니다. 그래서 새로 물건을 들여올 생각입니다. 먼젓번보다 더 많은 양을 말입니다. 나리의 일은 어떠신지요? 골치 아픈 문제는 없습니까?"

"아무 문제도 없소."

"임부 모양의 도기는 보름 후에 도착할 겁니다. 그 도기의 품질이 기대 이상이라는 연락을 받았습니다. 아름답고 견고해서 아주 높은 가격을 받을 수 있을 거라더군요. 올해 아편 수확량은 최근 십 년 내에 최고라는데, 제가 그걸 전량 사들였습니다. 경쟁자들은 다 처리했지요. 기름을 들여오는 일도 마찬가지로 잘되고 있습니다. 화물 창고는 몇 개나 확보할 수 있을까요?"

"당신은 일을 시원시원하게 잘하는군."

메데스가 인정했다.

"참을성 있게 기다릴 줄도 압니다."

"솔직히 당신의 일솜씨에 놀랐소."

"나리께 칭찬을 받으니 몸 둘 바를 모르겠습니다. 나리의 기대에 어긋나지 않도록 열심히 일하겠습니다. 좋은 소식이 또 있습니다. 제가 모시는 분이 나리를 만나시겠답니다. 다음 초승달이 뜰 때가 어떻겠습니까?"

"좋소. 만날 장소는 멤피스요?"

레바논 상인은 곤란하다는 표정을 지었다.

"아닙니다. 더 남쪽으로 내려간 곳입니다."

"정확히 어디요?"

"아비도스 근처입니다."

"아비도스라고! 거긴 아무나 들어가지 못하는 곳이오."

"제가 모시는 분이 말씀하시기를, 나리께서 아비도스에 종신 사제 하나를 알고 계신다던데요. 그분은 나리와 나리의 심복인 제르구, 그리고 그 종신 사제를 함께 만나고 싶어하십니다."

메데스의 얼굴이 백짓장처럼 하얘졌다. 그자는 대체 누구이기에 자신과 베가의 관계를 훤히 꿰뚫고 있단 말인가.

"당신이 모신다는 그 사람은 누구요?"

"그분이 나리께 직접 말씀해주실 겁니다."

"조심하시오, 상인 양반! 내가 누군지 잘 알고 있다면 나를 자극해서 좋을 게 없다는 것도 알겠지."

"저는 지시받은 대로 따를 뿐입니다, 메데스 나리. 부디 제 처지를 헤아려주십시오."

"나는 약속 장소에 나가지 않겠소."

"잘 생각하십시오."

"협박하는 거요?"

"협박이라니요, 당치않은 말씀을! 단지 제 생각에 이번 만남이 나리께 아주 유익할 것 같아서 드리는 말씀입니다."

메데스는 화가 머리끝까지 치밀었다. 이 빌어먹을 도적놈이 감히 나를 마음대로 조종하려 들다니.

"나를 염탐하는 짓은 지금 당장 그만두시오. 그렇지 않으면 우리 관계는 끝이오."

"이렇게 큰 이윤이 남는 일인데 그만두면 손해가 아니겠습니까?"

"아비도스의 일에 대해 어디까지 알고 있소?"

"저는 아무것도 모릅니다."

"당신 주인이라는 사람은 그렇지 않은 것 같은데?"

"그분은 제게 단지 나리께 만남을 청하라는 지시를 하셨을 뿐입니다."

레바논 상인이 거짓말을 하는 것 같지는 않았다. 혹시 레바논 상인의 배후에 있는 그 인물은 베가를 제거하려는 의도를 품은 아비도스의 또다른 사제가 아닐까?

레바논 상인이 말을 덧붙였다.

"나리를 궁지로 몰아넣을 생각은 추호도 없습니다. 그건 제가 모시는 분도 마찬가지이고요."

"좀더 생각해보겠소."

자신이 게임의 주도권을 쥐고 있지 않다는 불안감이 메데스의 가슴을 조여왔다. 그러나 다음 판에서 더 큰 몫을 챙기기 위해서는 때때로 지는 시늉을 하는 게 필요한 법이다.


아비도스의 모든 종신 사제들은 해가 뜨자마자 자신들의 임무를 수행했다. 오시리스의 위대한 육신을 온전히 지킬 임무를 맡은 사제는 이 신의 무덤 문에 붙은 봉인에 이상이 없는지 확인했다. 비밀리에 움직이며 비밀을 읽는 사제가 이 일을 함께 했다. 이 사제는 또 봉헌물을 바치는 동료 사제를 도와 제단에 신선한 물을 부었다. 카의 종복 사제는 조상들께 경배를 올림으로써 아비도스의 수호자들인 이 빛의 존재들과의 관계를 다시 이어놓았다. 그리고 하토르 여신의 일곱 여사제는 음악으로 신성한 영혼을 위안했다.

탁발 사제는 종신 사제들을 이제 막 완성된 세소스트리스의 신전으로 불러 모았다. 탁발 사제는 행렬의 선두에 서서 신전의 북쪽 벽 중간에 난 문을 넘어 들어갔다. 거기서부터 신전을 향해 길이 뻗어 있었다. 신전은 넓은 사각형 건축물로서 사십 개의 기둥이 둘러싼 중정(中庭) 가운데 서 있었다. 봉헌물이나 제의 용구를 운반하는 문들도 중정으로 나 있었다. 중정을 지나면 열주실이 시작되었다.

탁발 사제는 물을 길어 사제들을 한 사람 한 사람 정화시켰다. 그런 다음 모두가 파라오와 왕비의 거상 앞으로 갔다. 이 두 개의 거상은 평온한 지성소 안에서 신성한 혼인의 신비를 영원히 축복하고 있었다.

신전 내실의 천장에는 황금빛 별들이 수놓였고, 벽에는 파라오가 신들, 특히 오시리스 신과 교감하는 장면이 그려져 있었다.

탁발 사제는 보이지 않는 존재에게 파라오의 이름으로 마아트를 바쳤다. 그가 말했다.

"이 신전은 빛의 나라 모습을 본떠 건축되었다. 신전 기둥들은 우주를 떠받치고 있으며, 신성한 거상들은 각각 있어야 할 곳에 자리잡고 있다. 이곳에는 천상의 향기가 감돈다. 아카시아나무를 모시는 하토르 여신 여사제들은 이 생명의 나무를 위해 노래하고 악기를 연주하라."

느린 가락에 실려 노랫소리가 울려퍼졌다. 음악이 연주되는 동안 신전에는 평화로움이 감돌았다. 아카시아나무가 병들기 전 아비도스가 누리던 그런 평화로움이었다.

하지만 언제까지고 과거의 회상에 잠겨 있을 수는 없었다. 현실로 돌아와야 했다. 탁발 사제가 말했다.

"고작 나뭇가지 두 개가 되살아났을 뿐이다. 다슈르에 짓고 있는 피라미드 덕분에 상황이 더 나빠지는 건 막았지만, 방심하지 말고 주어진 임무를 차질 없이 수행해야 한다. 지금 같은 상황에서는 그 어떤 실수도 용서받지 못할 것이다."

이번에는 제단에 봉헌물을 바친 후 임시 사제들에게 그 제물을 나누어줄 차례였다. 젊은 여사제와 베가가 이 일을 함께 했다. 제물들은 신들이 그것의 물질 아닌 부분을 맛본 다음 사람들에게 분배되어 육신의 자양분이 되는 것이다.

베가가 젊은 여사제에게 물었다.

"멤피스에서의 임무는 잘 수행했소?"

"탁발 사제님이 파라오께 올리는 서신을 전달했습니다."

"수도가 마음에 들던가요?"

"활기 넘치는 큰 도시였고 신전들도 훌륭했습니다만, 저는 이곳 아비도스에서 살고 싶습니다. 이곳의 조용함이 더 좋습니다."

"궁정은 음모와 야심이 득실대는 곳이오. 이집트 왕국은 아비도스에서 실제의 평화를 찾을 수 있지. 아비도스를 지키는 것은 파라오의 중요한 임무요. 내 생각에 그 피라미드 건설이 하나의 전환점이 될 것 같군."

"우리 모두가 그렇게 되기를 바라고 있습니다, 베가 사제님."

제물을 나누어주는 일을 끝낸 후에도 젊은 여사제는 오랫동안 신전 안에 머물러 있었다. 부조와 벽화, 조각상 들에서 어떤 힘이 퍼져나오고 있었다. 그것은 파괴와 혼돈의 세력인 이제페트와 맞서 싸우는 마아트의 생생한 힘이었다. 세소스트리스는 이 신성한 건축물을 건설함으로써 하늘이 땅 위에 확고히 자리 잡게 한 것이다. 여사제는 모호하던 것이 선명히 감지될 어떤 세계, 신의 법이 그 의미를 드러낼 세계에 대한 목마름을 느꼈다.

그녀는 신전 벽에 낸 문 가까이 가서 멈춰 섰다. 그녀의 발아래 등껍질이 반짝이는 거대한 스카라베가 쇠똥을 굴려 둥근 공을 만들고 있었다. 쇠똥을 다 뭉치자 스카라베는 뒷다리로 그것을 굴리며 동쪽에서 서쪽으로 뒷걸음질치기 시작했다. 그렇게 한참을 나아간 스카라베는 쇠똥 공을 부드러운 땅속에 파묻었다.

별안간 어떤 위엄 있고 힘찬 목소리가 들려왔다.

"저 작업의 결과를 알려면 이십팔 일을 기다려야 한다."

여사제가 고개를 들자 파라오가 앞에 서 있었다.

세소스트리스가 말을 이었다.

"아비도스는 신성한 스카라베의 도시이다. 한 달 중 달이 사라질 무렵이면 늙은 오시리스는 둥근 공 안에 담겨 죽음의 시련을 겪는다. 이때 만약 올바름이 지켜진다면 신성한 빛줄기가 땅에서 뻗어나올 것이다. 이것은 오시리스가 죽음을 이겨내고 부활했다는 의미이다. 그리하여 새로운 해가 뜨고 세상 만물에 생명이 퍼져나갈 것이다. 이 곤충을 바라보며 그러한 신비를 느낄 수 있는 사람이 얼마나 될까? 그렇기는커녕 오히려 세인들은 이 곤충을 발로 쉽게 뭉개버리곤 하지. 너도 이런 신비를 깨달으려면 오랜 시간 공부하고 노력해야 할 것이다. 이제 새로운 문을 넘어갈 준비가 되었는가?"

"그러기를 간절히 기다리고 있습니다, 폐하."

"얼마나 위험할지 알고 있는가?"

"저는 이미 제 생에 주어진 모든 복을 누렸습니다. 그러니 위험하다고 해서 포기한다는 건 용서받을 수 없는 일일 겁니다."

"그렇다면 나를 따라와라."

세소스트리스는 포석이 깔린 비탈길을 따라갔다. 길이가 칠백 미터나 되는 그 길은 파라오의 신전에서 그의 영생의 집으로 나 있었다. 영생의 집은 얼마 전에 막 완성된 참이었다.

파라오가 여사제에게 말했다.

"우리는 지금 별들이 태어나는 자궁 속으로 들어가려 한다. 제의와 신전 규범의 창시자인 오시리스가 그곳에서 영원히 소생하고 있지. 그러나 지금 그에게 큰 환란이 닥쳤다. 죄악과 죽음이 우주를 좀먹고, 밤은 캄캄해지고 낮은 사라져버렸으며, 우리의 세상은 동요하고 있다. 어떤 고통을 겪더라도 이 시험을 치르겠는가?"

여사제는 고개를 끄덕였다.

"미리 말하건대, 이 길은 험하고 칠흑 같은 어둠에 잠겨 있다. 심약한 사람은 견뎌내지 못할 것이다. 이 모든 것을 이겨낼 자신이 있는가?"

"그렇사옵니다, 폐하."

영생의 집 가운데 뜰에는 갱도가 두 개 있었다. 하나는 수직으로 깊게 파인 것이었고, 다른 하나는 비교적 완만한 경사를 이루고 있었다. 두 사람은 완만한 경사면을 이룬 갱도로 내려갔다. 이어지는 통로를 따라가자 방 하나가 나왔다. 방의 내벽은 석회로 칠해져 있고, 천장은 통나무를 아주 정교한 솜씨로 쌓아올린 형상이었다. 겉보기에 그곳은 무덤의 끝인 것 같았다.

그러나 파라오는 거기서 멈추지 않고 다시 어떤 틈을 찾아 들어섰다. 그 공간은 규암과 사암, 화강암으로 이루어져 있었다. 여사제는 그 돌들이 품고 있는 뜨거운 불길을 느꼈다. 자신이 마치 금을 생성하기 위한 물질의 변환 단계를 거치고 있는 듯한 기분이었다.

천장에 열린 구멍이 보였다. 그 구멍을 통해 파라오와 여사제는 폭이 아주 좁고 높이는 육 미터에 이르는 방으로 들어섰다.

파라오가 설명했다.

"우리는 이제 다른 차원의 세상으로 들어서고 있다. 닫히고 끝난 것으로 보였던 것이 사실은 닫히고 끝난 것이 아니었다. 저 높은 곳을 통해, 즉 한계를 모르는 정신을 통해 우리는 숨겨진 빛의 문을 여는 것이다."

두 사람은 밧줄 하나에 의지해 벽을 기어올랐다. 거기서부터 평평한 길 하나가 처음 떠나온 방과 비슷한 모양의 또다른 방으로 이어져 있었다. 두 사람은 또다시 밧줄을 이용해서 벽을 타고 내려와서 두 발로 바닥을 디디고 섰다.

여사제는 자신이 다른 세상을 보고 있음을 알았다. 암석 한가운데서 환한 불빛을 보았던 것이다.

파라오가 말했다.

"우리는 갔던 길을 되돌아왔지만 다시 돌아온 자리는 같은 차원의 세상이 아니다. 너는 지금 별들의 자궁으로 들어서는 문을 넘어 생명의 다른 면을 보고 있다. 인간의 지각 능력은 여기서는 아무 소용도 없다. 그래서 사십 톤이나 나가는 화강암 장벽이 석회벽으로 보이는 것이다. 너를 가엾게 여겨 여기서 그만두고 싶은 생각도 있다. 그러나 너는 무서운 시련이 자신을 기다리고 있음을 이미 예상하지 않았느냐? 아직은 이 경계를 넘어서기 전이니, 지금이라도 네 운명을 바꿀 수 있다."

"저는 보이지 않는 것을 보고 싶습니다."

"그 대가는 혹독하다. 초인적인 노력을 쏟아야 할 것이다."

"이미 마음의 준비는 끝났습니다. 계속 저를 인도해주십시오."

두 사람은 이십여 미터에 달하는 긴 복도를 따라 들어갔다. 무덤이 끝나는 지점을 화강암 덩어리가 막아서고 있었다. 내부를 규암으로 쌓아올린 부활의 방이었다.

희미한 빛이 감도는 그 작은 방 안에 화강암으로 만든 석관 하나와 카노푸스 단지*가 담긴 함 하나가 놓여 있었다.

세소스트리스가 말했다.

"이 석관은 오시리스의 나룻배이다. 석관 뚜껑은 그를 인간이나 나쁜 정령들의 눈으로부터 보호해줄 것이고, 그는 평화롭게 낙원으로 떠나갈 것이다. 아버지 오시리스의 위업을 이어가야 할 호루스의 아들이 넷**인 데 맞추어 네 개의 카노푸스 단지가 이 방의 벽 속에 감춰질 것이다. 오시리스는 태양신 라의 후계자로서 그의 어머니 하늘로부터 나오면서 빛을 빚어냈다. 그의 육신에서 창조가 태어났다. 그리하여 그는 모든 곳, 모든 신전의 지성소에 거한다. 오시리스는 죽은 자들과 소생한 자들을 보호하는 신이므로 그를 경애한다는 건 행복한 일이다. 네가 그를 알고자 했으니 이제 그의 나룻배에 오르거라."

여사제는 멈칫거렸다.

왕의 권유는 쉽사리 받아들일 수 없는 것이었다. 살아 있는 사람으로서 어떻게 죽음의 여행을 떠날 수 있단 말인가?

---

* 미라를 만드는 과정에서 시신에서 꺼낸 내장을 향료로 방부 처리해 넣어두었던 뚜껑 달린 그릇.(옮긴이)

** 자칼 머리 모양의 두아무테프, 매 머리 모양의 퀘베세누프, 사람 머리 모양의 임세트, 비비 머리 모양의 하피.(옮긴이)

그러나 어떤 이유로든 물러설 수는 없었다. 여사제는 파라오의 팔에 봄을 의지하여 석관에 몸을 싣고 그 안에 길게 누웠다. 위를 바라보자 돌로 이루어진 하늘이 눈에 들어왔다.

　세소스트리스가 엄숙한 목소리로 명했다.

　"보아라, 길을 떠나라, 그리하여 앎을 얻어라!"

　파라오의 목소리는 영원히 끝나지 않을 것처럼 길게 울려퍼졌다.

　"이제 너는 이집트의 가장 위대한 비밀을 알게 될 것이다. 오시리스의 신비에 입문한 자는 죽음으로부터 되돌아올 수 있다는 사실을 말이다!"

# 20

황금원 회원들은 사람들의 눈과 귀를 피해서 페케르 운하를 통해 아비도스에 모였다. 이 운하는 오시리스의 무덤으로 이어지는 통로로 양편에 삼백육십오 개의 제단이 늘어서 있었다. 소벡의 부하들이 황금원의 회합 장소 주변을 삼엄하게 지켰다.

왕과 왕비가 황금원 회의를 주재했다. 탁발 사제, 세호테프, 세난크호, 그리고 네스몬투 장군이 참석해 있었다.

파라오가 애석한 어조로 말을 꺼냈다.

"우리 가운데 두 사람이 아쉽게도 이 자리에 오지 못했다. 세피 장군은 금광을 찾으러 떠났다. 아직까지는 별 소득이 없지만 그의 탐광 작업은 계속될 것이다. 우리의 또다른 정신적 형제는 내가 그에게 맡긴 어려운 임무를 수행하고 있다. 그는 자질이 탁월한 사람이니 그 임무를 완수해낼 것이라 믿는다."

세난크호가 말을 꺼냈다.

"폐하, 크눔호테프 총리를 이 모임에 받아들여주시기를 청합니다. 총리는 직무를 훌륭히 수행함으로써 폐하께서 이룩한 통합을 나날이 굳건하게 다져가고 있습니다. 그는 마아트에 따라 생활하며 매사에 마아트를 적용하고 또 그 모든 일에서 폐하께 충성을 다합니다. 그를 황금원의 신비에 입문하게 하면 그의 안목을 더욱 확장시킬 수 있을 것입니다."

파라오가 물었다.

"이 제안에 반대하는 사람이 있는가?"

아무도 나서지 않았다.

"만장일치로 찬성했으므로 크눔호테프를 곧 우리의 모임에 들게 할 것이다. 이제 현 상황을 찬찬히 따져보도록 하자."

왕비가 대답했다.

"동서남북 사방에 심은 아카시아나무들은 생명의 나무에 건강한 기운을 보내고 있습니다. 그러나 이건 단지 보호책일 뿐 나무를 소생시키는 근본적인 방법은 아닙니다."

탁발 사제가 심각한 어조로 말했다.

"하늘의 문이 닫히고 있습니다. 오시리스의 나룻배는 보이지 않는 세계를 더이상 정상적으로 순환하지 못하고 차츰 퇴락하고 있습니다."

세난크흐는 자신 있게 대답했다.

"다슈르에 짓고 있는 피라미드가 우리의 싸움에 큰 힘이 될 것입니다. 건설은 차질 없이 진행되고 있고 장인들의 솜씨도 나무랄 데가 없습니다. 제후티가 단 한순간도 허비되지 않도록 계속해서 작업을 독려하고 있습니다."

왕이 말을 받았다.

"가장 중요한 문제에 대해서는 여전히 답을 구하지 못하고 있다.

생명의 나무에 저주를 건 자의 정체 말이다."

네스몬투 장군이 말했다.

"시리아 팔레스타인 지역은 안정을 찾았습니다. 우리 군 정보부가 각 마을의 마법사들을 포함하여 다수의 혐의자들을 심문하고 있는데 현재로서는 별 소득이 없습니다. 하지만 제 느낌으로는 생명의 나무를 공격한 자가 그쪽에 있을 것 같습니다."

세호테프의 차례였다.

"범인이 멤피스 궁정의 고관일 가능성도 있어서 그런 방면으로 탐색해보았지만 별 소득이 없었습니다. 그래도 어떤 실마리가 잡힐까 싶어서 모든 연회에 빠짐없이 참석하고는 있습니다."

세난크흐가 아쉬워했다.

"행정 관리들을 조사해봐도 별 효과가 없었습니다."

탁발 사제가 말했다.

"아비도스의 사제와 여사제들에게서는 그 어떤 흠도 찾아내지 못했습니다. 그들은 아주 성실히 자신들의 임무를 수행하고 있습니다."

세소스트리스는 이 사악한 저주가 오시리스의 신성한 땅에서 발원했다는 암울한 가정을 지우지 못하고 있었다. 그러나 아비도스에 조금이라도 의심스러운 점이 있다면 즉시 알릴 것을 당부해둔 젊은 여사제로부터는 지금까지 아무 소식도 없었다.

왕이 말했다.

"우리는 무서운 적수와 대결하고 있다. 그자는 지능적이고 간교하며 위험한 힘을 지녔다. 또 그가 지휘하는 무리는 지극히 신중하게 움직인다. 총리의 정보 조직도, 소백의 감찰대도 아직 그들의 정체를 밝혀내지 못하고 있다."

세난크흐가 걱정스러운 듯 말을 받았다.

"무서운 인물입니다! 그 괴물은 공격을 멈추지 않고 있는데 우리는 그 기미조차 찾아내지 못하고 있습니다. 우리가 어떤 실마리를 찾아낸다고 한들 그때는 너무 늦지 않겠습니까?"

탁발 사제가 걱정스러운 표정으로 나섰다.

"이미 늦은 게 아닐까요?"

세소스트리스가 말을 질렀다.

"분명 아직은 늦지 않았다. 비록 미미한 정도일지라도 우리가 행한 제의적 조치들이 그의 발목을 잡았다."

세호테프가 끼어들었다.

"적도 그 사실을 알고 있습니다. 그러니 그자가 우리의 최후 방어책을 부수기 위해 새로운 공격을 해오지 않을까요?"

왕이 대답했다.

"피라미드 건설 현장을 철저히 방어하고, 아비도스의 경계도 강화하라."

왕비가 말을 보탰다.

"우리도 언제까지나 방어만 하지는 않을 것입니다. 그런 적과 맞서 싸울 무기를 마련하려면 시간이 필요합니다. 그러나 황금원은 결코 절망에 굴복하지 않을 것입니다. 이런 신념이 우리가 이집트의 정신적 원천을 구해내는 힘이 될 것입니다."


주격턱은 깜짝 놀라 몸을 일으켰다. 꾸벅꾸벅 졸다가 별안간 발소리가 들리는 바람에 정신이 번쩍 들었던 것이다.

그가 골목 모퉁이에 자리를 잡고 멤피스 네이트 신전의 작은 옆문을 지키기 시작한 것이 오늘로 열흘째였다. 보수공사 중인 신전 정문은 큰 의식이 있을 때만 열리곤 했다.

주격턱은 음지에서 살아가는 자였다. 그는 멤피스의 온갖 고약한 장소를 알고 있었다. 순진한 여행자를 속여 돈을 빼앗은 적도 있었고, 시비 끝에 상대방의 배에 칼날을 박아 넣은 전력도 이미 두 번이었다.

주격턱의 임무는 한밤중에 네이트 신전으로 뭔가를 들여가는 자가 없는지 살피는 일이었다. 이 일을 잘해내면 이번에도 두둑한 보수가 주어질 것이다.

사방을 두리번거린 끝에 별일 아니라고 안심하려는 찰나였다. 여러 개의 발소리가 나더니 낮게 소곤거리는 음성이 들렸다. 주격턱은 그중 몇 마디를 알아들을 수 있었다.

"조심해, 아주 귀중한 거야······" "근처에 누가 있는지 잘 감시하라고······" "지성소로 가······" "이제 헤어지자, 입단속들 잘하라고······"

모두 네 사람의 목소리였고, 그들이 운반하는 물건은 꽤 묵직한 것 같았다. 그때 만약 주격턱이 숨어 있던 구석에서 몸을 빼서 나왔더라면 변장한 채 멀찍이 뒤떨어져서 동료들을 따라오던 다섯번째 남자에게 들켰을 것이다.

수상한 무리들은 순식간에 일을 해치우고 나왔다. 신전 옆문은 다시 닫힌 다음 큰 빗장이 채워졌고, 다섯 남자는 뿔뿔이 흩어졌다.

주격턱은 잠시 기다렸다가 웅크렸던 몸을 일으켰다. 순찰을 도는 감찰관들을 피해 구불구불한 골목길을 빠져나가 미리 약속된 장소로 간 그는 제르구에게 조금 전의 일을 자세히 보고했다.

제르구가 메데스에게 알렸다.

"보물이 도착했답니다. 장정 넷이 운반해온 묵직한 궤짝이랍니다."

"그 올리비아라는 계집이 일은 제대로 했었군! 세호테프 같은 인물이 입을 헤프게 놀린다는 건 용서받을 수 없는 죄지. 네이트 신전 주변의 감찰관 배치 상황을 알아봤느냐?"

"밤새 순찰을 두 번 도는 것밖에 없습니다. 엄중한 경비를 했다가 오히려 이목을 끌게 될까봐 조심하는 것 같습니다. 공사 중인 건물엔 대개 훔칠 게 없는 법이니까요."

"궤짝을 운반해온 자들은 어디를 통해 신전으로 들어갔느냐?"

"옆문으로 들어갔습니다. 그중 한 명이 열쇠를 갖고 있었답니다."

"그 열쇠를 구해라!"

제르구가 웃음을 흘렸다.

"주격턱이 진흙으로 본을 떴습니다. 오늘 밤에는 완성될 겁니다."

"그 망나니 녀석은 믿을 만한가?"

"솜씨가 좋은 놈이죠."

"사람을 죽여본 적도 있고?"

"그놈하고 싸움이 붙었다가 죽을 정도로 당했던 자가 둘이죠."

"그렇다면 올리비아를 없애는 일도 식은 죽 먹기겠군."

"보수만 두둑하게 찔러주면 아무 문제 없을 겁니다."

"그 갈보 계집의 시체는 되는대로 버려둬라. 그래야 세호테프를 끌어들일 수 있지. 수사가 시작되면 그 수석 비서관의 신중치 못한 행실이 드러날 테고, 그러면 자연히 그에게 혐의가 돌아갈 것이다."

"난 하지 않겠어요."

올리비아가 달갑지 않다는 듯 입을 삐죽거리며 선언했다.

제르구는 자신의 귀를 의심했다.

"무슨 말을 하는 거야?"

"내 직업은 춤을 추는 거예요. 내게도 좋은 집과 하인이 생겼으니 이제부터는 춤에만 신경 쓸래요. 당신의 술책에는 더이상 말려들고 싶지 않다고요."

"이봐, 머리가 돌았나보군. 우리의 계약을 잊은 거야?"

"나는 맡은 일을 다 했어요."

"아직 남았어. 오늘 밤에 넌 네이트 신전으로 가서 보물을 가져와 야 해. 필요하다면 여사제 흉내도 좀 내고. 여기 이 친구와 함께 가."

올리비아가 주걱턱을 멸시하듯 힐끔 쳐다보았다.

"이 남자는 마음에 안 들어요."

"누가 너더러 이 친구를 좋아하래? 이 친구가 너를 도와줄 거야. 귀찮은 일이 생기면 막아줄 거고."

"강요하지 말아요, 제르구."

"네 맘대로 해. 하지만 나를 믿지는 마. 수틀리면 너를 멤피스 변 두리 술집에 넘겨버리는 수가 있으니까. 넌 거기서 남은 인생을 망치 게 될 거다."

별안간 겁이 난 올리비아가 제르구의 소매를 움켜잡았다.

"지금 날 놀리는 거죠, 그렇죠?"

"내가 모시는 분은 배반자를 용서하지 않아. 너는 무용단에서 쫓 겨날 거고, 그렇게 되면 아무도 널 찾지 않을 거다. 나는 가끔 찾아가 주지."

올리비아가 제르구의 소매를 놓고 똑바로 섰다.

"좋아요. 시키는 대로 할게요. 하지만 이번 일이 끝나면 나를 내버려두겠다고 약속해요."

"약속하지."


주걱턱이 몇 년간 감찰관을 잘 피해 다닐 수 있었던 것은 그가 이 도시의 뒷골목 지리에 훤한 데다 행동이 워낙 용의주도했던 덕분이었다. 지금도 그는 올리비아와 만나 합류하기에 앞서 네이트 신전 부근을 배회하며 오랫동안 살폈다. 근처에서 석공들이 해질 때까지 일을 했고, 이어서 감찰관들이 첫번째 순찰을 돌았다.

여느 날과 다르지 않았다.

주걱턱은 올리비아의 집 근처에서도 조심스럽게 주변을 살폈다. 그 동네 역시 평온했다. 그는 문을 두드려 미리 약속해둔 신호를 보냈다.

올리비아가 나타났다. 그녀는 수수한 초록색 옷을 입고 있었다. 목에는 두 개의 화살이 교차된 모양의 부적을 걸고 있었는데, 이 형상은 네이트 여신의 상징이었다.

"이야, 얌전하게 차려입으니까 진짜 여사제 같은데."

"쓸데없는 소리 집어치워."

"이봐, 그렇게 서두를 것도 없는데 말이야. 나하고 잠시 재미 좀 보는 건 어때?"

"그럴 마음 눈곱만큼도 없어."

"후회할 텐데!"

"할 일이나 어서 하자고."

218

"같이 걸어선 안 돼. 멀찍이 뒤떨어져서 나를 따라와. 내가 만약 뛰기 시작하면 넌 네 집으로 돌아가. 그건 내가 방해꾼을 발견했다는 의미니까. 혹시 너한테 미행자가 따라붙으면 노래를 흥얼거리면서 걷는 방향을 바꾸도록 해."

그러나 아무런 일도 일어나지 않았다. 신전 옆문까지 온 주걱턱이 열쇠를 구멍에 끼워넣었다.

"열렸다! 어서 서둘러."

올리비아는 신전 첫번째 방으로 달려갔다. 신전 안에는 은은한 향이 떠돌았다.

열 개쯤 되는 등잔불이 열주들이 늘어선 공간을 희미하게 비춰주었다. 하지만 제단은 비어 있었다. 보수공사를 위해 벽에 기대놓은 발판들이 보였다.

주걱턱이 낮게 중얼거렸다.

"지성소로 가자."

"무서워."

"뭐가 무섭다는 거야?"

"네이트 여신이! 신전에 숨어든 자들을 활과 화살로 쏠지도 몰라."

"헛소리는 그만둬."

주걱턱이 그녀의 등을 떼밀었다.

두 사람이 신전 가장 안쪽 제실의 문턱을 넘어서려는 순간 여인의 목소리 하나가 그들을 불렀다.

"여기서 뭘 하는 것이오?"

주걱턱이 뒤돌아보자 나이 든 여사제 한 사람이 서 있었다. 바람이 불면 금방이라도 날아갈 것처럼 여위고 약해 보이는 체구였다.

올리비아는 깜짝 놀라서 여사제 앞에 털썩 엎드렸다.

"저는 네이트 여신을 섬기는 사람으로서 여신께 경배 드리고자 지방에서 올라왔습니다."

"이 시간에 경배를 드린단 말인가요?"

"제가 타고 갈 배가 내일 아침 아주 일찍 출발합니다."

"여긴 어떻게 들어왔소? 이 남자는 누구고?"

"제 하인입니다. 저희는 신전 옆문으로 들어왔습니다."

"경비가 깜박 잊고 그 문을 잠그지 않았나보군. 세계의 창조자인 네이트 여신의 일곱 개 말을 외우고 있겠지요?"

"그것은 제 마음에 새겨져 있습니다."

"그렇다면 묵상하시오. 여신의 일곱 개 창조의 말이 그대의 양심을 밝혀주기를. 나는 피곤해서 방으로 돌아가야겠소."

나이 든 여사제가 멀어져 갔다. 그녀가 조금이라도 의심하는 눈치를 보였더라면 주걱턱의 손에 죽음을 맞았을 것이다.

주위가 다시 조용해진 것을 확인한 후 주걱턱은 경사진 통로를 따라 지성소로 다가갔다. 올리비아가 뒤를 따랐다.

화강암 반석 위에 아카시아나무로 짠 궤짝이 놓여 있었다.

"여기 그 보물이 있군! 이걸 옮겨야겠으니 좀 도와줘."

그때 이번엔 어떤 남자의 목소리가 두 사람을 제자리에 못 박히게 만들었다.

"좋은 밤이지, 올리비아. 네가 이런 좀도둑에 불과한 줄은 몰랐는걸."

"세호테프! 대체 어떻게, 어떻게……?"

"나는 여인들을 좋아하지. 여인들과의 하룻밤 사랑도 좋아하고. 하지만 나는 그에 앞서 국왕 인장 책임자야. 그렇기 때문에 나는 침대에선 결코 떠드는 법이 없어. 누군가 내게 함정을 쳐놓고 있다는 느낌이 드는 경우를 제외하고는 말이야. 그럴 때 나도 다른 함정을 파놓는 것 말고 더 좋은 해결 방법이 무엇이겠어?"

어둑한 구석에 몸을 숨기고 있던 감찰관들이 뛰어나왔다.

주걱턱은 자신의 계약 사항을 이행하는 데는 늘 철저했다. 그래야 새로운 계약을 또 맺을 수 있기 때문이었다. 이런 이유로 그는 몸을 돌려 달아나기 직전에 미리 예정된 대로 올리비아의 목을 베었다.

뒤를 쫓는 감찰관들을 향해 세호테프가 소리쳤다.

"사로잡아라!"

하지만 밖에 있던 감찰관 하나가 뒤늦게 추격에 끼어들었다가 자신을 방어하려고 엉겁결에 무기를 휘둘렀다. 칼을 겨누고 세차게 달려드는 주걱턱을 막으려다 검을 주걱턱의 심장에 찔러넣었던 것이다. 결국 이번 일을 꾸민 주걱턱과 무희의 배후가 누구인지는 영영 밝힐 수 없게 되었다.

감찰대 장교가 세호테프에게 물었다.

"저 궤짝은 어떻게 할까요?"

"마음대로 하라. 텅 빈 궤짝이니."

# 21

이집트 왕국의 감찰대 총수로 임명된 이후 소벡은 편히 잠을 이루지 못했다. 파라오의 안전을 지키기 위해 늘 긴장을 풀지 않고 사는 그로서는 파라오가 번번이 위험을 무릅쓰면서까지 궁정 밖 출입을 하는 것이 큰 근심거리였다. 그러나 세소스트리스는 소벡의 걱정을 늘 모른 척했고, 소벡으로서는 아무리 불편해도 상황을 있는 그대로 받아들이는 수밖에 없었다.

그날 아침, 소벡은 기분이 좋지 않았다. 통합된 이집트 땅에, 특히 예전에 세소스트리스에게 적대적이었던 주에 정보망을 심는 것이 분명 쉬운 일은 아니었다. 하지만 지금까지도 감찰대가 반대 세력을 자처하는 개인 혹은 집단에 대한 정보를 전혀 손에 넣지 못하고 있는 이유는 무엇인가? 범죄자들은 사람들 입에 오르내리고 싶은 욕망 때문에 그늘 속에 오랫동안 웅크리고 있지 못하는 법이다. 이집트의 정신적 중심지를 공격하여 이 나라를 위험에 빠뜨린 일은 세상에 떠들어대고 싶을 만큼 대단한 성공이 아니겠는가?

그렇지만 여전히 그 어떤 정보도 들어오지 않았다.

소백은 파라오에게 보고할 만한 것이 없다는 사실에 마음이 무거웠다. 그럴수록 그는 각 경비대와 탐색대의 대장들을 불러 한층 분발할 것을 촉구하곤 했다. 하나일지 여럿일지 모르지만 그 범인은 언젠가 모습을 드러내고야 말 것이다.

네이트 신전 사건이 일단락된 후 소백은 세호테프의 집에서 그와 회합을 가졌다.

"그 올리비아라는 여자를 그전에도 알고 있었소?"

"아뇨. 그 여자가 너무 쉽게 넘어오는 걸 보고 누군가의 사주를 받아 움직이는 게 아닐까 하는 의심이 든 겁니다. 무용학교 선생을 심문해보셨습니까?"

"그 여자와 다른 무희들을 조사해보았지만 혐의를 찾을 수 없었소. 당신은 지나치게 위험한 일을 벌이고 있소, 세호테프. 만약 그 여자가 당신을 암살하려고 했던 거면 어쩔 뻔했소?"

"그럴 만한 여자는 아니었어요. 세난크호가 곤경을 겪는 것을 보니 누군가가 나도 모함하려 들 거라는 생각이 들더군요. 국정원 위원들의 명예에 흠집을 내서 파라오의 측근 세력을 와해시키려는 자가 있습니다. 그 올리비아라는 여자에 대해서는 뭔가 알아냈습니까?"

"아쉽게도 별 소득이 없소. 겉보기에 그 올리비아라는 여자는 보통 처녀인 것 같아. 그 여자는 정말로 무희로 성공하고 싶어했던 것 같은데."

"겉으로 보기에만 그럴 뿐이죠. 누군가가 그녀의 등 뒤에 있는 게 틀림없어요."

"그건 옳은 말이오, 세호테프. 주격턱 같은 노련한 범죄자하고는 아무나 손잡을 수 있는 게 아니니까."

"그자가 이 일을 직접 꾸민 게 아닌 건 분명해요."

"그럴 거요. 하지만 그 배후가 누구인지 알 수가 없어. 주걱턱은 늘 돈을 제일 많이 주는 자와 손을 잡아왔으니까."

"그 배후가 올리비아를 죽이라고 지시했을까요?"

"아마 그랬을 거야."

"분명 어딘가 허점이 있을 겁니다!"

"그걸 자신하기가 점점 어려워지는군, 세호테프."


"둘 다 죽은 게 확실한가?"

메데스가 초조한 듯 물었다.

"확실합니다."

제르구가 대답했다.

"죽기 전에 감찰대에 다 불어버린 건 아니겠지?"

"친위대장 소백이 화가 나서 펄펄 뛰는 걸로 봐서는 분명 아닐 겁니다. 주걱턱이 맡은 일에는 철저한 놈이라서 계약대로 그 계집을 먼저 죽인 겁니다. 그리고 도망치려다가 붙잡혀 자신도 죽은 것이지요. 여하간 이번엔 나리나 저도 큰일 날 뻔했습니다."

메데스가 말했다.

"내가 세호테프를 과소평가했어. 여자 꽁무니나 쫓아다니는 한량인 줄 알았는데 우리에게 그런 교활한 함정을 놓을 줄이야."

제르구가 입맛이 쓴 듯 중얼거렸다.

"세난크흐에 이어서 세호테프까지, 두 번 다 실패했군요. 국정원 위원들은 만만한 자들이 아닌 것 같습니다."

"파라오도 그들을 이유 없이 선발하진 않았겠지. 뽑을 만한 가치가 있었으니까 뽑은 것 아니겠어? 하지만 그들도 어딘가 약점이 있을 테니, 그걸 찾아내야 해."

제르구는 힘이 빠진 듯 낮은 의자에 풀썩 주저앉았다.

"나리도 저도 돈이라면 넉넉하고, 지위도 있고, 권세도 부릴 수 있는데…… 이 정도로 만족하면 안 될까요?"

메데스가 마땅치 않은 듯 말을 받았다.

"앞으로 나아가지 않는 자는 결국 그 자리에서 죽게 돼. 이번 일로 낙심할 필요는 없어. 파라오를 반드시 제거해야 해."

제르구가 술을 들이켰다.

"이제부터 왕의 측근들은 한층 더 몸조심할 겁니다."

"우리가 더 재빠르게 움직이면 돼! 나는 어디를 공략하면 될지 알고 있어."


감찰대 고위 간부들은 또다시 대책 회의를 열었지만 아무 소득도 없었다. 술집을 돌아다니며 탐문 수사를 해봐도 반역 행위에 가담했다며 무용담을 늘어놓는 자를 찾기는 어려웠다.

소백의 부관 하나가 난감한 표정으로 말했다.

"제게 골치 아픈 탄원들이 올라와 있습니다. 하나는 북쪽 지방에서, 셋은 남쪽 지방에서, 이렇게 네 곳의 주에서 제출한 것들입니다."

"탄원자들은 누군가?"

"부당하게 체포당했다고 주장하는 떠돌이 장사꾼들입니다. 또 사이스의 여상인 한 명과 테베의 농부는 감찰관들에게 모욕을 당했다고 호소하고 있습니다."

"사소한 일이군."

"아닙니다, 대장님! 이런 사고는 좀처럼 없던 일입니다. 그런데 요즘에는 마치 유행병처럼 일어나고 있습니다."

"조사단을 파견해라. 실수가 있었던 게 사실로 밝혀지면 관련 감찰관을 징계하겠다."

소벡은 자신의 집무실에서 나오다가 크눔호테프가 보낸 사람과 마주쳤다.

"총리께서 내장님을 급히 보자고 하십니다."

총리의 얼굴이 굳어 있는 것을 보고 소벡은 좋은 소식이 아니라는 사실을 알아차렸다.

크눔호테프가 말했다.

"폐하께서는 소벡 대장을 아주 신뢰하고 계시지. 나도 마찬가지고. 하지만……"

"하지만 저는 아무런 성과도 올리지 못하고 있습니다. 그러니 비난을 받아 마땅합니다. 다만 말씀드리고 싶은 것은 제 부하들이 지금도 이 나라 전역을 탐문하며 열심히 단서를 찾고 있다는 사실입니다."

"그건 알고 있어. 그 일로 자네를 문책하려는 게 아냐."

"그렇다면, 다른 문제가 있습니까?"

"사람들의 자유로운 왕래를 보장하는 건 자네 책임이지?"

"그렇습니다."

"감찰관들이 자유로운 통행을 부당하게 막았다는 탄원이 계속해서 내게 올라오고 있네."

"사소한 착오겠지요!"

"아냐. 이집트가 재통합된 이후로 각 주들 간의 경계는 사라졌어. 그러니 누구든 안전하게 한 장소에서 다른 장소로 이동할 수 있어야 해. 감찰관들의 역할은 그런 자유를 보장하는 데 있는 것이지 사소한 규제를 가하는 데 있는 게 아닐세. 내게 올라온 탄원서들이 한두 통도 아니고, 또 그 내용의 심각성을 볼 때 자네의 부하들이 지나치게 권위적으로 일을 수행하고 있는 게 틀림없어."

"조사를 지시하겠습니다."

"빠른 시간 안에 조사해서 과실이 있는 자는 본보기가 되도록 징계하게. 다시는 이런 일이 없어야 한다는 조건하에 이번 일은 덮어두지."

이케르는 멤피스로 향하는 배 위에 있었다. 그는 선장에서부터 봇짐을 베고 잠든 더벅머리 농부에 이르기까지 배 안의 모든 사람들을 경계했다. 주변의 아름다운 풍경도 눈에 들어오지 않았다. 그만큼 그의 정신은 온통 자신이 이루어야 할 목표에 쏠려 있었다.

생각해보면 오릭스 주에 있을 때 군사훈련을 받은 것은 큰 행운이었다. 폭군과 맞설 그 순간에 자신에게 필요한 건 전투에 나선 병사와도 같은 힘과 용기, 그리고 결단력일 것이기 때문이다.

"어이 젊은이, 이 훌륭한 필기도구들은 자네 것인가?"

한 노인이 이케르가 발치에 내려놓은 서기관용 필기도구를 곁눈질하고 있었다.

"예, 제 것입니다."

"그렇다면 읽고 쓸 줄 안다는 말이군! 그게 내 평생소원이었는데. 하지만 밭을 갈고, 결혼을 하고, 아이들을 키우고, 가축 떼를 돌보고…… 하여간 인생이 쏜살같이 흘러가는 바람에 글을 익힐 시간이 없었어. 이제 나는 홀아비 신세가 되어 땅을 아들들에게 물려주었네.

나는 멤피스의 부두 부근에 있는 작은 집에 살고 있지. 자네도 멤피스로 가는 건가?"

"그렇습니다."

"옳아, 거기 어느 자리에 임명된 것이군! 잘됐어. 이 나라에서 가장 아름다운 도시에 일자리를 얻다니, 멤피스에 가본 적은 있나?"

"아뇨."

"멤피스에 처음이라고? 내가 거기 처음 갔을 때 얼마나 감탄을 했는지 몰라. 자넨 온갖 것을 보게 될 거야. 그건 그렇고 나를 좀 도와주겠나?"

"어떤 일인지 들어보고요."

"오호! 어려운 일은 아냐. 세금 문제로 관청에 편지를 써야 할 일이 있어. 나는 은퇴한 사람이기 때문에 세금 감면을 받아야 하거든. 하지만 어떻게 써야 할지 모르겠단 말이야."

"그건 대서(代書) 일을 하는 서기들이……"

"알아, 안다고. 하지만 우린 여기 있고, 자네는 시간이 있으니, 자네가 편지를 써주는 게 더 간편하잖아! 아참, 나는 경우도 모르는 사람이 아니라네. 그 대가로 자네를 우리 집에 공짜로 재워주지. 자네가 더 좋은 집을 구할 때까지 말이야."

뜻밖의 제안이었다. 그러나 혹시 이것이 감찰대에서 쳐놓은 함정이라면? 이케르는 잠시 망설이다가 위험을 무릅쓰기로 했다.

"그렇게 하겠습니다."

"덕분에 내가 편하게 되었군! 그럼 시작할까?"

이케르는 행낭을 열어 파피루스와 붓을 꺼냈다. 약간의 검은 잉크를 물에 갠 후, 노인의 요구 사항을 주의 깊게 듣고 이어서 몇 가지 사항을 상세히 물어본 그는 세무청이 좋아할 만한 문구를 구사하여 서신을 작성하기 시작했다. 이 서신을 검토할 세금 징수관은 이것이 법률과 관례를 잘 아는 서기관이 작성한 것임을 확인하고 납세자의 소청을 받아들여줄 것이다.

"자넨 정말 글을 잘 쓰는군! 내가 운이 좋아. 자네가 괜찮다면 내가 자네에게 시내 구경을 시켜주지. 나는 멤피스를 구석구석 잘 알거든. 하지만 자넨 아마 바빠서 그럴 시간이 없을 테지?"

"아뇨, 저도 일자리가 정해지기 전까지 며칠간 자유롭게 지내려 합니다."

"후회하지 않을 거야!"

노인은 신중을 기하고자 이케르에게 두번째 편지를 부탁했다. 세금 징수관의 상관에게 보내는 편지로서, 하급자가 혹시 부당한 짓을 꾸미지나 않을지 감시해달라는 내용이었다. 이런 편지는 쓰기가 아주 까다로웠다. 그 누구도 기분 상하지 않도록 적절한 문구를 골라 써야 했기 때문이다.

노인은 말하는 걸 즐기는 사람이었다. 아무도 관심 두지 않을 자신의 그렇고 그런 생활을 아주 자세하게, 그것도 했던 말을 반복하면서 들려주는 것이었다.

멤피스가 가까워지자 노인은 어린아이처럼 들떴다.

"다 왔군! 저 부두를 좀 보게. 선착장 끝이 안 보이잖아? 배들이 많기도 하군. 세상의 재물은 다 이곳으로 모인단 말이야. 저 화물 창고들은 이집트에서 가장 규모가 크지. 화물을 내리는 저 일꾼들을 좀 봐. 대단하지 않나?"

멤피스 부두는 개미집처럼 붐볐다.

"내가 사는 집은 여기서 멀지 않네. 짐을 좀 들어주겠나?"

노인은 북적이는 사람들을 뚫고 팔팔한 걸음걸이로 앞으로 나아가기 시작했다. 이케르도 노인의 뒤를 따라갔다.

혼자였다면 이 낯선 도시를 어떻게 헤쳐나갈 수 있었겠는가? 운명이 그를 도와준 셈이었다.

노인은 빈민 구역에 살고 있었다. 아이들은 골목길에서 뛰어 놀고, 여인들은 삼삼오오 모여 앉아 서로의 요리법을 알려주거나 잡담을 주고받았다. 전병을 파는 장사꾼도 보였다.

"여기야."

노인이 문을 밀며 말했다. 문에는 무성한 수염을 기른 유쾌한 베스 신이 붉은 물감으로 그려져 있었다.

문지방을 넘어서던 이케르는 움찔했다. 집 안에 누군가 있었던 것이다. 이케르는 짐을 내려놓으며 생각했다. 나를 기다리고 있는 자들이 몇 명이나 되는 걸까? 그들을 뿌리치고 도망갈 수 있을까?

강단 있어 보이는 체구의 육십대 여인이 손에 빗자루를 쥔 채 나타났다.

노인이 말했다.

"집안일을 해주는 할멈이야. 내가 없는 동안 집을 봐주지."

여인이 미심쩍다는 듯 물었다.

"당신 아들이유?"

"아냐. 멤피스에 새로 자리를 얻어서 온 서기관이야. 당분간 이 집에서 지내라고 했어."

"깔끔하고 예의를 아는 양반이었으면 좋겠군. 집 안을 어지럽히는 건 질색이거든."

이케르가 약속했다.

"그런 일은 없을 겁니다."

"말은 다 그렇게 하지, 두고 봅시다."

노인이 방을 가리켰다.

"자네는 이층을 쓰게. 가서 짐을 놓아두고 저녁이나 먹으러 가세. 내가 괜찮은 음식점을 알아."

혼자 있게 되자 이케르는 튜닉에 감춰둔 단도를 꺼내 침대에 내려놓고 한참 동안 바라보았다.

무슨 일이 있더라도 자신의 임무를 잊어서는 안 되었다.

# 22

곡물 운송선의 선장은 이집트 콩을 익혀 으깬 요리를 먹고 있었다. 배는 네 시간 후쯤 멤피스에 도착할 예정이었다.

부선장이 와서 알렸다.

"선장님, 나일 강 경비대가 따라왔습니다."

"틀림없는가?"

"우리한테 배를 대라고 신호를 보내고 있습니다."

선장은 성을 내며 먹던 음식을 내팽개쳐두고 뱃머리로 갔다.

쾌속선 한 척이 화물선의 앞길을 막고 있었다. 갑판에 무기를 든 열 명가량의 감찰관이 서 있었다.

그 가운데 상급자로 보이는 사람이 소리쳤다.

"검문이다."

"누구의 명령이요?"

"감찰대 총수 소벡 대장님의 명령이야."

친위대장 소벡의 명성을 익히 들어온 선장은 즉시 강기슭에 배를 대고 감찰관들이 자신의 배로 옮겨 타도록 했다.

"무슨 일이 있는 거요?"

"운항 법규가 바뀌었어."

감찰대 부대장이 대답했다.

"멤피스로 들어가려면 내일 아침까지 기다려야 해."

"농담이 심하군! 나도 운항 시간을 지켜야 한단 말이오!"

"뿐만 아니라 이 배의 화물을 검색해야겠어."

"나는 정식 허가장을 갖고 있소."

"그야 조사해봐야지, 위조한 것일 수도 있잖아."

"위조라니, 나는 그런 사람이 아니오!"

"어쨌든 증명서들을 보여줘. 그동안 부하들이 화물을 검색할 테니."

해질 무렵이 되어서야 검문 결과가 떨어졌다.

부대장이 말했다.

"당신은 규칙을 위반했어. 선박 정비가 부실하고, 규정량 이상의 화물을 실었고, 선원 수도 부족해. 운항 금지 조치는 취하지 않겠지만 대신 상당한 벌금이 따를 걸세."

감찰관들이 떠나자 선장은 갑판의 난간을 주먹으로 내리치며 이를 갈았다.

"어떻게 이럴 수가! 무슨 권리로 소벡이 자기 마음대로 법규를 바꾼단 말인가. 총리에게 탄원을 올려야겠다."


노인은 한시도 멈추지 않고 장광설을 늘어놓곤 했지만 그럼에도 훌륭한 안내자였다. 덕분에 이케르는 멤피스를 훤히 알게 되었다. 그는 부두 근처의 좁은 골목길을 구석구석 돌아다녔고, 시내 중심 지역과 시 북쪽, 남쪽 근교에 가보았으며, 하토르 신전과 프타 신전, 네이트 신전을 구경했다. '두 개의 땅*의 생명'이란 의미의 안크흐타우이를 산보하기도 했는데, 그곳에는 앞선 파라오들을 기리는 지성소들이 세워져 있었다. 그는 또 배를 타고 운하를 구경하고, 옛 성채의 흰 벽을 따라 걸었고, 고급 음식점에서 식사를 한 뒤 그 값으로 음식점 주인과 주인의 친지들이 관청에 보내야 할 서신들을 작성해주기도 했다.

이케르와 노인은 종종 멀찍이 궁전이 바라보이는 곳에 앉아 이야기를 나누곤 했다. 많은 병사들이 궁정을 지키고 있었다.

이케르가 물었다.

"파라오는 궁정이 습격당할까봐 겁을 내고 있겠죠?"

"이집트가 다시 통합된 후로는 평화가 찾아왔지. 하지만 모든 사람이 통합을 기뻐하는 건 아냐. 옛 총독들의 가문에서는 파라오를 별로 달갑게 생각지 않아. 그들은 파라오 때문에 많은 특권을 잃었으니까. 크눔호테프 총리가 그들의 불평을 막고 있지. 그래서 백성들은 총리를 칭송해. 세소스트리스 같은 왕을 가졌다는 건 이집트의 축복이야."

이케르는 자신이 그 폭군에 대한 비난을 조금이라도 입 밖에 내서는 안 된다는 걸 알아차렸다.

이케르가 그를 슬쩍 떠보았다.

"감찰대 총수의 임무는 아주 고되겠지요?"

"모두 그렇게 생각하지. 하지만 소백 대장은 아주 믿음직한 사람이야. 만약 자네가 그와 마주치게 된다면 그에게 모든 걸 털어놓고 싶은 심정이 될걸. 예전에 저지른 실수까지도 말이지. 그가 친위대장으

---

* 상하 이집트.(옮긴이)

로 있는 한 파라오는 걱정 없을 거야. 목이 좀 마르군. 한잔 할 생각 없나?"

노인은 주량이 대단한 사람이어서 이케르는 그를 따라가느라 쩔쩔 매야 했다. 술에 취한 노인은 또 끝없는 말을 늘어놓았고 덕분에 이케르는 점점 멤피스에 익숙해져갔다.

매일 밤, 이케르는 악몽 속에서 같은 기억을 되살리곤 했다. 라피드 호의 돛대에 몸이 묶여 있고, 배가 난파당하고, 카의 섬이 보이고, 뱀이 나타나 자신에게 세상을 구할 수 있겠느냐고 물었으며, 전설의 땅 푼트와 자신을 죽이려던 가짜 감찰관, 이해할 수 없는 운명을 일러주는 자신의 스승이 나타나 그의 꿈속을 어지럽게 채웠다. 그리고 꿈속에는 그녀, 그토록 아름답고 영롱한 여사제가 있었다. 결코 다가갈 수 없는 그녀가!

소스라쳐서 잠을 깬 그는 단도의 손잡이를 움켜잡고 마음을 진정시키곤 했다.

자신의 앞날을 그는 알고 있었다.


이케르는 프타 신전으로 갔다. 신전 주위로 수많은 관공서와 작업장, 화물 창고, 도서관들이 자리 잡고 있었다. 신전을 지키는 경비가 그를 신전 관리인에게 안내해주었다.

"이름이 무엇인가?"

"이케르라고 합니다."

"신원은?"

"카훈에서 서기관이자 아누비스 신전 임시 사제로 일했습니다."

"상당한 경력인데…… 여긴 무슨 일로 왔지?"

"이곳 도서관의 일을 도우면서 법률 공부를 더 하고 싶습니다."

"묵을 곳이 필요한가?"

"네."

"인사 담당자에게 자네 이야기를 해놓지. 그에게 가서 시험을 치러야 할 거야."

시험에는 몇 개의 함정이 있었지만, 이케르에게는 단순한 절차에 불과했다. 이케르는 이틀의 휴식을 포함하여 삼 주간의 시한으로 고용되었다. 그가 일을 잘해낼 경우 고용 기간이 연장되는 조건이었다.

책들을 대하자 이케르는 평온함을 느꼈다. 그는 또다시 종교와 문학, 과학이 담긴 중요한 문서들 속으로 빠져들었다. 그 일은 큰 기쁨이었다. 옛 도서 목록을 대조해서 확인하고, 오류가 있으면 바로잡고, 새로 들어온 문서를 목록에 추가하는 것이 그의 임무였다. 이 일을 하면서 그는 신전 도서관이 소장한 풍부한 자료에 감탄했다.

이케르는 감독관이 날카로운 눈빛으로 자신을 지켜보고 있음을 느꼈다. 이 신참이 어느 정도로 일을 해내는지 보려는 것이었다. 하지만 이케르는 맡은 일에 몰두하느라 감독관의 눈길을 금방 잊어버리고 말았다.

감독관이 그의 어깨를 두드렸을 때 이케르는 깜짝 놀라 몸을 소스라쳤다.

"벌써 한참 전에 일과가 끝났네."

"벌써요?"

"정해진 시간을 넘겨 일을 하려면 특별 허가를 받아야 해. 나는 자네에게 그런 허가를 내주지 않았어. 자네가 너무 많은 일을, 너무 빨리 하게 되면 동료들의 질시를 받을 거야. 본분에 맞게 처신하는 법을 배우도록 하게."

이케르는 한마디 불평도 없이 자리에서 일어나 감독관의 뒤를 따라갔다. 감독관이 그를 데려간 곳은 임시 사제들이 묵는 건물의 작은 방이었다.

"내일 자네는 봉헌되었던 제물들을 제단에서 내려 분배하는 작업에 참여하게 될 거야. 저녁식사 시간이 이미 지났으니 그만 쉬게."

이케르는 늘 몸에 지니고 다니는 필기도구 꾸러미에서 단도를 꺼내 가슴에 꼭 끌어안았다. 매일 밤 그는 이렇게 자신의 결심을 다졌다.


수염을 깎고 몸을 씻은 뒤 향을 바른 이케르는 한 종신 사제로부터 둥근 황금빛 빵들을 건네받았다. 이 빵들은 아침의식을 맡은 사제들에게 분배될 것이었다. 빵을 다 나눠준 뒤 이케르도 가장 늦게 신선한 우유를 곁들여 이 빵을 먹었다.

허리가 조금 굽은 삼십대 남자 하나가 그에게 말을 걸었다.

"새로 온 사람이군. 특기가 뭔가?"

"법률입니다."

"어디서 법을 배웠는데?"

"리에브르 주에서 배웠습니다."

"토트 신의 도시는 훌륭한 교육이 있는 곳이지. 하지만 자네는 많은 걸 다시 공부해야 할 거야. 이제 총독들은 존재하지 않으니까 말이야. 현재는 총리가 모든 재판을 지휘하면서 마아트의 법을 적용하고 있거든."

"어디로 가면 공부를 할 수 있을까요?"

"법률학교로 가면 되지. 총리 관저 근처에 있어."

"거기는 추천을 받아야 들어갈 수 있는 곳 아닌가요?"

"일을 제대로 하면 추천해주겠네."

이어지는 삼 주 동안 이케르의 품행은 나무랄 데 없었다. 그는 임시 사제들과 잘 융화했고, 그 어떤 실수도 하지 않았고, 시간을 넘겨 일을 하는 적도 없었다. 이렇게 해서 마침내 상급자의 추천장을 받아든 그는 법률학교로 갔다. 진지한 면학 분위기가 감도는 곳이었다. 학교 동료들은 열심히 수업을 듣는 이 신입생에게 호감도 적의도 보이지 않았다. 그가 이 학교에서 공부하기에 충분한 실력을 갖춘 것은 분명했고, 그런 이상 쫓겨나야 할 이유도 없었던 것이다.

강의실에서 멀지 않은 곳에 궁정이 있었다. 그곳은 늘 삼엄한 경계로 둘러싸여 있었다.

쉬는 시간에 한 학생이 이케르에게 다가왔다. 몸이 호리호리하고 활기가 넘치는 학생이었다.

"넌 멤피스 출신이니?"

"아니, 테베 근처에서 왔어."

"가보진 않았지만 좋은 곳일 것 같아."

"테베는 멤피스에 비하면 아주 좁은 곳이야."

"이곳이 마음에 드니?"

"난 이곳에 공부하러 왔어."

"네가 실망하는 일은 없을걸! 이곳 선생님들은 아주 엄격하지만 훌륭한 가르침을 주시거든. 성적이 뛰어난 학생들은 상부 관청에서 일하게 될 거야. 물론 그런 곳에서 일하는 건 쉬운 일이 아닐 테지. 총리가 국가의 모든 행정체제를 개편하는 바람에 어느 관청이나 이제부터는 효율성을 입증해야만 해. 집무실에서 빈둥거리거나 직함만 차지하고 있는 건 어림도 없어. 누구도 종신 서기관으로 임명받을 수 없고, 또 그보다는 크눔호테프의 노여움을 사지 않는 게 좋을 거야. 파라오께서도 총리보다 더 너그러운 것 같지는 않으니 관용을 기대하긴 힘들 거야."

"파라오는 멤피스에 자주 머무르니?"

"물론이지. 매일 아침 총리가 파라오에게 중요한 결재서류들을 올리곤 해. 이집트가 통합된 이후로 한 번도 빠지지 않고 말이야."

"파라오를 본 적이 있어?"

"두 번. 폐하가 궁정에서 나오실 때였어. 너도 금방 알아볼 거야. 정말이지 이집트인 가운데 가장 키가 큰 분이거든!"

"궁정 주변에는 감찰관들과 병사들이 왜 그렇게 많은 거니?"

"파라오의 경호를 책임진 소벡 대장 지시야. 정말 철저한 사람이지. 쫓겨난 총독들이 폐하를 공격하지나 않을까 걱정해서 그럴 거야. 게다가 시리아 팔레스타인 지역의 상황도 좋지 않아. 네스몬투 장군이 어느 정도 통제하고 있는 듯하지만, 불순분자들이 언제 어디서 일을 저지를지 모르거든. 그런 자들 가운데 하나가 정신이 나가서 파라오를 죽이려 달려들지 누가 알겠어?"

# 23

"소백, 이 일을 해명해보게."

크눔호테프 총리가 요 며칠간 자신의 집무실을 가득 채운 탄원서들을 가리켜 보이며 말했다.

소백이 문서들을 살펴보았다. 화물선 선장들이 제출한 항의서들이었다. 선장들은 감찰대 당국이 운항 법규를 멋대로 변경한 일과 세금을 부당하게 인상한 일, 그리고 나일 강 경비대가 무례하게 행동한 데 대해 강한 어조로 항의하고 있었다.

"저는 이런 지시를 내린 적이 없습니다."

"자네는 이집트 전체 감찰관들의 총수이자 수상 운항의 책임자 아닌가?"

"그렇습니다."

"그렇다면 자네는 하급자들을 통제하지 못하고 있는 걸세! 이건 중대한 문제야, 소백. 이런 변명할 수 없는 과오 때문에 파라오의 명예가 실추될 수 있다는 걸 모르나? 이집트의 통합에도 지장이 있을 수 있다고. 만약 주 의용대들이 제각기 법을 만들고 화물을 가로채고

거기에 과도한 세금을 물린다면 어떻게 되겠는가? 얼마 안 가서 총
독들이 다시 세력을 얻을 걸세!"

"지금으로서는 납득하실 수 있는 그 어떤 설명도 드릴 수 없습니다."

"자신의 무력함을 이렇게 쉽게 고백하다니 나도 어이가 없군. 자네
가 여전히 이 직위를 맡을 자격이 있다고 생각하는가?"

"그걸 증명해 보이겠습니다. 이 유감스러운 사건들은 곧 규명될 것
입니다."

"자네의 보고를 기다리겠네. 구체적인 결과를 가져오게."

소백은 회오리바람처럼 신속하게 움직였고, 그의 조사관들은 철저
한 수사를 펼쳤다. 소백은 몸소 선장들의 이야기를 듣고 그들의 증언
을 비교해보았다.

정보를 끌어 모아 분석한 끝에 진실이 드러났다. 소백은 다시금 총
리를 찾아갔다.

그가 확고한 어조로 밝혔다.

"제 부하들은 운항 법규를 어기지 않았습니다. 단지 위조된 공문서
에 속아 넘어간 경우를 제외하면 말입니다."

"그게 무슨 말인가?"

"간교한 악의 무리가 혼란을 조성하고 있습니다."

"그들을 체포했는가?"

"안타깝게도 못했습니다."

"진지하지 못한 태도로군."

"아닙니다. 저도 고심하고 있습니다."

"민간인들의 안녕이 위험에 처한 게 아닌가?"

"그 정도는 아닙니다."

소벡이 강한 어조로 대답했다.

"확신하건대 이 일은 훈련이 잘되어 있고 기동력이 좋은 소규모 일당의 짓이지 군대가 개입한 흔적은 없습니다. 이제부터는 각 화물 운송선마다 두 명의 호위 감찰관을 배정해서 승선시킬 생각입니다. 또한 제 명령서의 암호도 변경했습니다. 총리 각하, 운항 법규는 변경 사항 없이 그대로라는 사실을 공포해주시고, 아울러 모든 선장은 법규의 변경을 구실로 부당한 요구를 하는 무리에게 굴복하지 말라는 주의 사항을 전달해주십시오."

크눔호테프는 잠시 침묵했다.

"혹시 아비도스의 아카시아나무를 공격한 세력과 관련이 있다고 보나?"

"그렇다는 증거는 없습니다. 이런 범죄가 일어난 게 이번이 처음은 아니지요. 대책을 마련했으니 다시 안정을 찾을 겁니다."

"자네의 명예를 실추시키는 일이 연달아 두 번이나 일어났네, 소벡."

"상관없습니다."

"나는 그렇지 않네. 자네가 자격이 모자라는 사람이라면 나로서는 조치를 취하지 않을 수 없으니까. 또 자네가 파라오의 안전을 책임진 사람이기도 하다는 걸 명심하게."

"폐하의 안전에 문제가 있다고 생각하시는 겁니까?"

"나는 여전히 자네를 믿네. 그러나 또다시 사고가 일어날 땐 용서하지 않겠네."


이케르는 프타 신전 임시 사제로 일하면서 또 시간을 나누어 법률 학교에서 공부했다. 신중하고 성실한 그는 모든 사람들로부터 칭찬을 들었다. 대사제, 신전 관리인, 의복 담당자, 사제들, 회계 담당 서기관들, 곡식 저장소와 가축 책임자들을 대할 기회도 있었다. 하지만 이런 고관들은 젊은 서기관들과 가까이 지내려 하지 않았기 때문에 이케르가 그들에게서 정보를 알아내기는 어려웠다. 왕의 습관이나 왕에게 접근할 방법 같은 것 말이다. 절대 서두르지 말고 기회를 살피는 편이 좋을 것 같았다.

법률학교에서 국정원의 역할과 책임에 대한 강의가 있었다. 수업이 끝난 후 선생이 소식 하나를 알려주었다. 선생의 말을 들은 이케르는 가슴이 뛰었다. 법제화할 수 있는 개혁안을 제시한 가장 우수한 학생 세 명에게 국왕 인장 책임자 세호테프와 만나는 특전이 주어지는 것이다!

이케르는 쉬는 시간을 최소한으로 줄였다. 연구 주제로 곡식 저장소의 관리를 선택했다. 주요 도시의 곡식 저장소에 충분한 곡물을 저장해두었다가 나일 강의 범람이 충분치 않아 흉년이 들면 그 곡물을 손쉽게 분배할 수 있도록 하는 것이 그 내용이었다. 사실 곡물 저장소는 책임자들의 태만으로 인해 시효 지난 문서에 의거한 부적절한 관리법들로 유지되고 있었다.

학생 선발 결과를 발표하는 날이 왔다.

선생이 호명한 두 명에는 이케르가 포함되지 않았다. 그러나 마지막 세번째 이름은……

한 학생이 팔꿈치로 이케르를 툭 쳤다.

"졸고 있니, 이케르? 모두들 네가 얼어버린 줄 알겠어! 하기야 모두가 꿈꾸던 일이었으니. 이제 넌 파라오를 알현하는 거야!"

정정당당하게 겨룬 끝에 경쟁에서 진 학생들은 승자들을 축하해주었다. 하지만 이케르는 그 순간 자신이 그 폭군을 향해 칼을 들고 달려드는 장면을 상상하고 있었다.

세 명의 예비 법학자들은 정갈한 허리옷과 튜닉, 짧은 가발, 그리고 가죽 샌들 차림으로 단아한 맵시를 뽐냈다. 그러나 이들은 초조함과 흥분을 감추지는 못하고 있었다.

이케르는 옷 속에 단도를 숨기려다가 불안한 마음이 들었다. 궁정 출입자들은 누구나 몸수색을 당하는 것이 아닐까? 그렇다면 칼은 놓아두고 가야 했다. 결국 경비병의 검을 빼앗아 전광석화처럼 일을 끝내는 수밖에 없을 것이다.

예상대로 몸수색이 있었다. 무사히 절차를 통과한 학생들 일행을 비서관 한 명과 감찰관 한 명이 세호테프의 접견실로 안내했다.

동행한 선생이 학생들에게 당부했다.

"말은 간결하게 해야 한다. 국왕 인장 책임자께서는 늘 시간에 쫓기시니까 말이다."

세호테프를 마주 대하자 젊은이들은 극도로 긴장했다. 첫번째 학생은 입이 얼어붙었고, 두번째 학생은 자신이 해야 할 말의 핵심을 잊어버렸다. 이케르도 자신의 생각을 풀어놓긴 했지만 평소에 비하면 두서가 없는 편이었다.

마침내 세호테프가 말했다.

"흥미로운 발상이군. 몇몇 사항은 내 업무에 참조할 수 있을 것 같소. 학생들이 계속해서 학업에 정진하도록 하시오. 그리고 좀더 침착한 태도를 기를 수 있었으면 좋겠소."

선생이 물었다.

"이들은 언제 파라오 앞에 서게 됩니까?"

"지금으로서는 그럴 계획이 없소."

이케르는 두 가지 난관을 뛰어넘어야 했다. 궁정에 단도를 가지고 들어가는 일과 그런 다음 파라오에게 접근하는 일이었다. 두 가지 다 실현 불가능해 보였다.

하지만 이케르는 포기하지 않았다. 그는 계속해서 성실한 학생이자 모범적인 사제로 처신하기로 마음먹었다. 법률학교 선생이 그에게 오랜 시간이 소요되는 어떤 공부를 제의해왔을 때 그는 즉시 받아들였다. 프타 신전 대사제가 그에게 천문학자들을 도와 밤새 하늘을 관측하라고 시켰을 때도 아무런 불평 없이 복종했다.

밤하늘 관측에는 한 가지 좋은 점이 있었다. 신전 지붕에 올라가면 궁정이 보였던 것이다. 그곳에서 이케르는 별자리뿐 아니라 궁정 위병들의 움직임도 관찰하곤 했다. 그러다보면 궁정 경비체제의 허점을 발견할 수 있을지도 몰랐다.

그러나 도무지 허점이 보이지 않았다. 밤이라고 해서 낮보다 위병의 수가 줄어드는 것도 아니었다. 위병 교대는 정확하고 신속하게 수행되어서 빈틈이 생기지 않았다. 소벡은 철두철미한 인물이었고 그의 부하들 역시 그랬다.

어떻게 하면 궁정 내부 정보를, 또 파라오의 정확한 위치를 알아낼 수 있을까? 궁정으로 침입하는 건 불가능해 보였다. 남은 방법은 그 폭군이 궁정 밖으로 나왔을 때 죽이는 것뿐이었다. 그러려면 그가 이동하는 날을 알아내는 게 급선무였다.

술집에서 나온 제르구는 취해서 휘청거리고 있었다. 제대로 걷기도 힘들었지만 그래도 메데스의 집을 찾아갈 수는 있었다. 곧장 문을 열지 않고 미적거리는 집사한테 버럭 화를 낸 다음 제르구는 비틀거리며 메데스의 서재로 갔다.

메데스가 그를 보며 말했다.

"앉는 게 좋겠군."

"목이 마르네요."

"물이나 마셔."

"우리의 성공을 축하하려는데 고작 물이라뇨? 제가 나리께 가져온 소식을 들으시면 포도주, 아니 그보다 더한 걸 내리셔야 할 겁니다!"

메데스는 제르구에게 술을 내주었다. 이 기특한 심복의 기분을 굳이 깨뜨릴 필요는 없었다.

제르구는 술잔을 단숨에 비운 후 자신만만하게 말했다.

"일이 기가 막히게 돌아가고 있습니다. 소문이 점점 부풀려지면서 순식간에 퍼져나가고 있거든요. 소백을 치자는 나리의 계획에 사실 저는 시큰둥했었는데, 결국 나리가 옳았습니다."

"가짜 감찰관 행세를 한 자들에게는 돈을 넉넉히 집어주었느냐? 그들이 나일 강을 오가는 배들을 꽤 솜씨 있게 괴롭혔더군."

"중간에 심부름꾼들을 써서 주머니를 두둑하게 채워줬지요. 모두들 아주 만족하고 있습니다. 아무리 추적해 들어와도 우리까지 드러날 염려는 없어요. 하지만 여기서 더 밀고 나가는 건 어려울 것 같습니다. 소백이 극단의 조치를 취했거든요. 각 상선마다 감찰관들이 승선한다고 합니다. 경계도 한층 강화되고요."

"상관없어. 우리의 첫번째 목표는 달성했으니까. 총리도 그의 능력을 의심하기 시작했어. 이제 그의 정직성도 의심하고 있을 거야."

"소백이 분해서 펄펄 뛸 걸 생각하니 저절로 웃음이 나네요! 자신은 흠잡힐 데 없을 거라고 기고만장하던 자였지만 지금쯤은 잠자리가 뒤숭숭할 겁니다."

"한 단계 높은 작전으로 들어가야겠다."

"그건 좀…… 무리가 아닐까요?"

"여기서 그만둘 거라면 뭐 하러 지금까지 이 고생을 했겠어? 소백의 사기를 꺾는 것만으로는 충분치 않아. 그를 아예 없애버려야 해."

제르구는 별안간 술맛이 뚝 떨어졌다.

"조금 기다려보지요. 총리가 그를 분명 파면할 겁니다."

"지금까지의 일만으로 총리가 그를 쫓아내기에는 뭔가 부족해. 또 소백은 여전히 파라오 가까이에 있단 말이야. 그가 파면되어야 할 증거들을 만들어주는 게 우리가 할 일이지."

"어떻게 해야 하는데요?"

"네 하수인들 가운데 거짓말 잘하는 애들이 있지? 몇 명 모아봐라. 그에게 치명타를 가하는 거야. 총리의 의심을 확신으로 바꿔주는 거지."


레바논 상인은 예고자를 만날 때마다 잠시 동안 식욕을 잃곤 했다. 위가 경련을 일으키며 쪼그라들었기 때문이다. 속을 알 수 없는 이 인물에 대해 레바논 상인은 겁을 먹으면서도 동시에 매력을 느꼈다.

수북이 쌓여 있던 과자를 모두 치워버린 탁자, 되도록 검소해 보이기 위해 한두 개만 남겨놓은 방석. 레바논 상인은 모든 방법을 동원해서 예고자의 질책을 피하려 했다.

"소금을 가져와라."

"곧 대령하겠습니다, 주인님!"

예고자는 사치스럽게 꾸며놓은 레바논 상인의 거실을 경멸하듯 흘 긋 둘러보았다. 진정한 믿음이 지배하는 새로운 사회가 도래하면 이런 사치는 쓸어버릴 것이다.

상인이 그릇을 들고 다시 들어왔다.

"여기 오아시스의 꽃이 있습니다."

예고자는 세트 신의 땀인 소금으로 갈증이 난 목을 축였다.

"새로운 소식이 있느냐?"

"풍문들뿐입니다만 감찰대 총수인 수호자 소백이 의심을 사고 있답니다. 사람들이 자유롭게 통행하는 것을 막고 운항 법규를 멋대로 변경했다가 크눔호테프 총리와 관계가 악화되었답니다."

"그 소백이란 자를 매수할 수 있을 것 같으냐?

"그럴 수 없다는 건 분명하지요. 그자는 고지식하고 청렴한 감찰관입니다. 누군가가 그를 쫓아내기 위해 일을 꾸미고 있는 겁니다."

"정확한 근거가 있느냐?"

"아닙니다, 주인님. 하지만 내막을 알아보는 중이니 곧 밝혀질 겁니다. 소백을 공격할 만한 자라면 사악하면서도 용의주도할 게 틀림없습니다."

"총리가 조작된 고발 내용들을 믿을 것 같으냐?"

"그럴 리는 없지요. 하지만 크눔호테프는 법이 올바르게 적용되는지 살펴야 할 사람입니다. 게다가 그가 엄격하다는 평판은 공연히 생긴 게 아닙니다. 하지만 적절한 증거만 대준다면, 그러니까 그 증거를 잘 조작해서 믿을 만하게 만들어놓으면 그도 소백을 해임하지 않을 수 없을 겁니다. 소백이 쫓겨나면 궁정 경비체제가 송두리째 흔들리게 될 겁니다. 적어도 한동안은 말입니다. 그러면 세소스트리스를 공략하기 좋은 상황이 오는 거지요."

# 24

이케르는 신전에서 맞는 이른 아침을 좋아했다. 동이 트자마자 몸을 정갈히 하고 봉헌의식에 참여하는 일이 그에게 일종의 평온함을 가져다주곤 했다. 그때마다 그는 그 순간의 평온함에 빠져들어갔다. 그러면 삶은 다시금 아름답고 평화로운 것이 되었다. 마치 악이란 것이 더이상 존재하지 않는 것처럼 말이다. 그러나 제의가 끝나면 현실이 또다시 눈앞에 닥쳐왔다.

그의 안색을 본 대사제가 말했다.

"피곤해 보이는구나. 야간 천체관측은 그만두도록 해라. 네게 새로운 일거리를 주고 싶은데, 그 일이 법이나 문학을 좋아하는 사람에게는 불쾌할지도 모르겠다. 그렇지만 서기관이라면 모든 분야에서 훈련을 쌓아야 하지 않겠느냐?"

"대사제님의 지시에 따르겠습니다."

"복종이란 큰 미덕이지, 이케르. 그리고 너는 그 미덕을 갖추었어. 오늘부터 너는 푸줏간 관리를 맡아라."

두말없이 받아들였지만 이 결정은 이케르를 몹시 상심하게 했다.

도축 과정을 지켜본다는 건 그에게 참을 수 없는 고통이었다. 문득 카훈에 남겨놓고 와야 했던 북풍이 생각났다. 분명 세카리가 북풍을 잘 돌봐주고 있으리라.

이케르는 창백한 얼굴을 하고 다리를 무겁게 끌면서 제물 담당 사제들의 작업장으로 갔다. 그곳에는 근육이 우락부락한 사람들이 일하는 도살장과 푸줏간이 있었다. 그들 가운데 몸집이 왜소하거나 눈물이 헤픈 남자는 없었다. 그들은 잔인한 죽음을 맞이할 소들의 마지막 눈길에 익숙했다. 그래서 그들은 자기들끼리만 모여 지냈으며, 깨끗한 아마 옷을 차려입은 서생들과는 어울리려고 하지 않았다.

이케르가 도착했을 때는 마침 휴식 시간이었다. 백정들이 구운 살코기를 왕성한 식욕으로 먹어치우고 있었다. 그들은 입으로는 계속해서 씹고 삼키고 하면서 불쑥 나타난 이 침입자를 의심스런 눈초리로 훑어보았다.

"넌 누구냐?"

우두머리 백정이 물었다. 머리카락이 희고 가슴근육이 튀어나온 건장한 오십대 남자였다.

"새로 푸줏간 감독을 맡은 이케르라고 합니다."

"우리를 범법자 취급할 책상물림이 또하나 왔구먼, 같이 먹을 텐가?"

"배고프지 않습니다."

"구운 고기를 좋아하지 않는 거야?"

"그건 아닙니다만, 지금은 생각이 없습니다."

"우리 일이 구역질 난다 이 말씀이지? 당신만 그런 건 아냐, 친구! 하지만 짐승들을 죽일 전문가들도 필요한 법. 그래야 고기를 즐기는 사람들에게 신선한 살코기를 제공할 거 아냐."

"댁들의 일을 경멸하는 게 절대 아닙니다. 나로서는 할 수 없는 일이니까요."

우두머리 백정이 그의 어깨를 두드렸다.

"안심해, 그 일을 시키지는 않을 테니! 자, 이거나 먹어봐. 그런 다음 오늘 아침 도살해서 잘라낸 고깃덩어리들의 이름과 수효를 기록하면 되는 거야."

이케르는 소 몸통에서 발라낸 안심과 허리 살, 콩팥과 간, 허드레고기와 그 밖의 다른 부위를 구별하는 법을 익혀야 했다. 또한 수의사가 각 동물의 피를 검사한 뒤 깨끗하다고 보증한 검역서들을 검토하고 서명했다. 이케르는 이 장소의 특별한 분위기에 익숙해졌다. 이곳은 위생 규칙이 아주 엄격한 장소였다. 하지만 그는 도살 장면만큼은 절대 보지 않았다. 도살은 최소 네 명의 숙련자들이 함께 했는데 그중 우두머리 백정만이 희생물의 목을 자를 자격이 있었다.

시간이 흐르면서 이케르와 백정들 사이에는 어떤 믿음과 존중심이 자리 잡았다. 이케르는 백정들을 성가시게 하지 않으려고 조심했고, 그들은 이케르에게 좀 덜 퉁명스럽게 대하기 시작했다.

어느 날 저녁, 하루 일과가 끝난 뒤 우두머리 백정과 이케르는 나란히 앉아 맥주를 마시며 말린 쇠고기를 먹었다.

우두머리 백정이 물었다.

"자넨 어디서 서기관 일을 배웠나?"

"처음에는 오릭스 주에서, 그다음에는 카훈에서 배웠지요. 카훈에 있을 때 아누비스 신전의 임시 사제가 되었어요."

"아누비스 자칼. 아누비스 신은 사막을 청소해주지. 사막에서 죽은

252

짐승 시체들을 생명의 기운으로 바꿔서 깨끗이 치워주거든. 자네가 들으면 놀라겠지만 사실 우리는 동료야. 모든 우두머리 백정이 다 그렇듯이 나도 사제란 말이야. 도살이란 하나의 의식으로서 행해져야 하니까. 내 가슴과 내 손은 결코 잔인하지 않아. 나는 짐승들에게 고마워하네. 자신의 생명을 우리에게 제공해서 우리의 생명을 연장시켜주니까. 하토르 여신의 여사제들은 우리의 노동을 축성해주곤 해. 우리 일에는 늘 위험이 따르거든."

"짐승들이 갑자기 요동칠 때를 말하는 건가요?"

"아니, 짐승들은 밧줄로 꼼짝 못하게 묶어두니까 괜찮아. 내가 위험하다고 한 건 무서운 세트 신과 대면할 경우를 말한 거야."

"그게 언제인데요?"

"우리가 짐승의 왼쪽 앞다리를 만질 때마다 그렇지. 왼쪽 앞다리에 가장 큰 힘이 담겨 있거든. 저 하늘을 바라보면 그 다리 형상을 볼 수 있을 거야.* 사제들이 제의를 올리면서 저 다리를 하늘의 문에 그리지. 그러면 하늘의 문이 열려서 다시 살아난 영혼들을 들여보내주거든. 만약 제의를 올리지 않으면 문은 닫힌 채로 있을 거고, 세트 신의 불길이 이 나라를 삼키게 될 거야."

우두머리 백정의 말에 이케르는 놀랐다.

"파라오들의 영혼이 북극성을 둘러싼 별들에 머물고 있는데, 그렇다면 그 영혼들은 세트 신의 보호를 받고 있는 건가요?"

"파라오의 영혼들은 세트의 힘을 자양분으로 삼지. 마치 지금의 파라오께서 내가 바치는 고기로 힘을 얻듯이 말이야."

---

* 큰곰자리를 가리킨다.

"그럼 세소스트리스 폐하를 아신다는 거예요?"

"안다는 말은 너무 거창하고, 다만 나는 파라오께서 멤피스에 머무는 동안 일주일에 한 번 그분을 만날 특권이 있어. 혼자 식사를 하시는 저녁이면 내가 조수를 데리고 그분 앞으로 가서 생명의 기운이 가득 담긴 살코기를 바치는 거야."

그 순간 이케르는 폭군에게 접근할 수 있는 좋은 방법이 있음을 알아차리고 가슴이 쿵닥쿵닥 뛰었다. 하지만 이런 때일수록 침착해야 했다. 초조함도 흥분도 내색해서는 안 되었다.

"어깨가 무겁겠군요. 폐하를 실망시켜서는 안 될 테니까요."

"나야 내 일만 열심히 하면 되는걸."

"사람들 말로는 파라오가 인간미 넘치는 사람은 아니라던데……"

"그렇게 말할 수도 있지! 그의 키는 사람을 압도해. 또 그의 눈길을 견뎌낼 수 있는 사람은 아무도 없어. 그가 입을 열어 말을 하면 그 엄한 목소리는 듣는 사람의 영혼을 꿰뚫지. 그 앞에서 사람들은 자신을 한없이 작게 느끼겠지. 또 그가 거의 초인적인 고요함을 보여줄 때가 있는데, 그럴 땐 그 무엇도 그를 방해할 수 없을 것처럼 보이지. 그의 권위에 대해서야 말할 것도 없고…… 그를 파라오로 뽑은 현자들은 사람을 보는 눈이 탁월했던 거야."

이케르가 말을 받았다.

"그가 철저한 경호를 받고 있어 다행이네요."

"소벡이 세운 경호체제가 있는 한 세소스트리스 폐하는 아무것도 두려울 게 없지! 신원이 밝혀진 사람만 검문을 통과할 수 있어. 나와 내 조수도 여러 번 몸수색을 당하고 나서야 폐하가 머무는 숙소로 들어갈 수 있었지."

우두머리 백정의 의심을 사지 않기 위해 이케르는 화제를 바꾸었다. 자신의 계획을 세우는 데는 그 정도의 정보로도 충분했다.

"많은 사람들이 시리아 팔레스타인 땅에서 전쟁이 일어날 거라고 걱정하던데, 정말 그럴까요?"

"천만에. 호시탐탐 반란을 일으키려 하는 가나안 지방을 왕께서는 올바른 판단을 내려 철저히 통제하고 계시거든. 그곳 사람들은 자기네 주민이 희생되는 건 아랑곳없이 불안을 조성할 궁리만 하지. 네스몬투 같은 강인한 장군이 반란의 싹을 꺾어놓겠지. 이 구운 고기 맛이 어때?"

"아주 맛있어요."

"왕께서 가장 좋아하는 음식이야."

"왕을 만날 수 있다니 정말 기쁘겠어요."

"자네가 내 조수가 된다면 자네도 그런 행운을 누릴 수 있을 텐데!"

"나는 관리를 맡은 서기관일 뿐이에요. 가축 도살은 못 해요."

"그 일을 할 필요는 없어. 나를 따라 음식을 가지고 궁정에 들어가기만 하면 돼. 지금 내 조수가 다른 직업을 택하려 하니까, 그렇게 되면 내가 자네를 궁정에 데려가도록 하지. 적어도 한 번은 같이 가보자구. 폐하께서도 분명 젊고 똑똑한 서기관을 보면 좋아하실 거야."

뾰족코는 자기 배의 돛을 꿰매는 일을 막 끝낸 참이었다. 이 배로 그는 이웃 도시에 단지를 팔러 다녔다.

두 명의 감찰관이 그의 배 위로 올라왔다.

"자네가 뾰족코라는 사람인가?"

"그렇소."

"이 마을 도기 장수가 자네지?"

"내가 아는 한 다른 이름의 도기 장수는 없소."

"이 배는 자네 건가?"

"그렇소."

"자네와 이 배를 부역에 징발하겠다."

"부역이라니요? 무슨 부역 말씀이오?"

"곧 알게 될 거야."

"알긴 뭘 안단 말이오! 나는 장인이라서 비상시가 아니면 부역에 동원될 일이 없소. 나일 강이 범람하기 전에 제방을 보수할 때만 나가는데, 지금은 범람기가 아니잖소?"

"우린 명령을 받았어."

"누구의 명령 말이오?"

"이집트 감찰대 총수인 소백 대장의 명령이지."

"당신네 소백 대장이 요구하는 게 대체 뭐요?"

"이미 말했잖아, 곧 알게 된다고!"

"어림없는 소리 마시오!"

"잔말 말고 명령에 따르든지, 배를 강제로 빼앗기든지 해."

"어디 한번 뺏어보시지!"

감찰관 하나가 곤봉으로 뾰족코의 다리를 후려쳤다. 다른 하나는 엎어진 사람 위로 덮쳐 꼼짝도 못하게 내리눌렀다.

"얌전히 말 들으라고, 친구! 안 그러면 대갈통을 부숴놓을 테니까."

뾰족코는 겁에 질린 나머지 두 명의 감찰관이 자신의 배를 빼앗아 가는 걸 눈뜨고 지켜볼 수밖에 없었다.

크눔호테프 총리는 파라오와 오랜 시간 이야기를 나누고 나온 참이었다. 검토해야 할 서류가 한가득 쌓여 있는 걸 본 그는 잠시 힘이 빠졌다. 총리직을 수행하는 것이 즐거울 거라고 믿는 사람들은 바보이거나 순진한 자들이었다. 미리 예고된 대로 이 지위는 무척 고된 자리였다. 그러나 크눔호테프는 자신의 노력으로 마아트의 법을 세우고, 고발자와 피고인의 사회적 지위가 어떻든 간에 흔들림 없는 정의를 실현할 때마다 큰 기쁨을 느끼곤 했다.

"오늘은 몇 건의 면담이 있는가?"

그의 비서관이 대답했다.

"스무 건입니다."

"심각한 문제들인가?"

"별로 심각한 문제들은 아닙니다. 어떤 도기 장수의 경우를 제외하고는 말입니다. 그 도기 장수의 이야기는 너무 어처구니가 없어서 미친 사람이 꾸며낸 것 같다는 의심마저 듭니다."

"그를 맨 먼저 만나보겠다. 정말 미친 자라면 이야기를 들을 것도 없이 쫓아버리면 되겠지."

도기 장수는 총리의 집무실로 감히 들어오지 못하고 머뭇거렸다. 비서관이 그의 등을 떠밀어 안으로 들여보냈다.

크눔호테프가 물었다.

"이름이 무엇이냐?"

"뾰족…… 뾰족코라고 합니다."

"직업은?"

"도기를 만들어 팔고 있습니다."

"이 보고서를 보니 네가 사는 마을의 촌장이 네 문제를 해결해주지 못하고 주 재판소에 탄원하라고 했구나. 주 재판소 역시 문제를 해결하지 못했고. 그래서 마지막 방법으로 이곳에 온 거라면 아주 심각한 문제일 텐데."

"심각하고말고요!"

이번이 마지막 기회인 걸 안 뾰족코는 빠른 말로 경황없이 자신의 억울함을 쏟아냈다.

"그렇게 쳐들이와시는 몽둥이질을 하고 제 배를 빼앗아갔단 말입니다요! 곤봉을 든 두 놈이었습니다. 그자들이 저한테 만약 반항하면 죽이겠다고 위협까지 했습니다요. 이 모든 게 그 부역 때문입니다! 하지만 지금은 그런 시기가 아니고, 그래서 제가 못하겠다고 한 것이고, 또……"

"그 두 사람이 누구냐?"

"감찰관들이었습니다."

"감찰관? 그게 확실하냐?"

"예, 각하. 그들은 소백 대장의 명령을 받았다고 했습니다요."

총리의 얼굴이 순간 딱딱하게 굳었다.

"파라오의 이름을 걸고 진실을 말하겠노라 맹세한 뒤 한 번 더 말해보겠느냐?"

뾰족코는 진실임을 맹세한 후 자신의 말을 되풀이했다.

"그들이 어느 쪽으로 갔느냐?"

"북쪽으로 갔습니다요. 제게…… 보상을 해주실 거죠?"

"국가는 네게 새 배 한 척과 밀, 맥주, 기름, 옷가지를 줄 것이다. 의사에게 데려다줄 테니 치료를 받도록 해라. 네 숙식비와 여비는 내가 부담할 것이다."

"소백 대장이란 사람은 벌을 받는 겁니까요?"

"정의는 이루어질 것이다."

서기관들이 감찰선들이 정박해 있는 포구에 나타났다. 이들은 도난당한 선박을 묘사한 그림을 지니고 있었다. 그 선박의 돛에는 뾰족코라는 이름이 쓰여 있다고 했다.

퉁명스러운 감시인이 물었다.

"뭘 찾는 거요?"

"선박 시찰을 나온 것이오."

"소백 대장이 서명한 명령서가 있소?"

"총리의 명령서니 충분할 거요."

"나는 소백 대장의 명령에만 따르오."

"소백 대장도 총리에게 복종해야 하오. 길을 막지 마시오. 그렇지 않으면 당신을 체포하겠소."

감시인이 길을 내주었다.

반 시간도 채 안 돼서 서기관들은 뾰족코의 배를 찾아냈다. 그 배는 나일 강 감찰대 선박 두 척 사이에 숨겨져 있었다.

# 25

"또 무슨 일이 일어난 겁니까, 총리 각하?"

"소벡, 이번 문제는 정말로 심각하네. 뾰족코라는 한 도기 장수가 두 명의 감찰관에게 폭행을 당하고 배를 강탈당했어. 그 감찰관들은 자네의 명령을 받고 그를 부역에 동원하러 왔다고 말했다는군."

"지금은 부역 동원령을 내릴 시기가 아닙니다. 저는 그런 명령을 내린 적이 결코 없습니다!"

"증거가 있어."

"어떤 증거입니까?"

"두 명의 도적이 피해자의 배를 강탈해갔는데, 그 배를 조금 전 감찰선 정박장에서 찾아냈거든."

"정말 이해할 수 없는 일이군요!"

"사실이 그래, 소벡. 나는 자네가 부하들에게 속은 거라고 믿고 싶네. 그렇지만 그 범인들을 체포해야 해. 그것도 최대한 빨리. 그들을 체포하지 못할 때는 자네가 책임을 져야 할 거야."

소벡은 하던 일을 모두 중단하고 자신의 부하들에 대한 대대적인 수사에 착수했다.


　문제의 가짜 감찰관 두 사람은 제르구로부터 상당한 값이 나가는 돌이 가득 담긴 가죽주머니를 막 건네받은 참이었다.

　둘 중 나이가 더 많은 사내가 말했다.

　"그리 어려운 일도 아니었는데 너무 후하십니다요. 그보다 더한 일도 할 수 있었는데 말입니다!"

　"감찰선 부두에 배를 매어두는 일은 위험했잖나."

　"달도 없는 캄캄한 밤이었고, 감시인은 술에 취해 정신없이 곯아떨어져 있어서 그리 힘들 것도 없었죠! 또 시키실 일은 없습니까요? 이런 짭짤한 일이면 얼마든지 시켜주십시오."

　제르구가 대답했다.

　"이제 됐어. 아쉽지만 우린 더이상 서로 안 만나는 게 좋아. 시켐에 가면 내 친구 하나가 너희들에게 깜짝 놀랄 일을 하나 맡길 거다."

　"그것도 짭짤한 일이겠지요?"

　"암, 더 두둑하게 챙길 수 있을 거야."

　"왕의 성벽을 넘으려면 정식 통행증이 있어야 하는데요."

　"이 서판을 국경 세관에 내보여라. 그러면 문제없이 보내줄 테니까."

　사내가 서판을 받아 튜닉 안에 넣었다.

　"시켐에 가서 누구를 찾을까요?"

　"촌장을 찾아가봐."

　남자는 촌장이 제르구가 말한 친구라는 걸 알아차렸다. 보나마나 부패한 자일 것이다. 제르구를 위해 일한다는 건 돌아올 수 없는 다리를 건너는 것이었다.

언덕 꼭대기 발라니트나무 잎사귀에 몸을 숨긴 채 제르구는 국경을 향해 말없이 걸어가는 두 남자를 지켜보고 있었다.

두 사람 중 누구도 글을 읽을 줄 몰랐다.

국경에 도착한 그들이 한 병사에게 서판을 내밀자 병사는 화를 내며 두 사람을 체포하려 했다. 곧이어 몸싸움이 벌어졌다. 두 불한당은 병사를 땅바닥에 메어꽂고는 달아나기 시작했다. 그러자 열 명가량의 궁수가 일세히 그들을 겨냥했고, 두 사람은 화살의 과녁이 되어 쓰러졌다.

그들이 내민 서판에는 '이집트군에게 죽음을, 가나안의 반란군 만세!' 라고 쓰여 있었던 것이다.

도기 장수 사건의 범인들은 이렇게 해서 사라졌다. 국경에서 화살을 맞고 죽은 반란자들의 시체를 그 범인들과 연관 지어 생각하는 사람은 아무도 없었다.


"그러니까 자넨 자고 있었단 말이지?"

소벡이 물었다.

"예, 대장님."

"부두를 지키라고 했더니 밤새 잠이나 잤단 말인가?"

"밤새 잔 건 아니고…… 대장님. 그럴 줄이야 어떻게 알았겠습니까? 여긴 감찰대 부두인데 감히 여기가 어디라고!"

"술을 마셨나?"

"대추야자술을 좀 마셨습니다."

"누가 가져다준 건가?"

"잘 모르겠습니다. 초소에 놓여 있었어요. 처음엔 맛만 조금 보려고 했는데, 어쩌다 보니 마음도 허전하고, 선들선들한 바람도 불고요. 그래도 제가 평소엔 술에 잘 취하지 않는 편이거든요."

'누군가 이 멍청이에게 약을 먹였던 거야.'

이 음모를 꾸민 자는 영리하고 치밀한 인물이었다. 그 부패한 감찰관들을 적발해내지 못한 이상 이제 소백은 영락없이 함정에 걸려든 것이다.

소백은 직접 일련의 심문에 나섰다. 부하를 의심하고 심문한다는 건 불쾌한 경험이었다. 그의 심복들은 감찰대 내에 혹시라도 있을 말썽꾼들을 찾아내기 위해 강도 높은 수사를 벌였다.

소문이 빠른 속도로 퍼져나갔다. 감찰대가 심각한 불화와 내분으로 흔들리고 있다는 소문이었다.


술이 거나하게 오른 시리아인은 선술집 탁자 위로 올라가서 코끼리 같은 몸집을 흔들며 빠른 춤을 추기 시작했다.

취객들이 환호성을 질렀다.

"소백, 그를 이 몸이 거꾸러뜨렸단 말이야! 그는 자기가 누구보다 강한 줄 알았겠지만, 푸하하하, 옆구리 한번 오지게 차이더니 폭삭 주저앉았지 뭐야! 가장 강한 자는 바로 이 몸이라고."

이어서 시리아인이 긴 사설을 횡설수설 늘어놓자 다른 술주정뱅이들이 웃음을 터뜨렸다.

물장수는 술 취한 시리아인의 장광설에 흥미를 느꼈다. 레바논 상인의 믿음직한 정보원인 그는 술은 거의 입에 대지 않은 채 이 술집 저 술집 돌아다니면서 정보를 끌어 모으는 중이었다. 감찰대 총수가 처해 있는 곤경에 대해 뭔가를 알아내려는 것이었다.

시리아인의 말은 술에 취해 늘어놓는 허풍일 게 뻔했지만 물장수
는 귀담아들었다. 그러고는 선술집이 문을 닫을 때쯤 몸을 제대로 가
누지도 못하는 시리아인의 뒤를 따라나섰다.

으슥한 골목길로 접어들었을 때 물장수는 휘청거리는 시리아인 옆
으로 가서 부축해주는 척했다.

"고맙소, 친구! 다행히 아직 좋은 사람들이 있단 말이야. 암, 그 소
백 같지는 않지! 그런네 말이시, 이 몸이 그를 속여 넘겼단 말이지."

"당신 혼자서?"

"암, 혼자서! 그러니까, 거의 혼자서…… 어중이떠중이가 모여서
한패가 됐으니까. 뭔 말이냐 하면 나일 강 경비대 소속 감찰관 행세
를 했거든! 그 곡물 운송선 선장의 꼬락서니를 봤어야 하는 건데. 그
자는 우리가 진짜인 줄 알더라니까! 그래서 실컷 웃었지. 무엇보다
보수가 두둑했거든. 입을 열지 않는다는 조건으로 말이야. 그러니까,
어? 내가 지금 말해버린 거야?"

"나는 아무것도 못 들었소. 그런데 다른 사람들도 같은 이야기를
하고 다니오?"

"다른 녀석들은 사라져버렸어. 다시 모여서 소백이 망한 꼴을 축
하하자고 했었는데, 아무도 오지 않았거든."

"당신은 어디 살고 있소?"

"그야 밤마다 다르지. 날 찾아내기는 쉽지 않을걸, 암!"

"누가 당신들한테 그 일을 시켰소?"

시리아인은 갑자기 얼어붙은 듯 딱 멈추더니 손가락으로 하늘을
가리켰다.

"그건 비밀 중의 비밀이야. 하지만 대단한 자인 것만은 틀림없지."

감찰관 행세를 했던 다른 조무래기들은 입막음을 위해 제거된 게 틀림없었다. 이것은 감찰대 총수가 무죄라는 증거였다. 용의주도한 물장수는 문제의 소지를 없애기 위해 시리아인을 처치한 후 레바논 상인에게 달려갔다.

열 가지 재료가 잘 어우러진 양념을 발라 구운 메추라기를 어떻게 외면할 수 있겠는가? 몇 가지 전채 요리와 생선에 이어서 나온 이 메추라기 요리를 보면서 레바논 상인은 입맛을 다셨다. 이 요리 다음에는 그의 요리사가 새로 개발해낸 디저트가 기다리고 있었다. 레바논 상인은 자신이 지금 금식 중이라는 것도 잊어버리고 식도락의 즐거움에 빠져들었다. 그러면서 그는 물장수가 조금 전에 가져온 소식을 머릿속으로 곰곰이 곱씹어보았다.

수호자 소백이 덫에 걸려들었다는 건 분명했다. 어쨌든 반가운 소식이긴 했지만, 이 일이 누구의 머리에서 나온 건지 알아낼 필요가 있었다. 물론 그 주모자에게 경계심을 불러일으켜서도, 감찰대에 노출되어서도 안 된다. 일단 레바논 상인은 자신의 정보원들에게 입단속을 철저히 하도록 지시했다. 이런 상황에서 섣불리 움직이다간 자칫 해를 입을 수도 있는 것이다.

식사에 곁들인 붉은 포도주의 그윽한 향기가 입 안을 채우자 온몸의 피가 왕성하게 돌기 시작했다. 레바논 상인의 머리도 기민하게 돌아가기 시작했다. 끄나풀들이 모아온 정보들을 살펴보던 레바논 상인은 한 가지 사소한 사실에 주목했다. 가짜 감찰관들이 노린 화물선들이 곡물 운송선이라는 사실이었다. 곡물 운송선들의 운항로와 적당한 탈취 지점을 미리 알 수 있는 사람이 과연 누구이겠는가? 가능성이 있는 사람은 단 두 명이었다.

첫번째는 나일 강 경비대의 책임자로, 소벡이 임명한 사람이었다.

두번째는 훨씬 흥미로운 추측이었다. 곡식 저장소 책임 감독관 제르구! 제르구 뒤에는 국정원 비서 메데스가 있었다.

만약 메데스가 이 음모를 사주한 장본인이라면 예고자에게 알리지 않을 수 없는 상황이었다.


총리가 소벡에게 말했다.

"이렇게 온 걸 보면 분명 수사 결과를 가져온 것이겠지? 부디 문제 해결의 실마리를 찾았기를 바라네. 두 범인의 신원을 알아냈는가?"

"그건 알아내지 못했습니다. 하지만 그 두 사람이 감찰대 소속은 아니라는 확신이 섰습니다."

크눔호테프의 어조가 냉랭해졌다.

"무책임한 확신이군, 소벡! 그래봤자 소용없어. 증거 서류들이 엄연하게 쌓여 있어. 부하들의 죄를 덮어주려 한다면 자네가 모든 책임을 지게 될 거야."

"부하들을 감싸는 게 아닙니다. 가혹할 만큼 철저히 조사했지만 감찰대 내부에 불신만 생겼을 뿐입니다."

"선택의 여지가 없군. 자네를 파면하고 죄를 물을 수밖에."

"저는 음모에 말려든 겁니다. 저를 문책하신다면 각하께서는 그릇된 결정을 내리시는 겁니다."

"자네를 처벌하지 않는다면 나는 정의를 모욕한 것이 될 거고, 왕권은 심각하게 손상될 걸세."

"각하, 이건 무고입니다."

"재판이 시작되기 전까지 자네에게 무죄를 입증할 시간을 주지. 지금부터 자네의 감찰대 지휘권을 박탈하겠네. 또한 자네와 자네의 측근들이 폐하를 경호하는 것을 금하겠네."

소벡의 얼굴이 창백해졌다.

"이유가 무엇입니까?"

"자네가 조직해서 훈련시킨 현재의 친위대에 그 두 명의 범죄자가 속해 있다고 가정해보게! 그런 친위대를 자유롭게 풀어놓는다는 건 위험하지 않은가?"

"지금 범인이 노리는 것은 저를 쫓아내서 파라오의 신변 경호를 약화시키려는 겁니다."

크눔호테프는 한참 생각한 후 대답했다.

"그럴 가능성도 있겠군. 폐하의 안전을 지키기 위해 필요한 모든 조치를 취하겠네. 하지만 또다른 가능성도 있지. 이집트 감찰대 총수의 심복들이 자신들은 범죄를 저질러도 처벌받지 않을 거라고 믿을 가능성 말이야. 우두머리가 자신들을 감싸고도는데 처벌을 걱정하겠는가? 이런 수치스러운 사태는 나라의 기강이 해이해지고 있다는 신호야. 나의 주된 임무는 그런 사태를 방지하는 것이고."

"폐하를 뵙도록 허락해주시겠습니까?"

"알현을 허락하게 되면 폐하께서 자네 편을 든다는 의혹을 살지도 몰라. 그러니 파라오께선 이런 문제에 개입하지 않는 게 좋아."

"각하의 말을 따르겠습니다. 하지만 각하는 저를 잘 모르시고, 그래서 실수를 저지르고 계십니다."

"그 말이 사실이기를 나도 진심으로 바라네."

"드디어 해치웠습니다!"

제르구가 의기양양하게 외쳤다.

"총리가 조금 전에 수호자 소벡을 기소했답니다. 죄목은 상해, 선박 절도, 부역 징발권의 부당한 행사, 권력 남용이랍니다. 이 정도면 결과는 확실한 것 아니겠습니까?"

메데스가 대답했다.

"크눔호테프는 이 사건을 본보기로 삼아 백성들에게 국가의 기강이 바로 서 있음을 입증하려는 거야. 그러자면 소벡을 처벌하지 않을 수 없겠지."

"소벡은 빠져나올 구멍이 없습니다. 명백한 증거들을 만들어놨고, 도기 장수는 끝끝내 고발을 철회하지 않을 테니까요."

"일을 저지른 두 녀석들은 확실하게 처리했겠지?"

"염려놓으십시오! 예상대로 국경 경비대가 두 녀석을 없애주었습니다. 흔적을 남기지 않고 깨끗이 처리한 거지요."

"소벡은 자신의 무죄를 입증하려 할 거야."

"하지만 불가능한 일이죠. 장담하건대 이 문제는 이미 결판이 났습니다. 이집트 감찰대 총수는 이제 끝장이 났다 이겁니다."

"총리는 경비대 각각에 다른 책임자들을 앉혀놓고 자신이 직접 그들을 지휘하려 할 거야. 당연히 처음엔 혼선이 빚어질 테니 우린 그 기회를 이용해서 원래 계획을 성공시켜야 해."

기고만장해 있던 제르구가 다시 주눅 든 얼굴로 물었다.

"그보다 차라리 국정원 위원들을 먼저 없애는 게 낫지 않겠습니까? 소벡이 몰락했으니 그들도 자리가 흔들릴 거고……"

"소벡이 없으면 세소스트리스는 방어 능력을 잃게 돼. 소벡의 심복들로 이루어진 친위대를 대신할 자들이 당장에는 없으니 궁정 안으로 들어가서 그를 치는 게 우선이야."

"나리도, 저도 그건 못 합니다!"

"망설이는 거냐? 제르구?"

"파라오를 죽이는 일은…… 너무 위험해요!"

"새로 친위대에 들어갈 자들 몇몇을 매수할 생각이야. 그렇게 하면 일은 쉽게 풀릴 거다."

"저한테 너무 많은 걸 바라지는 마십시오, 나리!"

메데스는 헛된 기대 같은 건 품지 않는 사람이었다. 제르구가 숨어서 일을 꾸미는 재주는 있어도 세소스트리스를 죽일 용기는 없다는 건 이미 알고 있는 바였다.

"네 말이 맞아. 너도 그렇고 나도 그렇고 이런 위험에 뛰어들 수는 없지. 배짱이 두둑한 자객을 하나 사서 써야겠다."

"생각해두신 사람이 있습니까?"

"아직은 없어. 네가 한번 찾아보거라, 제르구. 선술집이나 화물 창고, 빈민 구역을 샅샅이 뒤져서, 하룻밤 새 일확천금을 쥘 꿈으로 정신없이 달려들 녀석을 하나 찾아보란 말이야."

"그러다가 만약 실패하면 우리 이름을 다 불어버릴 텐데요."

"성공하든 실패하든 그자는 살아남지 못해. 궁정 밖으로 나오기도 전에 위병들에게 죽임을 당하거나, 아니면 보수를 건네받을 때 우리 손에 목숨을 잃게 될 테니까."

# 26

모든 일이 메데스의 예상대로 이루어졌다.

소벡은 우리 속에 갇힌 맹수처럼 사기가 꺾이고 고립되었다. 영원히 자유를 찾지 못할 거라는 불안감이 그를 괴롭혔다. 문이 하나씩 닫히고 있었다. 파라오만은 자신을 믿어줄 거라는 마지막 희망마저도 사라진 것처럼 보였다. 사람들은, 심지어는 감찰관들조차도 수호자 소벡이 분명 죄를 지었으니 그런 것 아니겠냐며 수군댔다.

소벡은 어떻게 대처해야 할지 막막했다. 단서라고는 도무지 잡히지 않았고, 구체적으로 혐의가 가는 데도 없었다. 더구나 이제는 수사도 마음대로 할 수 없게 된 상황이었다. 재판이 진행되는 동안 그에 대한 질시와 실망, 원한이 가세하여 새로운 기소 이유가 덧붙여질 것이고, 그에게 온갖 불명예가 덧씌워져 결국 중형이 선고될 게 뻔했다.

소벡은 외국으로 탈출을 시도할 수도 있었다. 하지만 그는 비겁한 사람이 아니었다. 더구나 그렇게 도주한다면 그 자신의 유죄를 입증하는 꼴이 되는 것이다. 그에게 남은 방법은 기적이 일어나기를 기다리는 것뿐이었다.

그는 수년간 쌓아올린 노력이 무너지는 것을 애통한 심정으로 바라보았다. 파라오 친위대 대원들은 대장과 결탁했다는 혐의를 받고 다른 경비대로 전출되었으며, 대신 그 자리는 자객의 침투에 대비한 훈련을 받아본 적이 없는 오합지졸들로 채워졌다. 게다가 각 경비대 책임자들은 승진에 눈이 어두워 총리의 눈에 들려고 경쟁이나 벌였고, 그러다보니 궁정 경비체제에 일대 혼선이 빚어지고 있었다.

소백은 최악의 일이 일어날까봐 두려웠다.

이케르와 우두머리 백정은 마음이 서로 잘 통했다. 우두머리 백정은 약속했던 대로 이케르에게 정육의 개수를 정확히 세는 일 외에는 아무것도 요구하지 않았다.

일주일에 하루, 우두머리 백정은 도살장 일을 잠시 접어두고 하토르 신전의 의식에 참여하곤 했다. 이 의식을 주재하는 수석 여사제는 다름 아닌 왕비였다.

어느 날 이케르는 우두머리 백정과 식사를 하던 중 용기를 내서 슬쩍 물었다.

"왕비님과 말씀을 나눠본 적 있어요?"

"그분은 제의를 올리시느라 쓸데없는 잡담에 쓰실 시간이 없어."

"어째서 여사제들이 제의에 참여하는 거예요?"

"내가 그들에게 세트 신의 힘을 가져다주거든. 그 여사제들만이 세트의 힘을 제어하고 그것을 천상의 화음과 조화시킬 수 있어. 호루스와 세트가 파라오라는 한 존재 안에 머문다는 건 알지? 왕비는 이 둘이 하나임을 알아볼 수 있는 유일한 사람이야. 왕비는 파라오를 바라봄으로써 그를 창조하지. 이로써 왕비는 파라오가 화해 불가능한 것을 화해시키도록 해준단 말이야."

"이집트 왕비의 임무는 어려운 것이군요."

"지금 같은 상황에서는 특히 그렇지!"

"무슨 일이 있나요?"

"왕비는 왕을 보호하기 위해 더 많은 제의를 올리고 있어. 국왕 친위대가 위기에 처했거든. 친위대장인 소벡이 권력 남용으로 기소되었단 말이야. 소벡을 신임했던 파라오로서는 엄청난 타격이시. 총리가 궁정 경비대를 재조직하고 있지만, 자리를 잡기까지는 시간이 좀 걸릴 거야."

"그렇더라도 궁정이 그렇게 허술하게 뚫리지는 않겠지요."

"하지만 거의 뚫린 거나 다름없다니까! 소벡이 그동안 그렇게 공들였던 궁정 경비체제가 완전히 무너져버렸거든. 어젯밤에 내가 조수와 함께 왕에게 바칠 음식을 가지고 들어갔을 때도 궁정 경비가 제대로 되지 않고 있더라고."

예고자는 소금 한 줌을 입 안에 털어넣고 우물거린 뒤 날카로운 눈초리로 레바논 상인을 쏘아보았다.

"내게 알릴 것이 무엇이냐?"

"대단한 소식이 있습니다, 주인님! 소벡이 모든 지위를 박탈당했습니다. 확실한 증거는 없지만 그가 메데스의 함정에 걸려들었다는 건 분명합니다."

"소벡의 후임은 누구냐?"

"아직 없습니다. 총리가 그의 빈자리를 메우려고 애쓰고 있지만 그다지 성과가 없어 보입니다. 왕의 신변 경호도 예전 같지 않다고 합니다."

"어째서 크눔호테프가 그런 무리수를 두는 걸까?"

"매사에 엄격한 사람이다보니, 뭐든 법대로 해야 한다는 생각에 상황을 고려하지 못한 거겠죠. 소문을 듣자하니 총리의 손에 소벡의 유죄를 입증하는 명백한 증거가 들어왔답니다."

"어쩌면 빚을 갚으려는 것일지도……"

"그럴 수도 있습니다. 크눔호테프는 주 총독이었으니 옛 적수를 축출하는 일이 반갑겠지요. 제 생각에 메데스는 여기서 멈추지 않고 곧왕의 또다른 측근들을 몰아낼 계획을 꾸밀 것 같습니다."

"궁정 내부 사정이나 세소스트리스의 움직임에 대해 좀 알아낼 수 있겠나?"

"소벡이 없는 지금이라면 가능할 겁니다."

"왕의 신변이 가장 허술하게 노출되는 시각이 정확히 언제인지 알아봐라. 운명이 도와준다면 예상보다 빨리 우리의 대의를 이룰 수 있을 것이다."


선술집에는 늘 조무래기 불한당들이 득실댔다. 이들은 걸핏하면 사고를 치긴 했지만 나름대로 선을 넘지 않고 있었다. 물론 소벡이 갇혀 있다는 사실에 많은 범법자들이 한번 기지개를 켜볼 배짱을 갖게 된 건 부인할 수 없었다. 하지만 아쉽게도 그들 대부분은 이미 감찰대의 요주의 인물인 탓에, 또다시 감옥에 갇힐지도 모를 일에는 선불리 움직이지 못했다. 총리는 인명과 재산의 안전을 지키는 일에 조금도 예외를 두지 않는 사람이었기 때문이다.

제르구로서도 새로운 거사를 꾸미려면 크눔호테프가 경비대를 재

조직하는 이 과도기를 이용해야 했다. 하지만 그는 도무지 자신이 생기지 않았다. 그런 인물이 나타날 것 같지 않았던 것이다.

선술집이란 뜬소문을 포함해서 온갖 이야기가 넘쳐나는 곳이었다. 평소처럼 이곳에서 하수인들을 구해 궂은일을 시킨 다음 입을 막아버리는 거야 식은 죽 먹기였다. 하지만 파라오를 암살할 인물이라면 확실한 능력을 갖춘 자여야 했다. 믿을 만한 자객은 쉽게 눈에 띄지 않았다.

제르구는 멤피스의 빈민 구역을 샅샅이 뒤지고 다녔다. 그곳은 가난한 자들의 동네인데도 삶의 즐거움이 느껴졌다. 끼니를 거르는 가정은 없었고, 세소스트리스의 인기도 나날이 높아지고 있었다. 제르구는 이곳저곳 기웃거리며 말을 떠보았지만 돌아오는 건 파라오에 대한 칭찬뿐이었다.

남은 곳은 부두 화물 창고들이었다.

여기라면 두 가지 이점이 있었다. 힘센 장정들을 구할 수 있다는 것, 게다가 그들의 국적이 다양하다는 점이었다.

제르구는 부두 노동자들 사이에서 쓸 만한 자를 물색했다. 특히 곡물을 배에 싣고 내리는 인부들을 유심히 살폈다. 곡식 저장소 책임 감독관이라는 신분 덕분에 그는 모든 행정 문서들을 자유롭게 볼 수 있었다.

이렇게 며칠을 보낸 후 그는 한 가지 사소하지만 흥미로운 점을 발견했다. 제2부두에는 서류상 시리아인 한 사람과 리비아인 한 사람을 포함해서 모두 열 명의 하역 인부가 배정되어 있었다.

하지만 제르구가 직접 세어본 결과 제2부두의 실제 하역 인부는 모두 열한 명이었다.

그렇다면 이 열한번째 인부는 공식적으로는 존재하지 않는다는 이야기였다. 인부들이 오가는 모습을 숨어서 지켜보던 제르구는 상반신이 흉터투성이인 덩치 큰 남자가 때때로 자루를 하나씩 빼돌려 이웃 화물 창고에 감추는 것을 알아차렸다. 그 남자는 그럴 때마다 리비아인과 뭔가 속닥대곤 했다.

밤이 되자 리비아인이 당나귀 두 마리를 끌고 나타나서 감춰둔 자루들을 실은 다음 부두를 떠났다. 제르구는 그를 뒤쫓았다. 리비아인은 인적이 드문 변두리에 있는 자신의 집으로 가더니, 당나귀 등에서 자루를 내려 집 가까운 오두막에 숨겼다.

리비아인이 자신의 집으로 들어가려는 순간 제르구가 그의 앞을 막아섰다.

"조용히 해, 친구. 이 집은 포위당했어. 도망치려 하다간 화살받이가 될 거야."

"감찰관이오?"

"겨우 그 정도로 보이나? 나는 부패 단속반에서 나온 사람이야. 현행범은 기소나 재판 없이 즉각 처벌할 권한이 있어. 곡물 절도죄는 종신 노역형이야. 하지만 서로 이야기를 잘 해볼 수도 있지."

겁에 질린 리비아인이 말을 더듬거렸다.

"잘해보다니…… 뭘 말이오?"

"안으로 들어가 이야기하자고."

집 안은 제법 잘 꾸며져 있었다.

"비밀 사업에서 나오는 수입이 제법 짭짤한가보군!"

"제 사정도 이해해주십시오. 쥐꼬리만 한 급료로 어떻게 먹고살겠습니까? 두 번 다시 이런 일은 없을 겁니다. 그러니 한 번 봐주십시오."

"공범이 누군지 불어라!"

"없습니다. 혼자 한 짓입니다요."

"한 번만 더 거짓말을 입에 올렸다간 영원히 감방에서 썩을 줄 알아!"

"도와주는 사람이 있긴 있습니다. 제 동생입지요."

"불법체류자렷다?"

"그런 셈입죠."

"왜 입국 신고를 하지 않았지?"

"그게 제 동생한테는 좀 곤란한 일이 있어서……"

"솔직히 말해, 어서!"

리비아인은 고개를 떨구었다.

"동생이 감찰관을 죽인 적이 있습니다. 저는 그 아이를 구해야만 했었고, 동생은 부두 노동자 명단에 들어 있지 않은 덕분에 그럭저럭 무사히 살고 있었죠. 다른 이들은 비밀을 지켜주겠다고 약속했고요."

"네 동생은 어디 살고 있는데?"

"부두 근처 오두막에 살고 있습니다."

"네 동생의 이름은 뭐냐?"

"상처자국이라고 불립니다. 늘 싸움질을 하고 다녀 상처가 아물 날이 없었거든요."

"네 얌전한 동생이 감찰관 한 명만 죽인 건 아닐 텐데."

"그 감찰관이 먼저 달려들어서 그랬던 겁니다. 정말입니다! 설마 우리를 체포할 생각은 아니시겠죠?"

제르구가 알쏭달쏭한 태도로 대답했다.

"글쎄, 너희들이 하기 나름이지."

"하기 나름이라니요, 저희가 어떻게 하면 용서해주시겠습니까?"

"너는 입 닥치고 평소대로 일을 하면서 동료들에게 네 동생이 리비아로 돌아갔다고 말하면 돼."

"동생을 체포하시려는 겁니까?"

제르구가 말했다.

"아니, 일을 하나 제안할 생각이다. 부패 척결과 관련된 일이지. 그가 그 임무를 잘해내면 체류 허가증과 취업 허가증을 받게 될 거야. 하지만 네 동생이 일을 안 하겠다고 하면 너희 둘의 앞날은 캄캄해지는 거지."

"제가…… 동생하고 이야기를 해봐도 되겠습니까?"

제르구는 내키지 않는 척했다.

"그건 규정에 어긋나는 일인데."

"제발 살려주시는 셈치고 절 믿어주세요!"

"요구 사항이 많군. 하지만 너그럽게 봐주지. 그리고 이제 곡식 자루를 몰래 빼돌리는 건 안 돼. 내일 밤에 내가 동생을 찾아가겠다. 그전에 네 동생을 잘 설득해봐."

"예, 알겠습니다. 믿으셔도 됩니다요."

# 27

입비뚤이는 멤피스가 무척 마음에 들었다. 그는 멤피스의 화물 창고들을 털어 엄청난 부자가 되고 싶었다. 하지만 그 일은 외딴 농가들을 수탈하는 것보다 훨씬 어려울 게 뻔했다.

완력이 엄청난 이 털북숭이 거한의 모습은 가련한 농민들을 겁먹게 하기에 충분했다. 이들은 당국에 고발한다는 건 꿈도 못 꾸고 입비뚤이에게 꼬박꼬박 세금을 바쳤다.

그 덕분에 입비뚤이의 재산도 차츰 늘어나고 있었다. 하지만 그는 예고자에게 자신의 활약상을 보고하기 위해 멤피스로 오는 걸 잊는 일은 없었다.

입비뚤이는 인상이 좋아 보이는 남자가 앉아 있는 상점 안으로 들어섰다. 그러자 남자는 입비뚤이에게 이층으로 올라가라는 눈짓을 보냈다.

계단 꼭대기에는 얼간이 스합이 길을 지키고 있었다.

"오랜만이야, 네 몸을 좀 수색해야겠어."

"뭐야, 알면서 왜 이래?"

"주인님의 명령이야."

"조심해, 얼간이. 참는 데도 한계가 있어."

"명령은 명령이야."

이 두 사람은 늘 개와 고양이 같았다. 스합은 입비뚤이를 자기 이익만 밝히는 막돼먹은 도둑이라고 생각했고, 입비뚤이는 스합이 쫓겨났다가 다시 기어 들어온 개처럼 주인한테 납작 엎드려 눈치만 살피는 겁쟁이라고 생각했다.

"멤피스에 올 때는 무기를 갖고 오지 않아. 그래서 감찰대 검문에도 별 문제없이 통과하잖아."

"그래도 규칙은 규칙이야."

"그래, 해라! 해!"

무기가 없는 걸 확인한 스합이 말했다.

"따라와."

예고자가 어둑한 방 한가운데 앉아 있는 게 보였다. 창문마다 쳐놓은 발 틈으로 한줄기 빛이 희미하게 스며들고 있었다.

"어떻게 지냈느냐?"

"만사형통입니다, 주인님! 사업은 잘되고 있습니다. 주인님께 드릴 물건도 잊지 않았습니다."

"무엇이냐?"

"제 부하 두 명이 곧 귀한 돌들을 상점으로 가져올 겁니다. 상납받은 돈으로 구입한 거죠. 그 돌들을 무기와 바꾸실 수 있을 겁니다."

"위험에 노출되는 일은 없어야 한다."

"그런 일은 절대 없습니다! 괜찮다 싶은 농가를 골라놓았다가 조금 겁을 주고, 필요하면 뒤집어엎고, 그렇게 세금을 거두고 있습니다요."

"이제 부자가 되었구나."

"그렇지만도 않습니다. 부하들을 거느리자니 돈이 많이 듭니다요."

"네 부하들이 빈둥거리게 내버려두는 건 아니겠지?"

"그럴 리가 있습니까! 훈련 때마다 모두 몸이 근질근질해서 난리인 걸요."

"소백이 자리에서 쫓겨났다. 감찰대 조직이 흔들리고 있어 상황은 우리에게 유리하다. 필요한 정보가 곧 손에 들어오면 우리는 궁정 안으로 침투해 들어갈 수 있을 거다. 지금 나에겐 세소스트리스를 죽일 수 있는 열혈투사가 필요해."

"제 부하들이 딱입니다요. 그중에서도 그 일에 적격인 자가 하나 있습니다. 성질이 못되고 몸이 날랜 시리아 놈입니다. 아직 누구한테도 져본 적이 없지요. 이집트라면 이를 가는 놈인 만큼, 이 나라 전체를 쓸어버릴 수 있다면 신이 나서 덤빌걸요! 파라오를 죽이는 일은 그놈에겐 최고로 신나는 일일 테니까요."

사방은 칠흑같이 어두웠다. 그날 낮에 미리 살펴두었기에 망정이지, 안 그랬으면 이 밤에 길을 찾느라 제르구는 갖은 애를 먹었을 것이다.

"이리로 나와봐, 상처자국."

아무 대답도 없었다.

제르구는 더럭 겁이 났다. 만약 그 하역 인부가 튀어나와 자신에게 칼이라도 휘두른다면? 그 남자의 근육질 몸을 볼 때 나 정도의 몸으로는 제대로 맞설 수도 없을 텐데.

"나와보라고. 안 그럼 돌아가겠어."

"여기 있소."

거친 목소리 하나가 대답했다.

제르구는 앞으로 몇 걸음 나아갔다. 남자는 팔짱을 낀 채 담벼락에 등을 기대고 서 있었다.

"네 형한테 이야기 들었겠지?"

"들었소."

"어때, 해볼 텐가?"

"천만의 말씀. 나는 누구한테 이래라 저래라 명령받는 걸 안 좋아해."

"네 형 처지가 곤란해질 텐데."

남자가 팔짱을 풀었다.

"그게 뭔 말이오?"

"뭔 말이냐 하면 부패 단속반에서 그를 체포할 거란 이야기지. 네 형의 운명은 네가 일을 하느냐 안 하느냐에 달렸어."

"네 녀석의 뼈를 부숴놓을 테다!"

"그런다고 네 형을 구할 수 있는 건 아냐. 내 말을 듣지 않으면 네 형은 죽어."

리비아인이 침을 뱉었다.

"원하는 게 뭐요?"

"이미 사람을 여럿 죽여봤을 테니 하나 더 죽이는 게 어렵지는 않겠지?"

"못 할 건 없지."

"지금까지 네가 저지른 일들은 대단찮은 것들이었어, 상처자국. 거물을 하나 처치해보지 않겠어?"

"거물이든 아니든 별반 다를 게 없지. 그래봤자 벌벌 떠는 인간일 테니."

"파라오도 그럴까?"

리비아인은 너무나 놀란 나머지 뒷걸음치다 벽에 가로막혔다.

"파라오라니, 그는 신이오!"

"나한테는 신이 아니지."

"썩 꺼지시오. 더이상 듣고 싶지 않소!"

"파라오와 네 형, 둘 중에 하나를 선택해. 네가 이 일을 안 하겠다면 네 형은 오늘 밤에 처형될 거야."

"마법이 파라오를 보호하고 있단 말이오."

"틀렸어, 상황이 바뀌었거든."

"무슨 일이 일어났었는데?"

"친위대장 소벡이 모든 직위를 박탈당했어. 그가 없으면 그 어떤 마법도 힘을 발휘할 수가 없지. 이제 왕은 다른 사람들과 마찬가지로 평범한 인간일 뿐이야."

"친위병들은 어쩌고?"

"소벡이 훈련시킨 자들은 다 쫓겨났어. 네가 왕의 처소까지 갈 수 있도록 미리 손을 써놓을게."

"언제, 어떻게?"

"우리가 다 마련해줄 거야. 때가 되면 알려줄 테니, 네 은신처에서 참고 기다려."

"그럼 우리 형은?"

"네가 임무를 마칠 때까지 인질로 잡아둘 거다. 일이 끝나면 너희

둘 다 부자가 될 거고. 더이상 도둑질을 할 필요도 없고, 몸을 숨길 필요도 없어지는 거야. 너와 네 형은 영웅 대접을 받으며 큰 저택에서 수많은 하인들을 부리며 살게 될 거다. 어때, 이래도 거절할 셈이냐?"

"좋소, 하겠소."


우두머리 백정의 조수는 박봉에도 쾌활함을 잃지 않는 총각이었다. 일을 배우면서 때로 요령을 부리기는 했지만, 우두머리 백정이 지시한 사항은 글자 그대로 지켰다. 사실 우두머리 백정처럼 자신의 직무에 철저한 장인들이 있어, 프타 신전의 도살장은 이집트 전체에서 첫손 꼽히는 곳이 될 수 있었다.

조수가 이케르에게 털어놓았다.

"기쁜 소식이 있어. 난 곧 결혼해. 얼마나 예쁜 여자인지 몰라! 그녀의 부모를 설득하기가 쉽진 않았지만 그녀가 마음을 단단히 굳힌 상황이라 결국 허락을 받았지."

"축하해."

"넌 결혼 안 할 거야?"

"아직 생각 없어."

"너무 진지한 거 아니야?"

"나 같은 시골 출신이 멤피스에 와서 자리 잡기는 쉽지 않아. 난 우선 공부에 힘을 기울이고 싶어. 결혼은 그다음에 생각할 거야."

"그래도 여자아이들하고 아주 담을 쌓아선 안 돼!"

도살장으로 돌아가는 조수의 모습을 보면서 이케르는 여사제를 생각했다. 그러나 이런 꿈과 몽상에 잠기는 것은 이제 소용없는 일이었다. 이케르는 자신의 종착점이 궁정이라는 사실을 알고 있었다.

늘 그렇듯 유려한 문장으로 일주일간의 보고서를 작성하면서 이케르는 우두머리 백정의 조수가 마지막 남은 방해물이라는 생각을 했다. 물론 회계 장부를 위조해서 그 조수에게 혐의를 씌울 수도 있었다. 하지만 그렇게 한다면 그건 마아트를 배반하고 한 선량한 청년의 앞날을 망치는 것이다. 우두머리 백정에게 가서 그 청년을 모함하는 것도 마찬가지로 의롭지 못했다.

목표에 아주 가까이 다가서 있으면서도 이케르는 무기력함을 느꼈다. 원래부터 범죄자였다면 이런 거추장스러운 장애물쯤이야 단번에 제거해버렸을 테지만, 이케르는 그런 범죄자가 아니었다. 그가 바라는 것은 단지 이집트를 살인자의 횡포로부터 구해내는 일이었다. 오직 그 살인자, 폭군만이 응징해야 할 대상이었다.


한밤중에 물장수는 아무도 보는 사람이 없다는 걸 확인한 후 레바논 상인의 집으로 들어갔다. 문지기에게는 물장수가 오면 어느 때고 문을 열어주라는 지시가 내려져 있었다.

하인 하나가 상인을 깨우러 갔고, 잠시 후 잠이 덜 깬 얼굴로 레바논 상인이 나타났다.

"기다렸다가 내일 이야기하면 안 되는 것이었나?"

"지금 말씀드려야 할 것 같아서요."

"어서 말해봐."

"소인이 궁정에서 침모 일을 하는 여자 하나를 사귀었습니다요. 속에 바람이 든 예쁘장한 계집인데, 수다라는 고마운 재능을 갖고 있습죠. 덕분에 궁정 경비체제에 대해 전부 알아냈습니다요."

레바논 상인은 졸음이 확 달아나버리는 걸 느꼈다.

"소백의 부하들 자리에는 더 나이 많고, 자신만만하고, 거들먹거리는 병사들이 새로 들어왔답니다. 규율이 잘 서 있어서 자기가 모시는 상관의 명에 철저히 복종한다더군요. 이들은 여섯 시간마다 교대한답니다. 그리고 간혹 왕이 자신의 내실 서재에 혼자 있을 때가 있답니다. 거기서 보고서를 검토하면서 저녁식사를 하는데, 그곳에는 보초가 한 사람도 없답니다. 모레 저녁이 바로 왕이 서재에 혼자 있는 날이랍니다요."

"좋은 정보로군! 하지만 새 친위대가 여전히 문제겠군."

"그들을 따돌려버리면 되죠."

"어떻게?"

"제 애인이 그날 밤 담당 장교의 이름을 가르쳐주었습니다. 밤 아홉시부터가 그의 근무시간이라는데, 그자를 중간에 처리하고, 대신 우리 편 사람을 장교로 변장시켜 친위병들에게 궁정에서 나가라는 명령을 내리는 겁니다요. 그러면 방해받지 않고 왕의 내실로 들어갈 수 있을 겁니다요."


애꾸눈은 자신의 패배를 인정하고 주먹으로 바닥을 쳤다. 평소대로라면 시리아인은 애꾸눈의 목을 조르던 손을 그만 풀어야 했다. 그러나 시리아인은 더 사납게 그의 목을 졸라대고 있었다.

입비뚤이가 외쳤다.

"됐어, 그만 놔줘!"

시리아인은 못 들은 척했다.

입비뚤이가 할 수 없이 시리아인의 머리카락을 움켜잡고 뒤로 당겼다. 마침내 시리아인이 상대의 목을 죄던 손을 풀었다.

"애꾸눈이 항복했잖아!"

"못 봤는데요. 게다가 그래봤자 눈속임이죠. 저런 놈들은 썩었어요. 항복하는 척하면서 역습을 한다니까요."

애꾸눈은 남은 한쪽 눈을 크게 뜬 채 사지를 축 늘어뜨리고 뻗어 있었다.

"이봐, 일어나!"

입비뚤이가 명령했지만 애꾸눈은 꼼짝도 하지 않았다.

시리아인이 말했다.

"보십쇼. 영락없이 죽은 척하지 않습니까?"

"그래, 네가 그를 죽였으니까!"

"별로 아까울 것도 없는 놈인 걸요. 싸움 실력이 나날이 줄고 있었으니까요."

"가서 몸을 씻고 옷을 갈아입고 와."

입비뚤이가 명령했다.

"너는 임무를 수행하러 떠나야 한다."

시리아인의 눈이 흥분으로 번쩍였다.

"정말입니까! 제가 죽여야 할 자가 누구입니까?"

"이집트의 파라오."

# 28

우두머리 백정은 아침 제의에 쓸 봉헌물을 준비하고 있었다. 그때 나쁜 소식이 그에게 전해졌다. 얼마 후 새신랑이 될 그의 조수가 심한 열병이 나서 일하러 오지 못한다는 것이었다.

우두머리 백정이 잉크를 물에 녹이고 있던 이케르에게 와서 도움을 청했다

"오늘 밤 파라오의 저녁식사 시중을 들어야 하는데, 내 조수가 아프다는구먼. 대신 조수 역할을 해주겠어? 그러자면 근무시간을 넘기게 되겠지만 말이야."

이케르는 가슴이 두근거리는 것을 간신히 눌러 참았다.

"내가 잘할 수 있을지 모르겠어요."

"걱정하지 마. 어려운 일은 없으니까. 내가 첫번째 접시를, 자네는 두번째 접시를 들고 들어가면 되는 거야."

"궁정에는 나를 아는 사람이 아무도 없어요. 위병이 나를 들여보내주지 않을 거예요."

"내가 있잖아, 내 얼굴은 다들 알거든! 또 요즘엔 궁정 경비가 많

이 느슨해졌어. 문제없이 들어갈 수 있을 거야, 내 말을 믿으라고. 그런데 혹시 폐하를 뵙는 게 겁이 나는 건가?"

"사실은……"

"겁낼 것 없어! 내가 폐하의 방문을 두드릴 거야. 안에서 폐하가 '들어와' 하고 명하시는 소리가 들리면 우리는 머리를 숙이고 방 안으로 들어가면 돼. 그러고 나서 입구 오른쪽에 있는 낮은 탁자에 음식 접시를 내려놓는 거야. 만약 폐하께서 일에 열중하고 계시면 우린 곧장 방을 나오면 돼. 폐하께서 내게 푸줏간의 운영이 잘되고 있냐고 물어보실 수도 있어. 조수가 바뀌었다는 걸 알아차리신다면, 자네가 인사를 올리도록 해줄게. 자네가 겁을 낼 만하긴 하지. 폐하께선 앉아 계신 모습도 거인이시거든! 그분의 눈을 바라보는 것만으로도 자네는 입이 얼어붙어버릴걸. 폐하를 이미 뵙고 난 다음이라도 또다시 마주하게 되면 여전히 가슴이 떨리곤 하지. 이제 일을 해야겠어. 자네도 신전으로 보낼 정육의 개수와 품질을 기록해. 그런 다음 가볍게 요기를 하세."

우두머리 백정이 말을 마치고 가버리자 이케르는 잉크를 엎지르고 말았다. 그의 손은 떨리고 있었다.

목표가 바로 눈앞에 다가와 있었다.


리비아인 하역 인부는 일에 집중할 수가 없었다. 게다가 동료들도 그를 냉랭하게 대하고 있었다. 함께 일하는 인부 가운데 몇 명이 자신을 싫어한다는 건 알았지만 이 정도는 아니었다. 그는 동료들이 자신을 왜 따돌리는지 이유를 물어보지도 못한 채 평소보다 더 무거운 등짐을 져 날랐다. 머릿속에서는 동생 생각이 떠나지 않았다. 그 아이가 정말로 그 일을 맡아 하기로 한 걸까? 자신들을 협박하고 달래던 그 수상한 인물은 빈말을 하는 게 아니었다. 그의 요구를 거절하기란 불가능했다.

그의 등 위에 자루가 하나 더 얹혀졌다. 그 무게가 얼마나 무거웠던지 하마터면 주저앉을 뻔했다.

"이보게들, 이만큼을 져 나르라니. 이건 적어도 두 사람이 날라야 할 몫이라고!"

"그 여자아이에게 몹쓸 짓을 했을 때도 넌 혼자였잖아, 아니야?"

하역 인부 하나가 리비아인을 증오에 찬 눈초리로 노려보며 물었다.

"무슨 이야기를 하는 거야?"

"우린 전부 알고 있어, 쓰레기 같으니."

"무슨 소리야? 내가 무슨 짓을 했다고 그래?"

"전부 알고 있다고 말했을 텐데. 너 같은 비열한 인간은 재판을 받을 자격도 없어. 지금 당장 형을 집행해야 해."

하역 인부는 리비아인을 물속에 집어던졌다. 헤엄을 칠 줄 모르는 리비아인은 몸부림을 쳤지만 허사였다. 도와달라고 소리치자 머리 위로 자루가 날아왔다. 자루에 머리를 얻어맞은 그는 물속으로 가라앉았다.

"정의를 행한 거야."

인부 하나가 말했다.

제르구가 멀찍이 떨어진 자리에서 이 장면을 지켜보고 있었다. 하역 인부들은 그 리비아인이 한 소녀를 강간했다는 제르구의 이야기에 속아 넘어간 데다, 한술 더 떠서 그 악당을 사고로 위장해 죽여준다는 조건으로 돈까지 받은 터였다. 그리고 지금 목격한 대로 하역 인부들은 자신들에게 주어진 과제를 완벽하게 완수한 것이다.

제르구는 또다시 아무 흔적도 남기지 않은 채 사라져버렸다.

국정원 회의가 끝난 후 세호테프는 메데스를 불러 새로 작성할 칙령의 내용을 일러주었다. 장인들의 작업 여건을 개선하고 각 지방 간의 교역을 가로막는 융통성 없는 행정 규정들을 철폐한다는 내용이었다.

세호테프가 설명했다.

"폐하께서는 이 법안들이 하루빨리 공포되기를 바라오. 일을 서둘러주시오."

"오늘 저녁 당장 폐하께 초고를 올리겠습니다."

"아니, 오늘 저녁엔 안 돼. 파라오께선 문서들을 검토하기 위해 혼자 식사하실 거요. 내일 아침, 새벽제의가 끝난 다음이 좋겠군. 초고 하나로 끝내지 마시오. 밤은 꼭 잠을 자라고만 있는 게 아니니까."

메데스는 웃으며 대답했다.

"잘 알겠습니다. 최선을 다하겠습니다."

"일이 쉽지 않은 건 아오. 하지만 폐하께서는 당신의 능력을 높이 평가하고 계시다는 걸 잊지 마시오."

"국가에 도움이 된다는 게 가장 큰 기쁨이 아니겠습니까? 일 분이라도 아껴서 일을 해야 하니 그럼 저는 이만 돌아가보겠습니다."

집으로 돌아온 메데스는 하인 하나를 보내 곡식 저장소를 시찰중인 제르구를 불러오게 했다. 마침 하급자들을 불러 세워놓고 으스대던 제르구는 메데스의 호출을 받고는 황급히 메데스의 저택으로 달려왔다.

들어서는 제르구를 보고 메데스가 말했다.

"오늘 밤에 움직여야 한다. 세소스트리스가 내실 서재에 혼자 있을 거라더군."

"친위병들은요?"

"밤 아홉시에 위병 교대가 있을 거야. 그 몇 분 동안 왕의 내실로 통하는 복도는 위병 없이 텅 비게 된다. 네가 물색해놓은 리비아인을 잡역부들이 다니는 출입문을 통해 궁정으로 들여보낸 다음 곧장 왕의 숙소로 보내라."

"장애물이 나타나면 어떻게 하죠?"

"알아서 없애라고 해. 여기 궁정 내부 지도가 있으니 그자에게 암기시켜. 그런 다음 지도는 바로 태워버리고. 그의 형이라는 자는 처리했느냐?"

"깨끗이 없애버렸지요."

"그 동생에게 가서 지시 사항을 일러줘라."


제르구는 이 동네가 정말 마음에 들지 않았다. 멤피스의 일반적인 활기와는 다른, 뭔가 무거운 분위기가 이곳을 짓누르고 있었다. 김이 피어오르는 오물 더미에서는 악취가 풍겨나왔고, 떠돌이 개들은 먹이를 찾아 길거리를 헤맸다. 땅바닥에는 벽돌 조각들이 사방에 널려 있었고, 원래 그 벽돌들로 지어졌을 집들은 흉물스러운 폐허가 되어 있었다.

제르구가 상처자국의 오두막 밖에서 소리쳤다.

"이리 나와."

문은 여전히 닫혀 있었다. 제르구는 불안한 심정으로 가까이 다가

갔다.

"당장 나오라니까!"

몇 걸음 떨어진 자리에서 쥐들이 앞니를 드러내며 위협하듯 찍찍거렸다. 제르구가 벽돌 조각을 집어 들어 쥐들을 향해 던지려는 순간 손 두 개가 불쑥 튀어나와 그의 목을 움켜잡았다. 제르구는 목이 졸린 채 발이 공중에 들려 버둥거렸다.

상처자국이 으르렁거리듯 말했다.

"네 목을 졸라보고 싶은데!"

제르구는 간신히 목소리를 짜낼 수 있었다.

"그만 해, 네게 줄 첫번째 상금을 가져왔다고!"

상처자국이 제르구를 다시 땅바닥에 내려놓았다.

"거짓말이면 납작하게 짓눌러버리겠어."

제르구는 자신의 목을 만져보았다. 이 바보 같은 놈이 나의 목을 부러뜨리려 들다니!

"어디 있어, 그 상금은?"

제르구는 자신의 신중함에 안도했다. 이 덜떨어진 녀석이 어떻게 나올지를 예측하고는 품질 좋은 청금석을 준비해왔던 것이다.

"이 돌은 아주 비싼 거야. 그리고 이건 네가 받게 될 전체 보수에 비하면 아주 하찮은 것이지."

상처자국은 보석을 만져보았다.

"이런 건 처음 보는데…… 오늘 밤이라고 했소?"

"어떻게 잠입할지 설명해주지. 성공하면 넌 꿈같은 인생을 살게 되는 거야. 여기 네가 사용할 단검이 있다."

다음 위병 교대까지 앞으로 여섯 시간 동안 궁정 경비대를 지휘할 친위장교는 융통성 없는 소벡의 방식 대신 자신의 방식을 적용했다. 각자의 자리에서 근무 교대를 하는 것이 아니라 한곳에 모여 그 배치와 인원수를 확인하는 방식이었다.

　궁정 잡역부들이 드나드는 문을 지키던 위병은 교대 시간이 되자 얼씨구나 하고 자리를 떴다. 허리가 아파서 더이상 똑바로 서 있기가 힘들었던 것이다.

　위병이 자리를 비우자마자 그 틈을 타 상처자국이 궁정으로 잠입해 들어왔다. 누구라도 자신의 앞을 가로막으면 당장 때려누일 태세였다.

　상처자국의 출현에 가장 놀란 것은 시리아인이었다. 입비뚤이로부터 뛰어난 전투사로 훈련받은 그는 벌써 한 시간 넘게 이 근처를 맴돌면서 비상 경계령이 내려질 때를 기다리고 있었던 것이다. 이것은 같은 편 하수인이 친위장교로 위장하여 조작할 가짜 비상 경계령이었고, 이때를 틈타 시리아인은 궁정으로 들어갈 계획이었다.

　그런데 지금 수상한 녀석이 나타난 것이다.

　저자는 누구이고, 뭘 하려는 것일까? 난폭해 보이는 얼굴에 단검을 들고 있는 모습이 시리아인의 경계심을 불러일으켰다.

　시리아인은 생각했다.

　'저자는 감찰관이 분명해. 변장을 하고 경계를 서는 것이겠지.'

　그렇다면 궁정 안에 다른 감찰관들도 변장하고 숨어 있는 게 아닐까? 그걸 알아낼 방법은 저자를 처치하고 자신이 직접 확인하는 수밖에 없었다.

　별안간 명령 소리들이 여기저기서 터져나오더니 위병들이 뛰어가는 소리가 들렸다. 예정된 교란작전이었다.

궁정 경비대 사령부에 누군가가 총리 집무실에 불법 침입하려 했다는 정보가 전해진 것이 조금 전의 일이었다. 그리고 곧이어 모든 병사를 총리 집무실 경비에 투입하라는 명령이 떨어진 것이다.

아무도 보이지 않았다.

상처자국은 머릿속으로 궁정 지도를 되짚으며 이어지는 복도를 따라 천천히 걸어갔다. 일이 너무 순조로워 그는 내심 회심의 미소를 지었다.

바로 그 순간 긴 칼날이 그의 목을 베었다. 거칠면서도 정확한 솜씨였다. 목이 잘려나가는 순간 상처자국은 거의 반사적으로 검을 빼서 누군지 모를 공격자를 향해 휘둘렀다. 그러나 시리아인은 재빨리 몸을 피했고, 상처자국이 내리친 칼날은 허공을 스쳤을 뿐이었다. 시리아인은 아마도 감찰관일 게 분명한 자가 죽어가는 모습을 만족스러워하며 바라보았다.

시리아인 전투사는 목표를 향해 거침없이 나아갔다. 친위병도 보초도 보이지 않았다. 예정대로 잠시 동안 궁정은 텅 비어버린 것이다.

마침내 세소스트리스의 서재에 도달했다. 이제 잠시 후면 세소스트리스는 목숨이 끊길 것이다. 그리고 이 시리아인 전사는 평생 동안 자신의 무훈을 자랑하게 될 것이다.

시리아인이 문을 살짝 밀어 열려는 순간 돌처럼 단단한 머리 하나가 그의 배를 들이받았다. 시리아인은 순간적인 충격에 숨을 헉 하고 멈추며 뒤로 넘어졌다. 상대는 자객의 오른쪽 손목을 발로 내리밟아 부러뜨렸다. 그 서슬에 시리아인은 손에 잡고 있던 칼을 놓치고 말았다.

시리아인은 그때까지 수없이 쌓아온 훈련을 통해 최악의 순간에서도 반격하는 법을 익혀왔었다. 손목이 부러진 고통에도 불구하고 그는 다시 몸을 일으켜서 자신을 공격하는 자의 옆구리를 향해 왼쪽 주먹을 내질렀다.

상대가 일격을 받고 휘청거리는 틈을 타서 시리아인은 머리를 들이밀며 돌진했다. 그러나 상대방은 시리아인의 움직임을 미리 예상했는지 재빠르게 몸을 피하더니 두 손으로 시리아인의 목을 움켜잡았다. 부상만 당하지 않았더라면 시리아인은 자신의 목을 조여오는 손아귀에서 쉽게 몸을 빼냈을 것이다. 그러나 그는 이미 힘을 쓸 수 없는 상태였고, 결국 그의 목뼈는 음산한 소리를 내며 뚝 부러지고 말았다.

승리자는 안도의 한숨을 내쉰 뒤 시체를 끌어다가 세탁할 속옷을 쌓아두는 방에 치워놓았다.


궁정 주출입문 앞은 혼란이 어느 정도 진정된 상태였다. 가짜 비상경계령으로 인해 위병 교대가 제대로 이루어지지 않은 상황이었지만 그렇다고 당직 친위장교가 궁정 경비를 포기한 건 결코 아니었다.

이케르를 데리고 출입문 앞으로 온 우두머리 백정이 물었다.

"들어가도 되겠죠? 폐하께서는 식은 음식을 좋아하지 않으십니다."

"들어가라."

위병 가운데 계급이 높은 병사가 대답했다. 그는 지나친 열성을 부려서 왕의 화를 사고 싶지는 않았다.

왕의 숙소로 가는 통로에 위병들이 아직 배치되지 않은 것은 분명했다. 이케르의 심장은 두방망이질했다. 방금 전 별 어려움 없이 궁정 안에 발을 들여놓긴 했지만, 앞서가는 우두머리 백정의 등 외에는 아무것도 눈에 들어오지 않았다. 우두머리 백정은 발을 성큼성큼 옮겨놓으며 이케르를 목적지로, 오랫동안 접근 불가능하다고 생각해온 그 목표 앞으로 인도해주고 있었다. 인내심과 행운이 마침내 모든 장애물을 넘게 해준 것이다.

우두머리 백성이 말했다.

"여기가 파라오의 서재야."

이집트를 폭군으로부터 해방시키기 전에 먼저 해야 할 일이 있었다. 이케르는 자신이 오릭스 주에서 군사훈련을 받았던 게 다시금 다행스럽게 여겨졌다. 손을 조금도 떨지 않고 흰 대리석 접시로 우두머리 백정을 내리쳐 기절시킬 수 있었던 것이다.

접시에 담겨 있던 야채들이 쏟아져 바닥에 흩어져 있었다. 이케르는 야채를 더듬어 그 속에 숨겨두었던 칼을 찾아냈다. 이케르는 칼날을 닦은 뒤 문 앞에 꼼짝도 않고 섰다. 그는 이제 모든 것을 잊고 자신의 복수만을 생각해야 했다. 빠르게, 아주 빠르게 움직여야 했다. 왕에게 반격할 시간을 줘서는 안 되는 것이다.

그는 문을 활짝 밀어젖혔다. 바로 그때 위엄 있는 목소리가 그의 발을 얼어붙게 했다.

"어서 오거라! 이케르. 기다리고 있었다."

# 29

파라오의 서재는 수많은 등잔불이 퍼뜨리는 아늑한 빛에 잠겨 있었다. 실내는 아주 넓었다. 세소스트리스는 무릎에 파피루스를 펼친 채 서기관 자세로 앉아 이케르를 응시했다.

"들어와서 문을 닫아라."

이케르는 경직된 동작으로 왕의 명에 따랐다.

"나를 죽이고 싶다면, 다른 무기가 필요할 것이다."

파라오는 파피루스 두루마리를 다시 말더니 몸을 일으켰다.

"너는 이런 하찮은 단도로 파라오를 죽일 수 있다고 생각했느냐? 이것을 받아라. 다른 세상을 지키는 정령들이 사용하는 칼이다."

이케르는 들고 있던 단도를 버리고 세소스트리스가 내미는 것을 떨리는 손으로 받아들었다.

"이제 네가 무엇을 할지 선택해라. 마아트를 섬기겠느냐, 아니면 이제페트와 연합하겠느냐? 호루스의 편에 서겠느냐, 아니면 세트의 편에 서겠느냐? 끊임없이 다시 태어나고 변화하는 생명의 불꽃을 원하느냐, 아니면 죄지은 자들을 태우는 죽음의 불꽃을 원하느냐?"

이렇게 말하는 세소스트리스는 이케르가 증오하던 폭군의 모습과
는 아주 달랐다. 음흉한 위선도 무책임한 회피도 전혀 찾아볼 수 없
었다. 그는 이케르로부터 채 일 미터도 떨어지지 않은 자리에 무방비
상태로 서 있었다. 자신을 공격하려는 자가 무서운 무기를 쥐고 있
고, 그자의 손에 자칫 목숨을 잃을 수도 있는데 말이다.

"결정해라, 이케르. 어떤 문들은 단 한 번만 열리는 법이다."

"폐하, 어떻게 제 이름을 알고 계십니까?"

"우리가 언젠가 만난 적이 있다는 것을 잊었느냐? 한 시골 마을의
축제에서였지. 나는 한 충실한 신하에게 너를 늘 주시하라고 당부했
었다."

방 안 어두운 구석에서 누군가가 모습을 드러냈다. 세카리였다.

이케르는 순간 놀라지 않을 수 없었다.

"넌…… 나와 함께 노역형을 살았잖아. 그리고 내 하인이 되어 청
소와 요리를 해주었고!"

"나는 직업상 여러 가지를 할 줄 알아야 해. 넌 추적하기가 쉽지 않
았지. 하지만 노력할 만한 가치가 있는 일이었어. 심지어 나는 담을
넘어가서 테샤트 부인을 깜짝 놀라게도 했었지. 널 오릭스 주에 붙잡
아두지 못하게 하기 위해서."

"그럼…… 내가 비나를 만나는 것도 알고 있었던 거야?"

"만난다는 사실은 알았지만 만나서 무슨 이야기를 나누는지는 몰
랐어. 네가 마아트의 유일한 보증자인 파라오의 신하가 되면 카훈에
서 있었던 일을 네 입으로 파라오에게 말씀드려야 할 거야. 나는 헤
렘사프가 독살당했다고 생각해. 너를 아누비스 신전의 임시 사제로
까지 승진시켜준 사람인데 말이야. 너는 무서운 음모에 휘말린 거야,

이케르. 지금까지 너는 속아왔어. 이제 눈을 떠야 해."

이케르는 현기증을 느꼈다.

"자리에 앉도록 하자."

파라오가 말했다.

"세카리, 지금 궁정 경비 상황은 어떠하냐? 네가 보기에는 다시 질서를 찾은 것 같으냐?"

"위병들이 제자리에 배치되어 경비를 서고 있습니다. 우두머리 백정은 두통을 잠시 앓겠지만 별일 없을 겁니다. 세호테프가 먼저 그를 만나 이건 국사와 관련된 일이고 그의 일일 조수는 이 일과 아무 관계가 없다고 설명할 테니, 그가 이케르를 고소하지는 않을 것입니다."

세카리의 등장과 파라오의 당당한 태도 덕분에 눈앞을 가리고 있던 장막이 서서히 걷혔다. 여기, 궁정 한복판, 상하 이집트의 주인 앞에서 이케르는 신성한 빛이 주는 행복을 맛보기 시작했다.

'속았어, 바보같이, 순진하게도 말이야. 난 얼마나 더 많은 실수를 범해야 할 것인가!'

"폐하, 저는⋯⋯"

"사죄할 필요도, 후회할 필요도 없다, 이케르. 너는 적과 맞서야 했고, 자신도 모르는 사이에 혹독한 경험을 쌓아야 했다. 이러한 과거는 네가 거기서 교훈을 끌어낼 때만 네게 도움이 되어줄 것이다. 너와 나, 우리가 관심을 기울여야 할 유일한 미래는 이집트의 미래이다. 그러므로 진짜 문제를 논의하도록 하자. 세카리를 통해 나는 몇 가지 사실을 알게 되었다. 하지만 그가 보고한 이야기에는 중요한 세부 사항이 빠져 있구나. 네가 처음 시련을 겪게 된 경위는 무엇이냐?"

"저는 제 고향 메다무드에서 납치당했습니다. 지금은 세상을 뜨셨지만 한 나이 든 서기관께서 저를 길러주셨고, 제게 읽고 쓰는 법을 가르쳐주셨지요. 저를 납치한 자들은 라피드 호라는 큰 배의 돛대에 저를 붙들어 맸습니다. 선장의 말에 따르면 저는 바다의 신에게 바칠 제물이었습니다. 이들은 푼트로 가서 금을 찾을 계획이었습니다."

"선장이 그 금을 찾아 누구에게 가져갈 것인지 말하더냐?"

"그는 자신의 임무가 '국가 기밀'이라고 했습니다."

"그 선장의 이름을 아느냐?"

"모르겠습니다, 폐하. 거북눈과 칼날이라는 두 선원의 이름만 알고 있을 뿐입니다. 그들을 추적해봤지만 어디서도 그들의 흔적을 발견할 수 없었습니다."

"그렇다면 바다의 신이 네 목숨을 살려주셨구나."

"폭풍이 몰아쳤고, 혼자 살아남게 되었습니다. 죽음에서 빠져나와 정신을 차려보니 어느 아름다운 섬이었습니다. 카의 섬이라고 했지요. 그 섬에서 꿈을 꾸었는데 거대한 뱀이 나타났습니다. 신성한 땅 푼트의 주인이라는 뱀이 저에게 물었습니다. '나는 이 세상의 종말을 막을 수는 없었다. 너는, 너의 세상을 구할 수 있겠느냐?'라고요. 그 섬은 물에 잠겨버렸고, 저는 향료 궤짝들과 함께 뱃사람들에게 구출되었습니다. 믿을 수 없는 이야기지만 맹세컨대 전부 진실입니다!"

"진실임을 안다, 이케르."

"제 목숨을 구해준 자들은 또다른 악당들로, 그들로 인해 저는 한 가짜 감찰관의 손아귀에 떨어졌습니다."

세카리가 말을 거들었다.

"제가 카훈 도성 근처에서 처치해야 했던 자가 바로 그자이지요."

"저는 이런 수많은 불행이 제게 닥쳐오는 이유를 끊임없이 찾아보았습니다. 모든 흔적들이 제 불행의 원인을 단 한 사람에게로 돌리고 있었습니다. 바로 폐하 말입니다. 몇 가지 실마리를 통해 저는 라피드 호처럼 길이가 백이십 쿠데에 달하는 배는 분명 파라오의 소유일 것이며, 그 선원들은 파라오의 명을 받은 자들이라고 결론 내렸던 것입니다."

"확실한 증거를 얻었느냐?"

"리에브르 주의 문서 보관소에서 증거를 찾아보려 했지만, 제후티 총독이 말하기를 라피드 호와 관련된 문서들은 폐기되었다고 했습니다. 카훈 문서 보관소에서도 마찬가지였습니다."

"네 생각이 옳다, 이케르. 그런 정도의 크기라면 분명 파라오의 배여야 한다."

이케르는 몸을 떨었다. 그렇다면 그는 지금 자신을 죽이려 했던 폭군 앞에 있는 것이 아닌가!

세소스트리스가 말했다.

"하지만 내 선단의 항해용 선박 가운데 라피드 호라는 배는 없다. 그 배는 몰래 부정한 방법으로 건조되었을 것이다. 내일 당장 이 선박의 불법 건조 행위에 대한 수사를 시작할 것이다. 이건 중대한 범죄이다. 이 일을 저지른 자가 또한 그 가짜 감찰관을 보내 너를 죽이려 했던 게 분명하다. 그 범죄자는 네가 살아남아 이렇게 나에게 진실을 고하게 될 경우를 어떻게든 막으려 했을 테지. 네가 살아 있다는 것을 그자가 안다면 너는 또다시 큰 위험에 처하게 될 것이다."

세카리가 말했다.

"제가 이케르 곁을 한시도 떠나지 않고 지키겠습니다."

왕이 물었다.

"푼트의 금에 대해 다른 이야기를 들었느냐?"

"지금으로서는 그것이 전부입니다. 그러나 『케미트의 서』에 들어 있는 '그 훌륭한 서기관은 푼트의 향으로 구원받을 수 있으리니' 라는 구절을 기억하고 있습니다."

"네가 하토르 여신의 산에서 캐낸 여왕 터키석은 어떻게 되었느냐?"

"모릅니다, 폐하. 그 광산을 유린한 살인자 무리들이 그것을 강탈했다는 것만 알고 있습니다."

"그들은 아마도 가나안인들일 것이다. 시켐에서 반란을 교사한 자들이지. 네스몬투 장군에 의해 진압되어 잠잠해졌지만 말이다. 그 여왕 터키석 때문에 우리가 곤경에 처할 날이 올 것이다."

세카리는 새로운 임무가 부여되리라는 것을 알아차렸다.

이케르가 덧붙였다.

"카훈의 한 나이 든 목공 말로는 긴 여행을 떠날 때 가져간다며 아카시아나무 궤짝을 짜 간 사람이 있다고 했습니다. 저는 그 해적들이 푼트의 금을 숨길 생각으로 그 궤짝을 주문한 것이 아닐까 생각했습니다. 목공은 그 궤짝을 가져간 고객의 이름을 가르쳐주지 않은 채 세상을 떠나고 말았습니다."

세소스트리스는 세카리를 돌아보았다. 세카리는 표정으로 자신도 더 아는 게 없다고 말했다.

파라오가 말했다.

"이케르, 이제 네가 카훈에서 한 일을 숨김없이 말해보아라."

모든 걸 털어놓는다는 건 이케르로서는 스스로 죽음을 청하는 일이었다. 그러나 그는 파라오에게 모든 진실을 고백해야 했다.

"한 젊은 아시아 여인이 폐하가 백성을 죽음으로 몰아넣는 폭군이라고 저를 설득했습니다. 폐하가 압제에 시달리는 이민족들의 고통뿐 아니라 이집트인들의 고통도 외면하는 왕이라고 했지요. 그녀의 말은 제가 품고 있던 의심을 부채질했습니다. 저는 마치 홀린 듯이 단 한 가지 생각에 빠져들었습니다. 폐하를 죽여 저의 원수를 갚는 일은 백성을 해방하는 일이기도 하다고 말입니다."

"아누비스 신전의 사제인 네가 살인을 저지른단 말이냐?"

이케르는 자신의 두 손을 내려다보았다.

"저는 그럴 수 있다고 믿었습니다. 그러면서도 끝없는 악몽을 꾸곤 했었지요. 폐하께 반역을 저질렀음을 시인합니다. 이것은 용서받을 수 없는 잘못입니다. 납치당하기 전까지 저의 유일한 목표는 훌륭한 서기관이 되는 것이었지만, 이후로 이런 이해할 수 없는 일들이 꼬리를 물고 일어나면서 저는 분별력을 잃어버렸습니다. 저의 어리석음은 그 어떤 변명으로도 옹호될 수 없을 것입니다."

"그 아시아 여인이 어떤 도당을 이끌고 있었던 게 아니냐?"

"그녀는 가엾은 하녀 행세를 하며 저를 속였습니다. 그러나 사실 그녀는 카훈에 잠입한 고향 사람들과 힘을 합해 카훈을 점령할 속셈이었습니다. 저는 속았다는 것을 깨달았습니다. 그래서 그들과 모든 관계를 끊고 혼자 행동할 결심을 한 것입니다."

"그들 일당 가운데 한 명이 멤피스에서 너를 기다리고 있었던 게 아니고?"

"아닙니다, 폐하. 저는 폐하가 계신 이곳까지 올 수 있을 것이라고는 생각조차 못했습니다. 여러 상황들이 저를 도와준 것입니다."

세카리가 옆에서 거들었다.

"인심 좋은 노인을 만나 법률학교에 들어갔고, 프타 신전에서 일하게 되었고, 우두머리 백정을 만났고, 또 그 백정 조수가 열병이 난 것, 이런 일들이죠."

"다 알고 있었던 거야?"

"폐하께서 너를 늘 지켜보라고 내게 명하셨다는 말을 잊었니?"

"하지만…… 그렇다면 어째서 나를 궁정에 들어오게 놓아둔 거야?"

"폐하께서 그렇게 하라고 하셨기 때문이지."

또 한번 이케르는 현기증을 느꼈다.

세카리가 말을 이었다.

"오늘 밤 위험 인물은 너 혼자만이 아니었어. 가짜 비상 경계령으로 위병 교대를 교란시키고, 그 틈을 타서 두 사람이 궁정으로 잠입해 들어왔어. 그들은 공범이 아니었지. 왜냐하면 한 녀석이 다른 녀석을 처치해버렸거든. 죽은 자는 가슴이 온통 상처자국으로 덮인 녀석이었어. 나는 그 둘 중에 살아남은 녀석을 맡아서 처치한 것이고. 그자의 솜씨를 봐서는 고도의 전투 훈련을 받은 자야. 그들은 외국인이 분명해. 그들을 산 채로 붙잡아 배후를 캐냈어야 했는데. 폐하께서 허락해주신다면 이만 물러가고 싶습니다. 저는 숨어서 일해야 할 처지이니까요."

세소스트리스의 허락을 받은 세카리가 방에서 나갔다.

이케르는 파라오가 자신에게 어떤 판결을 내릴지 의심하지 않았다. 지금 이 자리에서 저세상 호위 정령들의 칼로 스스로 가슴을 찌르라는 판결이리라.

파라오가 명했다.

"그 칼을 너의 옷 속에 감추어라."

파라오는 이케르가 자신을 암살하기 위해 갖고 온 단도를 들어 칼날을 부러뜨렸다. 그런 다음 그는 문을 열었다. 문 앞에는 친위장교와 열 명가량의 위병들이 서 있었다.

"폐하, 조금 전 시신 두 구와 실신한 우두머리 백정이 발견되었습니다. 그가 의식을 차리는 대로 엄중히 심문해서……"

"그 장인은 아무 죄도 없다. 그를 세호테프에게 데려다주어라. 그리고 시신들의 신원을 확인하도록 하라."

"위병의 수를 두 배로 늘렸고, 궁정의 모든 출입구를 폐쇄했습니다, 폐하. 내일 날이 밝는 대로 궁정 잡역부들을 조사할 예정입니다."

"이미 늦은 조치라고 생각하지 않느냐? 소벡이 마련해둔 경호 조치들을 다시 시행하도록 하라."

장교는 이케르는 보고는 놀란 눈이 되었다. 여기 우두머리 백정의 조수가 왜 와 있는 걸까?

왕은 복도를 가로질러 가서 방 하나를 가리켰다.

"여기서 자도록 해라, 이케르."

# 30

이케르는 잠을 이루지 못했다.

무화과나무 침대에 누운 그는 수많은 비밀이 밝혀진 이 놀라운 밤의 순간들을 하나하나 되짚어보았다.

이 젊은 서기관은 두 세계 사이를 둥둥 떠다녔다. 하나는 어렴풋한 몽상의 세계였고, 다른 하나는 내일 아침이면 처형되고 말 거라는 엄연한 현실 세계였다. 도망칠 기회가 있다 하더라도 그는 그것을 거부할 것이다. 그는 처형받아 마땅하기 때문이었다. 이케르를 처형함으로써 왕은 하나의 본보기를 세울 것이다.

동이 트고 있었다.

파라오는 신전으로 가서 하루의 첫번째 제의를 올렸다.

이케르는 방에 딸린 욕실로 가서 몸을 씻고 면도를 했다. 그가 사용한 화장 도구는 왕자에게나 어울릴 만한 것이었다. 자신의 마지막 순간을 코앞에 둔 사람에게 이런 호사가 무슨 의미가 있겠는가? 그의 마음을 위안하는 것은 자신이 적어도 왕을 만나지도 못하고 죽는 것은 아니며, 그래서 죽기 전에 자신의 잘못을 인정할 수 있었다는 것이었다. 파라오의 지혜 아래 이집트는 마아트의 길을 걸어갈 것이다.

누군가가 방문을 두드렸다.

"문을 여시오. 위병이오."

이케르는 모든 것을 체념하고 조용히 문을 열었다.

친위장교가 제복 차림으로 이케르에게 인사를 했다.

"폐하께서 기다리고 계십니다. 제가 안내하겠습니다."

친위장교가 이케르를 인도한 곳은 창문이 여러 개 나 있는 큰 방이었다. 왕은 그 방에서 우유와 꿀, 다양한 빵으로 이루어진 아침식사를 앞에 두고 앉아 있었다.

"이케르, 이리 와서 식사해라. 오늘 하루를 맞이하려면 네 속에 카를 보충해두어야 한다."

왕의 눈길이 너무나 강렬해서 이케르는 감히 그와 눈을 마주칠 수 없었다. 파라오의 위엄 있는 목소리와 권위 넘치는 움직임, 게다가 그 웅숭깊은 시선은 앞에 있는 사람이 자신을 하찮은 존재로 느끼게 하기에 충분했다.

그런데 지금 이케르는 감옥에 갇히는 대신, 무슨 이유로 이렇게 왕과 마주 앉아 식사를 하는 엄청난 특권을 누리는 것인가?

세소스트리스가 말했다.

"나는 섬세한 영혼을 지닌 자를 찾고 있었다. 올바름을 인식할 수 있고, 그것으로 자신의 정신을 채울 수 있는 사람, 생각이 새롭고, 신중하며, 말을 적절하게 사용할 줄 아는 사람, 두려움에 도전할 줄 아는 사람, 생명의 위협 앞에서도 진실을 추구할 줄 아는 사람 말이다. 너는 그런 사람이냐, 이케르?"

"그런 사람이 되고 싶습니다, 폐하. 그러나……"

"네가 마아트를 위해 싸우고 있다고 믿는 동안 너는 이제페트의 속임수에 이용당하고 있었다. 하지만 너의 의도는 순수했다. 한 나라를 폭군의 예속에서 해방시키는 것보다 더 고귀한 일이 어디 있겠느냐? 또 너는 놀라운 승리를 거두었다. 자신의 잘못을 남김없이 인정함으로써 스스로의 굴레를 벗어버린 것이다."

"폐하, 제가 응당 받아야 할 것은……"

"네게 주어져야 할 것은 내가 바라는 것만큼의 임무이다. 마지막으로 너에게 묻겠다. 너는 진정 내가 조금 전에 말한 그런 사람이 되고 싶으냐?"

이케르는 파라오 앞에 엎드렸다.

"성심을 다해 노력하겠습니다, 폐하."

"네 의지가 바르고 확고하므로 너는 능히 해낼 수 있을 것이다. 위험한 임무를 수행하기 위해서는 그런 의지가 필요하다. 너는 글을 쓰는 사람이 되고자 했지? 자, 네 선조들에게 경배를 올리자. 네게는 그들의 도움이 절실히 필요하다."

궁정을 나서자 아주 놀라운 일이 이케르를 기다리고 있었다. 북풍이 눈을 반짝이며 그를 반기는 게 아닌가! 당나귀는 등에 서기관의 필기도구를 싣고 있었다.

감격적인 해후의 기쁨을 나눈 뒤 당나귀는 자신의 주인과 파라오의 뒤를 자랑스럽게 따라갔다. 활을 든 병사들이 일행을 호위했다.

거대한 성지 사카라에 온 이케르는 그 전경에 할 말을 잃었다. 제세르 왕의 계단식 피라미드가 주변을 압도하고 있었다. 마치 하늘로 뻗은 거대한 계단 같았다.

세소스트리스가 한 영생의 집으로 들어갔다. 그곳 벽에는 여러 명의 저명한 서기관들을 조각한 부조가 있었다.

"이케르, 이 선조들의 말씀을 듣고, 그들의 가르침을 익히고, 그들의 책을 읽어라.* 사람은 죽어 먼지로 화한다. 그러나 책들은 그 존재에 영원성을 부여한다. 생명처럼 귀중한 사유를 글로써 전할 수 있는 사람은 우리 중 누구보다도 우월하다. 왜냐하면 글로 쓰인 것은 사람의 마음을 움직이고 변화시키기 때문이다."

이케르는 조각이 새겨진 벽을 마주하고 서기관 자세로 앉아 왕의 말을 받아 적었다.

"지혜로 가득한 서기관들은 육신을 지닌 후계자, 자신의 이름을 이어갈 자식들을 남기려 하지 않았다. 그 대신 책과 교훈을 창조하여 그것을 자신들의 계승자로 삼았다. 그들은 자신이 쓴 문서를 자신의 카를 섬기는 사제로 삼았고, 팔레트를 자신의 아들로, 서법을 자신의 피라미드로 삼았다. 그들의 마법적인 힘은 그들의 글을 읽는 사람들에게 영향을 끼친다. 이케르, 운명이 네게 호의를 베풀어주기를 바란다면 신중과 침묵을 사랑하고 말을 아껴라. 무엇보다 탐욕을 부려서는 안 되며 뱃속의 변덕스러운 요구에 이끌려서는 안 된다. 글을 쓰는 자에게 식탐과 탐욕은 파멸로 가는 길이다. 끓어오르는 불꽃은 평정을 해치는 까닭에 진정 침묵하는 자는 조화로움이 감도는 장소를 찾는다. 글을 쓰는 자는 정원에서 조용히 자라나 푸른 잎을 드리우고 감미롭고 귀한 맛의 과일을 맺는 나무와 같다. 그의 그늘은 은혜로우

---

* 여기서 '글을 쓰는 사람'은 오늘날의 작가처럼 글을 통해 자기 자신을 표현하는 사람이 아니라, 지혜를 글로 옮기는 사람을 뜻한다. 글을 쓰는 사람, 즉 서기관에 대한 이러한 존중은 신왕국에서도 여전히 계속되었다. 이 시기의 무덤 벽에서는(D. 빌둥, 『중왕국, 이집트의 황금시대』, 파리, 1984, p.14, 그림 4 참조) 프타호테프, 이이메루, 프타켑세스, 카이레스, 네페르티 같은 뛰어난 서기관들을 찬양하는 내용을 볼 수 있다.

니 그는 자신의 삶을 천국에서 마칠 것이다. 현자는 옛글의 의미를 탐구하고 얽힌 것을 풀어내며 스스로의 마음으로 가르침을 얻어 전날 이룬 것을 한 걸음 넘어서고 행동의 절도를 지킨다. 이 땅에 빛이 되는 말들을 익히는 사람은 그 어떤 모습으로든 두드러져 보일 것이며 자신의 정당한 자리를 얻게 될 것이다."

왕의 말을 받아 적으면서 이케르는 더할 수 없는 행복의 순간을 경험했다. 문득 스승이었던 세피 장군의 말이 기억났다. 서기관이 창조의 영역에 다가가기 위해 갖춰야 할 자질들에 대한 말이었다. 세피 장군은 잘 듣고, 이해하고, 불꽃을 통제할 줄 알아야 한다고 했었다. 오늘, 이 마법 같은 아침에 그는 파라오로부터 직접 가르침을 받고 있었다. 그를 위해 마련된 가르침을 말이다.

세소스트리스가 말을 이어갔다.

"현자의 목표는 충만함에 이르는 것이다. 이 충만함은 상형문자에서 제단 형상인 호테프(hotep)로 상징되는데, 이 단어는 '해 저묾'과 같은 의미이다. 새로운 여행이 시작되기에 앞서 작품이 완성되는 그 뜻 깊은 순간 말이다. 하지만 지금 우리가 처한 상황은 이러한 평온함과는 거리가 멀다, 이케르. 우리는 이제 이 고요한 영생의 집을 나서서 고통스러운 현실과 맞서야 한다."

이케르는 자신의 필기도구를 챙기면서 라피드 호 선장이 했던 말을 떠올렸다. 그 선장은 이케르에게 '네 운명은 제물이 되는 것'이라고 예언했었다. 그 제물은 바다의 신으로부터 도망쳤다. 그런데 이제 그보다 더 무서운 시련이 그를 삼키려 호시탐탐 노리는 것인가?

왕과 이케르는 사막 지대로 걸어 들어갔다.

세소스트리스가 말했다.

"이집트는 죽음의 위협에 직면해 있다. 오시리스 신비제의가 수행되지 못한다면 그 정신적 가르침이 사라져버릴지도 모른다. 생명의 나무는 사악한 마법에 걸려 있다. 우리는 나무를 치유할 능력을 가진 금을 찾아내야 한다. 그것만이 아카시아나무를 살릴 수 있다. 그래서 나는 세피 장군에게 그 금을 찾아오도록 한 것이다."

"제 스승님 말씀입니까?"

"훌륭한 서기관이 되려면 행동과 실천을 겸비해야 한다. 많은 노력을 쏟아 부었는데도 우리는 아직까지 오시리스의 나무를 해치기 위해 세트의 힘을 조종하는 범인을 밝혀내지 못했다. 이집트를 멸망시키려는 그 어둠의 괴수는 지금까지의 행보로 볼 때 대단히 위협적인 힘을 지녔을 뿐 아니라 치밀하고 신중하기까지 하다."

"혹시 비나가 속한 조직의 우두머리가 벌인 일이 아닐까요? 아니면 어젯밤, 폐하를 해치려 두 자객을 보낸 자의 소행일 수도 있습니다."

"그럴 가능성은 충분하다. 지금까지 일어났던 중대한 사건들, 가령 이주민 감독관이 살해된 사건이라든가 가나안 지역의 소요 사태도 그 괴수의 소행일지 모른다. 혹시 예고자라는 자에 대해 들어본 적이 있느냐?"

"없습니다, 폐하."

"그는 시켐의 폭동을 이끈 주동자다. 그곳에는 반란의 불씨가 여전히 남아 있다. 내가 걱정하는 것은 불순분자들이 소집단을 이루어 활동하는 일이다. 이들은 잘 훈련되어 있어서 적발하기가 쉽지 않아. 오랫동안 우리는 그 어둠의 괴수가 총독들 가운데 한 명일 거라고 생각했지만, 틀린 생각이었다. 지금은 가나안인들과 사막 비적대에 혐의를 두고 있다. 사막 비적대들은 카라반들을 약탈하는 데 혈안이 된

무리들이다. 이들의 공격을 예측하는 것이 쉽지는 않지만, 그 해악을 그냥 두고 볼 수는 없다. 또한 이들 가운데 일부는 세트의 힘을 조종할 수 있을지 모른다."

이케르는 자신에게 구체적 임무가 내려지기를 기다렸다. 분명 어려운 것이리라.

그러나 그는 세소스트리스가 내린 결정에 벼락을 맞은 듯 놀랐다.

"나는 너를 파라오 직속 국왕 서기관에 명한다. 이제 너는 이 직함으로 자유롭게 궁정에 출입할 수 있다."


멤피스 시내는 온갖 소문으로 술렁이고 있었다. 하나같이 어처구니없고 황당하기 짝이 없는 것들이었다. 그중에는 왕이 한 견습 백정에 의해 살해당했다는 것과 가나안인들이 궁정을 습격해 지금도 파라오의 내전에서는 무기를 든 무리들과 친위병들이 전투를 벌이고 있다는 이야기도 있었다.

이런 소문들을 가라앉히기 위해 세소스트리스는 이케르를 거느리고 프타 신전 정면 주랑에 모습을 드러냈다. 그러자 파라오가 살아 있을 뿐 아니라 새로 임명된 국왕 서기관의 시중을 받으며 정오제의를 직접 올렸다는 소식이 빠른 속도로 퍼져나갔다.

머리에 난 상처를 헝겊으로 둘둘 감은 우두머리 백정은 자신의 일일 조수가 이런 출세를 하자 뛸 듯이 기뻐했다. 그는 파라오의 서재로 잠입하려던 무리들 가운데 누군가가 자신의 머리를 내리친 거라고 철썩같이 믿고 있었다. 그 순간 자신의 조수는 왕을 구하러 뛰어들어갔고, 왕은 그러한 용기를 높이 사 이케르를 국왕 서기관에 임명했을 것이라는 게 그의 추측이었다.

경비대의 움직임이 한층 부산해진 데다가 세호테프와 세난크호 같은 고관들이 신전으로 들어가는 모습을 본 멤피스 시민들은 뭔가 특별한 조치가 내려지지 않을까 하는 기대감에 신전 앞으로 모여들기 시작했다.

천장이 없는 넓은 중정에서는 종신 사제와 임시 사제, 그리고 고위 관리들이 모여 파라오가 자신들을 소집한 이유를 궁금해하고 있었다. 최대의 관심사는 파라오가 정말 아무런 해도 입지 않았는지를 확인하는 문제였다. 이어서 지난밤의 사태에 대응하여 어떤 조치가 내려질지도 관심의 대상이었다. 아마도 가나안에 대한 훨씬 강경한 진압이 있을 것이다. 어쩌면 멤피스에 야간 통행금지령이 내려질지도 몰랐다. 궁정 경비 임무를 제대로 수행하지 못한 감찰관들과 위병들에 대한 처벌도 빼놓을 수 없을 것이다. 마지막으로, 하나 혹은 여럿일 범인들의 신원은 밝혀졌는지, 또 그들이 체포되었는지가 초미의 관심사였다.

세소스트리스가 지성소 밖으로 나오자 모든 눈들이 상하 이집트의 통합을 상징하는 두 겹의 왕관을 쓴 이 거인에게로 일제히 모아졌다.

파라오의 모습에서는 어떤 상처도, 쇠약함의 기색도 찾아볼 수 없었다.

"서기관 이케르는 내 곁으로 다가오라."

이케르가 조심스러운 태도로 앞으로 나아가 무릎을 꿇었다.

"크눔호테프 총리는 그를 부축하여 세우라."

총리는 이러한 상황에서 이케르를 다시 만나게 된 것에 놀라며 이 서기관의 손을 잡아 일으켰다.

파라오가 선언했다.

"나는 이케르를 나의 단독 피후견인으로 임명한다. 지금 이 순간부터 그에게 왕세자의 위상을 부여하노라."

세소스트리스는 총리와 이케르를 거느리고 넓은 중정을 가로질러 갔다.

순식간에 이루어진 파라오의 이 선언은 모두의 얼을 빼놓기에 충분했다.

구경꾼 중 하나는 놀라서 뒤로 나자빠질 뻔하기까지 했다. 국정원 비서 메데스였다. 그는 자신의 눈과 귀를 믿을 수 없었다. 지금 앞에 보이는 저 인물이 이케르, 희생 제물로 바치기 위해 납치했던 그 어린 서기놈일 리 없었다! 천애고아인 그 풋내기, 촌무지렁이들하고나 어울려 지내던 그가 어떻게 살아남아서 파라오 앞에까지 오게 되었단 말인가? 자신의 수하 하나는 이케르가 죽었다고 맹세까지 하지 않았던가!

기적이 일어나서 정말로 그 녀석이 살아남은 거라면 그가 왕에게 무엇을 고해바칠 것인가? 납치되었던 일, 푼트로 향하던 배, 난파, 가짜 감찰관 손에 죽을 뻔했던 일, 떠돌이 생활…… 하지만 그래봤자 무슨 상관인가. 저 서기관은 내 존재를 모르고 있는데. 그가 무슨 말을 떠들든 내게 추적의 손길이 뻗칠 일은 없을 것이다.

보잘것없던 촌뜨기 소년 이케르, 시골 마을에서 그저 그렇게 살다 죽었을 녀석이 왕세자라니! 이건 악몽이었다. 이 악몽에서 깨어나려면 단 한 가지 방법밖에 없었다. 무슨 수를 써서든 그를 없애야 하는 것이다.

# 31

    총리는 왕에게 보고할 좋은 소식을 얻지 못하고 있었다. 우선 그날 밤 궁정에 침입했던 두 인물에 대한 수사는 아무것도 밝혀내지 못한 채 종결되고 말았다. 이들을 아는 사람은 아무도 없었다. 그다음 문제는 라피드 호에 대한 수사였는데, 이것 역시 난관에 봉착해 있었다. 멤피스에서 건조된 선박들 중에는 이런 이름의 배는 없었다.

    총리에게 이 내용을 보고받은 세소스트리스가 말했다.

    "배를 건조하려면 목재를 구하고 목수들을 동원해야 하니, 서류들을 위조하고 선원들을 모집했을 것이다. 이러한 일들을 아무런 흔적 없이 해낼 수는 없는 법이다."

    "이럴 때 친위대장 소벡이 없다는 것이 너무나 유감스럽습니다. 하지만 그는 중대한 범죄를 저지른 부하들을 감싸는 행동을 하여 스스로의 입지를 어렵게 만들었습니다. 만약 그의 죄를 묻지 않는다면 저는 제가 해야 할 일을 외면하는 결과가 될 것입니다."

    "나는 그대를 비난하는 것이 아니다, 크눔호테프 총리."

    "제 생각에 라피드 호에 대해서는 두 가지 추측이 가능할 듯합니다. 하나는 이 배가 바닷가에서 건조되었다는 것입니다. 이 경우 배의 주인도 숨어 있는 상황일 테니 그 단서를 찾기는 어렵지요. 다른 하나는 이 배가 비밀리에 이집트 국영 조선소에서 건조되었다는 것입니다. 이 경우라면 분명 단서가 남아 있을 겁니다."

왕은 이케르와 세카리를 불러오게 했다.

세카리가 왕에게 보고했다.

"폐하, 부둣가를 탐문하다가 삭은 정보 하나를 얻었습니다. 침입자 중의 하나는 상처자국이라는 인물입니다. 그의 용모를 설명하고 한 하역 인부로부터 동일인이라는 확인을 받았습니다. 그자는 리비아에서 밀입국한 불법 노동자인데 그의 형이 숨겨주고 있었답니다."

"그의 형이라는 자는 찾았느냐?"

"사라져버렸습니다. 그가 살던 집은 비어 있었습니다."

왕이 이케르에게 물었다.

"네가 보기에는 라피드 호 선원들이 이집트인들인 것 같더냐?"

"분명 그랬습니다, 폐하."

"기억을 되짚어보아라, 이케르. 그 배에 대해 무슨 이야기를 들었던 적은 없었느냐? 사소한 것일지라도 말이다."

이케르는 곧 한 가지 사실을 기억해냈다.

"카훈의 목수였던 라보라는 자가 라피드 호의 선체 각 부분들이 파이윰에서 제작되었다는 말을 한 적이 있습니다. 하지만 미처 그쪽을 조사해보지는 못했습니다."

세카리가 말했다.

"그거 반가운 정보인데요. 제가 파이윰으로 가보겠습니다."

왕은 세카리의 말을 잠시 중단시키고 이케르에게 말했다.

"잠깐, 이케르, 너는 총리를 따라 그의 집무실로 가거라. 총리가 국왕 서기관으로서의 네 임무에 대해 자세히 설명해줄 것이다."

크눔호테프와 이케르가 물러갔다.

세카리가 왕에게 털어놓았다.

"지금 제게는 황금원의 힘이 아주 부족합니다. 그 원 안에서 재생의 힘을 얻고 싶습니다만, 그것보다 더 시급한 일이 있으니 별 수 없지요."

"나 역시 우리 모두가 오시리스의 땅에서 다시 모였으면 좋겠구나. 그러나 이집트가 이처럼 큰 위기에 처했으니 개인의 사사로운 소망은 접어야 한다. 그렇지만 네가 힘이 약해졌음을 느낀다면 황금원 의식을 올리도록 해주마."

"아닙니다. 아직은 버틸 힘이 있습니다, 폐하."

"지나치게 위험을 무릅쓰는 것 아니냐, 세카리?"

"네스몬투 장군과 세피 장군이 저를 훌륭히 가르치셨습니다."

"소벡이 함정에 걸려든 일이 걱정스럽다. 이 사건의 배후에는 어떤 치밀한 조직이 있는 게 틀림없다. 그리고 그 조직의 우두머리는 우리의 정의로움을 역이용해 공격을 가할 만큼 영리한 자이다. 가엾은 소벡은 우리 속에 갇힌 맹수처럼 분노하고 있지만, 지금으로선 결백을 입증할 방법이 없다. 가서 소벡을 만나보아라, 세카리. 그리고 이 사건의 재수사를 이끌어낼 방법을 찾아라."

총리 집무실 쪽으로 막 들어서던 크눔호테프와 이케르는 메데스와 마주쳤다.

메데스가 호들갑스럽게 인사를 건넸다.

"그날의 영웅을 만나 뵈니 반갑습니다. 탁월한 자질을 갖추신 분이니 폐하께서 왕세자로 삼으신 거겠지요. 축하드립니다, 이케르 님. 멤피스 궁정에 들어오신 걸 환영하는 바입니다."

이케르는 말없이 인사만 했다.

크눔호테프가 말했다.

"이 사람은 국정원 비서인 메데스다. 공식 칙령을 작성하고 왕국 전체에 포고하는 중요한 임무를 맡고 있는데 아주 잘 수행하고 있다."

"그런 칭찬을 들으니 몸 둘 바를 모르겠습니다. 기대에 어긋나지 않도록 열심히 일하겠습니다. 왕세자께서도 제게 시키실 일이 있으면 무엇이든 말씀해주십시오. 막중한 일을 맡은 까닭에 늘 시간에 쫓기긴 하나 왕세자께서 시키시는 일이라면 제 힘을 다해 수행하겠습니다. 그럼 저는 이만 물러가겠습니다."

이케르와 총리는 테라스로 올라갔다. 그곳에서는 시내 중심부가 내려다보였다. 햇빛을 받아 빛나는 관청과 신전들이 무질서와 불행으로부터 벗어난 안식처처럼 보였다.

크눔호테프가 말했다.

"네가 오릭스 주에서 보낸 시간은 헛된 것이 아니었어. 나는 너를 내 방식대로 훈련시킨 것을 후회하지 않는다. 그 당시에 나는 너를 내 후계자로 삼을 생각도 했었다. 통치할 능력이 없는 내 멍청이 아들들을 떼어놓기 위해서 말이다. 그후 왕께서 오릭스 주로 오셨다. 그는 진정한 파라오였어. 그는 내게 나 자신의 하찮음과 허영, 헛된 몽상을 깨우쳐주었고, 그의 총리로 임명함으로써 그 잘못의 대가를 아주 톡톡히 치르도록 했지!"

크눔호테프는 큰 소리로 웃어 이케르를 놀라게 했다.

"나는 내 작은 땅에서 무소불위의 폭군으로 군림했었다. 그러던 내가 다른 사람을 위해 단 하루도 쉬지 못하면서까지 일하고 있다니! 그 사람이 세소스트리스가 아니라면 과연 이런 일이 가능하겠느냐? 그에게 복종해라, 이케르. 그를 섬기고 충성을 다해라. 그는 마아트의 보증이며 빛의 실행자이다. 두려움 없이 어둠의 세력들과 맞설 사람은 오직 그뿐이다. 그가 패배할 경우 우리 문명은 사라질 것이다. 너도 파라오께 들어 지금의 위태로운 시국에 대해서는 알고 있을 것이다."

"총리께서 명하시는 대로 따르겠습니다."

"규정대로라면 국왕 서기관은 이집트 왕국의 부를 관리하는 일을 맡는다. 그러나 너는 하급자들을 이끌고 으스대며 지방 시찰을 다닐 생각은 하지도 마라! 파라오는 너에게 다른 임무를 내리셨다. 나로 하여금 너와 이야기를 나누게 한 것은 이 궁정에서 너를 노리고 있을 수많은 위험들을 네게 미리 일러주라는 뜻에서이다. 세소스트리스의 측근인 네스몬투 장군, 세피 장군, 세호테프, 세난크흐는 믿어도 된다. 그들은 폐하께 절대 충성하는 사람들이다."

"메데스는 국정원에 소속된 사람이 아닙니까?"

"그도 언젠가는 국정원에 들어올 것이다. 계속해서 열성적이고 유능한 모습을 보여준다면 말이다. 그건 그렇고 궁정에는 폐하께 충성을 바치는 인물들만 있는 게 아니다. 시기심 많은 고관들, 불만에 차서 앙심을 품은 궁정 관리들! 폐하의 측근 외에는 전부가 이런 자들이라고 보면 된다. 혹시라도 네가 곧이곧대로 화를 내는 경우가 생기면 감당하기 힘들 만큼 미움을 받게 될 것이다. 이미 일부 소인배들이 너를 쫓아내려는 움직임을 보이고 있다. 그들은 세소스트리스의 분노를 사지 않기 위해 아주 신중하게 움직일 것이다. 다행히 세카리가 너를 지켜줄 것이다. 또한 너는 궁정의 한 거처에서 지내게 될 테니 밤낮으로 감찰대의 보호를 받을 수 있다. 내 생각에 너는 한시바삐 중앙 도서관에서 일하고 싶어할 것 같은데?"

"제 마음을 읽고 계시는군요."

이케르가 웃으며 고개를 끄덕였다.

"무엇보다 네 소명은 글을 쓰는 것이라는 사실을 잊지 말아라. 힘을 지닌 말들, 즉 신의 말들을 전하는 건 이 세상에 마아트가 머물게 하기 위해 꼭 필요한 일이다."


소백은 분노하고 있었다. 그가 자신의 직위에 있었다면, 파라오의 경호가 그의 방식대로 이루어졌다면, 그가 수립한 궁정 경비체제가 유지되었다면 파라오가 하룻밤 사이 세 명이나 되는 자객에게 공격당하는 일은 없었을 것이다.

그는 자신의 집무실은 물론 친위대 정예병을 훈련시켜온 병영까지 박탈당한 뒤, 한 작은 집에 유폐되어 있었다. 그가 직접 길러낸 정예병들은 뿔뿔이 흩어진 상태였다. 그가 갇힌 집은 두 명의 신참 감찰관이 스물네 시간 지키고 있었는데, 이들은 소백이 무슨 말을 걸어도 절대 대답하지 않았다.

집안일을 하러 드나드는 여인이 밖에서 일어난 사건을 그에게 전해주었기 때문에 그도 항간에 떠도는 소문들을 알고 있었다.

유쾌해 보이는 인상의 한 남자가 소백을 찾아왔다. 이 묘한 남자를 보는 순간 소백은 뭔가 자신을 얽어맬 새로운 음모가 있는 게 아닌가 싶어 경계심을 늦추지 않았다.

"저는 세카리라고 합니다. 제가 이곳에 온 건 비밀입니다."

"자네를 보낸 사람이 누군가?"

"파라오이십니다."

소벡이 코웃음을 쳤다.

"폐하는 나의 알현 요청조차 거절하셨다."

"소송이 진행중이기 때문에 피하신 것입니다. 피의자가 폐하에게 구명을 요청하려 한다는 비난을 들을 수 있고, 그렇게 되면 피의자가 더 불리해지기 때문이지요."

그 말에 소벡은 고개를 끄덕였다.

"그도 그렇겠군. 총리는 자네가 이곳에 온 사실을 아는가?"

"전혀 모릅니다."

"저자들이 총리에게 즉시 보고할 텐데."

"염려마십시오. 그들은 조금 전에 해임되었습니다. 후임 감찰관들은 대장님의 지시에 전적으로 복종할 것입니다."

소벡은 몸을 내밀어 창밖을 살펴보았다. 세카리의 말은 사실이었다.

"정말로 파라오께서 보내신 사람인 모양이군! 자네가 하는 일이 정확히 무엇이지?"

"파라오께 복종하는 일이지요."

"그분이 자네에게 분부하신 게 뭔가?"

"폐하는 대장님의 결백을 확신하시지만, 그렇다고 법을 어기실 수는 없을 겁니다. 더구나 대장님의 죄를 주장하는 증거가 너무 분명하거든요."

"총리는 나의 파멸을 바라고 있어. 진실은 바로 그거야!"

"잘못 생각하신 겁니다. 총리가 입수한 자료들이 너무 명백한 것들이기 때문에 그분도 달리 행동할 수 없는 겁니다."

"진짜 죄인은 그늘에 엎드려 숨어서 나를 파멸시키려 하는데도 그런 말을 하는가?"

세카리가 진지하게 말했다.

"대장님과 저 사이에선 모든 게 분명해야 합니다. 사실대로 대답해주십시오. 범법 행위를 한 감찰관들을 감싸주시는 겁니까?"

"절대로 아닐세! 내 부하들 가운데 말썽꾼이 있었다면 내가 엄하게 다루었을 거야. 맹세컨대 그런 자들은 절대 감찰대 내에 발붙일수 없게 했을 거야."

소백의 대답에는 진심이 배어 있었다.

"그렇다면 장군이 음모에 걸려들었다는 폐하의 말씀이 맞군요. 제가 총리께 그렇게 말씀드리겠습니다."

"알아주니 기쁘군. 하지만 그래봤자 뭐가 달라지겠는가?"

"대장님은 여기서 나갈 수 없지만 저는 그렇지 않습니다. 제게 추적의 실마리를 주십시오. 제가 나서보겠습니다."

"불행히도 단서가 전혀 없어! 새 감찰대 총수는 임명되었는가?"

"아닙니다. 현재로서는 인선 책임자들 간의 합의가 이루어지지 않고 있습니다."

"그들끼리 서로 갈라져서 다투는 사이에 파라오의 안전이 위협받다니! 궁정에서 정확히 무슨 일이 벌어졌던 건가?"

"리비아 출신 밀입국자인 하역 인부와 신원을 알 수 없는 또다른남자가 궁정에 잠입했었습니다. 신원을 알 수 없는 남자는 비정규 전투 훈련을 받은 자였지요. 둘 다 처치하긴 했지만 그들의 배후를 캘수 있는 단서는 얻지 못했습니다. 그리 달갑지 않은 일이지만 한 가지 확실한 건, 이 두 사람이 같은 편은 아니라는 사실입니다. 다시 말해 두 개의 다른 조직이 세소스트리스 폐하를 암살하려 했다는 것이지요."

"리비아인, 시리아인, 가나안인. 이 족속들을 추적해봐야 해. 이 집의 가정부는 침입자가 세 명이었다고 말하던데."

세카리가 웃음을 지었다.

"이케르 서기관의 경우는 아주 특별합니다. 배후 인물들에게 속아서 자신이 정의를 행하는 거라고 믿었으니까요. 어느 시골 축제에서 이 청년의 독특함을 알아차리신 폐하께서는 제게 그를 늘 지켜보라고 명하셨지요. 덕분에 많은 것을 경험했습니다. 카훈에 반란 분자 소조직이 있다는 사실을 알게 되었고, 이케르를 죽이려 하던 가짜 감찰관의 손아귀에서 그를 구해내기도 했지요."

소벡의 얼굴이 굳어졌다.

"자네는 그 이케르라는 청년을 정말로 신뢰하는가?"

"폐하는 공식적으로 그를 단독 피후견인이자 왕세자에 봉하셨습니다."

"그가 여전히 배후 인물들에게 조종당하고 있다면?"

"그를 좀더 알게 되시면 그가 자신의 방황을 뉘우치고 있으며 자신의 목숨을 파라오게 바칠 준비가 되어 있다는 것도 아실 겁니다."

소벡은 화가 난 듯했다.

"총리가 나를 구리 광산에 처박아버릴 테니, 거기서 도둑놈들이나 알게 되겠지."

"왜 그렇게 비관적인 생각을 하십니까."

"곧 재판이 열릴 텐데, 모든 정황이 내게 불리해. 게다가 나는 희망을 걸어볼 실낱같은 단서조차 없어. 내 적들은 사방에 우글거리는데, 정작 나를 넘어뜨린 자는 그림자조차 보이지 않아."

"요 근래에 어떤 유력한 인물과 갈등을 빚은 일은 없습니까?"

"그야 셀 수 없을 정도로 많지!"

"혐의가 가는 자들이 있습니까?"

"궁정 관리들 전부가 의심스러워! 최근에 일어났던 일들을 곰곰이 돌이켜보았지만 뚜렷이 생각나는 건 없어. 총리가 폐하를 위험에 몰아넣기 위해 나를 제거하려 한다는 결론밖에는."

"한 번 더 말씀드리지만, 크눔호테프 총리는 충성스러운 분입니다."

소벡은 의자에 털썩 주저앉았다.

"제가 이 사건을 다시 조사하겠습니다. 그래서 대장님을 이 곤경에서 구해드리지요."

# 32

　이케르는 왕자가 입는 눈부신 흰색 아마 옷을 입고 머리에는 제의용 가발을 쓴 차림새로 왕을 따라 와제레트 여신의 축제에 참가했다. 이 제의는 왕비가 이끄는 하토르 여신 여사제들이 맡고 있었다.

　이케르는 마치 꿈속을 걷고 있는 것 같았다. 마을 서기관이 되어 글을 모르는 사람들을 대신해 문서를 작성해주며 살려 했던 평범한 시골 청년인 자신이 궁정 고관들의 감탄과 시기 어린 시선 속에 상하이집트의 통치자 옆에서 걷고 있는 것이다.

　물론 이것은 운명이 그에게 준 아주 짧은 휴식일 뿐이었다. 그래서 그는 자신의 역할을 자연스럽게 받아들이며 이 가슴 벅찬 시간들을 마음껏 맛보기로 했다. 사실 많은 사람들은 그를 촌뜨기 농부 취급하며 조롱하고 싶은 마음이었을 것이다. 그러나 이케르가 지금 보여주는 거동은 영락없이 궁정에서 교육받은 국왕 서기관의 모습이 아닌가! 덕분에 새로운 소문이 퍼져나가기 시작했다. 이케르가 세소스트리스의 친아들이 틀림없으며, 왕은 몇 가지 복잡한 이유 때문에 이 아들의 존재를 지금까지 숨겨왔을 거라는 소문이었다.

이케르는 왕이 부여할 임무를 기다리고 있었다. 그것은 결코 쉬운 임무일 리 없었다. 어쩌면 목숨을 걸어야 할지도 몰랐다. 그래서 이케르는 파라오를 언짢게 할 위험을 무릅쓰면서까지 자신을 계속 사로잡고 있던 질문을 던졌다.

"폐하, 아비도스의 황금원이 아직도 있습니까?"

"누가 네게 그것에 대해 이야기해주었느냐?"

"예전에 제후티 총독이 어떤 특별한 재생의식을 집전할 때 물 항아리 두 개에서 빛이 흘러나오는 것을 본 적이 있습니다. 그때 세피 장군이 이런 말을 했습니다. '아비도스의 황금원에 대해 알고 싶다고 했으니, 그렇다면 저 빛줄기가 무슨 일을 행하는지 지켜보아라'라고 말입니다. 세카리도 아비도스의 황금원을 알고 있는 것 같습니다."

"아비도스의 황금원은 오시리스 신이 발현한 것이다. 황금원 회원이 되면 오시리스 신에게 복속하게 되어 더이상 자기 자신이란 것은 의미가 없게 된다. 회원 각자에게 부여된 역할만이 중요해지니까 말이다. 그들의 역할이란 계시 진리와 교리들을 설파하거나 따르도록 강요하는 게 아니다. 그들의 역할은 올바르게 행동하는 것이다. 그리고 그것은 생명의 기운을 돕는 일과 연관되어 있다."

파라오가 왕좌로 가서 앉았다. 이케르는 그의 오른편에 자리를 잡았다.

"너는 아누비스의 첫 신비제의에 이미 입문한 사람이다. 그 신성한 힘에 대해 무엇을 알고 있느냐?"

이케르가 대답했다.

"숨어 있는 그 신은 유일하며, 먼 하늘보다 더 멀리 있으며, 지극히 비밀스러운 나머지 그 찬란한 빛을 드러내는 일이 없고, 너무나 위대하여 사람의 눈으로는 알아차릴 수도 없습니다. 만약 누군가가 그의 비밀스러운 이름을 입에 올린다면 그는 곧장 겁에 질려 죽음을 맞게 될 것입니다."

왕이 말했다.

"그 두려움은 유익한 것이지. 그러나 황금원에 도달하려면 그것만으로는 부족하다. 넌 하늘의 중심을 본 적이 있느냐?"

"거기서 세트 신이 영원한 별들을 지배하고 있습니다."

"우주는 위대한 신 오시리스의 몸이며, 이 신의 영혼은 우주에 생명력을 부여하는 힘이다. 세트는 이 우주의 한 부분에 거하며 그의 힘은 천둥, 번개, 폭풍과 뇌우로 나타난다. 그 반면 오시리스는 온 세상으로서, 인간의 사유 능력으로는 인식할 수 없는 무수하고도 다양한 창조력을 지니고 있다. 그의 창조력이 응집되면 더할 수 없이 강력한 생기의 다발이 형성된다. 그리하여 우리가 어떤 신의 이름을 붙여 부르는 것이 모습을 드러내게 된다. 그 신들은 각각 특정한 역할을 맡아 오시리스의 창조력을 우리의 마음과 의식이 섭취할 수 있는 영적인 자양분으로 바꾸어놓는다. 창조 행위는 단일한 것이다. 그 단일한 것이 둘이 됨으로써 불가능하던 결합을 이루어낸다. 그다음 그것은 셋의 형상으로 모습을 드러내며, 이어서 수천수만으로 무한히 늘어나지만, 그러면서도 그것은 여전히 단일한 존재인 것이다."

"신성한 문자로 글을 쓸 때 신을 표현하기 위해 돛대에 묶여 바람에 펄럭이는 깃발을 그리는 이유는 무엇입니까?"

"그것은 신의 실재가 천상에서 불어오는 바람에 의해 고양되어 빛나는 대기 속으로 퍼져나가기 때문이다. 그 실재는 어떤 중심축 안에서 구현되므로, 그 중심축은 보호받아야 한다. 마치 영혼의 빛을 지탱할 받침대인 육신의 미라가 붕대로 감싸여 보호받듯이 말이다. 이집트 전체는 신들이 사랑하는 집이다. 너는 신들을 신전에서, 들판의 기도실에서, 소박한 제실에서, 혹은 축제에서 만날 수 있다. 배움을 통해 신들의 진정한 속성을 구별하고, 그 신들이 어떻게 온 세상의 조화를 엮어내는지 이해하도록 해라. 전체의 부분들이 모여 조화를 이루는 것은 오시리스가 인간이 야기하는 무질서와 재앙에 말려들지 않고 순수하고 흠 없는 상태로 있는 덕분이다. 오시리스의 신비는 표면이 어떠하든 형상이 어떠하든 변질되지 않는다."

이케르는 왕에게 묻고 싶은 것이 너무나 많았지만 이미 제의가 시작되어 사방이 고요해졌기 때문에 그만 입을 다물었다.

하토르 여사제들의 수행을 받으며 등장한 왕비가 해를 향해 빛나는 돌들을 들어 올린 다음, 제단 위에 황금 배를 바쳤다. 그 배의 뱃머리에 강력한 와제레트 여신이 보였다. 이 여신은 네 개의 얼굴을 지닌 덕분에 어둠을 물리칠 힘이 있었다. 와제레트(ouseret)는 목, 축(軸), 말하자면 머리를 지탱하는 것을 의미했지만, 또한 파괴의 힘인 이제페트의 추종자들을 묶어두는 처형 기둥을 의미하기도 했다.

한 여사제가 빛이 다시 태어난 것을 찬양했다. 와제레트 여신이 만물의 발현으로 향하는 배를 타고 그 빛에 힘을 부여해주었다. 이어서 황금 원반이 등장했는데, 해의 여성형인 이 황금 원반은 또한 우라에우스, 즉 불꽃을 뿜어 파라오의 앞길을 밝히는 암코브라의 형상이기도 했다.

찬가가 울려퍼졌다. 그러나 이케르의 귀에는 그 소리가 들리지 않았다. 눈앞에서 펼쳐지는 제의조차도 그에게는 아무 상관없는 일처럼 느껴졌다.

언제부터인가 이케르의 눈은 왕비 곁에 있는 한 여사제에게 못 박혀 있었던 것이다.

그녀였다.

언제나 그의 생각 속에, 그의 꿈속에 있어온 여인, 그가 미친 듯이 사랑하는 그 여인이 거기 있었다.

그는 그녀의 움직임 하나하나, 발걸음 하나하나를 눈으로 좇으며 그녀가 자신을 바라봐주기를, 한순간이나마 두 사람의 눈길이 마주칠 수 있기를 바랐다. 그러나 여사제는 자신의 역할에 몰두하고 있었고, 모든 의식은 너무도 순식간에 끝나고 말았다.

걷잡을 수 없는 기대감이 밀려들었다. 이제 그는 더이상 보잘것없는 시골 서기관이 아니었다. 그는 파라오 세소스트리스의 양아들인 것이다! 그렇다면 그녀에게 말을 걸 수도 있지 않겠는가.

그러나 이 흥분은 곧 식고 말았다. 그가 그녀에게 무슨 말을 건네든 그것은 우스꽝스러운 호소, 맥 빠지고 시시한 하소연이 될 것이다. 그는 혼자만의 열정에 겨워 더듬거릴 것이고, 그녀는 그런 그를 외면하고 말 것이다.

왕의 엄숙한 목소리가 이케르를 이 고통스러운 상념에서 끌어냈다.

"지금 지켜본 의식이 어떤 점에서 중요한지 알아차렸느냐?"

"잘 모르겠습니다, 폐하."

"계속 생각해보아라. 네가 그것을 깨닫지 못하면 나도 더 많은 것을 가르칠 수 없다. 네게 임무를 맡겨 떠나보내기에 앞서 네게 확신을 심어주고 싶구나. 황금 원반에서 뻗어 나온 빛과 우라에우스의 불꽃이 이미 네 영혼과 육체를 꿰뚫었다."

"폐하, 왕비 마마 곁에 있던 젊은 여사제가 누구인지 아십니까?"

"그녀는 아비도스의 여사제이다."

"그녀의 이름이 무엇입니까?"

"고귀한 여신의 이름을 빌려왔지. 이시스. 오시리스의 아내 이름이다. 그녀는 신전과 신전에서 수행되는 신비제의에 자신을 바친 사제이다."

왕의 말은 이케르를 절망케 했다. 아름다운 이시스는 결코 다가갈 수 없는 사람이었던 것이다.

세카리의 특징 가운데 하나는 끈질긴 추진력이었다. 특히 진실을 규명하거나 억울한 사람의 무죄를 밝혀주는 일과 연관된 경우라면 절대 포기하는 법이 없었다. 하지만 세카리의 눈에도 소벡의 앞날은 별 희망이 없어 보였다.

세카리는 단순하게 생각해보려 했다. 소벡의 명예를 무너뜨린 자들이라면 자신들의 성공에 의기양양해하지 않을 리 없었다. 그렇다면 어느 정도는 표가 나게 떠벌리고 다니지 않겠는가.

손에 얻은 단서는 너무나 미미했다. 그래서 세카리는 총리에게 요청해서 소벡이 기소된 이후에 일어난 모든 사건들의 소송서류를 넘겨받았다.

산더미처럼 쌓인 서류를 보자 세카리는 그만 포기하고 싶을 지경이었다. 그는 서기관 두 명의 도움을 받아 소송 서류들을 사건의 경중에 따라 나누었다. 선술집에서 일어난 주먹다짐들, 시장에서 생긴 절도 사건, 고발로까지 이어진 부부 싸움, 경작지의 경계선을 둘러싼 분쟁…… 세카리는 가장 심각해 보이는 사건부터 검토하기 시작했다. 멤피스에서 삼십 년 묵은 종려나무의 소유권을 놓고 싸우다 한 건의 살인 사건이 발생했고, 북동쪽 국경에서는 정체불명의 두 남자가 불법 월경을 시도하다가 죽은 일이 있었다.

모두 소백의 일과는 직접적인 관련이 없어 보였지만, 세카리는 국경에서 벌어진 월경 시도 사건에서 한 가지 흥미로운 점을 발견해냈다. 정체불명의 두 남자가 이집트에서 빠져나가려고 했다는 게 아닌가!

세카리는 소송서류에 서명한 장교의 진술을 듣기 위해 국경 요새를 찾아갔다. 총리로부터 지시받은 임무임을 알리자 장교는 세카리를 맞아들였다.

"무슨 일이 있었는지 이야기해주시오."

"그 두 녀석이 다가왔는데, 히죽히죽 웃는 모습이 별로 적의를 품은 것 같아 보이진 않았어요. 하지만 뭔가 직감이라는 게 있잖습니까! 내가 두 녀석에게 행선지를 물으니까 '시켐으로 가오. 여기 정식으로 발급받은 통행증이 있소', 이러더니 거만하게 통행증이라는 걸 내보이더군요. 그런데 그 서판에는 '이집트군에게 죽음을, 가나안의 반란군 만세!'라고 쓰여 있더란 말입니다. 곧장 체포하려고 하는데, 글쎄 두 놈이 도망치지 뭡니까. 궁수들이 놈들을 쓰러뜨렸죠. 반란자 두 놈을 처치한 거지요."

세카리는 골똘히 생각에 잠겼다.

그들이 자살을 하려고 일부러 국경 경비대를 자극했던 것일까? 그게 아니라 글을 읽을 줄 모르는 자들이었다면! 누군가가 그들에게 그 서판을 건네주면서 그것이 통행증이라고 속였을지 모른다. 국경 경비대가 그들을 합법적으로 처형하도록 말이다.

"그 불한당들의 이름이 무엇인지 아시오?"

"아쉽게도 그건 모릅니다만, 대신 놈들의 생김새를 알려드리지요. 그런 중대한 일이 이곳에서 벌어졌는데, 그들의 용모를 그려두지 않을 리 없죠."

세카리가 반색을 했다.

"어서 보여주시오."

"미리 말해두지만 그림에 취미가 있어 그려둔 것일 뿐이니 전문 화공의 솜씨를 기대하진 마시오!"

장교가 그린 그림은 놀랄 만큼 세밀했다.

세카리가 말했다.

"이걸 가져가야겠소."


감찰관들이 다가가자 뾰족코라고 불리는 이 도기 장수는 지팡이를 집어 들고 위협하듯 휘휘 내둘렀다. 그는 멤피스의 한 서민 구역에 다시 자리를 잡은 참이었다.

"가까이 오지 마라. 다가오면 그냥 안 둘 테다!"

"우린 총리 각하의 명을 받고 왔소. 급히 당신을 보자고 하셨소."

"너희들이 가짜 감찰관들이 아니라고 누가 장담하겠어? 다른 놈들도 가짜였는데."

"내가 장담하지요."

세카리가 대답했다.

"누군데, 너는?"

"파라오의 특사요. 감찰대의 누구도 내가 보는 앞에서 당신에게 손을 대지 못할 겁니다."

도기 장수의 태도가 좀 누그러졌다.

"나한테 무슨 볼일이 있소?"

"총리 각하 앞에서 확인해줘야 할 일이 있습니다. 아주 중요한 일이지요."

"총리 각하께 직접 말씀드려야 하는 거요?"

"네, 기다리고 계십니다."

도기 장수는 미심쩍어하면서도 세카리를 따라나섰다.

세카리를 따라 크눔호테프의 집무실로 들어서는 순간, 도기 장수는 세카리의 말이 사실임을 깨달았다. 그렇지만 그는 자신의 태도를 계속 밀고 나갔다.

"저한테 고소를 물리라고 하실 생각이라면, 어림도 없습니다요. 난데없이 쳐들어와서는 몽둥이질을 하고 제 배를 훔쳐갔단 말입니다! 범인은 감찰대 총수고 이 몸은 비록 하찮은 도기 장수이지만, 아무리 그렇다 해도 법은 살아 있다 이겁니다요!"

"법이 그렇게 살아 있게 하는 게 바로 내 의무다."

크눔호테프가 대답했다.

"억울한 일을 당한 사람이 아무리 보잘것없는 신분이라 해도 정의는 변함이 없어. 그렇기 때문에 친위대장 소벡이 기소되어 재판을 받을 때까지 갇혀 있는 게 아닌가."

"그렇다면, 믿어보지요."

"이 그림 속 얼굴들을 보라."

크눔호테프는 세카리가 국경 초소에서 가져온 그림들을 도기 장수의 눈앞에 내밀었다.

뾰족코가 파피루스 그림들을 받아들었다.

"그들입니다! 그놈들이에요. 나한테 몹쓸 짓을 한 그 두 감찰관 말입니다! 그들을 잡아들였나보군요. 제가 당장 그들을 봐야겠습니다요. 이 더러운 놈들, 실컷 욕을 퍼부어줘야지."

총리가 말했다.

"그자들은 죽었다. 소벡을 모함하려는 누군가의 지시를 받고 가짜 감찰관 행세를 한 것이다. 자네는 이런 음모에 말려들어 피해를 입은 것이고. 이 그림 속 얼굴들이 자네를 공격했던 자들이 틀림없다고 맹세하겠는가?"

"그럼요, 틀림없고말고요! 그놈들이 확실합니다요."

한 서기관이 규정대로 공술서를 작성하는 동안 세카리는 소벡에게 달려갔다.

# 33

"네스몬트 장군에게서는 새로운 소식이 없는가?"

파라오가 수석 비서관 세호테프에게 물었다.

"군대는 가나안에서 임무 수행 중입니다. 폐하. 큰 사고 없이 순조롭다고 합니다."

수석 재정 관리관 세난크흐가 말했다.

"다슈르의 피라미드 건설 공사도 잘 진척되고 있습니다. 제후티는 맡은 일을 훌륭히 해내고 있지요. 건설에 동원된 장인들은 숙식에 불편함이 없고, 식량과 물자는 제때 배급되고 있습니다. 다만 세피 장군으로부터는 아무 소식도 없습니다. 아마도 큰 난관에 부딪친 모양입니다."

세호테프가 자신의 생각을 말했다.

"아무 소식도 없다는 게 반드시 나쁜 것만은 아니지요. 세피 장군은 신중하고 조심성 많은 사람이므로 금을 찾기 이전에는 우리에게 기별을 하지 않을 수도 있습니다."

파라오가 당부했다.

"적들은 나를 암살하려 할 뿐 아니라 나와 가까운 신하들까지 중상모략하고 있다. 나를 고립시키기 위해서. 세난크흐도 곤경에서 빠져나온 경험이 있고, 세호테프도 함정을 미리 알아차린 덕분에 역공을 취할 수 있었다. 하지만 소벡은 그런 음모에 희생될 뻔했다. 그러니 한시도 경계를 늦추지 말라. 또다른 공격이 있을지 모른다."

세난크흐가 분한 어조로 말했다.

"소벡을 음해한 범인에 대해서는 아직 아무런 정보도 확보하지 못했습니다."

세호테프가 파라오에게 물었다.

"폐하, 최근에 궁정 고관들 중에 승진을 청한 자가 없었는지요?"

"없었다."

"저는 이 음모를 꾸민 자가 허영심에 부풀어 더 많은 권력을 거머쥘 욕심을 부릴 거라 생각했습니다. 그걸 거꾸로 이용해 그자의 정체를 밝힐 셈이었지요. 하지만 범인은 제가 예상하는 것보다 훨씬 교활한 자인 듯합니다."

세난크흐가 생각을 밝혔다.

"그자가 혹시 외국인인 건 아닐까요?"

세호테프가 동의했다.

"그럴 수 있지요. 그자는 멤피스 한복판에 조직망을 심어놓았을 수도 있습니다."

세소스트리스가 말했다.

"이제 소벡이 모든 직위를 회복했으니 자신의 방식으로 사건을 재수사할 것이다. 궁정 경비도 다시 그가 맡게 되었다. 이케르의 이야기로 미루어 가장 시급한 것은 카훈 시장에게 위험을 알리는 일이다.

나는 소벡에게 멤피스에 잠입한 불순분자들을 철저히 감시하도록 지시해놓았다. 그러다보면 어떤 방식으로든 그들의 우두머리를 추적해 낼 수 있을 것이다."

세호테프가 걱정스러운 어조로 말했다.

"혹시 그들이 이 도시를 점령하려 들지는 않을까요?"

"그들이 기습 공격을 해왔다면 성공했을지도 모르지. 하지만 이제 그들의 목을 죄고 있는 것은 우리다. 이케르를 왕세자로 책봉한 일을 놓고 궁정에서는 어떤 반응을 보이고 있는가?"

세난크흐가 대답했다.

"폐하께서 예견하신 그대로입니다. 모두들 아연실색해서 얼이 빠져 있다가, 지금은 질투로 끓어오르고 있습니다. 스스로 유리한 위치에 있다고 생각하는 많은 자들이 앞장서서 그 청년을 못살게 굴 것입니다. 하지만 제가 보기에 이케르는 화강암보다도 더 단단한 의지를 지니고 있습니다. 비난이나 찬사에 흔들릴 사람이 아니지요. 그는 자신이 나아가야 할 길만을 바라볼 것이고, 그 어떤 장애물도 그런 그를 가로막을 수 없을 것입니다."

"세호테프, 그대는 이케르를 어떻게 생각하는가?"

"폐하께서는 이집트의 재통합을 이루시어 제가 할 말을 잃게 만드시더니 제게 또다시 놀라움을 안겨주셨습니다. 그 젊은 서기관은 줄곧 궁정에서 생활해온 사람처럼 보입니다! 그는 천성적으로 몸가짐이 바르고 행동이 합당하면서도 자신에 대해 조금도 흔들림이 없습니다. 사람들은 그가 폐하의 친아들이라고 수군댑니다만."

"이제 그는 내 아들이 된 게 아니더냐? 나는 그에게 한 가지 위험한 임무를 맡기려고 한다. 선박 한 척이 어디에서 비밀리에 건조되어 푼트로 출항했는지 밝혀내는 일이다."

세난크흐가 찬성하듯 한마디 거들었다.

"이케르를 시샘하는 자들이 쾌재를 부르겠군요! 폐하께서 이케르를 멀리 내보내려는 의도라고 믿을 테니까요."

세호테프가 주저하듯 물었다.

"폐하께서는 그 젊은이가 그런 위험한 일을 맡을 정도로 충분히 단련되어 있다고 보시는지요?"

"이케르의 운명은 다른 어떤 운명과도 닮지 않은 특별한 것이다. 그가 이루어야 할 것은 인간이 생각할 수 있는 한계 너머에 있으며, 다른 어느 누구도 그를 대신해줄 수 없다. 만약 그가 실패한다면 우리도 모두 큰 위험에 처하게 될 것이다."


이럴 때는 하의의 허리끈이나 손목에 감는 가죽띠조차도 문제가 없는지 다시 한번 살펴서, 되도록 소벡의 분노를 자극하지 않는 게 상책이었다. 소벡은 자신의 후임들이 앞 다투어 무너뜨린 경비체제를 다시 바로잡는 일에 밤낮없이 몰두하고 있었다.

이어서 소벡은 파라오 친위대가 여전히 효율적으로 임무를 수행할 수 있을지, 친위병들이 훈련을 성실히 하는지를 점검했다.

소벡은 경비체제를 재구축했음을 보고하기 위해 파라오를 알현했다. 파라오 옆에는 이케르가 함께 있었다.

세소스트리스가 말했다.

"내 양아들을 처음 만나는 것이겠군. 이 사람은 친위대장 소벡이다, 이케르. 이집트의 모든 감찰관을 이끌고 있다."

이케르가 인사했다.

"반갑습니다. 그대의 카가 안녕하시기를."

"마찬가지이시길."

소백이 별로 유쾌하지 않은 얼굴로 대답했다.

"폐하, 왕세자께서 불쾌하게 여길지 모르겠지만, 폐하께만 말씀드릴 게 있습니다."

파라오의 명을 받고 이케르가 자리를 떴다.

소백이 말했다.

"세 사람이 폐하의 암살을 기도했습니다. 그중 둘은 죽었지요. 하지만 세번째 범인은 바로 이케르였습니다."

"그대가 이케르를 믿지 못하는 것도 이해가 된다. 하지만 난 저 아이를 대할 때 의심이 가거나 꺼려지는 게 조금도 없다."

"그렇더라도 제가 그를 감시하게 해주십시오."

"마침 그걸 명하려던 참이었다. 나도 그렇지만 이케르의 생명도 위협받고 있다."

소백은 자신의 염려를 숨김없이 털어놓았다.

"저를 유폐시키려던 음모는 어떤 구체적인 큰 계획의 일부였습니다. 멤피스에 반란 조직을 구축하려는 게 분명합니다. 여기에는 아마도 다른 도시도 포함되어 있을 것이고 카훈이 그 시발점일 것입니다. 이 계획에는 일반 백성들도, 또 유력자들도 가담하고 있는 게 분명합니다. 한쪽은 뭐가 뭔지도 모르는 채, 그리고 다른 한쪽은 체제 전복의 음모를 품고 이 계획에 뛰어들었겠지요. 적들은 저를 앞질러 가고 있고, 저는 한참 뒤처져 있습니다. 더구나 저는 어떤 길로 가야 할지도 모르는 상황입니다. 제가 현재의 위기 상황을 더이상 감당할 능력이 없다고 판단하신다면 저를 파면해주십시오."

"그것이 바로 적들이 바라는 것이지."

세소스트리스가 대답했다.

"그대는 내가 적들이 바라고 있을 결정을 내릴 거라고 생각하는가?"

이케르는 파라오와 궁정 정원을 산책하고 있었다. 그는 아침나절 동안 총리 옆에서 일을 도운 후였다. 백단풍나무, 타마리스나무, 석류나무, 무화과나무 들이 상쾌한 그늘을 드리웠다. 정원에서 맛보는 세상은 다정하고 아름답게 느껴졌다.

"크눔호테프는 너의 일솜씨에 만족하고 있더구나. 이젠 너를 못마땅해하는 자들도 입을 다물지 않을 수 없겠지."

"여전히 배워야 할 것이 너무나 많습니다, 폐하! 크눔호테프 총리가 저를 잘 이끌어주고 있긴 하지만, 제가 직접 경험하는 것만이 진정한 공부가 될 것입니다. 가축을 관리하는 문제만 해도……"

"나는 네게 다른 임무를 맡기려 한다."

이케르는 왕이 조만간 이 말을 꺼내리라는 사실을 애써 잊으려 했었다. 그래서 당장에 주어진 업무에 더욱 열중했던 것이다. 한동안 그는 선택받은 삶이 안겨준 가장된 평온함에 몸을 맡기고 있던 셈이었다.

세소스트리스가 말했다.

"네게 해결하기 어려운 몇 가지 과제를 주겠다. 내일 아침 세카리와 함께 파이윰으로 떠나라. 네게 왕세자의 인장을 주마. 그러나 그것은 피치 못할 상황이 닥쳤을 때만 사용해야 한다. 되도록 눈에 띄지 않게 움직여라. 우리는 누가 우리의 적인지, 그 적수가 어디에 숨어 있는지 모르고 있으니까 말이다. 아비도스의 생명의 집 도서관에서 고문헌들을 조사하고 나서 한 가지 사실을 알아냈다. 예전에 네이트 여신에게 봉헌한 아카시아나무 한 그루가 파이윰 주 어딘가에 심어진 적이 있다는 것이다. 네가 그 나무를 찾아내면 우리는 그 나무를 오시리스의 아카시아나무에 접붙여볼 생각이다. 그다음 과제는 라피드 호가 건조된 조선소를 찾아내는 일이다. 그러고는 카훈으로 가서 아시아인들을 잡아들이고 그들의 음모를 분쇄하도록 해라."

왕의 지시를 듣던 이케르는 고통스러운 생각에 사로잡혔다.

"폐하, 헤렘사프 서기관의 죽음은……"

"그는 분명 살해당했을 것이다. 그는 나의 충실한 신하였다. 그가 너를 아누비스의 첫 신비에 입문시키고 싶다고 내게 허락을 청했을 때 나는 그의 설명을 듣고 고개를 끄덕였다."

"카훈 시장은 우리 편입니까, 아니면 적입니까?"

"시장으로 임명될 때만 해도 그는 공직자로서 훌륭한 자질을 갖추고 있었다. 하지만 권력은 종종 사람을 변하게 하는 법이지. 그의 진짜 모습이 어떤지 밝히는 것도 너의 한 임무다."

"폐하께서는 언제나 저에 대해 모든 것을 알고 계십니다. 제가 무엇을 원하고, 무엇을 고민하는지, 그리고 어떤 희망을 품고 있는지 말입니다."

"이 정원의 평화로운 오후를 즐겨라, 내 아들아. 그리고 되도록 빨리 임무를 마치고 돌아오너라."

세소스트리스는 깜짝 놀란 이케르를 혼자 놓아두고 멀어져 갔다.

왕이 그를 '내 아들'이라고 부른 것은 이번이 처음이었다. 아주 평범하고 짧은 이 두 마디 말이 별안간 천둥처럼 그의 귓가에 울렸다.

또다른 세계가 눈앞에 펼쳐지고 있었다. 이제 그곳에서 그는 자신이 아니라 아버지, 파라오를 위해 싸울 것이다.

화창한 오후의 정원은 아름다웠다. 하지만 이케르는 거기서 몽롱한 꿈에 잠겨 있고 싶은 마음은 없었다. 먼 길을 떠나기 위해 짐을 꾸려야 했고, 신전과 지성소의 위치가 자세히 표시된 파이윰 지도를 구해야 했다.

이케르가 정원에서 나가려는 순간 이 평화로운 장소에 남풍이 불어왔다. 그 부드럽고 향긋한 바람을 맛보기 위해 이케르는 발걸음을 멈추었다.

그의 눈앞에 어떤 환영이 떠올랐다.

그녀.

그녀가 이 남풍을 타고 그에게로 오고 있었다. 언젠가 그녀는 한 제의에서 소생의 비를 실어와 생명을 자라게 하기 위해 이 남풍이 된 적이 있었다.

그녀의 이마에 둘린 가느다란 금빛 띠에 달린 푸른색과 흰색의 연꽃송이 장식이 빛을 발하고 있었다.

그녀의 아름다움은 이 세상 것이 아닌 것 같았다.

이케르는 눈을 감았다가 다시 떴다.

이시스는 여전히 거기, 이케르 가까이에 있었다.

"내가 당신을 놀라게 했나보군요."

이시스의 목소리는 너무나 매혹적이어서 순간 그는 마법에라도 걸린 듯 더듬거리며 대답했다.

"아니, 아닙니다…… 그럴 리 있나요! 그냥 생각을 하느라……"

이시스가 정원에서 가장 오래된 나무를 응시하며 말했다.

"나는 이 석류나무가 마음에 들어요. 이 나무는 한철 내내 변함없

342

는 아름다움을 보여주지요. 꽃 한 송이가 시들면 곧이어 다른 송이가 꽃을 피우니까요."

"불행하게도 오시리스의 아카시아나무는 그렇지 못하지요."

이케르의 말에 여사제의 얼굴에 근심이 어렸다.

"그 나무를 살리기 위해 내 생명을 바쳐야 한다면 나는 조금도 주저하지 않을 거예요."

"왕께서 나에게 임무를 맡기셨어요. 파이윰으로 가서 반란 세력을 소탕하고, 생명의 나무를 치유할 어떤 약을 구해오라는 명령이셨지요."

"네이트 여신의 아카시아나무 가지를 말하는 건가요?"

이케르가 놀라 반문했다.

"당신도 알고 있었나요?"

"아비도스의 고문헌들을 조사하는 일이 내 임무였어요. 네이트 여신의 아카시아나무가 실제로 존재한다 해도, 오래전에 죽었을 가능성이 높아요."

"아직 살아 있다면, 내가 반드시 찾아낼 겁니다!"

이케르의 열의에 찬 목소리에 이시스가 살며시 미소를 지었다.

이케르는 모든 것을 다 털어놓고 싶었다.

"나는 세소스트리스 폐하를 죽이려고 했었습니다. 그분이 폭군인 줄 알았고, 나를 불행에 빠뜨린 장본인이라고 믿었거든요."

그녀가 대답했다.

"파라오께서 당신을 왕세자로 책봉한 것은 당신을 정직하고 올곧은 사람으로 판단했다는 의미이지요."

"당신도 나의 잘못을 용서해주시겠습니까?"

느닷없는 질문임을 깨달은 이케르는 곧 자신의 경솔함을 책망했다. 이시스가 또다시 미소를 지었다.

"폐하께서는 이미 당신을 용서하셨어요. 내 생각이 폐하와 다를 이유가 무엇입니까? 나는 당신의 진실함에 감동했어요. 더구나 이처럼 지체 높은 분으로부터 그런 이야기를 들으니 영광입니다."

"나는 그저 메다무드 출신의 일개 서기관일 뿐입니다."

"당신은 왕세자입니다. 삼가 경배 드립니다."

온몸이 무언가에 꽁꽁 묶인 듯 이케르는 자신의 속마음을 드러낼 어떠한 말도 찾지 못하고 있었다. 그녀가, 오직 그녀만이 언제나 자신을 구원해왔다는 사실을 무슨 말로 전해야 하는 것일까.

"아비도스로 곧 돌아가실 건가요?"

"내일 아침에 떠나려 합니다."

"거긴 특별한 곳이지요?"

"아비도스에 대해 말하는 건 내게는 금기랍니다. 난 언제나 그곳, 우리의 정신적인 원천에서 가장 가깝게 살기를 원해왔어요."

"그래도…… 멤피스에 다시 오시겠지요?"

"나는 파라오와 탁발 사제의 명을 받아 움직입니다."

한순간, 아주 짧은 한순간, 그는 그녀의 눈 속에 어린 수줍음의 불꽃을 본 것 같았다. 말로 표현할 수 없는 그의 마음을 그녀가 소중히 받아들이고 이해하고 있다는 표시였다.

그러나 그녀는 이제 곧 멀리 떠나 모습을 감출 것이다.

이케르가 말했다.

"분명 당신은 내가 겪은 어떤 이상한 일에 대해 설명해줄 수 있을 겁니다. 언젠가 물가에서 아름다운 머리카락과 윤기 나는 피부를 지

닌 한 여인을 본 적이 있어요. 어떤 여신이 그 여인의 모습으로 나타
난 것일까요?"

이시스가 대답했다.

"강력한 여신 와제레트이지요. 우라에우스의 여신이자 태양의 여
성형이랍니다. 그 여신을 만난 것은 대단한 영광입니다. 그런데 당신
은 여신을 진정시키는 주문을 외지 않고도 큰 위험을 모면했군요. 여
신께서 당신이 임무를 수행할 수 있도록 도와주시기를."

"분명…… 분명 우리는 다시 만날 수 있겠지요?"

"운명이 결정하겠지요."

# 34

메데스는 어떤 행동을 취해야 할지 망설이고 있었다. 세소스트리스의 양아들을 지극히 신중한 방식으로 공격하여 그의 평판을 점차 떨어뜨릴 것인가, 아니면 그냥 무시하고 말 것인가? 처음에 메데스는 이케르가 자신의 지위를 뽐내며 궁정에서 권력자로 행세하려 들거라 믿었다. 하지만 얼마 후 그는 이 젊은이가 다른 국왕 서기관처럼 크눔호테프 총리의 지시를 받으며 일에만 열중하고 있다는 사실을 알게 되었다. 이케르는 궁정 고관들과 사귀는 일도 없었고, 권력을 얻으려 애쓰는 것 같지도 않았다.

이런 사실에 적잖이 놀라면서도 여전히 의심을 거둘 수 없었던 메데스는 그를 식사에 초대해서 속을 떠보기로 했다. 이 시골뜨기가 자신의 행운에 너무도 만족한 나머지 이쯤에서 만족하며 지내기로 마음먹은 것일까, 아니면 먼 훗날을 기약하기 위해 술수를 부리고 있는 걸까? 가장 그럴듯한 해답은 이케르가 왕의 지시에 따라 얌전히 행동하고 있다는 것이었다. 파라오가 그를 변두리 행정관으로 임명한 까닭은 이케르가 왕세자로서의 역량이 부족하다는 사실을 뒤늦게 파악했기 때문이 아닐까?

한참 후, 비서가 돌아와 알렸다.

"나리, 이케르 왕세자님은 초대에 응하실 수 없답니다."

"무슨 이유로?"

"멤피스를 떠났다고 하던데요."

궁정으로 달려간 메데스는 사정을 자세히 알아보려 했지만 이케르가 당나귀 한 마리를 데리고 남쪽으로 가는 배를 탔다는 것 외에는 아무것도 알아낼 수 없었다. 이렇게 초라하게 떠났다는 건 그가 왕의 총애를 잃어버렸다는 의미였다.

다시 기운이 솟아오른 메데스가 우편물 꾸러미를 뒤적였다. 암호로 작성된 서신 하나가 보였다. 레바논 상인이 보내온 것이었다. 의례적 인사치레로 뒤범벅된 문장들 속에 중요한 구절 하나가 파묻혀 있었다.

'급히 나리를 뵙고 싶습니다.'


"포도주 한잔 드시겠습니까, 메데스 나리?"

레바논 상인이 권했다.

"여기 오느라 저녁 만찬을 취소해야 했소. 당신이 할 이야기가 그만한 가치가 있었으면 좋겠군."

"제 주인님께서 아비도스 근처에 만날 장소를 정하셨습니다. 저의 배에서입니다."

"좋소, 하지만 당신 배에는 제르구가 타고 갈 것이오. 나는 따로 배를 마련해서 약속 지점으로 가겠소."

"원하시는 대로 하시지요."

"당신도 함께 가는 거요?"

"주인님께서 원하지 않을 겁니다."

레바논 상인은 기름을 칠한 것처럼 빤질빤질한 태도로 대답했다.

"저는 사업 때문에 이곳에 남아 있어야 합니다. 더군다나 일이 숨 돌릴 틈 없이 진행되는 중이라……"

메데스가 상인을 위협하듯 노려보았다.

"나한테 어쭙잖은 장난을 칠 생각은 아니겠지, 동업자 양반?"

"그럴 리가 있나요! 나리 덕분에 제가 이렇게 편히 살고 있는데요."

"당신 주인이란 사람도 그렇게 생각하오?"

"그분은 다르지요. 사람마다 흥미를 갖는 것이 다 같을 수는 없지 않겠습니까."

"알 수 없는 사람이군!"

"그분은 제가 그분에 대해 이야기하는 걸 싫어하시죠."

"그가 만약 나를 해치려 든다면 후회할 일이 생길 거야."

"절대 그런 일은 없을 겁니다, 나리. 그분이 나리를 만나고 싶어하는 건 우리의 협력관계를 한층 돈독히 하기 위해서입니다."


레바논 상인의 배에 올라탄 제르구는 그 배의 선장과 처음 만나는 순간부터 서로 마음이 맞는다는 걸 알았다. 제르구는 산발한 머리카락에 산전수전 다 겪은 얼굴을 한 이런 천박한 싸움꾼을 좋아했다. 이런 자는 눈 하나 깜짝하지 않고도 사람을 죽일 수 있을 것이다. 선장도 제르구의 비대하면서도 난폭한 외양을 보고 자신과 뭔가 통하는 게 있겠다고 느꼈다.

"네 배를 샅샅이 검사해봐야겠는걸."

"그거야 한잔 들고 나서 해도 되는 거잖아, 안 그래?"

"그렇지."

제르구가 맞장구를 쳤다.

"포도주가 있는데 말이야, 좀 떫긴 해도 술술 잘 넘어가."

제르구가 첫 잔을 비웠다.

"이 포도주는 아직 제 맛이 들지 않았군."

"나일 강 위를 오가는 동안 익겠지!"

두 사람은 이런 농담을 하며 낄낄거렸다. 제르구는 느긋한 태도로 배 안 이곳저곳을 살펴보았다. 이상한 낌새는 전혀 찾을 수 없었다. 선원은 열 명가량이었는데 무기를 갖고 있진 않았고, 배에 실린 화물이라고는 전병과 말린 생선, 포도주 단지가 전부였다.

"이제 안심했나, 제르구?"

"닻줄을 풀고 떠나자고, 선장."

뱃길을 가는 동안 새로 사귄 두 친구는 쉴 새 없이 건배를 해댔다. 제르구는 메데스가 통 큰 남자라고 떠벌렸고, 선장은 선장대로 레바논 상인을 자랑했다.

잠시 후, 제르구가 푸념을 늘어놓았다.

"네 배에는 여자들이 없잖아."

"나도 매춘부 하나 태우고 싶었는데, 상인 나리가 못 하게 하더군."

"그 상인은 여자들을 안 좋아하나보지?"

"그럴 리가. 하지만 큰주인님은 허점이라고는 찾아볼 수 없는 사람이야."

"그를 알아?"

"한 번도 본 적은 없어."

배는 아비도스에 닿기 전에 멈춰 섰다. 강둑 가까이 빽빽이 우거진 갈대밭이 배를 가려주고 있어서 사람들 눈에 띌 염려는 없었다. 그럴 리는 없겠지만, 만약 나일 강 경비대의 검문을 받게 되면 선장은 배가 고장이 나서 망가진 부분을 수리해야 한다는 핑계를 댈 예정이었다.

제르구가 선장에게 말했다.

"잠시 메데스 나리를 찾으러 갔다 와야겠어."

선장은 갑판에 길게 드러누워 잠이 들었다.


종신 사제 베가는 미심쩍은 생각이 들었다.

"그 약속 장소에 같이 가자고 하는 이유가 뭐요, 메데스?"

"우리가 뜻이 통한다는 걸 확실히 해두자는 의미이죠."

제르구는 임시 사제로서, 또 메데스는 그의 조수 노릇을 하며 아비도스의 검문을 쉽게 통과할 수 있었다. 그런 다음 두 사람은 새로운 주문을 받는다는 구실로 신전 물자 조달 담당자인 베가와의 면담을 요청하곤 했는데, 이젠 도시 경비대도 으레 그러려니 하며 이들의 만남에 아무런 주의도 기울이지 않고 있었다.

베가가 물었다.

"그 '큰주인'이라는 사람은 누구요?"

"더 많은 부를 쌓을 수 있게끔 우리를 도와줄 사람이오. 그는 우리에게 더 많은 물자를 공급해줄 수 있을 거요. 당신이 자리를 함께한다면 우리의 협력관계가 한층 돈독해지지 않겠소? 이렇게 서로 협력함으로써 세소스트리스의 몰락을 최대한 앞당겨보자는 말이지요."

"만약 그 인물이 천한 도둑에 불과하다면?"

"그 레바논 상인은 사업 규모가 대단한 밀매꾼인데, 그런 거물의 배후가 형편없는 인물일 리 없지요. 당신이 아비도스를 빠져나가는 일은 문제없겠소?"

베가가 대답했다.

"종신 사제들이라고 해서 갇혀 지내는 건 아니오. 그 베일 속의 인물이 우리에게 함정을 쳐놓은 건 아닐까요?"

"제르구가 회합이 열릴 선박을 미리 살펴보았고, 그의 수하들이 근처에서 감시하고 있소. 만일의 경우 그들이 곧장 달려올 거요. 나를 믿으시오, 베가 사제. 만반의 대비를 해두었으니 말이오. 함께 만나게 되면 우린 분명 결정적인 한 걸음을 내딛게 될 것이오."


제르구가 나룻배를 타고 선박으로 다가갔다.

사방이 조용했다.

"선장! 나야, 제르구."

가만히 귀를 기울이자 코고는 소리가 들려왔다. 갑판으로 올라간 제르구의 눈에 죽은 듯이 잠에 곯아떨어진 선장과 선원들의 모습이 들어왔다. 의심 많은 성격답게 그는 다시 한번 배를 수색해보았지만 경계할 만한 것은 눈에 띄지 않았다.

제르구는 다시 나룻배를 타고 노를 저어 좀 떨어진 곳에 정박 중인 메데스의 배로 건너왔다.

"이상 없습니다."

"네 수하들은 철저히 대비하고 있겠지, 제르구?"

"안심하셔도 됩니다."

메데스가 잠든 선장의 옆구리를 발로 걸어차서 깨웠다. 선장은 소리를 지르며 눈을 떴다.

"네 주인은 언제 도착하느냐?"

"모릅니다, 제가 그걸 어떻게 압니까? 저야 그저 기다리면 되는 거죠."

"선원을 시켜 선실을 청소해놔."

선장이 선원들을 흔들어 깨웠다. 선장이 한참 투덜거리고 잔소리를 한 끝에 배는 겉보기에 멀끔해지긴 했다.

두건을 덮어쓴 사내가 우거진 갈대를 헤치고 나타났다.

사내를 향해 메데스가 말했다.

"어서 오시오. 베가 사제. 마음놓으셔도 됩니다."

종신 사제는 주저하듯 다소 서투른 몸짓으로 배다리를 타고 올라왔다. 사제가 중심을 잃고 넘어지려 하자 메데스가 부축해주었다.

간신히 배다리를 건넌 사제는 숨을 가쁘게 내쉬며 간이 의자에 걸터앉았다.

"모두 모인 거요?"

"우리를 초대한 사람이 아직 오지 않았소."

긴 기다림이 시작되었다. 베가는 줄곧 고개를 숙이고 있었고, 제르구는 선실 뒤편에서 몰래 술을 들이켰다. 메데스는 갑판 위를 쉬지 않고 왔다 갔다 했다.

결국 화가 머리끝까지 치솟은 메데스는 선장을 불러 갑판 난간에 밀어붙였다.

"감히 나를 놀리다니! 이 모욕의 대가를 치르게 해주겠다!"

별안간 부드러우면서도 등골을 서늘하게 만드는 목소리가 들려왔다. 메데스는 제자리에 얼어붙고 말았다.

"왜 그리 쓸데없이 화를 내느냐? 나는 여기 있다."

목소리의 주인공이 뱃머리에 서 있었다. 그가 오는 것을 본 사람이 아무도 없었는데 갑자기 모습을 드러낸 것이었다. 키가 크고 수염이 짙은 사내였다. 깊숙이 들어간 두 눈이 붉게 빛나고 있었다.

제르구는 얼이 빠진 나머지 저도 모르게 빈 술잔을 들이켰다. 베가는 몸이 마비된 듯 뻣뻣이 굳었고, 메데스는 멍하니 입을 벌리고 있었다.

"누구…… 누구요, 당신은?"

"나는 예고자다. 이제 너희는 나를 충실히 섬겨야 한다."

'미친 자로군, 정신이 돌아버린 게 틀림없어!'

메데스는 제르구에게 그의 수하들을 불러들이라는 신호를 보냈다.

예고자가 말했다.

"그래봤자 소용없다. 너의 배는 내가 이미 장악해버렸으니까. 제르구가 불러 모은 조무래기들 따윈 내 정예병들의 상대가 될 수 없다."

갈대밭에서 모습을 드러낸 입비뚤이와 스합이 갑판 위에 잘린 머리와 손들을 던졌다.

베가가 떨리는 목소리로 간청했다.

"나를 보내주시오."

예고자가 부드러운 목소리로 대답했다.

"누구든 이 자리를 떠나려면 나에게 복종하겠다는 맹세를 해야 한다."

물속으로 몸을 날리려던 제르구의 어깨에 매의 발톱이 들어와 박혔다. 제르구가 비명을 지르며 무릎을 꿇었다.

예고자가 말했다.

"한 번만 더 도망치려 한다면 네 간을 뽑아놓겠다. 한몫 크게 잡지도 못하고 그렇게 죽으면 얼마나 꼴이 우습겠느냐!"

"당신이…… 당신이 정말로 레바논 상인의 후견인이오?"

메데스가 놀라움을 감추지 못하고 물었다.

"그도 나를 배반해서는 안 되며 오로지 복종해야 한다는 것을 살이 찢기는 고통을 통해 깨우쳤지. 그를 본보기로 삼아 내게 복종하라. 우리는 함께 큰 목표를 향해 나아가야 하니까 말이다. 너희 셋 다 시도는 좋았다. 그러나 너희가 맞서는 적은 너무 강하고, 그래시 지금까지 하찮은 결과밖에 얻지 못한 것이다. 세난크흐, 세호테프, 그리고 소벡 모두 너희가 쳐놓은 함정을 빠져나갔다. 파라오 역시 그랬지. 그를 제거하는 일에 애송이를 들여보내는 바람에 지금 세소스트리스는 한층 철저한 경호를 받고 있다."

"당신도 파라오가 제거되길 바라시오?"

메데스가 마음을 좀 놓은 듯 물었다.

"각자 흩어져 애를 써봤자 번번이 실패할 뿐이다. 그래서 나는 모든 세력을 결집하기로 결심했다. 그리고, 너는 두건을 벗어봐라. 네 이름이 무엇이냐?"

사제가 주눅이 든 듯 시키는 대로 했다.

"나는 아비도스의 종신 사제, 베가요."

"적절한 자를 물색했군, 메데스."

예고자가 사제에게로 얼굴을 돌렸다.

"베가, 생명의 나무에 대해 말해봐라."

사제는 놀란 눈으로 고개를 들었다.

"그걸…… 그걸 알고 계시오?"

"대답이나 해라."

"오시리스의 아카시아나무가 심각한 병에 걸렸소. 사악한 마법에 걸린 듯하오."

"말라 죽을 것 같지는 않은가?"

"그렇진 않소. 생기를 조금은 회복했으니까. 세소스트리스가 신전과 영생의 집을 짓자 나뭇가지 하나가 푸르러졌소. 신전과 무덤이 카를 발산하고 있고, 사제들이 매일 나무를 돌보며 그 카를 나무에 모아주는 중이오. 왕이 이집트의 통합을 선포했을 때도 나뭇가지 하나가 회복되어 지금까지 두 개의 나뭇가지가 생기를 되찾았소."

"나무를 살리기 위해 어떤 일들이 진행되고 있는가?"

"세소스트리스가 피라미드를 짓고 있소."

"어디에?"

"다슈르요."

메데스가 대답했다.

"황금 팔레트는 누구에게 가 있느냐?"

예고자가 물었다.

베가는 놀라서 멍한 얼굴을 했다.

"제의에 사용되는 아비도스의 보물을 다 알고 계시오?"

"어서 대답해라."

"파라오가 지니고 있소."

"베가, 네가 원하는 게 무엇이냐?"

"그 폭군을 없애고, 내게 마땅히 돌아와야 할 자리를 차지하는 것이오! 나의 경험과 연륜에 비추어볼 때, 아비도스를 지배할 사람은 바로 나란 말이오."

"메데스와 손을 잡은 이유는 무엇이지?"

베가가 머뭇거리는 걸 본 메데스가 대신 말을 받아서 사제와 함께 추진하기로 한 사업 계획을 밝혔다.

이야기를 듣고 난 예고자가 대답했다.

"좋은 생각이군. 우린 많은 점에서 뜻이 통한다. 하지만 너희는 생각이 얕다. 나는 진리를 깨달은 사람이다. 나는 어떤 완전무결한 법을 세우려 한다. 그것은 유일한 신께서 내게 일러줄 것이므로 그중 한 글자도 고칠 수 없는 최종적인 법이다. 그 법은 모든 인간에게 적용될 것이며, 거기에 저항하는 자는 죽음을 피할 수 없을 것이다. 그러기 전에 우리는 가장 큰 장애물인 파라오 체제를 무너뜨리고 이집트를 점령해야 한다. 세상의 중심인 이 나라를 일단 우리 손에 넣는다면, 다른 곳은 손쉽게 차지할 수 있을 것이다."

메데스는 이 정도로까지 멀리 내다본 적은 없었다. 하지만 못할 이유가 무엇인가? 제르구는 메데스가 가는 길이라면 뒤따를 것이다. 베가는 겁에 질린 나머지 예고자에게 절대 복종하리라 마음 먹었다.

예고자가 말했다.

"우리는 불신자들 사이에 공포를 퍼뜨리고, 불경한 자들을 처형할 것이며, 국경들을 무너뜨릴 것이다. 여자들은 집 밖으로 나돌아 다니지 못하고 집 안에서 자신의 남편을 섬기게 될 것이다. 신들의 금은 우리의 차지가 될 것이며, 그리하여 오시리스는 영원히 부활할 수 없게 될 것이다."

# 35

예고자의 어조는 듣는 사람들을 전율하게 했다. 그는 모직 튜닉 주머니에서 붉은색 규암 조각 세 개를 꺼냈다.

"빛은 세트 신의 이 돌들을 훼손하지 못했다. 이 돌 속에는 파괴의 불꽃이 담겨 있으니, 이 불꽃이 우리로 하여금 적을 쳐부수도록 도와줄 것이다. 너희 셋 모두 왼손을 내밀어라."

예고자가 메데스와 베가, 제르구의 손바닥에 돌을 올려놓았다.

"이제 손가락을 오므려 힘껏 쥐어라, 아주 힘껏!"

세 사람은 동시에 비명을 질렀다. 규암 조각이 불처럼 살갗을 태웠지만 손가락을 펼칠 수가 없었던 것이다.

예고자가 팔을 내밀자 손바닥의 고통이 사라졌다.

"이제 너희는 세트 신의 표지를 각자의 살에 새겨 넣었다. 너희는 세트 신과 동맹을 맺은 것이다. 이제 너희는 내게 무조건 복종해야 한다. 나를 거역한다면 너희의 육신에 불이 붙어 참을 수 없는 고통을 맛보며 죽게 될 것이다."

손에 쥐었던 규암은 잘게 부서져 있었다. 메데스는 다른 두 사람과 마찬가지로 자신의 손바닥 오목한 곳에 오카피*의 주둥이와 곧추선 두 개의 커다란 귀를 가진 세트 신의 머리가 작게 새겨진 걸 보았다.

베가는 기가 막힌 듯 숨을 몰아쉬었다. 오시리스를 섬기던 그가 이제 오시리스의 살해자인 세트의 종복이 된 것이다!

예고자가 덧붙였다.

"그 무엇도 우리를 갈라놓을 수 없다. 우리는 영원한 계약을 맺은 것이다."

메데스가 물었다.

"혹시 파라오를 공격할 군대가 있습니까?"

"파라오가 얼마 전 이집트군을 새로 조직하지 않았는가?"

"그랬죠. 네스몬투 장군이 지휘하고 있습니다. 아주 강력한 군대입니다."

"전면전을 벌이는 건 우리에게 불리할 것이다. 내가 세소스트리스에게 맞서 동원할 수 있는 군대는 허풍선이에 불평꾼, 겁쟁이들인 가나안인들뿐이니 말이다. 해결책은 폭력과 공포를 동원하는 것뿐이다."

"무기는 어떻게 조달할 계획이십니까?"

"카훈에 심어둔 조직에서 무기를 만들고 있다. 공식적으로는 이집트 감찰대용 무기이지만, 그중 일부를 빼돌려 우리가 사용하게 될 것이다. 우리는 기습 공격으로 국지적인 유혈 사태를 일으킬 것이고, 이를 통해 파라오의 권력 기반을 흔들고 백성들을 두려움에 떨게 할 것이다."

---

* 기린과 동물.(옮긴이)

제르구가 걱정스러운 듯 말했다.

"백성들이 우리한테 등을 돌리게 되지 않을까요?"

"우리 편이 아닌 자들은 모두 적이다. 파라오에게 복종하고 마아트의 법을 따르는 것, 이것이 바로 죄이다. 너희는 이제 각자의 자리로 돌아가서 마아트의 법을 어지럽혀라. 그리고 아비도스에 대해, 세소스트리스에 대해, 그의 통치, 그의 군대, 그의 감찰대에 대해 빠짐없이 보고하라. 자, 떠나라."

베가가 두건을 뒤집어쓰고 가장 먼저 몸을 일으켰다. 위태롭게 비틀거리며 배다리를 내려간 그는 곧 갈대밭 속으로 몸을 감췄다.

예고자가 먼 곳을 바라보다가 문득 물었다.

"최근 세소스트리스가 특이한 결정을 내린 적이 있나?"

"양아들을 들였습니다."

메데스가 대답했다.

"그의 이름이 뭔가?"

"이케르라고 합니다."

"네가 바다의 신에게 바치려던 메다무드 출신의 그 청년 아니냐?"

메데스는 또 한번 놀라서 움칠했다.

"맞습니다. 그런데…… 어떻게 그를 알고 계십니까?"

"희생 제물로 쓸 자의 이름을 네게 알려준 사람이 누구지?"

"그곳 촌장이었지요."

"촌장은 내 지시에 따랐던 것이다. 나는 그 아이가 악에 저항하는 놀라운 능력을 지니고 있다는 사실을 간파했다. 그를 제물로 바쳤다면 우리는 더 많은 악의 세력들을 끌어 모을 수 있었을 것이다. 그러나 그 아이는 바다 속에 가라앉을 위기를 모면함으로써 또다른 힘까지 얻게 되었다."

그때까지 잠자코 있던 입비뚤이가 끼어들었다.

"감찰관 밀정이었던 그 이케르 말입니까? 그 녀석이라면 터키석 광산에서 이 몸이 불태워버렸는데요."

"그는 그 불길 속에서도 살아남아 자신의 길을 갔지. 자신을 이끌어주는 힘을 의식하지 못한 채 말이야. 이제 그는 세소스트리스로부터 가르침을 받으며 파라오 곁에 머물고 있다."

메데스가 고개를 저었다.

"안심하십시오. 그는 멤피스를 떠났습니다. 워낙 보잘것없는 녀석인 걸 뒤늦게 안 파라오가 남모르게 내쫓아버린 것이겠지요."

"어느 쪽으로 갔는가?"

"남쪽으로 갔습니다. 아마 고향으로 돌아가서 한동안 영웅 행세나 하다가 알량한 특권이나 좇으며 살겠지요. 멤피스에서는 곧 사람들 뇌리에서 사라질 겁니다."

잠시 후 메데스와 제르구도 배를 떠났다.

예고자가 선장에게 말했다.

"파이윰으로 가자. 눈과 귀를 활짝 열어라. 이케르를 발견하는 즉시 없애버려야 한다."


이케르가 가진 지도들에서는 네이트 여신의 아카시아나무를 찾아볼 수 없었다. 그러나 고문헌들을 찾아본 결과 이 나무가 파이윰의 소백* 섬에 있다는 것을 알게 되었다. 불행히도 지도에는 소백 섬이

---

* 파이윰의 지방신으로 악어의 신이다. 네이트 여신의 아들로 여겨졌다. (옮긴이)

표시되어 있지 않았다. 하지만 파이윰 주민들에게 길을 물어 그 섬에 갈 수 있을 거라고 자신을 격려했다.

멤피스를 떠나올 때부터 세카리는 이케르에게서 한시도 눈을 떼지 않고 있었다. 그러나 두 사람은 서로 모르는 사람처럼 멀찍이 떨어져 말도 나누지 않았다. 하지만 위험이 닥친다면 세카리가 제일 먼저 이케르를 보호할 것이다.

배가 왕자의 도시*의 부두에 닿기 전까지는 아무 일도 생기지 않았다. 이 도시에서는 건설자들이 헤리셰프의 신전을 짓고 있었다. 이 신은 나일 강이 풍요하게 범람하도록 해주고, 비옥한 들판을 굽이쳐 가로지르는 큰 운하로부터 넉넉한 물을 공급받게 해주는 숫양신이었다.

사방에 공사가 한창이었다. 늪지를 간척하고, 마을과 신전을 건설하고, 작은 둑과 수문, 배수로를 만드는 공사들이었다. 이 지방 어디를 돌아봐도 울창한 숲이 눈에 들어왔다. 그 숲에는 갖가지 나무와 식물이 우거지고 여러 짐승들이 뛰어놀았다.

북풍은 여행이 즐거운지 경쾌하게 걸었다. 조금 전 이케르가 흑단보다 더 단단한 자신의 발굽을 잘라서 손질해주려 하자 늘 하는 시늉으로 애처롭게 히힝거리며 땅바닥을 뒹굴었던 일에 대해서는 시침을 뚝 떼고, 지금은 뽐내듯 당당하게 발걸음을 옮겨놓고 있었다.

이케르가 북풍에게 말했다.

"네 발굽은 일 년에 세 번은 손질해줘야 해. 줄로 갈아서 표면을 판판하게 해줘야 한단 말이야."

---

* 네니네수트(그리스어로 헤라클레오폴리스 마그나).

당나귀는 짐짓 못 들은 척하면서 계속 걸어갔다. 왕자의 도시로 들어가는 성문이 보였다.

성문을 지키는 관리가 물었다.

"신고할 물건이라도 있나?"

이케르가 자신의 필기도구를 내보였다.

"좋아, 들어가도 돼."

"아주 오래된 장소를 찾고 있는데요. 네이트 여신의 아카시아나무가 서 있는 신성한 곳이에요. 그 장소를 알고 있는 분이 있을까요?"

"이 지방을 제일 잘 아는 사람은 제방 감독관이시지."

관리가 이케르에게 제방 감독관의 집이 있는 곳을 가르쳐주었다. 북풍은 자신이 왕세자보다 길을 더 잘 안다는 듯 앞장서 걸었다.

제방 감독관은 자신의 집 정원 정자 그늘 아래서 시원한 바람을 쐬고 있었다. 이케르는 인사를 한 다음 자신이 찾아온 이유를 이야기했다.

"네이트 여신의 아카시아나무라…… 그 나무에 대해 들은 적은 있지. 어딘가 외진 곳에 있다고 하더군. 목동들이나 들짐승들이 드나드는 곳이라고 했어. 북동쪽으로 가게. 파라오 세소스트리스 1세의 오벨리스크를 오른편으로 바라보면서 말이야. 그런데 자네가 그 신성한 나무를 찾는 이유는 무엇인가?"

"저는 이 지방의 유서 깊은 장소들을 지도에 표시하기 위해 그 정확한 위치를 확인하고 있습니다."

그날 밤, 주막으로 간 제방 감독관은 친구들 앞에서 그날 낮에 자신을 찾아왔던 청년에 대해 떠벌렸다. 마침내 그 이야기는 예고자의 지시를 받고 이 지방을 찾아온 선장의 귀에까지 들어갔다. 선장은 이케르를 없앨 궁리를 하기 시작했다.


어느 노인이 가르쳐준 대로라면 여신의 나무는 그리 멀지 않은 곳에 있었다. 그러나 그리로 가자면 무서운 악어들이 우글거리는 호수를 지나야 했다.

우거진 타마리스나무의 가지들을 헤치며 나아가던 이케르는 울창한 초목 사이에 감춰진 호수를 발견했다. 호수의 끝은 버드나무 숲속까지 이어져 보이지 않았다. 목동처럼 보이는 사람이 호숫가에서 물고기를 꼬챙이에 꿰어 굽고 있었다.

이케르가 다가갔다.

"소벡 섬이 여기서 먼가요?"

"아마도 아닐걸."

"나는 이케르라는 서기관인데, 네이트 여신의 아카시아나무가 있는 곳을 찾고 있어요."

남자는 예고자의 심부름꾼인 선장이었다. 헝클어진 머리에 수염이 텁수룩한 선장은 홀로 떨어져 살아서 말투가 거칠어진 사람처럼 행세하고 있었다. 이런 은둔자라면 대개가 사람들과 어울리는 건 좋아하지 않지만, 부근 지역은 속속들이 알기 마련이었다.

"네이트 여신의 아카시아나무라고 했나?"

선장이 이케르의 말을 따라하듯 중얼거렸다.

"그걸 찾아서 뭘 할 건데?"

"지도에 위치를 그려 넣을 거예요."

"지도 같은 걸 믿느니 차라리 코로 길을 찾는 게 빠르지."

"그래도 도와주실 거죠?"

"우선 배부터 채우고. 자네는 배고프지 않나?"

두 사람은 말없이 구운 물고기를 먹었다. 다 먹고 나자 가짜 목동이 몸을 일으키며 말했다.

"소백 섬은 이 호수 끝에 있어. 내 나룻배를 타고 가지."

가짜 목동이 갈대숲에 숨겨두었던 배의 닻줄을 풀었다.

"조심해서 균형을 잡고 서."

그가 이케르에게 말했다.

"여긴 악어들이 우글대는 곳이야. 배에서 떨어지면 끝장이라고."

이케르는 가짜 목동이 자신의 목숨을 노리고 있다는 사실을 까맣게 모른 채 배 위에서 중심을 잡으려고 애를 썼다. 그 순간 선장이 이케르를 힘껏 떠밀었다.

이케르는 물속에 풍덩 빠지고 말았다. 잠시 허우적대다가 겨우 정신을 차려 호숫가로 헤엄쳐 나가려 하는데 이 호수의 주인인 늙은 악어가 그에게 돌진해왔다. 몸무게가 팔백 킬로그램이나 되는 놈이었다. 악어는 이케르를 덥석 물고 물속으로 깊이 들어가버렸다.

"드디어 해치웠군!"

선장이 킬킬거리며 웃음을 터뜨렸다. 하지만 이 살인자는 느긋하게 즐거워하고 있을 수가 없었다. 세카리가 덤불에서 뛰어나와 머리로 선장의 허리를 받아버린 것이다. 이번엔 선장이 물속으로 떨어졌다.

선장이 소리쳤다.

"도와줘. 나는 수영을 못한다고!"

설령 세카리가 그를 구해줄 마음이 들었다 해도 그럴 수 없게 되었다. 또다른 악어 두 마리가 허우적거리는 이 먹잇감에 관심을 보였던 것이다. 첫번째 악어가 칠십 개의 날카로운 이빨이 촘촘한 아가리로 선장의 목을 덥썩 물자, 두번째 놈은 왼쪽 다리에 달려들었다. 악어 두 마리는 기세 좋게 예고자의 심부름꾼을 두 조각내버렸다.

세카리는 자기 자신에게 화를 냈다.

"나조차도 저자를 진짜 목동으로 생각했다니! 경계는 했지만 아카시아나무가 있는 곳에 가기 전까지는 이케르를 공격하지 않을 거라고 생각했는데!"

북풍은 선장의 피로 물든 수면을 뚫어지게 바라보고 있었다.

"이케르를 내버려둘 수는 없어. 물속으로 들어가볼 테야!"

북풍이 세카리를 막아서며 왼쪽 귀를 쫑긋 세웠다.

"뭐, 들어가지 말라고? 큰 상처를 입었을지 몰라, 아니면……"

세카리는 당나귀의 커다란 두 눈에 확고한 결단이 서려 있음을 보았다. 그것은 절망과는 다른 것이었다.

낙심한 세카리가 나룻배 바닥에 주저앉았다.

"네 말이 맞아. 그래봤자 악어 먹이나 되겠지."

눈앞에는 많은 악어들이 몰려들어 만찬 음식을 한 조각이라도 차지하기 위해 서로 싸우고 있었다.

세카리가 훌쩍거렸다.

"가장 친한 친구의 생명을 구하지 못했어. 다 내 잘못이야."

북풍이 왼쪽 귀를 세웠다. 세카리가 당나귀를 쓰다듬었다.

"위로해줘서 고마워. 하지만 나 자신이 너무 원망스럽구나. 자, 이제 그만 여기를 떠나자."

당나귀가 또다시 세카리를 막아섰다.

"다 끝났어, 모든 게 끝났단 말이야!"

당나귀는 왼쪽 귀를 꼿꼿이 세워 아니라는 뜻을 분명히 했다.

"더 기다려보자고?"

북풍은 이번에는 하늘을 향해 오른쪽 귀를 쫑긋했다.

"기다려? 뭘 기다리자는 거야?"

북풍은 물가에 흔들림 없이 자리를 잡고 서서는 호수에서 눈을 떼지 않았다.

# 36

거대한 악어가 빠르게 달려들었지만 이케르는 조금도 두렵지 않았다. 거대한 악어의 몸뚱이가 자신을 덮쳐오는 순간 그는 악어의 등에 올라탄 채로 호수 바닥으로 깊숙이 빠져 들어갔다.

물밑으로 내려갈 때는 숨이 막혀 고통스럽고 정신이 아득했다. 그러나 잠시 후 부드러운 햇살이 비치는 수초 숲이 보였다. 이케르는 문득 마법의 주문 하나를 떠올렸다. 악어신의 분노를 가라앉히는 찬가였다.

'태초의 물에서 나와 물결이 발하는 빛을 지니고, 그 빛을 땅 위에 다시 태어나게 하는 신이시여. 양식의 주인인 풍요한 황소가 되어 그대의 아버지 오시리스를 찾고, 나를 위험에서 보호하소서.'

형형색색의 수초들이 감미롭게 흔들리는 아름다운 정경에 넋을 잃은 이케르는 숨을 쉬어야 한다는 생각도 잊고 있었다. 늙은 악어는 다시 수면 위로 올라오더니 햇살이 내리쬐는 자리에 이케르를 내려놓았다.

어떻게 살아났는지 어리둥절해하면서도 이케르는 자신이 어떤 새로운 무기, 즉 큰 물고기의 힘*을 새로 얻었다는 느낌이 들었다.

그의 앞에 기이한 미라가 모습을 드러냈다. 오시리스의 머리에 몸통은 청동 악어**였으며, 황금 치아에 구리와 호박금으로 된 망토를 두르고 있었다. 이 물의 지배자는 죽은 사람이 타고 저세상으로 떠나가는 불멸의 나룻배이기도 했다. 잠시 동안 이케르는 자신을 잊었다. 그는 빛이 호수 밑바닥에서 솟아올라 다시 태어나는 과정을 함께 경험했다.

정신을 차려보니 언덕 꼭대기에 아카시아나무 한 그루가 서 있었다. 하지만 한발 늦었음을 알 수 있었다. 누군가가 방금 나무를 불태운 것이다. 나뭇가지와 잎들의 잿더미 속에서 아직도 연기가 피어오르고 있었다. 타버린 나무둥치에 붉은 잉크로 더럽혀진 네이트 여신의 이름이 보였다.


"한 번 더 이야기해봐."

세카리가 졸랐다.

"벌써 열번째야."

이케르가 투덜거렸다.

"너 때문에 나는 내가 돌이킬 수 없는 실수를 한 줄 알았지 뭐야! 더구나 네 이야기는 도저히 믿을 수가 없어. 그러니 한마디 한마디 자세히 기억해두었다가 네가 이야기를 되풀이할 때 꾸며내는 게 아닌지 확인해봐야겠단 말이야".

---

* 이 힘을 아트(at)라는 이름으로 불렀다. 이집트인들은 악어를 물고기로 분류했다.
** 인간의 머리에 악어 몸을 가진 존재는 이스탄불 토카피 박물관 비공개 유물실에 보관되어 있는 한 미라를 통해 증명된다.

"내가 거짓말을 하고 있는 것 같아?"

"지금까지는 아냐. 하지만 신중해서 나쁠 건 없잖아?"

"어둠 속에 숨어 있던 사악한 정령이 네이트 여신의 아카시아나무를 불태워버렸어. 우리가 선수 치지 않으면 안 될 것 같아."

"즉시 카훈으로 가야 할 이유가 하나 더 생겼구나. 가서 비나를 체포하고 그들의 조직을 뿌리 뽑아야지."

"시장이 올바른 사람인지를 먼저 확인해보자."

"카훈에 들어가면서 여봐란 듯이 모습을 드러내는 방법은 어떨까? 시장이 너를 감옥에 가둔다면 내가 군대의 지원을 요청할게. 카훈이 이미 아시아인들의 손에 넘어간 게 아니었으면 좋겠다."

비나는 마음의 준비를 하고 있었다. 사흘 후면 카훈의 아시아인들이 자신들이 만들어 은닉해둔 무기를 들고 야음을 틈타 위병 초소들을 공격할 예정이었다. 그녀는 자신만큼이나 결심이 굳은 공모자 입샤와 더불어 시의 서기관들을 모두 제거할 생각이었다. 주민들 사이에 공포심을 조성하고 아울러 카훈 시의 새로운 주인이 낡은 문화를 폐기할 것임을 깨닫게 하기 위해서였다.

카훈을 손에 넣은 후에는 파이윰의 다른 도시들을 점령해나갈 계획이었다. 어느 마을도 이들에게 저항하지 못할 것이다. 다른 아시아인들이 지원하러 올 것이고, 세소스트리스의 군대는 가나안 지역에 발이 묶여 있어서 이곳까지 이동하려면 상당한 시일이 걸릴 것이었다. 이집트군이 겨우 반격에 나선다 해도 아시아인들의 유격전에 진이 빠지고 말 것이다.

그녀는 승리를 위해 자신이 지닌 매력을 이용했다. 카훈 시장은 석

달마다 위병을 전원 교체해오고 있었는데, 비나는 다음번 인사이동을 담당할 책임자를 이미 유혹해놓은 터였다. 이 장교는 그녀의 애무와 뜨거운 속삭임에 넘어가서 그녀를 돕기로 약속하고, 대신 조직에서 높은 지위를 보장받았다. 거사가 성공하면 제일 먼저 제거될 이 순진한 장교 덕분에 비나는 카훈 시 병력의 정확한 규모와 배치 상황을 파악하고 있었다.

이제 얼마 후면 그들은 아시아인들의 손에 모두 끝장나버릴 것이다.


"이름과 직위를 대라."

카훈의 제1성문을 지키는 위병이 말했다.

"이케르입니다. 서기관이자 아누비스 신전 임시 사제이지요."

"신고할 소지품은 없소?"

"이건 제 필기도구입니다."

위병이 북풍의 등에 실려 있는 행낭을 뒤졌다.

"들어가도 좋소."

"카훈 시에는 아무 일 없나요?"

이케르가 물었다.

"별일이랄 게 뭐 있겠소."

이케르는 시장 관사를 향해 발걸음을 옮겨놓았다. 카훈의 거리를 잘 아는 북풍이 앞장섰다.

우편 업무를 맡은 관리 한 사람이 이케르를 알아보았다.

"이케르! 대체 어디 갔었던 거요?"

"시장님은 집무실에 계신가요?"

"결코 자리를 비우는 적이 없으시지! 당신이 돌아왔다고 알리겠소."

이케르는 관사 앞마당 그늘진 곳에 북풍을 데려가서 건초를 먹게 해주었다. 한 서기관이 와서 이케르를 시장에게 안내했다.

시장은 산더미처럼 쌓인 서류를 검토하고 있었다.

"이케르! 설마 자네는 아니겠지? 조금 전 칙령을 받았지만 도저히 믿을 수가 없었네. 거기 적힌 대로 왕세자로 책봉된 사람이 자네일 리가 없어!"

"외람되지만 제가 맞습니다."

"자네가 말없이 사라졌던 건 엄한 벌을 받아 마땅한 일이야! 비록 자네를 추격하지는 않았지만 말이네. 하지만 무언가 심상찮은 일이 일어나고 있다는 느낌은 들었지. 자네는 다른 서기관들하고는 아주 달랐으니까. 짐작건대 자네가 다시 온 것은 공무 때문이겠지?"

"저는 시장님께서 섬기는 사람이 누군지 알고 싶습니다."

시장은 앉은 의자를 움켜잡았다.

"무슨 뜻인가?"

"누군가가 파라오를 암살하려고 했습니다. 이곳 카훈에도 불순 세력들이 숨어 있지요. 그들은 곧 행동을 개시할 것입니다."

"지금 나를 놀리는 것인가?"

"제가 그들 중 몇 명을 알고 있습니다. 무기 제조장에 고용된 아시아인들이 바로 그들입니다."

시장은 아연실색했다.

"카훈에서 그런 음모가 자라고 있을 리 없네!"

"하지만 불행히도 현실은 그렇습니다. 시장님이 그 불순 세력들과 한편이 아니라면 제가 그들을 뿌리 뽑는 일을 도와주십시오."

"내가 그 악당들과 한편이라고? 그런 생각을 하다니, 자네, 제정신이 아니군! 병력이 얼마나 필요한가?"

"눈치 채지 않게 움직여 그들을 한꺼번에 체포해야 합니다. 섣불리 움직였다가는 유혈 사태가 빚어질 수 있습니다."

"그렇다면 어떻게 해야 한다는 거지, 이케르 왕세자?"

"우선 관리들을 소집하십시오. 치밀한 작전을 세워야 합니다. 이 음모를 분쇄하고 나면 파이윰 주 내 조선소들의 명단을 알려주십시오. 이미 폐쇄된 곳도 포함해서요. 특히 목수 라보가 일했던 조선소가 어디인지를 알아야 합니다."

"복잡하고 번거로운 일이겠지만 그렇게 하겠네."

"예전에 제가 살던 집에 머물러도 될까요?"

시장은 몹시 난처한 기색이었다.

"그건 불가능해."

"그 집을 다른 사람에게 주신 겁니까?"

"그런 건 아니지만…… 자네가 직접 보면 이유를 알게 될 거야."


시장 관사 부속 대장간에서 일하는 대장장이는 등이 몹시 아파 급히 치료를 받으러 간다는 핑계를 대고 조수에게 대장간 일을 맡긴 다음 부랴부랴 나섰다.

사실 그는 조금 전 이케르를 보았고, 그래서 이 사실을 무기 제조장의 제련공 우두머리 입샤에게 즉시 보고하러 대장간을 빠져나온 것이었다.

소식을 들은 입샤는 사람을 보내 비나를 불러왔다. 비나는 자신이 최근 하녀로 일하는 문서 보관소 소장의 호화로운 저택에서 즉시 달려왔다. 세 사람은 구석방에 들어가 문을 닫았다.

대장장이가 말했다.

"이케르가 돌아왔어."

"정말이야, 그게 확실해?"

비나가 되물었다.

"나는 한 번 본 얼굴은 절대 잊어버리지 않아."

"큰일이군."

입샤가 걱정했다.

비나는 아무 말도 하지 않았다. 그녀는 입비뚤이가 궁정에 들여보 낸 전투사가 파라오를 암살하는 일에 실패했으며, 이케르가 파라오 의 아들이 되었다는 사실을 알고 있었다.

그러나 최근 입수한 정보에 따르면 이케르가 파라오의 실망을 사 서 궁정을 떠나야 했고, 남의 눈을 피해 조용히 살 생각에 남쪽으로 갔다고 했다.

그녀가 자신의 생각을 털어놓았다.

"이케르는 여전히 파라오의 신임을 받고 있어. 파라오는 그에게 우리를 와해시킬 임무를 맡긴 거야. 해결책은 하나뿐이야. 무기를 최 대한 챙겨서 즉시 달아나는 것이지. 희생시켜도 아깝지 않은 요원들 을 이용해서 교란작전을 벌여놓고 관심이 그쪽에 쏠린 틈을 이용해 야 해."

입샤가 반대했다.

"그래봤자 얼마 못 가 붙잡히고 말걸."

"만약 그가 시장 관사로 갔다면 그건 우리를 붙잡을 작전을 세우 기 위해서야. 그는 우리를 사로잡으려 하고 있어. 그가 무기 제조장 의 위치를 알고 있다는 걸 잊었어? 그는 우리들이 무얼 하고 있는지

다 알고 있어. 더이상 지체할 시간이 없어. 꾸물거리다간 모두 끝장
이야."

기가 죽은 입샤는 비나의 주장에 굴복했다.

"그런데 교란작전이라니 어떤 걸 생각하고 있는 거야?"

"시장 관사를 공격하는 거야."


이케르와 북풍은 놀라서 그 자리에 멈춰 섰다.

아름답던 집과 훌륭한 가구들이 큰 화재의 흔적만 남긴 채 폐허로
변해 있었던 것이다.

"집 안에 있는 건 아무것도 건져내지 못했소."

나쁜 소식을 전할 때면 언제나 얼굴을 내비치는 더벅머리 서기관
이 말했다.

"불이 한밤중에 났거든. 사고였다고는 할 수 없지."

"어째서 그렇게 확신하시죠?"

"불이 난 자리가 적어도 열 군데인데, 불길이 한꺼번에 치솟았단
말이오! 그래서 불을 끌 수가 없었던 거요. 여러 사람이 도망가는 것
을 한 노파가 보았다고 하더군. 당신도 알겠지만, 이케르 서기관, 나
는 당신한테 호감을 가진 사람이오. 하지만 시기심 많고 심술궂은 사
람도 있는 법이오."

"구체적으로 의심이 가는 사람들이 있나요?"

"글쎄…… 그나저나 당신이 파라오의 양아들이 되었다는 게 사실
이오?"

"그렇습니다."

"그렇다면 내가 승진할 수 있게 힘을 써줄 수 있겠구려?"

"그 일은 시장님 소관입니다."

"시장은 나를 그다지 탐탁해하지 않소. 내가 아주 중요한 정보를 하나 알려준다면, 나를 밀어줄 테요?"

"무슨 정보인지 일단 들어보지요."

"어디 머물 작정이오?"

"아누비스 신전으로 갈 생각입니다."

이케르와 당나귀는 신전으로 갔다. 이케르를 맞는 종신 사제들의 태도는 여러 모습이었다. 어떤 사제들은 그를 다시 만나서 기뻐했고, 다른 사제들은 그가 아무에게도 알리지 않고 임시 사제 직위를 버렸다고 나무랐다.

이케르는 사제들에게 자신의 잘못을 사죄했다. 그러자 사제들은 왕세자가 신전을 찾아와준 것에 고마움을 표했다. 그들은 이케르에게 가장 좋은 방을 내주었다. 하지만 이케르는 먼저 도서관으로 가보고 싶어했다. 그가 대피라미드 시대로까지 거슬러 올라가는 귀한 필사본들의 목록을 만들고 분류했던 곳이 바로 그 도서관이었다.

도서관에서 명상에 빠져들던 이케르는 곧 그곳에서 나와야 했다. 더벅머리 서기관이 그를 찾아왔던 것이다. 이케르는 더벅머리 서기관과 함께 자신의 방으로 들어갔다.

"당신한테 건네줄 정보를 가져왔소! 시장에게 내 이야기를 해준다고 약속하겠소?"

"약속하지요."

"당신 집에 불을 놓은 사람 중 하나는 시장 관사에 고용된 아시아인 대장장이오. 오늘 아침 그자가 당신의 모습을 알아봤는데, 등이 아프다는 핑계를 대면서 그 길로 일을 팽개쳐놓고 나갔소. 그의 조수

말로는 아프다는 건 새빨간 거짓말이라고 하오. 산토끼처럼 날쌔게 움직였다니까 말이오."

더벅머리 서기관의 말이 사실이라면 비나의 부하 하나가 이케르의 일을 눈치 챘다는 말이었다. 그렇다면 비나는 공격을 서두르든가 아니면 무리를 이끌고 달아날 것이 분명했다. 아직 감찰대를 움직일 준비가 되지 않은 터라, 지금으로서는 비나가 유리했다.

"급하오, 더벅머리 서기관! 위병내장에게 알려야 하오."

두 사람이 병영으로 달려가고 있는데 비명 소리가 들렸다.

"시장 관사가 습격받았다!"

항아리 장수 하나가 등짐을 내팽개치고 달아나며 외쳤다.

# 37

병사들과 감찰관들이 시장 관사로 급히 달려갔다. 시 전체가 혼란에 휩싸여 있는 동안 비나와 입샤는 상당수의 아시아인들을 이끌고 도시를 빠져나갔다. 그들은 무기를 가득 담은 무거운 바구니들을 짊어지고 있었다.

세카리가 이케르에게 충고했다.

"넌 군중들로부터 떨어져 있도록 해. 이렇게 난리 법석일 땐 불상사가 나도 널 보호하기 힘들단 말이야."

카훈의 아크로폴리스 위에서는 전투가 점점 더 격렬해지고 있었다. 비나에 의해 지목된 아시아인 순교자들은 무기도 없는 시장 관사 하인들을 여러 명 살해한 참이었다. 그러나 장인들은 지니고 있는 연장으로 자신들을 보호하고 있었다. 병사들이 도착할 즈음이 되자 몇몇 아시아인들은 대의에 자신의 생명을 바치겠다는 맹세를 저버리고 겁에 질린 참새들처럼 뿔뿔이 흩어져버렸다. 하지만 남은 자들은 끝까지 거칠게 싸우다가 밀려오는 병사들의 칼에 쓰러졌다.

길고도 어려운 소탕 작전이 시작되었다. 두 시간쯤 지나자 아시아인들은 일망타진되었다.

시장은 충격을 받은 모습이었지만 곧 침착함을 되찾고 부상자들을 격려했다.

이케르와 세카리는 어느 정도의 아시아인들이 도시를 빠져나갔는지 또 어느 방향으로 달아났는지 알아보려 했다. 목격자들이 쏟아놓는 말들에는 과장과 두려움이 뒤섞여 있어서 쓸모 있는 정보를 추려내기가 쉽지 않았다. 그렇지만 그 가운데서도 비교적 믿을 만한 두 가지 결론을 내릴 수 있었다. 도망자들의 일부는 파이윰 주 북쪽으로 달아났으며, 나머지 무리는 나일 강으로 향했다는 사실이었다.

세카리가 주장했다.

"나중에 수색해보자. 가장 급한 건 이 도시에 혹시 있을지 모를 그들의 공범들을 찾아내는 일이야. 그들을 그냥 두면 또다시 공격받을 위험이 있어."

마침 용의자 한 명이 잡혀왔다. 이케르를 알아본 바로 그 대장장이였다. 그는 자신도 피해자라고 주장했지만 아무도 그의 연극을 믿지 않았다.

장교 하나가 그의 머리카락을 움켜잡았다.

"이놈을 제 방식대로 심문하게 해주십시오. 모든 걸 불게 할 자신이 있습니다!"

"고문은 안 돼요."

이케르가 선언했다.

"지금 같은 경우에는 방법이야 어떻든 결과만 좋으면 되는 거 아닙니까!"

"내가 직접 이자를 심문하겠소."

장교가 움켜잡았던 대장장이의 머리를 놓았다. 왕세자의 말을 거역할 수는 없었던 것이다.

"비나를 자주 만났느냐?"

"그야 카훈의 다른 사람들과 다를 바 없소."

"이 도시를 점령하기 위해 비나는 무슨 계획을 세웠었느냐?"

"난 아무것도 모르오."

이케르가 말했다.

"네 말은 믿을 수 없다. 왜냐하면 넌 시장 관사를 염탐할 수 있는 특별한 자리에 있었으니까. 혹시 소요 사태가 일어나면 시장을 죽이는 것이 네 임무가 아니었느냐?"

"나는 주어진 일만 했소."

세카리가 죄수의 옆에 쪼그리고 앉았다.

"이봐 친구, 난 병사도 아니고 감찰관도 아냐. 널 이처럼 부드럽게 심문하고 계시는 왕세자님은 나한테는 별로 영향력을 끼치지 못해. 왜냐하면 내 앞길은 저분한테 달린 게 아니거든. 재미있는 건 내가 너 같은 녀석을 심문하는 데 상당한 기술이 있다는 사실이라고. 솔직히 나는 이런 일을 즐기는 편이지. 너한테야 분명 이런 물건이 그리 이상한 게 아닐 거야."

세카리는 뾰족한 나뭇조각을 꺼내 보였다.

"나는 이 일을 할 때는 언제나 눈을 뽑아내는 것부터 시작해. 아주 고통스럽지. 연장이 좋지 않으면 더 아파. 이건 그냥 맛보기야. 그다음에 진짜배기로 넘어가는데 말씀이야. 왕세자님께서는 이 끔찍한 광경을 보지 않도록 자리를 피하시는 것이……"

이케르는 대장장이에게서 등을 돌려 자리를 떠나는 척했다.

"가지 마시오, 제발. 이 미치광이가 날 고문하지 못하게 해주시오! 약속하겠소, 모두 털어놓겠소!"

이케르가 대장장이에게로 다시 다가갔다.

"말해라. 조금이라도 거짓이 있으면, 절대 용서하지 않을 것이다."

"비나는 내일로 예정된 위병 교대를 이용해 병사들을 바꿔치려고 했소. 그럼 쉽게 이 도시를 점령할 수 있었을 테니까 말이오."

"그렇다면 군대 안에도 그녀의 공범이 있다는 것이냐?"

"그렇소. 하지만 그자의 이름은 모르오."

세카리가 말했다.

"넌 지금 우릴 농락하고 있구나."

"아니오, 절대 아니오!"

겁에 질린 대장장이의 얼굴로 봐서 그 말은 사실인 게 분명했다. 이케르와 세카리는 시장에게로 갔다. 시장은 사태가 진정된 것에 안도하고 있었다.

이케르가 시장에게 물었다.

"내일로 예정된 위병 교대를 담당한 사람이 누구입니까?"

"레쉬다."

"어디로 가면 그를 만날 수 있습니까?"

"운하 옆에 위치한 외곽 병영으로 가라."

병영은 비어 있었다. 모든 병사들이 카훈 시내를 경비하기 위해 출동했기 때문이었다. 보초병 하나가 병영을 지키고 있었다.

이케르가 말했다.

"레쉬를 만나러 왔소."

"너는 누군데?"

"왕세자 이케르요."

"아! 레쉬 님은 배에서 운하를 감시하고 있습니다."

"그렇다면 도망자들을 목격했겠군. 그 배로 우리를 안내하시오."

"절대 초소를 떠나지 말라고 했는데요."

"내가 책임지겠소."

"그렇다면 따라오십시오."

두 사람은 빠른 걸음으로 걸어서 운하까지 갔다.

갈대 사이에 넉넉한 크기의 배 한 척이 숨어 있었다. 갑판 한가운데 선실이 마련된 배였다.

병사가 큰 목소리로 불렀다.

"레쉬 님, 거기 계십니까?"

희고 검은 물새 떼가 사람 목소리에 놀라서 푸드덕 날아올랐다.

"이상하군, 아무 대답이 없어. 무슨 일이 생긴 게 아니었으면 좋겠는데. 배에 올라가보자."

뱃고물에는 하마를 사냥할 때 쓰는 작살 두 대가 놓여 있었다. 선실 문을 열려는 순간 이케르는 누군가 자신을 노린다는 걸 알아차렸다. 치명적인 일격은 겨우 피했지만 어깨를 얻어맞은 이케르는 그 자리에 쓰러졌다.

"호기심이 너무 많군, 이 생쥐 같은 놈!"

레쉬가 소리를 지르며 작살 하나를 움켜잡았다.

이케르는 가까스로 몸을 굴려 자신을 향해 날아오는 작살을 피했다. 작살은 그의 머리에서 한 치가량 벗어난 갑판에 꽂혔다.

레쉬는 또다른 작살을 들어 올려 이케르를 겨냥했다. 그 순간 누군가의 무릎이 그의 허리를 세차게 걷어찼다. 이어서 팔목을 비틀어 잡고 있던 작살을 떨어뜨린 뒤, 팔로 목을 단단히 졸랐다. 숨이 막힌 레쉬는 점점 의식을 잃어가고 있었다.

세카리가 말했다.

"이 비열한 녀석은 싸우는 방법도 몰라. 네가 보기엔 어때, 이케르?"

"덕분에 나도 멍든 것 외에는 무사하잖아. 녀석을 깨우자."

세카리가 레쉬의 머리를 물속에 처박았다. 비로소 정신이 든 레쉬가 애원했다.

"살려주세요!"

"그야 네가 어떻게 대답하느냐에 달렸지. 네가 비나한테 매수된 배신자라는 건 이미 다 알고 있다."

"우리의 대의는 승리할 거요. 우리는 억압받는 사람들로서……"

"우린 네 말에 아무 관심도 없어. 너희들의 음모는 끝장났으니까. 공범들은 어디로 달아났느냐?"

"말할 수 없소, 나는……"

세카리는 레쉬의 머리를 물속에 다시 밀어 넣고 꽤 한참 동안 내버려두었다. 다시 끌어냈을 때 레쉬는 숨을 헐떡이며 바람 소리를 냈다.

"참는 데도 한계가 있어. 어서 말하든지 아니면 이 운하에서 네 가없은 인생을 끝내도록 해."

레쉬는 세카리의 위협에 크게 겁을 집어먹은 나머지 털어놓기 시작했다.

"아시아인들은 무리를 둘로 나누었습니다. 한 무리는 큰 호수* 쪽으로 갔고, 다른 무리는 멤피스로 가는 배를 탔습니다."

이케르가 물었다.

"멤피스에서 누구와 합류할 예정이지?"

"그건 저도 모릅니다."

세카리가 나섰다.

"물에 한 번 더 적셔줄까?"

"제발! 제가 아는 건 그게 전부입니다."

이케르가 말했다.

"이자를 카훈으로 데려가자."


시장은 지치고 한꺼번에 나이가 들어버린 느낌이었지만 조금씩 기운을 회복했다. 반란자들이 소탕되고 전투의 흔적도 지워진 카훈은 다시 조용하고 아름다운 도시가 되었다.

시장이 이케르에게 말했다.

"정말로 끔찍한 일이었네."

이케르가 대답했다.

"반란자들은 우리의 대비가 소홀한 걸 노렸습니다. 더군다나 그들의 잔당은 도망치고 말았지요."

시장이 부탁했다.

"소카르 신 축제에 참석한 후에 떠나는 게 어떻겠나? 그러면 나도 자네가 필요로 하는 정보를 알아볼 여유가 생길 걸세."

이케르는 이 신비로운 신의 이름이 나오는 가마꾼들의 노래 구절을 떠올렸다.

---

* 카룬 호수(비르케트 카룬)를 가리킴.

'삶은 소카르 신에 의해 새로워진다네.'

이케르는 축제 행렬에서 아누비스 신전의 임시 사제 자격으로 다른 사람들과 더불어 소카르 신의 나룻배를 운반하는 역할을 맡았다. 이 나룻배는 부활하는 의인들의 영혼에서 나오는 심오한 힘을 구현했다. 뱃머리에는 세트의 동물인 영양의 머리가 붙어 있었다. 영양 옆에는 이 빛의 신을 어두운 지하 무덤으로 안내할 물고기와 저세상에서 온 재비들이 그려져 있었다. 배 가운데 있는 작은 방은 생명이 '처음'으로 나타나 매번 새롭게 소생하는 태초의 언덕을 상징했다. 그 방에서 매가 머리를 내밀고 있었는데, 그것은 파라오의 힘을 드러내는 동시에 천상의 빛이 카오스의 어둠을 물리쳤음을 보여주었다.

세소스트리스 2세 신전에서 제의를 올리는 도중 이케르가 의식을 주관하는 사제에게 물었다.

"오시리스 신이 소카르 신으로 변하는 건가요?"

"이 나룻배는 오시리스의 적들을 물리쳐주지요. 이 배는 오시리스에게 변신과 보양의 자리가 되어주기도 합니다.* 축제가 끝나면 이 배를 아비도스로 옮겨놓는 것도 바로 그 때문이지요."

아비도스. 그 신성한 땅은 늘 이케르의 뇌리를 떠나지 않았다. 새로 맡은 임무 덕분에 조만간 아비도스에 갈 일이 생기지 않을까? 그럼 다시 이시스를 만날 수 있지 않을까? 이케르는 이런 생각을 하며 신전으로 들어갔다. 축제를 구경하던 세인들의 눈도 신전까지는 따라 들어오지 못했다.

---

* 소카르 신은 죽은 오시리스의 현현으로 여겨졌으며, 그 축제는 오시리스가 소카르의 모습으로 부활하는 것을 축하하기 위해 열렸다.(옮긴이)

"칼날과 거북눈이라는 뱃사람에 대해서는 샅샅이 조사했네."

시장이 말했다.

"그들은 화물 운송선 선원이었는데 도둑질을 하다 걸려 쫓겨났지. 라피드 호에 합류할 무렵에는 이미 범법자 신분이었어. 그 배의 선장을 비롯해서 다른 선원들도 마찬가지였을 거야."

이케르가 대답했다.

"선박에 대해서도 증거자료가 남아 있지 않고, 선원들도 하나같이 법의 테두리 밖에 있는 인물들이라는 거군요. 조선소들은 어디에 있는지 알아보셨습니까?"

"사람들을 보내서 현재 파이윰 지방에서 배를 건조하고 있는 조선소들을 탐문하게 했네. 조선소 책임자들과 장인들을 심문했지만 의심할 만한 일은 없었어. 그리고 지난해 폐쇄된 한 조선소에 대해서는 아무 정보도 얻을 수 없었네. 그건 큰 호수 인근에 있는 조선소인데 말이야……"

"거기에 반란자들 중 일부가 숨어 있습니다!"

"자네가 그곳에 직접 가보겠다면 호위병을 붙여주겠네. 조용한 곳일 거라 생각했지만 이런 사건을 겪고 보니 마음이 안 놓이는군."

"최대한 빨리 멤피스로 전령을 보내 폐하께 카훈에서 일어난 일을 보고해주십시오."

이케르는 아시아인들을 추격해 붙잡기는 불가능하다고 생각했다. 그들은 오래전부터 은신처를 준비해왔을 게 분명했다. 이제 지하에 숨은 조직들을 소탕하는 건 친위대장 소백의 몫이었다. 그들의 수와 규모가 어느 정도인지는 아무도 몰랐다. 따라서 멤피스도 결코 안전하다고 할 수 없었다.

# 38

세피 장군은 소규모의 금광 탐사대와 사막 감찰대를 이끌고 누비
아 땅에 들어와 있었다. 나일 계곡 여기저기 흩어져 있는 사막 지역
을 탐사한 다음이었다. 다행히 각 지방에서 제공해준 지도들 덕분에
길을 헤맨 적은 없었다.

금 채굴 지역들은 거의 버려진 땅들이었다. 장군은 거기서 금광석
표본을 얼마간 채취했고, 부하 하나를 시켜 이 표본을 세난크흐에게
보낸 참이었다.

지금 들어온 지역에서는 분명 금광을 찾을 수 있을 것 같았다. 그
러나 탐사대원들은 남쪽으로 내려가기를 주저했다.

"뭘 두려워하는 건가? 이 지역은 눈감고도 다닐 수 있는 곳이잖나?"

세피가 부관에게 물었다.

"맞습니다. 하지만 한시도 마음을 놓을 수 없습니다. 누비아인들
은 끊임없이 싸움을 걸어오거든요."

"우리도 그 정도 무리를 진압할 힘은 갖고 있네."

"누비아인들은 강력한 전사들입니다. 그들은 잔인하기로 소문이

나 있지요. 지원군을 요청해야 합니다."

"그건 안 돼. 그렇게 되면 쉽게 이목을 끌게 돼. 이 임무는 은밀히 처리해야 하는 일이야."

"장군께서 우려하는 적은 정확히 누구입니까?"

"곧 알게 될 거야."

"혹시 사막의 괴수입니까?"

"그런 게 나타난다면 적절한 주문을 외우면 되지. 그럼 괴수가 다시 모래 속으로 빨려 들어갈 테니까."

세피 장군이 허세를 부리는 사람이 아니라는 것을 잘 아는 부관은 안심했다.

장군이 물었다.

"어째서 엘레판티네는 누비아인들이 질서를 어지럽히고 있다는 사실을 파라오께 고하지 않았을까?"

"독립을 주장하면서 옳지 않은 관례를 고수해온 것이지요. 그런 관례를 바로잡으려면 시간이 걸릴 것입니다."

세피 장군은 나일 계곡으로 돌아가자마자 이 문제를 엄중히 바로잡을 생각이었다. 엘레판티네가 세소스트리스에게 통합되긴 했지만 이곳의 관행은 여전히 불만스러운 점이 많았던 것이다.

탐사대는 와디 알라키를 따라 동쪽으로 갔다. 아쉽게도 이번에는 세피가 지니고 있는 지도가 실제 지형과 맞지 않았다.

부관은 방향을 찾지 못하고 당황했다.

"바람 때문에 사구들의 위치가 바뀐 모양입니다. 폭우 때문에 물길들이 넘쳐서 계곡도 달라졌어요. 저곳은 정말 이상합니다. 거대한 손들이 바위를 옮겨놓은 것 같습니다. 길을 되돌아가는 게 좋을 듯

합니다."

세피가 반대했다.

"아냐. 금맥을 찾으려면 아무리 사소한 징후도 소홀히 해선 안 된다. 가져온 물이 바닥날 때까지는 계속 전진하자. 분명 우물을 찾을 수 있을 것이다."

사흘을 걸은 끝에 탐사대는 돌집들이 흩어져 있는 장소에 도착했다. 예전에 금광이 있었던 흔적이었다.

혹시 채굴 가능한 금맥을 발견할지도 모른다는 희망에 한 채굴 기술자가 좁은 갱도를 타고 내려가보았다.

잠시 후, 천장이 와르르 무너져 내렸다. 몇 시간 동안 애를 써서 기술자를 간신히 끌어냈지만, 그는 이미 숨진 뒤였다.

세피는 다시 기술자를 내려 보내기 전에 안전 여부를 점검해볼 양으로 비스듬한 경사를 이룬 한 갱도에 큰 돌을 굴려 보냈다. 몇 초 후 안에서 요란한 소리가 들려왔다. 그 갱도 역시 무너져 내린 것이다.

장군이 결론을 내렸다.

"이 금광은 온통 함정이군."

"이집트로 그만 돌아가는 것이 어떨까요?"

부관이 권유했다.

"적이 원하는 것이 바로 그것이다."

"이 지역을 넘어가면 더이상 희망은 없습니다!"

"자네는 탐사대와 함께 이곳에 남아 있게. 나는 계속 가볼 테니. 자원자가 있으면 나와 함께 가자. 또다른 금맥을 찾으면 돌아오겠다."

세피 장군을 따라나선 부하는 작달막한 체구에 산전수전 다 겪은 사람이었다. 그는 오랫동안 사막 지역을 돌아다니며 자신을 단련해온 터였다. 열기와 뜨거운 모래, 눈을 뜨기 힘들 정도로 강렬한 햇빛, 신기루, 독충들. 사막에 대해서라면 더이상 겁먹을 것도 없을 정도였지만, 그런 그도 지금은 자신의 결정을 후회하고 있었다. 숨을 쉬기도 어려울 지경이었다. 별안간 돌풍이 일어나 살갗을 따갑게 후려치고는 순식간에 사라졌고, 상상도 못 할 만큼 뜨거운 태양이 삼킬 듯이 이글거렸다. 벼룩들이 장딴지를 물어뜯었다. 사납게 달려드는 뿔뱀을 돌을 던져 쫓아버린 것도 이번이 벌써 세번째였다.

"더이상 버티는 건 무리입니다, 장군님."

"조금만 더 가보자."

"여기서부터는 지옥이에요. 도마뱀과 전갈 들이 들끓는 사막이란 말입니다. 금은 찾을 수 없을 겁니다."

"나는 찾을 수 있다고 믿는다."

부하 병사는 세피의 이러한 강인한 힘이 어디에서 나오는지 궁금해하면서 한 걸음 한 걸음 장군의 뒤를 따랐다.

별안간 그들 앞에 사람의 형체가 나타났다. 머리에 터번을 두른, 키가 크고 수염이 짙은 남자였다.

세피가 다가가 물었다.

"너는 누구냐?"

"나는 예고자다. 네가 여기까지 올 줄 알고 있었지, 세피 장군. 너는 쓸데없는 모험을 한 거야. 너의 운명은 여기서 끝이다."

세피는 자신의 검을 치켜들어 이 이상한 남자를 향해 힘껏 내질렀다. 칼날이 상대방의 배를 뚫고 들어갔다고 생각한 순간이었다. 날카로운 매 발톱이 세피의 팔에 박히는 바람에 그는 검을 떨어뜨리고 말왔다.

사방에서 괴수들이 솟아올라 부하 병사의 몸을 스쳤다. 병사는 제자리에서 벌벌 떨었다. 거대한 몸집의 사자, 이마에 뿔이 솟은 영양, 그리폰이 장군에게 달려들어 그의 몸을 갈기갈기 찢어놓았다.

병사가 달아나려 했다. 그러나 힘센 손아귀가 그를 잡아채 땅바닥에 처박았다.

"네 목숨은 살려주겠다. 돌아가서 네가 본 것을 그대로 전해라."


"그 가엾은 친구는 정신이 완전히 돌았어. 머릿속이 뜨거운 해에 타버린 거지."

부관이 말했다.

그의 말에 한 탐사관이 반박했다.

"사막 괴수들이라는 게 정말 있다니까요!"

"누비아인들에게 습격을 당했을 거라는 생각이 들어. 그 친구는 겁에 질려서 세피 장군을 남겨두고 도망친 거야. 직무 유기지! 지금 저 지경이 아니라면 무거운 벌을 받아 마땅해."

"어차피 온몸이 햇볕에 화상을 입어 곧 숨을 거두게 될 겁니다. 여기까지 온 것만도 대단한 용기였어요. 괴수들이 분명합니다. 부관님도 그것들을 두려워하고 계시잖아요!"

"그래, 어쩌면…… 하지만 그렇다고 세피 장군님의 시신을 사막에 내버려둘 수는 없어. 물론 장군님이 정말 죽었다는 전제하에."

"설마 장군님을 찾으러 가자는 말씀은 아니겠지요?"

"장군님 없이 돌아간다면, 게다가 무슨 일이 일어났는지 설명도 못 한다면, 우리 입장이 아주 곤란해질 거야."

탐사관도 부관의 말이 일리가 있다고 생각했다. 그러나 그 무서운 괴수들을 생각하면 다리가 후들거렸다.

부관이 결정을 내렸다.

"모두 함께 가도록 하자."

탐사대는 두려워하던 괴수를 만나지는 않았다.

마침내 그들은 세피 장군의 참혹한 시신을 발견했다. 그의 몸은 커다란 발톱에 찢겨 있었지만 얼굴은 손상되지 않은 상태였다.

부관이 지시했다.

"와디 알라키 초입에 장군님을 묻어드리자. 그리고 무덤을 돌로 덮어 야수들이 접근하지 못하게 하자."


세난크흐는 세피의 전령으로부터 금광석 표본을 전해 받고 크눔호테프 총리에게로 갔다. 두 사람은 모든 업무를 중단하고 왕에게 알현을 청했다.

파라오가 명했다.

"세호테프와 제후티도 불러오라. 나는 왕비에게 알리겠다. 우리 모두 아비도스로 출발할 것이다. 우리가 멤피스를 비운 동안 소벡이 이곳의 안전을 지킬 것이다. 세피 장군은 지금 어디에 있는가?"

"누비아에 있습니다. 다른 소식도 곧 도착할 것입니다."

세난크흐가 대답했다.

"이 표본이 어느 정도 가치 있는 것인지 서둘러 검사해보라."

"저는 여기에 남아 있으면 안 되겠습니까, 폐하?"

총리가 청했다.

"아비도스 황금원을 확대해야 할 때가 왔소."

세소스트리스가 말했다.

"총리와 제후티는 오시리스의 영토에서 그의 보호하에 신비제의에 참여하게 될 것이오. 총리가 짊어진 책임은 더 무거워지겠지만, 또한 적과 맞서는 우리의 결속력도 한층 강화될 것이오."

한층 신중하고 조심스러워진 소벡의 조언에 따라 일행은 배를 나눠 타고 각자 나일 강 경비대의 호위를 받으며 출발했다. 그렇지만 피라오는 소벡의 만류에도 불구하고 고집을 꺾지 않았다. 기어이 선단의 첫머리에 섰던 것이다.

이들이 아비도스에 도착하자마자 이 지역으로의 통행은 완전히 차단되었다. 낮에 이곳에 와서 일하는 임시 사제들의 출입도 금지되었다.

탁발 사제가 종신 사제들과 여사제들을 동반하고 나와서 파라오를 맞았다. 오시리스의 위대한 육신을 온전히 지킬 임무를 맡은 사제는 도착한 사람들로부터 금속 무기들을 거두어들였다.

베가는 파라오와 왕비, 총리, 국가의 최고위 인사들이 아비도스에 온 이유가 궁금했다. 이처럼 대대적인 행차를 한 걸 보면 뭔가 특별한 일이 생긴 게 분명했다.

탁발 사제가 고했다.

"폐하, 오시리스의 나룻배가 멈춰 서 있습니다. 우주를 순환하면서 부활에 필요한 기운을 모아야만 하는데 말이지요. 그렇지만 생명의 나무는 다행히 사악한 마법에 굴복하지 않고 버티고 있습니다."

"금을 가져왔다. 아마도 나무를 치유할 수 있을 것이다."

베가는 이를 갈았다. 이들이 마침내 치유의 금을 찾아낸 것일까?

세소스트리스가 명했다.

"아카시아나무가 있는 곳으로 가자."

일행은 말없이 파라오의 뒤를 따랐다.

이시스는 이 귀한 금속이 효력을 발휘하여 악몽을 쫓아주기를 기원하며 제일 먼저 생명의 나무가 있는 쪽으로 다가갔다. 이 나무를 사방으로 둘러싼 어린 아카시아나무들이 기운을 실어 보내고 있었다.

그녀는 생명의 나무에 물과 우유를 부었다. 그런 다음 왕이 다가가 콥토스 사막에서 가져온 금을 둥치에 댔다. 그러나 아카시아나무는 아무 반응이 없었다. 줄기와 잎맥에서 발산되리라 기대했던 그 어떤 열기도 느껴지지 않았다.

세피 장군이 보내온 다른 금광석 표본들로도 시험해보았지만 결과는 마찬가지였다. 둘러선 사람들은 침통한 분위기에 휩싸였다. 하지만 베가는 당황한 듯한 표정을 꾸며내면서도 이 순간을 즐기고 있었다.

탁발 사제가 말했다.

"폐하, 우리가 해야 할 일이 나무를 살리기 위해 치유의 금을 찾아내는 것만은 아닙니다. 오시리스의 신비제의를 올바로 수행하는 데 필요한 제의 도구들도 제작해야만 합니다."

"누비아 금광 탐사는 이제 시작일 뿐이다. 세피가 반드시 그 치유의 금을 찾아낼 것이다. 지금 할 일은 마아트의 새 추종자 두 명을 아비도스 황금원에 입문시키는 것이다. 크눔호테프와 제후티는 오시리스 신전으로 들어가 명상을 하며 기다려라."

황금원 회원들은 네 개의 제탁을 둘러싸고 앉았다. 이 제탁들은 자신의 삶을 오시리스의 정신을 전승하는 일에 바치고자 맹세한 회원들의 굳은 의지를 상징하는 것이었다. 이 회합에 모든 회원이 참석했던 것은 오래전의 일이었다. 세소스트리스는 이 자리에 빠진 회원들을 떠올렸다. 세카리는 이케르를 호위하는 임무를 수행 중이었고, 네스몬투 장군은 시리아 팔레스타인 지역에서 평화의 기반을 다지고 있었다. 세피 장군은 금광 탐사라는 어려운 임무를 수행하고 있었다.

왕은 이들이 자리를 함께하지 못해 아쉬웠지만, 이들 역시 크눔호테프와 제후티를 황금원 회원으로 받아들이는 데 기꺼이 동의하리라는 것을 알고 있었다. 두 사람은 예전에는 적이었지만 이제는 파라오의 충실한 신하가 되어 있었기 때문이다.

나라가 위험에 처해 있고 더구나 효력을 기대했던 금이 실망을 안겨준 후였지만, 두 사람의 입문의식은 마치 시공간을 초월한 듯 엄숙하고도 평온한 분위기에서 진행되었다. 크눔호테프는 세난크흐와 함께 북쪽 탁자에 자리를 잡았고 제후티는 서쪽의 탁발 사제 옆에 앉았다.

만찬이 끝나갈 무렵 위병 한 사람이 와서 금광 탐사대의 장교가 누비아에서 도착했음을 알렸다.

세피 장군의 부관은 세소스트리스 앞에 서느니 차라리 전장에서 전사들과 뒤엉켜 싸우는 게 낫겠다는 생각이 들었을 것이다. 그는 왕의 눈을 감히 바라볼 수도 없었다.

"폐하, 아주 나쁜 소식입니다."

"말해보라."

"누비아의 금광들은 사람이 다가갈 수 없을 정도로 몹시 위험했습니다. 말씀드리기 한층 괴로운 일은 세피 장군이 세상을 떠났다는 것입니다."

늘 그렇듯 왕은 자신의 감정을 겉으로 드러내지 않았다. 그가 아비도스의 황금원 회원의 죽음을 맞이한 것은 이번이 처음이었다. 회합 때마다 세피 장군이 앉던 자리는 이제 영원히 빈자리로 남을 것이다. 누구도 그를 대신할 수 없을 터이니 말이다.

"그의 마지막 모습은 어떠하였는가?"

"폐하, 장군은 자원병 한 사람을 데리고 남쪽으로 탐사를 계속했습니다. 그 자원병은 햇볕에 입은 화상으로 숨을 거두기 전에 저희에게 이해할 수 없는 말을 남겼습니다. 세피 장군이 사막의 괴수들에게 죽임을 당했다는 것이었습니다. 제 생각에 장군을 해친 건 금광촌을 약탈해온 누비아 비적들로 보입니다. 그러나 그 지역은 위험한 곳이고, 만행을 저지른 비적들을 찾아내는 것도 불가능해 보입니다."

"네가 잘못 생각한 것이다."

왕이 말했다.

"나는 세피 장군을 죽인 자들을 찾아내서 엄벌에 처할 것이다. 그의 시신은 실수 없이 보호해놓았겠지?"

"와디 알라키 초입에 장군의 시신을 매장해놓았습니다."

"미라 기술자를 데려가서 세피 장군의 시신을 토트의 고장으로 옮겨 오도록 하라."

# 39

비나는 화가 났지만 명령을 거스를 순 없었다. 그녀는 파이윰에 있을 때 꽤 큰 역할을 맡았던 자신이 지금 멤피스에서는 이렇게 모습을 감추고 있어야 한다는 게 못마땅했다. 그러나 그녀를 포함하여 그 누구도 예고자의 명령을 거역할 순 없었다.

파이윰을 떠나는 일은 차질 없이 진행되었다. 신속한 결단을 내린 덕분에 그녀는 조직의 우수한 요원들을 구해낼 수 있었고, 대신 서투른 자들을 승산 없는 싸움에 내보냄으로써 도주할 시간을 벌 수 있었다. 그녀는 이케르를 과소평가했던 것을 후회하면서 다시는 그런 어리석음을 범하지 않으리라 다짐했다. 그가 열정적이고 결단력 있다는 건 인정하면서도 한편으로는 심약하고 쉽게 속아 넘어가는 사람이라고 생각했던 것이다.

이케르를 진작 처치하지 못한 건 큰 실수였다.

왕세자가 된 이케르는 이제 어쩔 수 없이 적이었다. 그는 세소스트리스의 실망을 사서 고향으로 쫓겨난 것이 아니라 파라오의 오른팔이 되어 있었던 것이다.

더 분한 건 아시아인들이 카훈 점령을 코앞에 두고 이케르에게 당했다는 사실이었다. 아마도 예고자는 이 실패의 책임이 비나에게 있다고 생각할 것이다. 그럴 경우 그녀는 무사하지 못할 게 분명했다. 그러나 이 갈색 머리 요부는 예고자에게 당당하게 자신의 무죄를 주장할 생각이었다. 이런 사태를 미처 예측하지 못한 책임은 멤피스의 동지들에게도 있는 것 아닌가?

부두에서 비나를 맞은 사람은 눈빛이 고약한 붉은 머리 사내였다. 안전 수칙에 따라 아시아인들은 멤피스로 들어오기 전에 이미 뿔뿔이 흩어진 상태였다. 외국인들이 무리를 지어 움직이면 감찰대의 눈에 쉽게 띌 우려가 있었던 것이다.

"그림으로 미리 봐둔 얼굴하고 똑같은데, 꼬마 아가씨."

"난 꼬마 아가씨가 아냐, 당신은 그 돌칼이나 잘 감추시지. 그러다간 금방 사람들 눈에 띄겠어."

얼간이 스합이 입을 비죽거렸다.

"내 뒤를 몇 걸음 떨어져서 따라와, 꼬마 아가씨. 날 놓치지 않도록 조심해. 지금은 사내들 앞에서 꼬리칠 때가 아냐."

멤피스의 거리에는 구경 삼아 이곳저곳 돌아다니는 사람들이 많았기 때문에 그런 인파에 휩쓸려 눈에 띄지 않게 움직일 수 있었다. 비나도 사람들 무리에 섞여 기민한 걸음으로 앞서 가는 사내를 쫓아갔다.

스합이 어느 상점 안으로 들어가자 비나도 따라 들어갔다. 그때 누군가 그녀의 등 뒤에서 문을 닫았다.

"몸을 좀 수색해야겠는걸, 꼬마 아가씨."

"내 몸에 손끝 하나라도 대기만 해봐!"

"안전을 위해선 어쩔 수 없어. 예외는 없다."

비나는 고개를 똑바로 든 채 튜닉과 속옷을 벗어 바닥에 던졌다. 그녀가 스합에게 쏘아붙였다.

"보다시피 무기 같은 건 없어."

옷가지를 다 살펴본 스합이 비나의 얼굴에 옷을 던졌다. 비나는 그것을 받아 천천히 다시 걸쳤다.

스합이 싸늘하게 말했다.

"이층으로 올라가봐."

비나는 사내를 향해 한 번 비웃어주고 계단을 올라갔다. 하지만 이층에서 그녀를 기다리고 있던 사람은 저 엉큼한 사내보다 훨씬 위험한 사람이었다.

방 안은 바로 옆도 분간 못 할 만큼 캄캄했다. 비나는 신경을 바짝 세운 채 멈춰 섰다. 어둠 속에 붉은 점 두 개가 번쩍이고 있었다.

예고자가 부드러운 목소리로 말했다.

"어서 와라. 너는 내 눈밖에 볼 수 없지만 나는 네 모습이 잘 보인다. 너는 아름답고 영특하며 용기가 있다. 하지만 네 능력을 다 보여주지 못했어."

"카훈의 일이 실패로 돌아간 건 제 잘못이 아닙니다. 주인님. 저는 이케르가 돌아올 거라는 사실을 통고받지 못했습니다. 그가 어떤 임무를 맡고 있는지 연락해준 사람도 없었어요. 이미 노출된 계획으로 카훈을 점령한다는 건 불가능한 일이었습니다. 그래서 우수한 대원들만이라도 구하려 한 것입니다. 이길 가망이 없는 싸움을 벌여 그들을 모두 잃는 것보다는 낫다고 생각했습니다."

예고자는 한참 동안 아무 대답도 하지 않았다.

비나는 파르르 떨며 예고자의 판결을 기다렸다.

"나는 너를 나무라려는 것이 아니다. 어려운 상황에서도 너는 결단력을 발휘하여 카훈의 동지들이 제작한 무기를 거의 전부 챙겨 왔다. 멤피스의 우리 조직은 이제 빈틈없이 무장을 하고 가나안의 우리 형제들을 도울 수 있게 되었다."

비나는 안도의 한숨을 내쉬었지만, 칭찬이 기쁘지만은 않았다.

"주인님, 여기는 제가 있을 곳이 아닙니다! 저는 큰 호수 인근 신전으로 가는 게 좋을 듯합니다. 이번 작전은 어려울 게 분명한데, 입샤가 그 일을 잘해낼 수 있을지 걱정스럽습니다. 그의 각오는 대단하지만 말입니다."

어둠 속에서 붉은 눈이 불을 뿜었다.

"네 재주가 아무리 뛰어나다 해도 내 명을 거역해선 안 된다. 명령을 내리는 사람은 나다. 우리의 전략을 전개해가는 데 필요한 탁월한 안목을 유일한 신께 허락받은 것은 바로 나이기 때문이다. 너도 다른 사람들과 마찬가지로 내게 무조건 복종해야 한다."

비나는 어느 누구에게도 예속되어본 적이 없었다. 그러나 예고자에게만은 달랐다. 그는 이집트를 정복한 다음 온 세상으로 세력을 퍼뜨릴 어떤 우월한 신의 계시를 받은 진정한 지도자였다.

예고자가 말을 이었다.

"네가 일할 곳은 여기다. 나는 네게 새로운 힘을 줄 것이다. 지금까지의 투쟁에서 너는 네가 원래 지닌 능력만을 사용해왔다. 그러나 우리의 막강한 적들과 맞서려면 그것만으로는 부족하다. 가까이 와라, 비나."

한순간 그녀는 도망치고 싶은 생각이 들었다. 하지만 내색하지 않고 앞으로 나아갔다.

두 눈의 불꽃이 한층 거세게 불타올랐다. 별안간 비나는 매의 부리가 자신의 이마에 박히고 날카로운 발톱이 자신의 팔을 움켜잡는 것을 느꼈다. 아주 세찬 힘이었는데도 전혀 고통스럽지 않았다. 머리부터 발끝까지 자신의 온몸을 타고 미지근한 피가 흘러내리는 듯했다.

"지금 나의 살이 너의 살 속에 섞였고, 나의 피는 너의 혈관에 흐르고 있다. 이제 너는 어둠의 왕비가 된 것이다."

메데스와 제르구는 여전히 믿을 수 없다는 듯 각자 자신들의 손바닥에 새겨진 세트 신의 머리 모양 문신을 들여다보았다.

제르구가 독한 맥주가 담긴 잔을 들어 올리며 말했다.

"꿈은 아닌가봅니다. 그 예고자라는 자가 사람인 것 같으세요? 그자는 밤의 한가운데서 솟아나온 악마라고요!"

"그 이상이지, 그 이상이고말고! 그는 악이야. 늘 나를 매혹해왔던 그 악 말이야. 우리 모두는 이미 큰 걸음을 내디뎠어. 베가와 손잡은 건 우리에게 큰 이익이 될 거다. 게다가 예고자의 포부가 예사롭지 않아! 그와 연합하면 우리는 엄청난 일을 해낼 수 있을 거야."

"저는 그자의 일에 끼어들고 싶지 않아요."

"그는 우리를 필요로 하고 있어. 그가 비록 강력한 힘을 지니긴 했지만 믿을 만한 사람이 필요하니까. 이 나라를 잘 알고 통치 권력의 움직임도 속속들이 꿰고 있는 사람 말이야. 그러니 우리의 역할이 가장 중요해. 예고자가 우리를 고른 것도 다 계산이 있었기 때문이야. 우리는 이집트에 새로 세워질 조정에서 최고위직을 차지하게 될 거다. 세소스트리스를 제거하는 위험은 그에게 떠넘기고 우리는 승리의 과일을 맛보면 된단 말이지!"

메데스가 지시했다.

"부두로 나가서 파라오의 배에서 무슨 기별이 없는지 알아봐라."

그는 왕과 왕비, 총리를 비롯한 국가 주요 인사들이 멤피스를 떠난 이유가 궁금했다. 그가 일상 업무를 수행하는 동안 소백은 수도의 경비를 강화하고 있었다. 소백은 분명 이번 여행의 목적이 무엇인지, 얼마나 시일이 걸릴지 알고 있을 것이다. 그러나 자신의 궁금증을 그에게 내비쳤다가는 의심을 살지도 몰랐다. 메데스는 근면하고 유능하며 신중한 국정원 비서로서 나무랄 데 없이 처신해야 했다.

별안간 궁정 분위기가 수선스러워지더니 한 무리의 사람들이 모습을 드러냈다.

메데스는 자신의 집무실 창문을 통해 세소스트리스와 그의 대신들이 돌아왔음을 확인했다. 곧 국정원이 소집되었고, 메데스는 그간의 업무를 세밀하게 보고해야 했다. 그는 총리로부터 많은 질문을 받았지만 책잡힐 일은 아무것도 없었다.


"뭘 알아냈느냐?"

메데스가 제르구에게 물었다.

"선원들이란 자기네들의 여행에 대해 떠들고 싶어하는 법이죠! 파라오는 아비도스에 갔었던 거랍니다."

"가서 베가를 만나라. 아비도스에서 무슨 일이 있었는지 그가 알려줄 것이다."

"왕이 크헤므누에 잠시 들렀다는 사실도 알아냈습니다. 거기서 세피 장군의 장례식을 치르고 그의 시신을 배로 옮겨 왔다고 합니다."

"세소스트리스가 중요한 신하를 잃었군. 그가 왜 죽었는지 아느냐?"

"누비아인들에게 공격을 받았답니다. 채광 기술자들과 탐사대원들이 장례식에 참석했고, 세피의 미라가 안치된 석관은 눈이 튀어나올 만큼 훌륭한 것이었답니다."

"누비아 땅에 채광 기술자들과 탐사대원들이라…… 세피는 치유의 금을 찾아다니고 있었던 거야! 그가 치유의 금을 발견했는지 알려면 베가에게 물어보는 수밖에 없어."

제르구는 아비도스로 갔다. 베가는 석비 밀거래를 잠시 중단하고 아비도스가 평상시의 생활을 되찾을 때를 기다리고 있었다. 왕과 신하들이 아비도스에 머무는 동안에는 위병들과 감찰대의 경계가 한층 강화되어 모든 상거래가 불가능했던 것이다.

베가에게서 전해 들은 소식은 기분 좋은 것이었다. 세피가 보내온 금광석 표본 어느 것도 생명의 나무를 치유할 수 없었다니 말이다. 여기에 설상가상으로 세피 장군을 잃게 된 왕은 기운을 잃었다고 했다. 지금 상황에서 오시리스의 아카시아나무를 살린다는 건 어려우며, 더이상 상태가 나빠지지 않게 하는 데나 만족할 수밖에 없다는 것이었다.

메데스의 눈에 이집트는 바야흐로 심장에 병이 든 거인의 모습을 닮아가고 있었다. 예고자는, 물론 그전에 메데스에게 어려운 임무를 주문해오겠지만, 조만간 이집트에 엄청난 위기를 몰아올 것이다. 그렇게 되면 신전의 문은 활짝 열릴 것이고 메데스는 아무 어려움 없이 그곳에 감춰진 신비를 알아낼 수 있을 것이다.

메데스는 자신의 손바닥을 한 번 더 들여다보았다. 세트의 동맹자가 되었으니 이제 그는 오시리스를 누르고 승리할 수 있으리라.

"별일 없었는가?"

"없었습니다, 폐하."

친위대장 소벡이 대답했다.

"그런데 이러한 상황이 도리어 걱정스럽습니다."

"그건 그대가 임무를 잘 수행하고 있다는 의미인데 왜 걱정스럽다는 것인가?"

"왕세자가 카훈 시장의 전령을 통해 보내온 소식에 따르면 아시아인 폭력 분자들이 멤피스 쪽으로 달아났다고 합니다. 저도 부하들을 풀어 수색해봤지만 의심이 가는 자들을 찾지는 못했습니다. 세 가지로 가정해볼 수 있습니다. 우선 그들은 아주 기민한 자들로서, 멤피스에 있는 조직의 도움을 받아 발각되지 않게 이곳으로 잠입했을 수 있습니다. 두번째로 그들이 다른 곳으로 방향을 돌렸을 수도 있고, 아니면 이케르 왕세자님이 거짓 보고를 했을 가능성도 있습니다.

"마지막 말은 중대한 고발이다."

"죄송합니다, 폐하. 그러나 저는 왕세자님이 폐하의 암살을 기도했었다는 사실을 잊지 못하겠습니다!"

"그대가 잘못 생각하는 거다, 소벡. 이케르가 죽이려 했던 사람은 내가 아니라, 그 자신의 생명을 빼앗으려 하고 이집트 백성을 절망에 빠뜨린 흉악하고 잔인무도한 폭군이었다. 어떤 어둠의 인물이 하수인들을 조종해서 그 젊은 서기관을 속였던 거야. 나는 그날 밤 이케르가 오리라는 걸 알고 있었다. 한 시골 농장의 축제에서 그를 우연히 보았을 때부터 나는 그가 올바른 심성을 지닌 사람이라는 걸 알았지. 세카리를 통해 나는 그가 이 궁정에 잠입하게 된 제반 사정을 전해 들을 수 있었다."

왕의 설명에 친위대장은 동요하는 기색을 보였다.

"폐하께서는 몹시 위험한 일을 하셨던 겁니다!"

"이케르는 자신의 행동이 정의를 실현하는 길이라고 믿었기 때문에 그 어떤 말로도 그 결심을 바꾸지 못했을 것이다. 그의 눈을 가린 장막을 걷어주려면 직접 만나는 수밖에 없었다."

"폐하께선 왕세자님을 정말로 신뢰하십니까?"

"그에게 부여된 지위는 단지 명예롭기만 한 게 아니다. 이케르는 많은 시련을 겪게 될 것이다. 내가 이케르에 대해 큰 애정을 지닌 것은 사실이지만, 그렇더라도 그 시련은 내가 간섭할 수 있는 것이 아니다."

"폐하께서는 제 첫번째 가정에 무게를 두시는 것입니까?"

"걱정스러운 일이지만 그렇다."

"만약 그렇다면 정말 중대한 일입니다! 멤피스에는 각양각색의 사람들이 모여 있어서 불순분자들이 쉽게 몸을 숨길 수 있습니다. 그들은 지금까지도 제 정보원들의 눈과 귀가 미치지 못했을 만큼 안전한 은신처와 조직을 구축했을 가능성이 높습니다. 감찰관들을 따돌리고 나면 그걸 자랑삼아 떠들어댈 법도 한데 너무나 조용합니다."

"그들의 우두머리가 강력한 자라는 증거다. 누구든 가차 없이 죽이는 우두머리라면 그 아래서 함부로 입을 놀릴 수 없을 것이다. 바로 그자가 이케르를 이용한 것이다. 이케르가 앞으로 맞서야 할 피할 수 없는 적이지."

"왕세자님은 어째서 멤피스로 돌아오지 않은 것입니까?"

"멤피스는 그대가 지키고 있으니 이케르는 또다른 방향으로 달아난 자들을 추적할 것이다. 카훈은 이제 안정을 되찾았지만, 아시아인들의 일부는 파이윰에 잔류하고 있을 테지. 이케르는 그들이 거기 남아 있는 이유를 조사할 것이다."

# 40

이케르는 북풍을 앞세우고 큰 호수로 향했다. 세카리가 나서서 말렸지만 이케르는 듣지 않았다. 할 수 없이 세카리는 멀찍이 떨어져 따라오면서 사방을 경계했다.

이케르는 카훈에 대해서는 일단 마음을 놓았다. 시장이 한층 경계 수위를 높여 도시를 굳건히 지킬 것이었다. 그러나 아시아인들이 큰 호수 쪽으로 달아난 이유는 아무리 생각해봐도 짐작이 가지 않았다.

이제 왕세자는 그 어떤 위험도 두렵지 않았다. 그에게는 '지배력'을 상징하는 홀 부적과 악어에게서 얻은 날렵함, 그리고 세소스트리스가 준 저세상 호위 정령의 칼이 있었다.

그의 유일한 약점이라면 이시스의 생각에서 쉽게 헤어나오지 못한다는 것이었다.

이시스 앞에서 어리석고 소심하고 유약했던 이케르. 그는 그녀에게 자신의 감정을 털어놓지 못했다. 뜻하지 않게 얻은 지위를 고백에 이용할 수도 없었다. 이시스가 이케르의 지위에 별 관심이 없다는 건 금방 알 수 있었다. 그녀는 오직 아비도스에만 신경이 쏠려 있는 것이다.

그가 그렇게도 간절히 꿈꿔온 그녀와의 만남이었건만…… 하지만 그 결과는 너무나 참담한 실패였다! 그럼에도 그는 그녀를 잊을 수가 없었다.

이케르가 이런 상념에 잠겨 있을 때 건장한 사내 둘이 곤봉을 흔들며 그의 앞에 나타났다. 이케르는 정신이 번쩍 들었다. 북풍이 제자리에 멈춰 서서 발굽으로 땅을 긁었다. 북풍의 행동을 보고 이케르는 앞에 나타난 두 사람이 위험 인물이라는 사실을 알아차렸다.

두 사내가 다가왔다. 하나는 얼굴에 수염을 길렀고 다른 하나는 수염이 없었다.

수염을 기른 남자가 말했다.

"여긴 통행이 금지된 곳이야. 뭘 찾는 거냐?"

"폐쇄된 조선소를 찾고 있습니다."

두 사내는 당황한 듯 보였다.

"조선소라…… 그런 건 모르겠는데. 누가 널 보낸 거냐?"

"카훈 시장님입니다. 저는 공공시설물들의 위치가 표시된 정확한 지도를 제작해야 합니다."

"우리는 아무도 여길 지나가지 못하게 하라는 지시를 받았다."

"누가 그런 지시를 했습니까?"

수염을 기른 사내가 머뭇거렸다.

"그게…… 그러니까 카훈 시장이지."

"그렇다면 문제될 게 없군요. 내가 보고서에 당신들이 지시를 충실히 이행했다는 걸 밝히면 되니까요."

"그래도 지나가게 할 수는 없다. 명령은 명령이야."

"호수 주변을 지키는 파수꾼은 당신들 두 사람뿐인가요?"

이 질문에 두 사내는 아무 대답도 하지 않았다.

"그냥 돌아가야겠군요."

이케르가 단념한 척 말했다.

"하지만 갈 때는 다른 길로 가겠습니다. 그리고 당신들의 파수 임무는 곧 끝날 겁니다. 카훈에서 병사들이 파견되어 이 지역을 지키게 될 테니까요."

"뭐! 뭐가 온다고?"

"시장님은 도주한 아시아인들이 이 근처에 숨어들지 못하게 하려고 병사들을 파견하기로 했습니다."

순간 수염 없는 사내가 오른손으로 곤봉 손잡이를 으스러지게 잡았다.

수염 기른 사내가 말했다.

"그건 우리 힘으로 할 수 있는 일이 아니지. 우린 자리로 돌아가 지원병들이나 기다려야겠군."

"조금 전에 말한 조선소 말입니다. 어디 있는지 알 수 없을까요?"

"몰라. 어쨌거나 이곳에는 없어."

"그럼 반대쪽으로 가봐야겠네요."

이케르는 자신의 등 뒤로 적의를 품은 두 사내의 눈길이 꽂히는 걸 느끼면서 천천히 걸음을 옮겨놓았다.

그들이 안 보이는 지점에 왔을 때 세카리가 모습을 나타냈다.

세카리가 알려주었다.

"그 녀석들이 산토끼처럼 내빼던걸. 나는 그자들이 네게 몽둥이를 휘두를까봐 조마조마했다고."

이케르가 생각을 말했다.

"그들이 하는 말은 앞뒤가 맞지 않아. 아시아인들과 공모한 자들일 거야. 그들은 망을 보고 있다가 자기네 우두머리에게 알리러 달려갔을 거야."

"이곳은 안전하지 않은 것 같다. 여길 벗어나는 게 좋겠어."

"아냐, 우리가 제대로 짚은 거야! 북풍이 그자들이 간 곳을 쉽게 추적할 수 있어."

"그들에게 말한 지원병이 결국 우리인 셈이구나."

"내 당나귀도 있어."

"전투원 셋이 무장한 부대 하나를 상대하다니, 우리가 좀 기우는 것 같지 않아?"

"조심하기만 하면 돼."

이케르의 고집을 잘 아는 세카리는 더이상 말리지 않았다.

"그럼 서둘지 말고 조심해서 천천히 가자."

"위험이 다가오면 북풍이 알려줄 거야."

푸른 하늘처럼 빛나는 큰 호수의 물빛을 본 두 사람은 탄성을 질렀다. 낚시꾼들이 호숫가에서 물고기를 구워 먹으며 쉬고 있었다. 이들은 이케르에게 음식을 나눠 먹자고 권했다. 멀찍이 떨어져 한참 동안 지켜보던 세카리도 가까이 다가왔다. 낚시꾼들은 세카리에게도 기꺼이 자리를 내주었다.

낚시꾼들은 배를 채우면서 자신들의 낚시 기술에 대해 이야기했고, 눈치가 빠른 물고기들에 대해 떠들어댔다.

"이 근처에 조선소가 있지 않았던가요?"

한 사람이 대답했다.

"이 자리에서 얼마 떨어지지 않은 곳에 하나가 있긴 있었지. 규모가 상당한 배들을 만드는 조선소였어. 불이 나 없어지기 전까지는 아주 커다란 배를 만들었지. 하지만 여기서 다 만든 게 아니라 다른 곳에서 조립할 건지 각 부분들만 만들더군."

옆에 있던 낚시꾼이 덧붙였다.

"난 누가 불을 질렀는지도 봤다니까. 자네들도 봤잖아. 그 험상궂은 놈들하고 어울려 다니던 라보라는 복수 말이야. 그 사람이 복재더미에 불을 던지더구먼."


그 조선소에서 라피드 호가 건조된 게 분명했다. 하지만 그 배가 누구의 지시로 만들어졌는지에 대해서는 알 길이 없었다. 라보가 중요한 역할을 한 건 분명했지만 그가 장인들의 급료를 지급한 건 아니었다.

세카리가 물었다.

"이 근방에서 무리 지어 오가는 아시아인들을 본 적은 없나요? 그들이 우리 물건을 훔쳐 갔거든요. 찾아서 따끔하게 손을 봐줘야 하는데."

"이 호숫가에선 하나도 못 봤어. 있다면 아마 큰돌 신전* 근처에 숨었을 거야. 인적이 드문 곳이니까."

"왜 그렇죠?"

"그 신전에는 악마가 붙었거든. 예전에는 사제들도 있었고, 서른 명가량의 감찰관들과 그 가족들이 거기서 살았지. 바로 옆 광산에서

---

\* 카스르 엘사가.

는 광부들도 일하고 있었고 말이야. 그 신전은 바하리아 오아시스와 시바 오아시스에서 오는 카라반들의 기착지였어. 거기서부터 리흐트와 다슈르로 가는 길이 시작되거든. 그랬는데 악마들이 나타나 사람들을 다 쫓아버렸어."

이케르와 세카리의 눈이 마주쳤다.

세카리가 말했다.

"그 신전을 자세히 조사해보고 싶은걸요."

"그런 생각은 하지도 마. 요 근래에 거기를 살피러 갔던 사람들은 아무도 돌아오지 못했어."

"거길 가려면 어느 길로 가는 게 좋죠?"

"호수를 가로질러 선창에 배를 대는 게 제일 편한 방법이지."

이케르가 제안했다.

"우리를 거기 데려다주면 카훈 시장에게 청해서 새 나룻배들을 얻어드리지요."

"자네가 시장님을 안다고?"

"나는 왕세자 이케르요."


나룻배로 호수를 가로지르는 일은 새로운 즐거움이었다. 어부는 조금 거칠기는 했지만 능숙하게 노를 저었다. 배는 물 위를 미끄러지듯 나아갔다. 북풍은 다리를 깔고 앉아서 산들바람을 즐겼다. 이케르와 세카리는 하늘과 대기, 호수와의 일체감을 음미하면서도 경계를 늦추지 않고 물가를 살폈다.

아무도 보이지 않았다. 신전 선착장은 황폐했다.

"제가 배를 대면 서둘러 내리십시오. 저는 곧장 돌아가겠습니다요."

어부가 손을 덜덜 떨면서 말했다.

신전까지는 반듯하게 포장된 길이 뻗어 있었다. 큰 호수 북쪽 물가, 사막 초입에 자리 잡은 이 신전은 담으로 둘러싸였고 안뜰과 몇 채의 부속 건물이 있었다. 신전은 제4왕조의 왕들이 피라미드를 지을 때 사용한 것과 비슷한, 비스듬히 잘라낸 큰 사암 덩어리로 건축되어 있었다.

신전 남쪽의 좁은 문으로 들어가자 넓은 복도 같은 내실이 나왔다. 이 내실을 거쳐 일곱 개의 제실이 보였다. 지붕이 덮인 좁은 방들이었다.

북풍은 밖에서 지키고 있었다.

신전을 둘러보던 세카리가 말했다.

"전부 약탈당했구나. 범인들은 자신들의 만행을 감추기 위해 이곳에 악마가 씌었다는 소문을 퍼뜨린 거야."

신전 벽에는 그림도 조각도 없었다. 신전은 삶의 신비를 표현하는 숫자 7의 힘을 경배하는 의식이 치러지는 유물실처럼 보였다. 제의 도구는 아무것도 남아 있지 않았다. 하지만 구석에 단지와 거적자리들이 널려 있었다.

이케르가 말했다

"여기서 잔 사람이 있어."

입구 오른편의 두꺼운 바깥벽 틈으로 좁다란 통로가 나 있었다. 세카리는 그 틈을 따라 들어가보았다. 통로 끝에 오가는 사람을 살필 수 있도록 구멍이 나 있었다. 바닥에는 색채가 화려한 튜닉과 검은 샌들이 흩어져 있었다.

세카리가 그 물건들을 들고 와서 이케르에게 보여주었다.

"아시아인들의 것이야. 저기서 한 사람이 망을 보았고, 공범들은 이 신전 안에 숨어 있었을 거야. 그런데 그들은 어디로 가버린 걸까?"

두 사람은 신전 부속 건물들도 살펴보았다. 사람들이 드나들었던 다른 흔적들도 발견할 수 있었다.

이케르가 제안했다.

"포장된 길을 따라가보자. 광부들과 감찰관들이 거주하던 곳으로 이어질 거야."

"아시아인들은 분명 거기 있을 거야. 그러니까 위험을 자초하지는 말자. 나는 눈에 띄지 않고 움직일 수 있으니까 내가 살펴보고 올게. 너는 여기서 기다리고 있어. 북풍이 위험신호를 보내면 곧 돌아올게."

세카리의 말은 거짓이 아니었다. 그는 어떤 상황에서도 그림자처럼 인기척을 내지 않고 움직일 수 있었다. 광부와 감찰관의 거주지로 이어지는 길을 아시아인 하나가 지키고 있었지만 그는 쉽게 통과했다. 광부들의 숙소는 기하학적 구도로 배치되어 있었고, 감찰관들의 거주지는 네 구역으로 나뉘어 있었는데 각 구역마다 서른 채가량의 집이 있었다.

수염을 기른 한 사내가 무장한 무리들을 모아놓고 뭔가 일장 연설을 하고 있었다. 세카리에게는 팔뚝이 우람한 그 사내의 말이 들리지 않았지만, 더 가까이 다가가는 것은 위험했다.

세카리는 이케르가 기다리고 있는 신전으로 돌아왔다.

세카리가 말했다.

"도망친 자들을 찾아냈어. 광부나 감찰관은 한 사람도 보지 못했고. 그 아시아인들이 노리는 게 뭘까? 사막을 건너 리비아 땅으로 들어가려는 것이든가, 아니면 뭔가 고약한 일을 꾸미고 있는 걸 거야."

"어디 숨어서 그들을 살펴볼 데가 있을까?"

"이 신전 지붕에 올라가면 그들이 보일 거야. 둘이서라도 공격하자는 생각은 단념해. 그들이 몇 명인지는 정확히 모르지만 모두들 창과 검, 화살들을 갖고 있어."

"비록 소규모이지만 군대를 기른 걸로 봐서 뭔가 공격할 준비를 하고 있는 게 틀림없어."

"카훈이 아니라는 건 분명해! 시장이 호락호락하게 급습을 허용하진 않을 테니까 말이야."

이케르가 말했다.

"그들의 공격 목표가 뭔지 알아내야 해."

"그 전에 조금 자둬. 교대로 눈을 붙이자. 내가 먼저 망을 볼게."

"세카리, 내게 아비도스의 황금원 이야기를 해준 이유가 뭐니? 너도 그 신비에 입문한 사람이지, 그렇지?"

"나 같은 미천한 신분이 어떻게 그런 모임에 들어갈 수 있겠어? 내일은 최선을 다해 파라오를 섬기는 것이야. 비밀 같은 건 다른 사람들이나 가지라고 해."


오래 기다릴 필요도 없었다.

동이 트자 한 무리의 아시아인들이 그들의 소굴에서 나왔다. 이케르는 그 우두머리의 숱 많은 수염과 우람한 팔뚝을 보고 그가 입샤라는 걸 알았다. 그러나 비나의 모습은 보이지 않았다. 그렇다면 그녀는 다른 무리들과 함께 멤피스로 간 것일까?

잠이 들었던 세카리가 눈을 떴다.

"모두 나온 거야?"

"그런 것 같아."

잠시 후 상황은 분명해졌다. 그들은 파이윰의 은거지를 떠나고 있었다. 그들이 가는 방향을 보면 목적지를 알 수 있을 것이다.

사막 쪽으로 간다면 도주하는 것이었다. 그러나 동쪽으로 길을 잡는다면 어딘가를 공격하기 위해 나선 것이었다.

세카리가 나직이 말했다.

"동쪽으로 가고 있어."

이케르가 말했다.

"따라가보자."

# 41

    네스몬투 장군은 시켐과 가나안인들이 싫었다. 만약 시켐의 전 주민을 북쪽으로 쫓아버리고 이 지역을 보호구역으로 지정한다면 평화를 얻을 수 있을까? 이 지역의 평화란 한갓 꿈이었다. 이 노장군은 강제로 부과한 안정은 겉모습에 불과하다는 사실을 정확히 알고 있었다. 이곳의 어느 가족이든 이집트인들을 쳐부술 꿈에 젖은 반란자를 하나 혹은 여럿 숨겨놓고 있었다.

    장군은 시켐과 그 주변 마을을 통치할 지역 자치 정부를 세우려 했다. 이번이 열번째 시도였다. 그러나 가나안인에게 권력을 쥐여준다는 것은 그 권력이 아무리 미미한 것일지라도 자기네 부족의 안녕에는 아랑곳없이 곧 자체의 부정부패를 키우는 지름길이었다. 이런 독직의 증거가 잡히기만 하면 장군은 그 죄인을 감옥으로 보내고 새로운 책임자를 뽑았다. 그러나 새로 자리에 앉혀놓은 자도 얼마 지나지 않아 전임자와 같은 부정을 저지르곤 했다. 또한 장군은 가나안 부족의 셀 수도 없는 파벌들을 고려해야 했다. 이들은 점령군 사령관으로부터 최대한 이권을 얻어내기 위해 그들끼리 끊임없이 분쟁을 벌이고 있었다.

만약 자신의 판단대로 일을 처리할 수 있었다면 네스몬투 장군은 보다 강력한 조치를 취했을 것이다. 그러나 그는 파라오의 명을 집행하는 처지였고, 파라오는 이 지역의 긴장이 해소되기를 바라고 있었다. 평화를 정착시키기 위해서는 무엇보다 번영이 이루어져야 한다는 것이 파라오의 생각이었다.

하지만 노장군의 생각은 달랐다. 가나안인들에게 약속의 이행이나 계약의 준수를 기대할 수는 없었다. 어제의 친구가 내일은 적이 되는 곳이 가나안 땅이었다. 이곳에 변함없이 적용되는 규율이 있다면 그것은 거짓말뿐이었다. 네스몬투는 때때로 좀도둑들을 잡아들였지만 생명의 나무를 공격한 범인에 대해서는 아직 아무런 정보도 손에 넣지 못하고 있었다.

부관이 와서 말했다.

"장군님, 파라오께서 보낸 서신입니다."

서신은 세소스트리스가 직접 암호로 작성한 것이었다. 몇 줄 읽어 나가던 네스몬투는 깊은 슬픔에 빠졌다. 세피 장군의 죽음을 알리는 글이었던 것이다. 세피 장군은 아비도스의 황금원에서 혜안과 결단력을 보여준 사람이었다. 이집트의 통합이 요원해 보일 때, 심지어 불가능해 보일 때에도 그는 이 목표를 이루기 위한 싸움에 주저 없이 뛰어들었다. 그만큼 파라오 세소스트리스에 대한 믿음이 컸던 것이다.

치유력을 지닌 금을 구하지 못한다면 오시리스의 아카시아나무는 앞날을 기약할 수 없었다. 세피는 이 나무를 구하기 위해 자신의 생명을 희생했다. 그의 정신적 형제들은 어떤 대가를 치르더라도 결코 그의 희생을 헛되게 하지 않을 것이다.

부관이 말을 보탰다.

"장군님, 시켐 남쪽 지역에서 소란이 있었답니다. 한 반란자가 집을 여러 채 불태운 뒤 빈 곡식 저장소로 들어가 숨었다고 합니다."

"가봐야겠다."

이 정도로 심각한 소란이 일어난 것도 꽤 한참 만이었다. 이 일이 어떤 봉기의 진주곡이 아닐까? 그렇다면 애초에 싹을 세거해야 한다.

네스몬투는 궁수 사십 명과 창병 사십 명으로 구성된 연대를 이끌고 소란이 일어난 장소로 갔다.

이집트 군대가 오는 걸 본 주민들이 문과 창문을 닫아걸었다.

화재가 났다는 집들은 다 타버리고 재만 남아 있었다. 쓰레기 더미 위에 시신 하나가 놓여 있는 모습이 눈에 들어왔다. 이집트군에 고용되어 일하던 자의 시신이었다.

"너희들은 대가를 치르게 될 것이다!"

큰 소리로 외친 네스몬투 장군은 병사들로 하여금 곡식 저장소를 포위하게 하고 자신은 큰 걸음으로 저장소 계단을 올라갔다.

장군이 저장소 뚜껑을 여는 순간 안에 숨어 있던 가나안인이 장군을 향해 단검을 던졌다. 그는 네스몬투 장군이 제일 먼저 현장에 나타날 거라는 사실을 입비뚤이한테 들어서 알고 있었고, 또한 입비뚤이가 장담한 대로 장군을 해치우는 것은 식은 죽 먹기일 거라고 믿은 것이다.

칼날이 자신을 향해 날아오는 걸 본 장군은 반사적으로 몸을 옆으로 피했다. 칼날이 장군의 왼쪽 어깨를 스치며 생채기를 냈다. 어느새 이집트군 궁수들이 화살을 겨냥한 채 사내를 에워쌌다.

네스몬투 장군이 지시했다.

"쏘지 마라. 저 구멍에서 놈을 끌어내고, 근처에 다른 자들이 숨어 있는지 수색해라."

끌려나온 가나안인이 겁에 질려서 울부짖었다.

장군이 말했다.

"죽이지 말고 데려와라. 내가 직접 심문하겠다."

상처 입은 어깨를 군의관에게 맡겨놓은 채 네스몬투 장군은 자신을 죽이려 한 자를 바라보았다. 몸집이 작은 청년이었다. 두 볼과 턱은 막 돋기 시작한 붉은 수염으로 덮여 있었다. 장군을 마주 바라보는 청년의 눈 속에 증오심이 가득 서려 있었다.

네스몬투가 청년을 향해 말했다.

"보잘것없는 놈이군. 나는 그 정도의 거리에서라면 절대 목표물을 놓치지 않아. 너를 교사한 자는 너보다 더 우둔하다. 이집트군 총사령관을 죽이려면 좀더 실력 좋은 놈을 썼어야지."

가나안인이 거칠게 버둥거리며 소리쳤다.

"당신 목숨도 오래 남지 않았어!"

"어쨌든 너보다는 오래 살겠지. 내 어깨에 붕대를 다 감기 전에 너는 처형될 테니까."

가나안인의 눈이 놀란 듯 휘둥그레졌다.

"나를 심문하지도 않겠다는 거냐?"

"심문해봤자 대답을 않거나 거짓말을 할 것이다. 행여 네가 자백한다 해도 너처럼 보잘것없는 자가 무엇을 알 수 있겠느냐?"

"나는 당신들의 파렴치한 점령에 저항하는 투사다. 또한 수백 명의 다른 투사들이 내 정당한 투쟁을 뒤따를 것이다!"

네스몬투는 웃음을 터뜨렸다.

"허황된 꿈에 빠져 허우적대는군."

"몇 명이든 숫자는 상관없어! 우리는 당신들을 가나안에서 꼭 몰아내고야 말 것이다."

"너 같은 못난이들을 볼 때마다 늘 그 허풍에 혀를 내두르게 되지. 하지만 덕분에 내 임무가 쉬워지는 점도 있어. 너희는 비겁하고 겁이 많아서 대규모 작전을 벌인다는 건 애초부터 무리이니까 말이야."

"예고자께서 우리를 승리로 이끌어주실 것이다!"

네스몬투의 얼굴이 굳어졌다.

"네가 말하는 예고자는 죽었어."

가나안인이 비웃음을 흘렸다.

"그건 당신들 생각이지, 이집트의 개들!"

"난 그 예고자의 시체를 두 눈으로 똑똑히 보았다."

"우리 주인님은 살아 계시다. 이제 곧 당신들은 죽임을 당해 땅에 묻히지도 못하고 버려질 것이다. 예고자께서 크나큰 승리를 거두실 테니 말이다!"

"그자는 어디 숨어 있느냐?"

"절대 말하지 않겠다. 고문을 한다 해도 소용없어!"

네스몬투는 한 손으로 가나안인의 턱을 움켜잡고 들어올렸다.

"나는 너를 푸줏간의 갈고리에 매달아놓을 수도 있다. 그러면 우리 이야기가 한층 쉽게 풀릴 텐데 말이야. 하지만 파라오께서는 너 같은 쥐새끼도 인간적으로 대해주라고 하셨다. 너를 심문 전문가들에게 넘기는 것도 그 때문이야."

결국 이 가나안인에게서 캐낸 것은 오래전에 사망한 그의 부모 이름과 시켐에서 일어난 첫번째 소요 사태 당시에 죽었다는 한 동료의 이름뿐이었다.

죄수는 시켐의 대광장에서 수많은 군중이 지켜보는 가운데 처형되었다. 화살이 꽂힌 반란자의 시신은 장례의식도 없이 구덩이에 묻혔다. 군중을 향해 입을 연 네스몬투의 목소리는 단호했다. 반란을 기도하는 자는 누구든 엄벌에 처하겠다는 그의 말은 서릿발 같았다.

죄수를 심문했던 전문가들의 의견은 일치했다. 그 가나안인은 정신이 불안정한 자로서 배후 조직 없이 단독으로 행동했다는 것이었다.

그렇지만 노장군은 의심이 걷히지 않았다. 그의 직감에 따르면 이 사건은 가볍게 넘길 문제가 아니었다. 자신을 없애려는 시도라면 놀랄 일도 아니었고, 또 이런 시도는 앞으로도 분명 계속해서 있을 것이다. 그러나 그 죄수가 한 말은 의미심장했다. 반란자의 입에서 예전에 봉기를 교사했던 한 미치광이에 대한 언급이 나온 것은 네스몬투가 이집트군을 이끌고 이곳을 감시하기 시작한 이후 처음 있는 일이었다. 그렇다면 먼젓번의 그 미치광이의 뒤를 이어 어떤 또다른 미치광이가 반란을 교사하고 있다는 것일까?

네스몬투는 고위 장교들을 불러 시리아 팔레스타인 지역에 주둔하고 있는 각 부대에 비상 경계령을 내리도록 했다. 또한 의심이 가는 모든 인물을 철저히 심문한 뒤 보고서를 자신에게 직접 제출할 것을 지시했다. 혐의가 가는 자들을 직접 취조할 생각이었다.

세카리가 걱정스러운 듯 말했다.

"아시아인들이 이틀 동안이나 꼼짝도 안 하고 있어. 아무래도 지원

부대가 오기를 기다리는 것 같아."

이케르가 대답했다.

"어떤 길을 택할지 주저하고 있는 게 분명해."

"그렇진 않을걸. 내 생각에 저들은 구체적인 계획을 가지고 움직이는 것 같아. 여긴 파이윰과 나일 계곡의 중간 지점이라서 발각될 위험이 없을 거라 믿고 있는 거야. 저들은 절대 서툰 자들이 아냐."

"왜 우리 군대를 부르지 않는 거야?"

"군대는 저들의 눈에 금방 띄어. 군대를 보자마자 흩어져 숨을 거야. 숲이나 늪지로 들어가면 찾아낼 수도 없어. 저들의 진짜 의도를 알아낼 때까지만 기다려보자. 이런 위험을 무릅쓰는 게 나도 달갑진 않아. 푸짐하게 한 상 차려 먹고 멋진 아가씨와 함께 밤을 보내는 게 내 취미에 맞는 일이지. 아! 카훈의 예쁘장한 하녀들과 네 집의 그 보들보들한 이부자리가 그립다!"

이케르가 생각난 듯 말했다.

"하인 연기는 정말 감쪽같았어."

"연기는 아니었어. 내 부모는 평범한 분들이야. 하층민 출신이지. 하인이 되는 게 그리 어색할 건 없어."

"어떻게 파라오를 만나게 된 거니?"

세카리가 활짝 웃으며 말했다.

"내 직업은 수없이 많지만 그중 하나가 새잡이거든. 또 나는 새들의 말을 익혀놓았었지. 새잡이를 뽑는다는 말을 듣고 궁정 시종 앞으로 가서 시험을 치르고 있는데 마침 궁정의 새장에서 오디새 한 마리가 도망쳐 나온 거야. 녀석이 얼마나 흥분했는지 사방으로 날아다니며 몸을 부딪는 모습이 저러다 다치겠구나 싶었어. 그래서 내가 휘파람을 불어서 새를 진정시켰지. 새들을 얌전하게 만드는 소리를 알고 있었으니까 말이야. 파라오께서 그 장면을 보고 계시다가 나를 부르셨어. 왕을 뵙게 되다니, 세상에! 겁이 나서 다리가 얼마나 후들거리던지! 그렇게 장대한 분 앞에 서게 되니까 내가 갓난아이처럼 연약하게 느껴지는 거야. 그런 느낌은 지금도 여전해. 나는 파라오께서 신들과 소통하고 계시다는 걸 조금도 의심하지 않아."

"아비도스에는 자주 갔었니?"

"또 아비도스 이야기야? 넌 아비도스 타령만 하는구나!"

이케르는 이시스를 떠올렸다. 그녀가 바로 그 신성한 땅에 살고 있었다. 저 멀리, 다가갈 수 없는 그곳에 말이다.

아시아인들을 감시하던 세카리가 속삭였다.

"움직인다."

두 사람은 타마리스나무 뒤에 웅크려 몸을 숨겼다. 아시아인들이 다시 길을 떠나고 있었다.


입샤는 평생 무기를 만들어온 사람이었다. 시켐에 있을 때 그는 비밀 대장간을 운영했었다. 그 대장간에서 만들어낸 빈약한 무기들로 소규모 행동대를 무장시켰지만 이들은 얼마 지나지 않아 이집트 감찰대에 붙잡히고 말았다.

예고자가 시켐에 나타난 건 그후였다. 입샤는 예고자의 설교를 들으면서 자신들의 땅에서 점령자를 몰아내는 방법은 폭력밖에 없다는 것을 깨달았다. 오직 폭력만이 가나안이 이집트보다 더 강한 나라가 되는 길이었다.

입샤는 자신이 이끄는 무리와 함께 파라오의 힘을 상징하는 중요한 것을 파괴하여 파라오에게 타격을 입히고자 했다. 그가 보기에 세소스트리스는 점토로 만든 발로 간신히 서 있는 거인에 불과했다. 파라오는 가나안에 눌러앉은 자신의 군대를 과신하고 있지만, 그럼에도 가나안에서는 산발적인 저항이 증가하고 있었다. 예고자의 힘을 빌려 이들의 저항은 곧 눈부신 승리를 이루어낼 것이다.

입샤는 자신이 이끄는 무리가 이집트의 추적에서 완전히 벗어났다고 믿고 비나가 지시한 계획을 계속해서 밀고 나갔다. 험한 길을 택해 이동할 경우 시일이 오래 걸리긴 하지만 검문을 피할 수 있는 장점이 있었다.

길을 멈추고 쉬다가 그가 무리들에게 다음 계획을 밝혔다.

"파라오들은 누구나 자신의 영광을 드러낼 기념물들을 건설하고 싶어한다. 세소스트리스도 예외는 아니다. 그는 다슈르에 자신의 피라미드를 짓고 거기서 영원히 쉴 생각을 하고 있다. 우린 그의 피라미드와 신전을 능욕할 것이다. 그것들을 최대한 파괴하는 것이다! 그러면 그 땅은 쓸모없어지고 그의 피라미드는 황폐해질 것이며 세소스트리스는 자기 땅 전역이 우리의 공격에서 안전하지 않다는 것을 알게 될 것이다. 이집트인들은 세소스트리스에 대한 믿음을 잃고 분열될 것이다. 새로운 총독들이 앞 다투어 나타날 것이고 이집트는 혼란에 빠질 것이다."

# 42

다슈르의 피라미드 건설자들을 위한 도시의 시장으로서 제후티는 이들 장인과 건축 인부에 대해 자부심을 갖고 있었다. 그는 세난크흐의 적극적인 지원에 힘입어 쉼 없이 작업을 독려했다. 왕의 피라미드가 빠른 시간 안에 최대한의 카를 만들어낼 수 있도록 하기 위해서였다. 도시의 주거 사정도 건설 작업 초기에는 빈약했지만 이젠 모두가 안락함을 누리고 있었다.

건강이 나날이 나빠지고 있었지만 제후티는 온종일 장인들과 함께 보냈다. 그는 가마를 타고 건축 현장 이곳저곳을 다니며 건축물이 파라오의 구상대로 지어지고 있는지 확인하곤 했다. 피라미드를 중심에 놓은 전체 건축물의 배치는 돌의 마법을 구현하기 위한 상징적 규범에 따른 것이었다.

"아무 이상 없는가?"

제후티가 건축 현장의 치안을 담당한 장교에게 물었다.

"이상 없습니다."

장교가 대답했다.

제후티는 크눔호테프 총리를 위해 피라미드 북쪽에 짓고 있는 영생의 집으로 갔다. 석회를 입힌 벽돌로 건축되는 이 영생의 집은 총리의 정기가 영원히 살아 있게 해줄 부조와 상형문자로 장식되었다. 석관을 안치할 현실(玄室)과 카노푸스 단지를 보관할 방, 전실(前室)은 곧 완성될 예정이었다. 파라오는 자신의 총리에게 이처럼 훌륭한 영생의 집을 마련해줌으로써 그를 치하했다.

피라미드 주위로는 보호의 마법을 발산하는 벽이 둘려 있었다. 제후티는 군데군데 보루가 설치된 이 보호벽을 응시했다. 제세르 왕과 임호테프가 사카라에서 보여준 가르침에 따라 세소스트리스도 이 피라미드를 통해 이집트 문명의 기본적 가치를 재확인하고 있었다.

이 피라미드가 구현하는 것은 죽음에서 부활하여 죽음을 극복한 오시리스였다. 인간은 피라미드를 지어야 했다. 그래야만 마아트가 이제페트를 이길 수 있고, 인간을 그 보잘것없음과 비속함으로부터 해방시켜줄 수 있는 것이다.

목수들이 나무로 나룻배들을 깎아 돔 모양의 천장을 올린 제실에 안치했다. 낮의 나룻배, 밤의 나룻배, 신성한 빛으로 향하는 나룻배, 단일한 하나에서 만물의 발현으로 향하는 나룻배, 이 모든 것은 파라오의 영혼이 우주를 끝없이 여행할 때 사용될 것들이었다.

제후티는 연꽃과 파피루스 문양으로 장식된 기둥들이 늘어선 신전을 거닐었다. 높이 이 미터가 넘는 파라오의 거상들이 오시리스 신으로 끝없이 다시 태어나는 파라오의 모습을 보여주고 있었다. 신전 벽에는 아름다운 상형문자로 왕의 이름과 업적들이 새겨져 있었다. 이 상형문자 벽화에서 왕은 생명의 상징인 T자형 십자가의 보호 아래 두 마리 매에 둘러싸여 있었다. 전실에는 신들과 여신들이 왕에게 생명과 힘을 부여해주는 그림이 그려졌고, 제물 봉헌실에는 왕관을 쓴 파라오가 힘의 자양분을 얻는 그림이 있었다. 어둠에서 나온 적들을 쓰러뜨리고 마아트의 질서를 다시 세운 세소스트리스가 이곳에서 영원한 부활의 축제를 열고 있었다.

이 건축물들을 가로질러 북쪽에서 남쪽으로 낸 길은 그 자체로도 걸작이었다. 투라의 채석장에서 가져온 석회암 벽돌로 올린 피라미드의 외벽이 햇빛을 받아 빛났다. 그 눈부신 모습은 기원에서 솟아오른 빛의 돌이 지닌 힘을 표현하고 있었다.

현장 감독이 제후티를 지하로 안내했다. 구석에 비밀스럽게 만들어진 지하층 입구로 들어가 통로를 따라가자 전실 하나가 나왔고, 이 전실은 또다시 장방형 방으로 이어졌다. 동쪽에는 석회암을 뛰어난 솜씨로 잘라내어 벽을 쌓은 제실이 있었고, 서쪽에는 화강암으로 지은 부활의 방이 있었다. 이 부활의 방에는 초기 파라오들의 궁정을 조각한 붉은 화강암으로 만든 석관이 놓여 있었다. 이 석관은 왕의 영혼이 저세상을 일주할 때 타고 갈 나룻배가 되어줄 것이다. 각각의 무게가 삼십 톤에 달하는 길이 육 미터의 석회암 들보 다섯 쌍이 현실 천장을 받치고 있었다.

제후티는 인간 세상 바깥에 자리 잡은 이 장소를 오랫동안 바라보았다. 전통적으로 이 공간은 눈에 보이지 않는 것이 속인의 눈에 띨 염려 없이 드러날 수 있는 장소였다. 이곳에서 파라오는 빛 속에서, 그리고 빛을 향해 진정한 삶을 시작하는 것이다.

지상으로 다시 나온 제후티는 해가 어느새 넘어가고 있음을 알았다. 장인들은 이미 건축 현장에서 철수한 뒤였다. 제후티는 신전의 문을 단 한 명의 위병이 지키고 있는 것을 보고 놀랐다.

"네 동료들은 어디 갔느냐?"

"파이윰으로 이어지는 길에서 큰 사고가 일어났다고 합니다. 부상자들을 구하러 모두 그곳으로 갔습니다."

"먼저 내 허락을 받았어야 했다."

걱정이 된 제후티는 현장 감독과 장인들에게 위병들이 없다는 사실을 통고하고, 그들이 대신 마을 주위를 망보도록 지시했다.

제후티는 지친 몸을 이끌고 자신의 숙소로 돌아왔다. 관절염을 앓는 뼈마디가 너무 아팠다. 그는 물 한 모금을 마신 뒤, 한번 누우면 다시는 몸을 일으킬 수 없을 것 같은 두려움 속에서 자리에 몸을 눕혔다.


건설 중인 피라미드가 저 멀리, 부드러운 석양에 잠겨 모습을 드러냈다. 입샤와 그가 이끄는 무리들은 홀린 듯 그 장관을 바라보았다.

입샤가 말했다.

"위병들은 우리가 흘린 거짓 정보에 속아 사고 현장으로 몰려갔다. 하루 일에 지친 장인들이나 남아 있을 것이다. 그들은 물론이고 이집트인들은 다들 해가 서쪽으로 넘어가는 이 순간을 특별하게 여기지. 평화로움에 젖어 자신들을 방어할 생각조차 잊어버리고 있을 것이다."

다슈르에 유혈 사태를 일으켜 공포심을 퍼뜨리는 것이 비나가 그에게 맡긴 임무였다. 또 피라미드를 죽은 돌무더기로 만들어 카가 생성되지 못하게 하라는 예고자의 지시가 있었다. 예고자의 가르침 덕분에 아시아인들은 이집트인들의 힘이 단지 그들의 무기에서 나오는 것만은 아니라는 사실을 깨닫기 시작했다. 이집트인들을 이기려면 그들의 마법적 건축물들을 먼저 부숴야 했다. 그 건축물들은 신비한 힘을 발산하여 이집트인들로 하여금 지극히 위험한 상황도 역전시킬 수 있게 해주는 존재였다.

다슈르를 폐허로 만든다면 눈부신 승리가 될 것이다! 파라오는 자신의 영원을 기약했던 건축물들이 파괴되어 무너져 내린 모습을 목격하게 될 것이고, 그의 자신감은 실망과 두려움으로 바뀔 것이다.

무리 중의 하나가 물었다.

"여자와 아이는 살려두는 겁니까?"

입샤가 대답했다.

"마음을 약하게 먹으면 성공할 수 없다. 예고자의 불로 이 불경한 땅을 모조리 태워버리자."

아시아인들이 적들을 향해 막 뛰어나가려는 순간이었다. 무리 가운데 하나가 외쳤다.

"대장, 저기 누군가가 달아나고 있소!"

"그냥 놔둬. 창을 던지기엔 이미 늦었다."

"저쪽으로도 또다른 자가 당나귀를 데리고 도망갑니다!"

입샤는 마침내 명령을 내렸다.

"공격하라!"


세카리는 전속력으로 달렸다. 숨이 차서 곧 쓰러질 것 같았지만 그럴 때마다 한층 더 힘을 냈다.

마침내 건축 장인들의 마을 입구에 도착한 세카리는 망치를 들고 망을 보고 있던 석공과 마주쳤다.

"병사들은 어디 있소?"

"파이윰 가도에서 부상당했다는 사람들을 구하러 갔지."

"모두에게 알리시오. 지금 적이 이곳으로 쳐들어오고 있소!"

석공은 재빨리 움직였다. 연락을 받은 동료 장인들이 연장을 챙겨 들고 싸울 태세를 갖췄다.

"피라미드를 지켜라. 여인들과 아이들은 모두 꼼짝 말고 집 안에 숨어 있도록 하라."

제후티는 서둘러 지시를 내렸다.

세카리가 제후티의 귀에 대고 속삭였다.

"황금원이 우리를 보호하고, 이제페트와 맞서 싸울 힘을 줄 겁니다."

두 사람은 한순간 손을 굳게 맞잡았다.

"이케르가 병사들을 데려올 겁니다."

"그가 시간에 맞춰 올 수 있을까?"

"리에브르 주에서 교육받은 서기관인데 늦을 리가 없지요. 안전한 곳으로 들어가세요."

"나도 다른 이들과 함께 싸우겠네. 피라미드만 지킬 수 있다면 죽음 따윈 두렵지 않네."

제후티가 말했다.

한 장인이 처음 날아온 적의 창에 허벅지를 찔렸다. 세카리가 곧장 끌을 던져 반격했다. 그가 던진 뾰족한 구리 끌이 한 아시아인의 목에 가서 박혔다.

제후티가 지팡이를 흔들며 외쳤다.

"가서 신전을 지켜라, 어서 빨리!"

신전으로 몰려간 장인들은 신전 문 앞에 벽돌을 쌓아 적이 접근하지 못하도록 막았다. 문을 향해 날아온 적의 창과 화살이 튕겨나가며 부러졌다.

세카리가 말했다.

"적들은 벽을 타고 올라올 겁니다. 그렇게 되면 우리는 그들을 막아낼 수 없습니다. 적들어 접근하기 가장 어려운 곳이 어디입니까?"

"파라오의 무덤이야. 하지만 그곳을 더럽힐 순 없어. 우리는 이 신성한 장소를 반드시 지켜내야 하네."

"조심하세요. 저기 한 놈이 나타났어요."

세카리가 두 기둥 사이의 벽을 기어 올라와 막 머리를 내민 아시아인을 향해 망치를 던졌다. 이마에 정통으로 망치를 맞은 적은 아래에서 뒤따라 기어 오르던 동료 위로 굴러 떨어졌다.

신전을 공격하면서도 신들의 노여움을 사게 될까 어느 정도 불안해하던 입샤의 부하들은 머리에 망치를 얻어맞고 굴러 떨어진 동료의 모습을 보며 동요하기 시작했다.

세카리는 장인들이 비록 용감하게 싸우겠지만 오래 버티진 못할 거라고 판단했다.

별안간 힘찬 당나귀 울음소리가 들려왔다. 신전 안의 장인들은 깜짝 놀라 몸이 얼어붙었다.

한 조각공이 외쳤다.

"세트 신의 목소리다. 세트 신이 적들을 돕고 있다!"

세카리가 나섰다.

"그렇지 않소. 세트 신은 우리에게 적들을 물리칠 힘을 주실 거요."

입샤는 벽에서 굴러 떨어진 부하의 목을 잘랐다. 포로로 잡혀 입을 열 수도 있었기 때문에 부상자를 뒤에 남겨두어서는 안 되었던 것이다.

이케르와 북풍이 데리고 온 지원병들을 본 입샤가 분한 듯 중얼거렸다.

"시간이 조금만 더 있었다면 이렇게 물러나지 않을 텐데."

두 명의 부하를 잃은 입샤는 남은 부하들이나마 구하고 싶었다. 승산이 없는 싸움에 부하들을 몰아넣기보다는 그 편이 낫다고 판단한 그는 분한 마음에 피라미드를 향해서 화살 하나를 쏘아 날린 후 후퇴 명령을 내렸다.

이집트군이 후퇴하는 아시아인들을 뒤쫓았다. 그러나 그들은 벌써 멀찍이 달아나고 있었다.

한 위병 장교가 제후티 앞으로 왔다.

"거짓 정보에 속았습니다. 카훈 가도에 가봤지만 우리의 도움이 필요한 부상자들은 없었습니다. 그래서……"

"아시아인에게 속는 일은 있을 수 있다. 그러나 너는 안전수칙을 어기면서 내 허락도 받지 않았다. 너의 직위를 해제하고 총리에게 보고하겠다. 총리께서 너의 죄를 판결하실 것이다. 후임자가 임명될 때까지 내가 군대의 지휘를 맡을 것이다."

제후티가 자리에 앉았다. 이케르가 그에게 다가가 마실 것을 따라주었다.

"피라미드를 구해주셨습니다, 왕세자님."

"제후티 님과 세카리의 공입니다. 그리고 북풍의 울음소리도 큰 도움이 되었지요."

다슈르는 마치 아무 일도 없었던 것처럼 또다시 평화로운 밤을 맞았다. 그러나 제후티의 손은 여전히 떨리고 있었다.

"그 야만인들이 감히 신성한 피라미드를 공격해올 줄이야! 이젠 알겠다. 그들은 물불을 가리지 않고 최악의 범죄를 저지를 자들이다. 그들의 우두머리가 바로 생명의 나무를 죽이려고 하는 그 악마인 게 분명해. 그자가 아니고서야 누구일 수 있겠는가?"

세카리가 말을 덧붙였다.

"그 가증스러운 자가 대담하게도 어둠을 벗고 자신을 드러내고 있습니다. 이것은 그자가 이제 공세를 취할 수 있을 만큼 자신감을 얻었다는 의미죠. 카훈에서도, 또 이곳에서도 그는 성공 일보 직전까지 갔습니다. 우리는 다음번에 있을 그의 공격에 대비하여 필요한 조치를 취해야 합니다."

# 43

"확실한가요? 정말로 확실해요?"

이케르가 물었다.

"슬픈 일이야! 세피가 죽다니."

크눔호테프가 이야기를 마친 후 한숨을 쉬었다.

세카리도 이케르도 쏟아지는 눈물을 참을 수 없었다.

세카리가 말했다.

"누비아 비적대는 장군을 결코 붙잡을 수 없습니다! 또 사막의 괴수라면 그 자리에서 제압당했을 겁니다. 장군은 괴수들을 무력하게 만들고 원래 자리로 되돌아가게 하는 주문들을 알고 있었거든요. 세피 장군을 해친 자는 어둠의 지배자인 게 틀림없습니다!"

이케르가 거들었다.

"생명의 나무를 공격한 범인과 같은 자일 겁니다."

세카리가 두 주먹을 꼭 쥐었다.

"네 말이 옳아! 그자는 세피 장군이 치유의 금을 찾지 못하게 하려고 그런 짓을 저지른 거야."

총리가 걱정했다.

"슬프더라도 마음을 좀 진정하게."

"세피 장군은 제게 모든 걸 가르쳐준 분이에요. 그분이 아니었다면 지금의 저는 없었을 겁니다."

이케르가 물었다.

"너도 장군의 서기관 강의를 들었단 말이니?"

"장군은 나를 강의실이 아닌 배움의 현장으로 데려갔어. 나는 사막의 모래를 서판으로 삼아 글을 배웠어. 나는 위험한 임무를 수행하면서, 야생동물과 맞닥뜨리면서, 그리고 온갖 악당들과 대적하면서 힘을 지닌 문자들을 익혔지. 세피 장군은 엄격한 스승이었지만 내게 스스로를 방어할 수 있는 무기를 주었어."

세난크호가 자신의 황금원 형제인 세카리를 위로하려 했다. 그러나 그 역시도 세피 장군을 잃은 슬픔이 쉽게 가시지 않으리라는 걸 알고 있었다.

"자네와 이케르 두 사람은 다슈르에서 큰 공을 세웠어. 세피 장군도 두 사람을 자랑스러워할 거야. 피라미드 건설 책임자이신 제후티의 요구대로 도시의 경비가 대폭 강화되었지. 이제 이곳은 안전할 거야."

이케르가 반문했다.

"다슈르는 걱정할 게 없다지만, 멤피스와 다른 도시들은 어떻게 하죠? 그들은 언제라도, 또 어디든지 공격해올 수 있어요."

총리도 수석 재정 관리관도 이케르의 말에 고개를 끄덕였다.

세카리가 말했다.

"우리는 든든한 기둥 하나를 잃었어요. 그에게 부끄럽지 않도록,

그가 못다 이룬 일을 우리가 이어가야 합니다."

소벡의 얼굴에는 명백한 적의가 드러나 있었다.

"송구합니다만 제가 왕세자님의 몸을 수색해봐야겠습니다."

"마음대로 하세요."

왕을 알현할 사람이 이케르인 걸 안 이집트 감찰대 총수는 그 자신이 직접 몸수색을 하겠다고 나섰다.

"들어가셔도 좋습니다."

소벡이 세소스트리스의 집무실 문을 밀어 열었다.

"이상 없습니다, 폐하. 제가 여기 남아 있을까요?"

"이케르와 둘만 있겠다, 소벡."

왕은 가슴을 똑바로 펴고 서기관 자세로 앉아 무릎에는 파피루스 문서 하나를 펼쳐놓고 있었다.

이케르가 왕의 맞은편으로 가서 같은 자세로 앉았다.

"소벡은 저를 무척 경계하는군요."

"그가 보기에 넌 아직 자신의 결백과 파라오에 대한 충성심을 입증하지 못했으니까."

"그가 저를 믿도록 만들겠습니다."

"그것도 역시 네게 주어진 임무 가운데 하나다, 내 아들아."

"제가 가져온 성과는 빈약합니다, 폐하. 네이트 여신의 아카시아나무를 찾았지만 나무는 이미 불타버린 뒤였습니다. 라피드 호를 건조한 조선소도 찾아냈지만 그 배를 주문한 자에 대해서는 아무것도 알아내지 못했습니다. 마지막으로 카훈과 다슈르를 점령하려는 아시아인들의 음모를 제지하긴 했지만 주요 인물 두 사람, 비나와 입샤는 체포하지 못했습니다."

"그들은 어떤 자들이냐?"

"제 생각에 입샤는 무감각하게 사람을 죽일 수 있는 자입니다. 그는 명령을 받으면 자신의 목숨을 던져서라도 충실히 이행할 것입니다. 다슈르를 공격한 자가 바로 입샤입니다. 그는 이번 싸움에서 승리할 수 없다는 걸 알고 후퇴했는데, 제가 불안한 것은 바로 이 점입니다. 입샤는 다음번을 염두에 두고 부하들을 아낀 것이니까요."

"그가 주모자는 아니라는 말이지?"

"카훈에 있을 때 그는 비나의 지시를 받았습니다."

"그 여자가 반란자 무리 전체를 지휘한다는 것이냐?"

"비나는 무자비하고 앙심이 깊으며 간교한 여자입니다. 그녀는 그들 무리에서 참모 역할을 했는데, 그만큼 모사꾼으로서의 능력이 비상합니다. 그녀 역시 우두머리가 지시한 목표를 결코 포기하지 않을 것입니다. 그 목표란 바로 아시아인들이 이집트를 지배하는 것이지요."

"일리 있는 말이다."

세소스트리스가 말했다.

"하지만 현실은 그렇게 돌아가지 않고 있다. 지금 시리아 팔레스타인 지방에는 우리를 공격해올 만한 부족장이 없다. 만약 있다면 네스몬투 장군이 내게 지체 없이 알려왔겠지."

"이번 반란은 와디를 닮았다는 생각이 듭니다, 폐하. 일 년 중 대부분은 물이 말라 있지만 비가 오면 막을 수 없는 급류가 되는 와디 말입니다. 아마도 비나와 입샤는 멤피스에 몸을 숨기고 있을 겁니다. 이 둘과 협력하는 무리가 오래전부터 이 도시에 조직을 구축해왔을 겁니다. 그들이 결정적인 일격을 가하려는 곳이 이곳일 가능성이 높습니다. 게다가 한 가지 더 궁금한 점이 있습니다. 저를 죽이려 했던 가짜 감찰관은 아시아인이 아니었습니다. 폐하를 해치려 드는 이집트 내의 어떤 파당이 아니라면 누가 그자를 보냈겠습니까? 만약 그런 반대 세력들이 서로 힘을 합하게 되면 아주 무서운 적수가 될 것입니다. 세피 장군을 죽인 것만 봐도 만만한 적이 아니라는 게 입증되지 않았습니까?"

세소스트리스도 이케르와 같은 생각이었다. 최근에 일어난 사건들은 서로 깊이 연관되어 있었고, 그 최종 목표는 생명의 나무를 고사시키는 것이었다.

"앞으로 어떤 시련이 닥치더라도 포기하지 마라, 이케르. 나는 항상 네 곁에서 너를 도울 것이다. 네가 아직 모르고 있는 어떤 운명을 완성할 수 있도록 말이다."

이케르는 깜짝 놀랐다.

왕이 방금 한 말은 메다무드의 노서기관이 자신에게 남긴 마지막 말과 똑같았던 것이다.

"폐하, 저는……"

"가서 좀 쉬도록 해라. 너무 피곤하면 판단이 무뎌지는 법이지."


들창코는 감찰관으로 근무한 지가 이십 년이 넘은 모범 대원이었다. 그는 폭력을 싫어했고, 감찰관으로서의 직무를 수행할 때는 규정을 준수하면서도 인정을 베풀 줄 알았다. 그는 소벡을 존경했다. 그러나 그의 눈에 소벡은 때때로 지나치게 엄격해 보였다. 그 지위에 있다면 멤피스 시민들로부터 사랑받는 일도 그들이 자신을 두렵게 여기도록 하는 일만큼이나 중요하지 않겠는가?

　최근에 그가 받은 명령은 그리 달가운 것이 아니었다. 그는 도시의
성문 한 곳에 배치되어 멤피스로 들어오려는 남녀를 검문하고 수색
해야 했다. 하지만 이렇게 통행의 자유를 구속하는 건 주민들의 불만
을 사고 그들의 일상생활을 불편하게 만드는 일이었다.

　이런 이유에서 들창코는 자신의 동료들과 마찬가지로 검문에 열성
을 기울이지 않았다. 성문을 지키고 서 있다가 아는 사람이나 상인들
이 오가면 인사나 나누는 게 전부였고, 겉으로 봐서 정 의심쩍은 사
람이 있으면 불러 세워 한두 마디 물어보곤 했다.

　숱 많은 수염에 우람한 팔뚝을 가진 사내와 함께 나타난 예쁜 갈색
머리 여자에게 의심이 갔던 건 아니었다. 들창코는 그저 여자와 몇
마디 나눠보고 싶었을 뿐이었다.

　"어이, 이름이 뭐요?"

　"오 프레슈*예요, 나리."

　"이 남자는 당신 남편이요?"

　"예, 나리."

　"두 사람은 이 근처에서 처음 보는데. 어디서 왔소?"

　"나일 삼각주에서 왔어요."

　"뭘 할 생각인데, 멤피스에서?"

　"남편이 중한 병에 걸렸어요. 사람들이 말하기를 여기에 용한 의
사가 있다고 했어요. 그들이 분명 남편을 고쳐줄 거라고요."

　"어디 머물고 있소?"

---

* '시원한 물'이라는 의미.(옮긴이)

"할아버지 댁에요. 할아버지는 샌들을 만들어 팔지요."

들창코는 두 사람을 더이상 붙잡아두는 건 인정머리 없는 일이라고 생각했다. 게다가 저렇게 예쁜 얼굴을 가진 여자가 피에 굶주린 폭력 분자일 리 없었다.

비나와 입샤는 아무 문제없이 검문을 통과해서 다른 전투원들과 합류했다. 그들 역시 같은 성문을 통해서 멤피스로 들어와 있었다.

소백은 불같이 화를 내고 있었다.

불법체류 아시아인에 대한 결정적인 정보가 전혀 들어오지 않자 당황한 그는 자신이 직접 몇 군데 검문소를 시찰했다. 부하들이 자신의 지시를 철저히 따르고 있는지 의심스러웠던 것이다.

세 명의 감찰관이 적발되었다. 그들의 검문 방식은 아무리 봐도 느슨했다. 그러나 그중 가장 심각했던 건 들창코의 태도였다. 그는 화를 내는 상관에게 맞서 자신의 생각을 밝혔던 것이다.

"주민들 가운데서 위험한 아시아인들을 구별해내기란 불가능합니다, 대장님. 그들도 저나 대장님 같은 사람이고, 그래서……"

"그렇지 않아."

소백이 단호하게 대답했다.

"어쨌거나 몇 명 심문해봤지만 들여보냈습니다. 그들을 감옥에 집어넣을 이유를 찾지 못했거든요."

"네 동료들 가운데는 몇 명 체포하는 실적을 올린 사람도 있어!"

"그들이 체포한 사람들이 정말로 폭력 분자들이 맞습니까?"

소백은 거짓말을 할 수 없었다. 체포된 사람들 모두가 무혐의로 방면되었던 것이다. 멤피스 전역에 내렸던 검문령은 아무 성과도 없었다.

소백은 걱정과 실망감을 억누른 채 멤피스 성문에 내렸던 검문령을 완화했다. 대신 그는 순찰을 강화하고 순찰대원들에게 작은 사고까지 빠짐없이 보고하도록 지시했다.

파라오를 알현하는 자리에서 소백은 자신의 실패와 염려를 솔직히 털어놓았다.

"제가 자만했었습니다, 폐하. 멤피스가 개방된 도시이긴 해도 불온한 자들이 들어오는 건 막을 수 있다고 생각했는데, 그건 제 오산이었습니다. 아시아인들은 멤피스 경비 병력의 눈을 피해 나일 삼각주에 숨어 있거나, 아니면 이 도시에 이미 확실한 기반을 다진 공범들의 도움을 받아 잠입해 들어왔을 겁니다. 제가 보기엔 불행히도 후자가 더 가능성 있어 보입니다. 이럴 경우 그들이 모종의 공격을 준비하기 위해 집결했다는 추측이 가능합니다. 그들은 폐하를 노리고 있는 겁니다. 적은 어둠 속에 몸을 숨기고 있고 저는 그들의 신상조차 파악하지 못한 상황이니, 적은 언제든지 마음먹은 곳을 공격할 수 있습니다. 곧바로 이 궁정을 공격해올 수도 있다는 겁니다. 그래서 저는 폐하께서 외부에 노출되는 경우를 되도록 피하시고 신변 경호를 강화하실 것을 청합니다."

세소스트리스가 대답했다.

"덫에 걸린 짐승처럼 웅크리고 있다면 미리부터 적들에게 승리를 안겨주는 꼴이 된다. 나는 평소 하던 대로 자유롭게 내 임무를 수행할 것이다. 소백, 그대도 맡은 일에 충실하라."

"저는 눈과 귀가 막혀버린 것 같아 몹시 괴롭습니다, 폐하. 이번처럼 어려운 적과 맞닥뜨리긴 처음인 것 같습니다. 하지만 저는 결코 물러서지 않을 겁니다."

"그대는 아직도 이케르를 의심하지, 그렇지?"

"그가 폐하를 죽이려 했다는 사실을 어떻게 잊겠습니까? 저도 제 의심이 기우에 지나지 않기를 바랍니다. 부디 제가 왕세자님을 가까운 거리에서 감시할 수 있도록 허락해주십시오."

"대단한 고집이군, 소백. 하지만 나는 이케르를 왕세자로 책봉했다. 그가 자신의 충성심을 그대에게 증명해 보일 것이다."

# 44

예고자의 부하들은 멤피스에서 그들의 우두머리가 머물고 있는 구역을 빈틈없이 지키고 있었다. 장사치들로 위장해서 주민들 사이에 섞여 들어간 덕분에 그들이 비밀 조직에 속해 있다는 걸 눈치 챈 사람은 아무도 없었다.

비나와 입샤가 자신들의 무리를 이끌고 와 안전 가옥에 은거한 이후로 망을 보는 인원이 증가되었고, 이들은 밤낮을 가리지 않고 주변을 감시하고 있었다. 어쩌다 감찰관 하나가 예고자가 있는 구역에 발을 들여놓으면 곧장 감시가 따라붙곤 했다. 경계 태세가 이렇게 철저한 덕분에 이집트군의 경계 태세가 강화되었어도 아시아인들은 불안할 게 없었다.

자리와 바구니를 파는 상점의 이층에서 예고자는 계속 설교를 이어나갔다. 부하들은 임무를 교대하고 모여들어 그의 설교를 들었다. 그러나 예고자에게 질문을 하는 건 허용되지 않았다. 예고자는 이 세상을 정복하려는 어떤 신의 유일한 대변인으로 절대적이고 궁극적인 진리를 전하고 있었기 때문이다.

그는 설교 하나를 끝낼 때마다 약간의 소금으로 목을 축이고 또다시 설교를 시작하곤 했다. 늘 하던 말의 반복이었지만 그것은 설교에 빠져든 사람들의 정신에 점차 스며들었다. 이들이 최후의 승리를 거둘 때까지 싸우는 데에는 이 정도의 설교만으로도 충분할 것이다. 얼간이 스합 또한 자기 주인님의 설교를 한마디라도 놓칠세라 열심히 귀 기울이곤 했다.

예고자의 부드럽고 능란한 목소리가 그치자 설교를 듣던 부하들이 물러갔다.

예고자가 스합에게 지시했다.

"입비뚤이를 불러라. 그가 오랜 시간 훈련시킨 전사들이 마침내 큰일을 해낼 때가 왔다."

"그럼 적의 머리를 치는 겁니까?"

"그렇다."

"우리 전사의 수가 충분할까요?"

예고자가 너그러운 척하며 미소를 지었다.

"불안해하지도, 의심하지도 말라. 새로 얻은 동맹자들 덕분에 우리는 필요한 정보를 얻게 되었다. 우리가 할 일은 이 도시에 엄청난 공포를 퍼뜨리는 것이고, 그러면 대부분의 장애물이 제거될 것이다. 불쏘시개로 쓸 잘 마른 나뭇가지와 넝마를 모아 우리의 충실한 종복들에게 나눠주어라. 머지않아 세트 신의 불이 이 불경한 도시를 칠 것이다! 나는 비나의 교육을 완성하겠다."

얼간이는 불만스러운 듯 입을 삐죽거렸다.

"주인님."

"왜 그러느냐, 스합?"

"주인님 뜻을 거스를 생각은 조금도 없습니다만 그래도 그 비나라는 계집은……"

"어떤 흠을 잡고 싶은 것이냐?"

"여자라는 흠이지요."

예고자는 스합의 어깨에 다정히 손을 올렸다.

"유일신이 말씀하시기를, 여자들은 열등한 존재이므로 집 안에 틀어박혀 남편과 아들을 섬겨야 한다고 했다. 하지만 우리는 지금 전쟁을 치르고 있고 나는 다양한 무기를 써야 한다. 그리고 그중엔 아주 뜻밖의 무기도 포함된다. 비나도 그런 무기 가운데 하나다. 이집트인들은 순진해서 예쁜 여자 하나가 잘 훈련된 군대보다도 더 위험하다는 사실을 알지 못해. 그러니 내가 비나를 완성된 무기로 만들어야 하는 것이다."

예고자는 어두운 방으로 들어갔다. 비나가 멤피스에 도착한 이후로 줄곧 갇혀 있는 방이었다. 그녀의 혈관에는 이제 새로운 피가 흐르고 있었고, 그 새로운 피는 그녀를 무자비한 전사로 만들기 위해 한층 더 증식되어야 했다. 그렇게 되면 그녀는 그 어떤 야수보다 더 잔혹한 살인자가 될 것이다.

"눈을 떠라, 비나. 그리고 나를 바라보아라."

죽은 듯이 웅크리고 있던 갈색 머리 여자가 예고자의 목소리를 듣자 몸을 꿈적거리기 시작했다. 머리를 뒤로 젖힌 채 그녀는 천천히 몸을 일으켰다. 방 한가운데 조각상처럼 선 그녀의 두 눈은 넋이 나간 듯 텅 비어 있었다.

예고자가 방 안쪽의 벽을 밀었다. 벽 뒤편에 숨겨진 비밀 공간에서 그는 아카시아나무로 만든 궤짝을 꺼내왔다. 궤짝 안에는 여왕 터키석이 들어 있었다.

그가 말했다.

"이 귀한 돌로 햇빛을 흡수해서 네게 생기를 불어넣어주겠다. 네 육신과 영혼은 나의 것이 되어 내게 절대적으로 복종하게 될 것이다."

예고자는 창문에 늘어뜨린 거적 두 개를 걷었다.

한줄기 빛이 여왕 터키석을 비추자 불꽃같은 광채가 뻗어나와 비나의 얼굴을 밝혔다.

"어둠의 여왕이여, 피와 살육에 굶주린 무서운 암사자여, 초원과 사막을 달려라!"

그러자 비나의 손발톱이 사자의 발톱처럼 날카로워지고 그녀의 치아가 사자의 송곳니처럼 억세졌다.

예고자는 자신의 작품에 만족스러워하며 걷었던 거적을 다시 내리고 여왕 터키석을 궤짝에 집어넣었다.

"잊지 말아라, 비나, 나는 너의 주인이다. 너는 내가 명을 내릴 때에만 암사자로 변하게 될 것이다."

갈색 머리 여인은 깊은 악몽에서 깨어난 듯 두리번거렸다.

예고자가 명했다.

"옷을 벗어라."

그는 그녀에게 두려움을 불러일으키는 만큼 또한 유혹적이었다. 저항할 힘을 잃은 그녀는 옷을 벗고 그가 자신을 범하도록 몸을 내맡겼다.


소벡의 강력한 만류에도 불구하고 왕은 이케르를 데리고 멤피스 밖으로 나갔다. 물론 소벡의 가장 뛰어난 부하들이 왕과 왕세자를 호위하고 있었지만, 적의 위협이 피부로 느껴지는 터라 그런 위험을 무릅쓰기에는 좋지 않은 시기였다.

매 한 마리가 왕과 이케르를 인도했다. 왕은 말없이 매를 따라 나무 그늘이 드리워진 한 운하에 이르렀다. 우거진 버드나무 잎사귀를 바라보며 왕은 둑을 따라 걸었다. 주위에는 평온함이 감돌고 있었다.

세소스트리스가 입을 열었다.

"창조자 신은 자신이 돌보는 양 떼인 인간에게 많은 것을 주었다. 신은 자신을 투사하여, 자신의 모습을 본떠 인간을 만들었다. 그리고 인간을 위해 하늘과 땅을 창조하고 생명의 숨결로 대기를 만들었다. 창조자 신의 원래 의도는 선하고 좋은 것뿐이었다. 악은 조금도 찾아볼 수 없었다. 그러나 인간들이 신을 거역했다. 뱀에게서 독을 제거할 수 없듯 악한 사람에게선 악을 제거할 수 없다. 창조자 신은 여러 신들을 만들고 나서 웃었고, 인간들을 만들고 나서는 울었다. 인간은 불의와 잔인함을 옮기는 가장 흉포한 약탈자이다. 파라오의 역할은 이러한 인간의 손에서 인간을 해방함으로써 지상에서 신의 창조를 보존하고 이어가는 것이다. 자신이 인간들을 유익하게 할 수 있노라고 믿는다면 그건 어리석음을 자인하는 것이다. 파라오는 자신의 아버지인 창조자 신을 위해 일하는 자이다. 게으른 자는 영혼이 없고, 마아트의 소리에 귀 기울이지 않는 자는 영혼의 형제가 없으며, 탐욕스러운 자는 축제를 누릴 수 없다. 타인의 것을 결코 탐하지 마라, 이케르. 네 자신이 성취할 수 없는 것을 욕심내지 마라. 욕심은 타락으로 가는 길이다. 탐욕스러운 자는 살아서도 죽어 있는 자이다. 끊임없이 인간들의 탐욕에 맞서 싸우는 것, 이것 역시 왕의 의무이다."

"대피라미드 시대 말기에 탐욕이 기승을 부렸다고 배웠습니다."

"어둠이 빛보다 우선시되었지. 아무도 하늘의 법에서 교훈을 끌어내려 하지 않았고, 아무도 땅의 법을 존중하지 않았다. 악이 선이라 불렸고, 죄인이 의로운 자 행세를 했고, 현자가 미치광이로 대접받았으며, 광신자가 본받아야 할 모범이 되었고, 신들의 목소리는 묻혀버렸다. 그리하여 불의, 폭력, 탐욕, 게으름, 태만, 부패, 혼돈이자 살인자와 도둑들의 세상을 만들어주는 강자의 법인 이제페트가 세상을 시배하게 되었던 것이다. 이런 악들이 계속해서 기승을 부리면 토양은 척박해지고 대기는 숨 쉴 수 없는 것이 되며 물은 독을 품게 된다. 하늘의 불인 태양도 우리의 세상을 불태워버릴 것이다. 매 순간 이제페트와 맞서 싸우는 것만으로는 충분하지 않다. 무엇보다 필요한 건 의식(儀式)을 통해 흘러가는 시간에 의미를 부여함으로써 마아트를 확립하는 일이다. 어느 시기든 파라오의 통치란 창조 과정, 즉 '처음'을 의식적으로 반복하는 일이어야 한다. 그래야 혼돈의 힘을 물리치고 마아트를 바로 세울 수 있는 것이다. 마아트 여신에 대해 무엇을 알고 있느냐, 이케르?"

"마아트 여신이 제자리에 있을 때 국가는 안정되며 하늘은 혜택을 베풉니다, 폐하. 라의 딸이자 토트의 부인인 이 여신은 늘 태양의 나룻배를 타고 나타납니다. 마아트 여신은 올바른 길을 가르쳐주는 길잡이입니다."

세소스트리스가 자세한 설명을 덧붙였다.

"우주가 제대로 돌아가는 것은, 그리고 별들과 태양, 지상 세계가 조화롭게 공존하는 것은 마아트 덕분이다. 마아트가 없다면 우리의 땅은 살 수 없는 곳이 될 것이다. 나의 의지는 마아트이다. 마음의 올바름만이 파라오에게 어울리기 때문이다. 나의 힘은 정의이다. 내가 만약 정의로움을 벗어난다면, 나는 더이상 지배할 수 없게 될 것이다. 파괴자의 기념물들은 파괴를 낳을 수밖에 없을 테니 말이다. 내 첫번째 의무는 마아트 여신을 향해 마아트를 세우는 것, 마아트 여신과 내 백성들 사이를 이어주는 중개자가 되는 것, 사회의 질서와 우주의 질서가 서로 합치되도록 하는 것이다. 천상의 영역을 지니지 못한 국가, 마아트 여신에게 봉헌하지 않는 국가는 정의를 모르며, 서로 돕고 굳게 결속하지도 못한다. 그런 국가는 인간끼리의 분쟁과 권력 싸움 속에 빠져들고 만다. 스스로 돕는 자를 도와라, 이것이 마아트가 명하는 것이다. 이케르, 너도 스스로 돕는 자가 되겠느냐?"

"그러길 간절히 바라고 있습니다, 폐하."

세소스트리스는 이케르를 데리고 사막으로 갔다. 멀리 제세르 왕의 계단식 피라미드가 보였다.

"세인들이 죽은 사람들의 영토를 뭐라고 부르는지 아느냐?"

"'마아트의 땅'이라고 부릅니다."

"마아트의 법은 크고 변함없으며 영광스럽다. 오시리스의 시대 이래로 그것은 전혀 흐트러짐이 없었다. 물론 악과 타락의 편에 선 온갖 불의들은 이 세상에서 끊임없이 준동하여 수많은 폐해를 쌓고 있다. 그러나 세상에 마아트를 존중하는 사람들이 있는 한, 악이 생명의 강을 건너서 저편*에 도달하는 일은 없을 것이다. 그러니 세상이 끝날 때까지 마아트는 존속할 것이다."

왕이 한 작은 영생의 집으로 발걸음을 옮겼다. 고왕국 시대에 만들어진 것이었다. 입구 현판에 무슨 글인가 새겨져 있었다.

---

* 죽은 사람들의 세상.(옮긴이)

"읽어봐라, 이케르."

"마아트를 말하되 마지못해 해서는 안 되며, 창조에 참여하되 천상의 법을 어겨서는 안 된다."

"네 육신 너머의 네 존재가 무엇으로 이루어져 있는지 아느냐?"

"제 이름과 마음으로 이루어져 있습니다."

"네 이름 이케르\*는 네가 어떤 실현을 가져오는, 쉼 없이 새로워져야 할 어떤 과제를 완성하는 사람이라는 의미를 가지고 있다. 네 행동이 올바른 것이 되도록 네 마음을 마아트로 가득 채워라. 또한 너의 카도 더 크게 키워야 한다. 다른 세상, 네가 오시리스의 심판을 통과하면 되돌아가게 될 그 세상으로부터 오는 생명의 힘인 카 말이다. 너의 바(ba), 즉 눈에 보이는 것을 넘어설 수 있는 네 정신 능력이 태양 속에서 빛을 찾아가기를. 어둠 속에서 너를 인도할 수 있는 그 빛을 찾을 수 있다면 너는 죽음이 침범하지 못하는 빛의 존재인 아크흐가 될 것이다. 그럴 수 있겠느냐?"

이케르는 매혹되었다. 눈앞에 수많은 문이 활짝 열리는 것 같았다. 그 문 하나하나가 다 새로운 깨달음이었다. 파라오의 가르침 앞에서 이케르는 현기증을 느꼈다.

"이 돌을 보아라, 내 아들아. 조각상의 받침돌 모습이 아니냐?"

"이 돌 형상은 마아트의 이름을 표현할 때 사용하는 신성한 문자 중의 하나입니다, 폐하."

"조각상들은 마아트에서 태어난 살아 있는 존재들이다. 이 받침돌 위에 올라서라, 이케르."

---

\* 이(II)크헤르(kher)네페레트(neferet), '가는 사람, 완성을 가져오는 사람'.

이케르는 망설이지 않았다.

"무엇이 느껴지느냐?"

"이 돌에서 솟구치는 불꽃이 저의 몸을 타고 퍼져나갑니다. 제 눈이…… 제 눈이 보이지 않던 것을 보게 되었습니다."

"우리가 어둠의 세력과 맞서 전투를 치르는 것은 오시리스를 살리고 그의 문명을 보존하기 위해서이다. 우리가 보이지 않는 것에서 무기를 구해야 하는 이유가 바로 여기에 있다. 오늘 너는 신비에 입문하는 첫걸음을 내디뎠다, 내 아들아. 앞으로 어떤 시련이 닥치더라도 마아트의 길을 결코 벗어나지 마라."

# 45

국정원 회의가 막 끝난 참이었다. 세호테프는 서둘러 회의실에서 나와 메데스의 집무실로 갔다. 우편으로 전달할 내용을 구술하던 메데스는 즉시 일을 멈추고 부하들을 방에서 내보냈다.

"분부하십시오, 수석 비서관님."

"오늘 내로 포고문을 작성하시오. 그리고 궁정 전령을 내일 아침 일찍 출발시켜 각 주에 칙령을 전달하시오. 필요하다면 전령을 배로 늘려 보내도 좋소."

이번에도 메데스는 세소스트리스의 결정을 가장 먼저 알게 되었다. 하지만 이런 사실을 자신에게 유리하게 이용하기에는 시간이 너무 촉박했다.

세호테프가 포고문 내용을 일러주었다.

"아주 짧은 칙령이오. 파라오는 네스몬투 장군에게 전권을 주고 가나안 지방에서 일어나는 모든 반란 기도를 진압할 임무를 맡긴다. 그러므로 이 지방의 주민들은 이 결정을 따르도록 하라."

"또다시 반란의 조짐이 있는 겁니까?"

"네스몬투 장군이 최근 보내온 보고에 따르면 예고자가 죽은 게 아닌 것 같다고 하오."

"무슨 말씀이신지……?"

"그 미치광이가 처형당한 것은 분명한데, 그의 추종자들이 살아남아서 주민들 사이에 혼란을 일으킬 목적으로 그의 행세를 하는 것이겠지. 그 때문에 네스몬투 장군이 엄한 본보기를 보여야 하는 거요."

"장군님처럼 믿음직한 분이 계시니 안심해도 될 겁니다!"

"나도 그러리라 믿소."

"전령들을 새로 충원하고 우편선을 늘려서 칙령을 최대한 빨리 전달하겠습니다."

"수석 재정 관리관 세난크호에게 당신의 요청 사항을 지원해주라고 부탁하겠소."

"감사합니다."

세호테프가 가져온 이 정보는 흥미로운 것이었다.

상황을 유추해볼 때 네스몬투 장군은 가나안에서 심각한 난관에 봉착해 있었다. 예고자는 자신이 살아 있다는 사실을 드러내지 않음으로써 계속해서 점령군을 교란하고 있는 것이다.

왕의 이번 칙령은 일종의 무력감을 노출한 것이었다. 지하 저항 조직을 뿌리 뽑는 데 실패한 왕과 장군이 그 대안으로 주민들 사이에 공포심을 조성하려는 게 아닌가. 만약 가나안에서 또다시 반란이 일어난다면 세소스트리스의 권위는 땅에 떨어질 테니 말이다.

늘 그렇듯 메데스는 자신의 임무를 정확하고 부지런하게 수행했다. 그의 부하들은 자신의 상관이 어떤 사람인지 잘 알고 있었다. 조금이라도 실수가 있으면 즉시 쫓겨났다. 그런 덕분에 이 국정원 비서는 총리한테서조차 모범적인 관리로 칭찬받고 있었다.

메데스가 공식 용어를 사용하여 칙령 최종본을 작성하고 있을 때 예기치 않은 방문자가 들어왔다.

메데스가 자리에서 일어나 몸을 굽혔다.

"이렇게 찾아주시니 영광입니다, 왕세자 전하!"

"폐하의 명에 따라 공적인 일로 온 겁니다."

"저희 모두는 그 어떤 상황에서도 폐하를 기쁘게 해드리려는 굳은 마음으로 일하고 있습니다. 외람되지만 전하가 왕세자로 책봉되신 일을 제가 개인적으로 몹시 기뻐하고 있다는 말씀을 드려도 될까요? 궁정 사람들은 이 일을 두고 수런거리는 눈치지만, 그런 뒷말들은 얼마 안 가서 가라앉을 것입니다. 제 도움이 필요하시면 언제든지 말씀해주십시오."

"호의에 감사드립니다, 메데스. 폐하께서 다슈르 피라미드 건설 책임자인 제후티 님에게 새 칙령을 전하라 하셨습니다."

"최근 사건에 대해 많은 소문이 떠돌고 있습니다. 세소스트리스 폐하의 피라미드에 아무 해도 없었기를 바랄 뿐이지요."

"폭력 분자들의 습격은 실패로 돌아갔습니다. 피라미드는 안전하고, 얼마 후에는 완공될 것입니다."

"왕세자님께서 큰 공을 세우셨다는 이야기를 들었습니다."

"아닙니다, 메데스."

"지나치게 겸손하십니다, 이케르 전하! 자신의 용기를 자랑하는 수많은 허풍선이들은 막상 조금만 위험한 일이 닥쳐도 도망치곤 하지요. 그런데 전하께서는 그런 사나운 폭도들과 맞서시다니!"

"이번 승리의 공로는 제후티 님께 돌아가야 합니다. 그분의 침착함 덕분에 최악의 상황을 피할 수 있었습니다."

이케르는 세카리의 중요한 역할에 대해서는 언급하지 않았다. 세카리의 존재는 비밀이었고, 그의 역할에 대해 알고 있는 사람은 극소수였던 것이다.

"전하께서 분부하신 칙령은 내일 아침까지 완성하겠습니다. 제후티 님께 제 인사도 전해주십시오. 다슈르 피라미드의 건설은 폐하의 가장 큰 업적 중의 하나가 될 것입니다."

이케르가 방을 나가자 메데스는 이를 갈았다.

메데스는 자신이 상대해야 할 적수를 정확히 파악할 줄 아는 사람이었다. 이케르는 아주 위험한 인물이었다. 물론 궁정 관리로 완벽하게 처신하면서 왕세자의 호감을 사는 게 어려운 일은 아니었다. 그러나 이것만으로는 충분치 않았다. 저 서기관이 한갓 모사꾼에 불과하며 재주도 능력도 없는 주제에 야망만 부푼 촌뜨기라는 사실을, 폐하의 명성에 누만 끼치고 있다는 사실을 궁정 고관들에게 납득시켜서 그들이 점차 이케르에게 등을 돌리도록 만들어야 했다.

하지만 지금으로선 레바논 상인을 만나보는 일이 먼저였다.


예고자의 지시에 따라 레바논 상인은 메데스가 혹시 배반할 기미는 없는지 물 샐 틈 없이 감시하고 있었다. 물장수를 통해 궁정 세탁부 몇을 포섭해 메데스의 출퇴근을 감시하고 있었고, 그의 집에도 끄나풀을 심어둔 상태였다. 메데스가 왔다는 집사의 말을 듣고도 상인은 놀라지 않았다. 정해진 절차에 따라 최대한 신중하게 행동할 것을 주장하는 메데스가 최근의 사건에 불안해하고 있으리라는 건 이미 짐작한 바였다.

"반갑습니다, 나리. 어떻게 지내십니까?"

"다슈르에 무슨 일이 있었던 거요?"

"앉으세요, 메테스 나리. 이 과자 좀 맛보시죠."

"말해보시오, 어서!"

"흥분하지 마세요."

"우리가 협력관계를 계속 유지하려면 서로 아무것도 숨기지 말아야 해."

"진정하십시오, 예고자님도 같은 생각이니까요. 용감한 행동대원들이 다슈르를 공격했는데, 예상치 못한 저항에 부딪쳐서 그만 목적을 이루지는 못했지요. 원래는 피라미드를 파괴할 계획이었는데 말입니다. 그래서 피라미드는 앞으로도 생기를 발산하게 되었어요. 최근 취해진 방어 조치로 볼 때 가까운 시일 내에 또다시 공격하는 건 무모해 보입니다."

"왕세자 이케르가 이번 실패의 원흉이군! 그 녀석은 우리에게 백해무익해. 그를 없애야 하오."

레바논 상인이 입가에 가벼운 웃음을 떠올렸다.

"그를 없애기보다는 이용하는 것이 어떻겠습니까?"

"어떻게?"

"예고자께서는 그자의 열성을 높이 평가하고 있고 또 그걸 이용할 방법도 아시죠. 그 문제는 곧 해결될 겁니다."

"언제 예고자를 다시 만날 수 있소?"

"그분이 결정하실 겁니다. 그분은 안전한 곳에서 상황을 조종하고 계십니다. 우리도 자축이나 할까요, 메테스 나리? 고급 목재 판매 사업이 큰 성공을 거두어서 이윤이 많이 남았거든요."

이 말에 메데스는 반박하지 않았다. 목재 밀거래는 계속 승승장구하고 있었던 것이다.

레바논 상인이 말을 이었다.

"제가 예고자님을 따르는 이유를 좀더 자세히 말씀드려야 할 시간이 온 것 같습니다. 예고자님과 우리 동지들이 투쟁하는 이유를 나리께서 알게 된다는 건 나리도 조국에 맞서 맹렬하게 싸워야 한다는 뜻입니다."

사근사근한 어조이긴 했지만 레바논 상인의 말 속에는 위협이 서려 있었다.

메데스가 대답했다.

"말해보시오."

"이 나라의 백성의 수를 좀 줄일 목적으로 물품을 들여오는 일도 마다하지 않으시겠습니까?"

"동족이라도 거슬리는 놈은 이미 몇 명 제거한 적이 있지. 그것이 세소스트리스의 왕좌를 뒤엎고 이 나라를 우리가 원하는 모습으로 만들기 위해 치러야 할 대가인 이상 조금도 주저할 게 없소."

레바논 상인은 메데스가 자신의 말을 이렇게 쉽게 받아들이리라고는 예상하지 못했다. 이자는 자신의 목적을 이루기 위해서는 피도 눈물도 없이 잔인해질 수 있는 냉혈한인 것이다.

레바논 상인이 화제를 바꿨다.

"이집트의 향료 제조업자들이 좋아하는 아편정기 이야기를 해볼까요. 아편정기를 들여오면서 그중 몇 개의 항아리에는 아편정기 대신 수입이 금지된 다른 약물을 담아올까 합니다. 그리고 배불뚝이 도기 말인데요, 대개 그 도기들에는 임부들이 몸에 바르는 모링가 기름

457

을 담아서 판매하지요. 우리 고객들은 상류층인 만큼 그 도기를 사는 여인네들의 뱃속엔 장차 이 나라의 요직을 맡을 인재가 자라고 있는 셈이죠. 그 가운데 일부를 태어나기도 전에 없애버릴 방도를 우리가 갖고 있는 겁니다. 적의 인재가 잘 자라도록 내버려둘 이유가 없지 않습니까?"

메데스는 당황했다.

"그래도 그건 좀……"

"예고자께서 명하시는 즉시 우리는 모링가 기름 대신 다른 약물을 담아서 팔 겁니다. 임부들을 유산하게 만드는 성분이죠. 이런 계획이 마음에 걸리십니까, 메데스 나리?"

국정원 비서는 마른침을 삼켰다. 자신이 벌이는 싸움이 예상치 않은 방향으로 흘러가고 있었다. 이런 폭력적인 방법은 그의 애초 계획에는 없는 것이었다.

"반대하지는 않겠소."

"다행입니다. 이제 나리께선 제가 왜 이 품목들을 거래하려 했는지 아시겠지요. 그런데 이게 전부가 아닙니다. 이집트의 사제들, 서기관들, 요리사들은 각각 다른 기름을 씁니다. 그러니 우리가 그저 임부들만 노려야 할 이유는 없지요."

가슴 철렁한 계획이긴 하지만 얼마나 근사한가! 이집트는 이제 죽음을 언도받고, 겁에 질린 당국이 무기력하게 바라보고만 있는 가운데 저절로 무너져 내릴 것이다.

레바논 상인이 말했다.

"우리 계획이 성공하려면 긴밀한 협력과 수완이 필요합니다. 당분간 우리가 구축해놓은 조직망이 도움이 될 겁니다. 하지만 파라오라는 두려운 적이 있다는 사실을 잊지 마세요. 그가 왕위에 있는 한 그는 어떻게든 필요한 힘을 길어내서 최악의 시련에 맞서려 할 겁니다."

메데스가 대답했다.

"나쁜 소식이지만 친위대장 소벡이 복직되었소. 그자에게 치명타를 먹였다고 생각했는데, 그 빌어먹을 감찰관놈이 여간 질긴 게 아냐!"

"그건 이미 알고 있었습니다. 그자를 과소평가해서는 안 됩니다. 하지만 지금이라면 성공할 수 있습니다. 이미 한 번 실패했기 때문에 실패를 또 되풀이할 일은 없으니까요."

"세소스트리스를 암살하자는 거요? 불가능해!"

"사실 먼젓번에 사용한 고전적인 수법은 별 효과를 보지 못했지요. 하지만 얼마 전 새로운 무기를 생각해냈어요. 궁정에 아무리 많은 위병들이 있어도 감쪽같이 따돌릴 수 있을 겁니다. 단 나리가 도와주셔야 합니다. 상세한 궁정 약도가 필요합니다. 또 왕의 업무 일정과 위병의 배치 정보도 알려주세요."

"그러다 만약 실패해서 세소스트리스도 죽이지 못하고, 우리가 의심만 사게 되는 일은 없겠소?"

"염려 마십시오. 다른 자들을 범인으로 몰 가짜 물증을 남겨놓을 테니까요. 나리께 거사 일시를 알려드리면 궁정에서 멀리 나와 확실한 알리바이를 만들어두십시오. 세소스트리스를 처치하게 되면 우리의 승리를 훨씬 앞당길 수 있을 겁니다."

# 46

이케르는 세호테프의 저녁식사 초대를 거절할 수 없었다. 세호테프의 저택은 우아한 매력이 넘쳤다. 방마다 꽃다발로 장식되어 있었고, 실내에는 은은한 향기가 감돌았다. 고상한 취향의 가구들과 흰 대리석 식기들이 주인의 빼어난 안목을 보여주었으며, 두루미, 황새, 왜가리를 그린 그림들은 보는 이의 눈을 즐겁게 했다. 저택의 바닥에는 오묘한 색채의 타일이 깔려 있었다. 집 안을 오가는 하인들은 요리사한 사람을 제외하면 모두가 아름다운 젊은 여인들이었다. 그녀들은 하늘하늘한 아마 옷을 걸치고 온몸을 보석으로 치장하고 있었다.

세호테프가 말했다.

"이집트에서 고위 관리로 일한다는 건 무척 고달픈 일이지요. 각자 나름대로 피로를 푸는 방식이 있겠지만, 내 방식은 지금 보는 바와 같아요. 왕세자 전하는 좀더 진지한 방법을 찾으셨을 것 같군요. 전하가 옛 현자들의 글을 읽으며 밤을 보낸다는 게 사실입니까?"

"그 글들은 내가 처음 공부를 시작했을 때부터 읽은 것으로, 그 글에서 훌륭한 양식을 끊임없이 얻고 있습니다."

"서기관이 술에 취해서는 안 된다는 사실은 알고 있지만, 예전 법률학교 학생으로서 포도주 한 잔은 괜찮겠지요? 이 특급 포도주는 이마우에 있는 내 포도농장에서 생산한 것입니다. 폐하도 이 포도주를 좋아하시지요."

이케르는 융통성이 전혀 없는 사람은 아니었다. 식사는 훌륭했고 특히 소스를 곁들인 콩팥 요리는 더할 수 없이 뛰어났다.

세호테프가 말했다.

"궁정은 아주 복잡한 곳인데 전하는 아주 잘 적응하는 듯이 보입니다. 이건 입에 발린 칭찬이 아닙니다. 나는 아직도 궁정이 어떻게 얽혀 돌아가는지 잘 몰라요. 그런데 전하는 궁정 내의 정쟁과 아예 담을 쌓아버리셨더군요! 왕세자 책봉으로 인해 뒷공론과 질시가 들끓고 있다는 걸 알고 계실 겁니다. 자기네 자손을 왕세자로 세우려는 수많은 유력한 가문들을 생각해보세요! 그런데 폐하는 한갓 시골 출신 서기관인 전하를 선택하셨죠. 사람들은 전하가 우쭐거리며 거만해질 거라고 생각했지만, 전하는 지극히 분별 있는 처신을 보여주었고, 그래서 오히려 사람들을 불안하게 만들고 있어요. 게다가 폐하는 전하와 단 둘이서만 긴 이야기를 나누시곤 하지요. 모두가 갖가지 추측을 떠올리며 안절부절못한다는 것을 아십니까? 궁정 고관들은 제각기 자신의 자리와 특권을 잃게 될까봐 겁을 내고 있습니다. 전하는 어떤 고관의 자리를 차지하고 싶습니까?"

"누구의 자리도 탐내지 않습니다."

"그 말은 믿기 어려운걸요."

"파라오께선 내게 귀한 보물을 주셨습니다. 내가 그동안 어렴풋하게 의식하고 있었을 뿐 말로 표현할 수 없었던 영적인 현실들을 향해 마음을 열게 해주신 것이지요. 그런 가르침을 받는다는 건 믿을 수 없는 행운입니다. 그런 만큼 내가 그런 가르침을 받을 자격이 있음을 보여드리고 싶을 뿐입니다."

"그런 평온한 세계가 폭풍의 위협을 받고 있음을 알고 있습니까?"

"폐하께서 나를 가르치시는 건 힘든 싸움에 대비토록 하기 위해서입니다."

세호테프는 이케르의 솔직함과 총명함에 감탄했다. 수호자 소백이 그렇듯 그도 이 왕세자의 됨됨이에 대해 판단을 유보해놓고 있었던 것이다. 이제 그는 마음을 놓았다. 파라오 세소스트리스의 판단을 의심했던 일이 후회되기까지 했다.


소백이 말했다.

"폐하, 드디어 실마리를 찾았습니다! 부두 근처 동네에서 일하는 의심쩍은 거리 이발사 하나를 발견했습니다. 제 부하 한 사람이 그자의 단골이 되어 오가면서 이런저런 이야기를 나누게 되었습니다. 두 사람이 최근에 시켐에서 온 아시아인들에 대한 이야기를 나누었답니다. 그 아시아인들이 멤피스에 몰래 잠입했다고 하는데 위험하지 않겠냐고 말을 떠봤더니, 이발사가 대답하기를 아시아인들은 선량한 사람들이고 그들의 주장도 정당하다고 하더랍니다. 이집트 군대가 시켐에 주둔하는 것이 지나치게 가혹한 일이 아니냐면서요. 가나안은 완전한 독립을 이루어야 하고 그래야 번영할 수 있다고 말하더랍니다."

"폭력 분자들을 지지한다는 말이군."

"그자는 폭력을 싫어하는 척하면서도 그들의 저항을 옹호하더랍

462

니다. 겉으론 인도주의자 행세를 하는 것이 마치 폐하의 궁정에 기식하는 학자들을 닮았죠. 시대나 탓하고 있지만 사실 유일한 관심사는 바람의 방향을 읽는 일인 학자들 말입니다."

"그대는 사람들과 융화하는 일에서 거의 진전을 보지 못했군."

"그런 건 범인들을 추적하는 데 하등 소용이 없습니다, 폐하. 감찰관이 우유부단하고 결단성이 없고 눈물이 헤프면 그의 동료들까지 위험에 빠뜨리는 법입니다."

"그 이발사가 한 말 중에 다른 말은 없었는가?"

"제 부하는 일부러 질문을 아꼈답니다. 그 이발사가 너무 많이 떠들어댔다 싶어 지레 뒷걸음칠까봐 조심한 것이지요. 그래도 마침내 긴 사슬의 고리 하나는 잡은 것입니다. 그 고리를 조심스럽게 다루어 사슬의 끝까지 거슬러 올라가보도록 하겠습니다. 그 이발사로부터 더 많은 이야기를 끌어낼 믿음직스럽고 새로운 사람이 필요합니다."

"생각해둔 사람이 있는가?"

"그게 어려운 문제입니다, 폐하. 그 이발사 같은 범죄자들은 본능적으로 감찰관을 식별해내는 터라, 아무리 노련하게 감춰도 냄새를 맡아버립니다. 게다가 우리의 작전은 철저히 비밀리에 수행되어야 하므로 궁정 관리는 적합하지 않습니다."

"그렇다면 남은 후보는 이케르 한 사람뿐이군. 멤피스에서 그를 아는 사람은 거의 없으니까 말이야."

"이케르 왕세자라니요?"

"나는 진심으로 제안하는 것이다, 소벡. 그러니 이번 일을 통해 그대가 원하던 대로 그를 시험해보아라."

"아름다운 머리카락이군, 젊은이. 건강하고 탐스러워. 어떻게 잘라줄까? 아주 짧게? 요즘 유행대로? 아니면 머리끝이 찰랑거리도록?"

"짧게 잘라줘요. 그냥 단정하게."

"여기 앉아서 가슴을 쭉 펴고 있어."

이발사가 세 발 간이의자를 내밀며 말했다. 작달막하고 다부진 체구에 붙임성 있어 보이는 사내였다. 낮은 탁자 위에는 크기가 다른 여러 개의 면도칼, 머리카락을 구불거리게 만드는 핀들, 몇 벌의 가위가 놓여 있었고, 대야에는 탄산소다를 탄 물이 담겨 있었다.

이케르는 그날 아침의 첫 손님이었다. 뒤늦게 온 다른 손님들은 잠을 청하거나 주사위놀이를 하거나 잡담을 주고받으면서 차례를 기다려야 했다.

"못 보던 얼굴인데 이 동네에 새로 온 사람인가?"

"나는 서기예요. 남쪽 지방에서 왔지요. 듣자니 이곳 멤피스에서는 대서(代書) 일의 벌이가 좋다면서요?"

"관청에 청원서를 내는 사람들이 많으니 일이 끊길 염려는 없지!"

"총리는 서민들을 더 편히 살게 해줄 생각이 없나보죠?"

"그렇게 하겠다고 장담이야 하지만, 그런 뜬구름 같은 소리를 믿는 사람은 아무도 없어."

"내 생각에는 총리도 자기 뜻대로 못해서 답답할 거예요."

"그게 무슨 소리야?"

"폭군의 뜻을 거스를 수 있는 사람은 없잖아요."

면도칼을 치켜들었던 손이 몇 초간 허공에 멈춰 있었다.

"자네가 말하는 폭군이 설마……"

"누구인지 잘 알잖아요. 우리가 무슨 고분고분 따르기만 하는 양

464

떼입니까? 확 반란이라도 일어나야 자유가 올 텐데요."

"목소리를 낮춰! 이런 이야기를 누가 듣기라도 하면 당장 감옥에 잡혀들어갈 수도 있어!"

"그게 뭐 대숩니까? 내가 잡혀가더라도 또다른 사람이 싸울 텐데. 게다가 난 벌써 감찰관을 따돌려본 적이 있어요. 카훈에서 학살 사건이 일어났을 때였죠."

"그곳에 있었단 말이야?"

"아시아에서 온 내 친구들을 도왔죠. 우린 시장 관사를 점령하려고 했는데 배신자가 생겼어요. 나는 가까스로 도망쳐 나왔는데, 슬프게도 많은 친구들이 목숨을 잃었어요. 이집트인들은 그 대가를 치르게 될 겁니다."

"자네 쫓기고 있는 건 아냐?"

이케르가 비밀이라는 듯 목소리를 낮춰 말했다.

"친위대장 소벡은 나를 잡으려고 안달이 났을걸요. 한 아시아 여자 덕분에 우린 성공을 눈앞에 두고 있었는데. 하지만 그녀는 분명 죽었을 거예요."

"그 여자 이름이 뭔데?"

"그녀가 아직 살아 있을지도 모르니 이름을 밝혀서는 안 돼요. 그녀를 위험에 처하게 할 테니까요. 아저씨는 선량한 이발사라서 폭정을 그냥 견디고 있군요. 사람들 대부분이 그런 것처럼."

"그건 자네가 몰라서 하는 소리야. 나도 투쟁하고 있어. 내 방식대로 말이야."

"정말로 그 폭군과 맞서 싸우고 싶어요?"

"자네가 말하지 않아도 난 벌써 그러고 있어! 자네가 찾는 젊은 아시아 여자가 비나가 맞지?"

이케르가 놀란 표정을 지으며 물었다.

"그녀를 알아요?"

이발사는 대답 없이 고개만 끄덕였다.

"그럼 그녀가 살아 있다는 거예요?"

"우리로선 다행인 거지."

"어디엘 가면 그녀를 만날 수 있죠?"

"너무 많은 걸 묻고 있군."

"난 그녀를 만나 다시 투쟁의 길에 나서야 해요. 비나를 못 만나면 나는 끝장이에요! 결국 이렇게 숨어 지내다 잡히고 말거라고요."

"나는 아는 게 거의 없어. 하지만 내가 아는 어떤 사람이 어쩌면 자네를 도와줄 수 있을지 몰라. 분을 만들어 파는 사람인데, 저 맞은편 골목 끝에 있어. 내가 보내서 왔다고 말해."

파라오가 주재한 국정원 회의에서 위원들은 이케르의 상세한 보고를 들었다.

세호테프가 자신의 생각을 밝혔다.

"분명 함정입니다. 더 추진해봤자 허탕만 칠 겁니다."

소벡이 반대했다.

"그렇지 않습니다. 우리가 멤피스 내의 아시아인 조직을 적발하지 못했던 이유가 무엇이겠습니까? 그들이 철저히 점조직으로 움직이기 때문입니다. 그 이발사는 수많은 말단 졸개 중의 한 명으로 늘 자기가 맡은 일만 할 뿐입니다. 이케르 전하가 그 이발사를 구슬린 방식으로 또다른 자를 이용해서 숨은 조직을 추적할 수 있을 겁니다."

466

세난크흐가 말을 거들었다.

"저도 소백 대장의 의견에 동의합니다."

총리가 물었다.

"만약 그 이발사가 미끼일 뿐이라면?"

소백이 대답했다.

"이케르 전하의 태도나 말투는 감찰관과는 다릅니다. 전하는 비나와 카훈 이야기를 꺼내서 그 이발사에게 접근한 겁니다. 그러니 함정에 걸렸을 위험은 없습니다."

왕이 물었다.

"네 생각은 어떠냐, 이케르?"

"계속하겠습니다, 폐하."


분 장수는 이 도시에서 애용되는 화장분과 연고를 제조해서 팔았다. 그는 방연광(方鉛鑛), 백연광(白鉛鑛), 연(軟)망간광, 규공작석, 공작석 등의 물질*을 혼합해서 효과 좋은 화장품을 만들었는데, 한편으로는 이런 화장품에서 그치지 않고 포스제니트, 로리오니트** 등의 합성물도 제조했다. 그는 자신이 제조하는 화장분에 각막백반, 결막염을 예방하고 치료하는 성분도 첨가하곤 했다.

이케르가 조제실 문을 두드렸을 때 분 장수는 마침 재료를 혼합하던 중이었다.

---

* 이 내용은 모두 『월간 파리 이공과대학』(564호, 2001년 4월, p. 39~45)에 발표된 G. 투스카리스, P. 발테르, P. 마르티네토, J. L. 레베크의 연구를 인용한 것이다.
** 염소를 포함한 산화된 납의 복합물. 포스제니트와 더불어 고대 이집트에서 납을 함유한 화장품으로 사용되었다. (옮긴이)

"난 지금 일하고 있으니 다음에 오시오."

"맞은편 거리에 있는 이발사가 보내서 온 겁니다."

"댁은 누구요?"

"비나의 동지입니다. 카훈에 있을 때 함께 폭군에 항거하는 투쟁에 참여했지요. 지금까지는 멤피스에서 그럭저럭 숨어 지내왔지만, 이제는 친구들과 합류하고 싶어요."

"그 이발사의 생김새를 말해보게."

이케르가 이발사의 외양을 설명했다.

"카훈의 시장 관사는 초라해."

분 장수가 말을 꺼냈다.

"그런데도 시장은 요란하고 값비싼 옷을 휘감고 다니거든."

이케르가 반박했다.

"아뇨, 그 반대예요. 카훈 시장 관사는 엄청나게 크고, 거기선 수많은 관리들이 일을 하고 있어요. 또 시장은 옷을 구식으로 고리타분하게 입어요."

"비나는 다시 전투에 나서기에는 너무 늙었어."

"그녀는 젊고 또 아주 예쁜 여자예요!"

"이발사가 가르쳐준 암호를 대보게."

이건 예상치 못한 낭패였다.

결국 그 이발사는 이케르를 믿지 않았던 것이다. 이케르는 그 자리에서 암호를 찾아내야만 했다. 어쩌면 '비나' '카훈' '저항' 가운데 하나일지도 몰랐다. 그렇지만 암호를 단번에 알아맞힐 가능성은 너무 희박했다.

이케르는 승부를 걸어보기로 했다.

"암호 이야기는 못 들었어요. 그 이발사는 당신이 날 도와줄 거라는 말만 했거든요."

분 장수는 기분 좋은 미소를 지었다.

"여기서 나간 다음 왼쪽 두번째 골목길로 접어들어 왼편에 보이는 첫번째 집으로 들어가게. 거기 들어간 다음엔 그냥 기다려봐."

이케르는 이 새로운 상황을 소백에게 보고해야 했지만, 일당이 감시하고 있을지도 몰랐다. 게다가 쫓기는 사람 행세를 하는 처지에 귀띔받은 주소로 당장 달려가지 않는다면 의심을 살 염려가 있었다.


문이 이케르의 등 뒤에서 닫혔다.

현관으로 들어선 이케르는 음산한 기분이 들었다. 흰색으로 칠한 작은 집 내부는 어두컴컴했다. 누군가가 달려든다 해도 이케르로서는 알아볼 수가 없어 속수무책으로 당하게 될 것 같았다.

쉰 목소리 하나가 들려왔다.

"계단으로 올라와."

이케르는 자신이 경솔했다는 생각을 했다. 소백 대장은 자신이 여기 온 것을 모르기 때문에 감찰대의 도움을 기대할 수도 없었다.

계단 위에서 몸집이 작은 중년 남자가 그를 맞았다. 다행히 그가 한 번도 본 적이 없는 얼굴이었다. 별로 위험해 보이는 인상은 아니었다.

"용무가 뭔가?"

"비나와 동지들을 찾아왔습니다. 그들과 함께 폭군에 대항하는 투쟁을 벌였었습니다."

"그들은 멤피스에 없어."

"어디로 갔는데요?"

"예고자님을 따라 시켐으로 돌아갔다."

"예고자라면 오래전에 죽었다고 들었는데요!"

"누구도 예고자님을 죽일 수 없어. 그분은 신성한 불을 시리아 팔레스타인 전역에 퍼뜨리셨어. 우리 가나안 사람들은 우리의 땅에서 이집트인들을 몰아내고 강력한 군대를 길러 파라오를 타도할 거야."

# 47

파라오와 국정원 위원들은 이케르의 보고를 한마디라도 놓칠세라 귀를 기울였다.

먼저 세난크흐가 입을 뗐다.

"소벡이 멤피스에 구축된 아시아인 조직을 적발하지 못한 이유가 그 때문이었군요. 그 불순한 무리들은 오래전에 이 도시를 떠나 가나안으로 피신했던 겁니다. 그곳에는 동조자들이 많으니까요."

세호테프의 생각도 같았다.

"이 문제는 네스몬투 장군에게 맡겨야 합니다. 그 예고자라는 인물의 아류들을 잡아들여 반란의 싹을 자른 다음, 대대적으로 재판에 부쳐 모두 공개 처형해야 합니다. 그자가 사람들 입에 오르내리는 한 그 지역의 평화는 요원합니다."

크눔호테프가 말했다.

"이케르 왕세자 전하 덕분에 폭력 분자들이 멤피스를 단지 중간 기착지로 삼았다는 것, 그리고 그들이 자기네 본거지로 돌아갔다는 사실을 알게 되었습니다. 한편으로는 반가운 일이고 다른 한편으로는 분명한 걱정거리가 생긴 셈이지요. 만약 적이 힘을 다시 모은다면 상대하기가 만만하지 않을 겁니다."

소백은 미심쩍다는 표정이었다.

"거참 이상하군요. 만약 그들이 시켐으로 돌아간 게 사실이라면 네스몬투 장군에게서 시켐의 소요가 한층 빈발하고 있다는 보고가 오지 않았겠습니까?"

세소스트리스가 대답했다.

"장군의 최근 보고에는 상황이 좋지 않다는 내용이 담겨 있다. 장군은 비상사태를 선포하기에 앞서 구체적 정황을 기다리고 있을 것이다."

소백이 물었다.

"만약 왕세자께서 속아 넘어간 것이라면?"

세호테프가 말했다.

"이케르 전하의 공로를 부인하지는 맙시다."

소백이 얼굴을 찌푸렸다.

총리가 생각을 말했다.

"결론은 분명합니다. 시켐이 가장 위험하다는 것이지요. 신중을 기하기 위해 다슈르와 아비도스의 경비체제는 현 상태대로 유지해야 합니다. 하지만 멤피스는 비상령을 해제해서 인력과 물자가 다시 자유롭게 오가도록 하는 게 좋겠습니다."

왕이 총리의 제안을 수락했다.

소백은 이케르에게서 여전히 의심의 눈길을 거두지 못했다.


예고자의 부하들은 주인 앞에 몇 번이고 엎드려서 절을 했다. 그러고는 입을 모아 이 세상의 패권을 자신들에게 넘겨줄 승리의 신을 향해 기도를 올렸다.

얼간이 스합이 부하들과 한목소리로 열심히 기도문을 외는 동안 입비뚤이는 지루한 나머지 몸이 뒤틀릴 지경이었다. 입비뚤이가 보기에 기도 같은 건 폭력에 비하면 하찮은 광대놀음이었다. 예고자가 승리를 거머쥔다면 그건 자신과 자신이 키운 전사들 덕분이지 다른 누구의 공도 아닌 것이다.

기도가 끝났지만 얼간이 스합은 여전히 그 분위기에 빠져 넋이 나가 있었다.

입비뚤이가 스합의 옆구리를 팔꿈치로 툭 쳤다.

"이봐, 정신 차려! 애들처럼 공상에나 빠져 있을 셈이야?"

"넌 왜 주인님의 가르침을 안 받아들이는 거야? 믿기만 하면 우리가 원하는 힘을 주실 텐데 말이야!"

"난 지금 내가 가진 힘만으로도 충분해."

부하들이 자신들의 자리로 돌아간 다음 예고자는 심복 세 명을 불렀다. 이 세 사람은 세소스트리스의 통치에 종지부를 찍을 공격의 선봉에 설 자들이었다.

얼간이 스합과 입비뚤이는 비나의 변한 모습을 보고 놀랐다. 이제 그녀는 쾌활하고 예쁜 갈색 머리 여자가 아니라 자신의 매력을 자신 있게 휘두를 줄 아는 무서운 유혹자가 되어 있었다.

예고자가 말했다.

"비나는 이제 일급 요원이다. 내가 그녀에게 내 힘의 일부를 전수하여 밤의 여왕으로 만들었다. 그녀는 우리의 총공세에서 큰 역할을 담당하게 될 것이다."

얼간이 스합도 입비뚤이도 감히 불만을 내비치지 못했다. 비나의 눈길에는 가슴을 섬뜩하게 만드는 어떤 것이 빛나고 있었다.

예고자가 입비뚤이에게 물었다.

"네 부하들은 준비되었겠지?"

"미리 정해둔 지점들에 마른 장작을 감춰놨지요. 제 신호가 떨어지면 행동을 개시할 겁니다."

얼간이 스합이 말을 거들었다.

"제가 물장수와 오랫동안 머리를 맞대고 의논을 했습니다요. 물장수가 매수한 수다쟁이 세탁부한테서 필요한 정보들을 얻어냈습죠. 그리고 레바논 상인에게 도자기 병들을 건네받았습니다요."

예고자가 비나의 손을 부드럽게 잡았다.

"네가 나설 차례다."


"대장님, 이발사와 분 장수가 종적을 감췄습니다!"

감찰관이 보고했다.

"뭐라고? 그들을 잘 감시하라고 했잖나!"

소백이 소리쳤다.

"지켜보고는 있었는데 그들이 눈치 챌까봐 감시를 바싹 붙이지는 못했습니다. 그러다가 그들을 시야에서 놓쳤습니다……"

"부하라고는 하나같이 무능한 녀석들뿐이니!"

소백이 화를 냈다.

"대장님, 한 가지 일이 더 있습니다."

"또 뭐야?"

"왕세자 전하가 만난 가나안인이 짐을 꾸리고 있습니다."

"그자가 도망가게 내버려둬선 안 돼! 내가 직접 나서겠다."

"눈 좀 떠봐."
이케르가 세카리의 몸을 잡아 흔들었다.
"왜? 저녁 먹을 시간이야?"
"그 가나안 사람이 쪽지를 보냈어. 멤피스 남쪽에서 그를 만나야 해. 폐하께서 너더러 나를 따라가라고 하셨어."
세카리가 벌떡 일어났다.
"예감이 별로 안 좋은데, 이케르."
"아마 내게 방도를 알려주려는 걸 거야. 그 동지라는 자들과 만날 방도 말이야."

사병 급식소로 들어가려는 비나를 위병이 막아섰다.
"어딜 가는 거야, 그 바구니는 뭐고?"
"이건 총리께서 보내신 선물이에요."
"어디 열어봐."
바구니에는 도자기 병들이 담겨 있었다.
"몸에 좋은 일등품 기름과 향유들이에요. 통증을 가라앉히는 데 아주 그만이죠. 이 병들을 주방장한테 갖다주라는 지시를 받았어요."
"언제부터 궁정에서 일한 거야?"
"전부터 죽 있었는데요."
비나가 유혹적인 표정을 지으며 대답했다.
"병사님이야말로 처음 보는걸요."
"그야 내가 여기 배치된 게 얼마 전이니 당연하지."

"그럼 우리 서로를 좀더 알아야 하지 않겠어요?"

위병이 몸이 후끈 달아 비나를 더듬자 그녀가 웃음을 흘렸다.

"절 즐겁게 해주실 거죠?"

"내일 밤에 시간 있어?"

"내일 밤이라, 괜찮아요."

그녀가 눈웃음을 치며 속삭였다.

비나는 병 하나를 들어 마개를 열고는 병 속의 기름에 손가락을 적셔 병사의 목 위에 부드럽게 문질렀다. 병사는 좋아 죽겠다는 표정을 짓고 있었다.

"또 봐요, 병사님."

주방장을 유혹하는 일도 어려울 게 없었다. 비나는 솥마다 뚜껑을 열어서 가져온 기름을 느긋하게 쏟아 부었다. 그 솥들 속에는 그날 밤 보초를 설 위병들에게 지급될 음식들이 담겨 있었다. 이제 그 위병들은 혼수상태 같은 깊은 잠에 빠져들 것이고, 그들 대부분은 그 잠에서 깨어나지 못할 것이다. 깨어 있는 병사가 있다면 입비뚤이의 전투원들이 알아서 처리할 것이다.


"그자 혼자가 아닙니다."

부하 하나가 소백에게 보고했다.

"테라스 위에 적어도 두 명이 더 있어요. 집 안에도 분명 더 있을 겁니다. 가나안 놈들의 본거지를 찾아낸 겁니다."

날이 어둑해지면 급습하기가 쉬워질 것이다. 소백은 정찰병을 보낸 후 해가 지기를 기다렸다.

마침내 행동을 개시한 소백이 문제의 집으로 접근하고 있을 때 투석기로 발사된 돌멩이가 그의 어깨를 맞추었다.

"놈들은 우리를 기다리고 있었다!"

친위대장은 상황을 알아차렸다.

"집을 포위해라. 나는 궁정으로 돌아가서 지원병을 보내겠다. 지원병이 오면 공격을 개시하라."

소벡은 속았다는 느낌에 속이 철렁했다. 이 작전을 계속 밀고 나간다는 건 파라오에게서 계속 떨어져 있어야 한다는 말이었다. 그는 한시바삐 파라오에게로 돌아가야 한다는 걸 본능적으로 깨달았다.


"쪽지에는 이 집이라고 적혀 있었어."

이케르가 말했다.

"사람이 살지 않는 집 같은걸."

세카리가 집을 둘러보며 대답했다.

"내가 카훈에서 비나를 만날 때 이런 폐가에서 만나곤 했는데."

"그렇다면 그 여자가 분명 너한테 덫을 놓은 거야. 넌 여기 있어."

"세카리!"

"겁내지 마. 내 습관이니까."

이케르는 겉보기에는 몸이 둔한 세카리가 어떻게 해서 공기의 정령처럼 기민한 모습으로 바뀌는지 이해할 수 없었다. 세카리는 믿을 수 없을 만큼 민첩하게 모습을 감추더니 금세 다시 나타났다.

"저 오두막은 비었어. 네가 받은 쪽지는 미끼였어. 우리를 따돌리려는 거야. 빨리 궁정으로 돌아가야 해!"


궁정 부근 열 군데 장소에서 동시에 불길이 치솟았다. 마른 장작들은 거센 불길을 뿜으며 속수무책으로 타올라서 사람들을 두려움 속에 몰아넣었다.

방화 지점 중 한 곳은 관청 건물과 가까웠다. 물을 져 나를 사람이 부족하자 궁정 외곽문에 배치되어 있던 위병들이 화재 장소로 달려갔다.

"가자."

단검을 든 열다섯 명의 전투원을 향해 입비뚤이가 말했다.

궁정 정문에 홀로 남아 있던 위병은 입비뚤이 무리 앞을 용감하게 막아섰지만 곧 쓰러지고 말았다.

비나의 독은 궁정 내 위병들에게 큰 효과를 발휘했다. 대부분의 위병들이 급식소 바닥에, 몇몇은 복도에 쓰러져 있었다. 간신히 버티고 선 위병들도 보였지만 눈을 감고 있는 상태였다. 독을 탄 음식을 먹지 않은 극소수의 위병들만이 무기를 빼서 치켜들 수 있었다.

이들은 포효하며 덤벼드는 입비뚤이 무리에 맞섰지만 오래 버티지 못했다.


세소스트리스는 침대에 막 누운 참이었다.

고단한 일과를 보낸 후에도 왕은 생명의 나무를 잠시도 잊지 않았다. 지상을 우주와 연결하는 축이자 부활한 오시리스의 척추인 생명의 나무는 이집트 건국 당시 현자들이 이 국가의 토대로 삼은 근본적 가치들을 간직하고 있었다.

파라오는 국가를 올바르게 통치함으로써 생명의 나무를 보호했다. 의로운 행위들은 나무의 자양분이 되었고, 수행되는 매번의 제의에서는 힘이 발산되어 악의 세력들을 물리치곤 했다.

별안간 비명들에 섞여 창칼이 요란하게 부딪는 소리가 들렸다. 파라오는 몸을 벌떡 일으켜 검을 들고 방문을 열어젖혔다.

복도에서는 마지막 남은 위병이 쓰러지고 있었다. 입비뚤이의 무리는 고작 두 명을 잃었을 뿐이었다.

파라오가 나타나자 사방엔 일시에 정적이 흘렀다. 모든 눈들이 말없이 버티고 선 이 거인에게로 향했다. 파라오의 침묵은 침입자들을 움칠하게 했다.

두려움이라고는 모르는 입비뚤이조차 저도 모르게 뒤로 물러설 정도였다.

"파라오다!"

입비뚤이가 중얼거렸다.

순간 아시아인 전사들이 치켜들었던 무기를 내려뜨렸다.

"파라오도 사람일 뿐이야! 그는 혼자고 우리는 여럿이다. 우릴 절대 이길 수 없어. 공격해!"

한참을 주저한 끝에 한 전사가 돌진했다.

파라오의 팔이 한 번 허공을 가르는가 싶더니 뛰어나간 아시아인 전사가 뒤로 벌렁 나자빠졌다. 쓰러진 전사의 가슴에 붉은 칼날 이랑이 패여 있었다. 동료의 복수를 하려고 뛰어나간 다른 전사도 같은 운명을 맞았다.

세소스트리스는 경멸 섞인 분노의 시선으로 적들을 노려보았다.

"모두 한꺼번에 달려들어!"

입비뚤이가 소리 질렀다.

부하들이 일제히 뛰어나가려는 순간 그들 가운데 두 사람이 쓰러졌다. 세카리와 이케르가 쓰러진 위병들 틈에서 집어온 곤봉으로 각자 한 명씩 때려눕힌 것이다.

"달아나자!"

대규모 지원군이 달려왔다고 착각한 아시아인 하나가 외쳤다.

등을 돌려 달아나던 그 아시아인은 멀리 가지 못했다. 분노에 찬 소벡이 앞을 가로막았던 것이다. 소벡의 창이 아시아인의 몸통을 꿰뚫었다.

부하들이 쓰러지는 모습을 본 입비뚤이가 텅 빈 복도를 내달이 창문을 뛰어넘었다. 추적하는 위병들과 불을 끄는 사람들로 아수라장이 된 틈을 이용해서 그는 어둠 속으로 몸을 감췄다.

# 48

파라오는 무사했다.

세카리도 왼팔에 가벼운 상처를 입긴 했지만 큰 부상은 없었다. 아시아인들의 시체를 복도에 쌓아놓은 뒤 벽에 등을 기대고 있는 이케르에게 수호자 소벡이 창끝을 겨누었다.

"이번 공격을 주모한 범인은 바로 왕세자입니다."

"정신 나갔습니까?"

세카리가 항의했다.

"폭력 분자들이 멤피스를 떠났다고 믿게 한 사람이 누군가? 이케르와 그 정보를 흘린 아시아인은 공범이 틀림없어. 이게 사건의 전모란 말이야!"

이케르의 얼굴이 창백해졌다.

"파라오의 이름을 걸고 맹세하건대, 저는 폐하께 충성합니다. 폐하를 지키기 위해서라면 제 목숨이라도 내던질 것입니다!"

소벡이 성급한 행동을 할까 걱정한 세카리가 이케르의 앞을 가로막고 나섰다.

"대장님이 속았듯이 우리도 속았던 겁니다. 우리를 궁정에서 멀리 떨어뜨린 다음 불을 놓은 거예요. 게다가 위병들에게는 약을 먹였죠. 함정에 빠졌다는 걸 깨닫자마자 서둘러 돌아온 겁니다. 이케르는 목숨을 걸고 용감하게 싸웠어요."

소백은 분노를 좀 가라앉혔다. 세카리의 설명이 일리가 없는 것은 아니었다. 그러나 이케르는 이미 한번 파라오를 해치려 들었던 인물이었다.

세소스트리스가 말했다.

"이케르가 보여준 행동과 그의 맹세를 믿고 의심을 거두어라. 진짜 범인들은 그대의 발아래 누워 있다."

소백이 왕의 명을 받들었다.

"알겠습니다. 아시아인들 중 일부는 제거했지만 반란을 꾸미는 무리가 아직 얼마나 더 남아 있는지는 모르고 있습니다. 철저히 조사하겠습니다."

예고자가 부하들을 진정시켰다.

"공격은 실패했다. 그러나 우리의 용감한 전사들 가운데 누구도 입을 열지 않았다. 그렇지 않았다면 감찰대가 벌써 이곳에 쳐들어왔을 것이다. 영웅들은 천국으로 갈 것이고, 우리는 그들의 용기와 헌신을 자랑스러워할 것이다. 그들 덕분에 폭군은 어딜 가나 불안에 떨 것이고, 자신의 궁정 안에서조차 마음을 놓지 못할 것이다. 이제 이 타락한 도시를 떠나야 할 때다. 스합, 조를 편성해라. 적의 주의를 끌지 않기 위해 각자 다른 방향으로 출발해서 안전한 장소에서 합류할 것이다. 거기서 내가 너희에게 새로운 임무를 맡기겠다. 진정한 믿음을 세우기 위해 우리는 한층 가열한 투쟁을 전개할 것이다."

추종자들은 예고자의 설교를 듣고 마음을 놓았다.

예고자는 이층으로 올라가 비밀 방에서 아카시아나무 궤짝을 꺼냈다. 그가 보유한 무기들은 아직 그 진정한 힘을 발휘하지 않은 상태였다.

비나가 불만 어린 목소리로 말했다.

"주인님, 제가 이번 투쟁에 참여하지 못해 너무 아쉽습니다. 입비뚤이는 침착성이 없지만 저는 그렇지 않습니다."

"네 능력을 발휘할 다른 기회가 올 것이다. 세소스트리스는 강력한 힘을 지닌 막강한 적수이다. 그가 모시는 신들이 그에게 특별한 재능을 부여해준 탓에, 그를 무너뜨리려면 우리가 그보다 더 큰 힘을 갖추는 수밖에 없다. 이것은 긴 싸움이 될 것이다, 비나."

"그럴수록 승리가 값질 것입니다."

"소벡은 우리의 위치를 모르고 있지만 언제까지 그렇지는 않을 것이다. 밤의 여왕이여, 신중하게 행동하라. 네 행동 하나하나를 어둠의 장막에 감추어라."


얼간이 스합은 어깨에 아카시아나무 궤짝을 짊어지고 예고자의 뒤를 따라가면서도 두려움을 떨칠 수 없었다. 레바논 상인의 집으로 가고 있었지만 그곳이 피신처는 아니었다.

얼간이는 걸음을 옮겨놓을 때마다 혹시 감찰대가 쫓아오는 게 아닌지 불안한 나머지 연신 두리번거렸다. 앞에 걸어가는 예고자는 평범한 시민처럼 태연한 모습이었다.

메데스가 한탄했다.

"세소스트리스가 여전히 살아 있다니요!"

"알고 있다."

"우린 전부 체포될 겁니다!"

"천만에."

"소백이 부상자들을 심문할 거고, 자백을 받아낼 겁니다."

"절대 그런 일은 없다."

예고자가 자신 있게 말했다.

"어떻게 그걸 확신합니까?"

"입비뚤이를 제외하고 파라오를 죽일 임무를 맡은 전사들은 얼마 살지 못하게 될 약을 삼켰지. 그들이 설령 임무에 성공했더라도 모두 한 시간도 못 돼 죽었을 거다."

메데스는 두려움에 질린 눈으로 예고자를 바라보았다.

"그렇다면······."

"성공 가능성은 처음부터 별로 없었다. 세소스트리스를 둘러싼 마법의 힘이 여전히 강력하니까. 그렇지만 우린 소기의 목적을 달성했다. 이 불경한 체제가 스스로 허약하다는 사실을 깨닫는 것 말이다. 그들은 누가 언제 공격해올 것인지 예측할 수도 없을 것이다."

레바논 상인이 물었다.

"저도 한시바삐 제 나라로 돌아가야 하지 않을까요?"

"그럴 필요 없다. 많은 신도들이 이미 북쪽으로 떠났다. 너는 핵심 조직원들과 함께 이곳에 남아 있어라. 남은 자들은 상인들, 거리 이발사들, 떠돌이 장사꾼들이다. 네가 내 대신 그들을 지휘해라. 네 임무는 내게 변함없는 충성을 발휘하여 정보를 모아오는 것이다, 알겠느냐?"

"저를 믿어주십시오, 주인님!"

레바논 상인이 서둘러 대답했다. 가슴에 남은 흉터가 별안간 죄어오면서 예고자에게 복종해야 한다는 것을 일깨워주었던 것이다.

"너와 메데스의 역할이 특히 중요하다. 두 사람은 멤피스에서 일어나는 일과 세소스트리스의 동태를 내게 알려라."

"최선을 다하겠습니다. 그런데, 레바논과의 교역은 계속해도 됩니까?"

"안 될 것 없지, 우리의 대의에 도움이 된다면."

메데스가 물었다.

"다시 파라오를 공격하기 전에 잠시 쉬실 생각입니까?"

"나는 여러 방식으로 내 힘을 펼칠 것이고, 한순간도 쉬는 일은 없다. 너는 아비도스에 대해 최대한의 정보를 얻어내라. 오시리스의 아카시아나무가 살아 있는 한 우리의 승리는 완전한 것이 될 수 없다. 하지만 우리는 곧 첫번째 목적을 달성할 것이다. 그 어떤 이집트인도 편히 잘 수 없을 것이다."


네스몬투 장군은 시켐 제1병영의 심문실로 들어가려다가 세호테프의 서신을 받았다. 서신은 최근 멤피스에서 일어난 사건을 전하고 있었다.

사건을 알게 된 노장군은 피가 솟구쳤다. 가나안의 반란 기도를 뿌리 뽑겠다는 결심도 한층 굳건해졌다. 이들의 반란은 겉으로는 진압된 것 같았지만 사실은 여전히 그 불씨가 살아 있다는 걸 알 수 있었다.

심문실로 들어서자 맞은편 의자에 한 소년이 앉아 있었다. 소년은 두 손이 등 뒤로 결박된 채 눈을 부라리며 장군을 노려보았다.

상군이 소년을 지키던 병사에게 물었다.

"이 아이는 무슨 이유로 체포되었느냐?"

"보초병의 등을 칼로 찌르려고 했습니다. 세 사람이 달려들어서야 겨우 녀석을 붙잡았습니다."

네스몬투 장군은 소년의 눈을 똑바로 들여다보며 물었다.

"몇 살이냐?"

"열세 살이다."

"네가 하려던 일을 부모에게 이야기했느냐?"

"내 부모님은 죽었다. 이집트 군대의 손에. 나는 이집트인들을 죽여 그 복수를 할 것이다. 시켐도 저항을 멈추지 않을 것이다. 우리에겐 강력한 지도자가 있으니까!"

"그 지도자의 이름이 무엇이냐?"

"예고자."

"그자는 처형되었다."

"헛소리! 우리 가나안 사람들은 그 말이 거짓이라는 걸 다 안다. 너희도 그 증거를 보게 될 거다."

"무슨 헛소리를 하는 게냐?"

"지금 이 순간 예고자님은 시켐 북쪽의 카라반을 습격하고 계실걸."

"누가 그렇게 말하라고 시켰나보군, 꼬마 사기꾼. 하지만 내게 그런 거짓말은 안 통해."

"거짓이 아니라는 걸 곧 알게 될 거다."

"감옥에 일주일쯤 들어가 있으면 제정신이 돌아오겠지."

"아직 어린애인데요."

병사가 말했다.

"어린애지만 언제든 사람을 죽일 수 있지! 이집트 법에 따르면 열 살 이상의 개인은 자신의 행위에 전적으로 책임을 져야 한다."

장군이 다시 병영으로 돌아오자 부관이 보고문을 가지고 왔다.

"시켐 북쪽에서 한 카라반이 약탈당했습니다."

"희생자가 있느냐?"

"그렇습니다. 하지만 살아남은 자들도 있습니다."

"그들을 즉시 데려와라."


멤피스에 도착하자마자 네스몬투 장군은 파라오에게 알현을 청했다. 파라오는 모든 일을 중단하고 네스몬투를 맞았다. 장군이 가져온 소식의 중요성을 감안하여 세소스트리스는 크눔호테프, 세호테프, 세난크흐, 소벡, 이케르와 세카리를 모두 불렀다.

왕이 말했다.

"네스몬투 장군의 수사는 염려할 만한 결론에 이르렀다. 장군의 상황 설명을 들은 후 대책을 마련해야겠다."

장군이 이야기를 시작했다.

"시켐 인근에서 한 카라반이 습격을 당했습니다. 호위 병사들이 용감히 맞섰지만 적의 수에 밀려 어쩔 수 없었지요. 때마침 부근을 돌던 순찰대가 생존자 두 명을 구조했는데, 하나는 병사이고 다른 하나는 상인입니다."

세난크흐가 말했다.

"이번 사건으로 시리아 팔레스타인 전역에 우리의 군사력을 강화해야 할 필요성이 또 한번 입증되었습니다."

소벡이 거들었다.

"호위대 병력도 늘렸으면 합니다. 그래야 사막 비적대늘을 무찌를 수 있습니다. 비적대들은 가나안인들과 내통해서 카라반을 기습해 살육을 일삼고 있습니다."

네스몬투 장군이 말했다.

"그것 모두가 필요한 조치들입니다. 그러나 생존자들의 증언을 듣고 난 다음 저는 그런 대책만으로는 태부족이라는 판단을 내렸습니다. 그들에 따르면 그 약탈자 무리의 우두머리는 키가 아주 큰 자로서, 무리들이 그를 예고자라고 부르더랍니다."

세호테프가 나섰다.

"예고자는 죽었습니다. 그 가짜 예언자에게 분노한 시켐의 주민들이 그를 학살했다고 장군이 직접 보고하지 않았습니까!"

"나도 그가 죽었다고 믿었지요. 그러나 내가 속은 것이 분명합니다. 예고자는 살아 있는 것 같습니다. 그간 수집한 여러 정황 정보들로 유추해볼 때 그자가 가나안의 반란 수괴가 분명해 보입니다. 아이들조차 그를 떠받들고, 또 그를 위해 싸우려 하고 있습니다."

"그가 살아 있는 게 사실이라면 지금 시리아 팔레스타인 땅에 있다는 말이군요."

이케르가 나서자 소벡이 눈에서 불을 뿜을 듯이 그를 노려보았다.

소벡은 가나안인과 그 동료들의 본거지를 습격했지만 그들로부터 이케르의 결백을 입증할 아무런 자백도 얻어내지 못했다. 그들이 습격 당시 입은 부상으로 모두 죽어버렸던 것이다.

네스몬투 장군이 말을 이었다.

"예고자는 무장 병력을 상당수 거느리고 있는 게 분명합니다. 그는 빈번히 부족들을 찾아다니면서 각 부족들과 연합하여 우리와 대적할 강력한 군대를 만들려 하고 있습니다."

총리가 물었다.

"어째서 그를 체포하지 못한 거요?"

"우리는 익숙하지 않은 그곳의 지형을 그자는 훤히 꿰뚫고 있고, 또 그의 정탐꾼들 때문에 우리의 움직임이 낱낱이 그에게 새어 나가고 있습니다. 그렇지만 저도 중요한 정보 하나를 손에 넣었지요. 비적의 약탈에서 살아남은 그 상인 말로는, 예전에 그 예고자라는 인물의 설교를 한 번 들은 적이 있는데, 그때도 이집트에 대항하여 유격전을 벌이자고 주장했다고 합니다. 그의 진짜 이름은 '아무'로, 가나안의 오래된 부족의 지도자라고 합니다. 오래전부터 잔인하고 난폭하기로 악명 높았다는군요."

"그렇다면 그 부족을 찾아내면 되겠군요!"

"그 떠돌이 부족은 시켐의 반란 이후 모두 지하로 숨어들었다고 합니다. 그들은 예고자를 추종하는 사람을 군대나 감찰대에 고발하는 자가 있으면 누구라도 무참히 처단할 거라고 맹세했는데, 이 위협은 시리아 팔레스타인 전역에서 큰 효과를 얻고 있습니다."

"그렇다면 장군의 계획은 무엇입니까?"

"용맹무쌍한 사람이 필요합니다. 폐하의 전적인 신뢰를 얻고 있고, 또한 아무와 그 측근들의 신뢰도 얻을 수 있어야 합니다. 그가 할 일은 폭력 분자들의 여러 조직망을 밝혀내서 우리에게 비밀리에 알려주는 것입니다. 우리는 적절한 순간에 적을 공격하여 일망타진해야 합니다. 행동거지가 쉽게 눈에 띄는 직업군인은 이 임무에 적합하지 않을 것입니다."

"그렇다면 제가 적임자군요."

세카리가 나섰다.

"아냐."

이케르가 말을 가로막았다.

"그 임무에 적합한 사람은 저뿐입니다. 저는 폐하를 죽이려 하지 않았습니까?"

소벡이 몸을 벌떡 일으켰다.

"폐하, 다시 말씀드리지만 왕세자 전하를 의심해봐야 합니다!"

이케르가 말을 이었다.

"예고자가 숨어 있는 곳에 비나와 아시아인 폭력 분자들도 있을 가능성이 높습니다. 이들은 멤피스를 떠나 시리아 팔레스타인 지역에서 다음번 공격을 준비하고 있을 게 분명합니다. 저는 폐하와 다른 고관을 속이는 데는 성공했지만, 소벡 대장만큼은 속이지 못했습니다. 체포되기 전날 제가 취할 수 있는 방도는 단 하나일 것입니다. 공범들에게로 도망쳐서 그들에게 제가 궁정에서 알아낸 정보를 제공하고 다시 그들과 뭉쳐 폭군에 맞서 싸우는 것이지요."

소벡이 소리쳤다.

"드디어 실토하는군!"

이케르가 소벡을 똑바로 바라보았다.

"내가 소벡 대장에게 폐하에 대한 충성심을 입증하지 못한 이상 나는 행동으로 보여드리는 수밖에 없습니다. 내가 그 폭도들과 한편이라는 게 사실로 밝혀지면 대장은 나를 거리낌 없이 죽이면 됩니다. 그게 아니라 내가 적진에 침투하여 중요한 정보들을 빼내온다면, 폐하께서 악을 무찌르실 수 있을 겁니다."

세카리가 말했다.

"내가 보기엔 또다른 가정이 훨씬 현실적으로 보이는걸. 네가 발각되어서 예고자가 널 아주 고통스럽게 죽인다는 가정 말이야."

"나도 위험하다는 건 알아."

이케르가 인정했다.

"하지만 나는 폐하께 갚아야 할 빚이 있어. 그리고 소벡 대장을 비롯해서 폐하의 측근 신하 모두의 신뢰를 얻고 싶어. 소벡 대장이 나를 의심하는 것도 무리는 아냐. 내가 범한 엄청난 실수를 만회하고 마음을 다시 올바름으로 채우고 싶어. 그래서 청하옵건대, 폐하, 제게 이 임무를 맡겨주십시오."

세소스트리스가 자리에서 일어나 회의가 끝났음을 알렸다. 이케르만 남고 모두 조용히 밖으로 나갔다.

"폐하, 출발하기 전에 한 가지 청을 드려도 되겠습니까? 이시스에게 마지막으로 하고 싶은 이야기가 있습니다."

# 49

제르구는 의자에 주저앉아서 울고 있었다.

"꾸물거리지 말고 빨리 멤피스를 떠나자고요. 그런데 어디로 가서 숨어야 하죠? 세소스트리스는 우리를 사막 끝까지라도 쫓아올 텐데요!"

"바보 같은 소리 그만 하고 독한 맥주나 더 마셔. 그럼 좀 진정될 테니까."

"술맛이 뚝 떨어졌어요!"

"기운차리라고, 젠장!"

제르구는 시키는 대로 맥주잔을 들고 마치 마지막 잔이나 되는 듯 비탄에 젖어 술을 들이켰다.

메데스가 말했다.

"엄밀히 말해 우린 두려워할 게 아무것도 없어. 소문에 따르면 소벡이 의심하는 사람은 왕세자 이케르라는군. 예고자와 그의 부하들은 안전하게 피신해 있고, 레바논 상인의 조직도 무사하단 말이야."

"그렇다면 우리가 체포될 염려는 없다는 말씀이죠?"

"우린 일을 철저하게 했잖아. 단서를 남기지 않았으니 우리를 추적할 수 없단 말이다."

제르구는 맥주를 단지째 들어 목구멍에 쏟아 부었다.

"세소스트리스는 허술한 구석이 없어요! 아무리 암살을 시도해봤자 성공 못 할 겁니다. 이 위험한 협력에서 몸을 뺍시다, 메데스 나리. 우리가 모은 재산이나 쓰며 살자고요."

"어린애처럼 굴자는 말이냐? 무엇보다 예고자는 배반이든 변절이든 그냥 두고 볼 인물이 아니다. 몸을 뺀다는 건 사형선고를 자청하는 일이란 말이야. 또한 레바논 상인과의 거래도 계속해야 해. 그거야말로 돈이 쏟아져 들어오는 사업이니까. 그리고 마지막으로 이 나라 전체를 손에 넣어야 하지 않겠어? 제르구, 넌 지옥이 있다고 믿느냐?"

"죄인은 지옥으로 가서 불가마에 빠지죠. 끔찍하게 고통스러울 겁니다."

"그딴 소리를 믿고 있다니…… 어리석군."

메데스가 대답했다.

"나는 오직 악을, 거짓과 탐욕만을 믿어. 이것들을 부정하는 건 바보짓이고, 맞서 싸우려는 건 더 가소로운 일이야. 내가 예고자한테 끌리는 건 그가 악의 힘을 멋들어지게 사용하기 때문이지. 더 놀라운 건 수많은 그의 추종자들이 그에게 맹목적으로 복종한다는 사실이야! 유일한 신이 한 개인에게 불변의 절대 진리를 일러주고 그걸 전파할 과제를 맡겼다는 말을 어떻게 고스란히 믿을 수 있는 걸까? 그 무리를 이끌어가는 건 어리석음이야. 그러니 우린 그걸 최대한 이용해야 해. 군중의 맹목성을 이용하는 것이 가장 효과적인 정치적 무기지. 나는 예고자가 내세우는 종교 따위엔 관심 없어. 하지만 그 종교가 결국엔 세상을 지배할 거라는 생각이 들거든. 예고자에게 협력하는 것이 바로 우리가 엄청난 부와 권력을 수중에 쥐는 방법이야."

메데스의 냉정한 분석을 듣고 마음을 놓은 제르구는 결국 맥주에 취해 늘어졌다.

"국정원은 두려움에 빠져 있어."

국정원 비서는 말을 이었다.

"네스몬투 장군이 갑자기 돌아오고 나서부터 나는 작성해야 할 칙령을 받지 못하고 있어. 무슨 사정인지 알아봐야 돼. 너는 네스몬투의 주변인들한테 슬며시 접근해서 알아봐. 분명 장군이 돌아온 이유를 신이 나서 떠벌릴 수다쟁이가 있을 거야."

아비도스는 석양에 잠겨 있었다. 이시스는 신전 지붕으로 이어지는 돌계단을 천천히 올라갔다. 그곳에서 그녀는 별을 관측하며 밤을 보낼 생각이었다.

왕이 그녀에게 맡긴 임무는 종신 사제들과 임시 사제들의 태도에 의심스러운 점이 없는지 살펴보라는 것이었다. 그녀는 사제들 각자가 맡은 임무를 충실히 수행하고 있다고 확신했고, 또 그런 사실에 위안을 얻었다. 그녀가 힘을 쏟아야 할 한층 어려운 임무가 또 있었다. 생명의 집에 보관된 고문헌들 속에서 아카시아나무의 치유책을 세세히 조사하는 일이었다.

이시스가 지금 천문관측에 나서서 별자리와 행성들, 데칸스의 움직임을 좇는 것도 그중 한 문헌에서 본 방법을 따른 것이었다.

이시스 여신은 별들을 각각의 올바른 자리에 놓았고 일곱 하토르

494

는 운명을 인도했다. 시간을 읽는 일인 별점(占星)은 파라오에게서 파라오에게로만 전수되는 국가 기밀이었다. 그러나 신비에 입문한 사람들은 서른여섯 개의 별, '살아 있는 별들'이라고도 불리는 데칸스가 전해주는 말을 읽을 수 있었다. 이 별들은 별의 모태인 두아트(douat)에서 태어나고 재생되면서 일 년이라는 시간에 제의적인 리듬을 부여해주었다.

이시스는 종려나무 잎사귀로 만든 망원경 같은 관측기구와 납추 다림줄을 매단 자(尺)를 이용해서 천체의 위치를 계산했다. 그녀는 인간의 한계를 초월한 완전무결한 힘이자 하늘의 황소 호루스인 토성, 비밀을 계시하는 호루스인 목성, 힘의 분배자인 붉은 호루스 화성, 아침의 별이자 저녁의 별이면서 또한 태초의 돌이 발하는 빛의 전달자인 불사조 피닉스와 동일시되는 금성, 태양 나룻배 뱃머리의 소백, 즉 모든 길의 안내자인 수성의 움직임을 관찰했다. 이 별들은 모두 함께 어울려 어떤 음악을 연주하고 있었다. 천체의 움직임이 어떻게 이집트 땅에 영향을 미치는지를 알기 위해서는 우주 각 부분의 뜻을 드러내는 이 별들의 음악을 해독할 줄 알아야 했다.

별들 가운데 불길한 징조를 보이는 것은 없었다. 하지만 이시스는 생명의 나무가 달의 변화하는 모습과 더이상 조화를 이루지 못하는 이유가 무엇일지 생각해보았다. 하늘의 눈인 달은 힘의 상승기인 십사 일째부터는 다시 생기를 얻어 온전한 모습을 회복하고 밤의 태양으로서, 즉 어둠 속에 숨겨진 형태들을 증대시킬 수 있는 암흑 속의 빛으로서 나룻배 속에서 빛나곤 했다.

달이 언제나 자신의 역할을 다하고 있다는 건 분명했다. 그러나 생명의 나무는 그런 달의 생기를 조금도 받아들이지 못하고 있었다. 고문헌들에 따르면, 달을 쇠약하게 하고 그 빛을 빼앗을 수 있는 힘은 단 하나, 바로 오시리스의 살해자인 세트의 힘이었다. 세트는 위반자이며 난폭자였다. 세트는 술주정을 부리고 격노하며 합쳐진 것을 나누고 잘라내면서 혼란과 무질서를 퍼뜨렸다.

세트의 자리는 북쪽 하늘 황소자리의 앞다리 가운데였다. 이시스는 눈을 들어 밤하늘의 세트를 바라보았다.

이시스는 세트를 향해 홀을 겨누고 질문을 던졌다. 그녀는 자신의 행동이 위험하다는 것을 느끼고 있었다. 세트는 종잡을 수 없는 성격이라서 그를 성가시게 했다간 벼락을 맞을지도 몰랐다. 그러나 그녀는 그가 무슨 이유로 또 어떤 방식으로 생명의 나무를 공격하여 그의 형제인 오시리스를 해치려는 건지 알고 싶었다.

불멸의 별들인 주극성*들은 늘 그대로였다. 이 별들은 오시리스를 섬기면서도 세트의 힘을 간직한 채 우주의 조화로움에 잠겨 있었다. 그러나 다른 별들이 거슬리는 빛을 내며 반짝이기 시작했다.

별안간 이시스의 눈앞에 지금까지 보지 못했던 이 거대한 우주의 숨겨진 진짜 모습이 드러났다. 청금석 바탕에 진귀한 보석과 금속이 반짝이고 있었다. 그것들은 태양 나룻배에서 발산되는 빛을 받아 한층 눈부시게 빛났다. 우주는 연금술사의 거대한 실험실 같았고, 그곳에서는 빛이 각각의 존재에게로 투사되어 생명으로 전환되는 과정이 끊임없이 이루어지고 있었다. 빛이 처음 비춘 곳은 이 지상이었다. 그리하여 하늘로부터 온 금속과 광물이 산들의 깊은 뱃속에서 다시 태어났다. 그 금속과 광물을 키우는 것은 오시리스인 달, 이 암흑 속

---

* 밤새 내내 보이는 별.(옮긴이)

의 빛이었다. 그런데 우주의 힘을 조종하는 어느 악의 정령이 그 생명의 성장을 끊으려 하는 것이다.

이시스는 어지럼증을 느끼고 계단을 천천히 내려왔다. 지금 본 것을 모두 이해하기 위해서는 시간이 좀더 필요했다. 어쩌면 그로부터 적과 맞설 수 있는 새로운 무기를 얻을 수 있을지 몰랐다.

여명 속에 어떤 형체가 보였다.

"거기 누군가요?"

"임무를 수행하러 왔소."

베가가 탁한 음성으로 대답했다.

"탁발 사제께서 나더러 여사제님을 대신하여 별자리를 관측하라고 했소. 별들의 운행에 이상이 있던가요?"

"아뇨."

이시스가 대답했다. 그녀의 대답은 거짓이 아니었다.

지금 그녀가 마음의 눈으로 본 것은 별들의 움직임과 위치가 아니라 그것들 본연의 모습이었다. 그녀는 자신이 본 것을 종신 사제 베가에게 이야기할 수도 있었다. 그는 명성 높은 수학자이자 기하학자였고, 천체력(曆) 전문가였으니 말이다. 그러나 여사제는 마음이 너무 혼란스러웠기 때문에 자신이 본 것을 아무에게도 말하고 싶지 않았다.

베가는 등잔불에 비친 여사제의 얼굴을 보고 그녀가 지쳐 있음을 알아차렸다.

"몸이 안 좋은가요, 이시스?"

"조금 피곤합니다."

"방까지 데려다드릴까요?"

"그러실 필요는 없습니다."

"내가 이래라 저래라 할 입장은 아니지만 좀 쉬어야 할 것 같소."

"지금 상황에선 이곳의 사람들 모두 쉴 처지가 아니지요."

"자신의 건강을 잃어서야 어떻게 아카시아나무를 살리겠소?"

"제 생명을 바쳐 아카시아나무와 이 나라를 살릴 수 있다면 저는 조금도 주저하지 않고 제 생명을 바치겠습니다."

베가가 대답했다.

"종신 사제들은 누구나 그런 고귀한 생각을 하고 있소. 또한 모두가 최선을 다하고 있지요. 결과는 그리 절망적인 게 아니오. 아카시아나무가 아직 살아 있으니까."

"우린 너무도 힘든 전쟁을 치르고 있고, 또 여전히 힘에서 밀리고 있습니다."

멀어져 가는 여사제의 모습을 바라보며 베가는 복잡한 심경에 사로잡혔다. 그녀의 아름다움과 명석함을 어떻게 탐내지 않을 수 있겠는가? 그녀가 점차 고위직에 올라 자신의 앞을 가로막으리라는 건 예상할 수 있었다. 되도록 신중하고 능란하게 그녀를 견제해야 했다. 이시스는 이미 비범함을 드러내며 고관들의 신임을 얻고 있었다. 다행인 것은 그녀가 아무 야심 없이 오직 영적인 탐구에만 몰두해 있는 덕분에, 권력에 눈 돌리지 않고 있다는 사실이었다.

조금 전에도 그녀는 동요하고 있다는 것을 숨기지 못할 만큼 중요한 뭔가를 발견하지 않았는가? 그녀가 무엇을 알아냈는지 물어보는 건 신중치 못한 행동일 것이다. 그런 호기심은 그녀를 당황하게 만들게 분명하니까 말이다. 그러나 베가가 집요한 노력을 기울인다면 그녀를 회유하는 일도, 즉 그녀를 예고자에게 희생 제물로 바치는 일도 어쩌면 가능하지 않겠는가?


  일출은 아름다웠다.

  이시스는 황금 원반이 어둠에 또다시 승리를 거두고 떠오르기에
앞서서 하늘을 붉게 물들이는 아름다운 빛을 바라보았다. 그녀는 지
난밤을 생명의 집 도서관에서 지새운 참이었다. 그녀가 그 끝없는 풍
요함에 감탄하며 읽은 임호테프의 연금술 논문에는 시험해볼 만한
내용이 담겨 있었다. 물론 그렇게 하려면 먼저 탁발 사제의 허락을
얻어야 했다.

  탁발 사제는 이시스가 구리거울을 손에 들고 있는 것을 보고 눈살
을 찌푸렸다.

  "우리의 가장 중요한 임무가 무엇인지 잊었소?"

  "아닙니다, 안심하세요. 먼저 아카시아나무에 물과 우유를 준 다
음, 제가 또다른 의식을 올릴 수 있도록 사제님의 허락을 얻고 싶습
니다."

  "그 구리거울로 말인가요?"

  "하토르 여신께서는 여성이 입문식을 치를 때 구리거울을 축성하
지 않았습니까? 이 거울은 지극히 단순한 도구이고 또한 빛을 발하
는 기능이라 해봤자 다른 빛을 반사하는 것밖에 없지만, 저는 기대를
걸고 이것을 사용해보려 합니다."

  "어떻게 그런 생각을 했소?"

  "하늘이 금속성을 띠고 있음을 깨달은 덕분입니다."

  "아! 그대가 그 단계를 뛰어넘었구려. 그대의 비범함을 알아보신
폐하의 눈은 분명 정확했소."

탁발 사제는 이시스와 함께 아카시아나무가 있는 곳으로 갔다. 이시스는 생명의 나무에 물과 우유를 부은 다음 거울을 기울여 아침 햇살이 나무 잎사귀 일부에 모이게 했다.

탁발 사제가 주의 깊게 지켜보는 가운데 나무 잎사귀 몇 개가 다시 생기를 띠기 시작했다. 잠시 후 다시 색이 흐려지긴 했지만 그래도 잎사귀들에는 어느 정도 푸른빛이 남아 있었다.

"설명을 듣고 싶소, 이시스."

"적은 생기가 하늘과 땅 사이를 순환하는 것을 방해했습니다. 금속을 키우는 힘과 식물을 성장케 하는 힘은 하나의 동일한 힘으로, 그 힘으로 성장하는 식물들의 군주가 생명의 나무인 것이지요. 생명의 나무는 천상에 속해 있으면서 동시에 이 지상 세계에 속해 있습니다. 그런데 사악한 마법이 끼어들면서 생명의 나무는 힘을 발산하고 흡수하는 이중의 역할을 수행하지 못하고 있습니다. 연금술의 치료법으로만 나무를 살릴 수 있을 것입니다."

탁발 사제가 대답했다.

"그러니 신들의 황금이 꼭 필요한 겁니다."

"그 치유의 금을 찾아내기 전까지는 별들로부터 온 다른 금속을 사용할 수 있습니다. 이 소박한 거울은 비록 미미하나마 제의 도구로서 그 효과를 보여주었습니다. 공들여 만든 거울을 쓴다면 나무의 수액이 순환하는 데 도움이 될 것입니다."

"아카시아나무 둘레에 수많은 거울을 배치한다면 어떻겠소?"

탁발 사제가 물었다.

"자칫하면 조금 남은 나무의 생명력을 마저 태워버릴 우려가 있습니다. 우리 손으로 나무를 죽이는 꼴이지요. 처방은 신중하고도 정확하게 시행되어야 합니다."

"어쨌든 우리는 나무의 소생을 향해 새로운 발걸음을 내디딘 셈이오."

"제 연구는 아직 끝난 게 아닙니다. 옛 현자들은 우리에게 중요한 열쇠를 남겨주었습니다. 저는 그들이 남긴 말을 계속해서 찾아보려 합니다."

# 50

　아비도스 신전의 제조실에는 매일 제의를 수행하는 데 필요한 여러 종류의 화장품과 향수, 제의용 연고의 제조법들이 문서로 보관되어 있었다. 탁발 사제를 비롯한 종신 사제들은 그 문서들이 너무 익숙한 것이어서 그것에 별 주의를 기울이지 않았다. 하지만 이시스는 제조실 벽에 새겨진 상형문자들까지 포함하여 그 문서들을 세세히 검토한 끝에, 사소하지만 기이한 어떤 내용에 대해 흥미를 갖게 되었다. 그것은 잊혀진 비밀에 대한 암시와도 같은 것으로서, 이시스는 그 문제를 추적해나가면 치유의 금을 찾아낼 수 있을지도 모른다고 막연하게나마 생각했다.

　처음 그녀가 주목한 것은 푼트의 금에 대한 몇몇 언급들이었다. 그러나 어느 문헌에도 푼트라는 이 수수께끼 같은 땅이 어디 위치하는지 밝혀져 있지 않았다. 이어서 그녀는 '황금의 도시'가 어딘가 있다는 사실도 알아냈다. 그곳에서는 특별한 힘을 지닌 순도 높은 금이 생산된다고 했다. 그 도시 역시 어디에 있는지는 알 수 없었지만, 전후 문맥으로 미루어 누비아 사막쯤이 아닐까 어렴풋이 짐작할 수는 있었다.

피로감을 느낀 이시스는 이 귀중한 파피루스 문헌들을 도로 말아서 가죽통에 넣었다. 그러고는 제조실을 나와 신전의 고요 속에서 잠시 명상에 잠긴 다음 바깥으로 향했다.

해가 저물고 있었다.

부드러운 석양빛을 받으며 왕이 다가오고 있었다.

"폐하!"

"무엇을 찾아냈느냐, 이시스?"

이시스는 왕에게 밤하늘을 관측하며 얻은 깨달음과 황금의 도시에 대해 이야기했다.

"나는 빛의 적들을 몰아내고 오시리스를 한층 굳건히 수호하기 위한 제의를 올리러 왔다. 너는 여신의 역할을 맡을 네 명의 여사제 가운데 하나가 되어 나를 돕도록 하라."


탁발 사제가 날개 달린 사자 네 마리가 둘러싸고 있는 모습의 함 하나를 제실에 놓았다. 이 함은 신성한 빛이 물질로 변하여 세상이 창조될 당시에 솟아올랐던 태초의 언덕을 상징했다.

이시스는 세 명의 여사제와 함께 진흙을 둥글게 빚었다. 이 진흙 공들은 세트가 불러일으킨 폭풍을 흩어버릴 수 있는 신, 라의 눈이었다.

파라오가 함 위에 다섯번째 진흙 공을 올려놓고 그 공에 마아트를 상징하는 타조 깃털을 꽂았다.

왕이 주문을 외었다.

"이 오시리스의 무덤이 공격자들로부터 늘 안전하기를 기원하노

라. 네 마리 사자가 동서남북에서 한순간도 방심하지 않고 무덤을 지킨다. 이 네 방향이 안정되어 하늘이 흔들림 없기를."

여사제들이 각자 진흙 공을 들고 왕 앞으로 나왔다. 왕은 주문을 네 번 반복했다.

"이제 태양은 네 개의 눈을 가졌다. 온 하늘이 빛을 발한다. 불로 가득한 세찬 바람이 세트와 그 공모자들을 흩어버릴 것이다."

왕이 첫번째 공을 남쪽을 향해, 두번째는 북쪽, 세번째는 서쪽, 네 번째는 동쪽을 향해 던졌다.

"아비도스는 영원히 오시리스를 섬기는 도시로 남을 것이며, 세트는 자신보다 더 위대한 자 오시리스를 떠받들어야 할 것이다."

제의가 끝나자 세소스트리스는 종신 사제들과 여사제들을 신전 열주실에 모이게 했다.

왕이 말했다.

"아카시아나무를 보호하는 힘이 더 강해졌다. 사악한 적이 어디 숨어 있든 라의 눈이 그를 찾아내어 행동을 막을 것이다. 이시스가 내가 없는 동안 주문을 외어 이 제의의 효능을 지속시킬 것이다. 오시리스의 나룻배인 '아비도스의 부인'의 구성 요소들을 열거함으로써 이 배에 생기를 불어넣어라. 오시리스의 나룻배가 원활하게 운항하지 못하면 부활의 힘이 고갈된다. 이시스가 나무를 지키는 동안 우리는 적과의 싸움을 계속해나가면서 치유의 금을 찾아내야 할 것이다."

베가는 목이 탔다. 이시스가 아직은 탁발 사제를 밀어낸 게 아니라 해도 중요한 자리를 차지한 건 분명했다. 그녀는 이처럼 파라오의 의지를 대신 표현하는 역할을 맡음으로써 자신의 영향력을 끊임없이 확대해나갈 것이다. 다행히 그녀의 역할은 제의에 한정되어 있었고,

신전의 행정이나 물자 관리에는 힘이 미치지 않았다. 이 젊은 여사제는 그 신비한 성격으로 인해 영적인 세계에 틀어박힐 것이므로, 석비 밀거래를 적발하는 일은 절대 없을 것이다.

이제 곧 오시리스는 돌이킬 수 없는 죽음을 맞이하고 아비도스는 파괴될 테지만, 그녀가 그 위험을 알아차렸을 때는 아무것도 돌이킬 수 없을 것이다.


고참병이라면 질 좋은 맥주, 특히 진한 맥주를 그냥 지나치지 못하는 법이다. 제르구가 네스몬투 장군의 호위병 가운데 나이가 많은 병사를 공략한 것도 이 때문이었다. 멤피스의 한 근사한 술집으로 가자는 유혹에 이 병사는 쉽게 넘어왔다.

제르구가 말을 꾸며냈다.

"난 왕실 포도농장에서 일하고 있지. 진한 맥주로 목구멍을 헹궈낸 다음엔 고급 포도주를 맛보게 해줄게. 그 술맛은 절대 잊지 못할걸."

제르구는 누구보다 술이 센 사람이었다. 곤드레만드레 취한 상태에서도 그는 상대방의 말을 다 알아들었다. 반면 그 고참병은 그렇게 술에 취해본 경험이 없었다. 그는 자신의 무훈담을 구구절절 늘어놓더니 새로 사귄 친구가 은근히 떠보는 말에도 술술 대답했다.

"네스몬투 장군은 왜 서둘러 멤피스로 돌아온 거야?"

제르구가 슬쩍 물었다.

"그게 희한한 이야기거든! 카라반 하나가 습격을 당해서 민간인도 죽고 병사들도 죽었지. 그런데 친구, 그 범인들의 우두머리가 누군지 아나? 예고자라네! 그자는 시켐의 민중들한테 학살된 게 아니었다고. 뭔 말인지 알겠지!"

"이제 그자의 진짜 정체가 밝혀진 거야?"

"장군은 분명 아는 것 같은데…… 그래서 서둘러 왕에게 보고하러 온 것 아니겠어."

"그렇다면 시켐에선 이제 대대적인 토벌 작전이 벌어지겠군."

"그렇진 않을 거야."

"어째서?"

"지금까지 수없이 그래왔지만 아무 소득도 없었으니까! 하지만 네스몬투 장군은 여우 같은 사람이야. 아마도 첩자를 가나안인들 속에 침투시켜 예고자가 어디 숨었는지 알아내려고 할 거야. 그런 다음 우리가 가서 쳐부수는 거지."


"잘했다, 제르구."

메데스가 만족스러운 듯 말했다.

"아주 귀중한 정보를 가지고 왔구나. 오늘 밤 당장 레바논 상인에게 알려 예고자에게 보고하게 해야겠다."

궁정 연락병이 와서 알렸다.

"이케르 왕세자 전하께서 뵙고자 하십니다."

메데스는 즉시 집무실을 나섰다.

"제게 분부하실 일이라도 있습니까, 전하?"

"초대해주신 만찬에는 아쉽게도 갈 수 없게 되었습니다."

"안 좋은 일이 생긴 건 아니겠지요?"

"아뇨, 하지만 난 당분간 궁정을 떠나 있어야 합니다."

"지방에 갈 일이 있으십니까?"

"미안합니다만 자세한 건 말씀드릴 수 없습니다."

"그럼 다른 날로 만찬 약속을 잡을까요?"

"언제 돌아올지 확실하게 말씀드릴 수 없군요."

"무사히 다녀오시기를, 되도록 빨리 다시 뵐 수 있기를 바랍니다. 돌아오시면 제게 가장 먼저 연락해주십시오."

"그렇게 하지요."

"다시 뵙게 되기를!"

"안녕히 계십시오, 메데스."

왕세자가 저렇게 서둘러 어디론가 떠나는 데는 한 가지 이유로밖에 설명할 수 없었다. 세소스트리스가 그에게 비밀리에 명을 내린 것이다. 가나안 폭력 분자들 속으로 침투하라는 명 말이다. 이케르는 병사가 아니었고, 시켐 지역에서 그를 아는 사람은 없었다. 그는 예고자의 추종자 행세를 하면서 네스몬투 장군의 군대가 얻어내지 못한 정보를 빼내려 할 것이다.

메데스의 짐작이 틀리지 않다면 그는 이 끈질긴 방해꾼을 제거할 수 있는 확실한 방법을 손에 쥔 것이다. 레바논 상인은 자신의 하수인들로 하여금 그를 미행하게 할 것이고, 이어서 예고자의 부하들이 계속해서 그를 따라붙을 것이다. 이케르가 상대를 속여 넘겼다고 생각하며 가나안 부족의 땅에 발을 들여놓는 순간 그는 이미 이 세상 사람이 아닐 것이다.


이케르는 얼마 후면 가나안에 가 있게 될 것이다. 적의에 찬 그곳에서는 위험, 고독, 공포, 그리고 필경 죽음이 그를 기다리고 있을 것이다. 이케르는 자신의 운명에 대해 아무런 환상도 품지 않았다. 두려움은 없었다. 아마도 생의 마지막이 될 이 시험과 맞닥뜨리기 전

그는 궁정 정원에서 평화롭고 시원한 한때를 맛보고 있었다. 남은 삶을 무화과나무 그늘에서 글을 쓰며 보낼 수 있다면 좋을 텐데. 파피루스 문헌 위에 펼쳐진 신성한 문자의 리듬에 맞춰 태양의 운행을 좇으며 살 수 있다면 좋을 것이다. 성현들의 사유를 깊이 연구하고, 새로우면서도 전통과 조화를 이루는 어떤 문장들을 빚어보려 하는 것 또한 좋을 것이다. 그러나 운명은 이미 다른 방향으로 정해졌고, 그 운명에 저항할 수 없음을 이케르는 알고 있었다.

별안간 그는 자신이 또다시 환영을 보고 있다고 생각했다. 그녀가 장밋빛이 은은하게 감도는 긴 옷을 입고 그를 향해 다가오고 있었던 것이다. 그녀는 연꽃 한 송이를 머리에 꽂고 있었다.

"이시스, 정말 당신이 맞나요?"

그녀가 눈부시게 환한 미소를 지었다.

"세소스트리스 폐하의 명을 받고 멤피스에 오게 되었습니다. 오랫동안 묻혀 있던 몇몇 고문헌들을 연구하기 위해서예요. 하토르 신전 도서관에 들어가면 오랫동안 거기 머물러야 할 테니 그 전에 이곳을 다시 보고 싶었어요. 명상을 방해해서 미안합니다."

이케르의 머릿속에서는 또다시 말들이 뒤엉켰다. 그는 무슨 말을 해야 좋을지 몰라 머뭇거리고만 있었다.

"석류나무를 기억하세요? 당신과 함께 그 나무를 보러 가고 싶군요."

석류나무는 변함없이 아름다웠다. 피었던 꽃이 시들면 다른 송이가 계속해서 새로 꽃을 피우고 있었다.

두 사람은 나무 의자에 나란히 앉았다. 서로의 거리는 가까우면서도 너무나 멀게 느껴졌다.

"당신이 무척 보고 싶었습니다, 이시스. 그리고 당신을 만나는 건 지금이 아마도 마지막이 될 겁니다."

"어째서 그런 슬픈 말을 하세요?"

"해내야 할 임무가 있습니다. 예고자가 지휘하는 폭력 분자 무리 속에 침투하는 일이지요. 파라오께서 내가 그 일을 하도록 허락해주 셨습니다."

"어떤 방법으로요?"

"그들을 속여야지요."

"무기는 갖고 가나요?"

"폐하께서 주신 호위 정령의 칼이 있습니다. 그리고 '지배력'을 상 징하는 홀 부적과 그동안 쌓아온 전투 경험도요."

이시스는 당황한 것 같았다.

"그 임무란 죽음에 뛰어드는 일이 아닌가요?"

"나는 왕세자로서 아버지의 명에 따라야 합니다. 또 나 자신을 생 각하기에 앞서 폐하께 충성해야 하지요. 이제 나의 자리는 가나안에 있습니다. 내가 성공한다면 악의 세력에 맞서 싸우는 파라오께 도움 이 될 겁니다. 내가 만약 실패한다면 또다른 사람이 다시 시도할 테 지요."

"당신의 운명이 어찌 될지는 생각하지 않는군요."

"내가 체념했다고는 생각하지 마세요. 오히려 그 반대랍니다! 하 지만 성공할 가능성이 아주 낮다는 건 알고 있어요. 지금 당신께 감 히 부탁드리는 건 그 때문이에요. 내 말을 들어주시겠습니까?"

"말씀해보세요."

"가나안으로 떠나자면 나의 가장 충실한 친구 북풍을 놓아두고 가야 합니다. 북풍은 내가 두 번이나 생명을 구해준 당나귀예요. 북풍은 나를 나쁜 운명으로부터 보호해준 친구이기도 해요. 북풍을 아비도스로 데려가서 보살펴주시겠어요?"

"그럼요. 그리고 그 친구와 사귀려 애쓰겠어요. 북풍을 잘 보살필 테니 마음 놓으세요."

"힘든 길을 떠나기 전에 당신이 내게 큰 위안을 주는군요. 멤피스에서 용감하게 행동하기란 쉬운 일이에요. 하지만 이집트에서 멀리 떨어지면 내가 어떻게 행동하게 될까요? 예고자의 은신처를 발견한다 한들 그걸 폐하께 알릴 수 있을까요?"

"아비도스의 마법이 당신을 지켜줄 거예요, 이케르. 당신 덕분에 우리는 생명의 나무를 구할 수 있을 겁니다."

"신들도 당신의 기원을 들었을 겁니다, 이시스."

이케르는 카의 섬에서 뱀에게 들었던 말을 떠올렸다.

'나는 이 세상의 종말을 막을 수는 없었다. 너는, 너의 세상을 구할 수 있겠느냐?'

이시스가 자리에서 일어났다. 이제 얼마 후면 그녀는 이 자리를 떠나 영원히 볼 수 없게 될 것이다. 그런데도 그는 아직까지 그녀에게 아무것도 말하지 못하고 있었다. 자신의 가슴에서 타고 있는 불꽃이 어떤 것인지 그녀에게 전하지 않고 어떻게 죽음을 맞을 수 있단 말인가?

이케르도 따라서 몸을 일으켰다.

"이시스!"

"네, 이케르?"

"우리는 아마 다시 만나지 못할 겁니다. 그래서 난 당신께 고백해

510

야 해요. 당신을 사랑합니다."

그녀의 반응이 두려워서 그는 눈길을 내려뜨렸다.

그녀는 아무 대답이 없었다. 이케르는 그 침묵이 끝이 없을 것처럼 느껴졌다.

마침내 그녀가 입을 열었다.

"파라오께서는 내게도 힘든 임무를 맡기셨어요. 당신이 그 임무를 완수할 수 없을까봐 두려워하듯 나 역시 겁이 나요. 지금 내가 생각하는 모든 것을 말하지 않고 마음속에 담아두려 하는 건 그 임무 때문이에요. 그렇지만 내 생각들은 당신 곁에 머물며 결코 당신을 떠나지 않을 겁니다."

그는 그녀를 붙잡지도, 그녀에게 되묻지도 못하고, 다만 멀어져 가는 그녀를 바라보고 있었다. 그녀의 모습은 너무나 우아하고 아름다워서 공기처럼 가볍고 자칫하면 깨져버릴 것 같았다.

그녀가 떠난 자리에는 텅 빈 정원만이 빛에 잠긴 채 남아 있었다.

(3권에 계속)

옮긴이 **임미경**

서울대 불문과를 졸업하고 동대학원에서 박사학위를 받았다. 현재 서울대와 아주대에 출강하고 있다. 옮긴 책으로 『어싱과 성스러움』 『포르노그라피아』 『뽀뽀상자』 『영혼의 기억』 『나무 인간』 등이 있다.

문학동네 세계문학

# 오시리스의 신비 2

| 1판 1쇄 | 2008년 1월 14일 |
|---|---|
| 1판 2쇄 | 2008년 3월 17일 |

| 지 은 이 | 크리스티앙 자크 |
|---|---|
| 옮 긴 이 | 임미경 |
| 펴 낸 이 | 강병선 |
| 책임편집 | 강건모 오영나 김승욱 류현영 |
| 펴 낸 곳 | (주)문학동네 |
| 출판등록 | 1993년 10월 22일 제406-2003-000045호 |

| 주    소 | 413-756 경기도 파주시 교하읍 문발리 파주출판도시 513-8 |
|---|---|
| 전자우편 | editor@munhak.com |
| 전화번호 | 031) 955-8888 |
| 팩    스 | 031) 955-8855 |

ISBN  978-89-546-0458-1  04860
       978-89-546-0456-7 (세트)

**www.munhak.com**

새로운 감수성, 신세대 판타지 '이둔의 기억' 시리즈

# 라우라 가예고 가르시아 Laura Gallego García

1977년 스페인 발렌시아에서 태어났다. 열한 살에 친구와 함께 소설을 쓰다 작가가 되기로 결심한 후, 문학교수의 꿈을 안고 대학에서 중세기사문학을 전공했다. 스물한 살에 『세상의 종말』로 아동문학상인 바르코 데 바포로 상을 수상하며 화려하게 데뷔했다. 이후 매년 서너 편씩 작품을 발표하는 왕성한 활동을 해오다 2004년 '이둔의 기억' 시리즈의 1부 『이둔의 기억: 저항군』을 발표함으로써 스페인어권 아동·청소년문학계와 판타지문학계에 일대 파란을 일으켰다. 열다섯 살 처음 '이둔'을 생각해냈다는 작가는 오랜 세월에 걸쳐 이야기에 살을 붙여 탄탄하고도 아름다운 하나의 세계를 창조해냈다. 현재 중세기사문학을 주제로 한 박사 논문을 쓰고 있으며, 시간이 날 때마다 팬사인회 및 청소년들과 대화를 나누는 자리를 갖고 있다.

초판 10만 부 발행, 출간 즉시 스페인 베스트셀러 1위,
영어 프랑스어 독일어 등 14개 언어로 번역 출간,
1000건 이상의 미디어 리뷰,
스페인에서만 35만 부의 판매고를 올린 경이적 판타지 **'이둔의 기억'**

기대 이상의 판타지로 가득한 최고의 책. 청소년뿐 아니라 성인도 열광할 순수한 모험이 될 것이다. **오시오 이 쿨투라**

폭풍 같은 경험을 할 것이다. **엘 문도**

상상력의 언어로 씌어진 이야기. 정체성을 찾아 떠나는 여정이 독특한 색채의 작품을 빚어냈다. **아베세**

잠을 잘 수 없게 하는 작품. 이 책을 읽기 위해 이틀 밤을 꼬박 새웠다. 마법, 우정, 영웅, 사랑, 용기, 모든 것이 이 안에 있다. 이 책을 읽으며 울고 웃었다. 관습적 이야기, 단선적이고 지루한 이야기를 좋아하는 사람은 이 책을 읽지 말 것! **스페인 독자 홈메스**

전대미문의 사건! 완벽한 판타지소설이다. 『해리 포터』 『에라곤』 따위와는 비교도 되지 않는다. **독일 독자 쥐트하이네**

### 이둔의 기억1 고인경 옮김

세 개의 달과 세 개의 태양이 결합한 날, 용과 유니콘의 나라
이둔에 재앙이 찾아오고, 마지막 남은 황금용과 유니콘은 지
구로 보내진다. 몇 년이 흐른 후, 지구에서 평범한 나날을 보
내던 소년 잭은 이둔의 지배자인 네크로맨서 아슈란이 보낸
이들에게 부모님을 잃고, 이둔을 구하기 위해 지구로 피신한
바니사르의 알산 왕자와 마법사 샤일, 그리고 소녀 빅토리아
로 이루어진 '저항군'의 일원이 된다.

### 이둔의 기억2 고인경 옮김

네크로맨서의 아들이자 뱀 종족인 키르타슈는 저항군의 일원인 빅토리아에게 끌리고, 빅토리아
의 마음은 잭과 키르타슈 사이에서 방황한다. 저항군을 없애려는 네크로맨서 아슈란에게 맞서던
저항군은 예기치 않은 곳에서 구원의 손길을 만난다. 아슈란 세력의 공격을 물리친 그들은 이제
차원의 문을 넘어 이둔으로 향한다.

### 이둔의 기억3 고인경 옮김(근간)

예언을 실현시키기 위해 차원의 문을 넘어 이둔으로 간 저항군. 그러나 상황은 유리하게 돌아가
지 않는다. 마법사와 요정 세력들은 저항군의 일원이 된 키르타슈를 배척하고, 키르타슈와 빅토
리아, 잭은 결국 그곳을 떠나기로 한다. 셋의 관계는 점점 더 예측할 수 없는 방향으로 흘러간다.
결국 빅토리아는 잭의 곁을 지키기로 하고, 둘은 용의 땅으로 함께 떠난다.

### 이둔의 기억4 고인경 옮김(근간)

부러진 얼음의 검을 되살리기 위해 거인족의 땅 나나이로 향한 키르타슈는 인간으로서 자신의
모습과 셰크의 본능 사이에서 갈등한다. 잭과 빅토리아는 아름다운 얀 족 혼혈 키마라를 사막의
안내자 삼아 용의 땅 아위노르에 남은 용들의 무덤을 찾아가고, 잭은 그곳에서 진정한 자신의 모
습을 되찾는다. 셰크와 네크로맨서의 지배하에 놓인 많은 사람들은 이제 알산을 지도자 삼아 새
로운 반격을 시도하고, 천상족들과 함께 신탁의 땅으로 떠난 샤일 일행의 여정은 예기치 못한 국
면을 맞는다.